山东大学自主创新基金资助

戚良德 主编

中國文論

第二辑

主 办： 山东大学儒学高等研究院

编 委： 曹顺庆　曹　旭　陈允锋　党圣元　邓国光
杜泽逊　甲斐胜二[日本]　蒋　凡　李建中
李　平　李咏吟　林其锬　林中明[美国]
刘文忠　缪俊杰　祁志祥　谭好哲　陶礼天
涂光社　万　奇　王学典　王毓红　杨　明
游志诚　袁济喜　曾繁仁　詹福瑞　张长青
张　健　张可礼　张少康　郑　春　左东岭

刊名题字： 徐　超

目　录

● 学科纵横

● 文场笔苑

"温柔敦厚"与中国诗学

——《温柔敦厚与中国诗学》前言(附目录)

刘文忠*

摘　要:《温柔敦厚与中国诗学》一书最突出的创新之处就是不把"温柔敦厚"视为诗教的全部,而是把诗教视为一个类似"多媒体"的系列工程,着眼于诗教与《诗大序》的融合。"温柔敦厚"的诗教与《诗大序》的融合过程,正是诗教的发展、演变的过程,这个过程是逐渐完成的。历代的诗论家可以说为诗教不断地注入了新的血液,这种注入物就像"添加剂",我们可以清楚地看到每个诗论家在诗教论上为诗教添加了什么,通过共时性与历时性的对比,比较准确地对每家的诗教论做出客观的评价。这样就大大地丰富了诗教的内涵,从而建构了自己的体系。通过对诗教察其源流、明其演变的论述,勾勒出诗教在历代的发展与演变的轨迹,使读者能够清楚地看到诗教的盛衰与时代、政治的关系,与诗歌理论发展的关系,与各种思潮的关系,同时初步总结出若干规律。因而,《温柔敦厚与中国诗学》是我国第一部系统而全面、有开拓与创新的研究诗教的专著。

关键词:温柔敦厚;中国诗学;诗教

　　《温柔敦厚与中国诗学》是我积多年之功,阅读了数以千万字的文论资料,历时多年而完成的一部学术研究专著。在中国近代的学术著作中,列为专章论述"温柔敦厚"的诗教的,当推朱自清先生的《诗言志辨》,可惜论述诗教的篇幅不足万字。20世纪出现了五六部比较有影响的《中国文学批评史》,对"温柔敦厚"的诗教,因限于体系和理论框架的关系,也只是偶然及之,而且不论源流,不述发展演变。至今我还未见专门论述诗教的研究

* 作者简介:刘文忠,人民文学出版社编审。

著作出版。为了弥补这一空白,所以我选择了这一研究课题。

"温柔敦厚"一词出自《礼记·经解篇》,而且打着孔子的旗号:"孔子曰:'入其国,其教可知也。其为人也温柔敦厚,《诗》教也。'"①又说:"温柔敦厚而不愚,则深于《诗》者也。"②从此,"温柔敦厚"便与诗歌结下了不解之缘。其后又有《诗大序》,其云:

> 诗有六义焉:一曰风,二曰赋,三曰比,四曰兴,五曰雅,六曰颂。上以风化下,下以风刺上,主文而谲谏,言之者无罪,闻之者足以戒,故曰风。至于王道衰,礼义废,政教失,国异政,家殊俗,而变风、变雅作矣。国史明乎得失之迹,伤人伦之废,哀刑政之苛,吟咏情性,以风其上,达于事变而怀其旧俗者也。故变风发乎情,止乎礼义。发乎情,民之性也;止乎礼义,先王之泽也。是以一国之事,系一人之本,谓之风。言天下之事,形四方之风,谓之雅。雅者,正也,言王政之所由废兴也。政有大小,故有小雅焉,有大雅焉。颂者,美盛德之形容,以其成功,告于神明者也。是谓四始,诗之至也。然则《关雎》、《麟趾》之化,王者之风,故系之周公。南,言化自北而南也。《鹊巢》、《驺虞》之德,诸侯之风也,先王之所以教,故系之召公。《周南》、《召南》,正始之道,王化之基,是以《关雎》乐得淑女以配君子,忧在进贤,不淫其色。哀窈窕,思贤才,而无伤善之心焉,是《关雎》之义也。③

本书便以这两个经典文献为出发点,对"温柔敦厚"这一重要诗学范畴的产生、发展、演变,做了认真梳理和勾勒,并从文化背景和美学思想的变迁中,找出了诗教兴衰的动因。

由于过去没有系统而全面地论述诗教的专著,所以对诗教的哲学思想基础和美学思想内涵几乎无人论及,本书明确地指出:"温柔敦厚"的哲学思想源自先秦儒家的"中庸"或"中道"哲学,其美学思想内涵是"中和之美",从范畴学的角度来论述诗教,即把"温柔敦厚"当作最大的诗学范畴与美学范畴来论述,不把它当作单纯的"政治教化说",同时也充分注意到它的审美内涵,这是本书的一个创新之点。

本书最突出的创新之处就是不把"温柔敦厚"视为诗教的全部,而是把诗教视为一个系列工程,我把这个系列工程比作"多媒体",着眼于诗教与《诗大序》的融合。诗教只有"温柔敦厚"四个字,如果不与《诗大序》融合,不管怎样解释,它所涵盖的内容是有限的。诗教一旦和《诗大序》融合,便形成了一个以"温柔敦厚"为中心的系统序列。从《诗大序》中,我们可以概括出《诗经》学或汉代诗学的许多诗学概念:如"六义四始"说、"美刺比兴"说、"风雅正变"说、"吟咏性情"说、"发乎情止乎礼义"说等等,其中的大部分都与"温柔敦

---

① [汉]郑玄注、[唐]孔颖达疏、十三经注疏整理委员会整理:《礼记正义》,北京:北京大学出版社,2000年,第1597页。
② [汉]郑玄注、[唐]孔颖达疏、十三经注疏整理委员会整理:《礼记正义》,第1597页。
③ [汉]毛亨传、[汉]郑玄笺、[唐]孔颖达疏、十三经注疏整理委员会整理:《毛诗正义》,北京:北京大学出版社,2000年,第13—24页。

厚"的诗教有密不可分的关系。对于《诗》的怨刺,《诗大序》提出"下以风刺上,主文而谲谏"的主张。《毛诗正义》郑玄注说:"主文,主与乐之宫商相应也。谲谏,咏歌依违,不直谏。"①这还有点费解。不如朱自清先生解释得通俗易懂。朱说:"不直陈而用譬喻叫'主文',委婉讽刺叫'谲谏'。"②汉儒郑玄虽然也注过《礼记》,但对作为诗教的"温柔敦厚"没有什么可资参考的注文。直到唐代,孔颖达为《礼记正义》作疏,融合了《诗大序》的观点,又吸收了郑玄对"主文而谲谏"的注释,形成了他对"温柔敦厚"的疏解:"温,谓颜色温润;柔,谓情性和柔。《诗》依违讽谏不指切事情,故云'温柔敦厚',是《诗》教也。"③"依违讽谏,不指切事情",实际上就是《诗大序》所说的"主文而谲谏",就是用诗歌进行讽谏时要委婉含蓄,对所讽谏的事情不要指责。所谓"依违",据《汉书·礼乐志》颜师古注,是"谐和不相乖离"④的意思。按照颜师古的解释,"依违讽谏"又与艺术的"谐和"原则有关。这个原则要求诗歌在刺上时,思想内容上不要太直露,不要太尖锐,在表现手法上最好使用比兴。对于诗歌的"吟咏情性",《诗大序》要求"发乎情,止乎礼义",就是用伦理道德的礼义来规范诗人的情感,也就是"以礼节情"。我的创新在于,不把诗教看作是"温柔敦厚"的单体,而把诗教看作是融《序》(指《诗大序》)于教(指诗教)的系统序列。朱自清先生的《诗言志辨》和诸家批评史都没有明确指出这一点,我是第一个明确指出这一点的。这个认识是受到唐人孔颖达《礼记正义》注疏的启发,但更重要的是我看到了在诗教发展演变的历史中,在我论述了上百家的诗教论时,清楚地看到众多的诗论家是如何把《诗大序》的许多内容,诸如"发乎情,止乎礼义"、"主文而谲谏"、"美刺比兴"、"风雅正变"等等,融入了诗教之中。当然也融入了孔子论《诗》和论"中和之美"的一些观点,如"思无邪"⑤、"乐而不淫,哀而不伤"⑥、"怨而不怒"⑦等。这就有力地证明了我的一个重要的基本论点:"温柔敦厚"的诗教与《诗大序》的融合过程,正是诗教的发展、演变的过程,这个过程不是一次性完成的,而是逐渐完成的。历代的诗论家可以说为诗教不断地注入了新的血液,我把这种注入物比作"添加剂",这样就可以清楚地看到每个诗论家在诗教论上为诗教添加了什么,通过共时性与历时性的对比,比较准确地对每家的诗教论做出客观的评价。马克思主义评价历史人物时,不指责历史人物没有做什么,而是要看历史人物比前人多做了什么。这是贯穿全书的重要观点。把"温柔敦厚"(包括"优柔婉厚"、"诗无邪"、"温厚和平"、"中正和平"、"中和"、"温厚沉郁"等相关范畴)看成是"多媒体",把诗教在"体"与"用"方面的千变万化(如用之于文体论的辨体批评以及"治世之音"与"乱世之音"何者为"正"、何者为"变"的"正变论")视为"添加剂",这样就大大地丰富了诗教的内涵,从而建构了自己的体系。理论建树

① 〔汉〕毛亨传、〔汉〕郑玄笺、〔唐〕孔颖达疏、十三经注疏整理委员会整理:《毛诗正义》,第15页。
② 朱自清:《经典常谈》,北京:三联书店,1980年,第35页。
③ 〔汉〕郑玄注、〔唐〕孔颖达疏、十三经注疏整理委员会整理:《礼记正义》,第1598页。
④ 〔汉〕班固撰、〔唐〕颜师古注:《汉书》,北京:中华书局,1962年,第1064页。
⑤ 杨伯峻:《论语译注》,北京:中华书局,1980年,第11页。
⑥ 杨伯峻:《论语译注》,第30页。
⑦ 邬国义:《国语译注》,上海:上海古籍出版社,1994年,第10页。

在此,学术创新也在此,所以笔者可以毫无自愧地说:《温柔敦厚与中国诗学》是我国第一部系统而全面、有开拓与创新的研究诗教的专著。

围绕"温柔敦厚"的诗教,历史上曾经有过许多次的论争。汉代围绕屈原《离骚》的评价,班固与淮南王刘安以及王逸与班固的论争,其中心点就是《离骚》是否符合"温柔敦厚"的诗教。清代叶燮与汪琬、袁枚与沈德潜的争论,都是围绕诗教的论争。

"温柔敦厚"的诗教到了魏晋南北朝时期,由于文学观念与美学思想的变迁及社会的其他原因,渐渐衰微。魏晋时期不但是"人的自觉"的时代,同时也是"文学自觉"的时代。汉代以前的儒家比较重视文学的教化功能,而对文学的审美娱乐作用是相对忽视的。随着文学的自觉,人们对文学的美学特点开始重视起来。对于诗歌来说,也在由"言志"向"缘情"过渡。曹丕的《典论·论文》说"诗赋欲丽"①,此后陆机《文赋》说"诗缘情而绮靡"②,在六朝诗坛上逐渐形成了绮靡的诗风,又加上乐府民歌新声艳曲的流行及文人的仿效,诗歌产生了许多"新变"。"新变派"在吟咏情性上主张"性灵摇荡"③,在艺术效果上要求"倾炫心魂"④。这样的抒情特点及艺术效果与"温柔敦厚"的诗教是不会合拍的,所以遭到裴子野等人的反对。他在《雕虫论》中说:

> 而后之作者,思存枝叶,繁华蕴藻,用以自通。……自是闾阎年少,贵游总角,罔不摈落六艺,吟咏情性。学者以博依为急务,谓章句为专鲁。淫文破典,斐尔为功,无被于管弦,非止乎礼义。深心主卉木,远致极风云,其兴浮,其志弱,巧而不要,隐而不深。讨其宗途,亦有宋之风也。⑤

齐梁时代,那些"贵游总角"子弟抛弃了诗教,在"吟咏情性"时,已经是"发乎情,非止乎礼义"了。这实际上是以诗教为武器来批判浮靡的诗风,是维护日渐衰微的诗教。

唐代的诗教论,发展到白居易已形成一个高峰,在有唐一代没有人能超过他。他的中心论点就是"讽谕说"。白居易身为谏官,又是诗人,自言"惟歌生民病,愿得天子知",⑥把山水诗看作是嘲风雪、弄花草的玩意,说"丽则丽矣,吾不知其所讽焉"。⑦白居易的《采诗官》有两句名言:"欲开壅蔽达人情,先向歌诗求讽刺。"⑧他是把诗歌当作谏书来写的,所以我们说,白居易的诗教论是以"讽刺说"为中心。白居易的讽刺,曾引起社会巨大的反

---

① ［魏］曹丕:《典论·论文》,［清］严可均校辑:《全上古三代秦汉三国六朝文》,北京:中华书局,1958年,第1098页。
② 张少康:《文赋集释》,北京:人民文学出版社,2002年,第99页。
③ ［梁］萧绎:《金楼子·立言》,许逸民校笺:《金楼子校笺》,北京:中华书局,2011年,第966页。
④ ［梁］萧子显:《南齐书》,北京:中华书局,1972年,第908页。
⑤ ［梁］裴子野:《雕虫论》,［清］严可均校辑:《全上古三代秦汉三国六朝文》,第3262页。
⑥ ［唐］白居易:《寄唐生》,《白居易集》,北京:中华书局,1979年,第15页。
⑦ ［唐］白居易:《与元九书》,《白居易集》,第961页。
⑧ ［唐］白居易:《采诗官》,《白居易集》,第90页。

响。它使"权豪贵近者相目而变色",使"执政柄者扼腕"、"握军要者切齿"①。他的讽刺已经突破了"依违讽谏,不指切事情"的藩篱,相当尖锐,而且是"直陈其事"。在这一点上可以说他大大地突破了"温柔敦厚"的诗教,赋予诗教以新质。但诗教的内涵是多方面的,在吟咏情性方面,它要求以礼节情,即"发乎情,止乎礼义",白居易也写过一些艳情诗,其中夹杂一些性感的描写。这些诗比起齐梁"宫体诗"来,在"性灵摇荡"方面,有过之而无不及。在这一点上白居易(包括元稹)却背离了诗教。

宋代的诗教论,值得注意的是诗教的转型。经过几代人的考证,到了宋代,人们知道了《礼记》并非出自孔子之手,《诗大序》也非孔子弟子子夏之作。由此引发了对"孔子曰:'温柔敦厚,诗教也'"是否出自孔子产生了怀疑。在这种学术背景下出现了不遵《诗序》的人,宋代的理学家和《诗经》专家朱熹就是其中的代表。朱熹的《诗集传序》没有明确地提出以"思无邪"为诗教,朱自清先生根据《诗集传序》论《诗》之所以为教",便只是发挥"思无邪"一语,认为这是朱熹"以'思无邪'为《诗》教的正式宣言。……我们觉得以'思无邪'论《诗》,真正出于孔子之口,自然比'温柔敦厚'一语更有分量;……经过这样的补充和解释,《诗》教的理论便圆成了"。② 任何理论都要通过实践检验,朱熹之后到近代,历时近八百年,以我们所涉猎的文论资料,论及诗教者,不下数百家,以"温柔敦厚"为诗教者比比皆是,以"思无邪"为诗教者寥若晨星。这是什么原因呢?首先,朱熹所讲的《诗》教是狭义的《诗》教,是仅适用于《诗经》学的《诗》教;后代诗论家所论的诗教,是广义的诗教,是包括历代和当代诗歌的诗教,既有广阔的历史背影,也有现实的土壤。他们能根据时代的需要,不断地给诗教添加新的内容,使"温柔敦厚"这个"多媒体"不断地注入新的"添加剂",避免了它的凝固性。其次,"温柔敦厚"的诗教,是政教说与审美说的综合,从诗教产生的汉代就有这种趋向,只是在某个历史阶段,有时候单方面强调政教说而忽略了它的审美特点。但是从明代开始一直到近代,诗论家在论及"温柔敦厚"及其相关范畴的时候,将政教说与审美说进行综合的趋向愈来愈明显。"思无邪"是单一的政教说取向,它不能取代"温柔敦厚",反而把"温柔敦厚"审美的内涵丢掉了。所以南宋以来的众多诗论家,还是以"温柔敦厚"为诗教,对"思无邪"大多置之不理。这件事情的本身就说明诗论家所选择的是"温柔敦厚",而不是"思无邪"。诗教的理论至朱熹是否就"圆成"了,还是值得考虑的。

明人论诗教有两个开创,一个是在文体论中论诗教,宋元两代的诗教论,对明代影响颇大,他们几乎已经把诗教推及和变成广义的文教。这种风气,必然在论文体的专著中有所反映。吴讷的《文章辨体序说》和徐师曾的《文体明辨序说》便是其中的代表。另一点是通过诗歌的选本来弘扬诗教,明代的创始者是高棅的《唐诗品汇》。《唐诗品汇》的论诗宗旨是别上下、知始终、审正变,但它认为这还不是终极的目的,而终极的目的是有补于诗教,诗教成了它的论诗的最高准则与落脚点。杨慎在《选诗外编序》中说:"盖缘情绮靡之

---

① [唐]白居易:《与元九书》,《白居易集》,第963页。
② 朱自清:《诗言志辨》,《朱自清说诗》,上海:上海古籍出版社,1998年,第131页。

说胜,而温柔敦厚之意荒矣。"①也是通过选诗来弘扬诗教。把"缘情绮靡"与"温柔敦厚"对立起来,前此很少有人这样说。许学夷除了在他的诗学专著《诗源辩体》中弘扬诗教外,也同时通过选诗来弘扬诗教。据《诗源辩体·陈所学跋》云:"忆外父伯清(许学夷字伯清)先生悯诗教之沦亡,著有《诗源辩体》。……是书而外,所选诗,自唐溯周,手录四千四百七十五首,自宋迄明,手录六千三百六十二首。……庶几诗教亦大昭揭于中天。"②这一万多首的诗选,因无力付梓而未能存世,只留下一个与诗教有关的选诗宗旨。可以说通过选诗来弘扬诗教,是明人的发明。

明末清初是个社会动乱的时代,在明清之际,当明王朝处于风雨飘摇的时候,有一批学者力图寻找挽救危亡的良策,提倡学术要以经世致用为目的。在明王朝覆亡之后,他们又在总结覆亡的原因,他们认为尊经复古才是救世法宝。或者像顾炎武那样,将学术与"明道"、"救世"结合起来③,或者像万斯同那样,把"孔孟之家法",当作"救时济世"的法宝④,在这种政治文化背景下,儒家诗学的政教精神开始复兴了,这种精神是与"温柔敦厚"的诗教紧密相连的,所以明清之际谈论诗教的人颇多。这一时期论诗教的人,多将诗教与风雅正变结合起来,因生当衰世,他们对系乎时的"正变"自然很敏感。时过数十年之后,到了康熙时代,情况又有所变化,当时清王朝的政权已经稳固,国家也开始强盛,明末遗民有的归附了清王朝,有的虽然与清王朝不合作,但亡国之痛与故国之思已日渐淡薄,最高统治者和一批新进士出身的诗人,开始提倡反映清王朝开国以来的新气象,要求温厚和平的盛世之音,而排斥"变风"、"变雅"之音,崇"正"斥"变"成了当时的政治要求,"温柔敦厚"也被换成了"温厚和平"或"中正和平",使诗教只与"正"联系,不再与"变"联系,成为这一时期诗教的主流倾向,"温柔敦厚"的诗教发生了转换。康熙皇帝在《御选唐诗序》中说:"孔子曰:'温柔敦厚,诗教也。'是编所取,虽风格不一,而皆以温柔敦厚为宗。其忧思感愤、倩丽纤巧之作,虽工不录。使览者得宣志达情,以范于和平,盖亦用古人以正声感人之义。"⑤在这种"以温柔敦厚为宗"的选诗宗旨下,杜甫的"三吏"、"三别"和白居易的新乐府诗及反映民生疾苦的一些诗篇,一概弃而不选。

汪琬论诗教有着鲜明的时代特点,那就是通过提倡"温柔敦厚"的诗教,来排斥"变风"、"变雅"之音,他代表清代官方正统的诗教,从他开始,标志着清代诗教的转关。虽然同样在提倡"温厚和平",但汪琬提倡的"温厚和平"却与陈子龙有很大的不同。陈子龙等人所倡导的"温厚和平"是站在明王朝的立场上而言的,其特点是不排斥怨刺,而且还以怨刺为核心。汪琬等人所倡导的诗教,是站在清王朝的立场上而言的,意在排斥怨刺,排斥"变风"、"变雅"之音,其终极目的是在扭转明清之际的哀怨诗风而使之成为盛世之音,而

---

① [明]杨慎:《选诗外编集序》,王文才、张锡厚辑:《升庵著述序跋》,昆明:云南人民出版社,1985年,第195页。
② [明]陈所学:《诗源辩体·跋》,[明]许学夷:《诗源辩体》,北京:人民文学出版社,1987年,第436页。
③ [清]顾炎武:《与人书二十五》,《顾亭林诗文集》,北京:中华书局,1983年,第98页。
④ [清]万斯同:《与从子贞一书》,《续修四库全书》第1415册,上海:上海古籍出版社,2002年,第513页。
⑤ [清]爱新觉罗·玄烨:《御选唐诗序》,陈伯海主编:《历代唐诗论评选》,保定:河北大学出版社,2003年,第957页。

为新王朝制造新气象。汪琬论诗教的代表观点是他的《唐诗正序》,在序中汪琬把《风》《雅》之正变与时代政治的盛衰联系起来,强调"以其时,非以其人"①,也就是说,正变的决定因素是时代而不是诗人,为了崇正斥变,他将变之甚者目为"诗妖诗孽",但他崇正斥变的致意之点,是旨在提倡"温柔敦厚"的诗教。他以"温柔敦厚"为正,目的是排斥"闵世病俗"的变风变雅之音。这种以"温柔敦厚"为正的观点,虽然是在序《唐诗正》时所提出,但其着眼点并不仅仅对唐诗而言,更主要的是要求当代诗歌也要以"温柔敦厚"为正,以此来排斥当代的"变风"、"变雅"之音,歌颂新王朝的太平盛世,这与康熙皇帝的《御选唐诗序》是完全合拍的,所以我们说汪琬的诗教论带有御用的性质与特色。针对这种观点,叶燮反驳说:

> 若以诗之正为温柔敦厚,而变者不然,则圣人删诗,尽去其变者而可矣。圣人以变者仍无害其温柔敦厚而并存之,即诗分正变之名,未尝分正变之实。温柔敦厚者,正变之实也。以正变之名归之时,以温柔敦厚之实归之诗,则今日亦论诗已耳,何必又时与人之纷纷哉?②

叶燮极力证明"变"与"温柔敦厚"并不矛盾,他从诗的"名"、"实"关系来立论,认为"诗分正、变之名,未尝分正、变之实","温柔敦厚"便是"正变之实",也就是说,"变"诗在精神实质上是"温柔敦厚"的。看来叶燮论诗教不是为了迎合满清统治者的政治需要,而是从诗歌发展史的规律研究中,得出一些与众不同的结论。在《原诗》一书中,他从诗歌历史发展的长河中,总结出正变、盛衰互为循环的规律,并明确指出:

> 历考汉魏以来之诗,循其源流升降,不得谓正为源而长盛,变为流而始衰。惟正有渐衰,故变能启盛。如建安之诗,正矣,盛矣;相沿久而流于衰,后之人力大者大变,力小者小变。六朝诸诗人,间能小变,而不能独开生面。唐初沿其卑靡浮艳之习,句栉字比,非古非律,诗之极衰也。而陋者必曰:此诗之相沿至正也。不知实正之积弊而衰也。迨开宝诸诗人,始一大变。彼陋者亦曰:此诗之至正也。不知实因正之至衰变而为至盛也。③

"惟正有渐衰,故变能启盛",这是相当光辉的论点。他把"变"的品格提到了"正"之上,给了崇正斥变者当头一棒。由此观点出发,他对诗教也提出了带有创造性的见解:

> 或曰:"'温柔敦厚,诗教也。'汉、魏去古未远,此意犹存,后此者不及也。"不知"温

---

① [清] 汪琬:《唐诗正序》,陈伯海主编:《历代唐诗论评选》,第 861 页。
② [清] 叶燮:《汪文摘谬》,余祖坤编:《历代文话续编》,南京:凤凰出版社,2013 年,第 35 页。
③ [清] 叶燮:《原诗·内篇》,北京:人民文学出版社,1979 年,第 8 页。

柔敦厚",其意也,所以为体也,措之于用,则不同;辞者,其文也,所以为用也,返之于体,则不异。汉魏之辞,有汉魏之"温柔敦厚",唐、宋、元之辞,有唐、宋、元之"温柔敦厚"。譬之一草一木,无不得天地之阳春以发生。草木以亿万计,其发生之情状,亦以亿万计,而未尝有相同一定之形,无不盎然皆具阳春之意。岂得曰若者得天地之阳春,而若者为不得者哉!且"温柔敦厚"之旨,亦在作者神而明之;如必执而泥之,则《巷伯》"投畀"之章,亦难合于斯言矣。①

叶燮首先不同意汉魏以后诗教已不存在的观点,他从体与用的关系来论述诗教,他把《礼记》所说的"温柔敦厚"当作诗教之"体",后代对诗教的运用称为"用","体"不变而"用"却是千变万化的。从这一论断出发,他认为一代有一代之"温柔敦厚",这是从"用"着眼的,"用"是千变万化的,所以他说"汉魏之辞,有汉魏之'温柔敦厚',唐、宋、元之辞,有唐、宋、元之'温柔敦厚'。"②其实何止是一代有一代之"温柔敦厚"呢,简直可以说一人有一人之"温柔敦厚",从上文我们在各代各家诗教观点的论述中,可以清楚地看到这一点。叶燮也有这个意思,只不过他没有以思辨的形式直接指出这一点,而是用比喻的形式来表现的,他把诗教比作广被大地的"天地之阳春",把每一位诗人比作天地间的"一草一木",每一位诗人都会沐浴在"天地之阳春"的阳光与雨露之中,使每一个草木都会发芽、成长、开花、结果,但是每一棵草木发芽、成长、开花、结果的情状,又都不一样,这就形象地说明了"温柔敦厚"之用,千差万别,"而未尝有相同一定之形",这种见解发前人之所未发,是相当精辟的。中国古典诗学的诗教理论至叶燮已经发展到顶巅,叶燮的高足弟子沈德潜,虽然是清代诗教论的大家,但从沈德潜论诗教的理论建树上,还未达到叶燮的高度。

　　清代是诗教的极盛时代,又是诗教论的集大成的时代。厉鹗曾经说过:"本朝诗教极盛,英杰挺生。"③他们也颇以此自负,所以有人说宋代人不懂诗教。清代既出现了《诗教堂诗集》,又出现了章学诚《文史通义》以诗教为题的专篇论文,这都是历代没有的现象。清代的诗教论,不仅基本涵盖了《诗大序》的全部内容,而且涵盖了《尚书·尧典》的"诗言志,歌永言,声依永,律和声"④之说。孔子论诗的基本观点,如"兴、观、群、怨"之说与"无邪"之旨等等,都被涵盖在内。有清一代的诗教论,是多姿多态、异彩纷呈的。

　　诗教在近代已经是余响了。其间值得注意的有两个人:一个是刘熙载,一个是陈廷焯。刘熙载在《艺概》中,把"诗言志"、"思无邪"与"发乎情,止乎礼义"当作诗之本教看待。对于"发乎情,止乎礼义",他有一段这样的议论:"不发乎情,即非礼义,故诗要有乐有哀;发乎情,未必即礼义,故诗要哀乐中节。"⑤所谓"哀乐中节",就是要"哀而不伤,乐而不

① [清]叶燮:《原诗·内篇》,第7页。
② [清]叶燮:《原诗·内篇》,第7页。
③ [清]厉鹗:《查莲坡蔗塘未定稿序》,《樊榭山房集》,上海:上海古籍出版社,1992年,第735页。
④ [汉]孔安国传、[唐]孔颖达疏、十三经注疏整理委员会整理:《尚书正义》,北京:北京大学出版社,2000年,第95页。
⑤ [清]刘熙载:《艺概·诗概》,《刘熙载文集》,南京:江苏古籍出版社,2001年,第118页。

淫",也就是要达到"中和之美",这正是刘熙载论诗教的核心。他将"发乎情,止乎礼义"与"中和之美"进行了沟通,这正是刘熙载论诗教的一大特点。陈廷焯的《白雨斋词话》,不仅是中国词论史上篇幅最大的一部专著,而且也是词论史上的集大成之作。他把传统的作为诗教的"温柔敦厚",用之于词学的风格、境界与艺术审美上,建立了他自己的"温厚沉郁"说,把"温柔敦厚"的美的内涵发展到了极致,也可以说推向了一个新的高峰。

《温柔敦厚与中国诗学》一书,通过对诗教察其源流、明其演变的论述,勾勒出诗教在历代的发展与演变的轨迹,使读者能够清楚地看到诗教的盛衰与时代、政治的关系,与诗歌理论发展的关系,与各种思潮的关系。同时初步总结出若干规律。朱自清先生在《诗言志辨·序》中称"诗言志"为诗论的"开山的纲领"[①],接着又将"诗言志"与"诗教"并列,称为"两个纲领"[②]。在中国古典诗学的范畴中,能称作"纲领"的确实不多,这也可见"温柔敦厚"的诗教在中国古典诗学中的地位。诗教的影响之大,也非其他范畴所能伦比。研究中国古典诗学,"温柔敦厚"的诗教是不可回避的领域,它是古典诗学的重要组成部分,是中国古典诗学的津梁。从"温柔敦厚"美学内涵看,它所代表的是和谐文化。由于诗教在吟咏情性方面要"发乎情,止乎礼义",要"以礼节情",中国是礼仪之邦,以礼节情是文明古国的表现,所以诗教也是东方文明的象征。但"温柔敦厚"的诗教是有局限性的,《诗大序》与《诗小序》对《诗经》的解释有许多牵强附会的地方。《诗经》中的有些"下以风刺上"的刺诗,像"取彼谮人,投畀豺虎;豺虎不食,投彼有北;"[③]"人而无仪,不死何为? ……人而无礼,胡不遄死?"[④]如此谩骂与诅咒,哪里有一点"温柔敦厚"的影子? 另外,诗教还有自身存在的明显局限,诗教要求诗歌在抒写怨怒或哀伤之情的时候,要"怨而不怒,哀而不伤",这样就会不利于炽热的感情倾泻,也不利于"金刚怒目"式的感情抒发。也正因为如此,所以我们把白居易的尖锐的讽刺诗视为对"温柔敦厚"诗教的突破与发展。对苏东坡的以"骂詈为诗"[⑤],我们也不认为他"有乖温柔敦厚之旨"[⑥]。《诗经》中有些爱情诗在抒情上大胆而泼辣,《郑风》《卫风》中的某些诗,甚至描写了男女幽会与偷情,这就是被后代诟病的"桑间濮上之音"与"郑卫之声"。这些诗很难说是"发乎情,止乎礼义"的。齐梁的"宫体诗",元稹、白居易的"艳情诗",以及袁枚为之鸣不平的王次回的《疑雨集》,都曾成为诗教论争的焦点。我们认为诗歌中描写男女之情是不可偏废的,应当承认"艳情诗"是诗歌中的一体,一概排斥与任其泛滥都是不对的。我们没有把诗教看成是"金科玉律",看成是千古不变的教条。不当之处,敬请专家指正。

① 朱自清:《诗言志辨序》,《朱自清说诗》,第 4 页。
② 朱自清:《诗言志辨序》,《朱自清说诗》,第 4 页。
③ 《诗经·小雅·巷伯》,周振甫:《诗经译注》,北京:中华书局,2002 年,第 301 页。
④ 《诗经·鄘风·相鼠》,周振甫:《诗经译注》,第 69 页。
⑤ [宋] 严羽:《沧浪诗话·诗辨》,郭绍虞:《沧浪诗话校释》,北京:人民文学出版社,1983 年,第 26 页。
⑥ [清] 徐乾学:《十种唐诗选序》,《四库全书存目丛书》集部第 394 册,济南:齐鲁书社,1997 年,第 276 页。

附：《温柔敦厚与中国诗学》目录

刘勰与歌德互文性思想与
实践的跨文化考察

王毓红[*]

摘　要：刘勰和歌德有着十分丰富的互文性理论与实践,他们都深切认识到互文性与独创性相互依存,前者既是创作的一个基本法则,也是文学存在的特质、自身发展的规律。刘勰主要从历史角度全面探讨了以"事类"为核心的文本内互文性问题,其《文心雕龙》更是一个真正的互文本;歌德主要从哲学高度深入探讨了以"影响"为核心的文本外互文性问题,其作品大多是他博采众长、吸收和转化众多前文本的结果。互文性是文学之为文学的东西,它的普遍存在及被关注充分证明了这一点。

关键词：刘勰;歌德;互文性;文本内互文性;文本外互文性

尽管 20 世纪后期才出现,但是,互文性(intertextuality)一词迅速为人们所接受、使用,已经成为当代文学理论的一个常用术语。人们质疑它的定义、探讨它的理论,认为它"是文学批评话语中新出现的一个概念"①。然而,若分析人们赋予它的内涵,我们不难发现它其实只是新瓶装旧酒——一个表示旧概念(或所指)的新词(或能指)。自有文学以来,中外文学或文学理论、文学批评史上有关它的论述和实践层出不穷,浩若烟海。每一个比较重要的文学理论家或批评家、作家对此都有程度不同的论述。这就构成了刘勰和歌德相互比较的基础,虽然他们所处时代、思想体系、文化大相径庭。作为任何文学作品或文学理论、文学批评都要涉及的问题,对本文来说,互文性理论及实践实际上是一个增强我们辨识力的参照系：它使我们在避免损害二者的前提下,把刘勰和歌德放在一个对话平台上讨论,考察中西文化圈内具有代表性的作家、文学理论家或批评家之间的共同点和差异性,反思文学的本质。

* 基金项目：广东外语外贸大学外国文学文化研究中心 2014 年度创新研究项目(项目编号：14BZCG02)。
　作者简介：王毓红,广东外语外贸大学外国文学文化研究中心教授。
① 蒂费纳·萨莫瓦约：《互文性研究》,邵炜译,天津：天津人民出版社,2003 年,第 137 页。

一

当代互文性理论与巴赫金 20 世纪 40 至 60 年代系统提出的对话理论[①]密不可分。事实上,正是在此基础上,朱丽娅·克里斯蒂娃 1966 年明确使用了"互文性"一词,她指出:巴赫金"首次把这样一个洞见引入了文学理论,即任何文本是一个用引文拼成的东西;任何文本是其他文本的吸收与转化。术语'互文性'(intertextuality)取代了'主体间性'(intersubjectivity)。"[②]之后,"互文性"这个词在文学理论中占有重要地位。虽然人们对互文性概念聚讼纷纭[③],但是,总括起来无非狭义的文本内互文性和广义的文本外互文性两种[④]。前者指文本言语结构内部,由引用、抄袭等导致的两篇或两篇以上文本共存现象;后者指文本言语结构之外,其他人、文本、文化等因素对其作者的影响。刘勰和歌德对两者均有大量的论述。他们的关键性分歧在于:刘勰对文本内互文性问题论述得更全面、深入,歌德则更多、更深入地探讨了文本外互文性问题。

文本内互文性问题就是中国传统文学、文论里所说的"事类"。它自古以来就是中国人作文的一个基本法则[⑤]。中国文学批评史上最早、也是最全面对此问题进行探讨的人就是刘勰[⑥]。在《文心雕龙》里,他专辟《事类》篇,首次明确了传统上"事类"概念的内涵,指出事类是言辞之外,作者以多种方式、方法引入的、可验证的、异质性的东西。它主要包括"举乎人事"和"引乎成辞"两方面内容。前者里的"人事"指的是古事,主要包括前代历史人物及其行为和各种神话传说,后者指作者在自己的文本中引用前人的言语,使之成为

[①] 他有关这一理论的大部分文章完成于此时。如 1940 年 10 月 14 日在科学研究院世界文学研究所作了《长篇小说的话语》的报告,10 月至 12 月完成《拉伯雷论》,40 年代初初撰写了《论人文科学的哲学基础》和《陀思妥耶夫斯基小说类型(体裁类型)的历史》。1941 年 3 月 24 日在科学研究院世界文学研究所发表了《作为文学体裁的小说》,1944 年开始起草笔记《〈拉伯雷论〉的补充与修改》,1953 年—1954 年《言语体裁问题》,1959 年—1960 年《文本问题》,1965 年《拉伯雷的作品与中世纪·文艺复兴时期的大众文化》出版,《长篇小说话语》公开发表等。

[②] Julia Kristeva, *Desire in Language: A Semiotic Approach to Literature and Art*, Edited by Leon S. Roudiez, Translated by Thomas Gora, Alice Jardine, and Leon S. Roudiez, Columbia University Press, Nww Yo. p66.

[③] 如在《广义文本之导论》、《隐迹稿本》等文章里,法国批评家热拉尔·热奈特除肯定朱丽娅·克里斯蒂娃所说的狭义互文性(也即以带引号的引用为代表的一个文本在另一个文本中的切实存在)外,还提出了"超文本性"、"元文本"、"副文本"、"广义文本性"等,后者均可视作广义的文本外互文性。而米歇尔·施奈德《窃词者》里所说的"文为他用"、"文下之文"、"文如他文"等与狭义文本内互文性无二。

[④] 巴赫金在《人文科学方法论》、《文本问题》等文章里明确提到并论证了"文本外"、"文本内部"等概念,详见巴赫金:《文本 对话与人文》,石家庄:河北教育出版社,1998 年。朱丽娅·克里斯蒂娃也沿用巴赫金这一思想,她说:巴赫金首次用一个模式,即文学结构不是简单的存在而是在与其他结构的关系中生成的,取代并突破了静态的文本。把动态维度引入结构主义的是他有关"文学言语"的概念,他把"文学言语"视作文本表面的一个交叉点,而不是一个点(一个固定的意义),一个在数个书面形式内的对话:关乎作者,说话人或人物以及当代或更早的文化(历史)语境。详见 Julia Kristeva, *Desire in Language: A Semiotic Approach to Literature and Art*, Edited by Leon S. Roudiez, Translated by Thomas Gora, Alice Jardine, and Leon S. Roudiez, Columbia University Press, New York. p66. 作者吸收他们的思想,首次提出了"文本内互文性"和"文本外互文性"说法。

[⑤] 关于此,作者已有专论,兹不赘述,参见拙作《明用稽疑:引用修辞现象的存在论渊源》,《修辞学习》2008 年第 5 期。

[⑥] 作者已经完成了对刘勰互文性理论及其实践的系统深入研究,这里所涉及的不少问题一概略论,详论请参见拙著《言者我也:文心雕龙批评话语分析》第三章,北京:商务印书馆,2012 年。

自己话语中的一个有机组成部分,它既包括前人文本中的语词,亦包括谚语之类的俗语。除这两方面内容外,刘勰以贾谊《鹏鸟赋》与《鹖冠子》为例,指出"事类"还包括一种比较全面复杂的引用——拟作或仿作。因此,刘勰所说的"事类"概念内涵丰富、范围辽阔。它本质上指称的是作者文本中以各种方式出现的其他文本的表述。这里所说的"其他文本"指用言语书写下来的书面形式(包括神话传说、谚语等历史文化成分),而"表述"(只要有"所出")则可以是一个语词、一个历史人名,一段话、一段故事,也可以是原话、原话的拼凑,更可以是整个原文本的拟作。

其次,从不同角度,刘勰详细分析说明了用事的具体方法。例如,就作者引用成辞的方式而言,他举例谈到了五种引用,即全引、暗引、抄袭、撮引和拼凑。全引就是表明出处且与原文一字不差;暗引只指明所引文的出处和大概意思,不引原文;抄袭不注明所引文的出处和作者;撮引就是文章的上下文没有任何地方透露或暗示出作者是在引用别人的言辞;拼凑即由前人作品里的言辞拼凑而来的。而通过列举分析文学史上著名作家作品的创作,刘勰把"举乎人事"类"事类"又细分为"略举人事,以徵义者"、"虽引古事,而莫取旧辞"、"取熔经旨"、"异于经典"和"历叙经传"五种。

最后,刘勰从功能角度给"事类"下了定义,并论证它的功能和意义。他说:"事类者,盖文章之外,据事以类义,援古以证今者也。"(《事类》)此处的"文章"指的是文辞,准确地说是作者的言语。"按'事类'非自己出,故曰'外'"①。"据事"二句,对仗工整,互文见义,说明在作文过程中,作者在自己的言语之外,依据或征引古事用以类推或证明的就是"事类"。人们在自己文章中使用"事类"的目的是为了"征义"、"明理"。刘勰进一步引经据典论证说:"明理引乎成辞,征义举乎人事,乃圣贤之鸿谟,经籍之通矩也。《大畜》之象,'君子以多识前言往行',亦有包于文矣。"(《事类》)

与刘勰相比,歌德论述最多的是文本外互文性问题,它主要关涉主体间性。歌德非常强调文本外的另一个意识或主体之于作家的意义,并因此提出了"两个主体"的命题。他说:我们"用不着亲自看见和体验一切事情,不过如果你信任别人和他讲的话,那你就得想到,你现在是同三个方面打交道:一个客体和两个主体。"②显然,此处的"两个主体"分别指的是作为第一意识主体的"你",也即读者,以及作为第二意识主体的"别人和他讲的话",也即作者和他的文本。与巴赫金一样③,在歌德看来,他人及其话(或文本)不是单纯的物,而是另一个有意识的主体。作为说话者,他总是在言说,并向一切人或文本敞开,不存在与世隔绝的孤立作者、文本,世界各个民族、各个国家的文学相互影响。歌德以自身为例论证道:"我们固然生下来就有些能力,但是我们的发展要归功于广大世界千丝万缕

---

① 杨明照:《文心雕龙校注》,北京:中华书局,2000 年,第 476 页。
② 歌德:《威廉·麦斯特》,董问樵译,上海:上海译文出版社,1999 年,第 852 页。
③ 巴赫金指出:"人文科学是研究人及其特殊性的科学,而不是研究无声之物和自然现象的科学。人带着他做人的特性,总是在表现自己(在说话),亦即创造人文(哪怕是潜在的文本)。"人文思维的特殊性在于"双主体性"或"有两个意识、两个主体":"看到并理解作品的作者,就意味着看到并理解了他人的另一个意识及其世界,亦即另一个主体("Du")。"

的影响,从这些影响中,我们吸收我们能吸收的和对我们有用的那一部分。我有许多东西要归功于古希腊人和法国人,莎士比亚、斯泰因和哥尔斯密给我的好处更是说不尽。"① 或许由于歌德本身是作家的缘故,所以,结合自己的创作实践经验,他比巴赫金更深入细致地论述了影响或文本外互文性问题。如从不同角度,他把文本外的另一个主体对作家艺术观照和艺术思想的形成所产生的影响区分为三种情形:第一种是依据实施者是否在眼前,歌德把影响分为存在于眼前的和不存在于眼前的两种。它们分别主要指当代文化、传统文化对人产生的影响。相比较而言,歌德更强调后者。他认为:"不存在于眼前的事物通过传统来影响我们。它通常的形态可以叫做历史型;一种更高的、近乎想象力的形态则是神秘型。"② 歌德在很多地方不厌其烦地叙说了莫里哀、莎士比亚、古希腊罗马文学和文化,以及以《圣经》里的事件、教训、象征和比喻对他文学创作的直接影响。③ 第二种是从接受者的道德层面,把影响分为好与坏两种。他以《少年维特之烦恼》为例说明并不是所有的影响都是好的。有些对接受者有益,有些则有害。④ 读者最要紧的是要积极吸取作品中那些好的方面。第三种是依据对象及范围大小,歌德把影响分为有限、无限和有限兼无限。有限主要指某事物或者只是在一定情形下才产生一定影响,或者只对人的某一方面产生影响,或者某人主要受到某种特定事物的影响;无限主要指某事物对整个人类世界具有永恒的影响。如歌德举例指出:埃斯库罗斯、索福克勒斯、欧里庇得斯"就连流传下来的他们的一些宏伟的断简残篇所显出的广度和深度,就已使我们这些可怜的欧洲人钻研一百年之久,而且还要继续搞上几百年才行哩"。⑤ 有限兼无限则指某事物的影响既有限又无限。如对伏尔泰、狄德罗等 18 世纪一些伟大人物,歌德一方面指出,他们只对青年时代的他产生过重要影响,另一方面又指出他们对整个世界文明所产生过的统治性作用。⑥

若从超越语言的视角审视,上述三种影响,无论是否存在于作家眼前、是好是坏、有限还是无限等,都是不易为人们识别的、潜隐在作家文本之外的"潜文本"⑦ 或"历史的和社会的文本"⑧。尽管我们通常在作家文本的能指层面找不到,但是,它们作用于作家的思

---

① 歌德:《歌德谈话录》,爱克曼辑录,朱光潜译,北京:人民文学出版社,1982 年,第 177—178 页。

② 《歌德的格言和感想集》,程代熙、张惠民译,北京:中国社会科学出版社,1985 年,第 11 页。

③ 如他说莎士比亚:"我想不起有什么书、什么人或者生活当中任何一种事件,给了我这么巨大的影响。"《威廉·麦斯特》,董问樵译,上海:上海译文出版社,1999 年,第 852 页。

④ 如谈到一般小说和剧本及其对听众道德影响的好坏时,他以自己为例论证道:"如果一部书比生活本身所产生的道德影响更坏,这种情况就不一定很糟,生活本身里每天出现的极丑恶的场面太多了。"

⑤ 歌德:《歌德谈话录》,爱克曼辑录,朱光潜译,第 87 页。

⑥ 歌德:《歌德谈话录》,爱克曼辑录,朱光潜译,第 201 页。

⑦ 歌德在很多文本中谈到了当代一些著名人物对他的影响。如自传作品《诗与真》里他用大量篇幅叙述了他与席勒、赫尔德的友谊。抒情诗《两个世界之间》里描写了封施泰因夫人、莎士比亚对他的影响,他"倾心唯一的一个女人,敬重唯一的一个男人,这多有益于心与脑的谐和! 莉达——近在身边的幸福,威廉——天空最美的星辰,多亏了你们,我才成为我。无数的岁月已经匆匆消逝;然而我获得的全部价值,都来自和你们共处的时辰。"详见《迷娘曲——歌德诗选》,杨武能译,桂林:广西师范大学出版社,2003 年,第 372 页。

⑧ Julia Kristeva, *Desire in Language: A Semiotic Approach to Literature and Art*, Edited by Leon S. Roudiez, Translated by Thomas Gora, Alice Jardine, and Leon S. Roudiez, Columbia University Press, New York. p66.

想、道德观念、审美理解、情感、艺术感受力和表达力等，并由此具有了互文性（也即与作家形成文本外互文性）——一种"生产能力"①。

二

无论是文本内互文，还是文本外互文，刘勰和歌德都深切认识到了互文性之于文学的重要性，并以此成就了自己的作品。

刘勰在《宗经》篇把文学的本源归之于物质化存在的书面文本形式《五经》，认为它是"群言之祖"、"恒久之至道，不刊之鸿教也"，后世人们唯有"征圣"、"宗经"、"禀经以制式"方能创作出优秀的文学作品。因此，通过引用、摹仿手段吸收和转化经典便成为创作者的根本任务。刘勰以文学史上优秀作家的创作为例论证说："夫经籍沉深，载籍浩瀚，实群言之奥区，而才思之神皋也。扬班以下，莫不取资，任力耕耨，纵意渔猎，操刀能割，必列膏腴，是以将赡才力，务在博见，狐腋非一皮能温，鸡跖必数千而饱矣。是以综学在博。"（《事类》）而从《文心雕龙》（既是文学理论、批评著作，也是精美的骈文文学作品）来看，正是遵循一系列原则、运用多种手法，或原封不动引用，或提炼整合，或改动表述等，刘勰将自己文章之外众多形形色色的其他文本巧妙地纳入自己文本中，使多种文本、多种话语，诸如政治、社会、历史和文学的，以及经书、史书和神话传说中的等共存于《文心雕龙》文本中。它们与《文心雕龙》文本或话语之间形成了多层次的联系，归纳起来主要有共存和派生两种基本关系。

共存主要指事类文本在《文心雕龙》中切实出现，其特点是刘勰在不改动原文（上下语境中的原句、原语词和原字）的前提下，通过明用、抄袭等用事手法，直接将事类罗列于《文心雕龙》文本中，譬如：

  ① ［a］昔伊耆始蜡，以祭八神。其辞云："土反其宅，水归其壑，昆虫毋作，草木归其泽。"则上皇祝文，爰在兹矣！［b］舜之祠田云："荷此长耜，耕彼南亩，四海俱有。"［c］利民之志，颇形于言矣。（《祝盟》）
  ② 夫八体屡迁，功以学成，才力居中，肇自血气；气以实志，志以定言，吐纳英华，莫非情性。（《体性》）

例①［a］、［b］、［c］三个文本共存，即伊耆祭八神及其辞、舜之祠田辞和刘勰本人的言语（或文本）。其中伊耆祭八神与其辞可谓事类文本套事类文本。而某某"云"之称明确表明了各文本之间的界限。例②则把《左传》昭公九年里"气以实志，志以定言"直接粘贴在

---

  ① Julia Kristeva. *Desire in Language: A Semiotic Approach to Literature and Art* ［M］. Edited by Leon S. Roudiez, Translated by Thomas Gora, Alice Jardine, and Leon S. Roudiez. Columbia University Press, New York. p36.

自己的文本里,抹掉了两个文本之间的差异。虽然引用方式有明用、暗用之别,但例①、例②均是用"古人全语"。

派生指《文心雕龙》文本是从事类文本中派生出来的,但事类文本并不是原封不动地出现。换言之,事类文本经过刘勰程度不同地改动后(主要通过省略、增加、替换和"撮其要"等),进入《文心雕龙》文本中。譬如:

> ① 夫桃李不言而成蹊,有实存也;男子树兰而不芳,无其情也。夫以草木之微,依情待实;况乎文章,述志为本。言与志反,文岂足征?(《情采》)
> ② 孟轲所云"说诗者不以文害辞,不以辞害意"也。(《夸饰》)

例①开头貌似刘勰言语的隔句对所表述的是此段的核心意义,然而深入考究,不难发现这个隔句对明显派生自以下两个文本,即《汉书·李广传赞》里的"李将军死之日,天下知与不知,皆为流涕。……谚曰:'桃李不言,下自成蹊'",和《淮南子·缪称训》中的"男子树兰,美而不芳,继得食,肥而不泽。情不与相往来也"。刘勰以暗用的手法既基本上沿袭其原句、原语词,又用其意义,通过省略或添加个别语词把原文里的两小句合为一句,从而拼凑出了这个反对隔句对。而其后刘勰本人的言语,则直接由此隔句反对所蕴涵的比喻意义生发出来,或者说只是对它的一个阐释。如此,三个文本(即《汉书·李广传赞》、《淮南子·缪称训》和《文心雕龙》)无论是从言语的表层层面(也即能指)还是深层表义层面(也即所指)都水乳交融般地浑然一体。例②刘勰虽然以"孟轲所云"直接点明了下面言语的出处,但他还是对其进行了加工改造。《孟子·万章上》里有"故说诗者,不以文害辞,不以辞害志"之说,刘勰省略了其中的"故"字,并以"意"替换了"志",其表述与《孟子·万章上》里的表述之间进行着对话,两者相互指涉、互相衔接。

就共存与派生两种基本关系而言,《文心雕龙》文本中比较普遍存在的是派生关系,它以各种形式存在于《文心雕龙》50篇中。这表明在"事信而不诞"(《事类》)的前提条件下,刘勰更崇尚"改事"而不"失真"(《事类》)的用事。这种用事使刘勰的主观能动性得到了充分的发挥,他不是被动地用事,而是在与事类对话的过程中,既尊重、倾听和采纳事类,又影响甚至改变事类。这种互文性的写作模式贯穿于《文心雕龙》言语事实中,其中的每一篇文本都建立在这样一个前提上,即不论表达的是什么、怎么说的,它几乎都在自觉或不自觉地使用其他文本中的思想和言语,尤其是《五经》。正是在这个意义上,我们说《文心雕龙》是一个真正的互文本,一个对众多其他文本引用的结果。

歌德亦如此。他明确指出:"一般说来,我们身上有什么真正的好东西呢?无非是一种要把外界资源吸收进来,为自己的高尚目的服务的能力和志愿!"[①]这种"外界资源"的最大特点是跨语言、跨国界和跨文化性。歌德举例论证说:"我们德国文学在英国文学中

---

① 《歌德谈话录》,爱克曼辑录,朱光潜译,第250页。

打下坚实基础",其"大部分就是从英国文学来的! 我们从哪里得到了我们的小说和悲剧,还不是从哥尔斯密、菲尔丁和莎士比亚那些英国作家得来的。"①因为"世界总是永远一样的,一些情境经常重现,这个民族和那个民族一样过生活,讲恋爱、动感情,那么,某个诗人做诗为什么不能和另一个诗人一样呢? 生活的情境可以相同,为什么诗的情境就不可以相同呢?"②据此,歌德提出了母题之于文学创作的重要性,认为"一篇诗的真正的力量和作用全在情境,全在母题。不同国家的人都会使用它们。"③

歌德是这样说的,也是这样做的。他不仅采用传统题材创作了大量优秀的作品④,而且除取自本国民间传说的《浮士德》外⑤,他许多作品的题材来自国外。诸如分别取材于尼德兰叛乱、西班牙暴政和意大利诗人托尔夸托·塔索的戏剧《铁手骑士葛兹·冯·伯利欣根》、《爱格蒙特》和《托尔夸托·塔索》,以及分别取材于阿拉伯、意大利的抒情诗《希吉勒》、《科夫塔之歌》等,其中,取材于古希腊的作品最多,如诗剧《伊菲革涅亚在陶里斯岛》、抒情诗《普罗米修斯》、《伽倪墨得斯》和《安那克瑞翁之墓》等。歌德声称他对这些传统题材感兴趣的原因是它们或多或少决定着诗的形式⑥。他举例说:"这些题材,曾深植根于我的心中,逐渐培养成熟而采取诗的形式。这就是《铁手骑士葛兹·冯·伯利欣根》和《浮士德》。前者的传记深深感动了我。"⑦

而"采取诗的形式"就是赋予这种已有的题材以有形的物质化的存在方式,也即文本,其基本方式就是文本内互文性,也即让前人文本内已经使用过的题材(包括其内容及其呈现形式)再次切实地出现在自己作品里。除个别文本内直接引用其他文本里的言语外,歌德文学文本主要通过以下四种方式与其他文本共存:

1. 直接用基本故事情节。歌德取材范围非常广阔,如抒情诗《阿桑夫人的怨歌》、《精灵之歌》、《忠诚的艾卡特》和《骑士库尔特迎亲行》分别取材于塞尔维亚克洛地亚的民歌、欧洲民间传说、德国图林根地区古老的民间传说,以及一部法国人在17世纪出版的回忆录。叙事诗中最重要的一篇《魔王》,题材来自名为《魔王的女儿》的丹麦民谣。而他取材最多的是古希腊,如抒情诗《魔法师的门徒》、《科林斯的未婚妻》和《壮丽的景象》等⑧。歌德非常忠实传统题材,绝少改动其基本故事情节。如长篇叙事诗《赫尔曼与多罗泰》几乎

---

① 《歌德谈话录》,爱克曼辑录,朱光潜译,第177—178页。

② 《歌德谈话录》,爱克曼辑录,朱光潜译,第55页。

③ 《歌德谈话录》,爱克曼辑录,朱光潜译,第53页。

④ 歌德完全取自现实生活的作品并不多。最有代表性的是抒情诗《约翰娜·瑟布斯》。1809年1月13日,当莱茵河的流冰冲塌克勒维汉姆大堤,约翰娜·瑟布斯舍己救人,溺水身亡。歌德当年6月以此为题材创作了该诗。

⑤ 在歌德《浮士德》之前,有关德国民间浮士德的传说已经被德国人约翰·施皮斯(Johann Spies)创作成通俗小说(书名为《魔术师浮士德博士传》,1587年出版),该书很畅销,被译为多种文字并被改编。如英国剧作家马洛(Christopher Marlove)把它改编为剧本《浮士德博士的悲剧故事》,1588年出版,莱辛也写了浮士德剧本。歌德在创作时也借鉴了这些作品。

⑥ 歌德说:"或多或少决定着诗的形式的题材,德国作家到处寻求。"参见歌德:《歌德自传——诗与真》,刘思慕译,北京:人民文学出版社,1983年,第275页。

⑦ 歌德:《歌德自传——诗与真》,刘思慕译,第425页。

⑧ 第一个歌德自称题材得自古希腊,第二个故事发生在古希腊较早皈依基督教的城市科林斯城,第三个取自古希腊神话。

与 1732 年的《善待萨尔斯堡移民的盖拉市》和 1734 年的《由萨尔斯堡大主教领地被驱逐的路德教徒移民全史》一致。

2. 直接用原题材里的人物名字和一些惯用术语、语词等。这一点突出体现在歌德学习并摹仿东方文学,尤其是阿拉伯文学所作的诗集《西东合集》里。虽然,他有时会改动个别名字,如波斯诗人哈菲兹的本名穆罕默德·舍姆斯·阿丁(Schems ad Din Muhammed),被歌德在《别名》诗里改为莫哈默德·舍姆瑟丁(Mohammed Schemseddin),但是,绝大多数情况下,歌德在诗里直接沿用哈菲兹、米尔扎等东方人的名字①,以及真主、穆罕默德等东方文化语境里的惯用术语或语词。有些诗歌甚至直接以它们为标题,如抒情诗《希吉勒(Hegire)》②、《致哈菲兹》等。

3. 吸收题材所蕴含的意趣。任何题材都蕴含着一定的思想、意趣,而它们又都是作者赋予的。因此,对某种题材沿袭,往往意味着作者对蕴藏在题材内的作者思想和意趣等的吸收。歌德认为只有那些能表现出作者伟大人格的作品才能为民族文化所吸收③。以英国小说《威克菲牧师传》为例,他说:它在我心中留下很深的印象。"我觉得我与书中的讽刺的意趣有共鸣之处,这种意趣超越于世间的种种事物,祸与福、善与恶、生与死等等之上,达到真正的诗的境界的把握。"④

4. 摹仿表现形式及手法。题材虽然属于文学作品内容要素,但是,优秀文学作品的内容与形式往往是统一的,不存在脱离其呈现形式的题材。因此,在沿用传统题材故事情节时,歌德往往同时也摹仿它得以呈现的形式。⑤ 如读《好逑传》、《玉娇梨》和《花笺记》(包括附在它后面的《百美新咏》),以及中国诗(英译)后,歌德仿中国古代诗歌创作的《中德四季晨昏杂咏》。除使用中国文化里固有的语词、术语,以及中国古诗里常用的意境外,这 14 首短诗在外在形式上都类似中国古体诗(其中四句一首的有三首,八句一首的有七首),有些甚至采用中国早期诗歌叠韵、复沓等表现手法。

以上四种文本内互文性手法,歌德很少孤立使用,而是同时交叉使用两种或两种以上。如他摹仿品达、普罗帕尔提乌斯(Sextus Propertius)、哈菲斯、彼得拉克和但丁所创作的颂歌等,既吸收题材蕴涵的意趣,又因袭其表现形式。有时,他也会对其中的某些表现形式进行改造。如他认为自己的《莱涅克狐》是"介于翻译与改作之间"的作品。因为在该叙事诗里,他一方面保留了高特舍特散文体《莱涅克狐》译本的全部情节结构、对话、人物等(甚至散文译本里的错误他都沿用了),另一方面又把高特舍特散文体《莱涅克狐》译本

---

① 如"哈菲兹,你的诗抚慰我"(希吉勒)(Hegire);"哈菲兹,你优美的歌声,你神圣的榜样"(《创造并赋予生气》);"哈菲兹,我要同你竞争,只有你与我是孪生兄弟,让我们共享痛苦与欢欣! 像你一样地爱,一样地饮,将成为我的骄傲和生命"(《无限》);等等。

② 意逃亡。而在抒情诗《邀请》里,歌德自称哈台姆。

③ 《歌德谈话录》,爱克曼辑录,朱光潜译,第 126 页。

④ 歌德:《歌德自传——诗与真》,刘思慕译,第 443 页。

⑤ 他有一首题名为《摹仿》的诗,其云:"我渴望把握你的韵律,就连那重复我也喜欢,先立意然后遣词造句。"参见《抒情诗·西东合集》,杨武能译,合肥:安徽文艺出版社,1998 年,第 284—285 页。

改译为诗歌体(该体在形式上又整体摹仿荷马)。① 因此,严格说来,以《浮士德》《莱涅克狐》为代表的歌德大部分作品都是"一个文本的置换(a permutation of texts),一个互文本(an intertextuality):在一个被给定的文本空间里,几种话语,取自其他文本,交叉糅合为另外一个"②。当然,这并不是说歌德的作品不是原创,只是许多其他文本的混合;或者说,作者歌德不是直接面对现实生活或各种文学现象,只是在回收和重组前文本的材料。这里是说歌德在吸收和转化前文本,这些文本通常都被歌德依据自己的标准编辑过、改变过。

三

除直接论述互文性问题并自觉运用其进行创作外,刘勰与歌德更深刻地认识到了这一点,即在写作过程中,文本内或外的互文性不仅是作家必须遵循的一个基本法则,而且是文学存在的特质与文学自身发展的规律。所不同的只是他们论述这一问题的视角,一个是历史的,一个是哲学的。

刘勰批评视域辽阔。他目光所及并不只是孤立的文学现象、个体文本,还包括整个文学史。他以历史的眼光看待文本,把它们放在与其他文本的关系中去衡量,认为文学自己衍生自己,互文是文本生成的内在机制,也是整个文学自身发展演变的规律。通过对黄帝、唐、虞、夏、商、周、汉、魏、晋九代诗歌创作中"序志述时,其揆一也。暨楚之骚文,矩式周人;汉之赋颂,影写楚世;魏之篇制,顾慕汉风;晋之辞章,瞻望魏采",和"夸张声貌,则汉初已极,自兹厥后,循环相因,虽轩翥出辙,而终入笼内"现象的描述分析,刘勰在《通变》篇总结说:

> 夫设文之体有常,变文之数无方,何以明其然耶? 凡诗赋书记,名理相因,此有常之体也;文辞气力,通变则久,此无方之数也。名理有常,体必资于故实;通变无方,数必酌于新声;故能骋无穷之路,饮不竭之源。

此处的"有常之体"指的就是文学自身发展的规律。刘勰认为在漫长的文学发展过程中,文学是一个相对稳定的存在,这些存在"变虽不常,而稽之有则也"(《书记》)。特别是"诗赋书记"之类"名理有常",尽管它们从"黄世"到"宋初"千变万化,但是"序志述时,其揆一也"。至于夸饰之类的表现手法历史上文人更是"莫不相循"(《通变》)。文类的"名理有常",当然源于人们在进行创作时"体必资于故实",代代"相因"。所以,用"矩式"、"影写"、

---

① 参见钱春绮:《〈莱涅克狐〉译后记》,《歌德叙事诗集》,钱春绮译,北京:人民文学出版社,1983 年。

② Julia Kristeva, *The Bounded text*. See *A Semiotic Approach to Literature and Art*,, Edited by Leon S. Roudiez, Translated by Thomas Gora, Alice Jardine, and Leon S. Roudiez, Columbia University Press, Nww Yo. p36.

"顾慕"和"瞻望"这些语词,刘勰形象生动地说明了"楚之骚文"、"汉之赋颂"、"魏之篇制"和"晋之辞章"与前代的互文关系,论证了文学史就是互文性的历史。换言之,刘勰以互文性为基础归纳出了一条文学发展的内在规律,说明文学发展的基本动力是文学内容和形式自身的自我生成、自我转换。文学作品为了自身并根据自身而存在发展。文学史上某些文类基本的陈述内容及其表现形式"循环相因,虽轩翥出辙,而终入笼内"。

在理解刘勰上述思想时,"体必资于故实"和"变虽不常,而稽之有则也"这两句话更值得我们深思。"故实"和"稽"足以告诉我们刘勰这里所说的文学发展的自律现象,与传统上所说的继承与革新这一文学内部发展规律不同,他所强调的是后代文本对前代文本的直接使用,也即文本之间的互文性。

正是文本之间的这种互文性,使文学发展具有了内在的连续性,成为一个有规律可寻的过程。在《时序》篇,刘勰认为南北朝之前的文学虽然"蔚映十代,辞采九变",但是它们却"终古虽远,旷焉如面"。当然,刘勰所说的"循环相因"不是按历史发展的顺序循循相袭之意,而是指要摹仿前代优秀的文学作品,尤其是要"宗经"。这并不是说文学要在经籍里维持一种重复关系,事实上,基于"变则其久,通则不乏"(《通变》)的基本认识,刘勰反对一味相袭,倡导文人要在摹仿中创新,而其要略就在于要像潘岳那样,充分发挥个人的主体意志,本着"望今制奇,参古定法"(《定势》)、"目既往还,心亦吐纳"(《物色》)的互动式对话性原则,对另一文本或主体"凭情以会通,负气以适变"(《通变》),从而创作出"体旧而趣新"(《哀吊》)的作品。

从世界是一个有机统一整体的哲学高度,歌德认为导致互文性现象存在的根本原因是人所处世界的有机统一性。他以自己为例明确指出:"并不存在爱国主义艺术和爱国主义科学这种东西。艺术和科学,跟一切伟大而美好的事物一样,都属于整个世界。"[①]人亦如此。每个人都是"一个集体性人物,既代表他自己的功绩,也代表许多人的功绩。事实上我们全部都是些集体性人物,不管我们愿意把自己摆在什么地位"。而"这个世界现在太老了。几千年以来,那么多的重要人物已生活过、思考过,现在可找到和可说出的新东西已不多了。"[②]"如果我能算一算我应归功于一切伟大的前辈和同辈的东西,此外剩下来的东西也就不多了。"[③]因为"我们一生下来,世界就开始对我们发生影响,而这种影响一直要发生下去,直到我们过完了这一生。"[④]"我要做的事,不过是伸手去收割旁人替我播种的庄稼而已。"[⑤]歌德因此断言:"严格地说,可以看成我们自己所特有的东西是微乎其微的,就像我们个人是微乎其微的一样。我们全部都要从前辈和同辈学习到一些东西。就连最大的天才,如果想单凭他所特有的内在自我去对付一切,他也决不会有多大成

① 《歌德的格言和感想集》,程代熙、张惠民译,第84页。
② 《歌德谈话录》,爱克曼辑录,朱光潜译,第178页。
③ 《歌德谈话录》,爱克曼辑录,朱光潜译,第88—89页。
④ 《歌德谈话录》,爱克曼辑录,朱光潜译,第88—89页。
⑤ 《歌德谈话录》,爱克曼辑录,朱光潜译,第251页。

就。"①至于"现代最有独创性的作家,原来并非因为他们创造出了什么新东西,而仅仅是因为他们能够说出一些好像过去还从来没有人说过的东西。"②"真正具有绝对独创性的民族是极为稀少的,尤其是现代民族,更是绝无仅有。"③

与刘勰相同,如果说有文学独创性的话,歌德认为就是作者要以对话性的方式吸收其他文本,竭力在互文性过程中融入自己的"精力、气力和意志"④。依他之见,如果作家能"用自己的心智灌注生命于所见所闻,然后以适当的技巧把它再现出来"⑤,那么,他就能创作出具有独创性的作品。至于他"的根据是书本还是生活,那都是一样,关键在于他是否运用得恰当"⑥,而"运用得恰当"的前提条件就是作家要主动地、有目的地学习那些与自己性格相符合的作家的文本。歌德说:"我们要像他学习的作家须符合我们自己的性格。"⑦因为"在艺术和诗里,人格确实就是一切"⑧,而"独创性的一个最好的标志就在于选择题材之后,能把它加以充分的发挥,从而使得大家承认压根儿想不到会在这个题材里发现那么多的东西"⑨。歌德此处所说的"充分的发挥",指的是作家要赋予前人或传统题材以生命,使之"构成一个活的整体"⑩。

如此创作出来的文学作品,歌德认为才"是一件精神创作,其中部分和整体都是从同一个精神熔炉中熔铸出来的,是由一种生命气息吹嘘过的"⑪。其作品《浮士德》就是这方面的杰出代表。该诗体悲剧采用传统题材,且在故事、情节结构、主要人物、表现形式(如诗体形式)等方面沿袭克利斯朵夫·马洛1594年的剧本《浮士德博士的悲剧》⑫,但却是歌德的"精神创作"。他解释道:"上卷几乎完全是主观的,全从一个焦躁的热情人生发出来的,这个人的半蒙昧状态也许会令人喜爱。"⑬下卷里"按我的本意,浮士德在第五幕中出现时应该是整整一百岁了,我还拿不定是否应在某个地方点明一下比较好些"⑭。而我最终让浮士德从传说中坠入地狱进入天堂,则是由于"浮士德身上有一种活力,使他日益高尚化和纯洁化,到临死,他就获得了上界永恒之爱的拯救"⑮。正是因为歌德的个人自由意志以及他毕生对人生的感悟、艺术的理解的倾注,古老的题材焕发了新的生命力。英国思想史家梅尔茨把歌德《浮士德》作为一种无所不包的化身、19世纪怀疑精神和宏图大略

① 《歌德谈话录》,爱克曼辑录,朱光潜译,第250页。
② 《歌德的格言和感想集》,程代熙、张惠民译,第76页。
③ 《歌德文集》第10卷,范大灿等辑,上海:上海译文出版社,1999年,第193页。
④ "除掉精力、气力和意志以外,还有什么可以叫做我们自己的呢?"(《歌德谈话录》,爱克曼辑录,朱光潜译,第88—89页。)
⑤ 《歌德谈话录》,爱克曼辑录,朱光潜译,第251页。
⑥ 《歌德谈话录》,爱克曼辑录,朱光潜译,第56页。
⑦ 《歌德谈话录》,爱克曼辑录,朱光潜译,第88—89页。
⑧ 《歌德谈话录》,爱克曼辑录,朱光潜译,第229页。
⑨ 《歌德的格言和感想集》,程代熙、张惠民译,第76页。
⑩ 《歌德谈话录》,爱克曼辑录,朱光潜译,第8页。
⑪ 《歌德谈话录》,爱克曼辑录,朱光潜译,第247页。
⑫ 克利斯朵夫·马洛:《浮士德博士的悲剧》,戴镏龄译,北京:作家出版社,1956年。
⑬ 克利斯朵夫·马洛:《浮士德博士的悲剧》,戴镏龄译,第232页。
⑭ 克利斯朵夫·马洛:《浮士德博士的悲剧》,戴镏龄译,第244页。
⑮ 克利斯朵夫·马洛:《浮士德博士的悲剧》,戴镏龄译,第244页。

的经典表现,认为"它把我们时而引入令人晕头转向的哲学迷宫,时而引入广阔无垠而令人生厌的自然科学,又用罪恶和赎罪的玄义把我们引入个人生命和宗教信仰的隐蔽的深处。"①

结　语

巴赫金说:"文本只是在与其他文本(语境)的相互关联中才有生命。只有在诸文本间的这一接触点上,才能迸发出火花。"②当我们穿越时空隧道,跨越文化界域,把刘勰与歌德文本放在一起观看时,我们的惊讶不是来自陌生而是相似:这些文本都是作者"用各种不同性质的表述,犹如他人的表述来创造的。甚至连作者的直接引语,也充满为人意识到的他人话语"③。而遵循"振叶以寻根,观澜而索源"(《文心雕龙·序志》)的基本原则,通过对刘勰"事类"、"征圣"、"宗经"、"循环相因"、"体旧而趣新"等,以及歌德"两个主体"、"影响"、"题材"、"摹仿"和"独创性"等论述的跨文化考察,我们把握到了它与当代互文性思想和理论之间的一脉相承。与此同时,我们也清醒地认识到:刘勰和歌德远非"根"或"源"。诚如歌德所说:"凡是值得思考的事情,没有不是被人思考过的;我们必须做的只是试图重新加以思考而已。"④其实,早在刘勰与歌德之前,类似的论述与实践比比皆是,诸如亚里士多德的悲剧和喜剧起源于临时口占(颂神诗)、贺拉斯的苏格拉底的文章能够给诗人提供材料⑤、王充的"人不博览者,不闻古今,不见事类,不知然否"(《论衡·别通》),以及《尚书》里的"无稽之言"、"彝训"和"旧章"之论等。至于文学创作中普遍存在的用典和体裁、题材、表现手法等的因袭现象,以及 19 世纪中叶以来为比较文学研究已经证实的"接受到的和给与别人的那些'影响'的作用,是文学史的一个主要的因子"⑥等等,这一切都表明:互文性是文学之为文学的东西。它"是文本固有的特质和读者期待的一部分"⑦,更是文学自身建构、积淀、解构的内在机制。

---

① 梅尔茨:《十九世纪欧洲思想史》,周昌忠译,第一卷,北京:商务印书馆,1999 年,第 67 页。
② 巴赫金:《文本　对话与人文》,白春仁译,石家庄:河北教育出版社,1998 年,第 380 页。
③ 巴赫金:《文本　对话与人文》,白春仁译,第 319 页。
④ 《歌德的格言和感想集》,程代熙、张惠民译,第 3 页。
⑤ 参见亚里士多德《诗学》第 4、5 章,以及贺拉斯《诗艺》。
⑥ 提格亨:《比较文学论》,台湾商务印书馆,1937 年,第 6 页。
⑦ Graham Allen, *Intertextuality*, The Year's Work in Critical and Cultural Theory V. 4 No. 1, 1994, p48.

"命题"与《文心雕龙》之理论建构

吴建民*

摘　要：运用大量的"命题"进行理论建构是《文心雕龙》的一个显著学术特色。命题凝聚着《文心雕龙》的思想精髓，因而对于全书的理论建构具有非常重要的意义，主要体现在三个方面：第一，命题是《文心雕龙》各篇表述思想观点的主要方式。第二，命题对于《文心雕龙》理论系统之建构具有举足轻重之作用。第三，命题直接体现了本书的理论价值。因此，命题是揭开《文心雕龙》理论系统奥秘的一把钥匙，对其展开探索是开拓"龙学"研究新局面的重要路径。

关键词：命题；《文心雕龙》；理论建构

运用"命题"进行理论建构是古代文论最显著的学术特色之一，因为在历代文论中都有大量理论命题的提出和运用。"诗言志"、"文质彬彬"、"发愤著书"、"文以载道"等凝聚着古代文论思想精髓的著名命题对于古代文论思想体系的建构来说，都是不可或缺的支柱和栋梁。而在三千年的文学批评史上，对"命题"做出最大贡献的经典著作当属刘勰的《文心雕龙》，因为书中提出了大量的理论命题，诸如"心生而言立"（《原道》）、"感物吟志"（《明诗》）、"情以物兴"、"物以情观"（《诠赋》）、"神与物游"、"神用象通"（《神思》）、"各师成心，其异如面"（《体性》）、"因情立体"（《定势》）、"时运交移，质文代变"（《时序》）、"文变染乎世情，兴废系乎时序"（《时序》）、"辞以情发"（《物色》）、"观文者披文以入情"（《知音》）[①]等，都是古代文论的经典命题。在《文心雕龙》的五十篇文章中，绝大部分篇目都有命题的提出和运用，《明诗》、《诠赋》、《神思》、《体性》、《情采》、《物色》、《通变》、《养气》等篇所提出的命题都多达十几个。刘勰通过命题的运用而表达思想观点，命题凝聚着《文心雕龙》的思想精髓。因此，研究书中所提命题的价值意义及这些命题对于该书理论建构的作用，无

＊　作者简介：吴建民，江苏师范大学文学院教授。

①　［梁］刘勰著、范文澜注：《文心雕龙注》，北京：人民文学出版社，1958年。以下所引《文心雕龙》原文皆出自此书。

论对于《文心雕龙》还是对于古代文论的研究来说,其意义都是不言而喻的。

所谓"命题",最基本的解释是:"逻辑名词。表达判断的句子。……一说凡陈述句所表达的意义为命题,被断定了的命题为判断。也有对命题和判断不作区别,把判断叫做命题的。"①还有类似的解释:"逻辑学指表达判断的语言形式,由系词和主词和宾词联系而成。"②这些解释表明,"命题"本是一个逻辑学概念,其基本形式是"判断的句子"或"陈述句",也可以是一种单纯"表达判断"的短语;其基本内涵是"判断"或"陈述"一种道理、观点。这种解释基本适用于古代文论命题。但是,本文认为古代文论的"命题"又具有这样的独特内涵:凡古代文论之命题,应包含古代文学的某方面规律,具有一定的应用价值,如"诗言志"、"发愤著书"、"文以载道"等命题,都蕴藏着古代文学的某方面规律,可应用于解决文学活动中的具体问题。由此可以说,古代文论中那些体现着文学的某方面规律、具有应用价值的判断性、陈述性句子、短语,即为古代文论之"命题"。按照古代文论命题的这种特点,《文心雕龙》一书提出的命题多达二百余个,这些命题是《文心雕龙》理论建构的最重要因素,也凝聚着全书的思想精华。

一、"命题"与《文心雕龙》之理论表述

"命题"对于《文心雕龙》的理论建构功能首先体现在对各篇目思想观点的表述上。《文心雕龙》一书虽然"体大而虑周"③,圆融贯通,理论自成系统,但全书实际是由五十篇各自独立的专题论文组成的,每篇都是围绕一个论题展开论述。刘勰在各篇论述不同的理论问题时,用来表达理论观点的一个重要方式就是命题。

这种情况在本书的"剖情析采"部分最为突出。"剖情析采"作为全书的理论聚集区,思想深刻,观点丰富,具有突出的以逻辑论证、思辨分析为主要方式进行理论阐释的特点,因而,对于刘勰来说运用命题表达思想观点就格外方便。因为"'命题'一般都以短小精悍的句子体现了古代文论家对于文学理论的看法"④,是文论家表述思想观点最有效的方式。在"剖情析采"的《神思》、《体性》、《定势》、《通变》、《附会》、《情采》、《物色》等篇目中,提出的命题都多达十余个。以《神思》篇为例,刘勰在此篇提出了"寂然凝虑,思接千载……视通万里"、"神与物游"、"陶钧文思,贵在虚静"、"积学以储宝,酌理以富才,研阅以穷照,驯致以绎辞"、"窥意象而运斤"、"规矩虚位,刻镂无形"、"搦翰气倍,篇成半折"、"意空易奇,言实难巧"、"意授于思,言授于意"、"秉心养术,无务苦虑;含章司契,不必劳情"、"文之制体,大小殊功"、"理郁苦贫,辞溺伤乱;博见贯一,有助心力"、"拙辞巧义,庸事新意,杼轴献功,焕然乃珍"、"文外曲致,言所不追,至精阐妙,至变通数"、"神用象通,情变所

---

① 辞海编辑委员会编:《辞海》(缩印本),上海:上海辞书出版社,1980 年,第 573 页。
② 中国社会科学院语言研究所词典编辑室编:《现代汉语词典》(修订本),北京:商务印书馆,1996 年,第 892 页。
③ [清]章学诚著:《文史通义》,沈阳:辽宁教育出版社,1998 年,第 143 页。
④ 唐萌、吴建民:《论〈知音〉篇理论命题的类型、内涵及当代意义》,《徐州工程学院学报》2011 年第 4 期。

孕"、"物以貌求，心以理应"等近二十个命题。这些命题不但有效表达了刘勰对于"神思"性质、特征、功能等问题的看法，而且涉及创作过程中的多方面理论问题。或者说，本篇理论观点的表述，主要就是借助于这些命题而得以实现的。如果没有这些命题的运用，不但刘勰的思想观点表达起来较为困难，而且《神思》篇的理论价值也将大大降低，因为这些命题凝聚了本篇的思想精华。《体性》、《定势》、《通变》、《情采》、《物色》等篇目的情况也与此类似，都是通过大量的命题运用而使其理论观点得到了最有效的表达。

在《文心雕龙》的"文之枢纽"和"论文叙笔"两部分，由于研究对象和论述的内容不同，出现的命题相对较少。但在这两部分的篇目中，命题对于表达刘勰的思想观点仍然具有不可替代的作用。其中《明诗》篇最有代表性，刘勰在本篇运用了十多个命题，其中不少命题都堪称经典，如"人禀七情，应物斯感；感物吟志，莫非自然"这一复合句式构成的命题，实际上揭示了中国古代诗歌创作的基本原理，即诗歌创作是一个感物→生情→吟诗的过程。又如"义归'无邪'"这一命题承孔子的"思无邪"说，确立了以"无邪"为本的诗歌创作基本思想原则。而"诗者，持也，持人情性"、"在心为志，发言为诗"、"民生而志，咏歌所含"等命题则揭示了诗歌之本体所在。"情必极貌以写物"、"婉转附物，怊怅切情"两命题揭示了诗歌创作中的抒情与写物的关系。"顺美匡恶"这一命题则赋予了诗歌以重大的社会历史使命，即便在当代仍然具有重要意义。在"文之枢纽"的《原道》、《征圣》、《宗经》、《辨骚》等篇及"论文叙笔"的《乐府》、《诠赋》、《杂文》等篇，也都有很多经典命题的提出。各篇目中的命题不但非常有效地表达了刘勰的思想观点，而且也构成了各篇思想理论的支撑点，对于这些命题的把握和解读，是研究和掌握《文心雕龙》的思想理论的钥匙。

二、"命题"与《文心雕龙》理论系统之建构

"体大而虑周"作为《文心雕龙》显著的学术特色之一，表明此书具有系统的理论体系，而在此书的理论体系建构中，命题具有举足轻重之作用。这种作用主要体现在《文心雕龙》的各个方面的理论都离不开命题的支撑。从系统论的角度看，《文心雕龙》的理论系统主要包括文学本体论、文体论、创作论、作品论、作家论、风格论、文学功能论、文学通变发展论、方法技巧论、鉴赏批评论等众多理论层面。在这些理论层面上，命题是支撑其理论存在的关键因素。

《文心雕龙》的创作论最能体现出命题对于理论系统建构的支撑性作用。创作论作为《文心雕龙》的最核心理论，是一个完整的理论体系，包括文学创作的基本原理、艺术想象、艺术表现、技巧方法及作家创作的心理条件等不同的理论层面。而这些不同的理论层面都是以大量的命题为理论支撑点。如对于创作基本原理的论述，刘勰认为创作的基本原理就是感物生情、由情而文，即物→情→文。对于这一原理，《原道》篇提出"心生而言立，言立而文明"；《明诗》篇提出"人禀七情，应物斯感；感物吟志，莫非自然"；《诠赋》篇提出"睹物兴情"、"情以物兴，物以情观"；《物色》篇提出"物色之动，心亦摇焉"、"物色相召，人

谁获安"、"情以物迁,辞以情发";《知音》篇提出"缀文者情动而辞发"等一系列命题,这些命题明确地揭示了文学创作就是作家感应外物从而产生情感、感情产生从而进行创作的过程。刘勰指出,作家"言立"的创作行为以及通过"言立"而导致的"文明"即作品的产生是以"心生"为前提的,所以"情动"才能"辞发",而作家"心生"、"情动"又以"感物"为前提,所以"物"是创作的最终本源,作家"应物"才能"斯感","睹物"才能"兴情","物色动",作家才会"心亦摇",并且作家在"物色相召"的情境下产生情感是一种必然的心理活动。刘勰正是通过这一系列命题的提出,而建构了他的完整、系统的文学创作的基本原理。想象论是《文心雕龙》创作论的一个重要层面,刘勰对艺术想象的论述也是通过一系列命题的运用而得以实现的。如《神思》篇提出"寂然凝虑,思接千载……视通万里"、"神与物游"两命题揭示了艺术想象的基本特点;"陶钧文思,贵在虚静"揭示了艺术想象所需要的心理条件;"规矩虚位,刻镂无形"揭示了艺术虚构的特征;"拙辞巧义,庸事新意,杼轴献功,焕然乃珍"揭示了艺术想象的巨大功能,刘勰正是通过这一系列的命题而建构了艺术想象论的理论系统。艺术表现论也属于创作论的一个基本层面,对于艺术表现,《神思》篇提出了"神用象通"这一经典命题,此命题体现了艺术表现的基本原则,因为诗文词赋小说戏曲等各体文学及书画乐舞等各体艺术之创作都是"神用象通",甚至可以说,古今中外所有的文学、艺术创作都是"神用象通"的艺术表现过程,因此,"神用象通"这一命题实际体现了古今中外文学、艺术创作的表现原则。就此而言,刘勰的这一艺术表现论命题具有世界性的意义和价值。艺术表现离不开方法技巧,对于艺术技巧方法论,《文心雕龙》也提出了一系列命题,如"禀心养术,无务苦虑"(《神思》)、"才之能通,必资晓术"、"执术驭篇"(《总术》)等命题强调了作家掌握艺术表现方法之重要性;"数逢其极,机入其巧,则义味腾跃而生"(《总术》)这一命题指出了技巧运用具有重要而奇妙的艺术效果;"文体多术,共相弥纶"(《总术》)强调方法的多样性及综合运用的重要性;"以少总多"(《物色》)、"首尾周密,表里一体"、"弥纶一篇,使杂而不越"(《附会》)、"夸而有节,饰而不诬"(《夸饰》)等命题涉及语言运用技巧、结构方法及艺术夸饰等,都是古今作家常用的方法技巧。总之,《文心雕龙》的创作论是一个庞大复杂而完整的系统,在阐释这一复杂理论系统时,刘勰提出了大量的命题,这些命题凝聚了创作论的思想精华,如果没有这些命题的运用,《文心雕龙》创作论的表述和建构是难以完成的。

《文心雕龙》的作品论、文学风格论、通变发展论、鉴赏批评论、作家论等,也都是通过一系列命题的提出而得以建构的。如《体性》篇提出"情动而言行,理发而文见"、"因内而符外"两命题,揭示了风格随作家的创作过程而形成;"才有庸俊,气有刚柔,学有浅深,习有雅正"揭示了作家的才、气、学、习是影响风格形成的根本因素;"各师成心,其异如面"揭示了风格各异的根本原因等。再如鉴赏批评论,《知音》篇提出"知音其难,音实难知"、"文情难鉴"两命题,表明文学鉴赏是非常困难的事;"篇章杂沓,质文交加,知多偏好,人莫圆该"这一复合句式构成的命题揭示了文学鉴赏困难的基本原因;"操千曲而后晓声,观千剑而后识器;故圆照之象,务先博观"这一命题揭示了"博观"对于鉴赏批评的重要性;"无私于轻重,不偏于憎爱"揭示了批评家展开文学批评所应采取的基本态度;"目瞭则形无不分,心敏则理无不达"这一命题揭示了鉴赏主体条件的重要性;"深识鉴奥,必欢然内怿"这一命题揭示了鉴赏深奥作品能够给鉴赏者带来巨大的审美愉悦这一现象。正是这一系列命题的提出和运用,而使本书鉴赏批评论的基本框架得以建构和创立。由此不难看出,《文心雕龙》理论体系的各个层面都包含着一系列的命题,命题构成了本书理论体系的基本因素。研究解读这些命题,是把握本书理论体系的基本路径。

三、"命题"与《文心雕龙》之理论价值

由于命题是《文心雕龙》理论建构的基本因素,凝聚着全书的思想精髓,因而,本书的理论价值及意义在很大程度上与命题密切相关。或者说,书中所提出的命题直接体现了本书的理论价值。这可以从两方面理解。

第一,从各篇的研究内容、理论价值与命题的关系角度看,由于各篇所论述的内容不同,提出的命题数量及性质不同,其理论价值亦不同。据本人统计,《文心雕龙》提出命题的篇目约有四十五篇,占全书的百分之九十。书中凡具有重要理论价值的篇目,一般也都提出了数量较多、质量较高、影响较大的命题。《文心雕龙》开篇的五篇文章即"文之枢纽"作为全书的"总纲",惟《正纬》篇没有提出命题,而该篇正是"文之枢纽"中理论价值的最弱者。首篇《原道》虽然所提命题不多,但"心生而言立,言立而文明"、"文德大矣"、"因文明道"等都是古代文论中的经典命题,特别是"心生而言立,言立而文明"这一命题,就具有文以心为本的文学本体论及由心而言、由言而文的文学生成论双重意义。而"因文明道"对唐宋古文家的文道观及"文以载道"①说都不无影响。《征圣》篇"政化贵文"、"事绩贵文"、"修身贵文"三命题肯定了"文"对于政治教化、外交活动及个体修养方面的重要作用,在今天仍然具有实用价值。《宗经》篇"义挺性情,辞匠文理"、"旨远辞文,言中事隐"、"辞约旨丰,事近喻远"、"余味日新"、"文以行立,行以文远"等堪称古代文论的核心命题。"论文叙笔"二十篇作为《文心雕龙》的文体论,以《明诗》、《诠赋》两篇的理论价值最为重要,因为这两篇都提出了十几个命题。《明诗》篇的"义归'无邪'"、"应物斯感"、"感物吟志"、"顺美匡恶"、"情必写物"及《诠赋》篇的"体物写志"、"睹物兴情"、"情以物兴"、"物以情观"等命题都堪称经典。而文体论的其它篇目相对来说理论价值不高,究其原因,与提出的有价值的命题相对较少不无关系。"剖情析采"二十四篇作为《文心雕龙》的理论聚集区,普遍具有重要的理论价值,而这部分的大多数篇目都提出了较多的重要命题。其中《神思》、《体性》、《通变》、《定势》、《情采》、《章句》、《附会》、《物色》、《知音》诸篇的命题都在十几个以上。而《熔裁》、《隐秀》、《养气》、《总术》、《时序》、《程器》诸篇也都有经典性命题的提出。所以,《文心雕龙》各篇的理论价值与篇目中的命题是密切相关的。

---

① 陶秋英编选:《宋金元文论选》,北京:人民文学出版社,1984 年,第 121 页。

第二,从《文心雕龙》各方面理论的具体情况看,书中所论述的各方面理论,其价值与命题呈现出正比关系。如创作论作为全书的核心理论,所包含的命题不但数量多,而且质量高。"心生而言立"、"应物斯感,感物吟志"、"情以物兴"、"物以情观"、"神与物游"、"窥意象而运斤"、"神用象通"等经典命题,不但集中体现了刘勰创作观的理论价值,而且凝聚了中国古代文学创作论的最核心思想。风格论是《文心雕龙》的又一重要理论,书中所提"因内而符外"、"才有庸俊,气有刚柔,学有浅深,习有雅正"、"情性所铄,陶染所凝"、"各师成心,其异如面"、"摹体定习,因性练才"等风格论命题,也正是刘勰风格论价值的集中体现。这些命题不但对古代文学风格论的创建做出了重要贡献,而且在今天仍然具有切实的应用价值。文学通变发展论是《文心雕龙》具有重要特色的理论之一,这一理论也主要以命题为支撑。《通变》、《时序》两篇提出的一系列命题揭示了文学继承发展的内部规律与外部条件,不但对古代文学发展论的建构具有重要意义,而且对于当代文学发展论之建设仍有切实的应用价值。在作品论方面,《情采》篇的"非采而何"这一命题认为"采丽"是文章的最基本要求,这种采丽观体现了古人对文学作品的基本审美态度;"文附质,质待文"揭示了内容与形式的辩证关系;"文采所以饰言,辩丽本乎情性"这一命题通用于古今文学作品论;"情经辞纬"是古人的"立文之本",也是当代人的"立文之本";提倡"为情而造文",反对"为文而造情"这一原则既适用于古代文学作品,亦适用于当代文学作品。《情采》篇的这些古今通用的经典命题,其价值不言而喻。其它方面的理论如作家论、鉴赏批评论、方法技巧论等,其价值在很大程度上也都是通过命题而得以体现出来。上述情况表明,《文心雕龙》的理论建构是与命题的提出、运用紧密联系在一起的,命题既是支撑《文心雕龙》各方面理论的支柱与栋梁,也是各方面理论之价值的直接体现。

虽然"命题"是刘勰表述思想观点的基本方式和《文心雕龙》建构理论系统的关键因素,但目前对这一问题的研究却未真正展开,因为迄今为止这方面的研究成果寥寥无几。当代学人对《文心雕龙》的研究兴趣与热情主要体现在对书中基本理论的阐释、思想观点的探索、文本章句的注释与解读、文献资料的考证与辨析等方面。此外,"范畴"是"龙学"研究的又一热点,研究者对此倾注了高度的热情,下了特别的工夫,对"风骨"、"神思"、"体性"、"养气"、"隐秀"等范畴的研究可谓细及毛发,深及骨髓,文章不胜枚举,虽然取得了辉煌壮丽的研究成果,但其负面效应亦十分明显,即重复研究不可避免,屡屡出现。实际上,"命题"对于《文心雕龙》理论观点的表述、理论系统的建构、理论价值的体现等,是"范畴"所无法替代的。"命题"与"范畴"都是构成《文心雕龙》理论观点的基本因素,但是,当下对"范畴"研究的过热和对"命题"研究的过冷,这种现象是极不正常的。产生这种不正常现象的原因,在于人们对"命题"重要性的认识严重不足。因而,转变《文心雕龙》研究的传统思路,对书中命题给予更多的关注,并展开切实的研究和探索,从而开辟新的研究路径,开拓新的研究局面,实为当下"龙学"研究的当务之急。

叶燮的文艺美学观:"物我相合而为诗"

祁志祥[*]

摘　要: 叶燮是清初很值得注意的美学家和诗学理论家,对"美"和诗歌创作原理都作过独到、深入的探讨。如何把握叶燮的美学思想、诗学思想及两者之间的联系,是一个有价值的论题。叶燮的诗论立足于对审美发生的主客体二元性的基本认识,分析了"在物之三"("理"、"事"、"情")与"在我之四"("识"、"胆"、"才"、"力")的特征及其相互关系以及"物我相合"之后化生的诗学新质,以此作为评价历代诗歌演变的标准和"不主一格"风格论的内在依据,层次丰富,思理绵密,独具个性,是清代乃至中国诗学中的宝贵建树。尽管其逻辑的严密性还不够,但叶燮力图从自己的感受出发对诗歌的发生原理和美学特征作出独立解读,并努力摆脱历代诗话零星、感性的札记形态,系统地建构一种颇为严密的理论体系,是值得肯定和关注的。

关键词: 叶燮;美学;诗学;物我相合

　　叶燮(1627—1703),字星期,号己畦,寓居横山,时称横山先生。吴江(今属江苏)人。康熙进士,官宝应令,以忤长官被参落职。以论诗见称,所著《原诗》论述"数千年诗之正变、盛衰之所以然"[①]及诗歌创作各方面的问题,自成一家之言,颇富诗学理论的系统性和总结性。另有《己畦文集诗集》等。

　　叶燮是清初很值得注意的美学家和诗学理论家,对"美"和诗歌创作原理都发表过独

---

* 基金项目:本文为国家社科基金项目"中国古代美学史的重新解读"(05BZW010)部分成果。
　作者简介:祁志祥,上海政法学院国学研究所教授,北京师范大学文艺学研究中心兼职研究员。
① [清]叶燮:《原诗·内篇》,清康熙间叶氏二弃草堂刻本。按:本书所引《原诗》,均据此版本。

到、深刻的意见。如何把握叶燮的美学思想、诗学思想及两者之间的联系?这是有价值的研究论题。本文试作探讨。

一、美的客观性、主观性和相对性

叶燮是清初很值得关注的辩证唯物主义美学家。他明确提出"美本乎天"的唯物论美学命题,坚持美的客观属性:"凡物之生而美者,美本乎天者也,本乎天自有之美也。"①"凡物之美者,盈天地间皆是也。"②"天地之大文,风云雨雷是也。风云雨雷变化不测,不可端倪,天地之至神也,即至文也。试以一端论:泰山之云……或起于肤寸,弥沦六合,或诸峰竞出,升顶即灭,或连阴数月,或食时即散,或黑如漆,或白如雪,或大如鹏翼,或乱如散髦,或块然垂天,后无继者,或联绵纤微,相续不绝,又忽而黑云兴,土人以法占之,曰将雨,竟不雨;又晴云出,法占者曰将晴,乃竟雨。云之态以万计,无一同也。以至云之色相,云之性情无一同也。云或有时归,或有时竟一去不归,或有时全归,或有时半归,无一同也。此天地自然之文,至工也。"③

物之美虽然是客观的、自然而生的,但对物之美的认识却因主体不同而并不一致,这就叫"境一而触境之人之心不一"。叶燮在为其友孟举的《黄叶村庄诗》作序时指出:"黄叶村庄,吾友孟举学古著书之所也。……天下何地无村?何村无木叶?木叶至秋则摇落变衰,黄叶者,村之所有,而序之必信者也。夫境会何常?就其地而言之,逸者以为可挂瓢植杖;骚人以为可登临望远;豪者以为是秋冬射猎之场;农人以为是祭韭献羔之处;上之则省敛观稼、陈诗采风;下之则渔师牧竖取材集网,无不可者;更王维以为可图画,屈平以为可行吟:境一而触境之人之心不一。孟举于此不能不慨焉而兴感也。"

审美认识是客观的"美"与主体的"人"和"心"相互结合的产物。人的志趣、个性、职业不同,对同一自然物的心灵反应亦各各不同。于是,美与丑就呈现出相对性来。《原诗》外篇指出:"对待之义,自太极生两仪以后,无事无物不然:日月、寒暑、昼夜,以及人事之万有——生死、贵贱、贫富、高卑、上下、长短、远近、新旧、大小、香臭、深浅、明暗,种种两端,不可枚举。大约对待之两端,各有美有恶,非美恶有所偏于一者也。其间惟生死、贵贱、贫富、香臭,人皆美生而恶死,美香而恶臭,美富贵而恶贫贱。然逄、比之尽忠,死何尝不美?江总之白首,生何尝不恶?幽兰得粪而肥,臭以成美;海木生香则萎,香反为恶。富贵有时而可恶,贫贱有时而见美,尤易以明。……对待之美恶,果有常主乎?生熟、新旧二义,以凡事物参之:器用以商、周为宝,是旧胜新;美人以新知为佳,是新胜旧;肉食以熟为美者也,果实以生为美者也,反是则两恶。"为什么一般说来"人皆美生而恶死、美香而恶臭、美富贵而恶贫贱"?因为"生"、"香"、"富贵"在一般情况下给人愉快的感觉,而"死"、"臭"、

---

① [清]叶燮:《滋园记》,叶燮:《己畦文集》卷九。清戊午孟夏梦篆楼刊本,下同。
② [清]叶燮:《集唐诗序》,《己畦文集》卷九。
③ [清]叶燮:《原诗·内篇》。

"贫贱"给人痛苦、不适的感觉。为什么龙逄、比干尽忠而死，人们以死为美，江总从梁、陈一直苟活到隋朝，人们以生为恶？因为在这种特定情形下，由于道德理性的作用，人们感到"死"得崇高而"生"得苟且。同理，为什么"器用"以旧胜新，"美人"以新胜旧，"肉食以熟为美"，"果实以生为美"？是因为只有旧物、新人、熟食、生果才使人倍感愉快。于是，生死、贵贱、贫富、新旧、生熟等就成为引起特定情形下美感的不同对象形态。

此外值得注意的是，叶燮主张通过人的认识和创造，将自然界分散的美集合起来，使其变得更强烈、更典型："凡物之美者，盈天地间皆是也，然必待人之神明才慧而见。而神明才慧本天地间之所共有，非一人别有所独受而能自异也。故分之则美散，集之则美合，事物无不然者。"[1]"孤芳独美，不如集众芳以为美，待乎集事、在乎人者也。夫众芳非各有美，即美之类而集之。'集'之云者，生之植之，养之培之，使天地之芳无遗美，而其美始大。"[2]造园艺术和编纂诗集之类的活动就是这种美的集中化、典型化的创造性活动。

二、"在物之三：理、事、情"

审美认识缘生于客观之美与主体心灵的作用与结合，作为审美认识物化形态的"文章"亦源于物我相合。《原诗》内篇指出："以在我之四，衡在物之三，合而为作者之文章。"物我相合而为文章，是明清之际文人的共识，我们在谢榛、王夫之等人的诗文理论中不难看到。叶燮以独特的视角阐述、发展之，至刘熙载《艺概·赋概》则说："在外者物色，在我者生意，二者相摩相荡而赋出焉。"至王国维《文学小言》则说："文学者，不外（客观）知识与（主体）情感交代之结果而已。"

那么，"在物之三"是什么呢？叶燮作出了自己的独特分析，就是"理"、"事"、"情"。《与友人论文书》自述："仆尝有《原诗》一编，以为盈天地间万有不齐之物之数，总不出乎理、事、情三者。"《原诗》内篇反复揭示："自开辟以来，天地之大，古今之变，万汇之赜，日星河岳，赋物象形，兵刑礼乐，饮食男女，于以发为文章，形为诗赋，其道万千，余得以三语蔽之：曰理、曰事、曰情，不出乎此而已。""曰理、曰事、曰情，此三言者足以穷尽万有之态。凡形形色色、音声状貌，举不能越乎此。此举在物者而为言，而无一物之或能去此者也。""曰理、曰事、曰情三语，大而乾坤以之定位，日月以之运行，以至一草一木一飞一走，三者缺一，则不成物。"

万物的"理"、"事"、"情"是怎么产生的呢？《原诗》内篇指出，由"气"所化生："是三者，又有总而持之，条而贯之者，曰气。事、理、情之所为用，气为之用也……苟无气以行之，其能若是乎？"以"理"、"事"概括物之特征可以理解，"情"字就令人费解了。以"情"概括物之特征确是叶燮的一大发明。那么，叶燮的"理"、"事"、"情"含义如何呢？《原诗》内篇打了

---

① ［清］叶燮：《集唐诗序》，《己畦文集》卷九。
② ［清］叶燮：《滋园记》，《己畦文集》卷六。

个比喻来加以解释："譬之一木一草,其能发生者,理也;其既发生,则事也;既发生之后,夭乔滋植,情状万千,咸有自得之趣,则情也。"可见,"理"即万物发生的原理,"事"即万物发生后的形貌,"情"即万物发生之后生机勃勃的"情状"、神态。"情"不是主体感情的情,亦非真实的同义语,而是渗透着内在神韵、生气的外在形状,而不像"事",仅仅是物的外在形状。以"情"指"情状"、神态,这是叶燮的特独用法。

天下万物,总不出"理"、"事"、"情"三类。而文章乃是天下万物的表现,《原诗》所谓"文章者,所以表天地万物之情状也"。因此,文章创作的大法自然是"当乎理,确乎事,酌乎情",而不是准的、摹仿古人。《原诗》指出:"诗文一道岂有定法哉? 先挨乎其理,挨之于理而不谬,则理得;次征诸事,征之于事而不悖,则事得;终挈(通契)诸情,挈之于情而可通,则情得。三者得而不可易,则自然之法立。故法者,当乎理、确乎事、酌乎情,为三者之平准,而无所自为法也。""惟理、事、情三语,无处不然。三者得,则胸中通达无阻,出而敷为辞,则夫子所云'辞达'。'达'者,通也,通乎理、通乎事、通乎情之谓。而必泥乎法,则反有所不通矣。""今人偶用一字,必曰本之昔人。昔人又推而上之,必有作始之人。彼作始之人复何所本乎? 不过挨之理、事、情,切而可通而无碍,斯用之矣。……苟乖于理、事、情,是谓不通,不通则杜撰,杜撰则断然不可。苟不然者,自我作古,何不可之有! 若腐儒区区之见,句束而字缚之,援引以附会古人,反失古人之真矣。"《己畦文集》卷三《假山说》:"又如周昉之画美人,画美人者必仿昉为极则,固也。使有一西子在前,而学画美人者,舍在前声音笑貌之西子不仿,而必仿昉纸上之美人,不又惑之甚者乎?"从文章准的"理"、"事"、"情"出发,叶燮对六经以来的各类文章作了重新划分:"夫备物者莫大于天地,而天地备于六经。六经者,'理'、'事'、'情'之权舆也。合而言之,则凡经之一句一义,皆各备此三者而互相发明。分而言之,则《易》似专言乎'理',《书》、《春秋》、《礼》似专言乎'事',《诗》似专言乎'情',此经之原本也。而推其流之所至,因《易》之流而为言,则议论、辩说等作是也;因《书》、《春秋》、《礼》之流而为言,则史传、纪述、典制等作是也;因《诗》之流而为言,则辞赋、诗歌等作是也。"①

关于文章通乎"理"、"事"、"情"与明"道"的关系,叶燮《与友人论文书》在对六经源出的侧重于言理、言事、言情的三类文章作了分析之后指出:"数者条理各不同,分见于经,虽各有专属,其适乎'道'则一也。而'理'者与'道'为体,'事'与'情'总贯乎其中。惟明其理乃能出之而成文。""'道'者何也? 六经之道也。为文必本于六经,人人能言之矣,人能言之而实未能知之,能知之而实未能变而通之者。夫能知之,更能进而变通之,要能识乎'道'之所由来,与推夫'道'之所由极。非能明天下之理、达古今之事、穷万物之情者,未易语乎此也。"由此可见,在"理"、"事"、"情"与"道"的关系中,"理""与道为体",与"道"的联系最密切,而"事"与"情"也"贯乎其中",包含着"道"。"当乎理,确乎事,酌乎情"非但与"明道"不相矛盾,而且是对"明道"的"变通"发展,甚至是"道之所由来"、"道之所由极"。

---

① [清] 叶燮:《与友人论文书》,《己畦文集》卷十三。

至于文章之"美"与"道"及"理"、"事"、"情"的关系，叶燮《与友人论文书》说："今有文于此，必先征其美与不美。……由文之美而层累进之，以至适于道而止。"可见"文之美"的根本在"适道"。而"道之所由来"、"所由极"、所"变通"又在"明天下之理，达古今之事，穷万物之情"，故"文之美"与"揆于理"、"征诸事"、"契诸情"相统一。

三、"在我之四：才、胆、识、力"

中明以后，受王阳明心学之影响，文艺美学家大多十分重视主体素质在审美观照与创造活动中的地位和作用。如李贽在《杂述》中分析、强调过作家"才、胆、识"的作用，袁中道在《妙高山法寺碑》中提出过"识、才、学、胆、趣"说。叶燮既然认为文章是主客观合一的产物，在分析了客体三要素"理、事、情"后，又转而分析到主体的四种素质："才、胆、识、力"。《原诗》内篇指出："曰'才'、曰'胆'、曰'识'、曰'力'，此四言者所以穷尽此心之神明。凡形形色色，音声状貌，无不待此而为之发宣昭著。此举在我者而为言，而无一不如此心以出之者也。""大约'才'、'胆'、'识'、'力'四者交相为济，苟一有所歉，则不可登作者之坛。"

何为"才、胆、识、力"？四者之间的关系怎样？它们在文学创作中的地位、作用如何？《原诗》内篇详细论述了这些问题。

"识"是一种辨别是非、独立不拔的见识。在兼顾主体的四种素质的同时，叶燮更强调"识"的重要性："四者无缓急，而要在先之以识。""惟有识则是非明，是非明则取舍定，不但不随世人脚跟，并亦不随古人脚跟。"[①]在拟古主义盛行的时候，叶燮尤其强调"识"的可贵：

> 今夫诗，彼无"识"者，既不能知古来作者之意，并不自知其何所兴感触发而为诗。或亦闻古今诗家之论，所谓"体裁"、"格力"、"声调"、"兴会"等语，不过影响于耳，含糊于心，附会于口，而眼光从无着处，腕力从无措处。即历代之诗陈于前，何所决择？何所适从？人言"是"则是之，人言"非"则非之。夫非必谓人言之不可凭也，而彼先不能得我心之是非而是非之，又安能知人言之是非而是非之也？[②]

"识"的重要性，还体现在"识"对"胆"、"才"、"力"的统帅作用方面。"无'识'而有'胆'，则为妄，为卤（鲁）莽，为无知，其离言叛道，蔑如也；无'识'而有'才'，虽议论纵横，思致挥霍，而是非淆乱，黑白颠倒，'才'反为累矣；无'识'而有'力'，则坚僻妄诞之辞，足以误人而惑世，为害甚烈，若在骚坛，均为风雅之罪人。惟有'识'则能知所从，知所奋，知所决，则后'才'与'胆'、'力'皆确然有以自信。举世非之、举世誉之而不为其动摇，安有随人之

---

① ［清］叶燮：《原诗·内篇》。
② ［清］叶燮：《原诗·内篇》。

是非以为是非哉?"①叶燮还具体分析了"识"与"才"、"胆"的关系:

> 四者具足,而"才"独外见,则群称其"才",而不知其"才"之不能无所凭而独见也。其歉乎天者,"才"见不足。人皆曰"才"之歉也,不可勉强,不知有"识"以居乎"才"之先。"识"为体而"才"为用。若不足于"才",当先研精推求乎其"识"。

> "识"明则"胆"张,任其发宣而无所于怯,横说竖说,左宜而右有,直造化在手,无有一不肖乎物也。且夫胸中无"识"之人,即终日勤于学,而亦无益,俗谚谓为"两脚书橱"。记诵日多,多益为累。及伸纸落笔时,胸如乱丝。头绪既纷,无从割择。中且馁而胆愈怯,欲言而不能言,或能言而不敢言。矜持于铢两尺镬之中,既恐不合于古人,又恐贻讥于今人,……因无"识",故无"胆",使笔墨不能自由。②

自古以来,诗以吟咏性情为主。有明迄清,感性张扬,由"情"求诗者多多。而叶燮《原诗》探讨诗的主体素质却不谈"情",是不是意味着他对诗的言情特质的无视?不然。《原诗》内篇评论杜甫时曾说:"凡欢愉幽愁离合今昔之感,一一触类而起,因遇得题,因题得情,因情敷句……"可见他是不否定诗"因情敷句"的。他分析六经与理、事、情的关系时指出"《诗》似专言乎情",后世辞赋、诗歌本此,亦表明他认识到诗歌的言情特点。人人都知道诗者言情,非情人不能为诗人,再强调诗人的情感素质就显得多余;但在拟古之风颇盛的年代,诗人有自己的独特遭遇和真情实感,却不能言、不敢言,这就显出"识"的重要。可见叶燮论诗人的主体素质不谈"情"而强调"识",是当时现实的需要,是反对拟古、自树面目、张扬个性的时代需要。

有了确信无疑的见识,自然生出无所顾忌的胆量。而无"胆",则个性亦不能自树立:"文章千古事,苟无'胆',何以能千古乎?吾故曰:无'胆'则笔墨畏缩。"有了"胆",创作就进入了无所拘束的"自由"状态,创造才能也得以尽情发挥:"'胆'既诎(通屈)矣,'才'何由而得伸乎?"于是"胆"对"才"也具有一定的决定作用:"惟'胆'能生'才'。""才""必待扩充于'胆'"。③

有了"识"、"胆"之后,若无一定的"才",自家性情也不能表达出来。"才"是表达内在"心思"的才能。"无'才'则心思不出,亦可曰无心思则'才'不出。""夫于人之所不能知,而惟我有'才'能知之;于人之所不能言,而惟我有'才'能言之。纵其心思之氤氲磅礴,上下纵横,凡六合以内外,皆不得而囿之。以是措而为文辞,而至理存焉,万事准焉,深情托焉,是之谓'有才'。"④

"力"则是承载"才"的力量。"如是之'才',必有其'力'以载之。惟'力'大而'才'能

---

① [清]叶燮:《原诗·内篇》。
② [清]叶燮:《原诗·内篇》。
③ [清]叶燮:《原诗·内篇》。
④ [清]叶燮:《原诗·内篇》。

坚，故至坚而不可摧也。历千百代而不朽者，以此。""'力'之分量，即一句一言，如植之则不可仆，横之则不可断，行则不可遏，住则不可迁。""'立言者，无'力'则不能自成一家。""欲成一家之言，断宜奋其'力'矣。夫内得之于'识'而出之而为'才'，惟'胆'以张其'才'，惟'力'以克荷之。"他纵论历代诗文之"力"："统百代而论诗，自《三百篇》而后，惟杜甫之诗，其力能与天地相终始，与《三百篇》等。自此以外，后世不能无人者主之，出者奴之。诸说之异同，操戈之不一矣。其间又有力可以百世，而百世之内互有兴衰者，或中湮而复兴，或昔非而今是。又似世会之使然，生前或未有推重之，而后世忽崇尚之，如韩愈之文。……信乎文章之力有大小远近，而又盛衰乘时之不同如是。"①

四、"幽渺以为理，想象以为事，惝恍以为情"

以主体之"识"、"胆"、"才"、"力"，契合客体之"理"、"事"、"情"，产生"作者之文章"。那么，"文章"尤其是"诗"中的"理"、"事"、"情"是不是与现实中的"理"、"事"、"情"一样呢？不一样。《原诗》内篇分析说：由于主体的介入，客体的"理"、"事"、"情"在诗中发生了微妙的变化，一变而为"不可名言之理，不可施见之事，不可径达之情"。叶燮强调："要之，作诗者，实写'理'、'事'、'情'，可以言言，可以解解，即为俗儒之作。"只有"幽渺以为理，想象以为事，惝恍以为情，方为理至、事至、情至之语"。例如杜甫诗句"碧瓦初寒外"、"月傍九霄多"、"晨钟云外湿"、"高城秋自落"等，"若以俗儒之眼观之，以言乎'理'，'理'于何通？以言乎'事'，'事'于何有？所谓'言语道断'，'思维路绝'。然其中之'理'，至虚而实，至渺而近，灼然心目之间，殆如鸢飞鱼跃之昭著也。'理'即昭矣，尚得无其'事'乎？""古人妙于'事'、'理'之句，如此极多……其更有'事'所必无者，偶举唐人一二语，如'蜀道之难，难于上青天'、'似将海水添宫漏'、'春风不度玉门关'、'天若有情天亦老'、'玉颜不及寒鸦色'等句。如此者，何止盈千累万！决不能有其'事'，实为'情'至之语。"因此，叶燮赞同一位问话者对"诗之至处"的概括："诗之至处，妙在含蓄无垠，思致微妙，其寄托在可言不可言之间，其指归在可解不可解之会，言在此而意在彼，泯端倪而离形象，绝议论而穷思维，引人于冥漠恍惚之境，所以为至也。"

叶燮此论，触及诗人在情感的作用下，借助比兴、夸张等艺术手法，写出想象中的"理"与"事"，是中国古代诗学中形象思维理论的精彩总结。

由"物"之"理"、"事"、"情"与"我"之"识"、"胆"、"才"、"力"合而为"不可名言之理，不可施见之事，不可径达之情"的"理至"、"事至"、"情至"之语这样一种诗歌美学原理出发，《原诗》内篇全面分析了中国历代诗歌发展的"正"、"变"、"盛"、"衰"，叶燮据此提出了"诗无一格"、"雅亦无一格"、"平、奇、浓、淡、巧、拙、清、浊无不可为诗，而无不可为雅"②的美

①［清］叶燮：《原诗·内篇》。
②［清］叶燮：《汪秋原浪斋二集诗序》，《己畦文集》卷九。

学风格论。

　　叶燮的诗论立足于对审美发生的主客体二元性的基本认识,分析了"在物之三"与"在我之四"的特征及其相互关系以及"物我相合"之后化生的诗学新质,以此作为评价历代诗歌演变的标准和"不主一格"风格论的内在依据,层次丰富,思理绵密,独具个性,是清代乃至中国诗学中的宝贵建树。然而我们必须指出的是,尽管他力图建立丰富严密的诗学体系,但逻辑的严密性还是不够的。比如他对"情"这一概念的使用并不统一。作为"在物"者之一要素,本指物之"情状",与主体的感情无关。可在分析诗中之"理"、"事"何以不同于现实之"理"、"事"时,"情"又变成了驱使"理"、"事"变化的主体情感因素。在讲《诗》似专言乎情"、"作诗者在抒写性情"、"语于诗,则'情'之一言,义固不易"①时,"情"均指"在我"之情感,这就与"在物"之"情"相矛盾。又如在分析"物"之"理"、"事"、"情"在主体作用下变为"不可名言之理,不可施见之事,不可径达之情"时,对"我"之"识"、"胆"、"才"、"力"这四个重要元素与这种变化的联系则语焉阙如;举例剖析也只是说明了诗是怎样"幽渺以为'理'、想象以为'事'"的,而没有说明诗是如何"惝恍以为'情'"的,等等。这些逻辑上不小的漏洞使得叶燮诗论如空谷足音,并没有在当时和清代中后期引起什么应和。然而不管怎么说,叶燮力图从自己的感受出发对诗歌的发生原理和美学特征作出自己独立的解读,并努力摆脱历代诗话零星、感性的札记形态,系统地建构一种颇为严密的理论体系,是值得肯定和关注的。

---

①［清］叶燮:《原诗·内篇》。

刘勰"论文征于圣"说理论
内涵及方法论意义

张利群*

摘　要： 刘勰《文心雕龙·征圣》提出"论文征于圣"说，认定作文、论文都必须取证、验证、征验于"圣"，构成道、圣、文的整体关系，从而使"征圣"通过"圣人之情"在文章中的表达，达到"原道"、"宗经"的目的。这不仅具有确立论文指导思想的意义，而且也具有"征"的验证、实证、引证的文学研究方法论及其批评方法论意义。

关键词： 征圣；征验；可征性；宗经；方法论

　　刘勰《文心雕龙》自问世以后，历来受到文论批评家的重视，尤其是《原道》、《神思》、《体性》、《知音》等重要篇章，研究者络绎不绝。但相对而言，刘勰着意将放置在全书重要位置的第二篇的《征圣》则未能引起学界应有的重视，与《原道》相比，两者失衡甚大。这与完整准确把握刘勰的文论批评观是极其不利的，因为《原道》、《征圣》、《宗经》三篇应是阐发刘勰文艺思想的完整构成，如果对《征圣》、《宗经》没有很好研究的活，那么《原道》研究也难以完整和周全。因此刘勰在其《序志》中一针见血地指出："盖《文心》之作也，本乎道，师乎圣，体乎经，酌乎纬，变乎骚，文之枢纽，亦云极矣。"[①]既然《征圣》是"文之枢纽"的一个组成部分，显然"文之枢纽"离开《征圣》也难以成就。同时，作为"文之枢纽"的一部分，对此下诸篇，乃至《文心雕龙》完整的理论体系作用甚大，研究者不能将其边缘化，忽视《征圣》在"文之枢纽"中的地位及其对整个理论体系的指导作用。

　　《征圣》提出"论文必征于圣"观点，其目的和用心对于刘勰而言至关重要。首先是为表明其文艺观中的儒家思想及其对儒家圣人孔子的崇敬之情与师法之价值取向，为其理

＊ 基金项目：教育部人文社科项目"文学批评机制研究"，项目批准号：13YJA751063。
　　作者简介：张利群，广西师范大学文学院教授。
① ［梁］刘勰：《文心雕龙·序志》，范文澜注：《文心雕龙注》，北京：人民文学出版社，1958年，第727页。

论体系建构奠定儒家思想根基;其次,是为了说明当时文论批评存在的一些问题,如"不述先哲之诰,无益后生之虑"①,需要通过"师乎圣"、"征圣"解决现实问题;再次,针对当时文坛"离本弥甚,将遂讹滥"②的不正之风进行批评,使其做到"辞训之异,宜体于要"③;最后,刘勰认为"君子处世,树德建言"④,必然要树立起"德"和"言"的标准和典范,"征圣"、"宗经"就必然成为对"德"和"言"的规定和要求。因此,刘勰设置《征圣》篇是其"为文之用心"的创作动机的一个重要内容,要完整准确把握刘勰的文艺思想,就必须重视对其"征圣"说的研究。关于刘勰的思想的复杂性,学界有许多讨论,认定其思想为儒、道、释融合的可谓主流,而王元化先生指出:"但从其思想体系看,从其主导思想看,《文心雕龙》仍属儒家思想。须知儒学本身也在发展,在发展过程中也会吸取其他思想学派的某些成分融化于自身之内。倘使我们今天在分析某一思想家的时候,不问思想体系和主导倾向如何,以为融化了某些其他思想学派的某些成分,或者甚至只要运用了前人或同时代人某种不同流派的思想资料,就可划入某种学派,这种简单化的方法是不符合科研工作的科学态度的。"⑤因而,整体地把握刘勰的思想,从而将《原道》、《征圣》、《宗经》联系起来考辨刘勰思想,其儒家的主导思想倾向是明显的,故而《征圣》是阐明刘勰思想的重要篇章。

当前学界对刘勰《征圣》研究的忽略,其中有一个很重要的原因是纪昀针对《征圣》的篇目评曰:"此篇却是装点门面,推到究极,仍是宗经。"⑥认为《征圣》与《宗经》有一脉相承的关系这是没有错的,但认为这是"装点门面",似乎可有可无之语则未免偏颇,从而导致后人对《征圣》的忽略。但仍有不少国学大师对此说置疑,如黄侃认为:"此篇所谓宗师仲尼以重其言。纪氏谓为装点门面,不悟宣尼赞《易》、序《诗》、制作《春秋》,所以继往开来,唯文是赖。后之人将欲隆文术于既颓,简群言而取正,微孔子复安归乎?且诸夏文辞之古,莫古于《帝典》,文辞之美,莫美于《易传》。一则经宣尼之刊著,一则为宣尼所自修。研论名理,则眇万物而为言;董正史文,则先百王以垂范,此乃九流之宗极,诸史之高曾,求之简编,明证如此。"⑦因而《征圣》研究宜引起学界的重视,其文论批评及其方法论意义,更应该从对"征圣"的涵义、内涵和处延的把握中充分揭示出来。

一、"圣人之情":"征圣"的内涵和基本内容

刘勰《征圣》篇最大的贡献就是创造了"征圣"这一范畴,就如其《原道》创造了"原道"说,《宗经》创造了"宗经"论一样,《征圣》创造了"征圣"说,从而影响了此后历代文论批评

---

① [梁]刘勰:《文心雕龙·序志》,范文澜注:《文心雕龙注》,第726页。
② [梁]刘勰:《文心雕龙·序志》,范文澜注:《文心雕龙注》,第726页。
③ [梁]刘勰:《文心雕龙·序志》,范文澜注:《文心雕龙注》,第726页。
④ [梁]刘勰:《文心雕龙·序志》,范文澜注:《文心雕龙注》,第725页。
⑤ 王元化:《文心雕龙讲疏》,上海:上海古籍出版社,1992年,第326页。
⑥ [清]纪昀评语,见周振甫注:《文心雕龙注释》,北京:人民文学出版社,1981年,第12页。
⑦ 黄侃:《文心雕龙札记》,上海:上海古籍出版社,2000年,第12页。

家力倡"原道"、"征圣"、"宗经",使之不仅成为论文的重要指导思想和基本理论,而且使成为文论批评的基本范畴和命题。韩愈《答李翊书》曰:"根之茂者其实遂,膏之沃者其光煜,仁义之人,其言蔼如也。"①柳宗元《答韦中立论师道书》曰:"文者以明道,是固不苟为炳炳烺烺,务采色、夸声音而以为能也。"②这实是刘勰"道沿圣以垂文,圣因文而明道"③的精神和意义的彰显。因而,刘勰的"征圣"说是有其独立内涵和实质内容的。

所谓"征圣",是指征验圣人之意。詹锳认为:"这里的'征'字作'征验'解。所谓'征圣'是'征于圣'的简称,就是以圣人作标准来验证,也就是从圣人那里找根据。刘勰认为只要取验于周公孔子的著作,文章就有了师范,所以《序志》篇说'师乎圣'。"④《说文解字》释"征"曰:"召也,从壬,从微省。壬微为征,行于征而闻达者即征。"⑤《词源》释"征",其中一义为"证明、证验。《书·胤征》:'圣有谟训,明征定保。'《论语·八佾》:'夏礼,吾能言之;杞,不足征也。'"⑥由此可见,"征"是证验之意,是为了能验证某一事物的合理性、合法性而取证于具有权威性、经典性的典范根据,因而"征"具有取证于榜样、模范的方法论意义,也是衡量评价事物的标准及其师法对象。"征圣"是"征于圣"之意,即指衡量评价事物必须取证于圣人,故而其宗旨是"师乎圣",以圣人作为征验标准和师法对象。胡大雷进而指出:"所谓'征圣',就是用圣人文辞表现出来的'圣人之情'来作为验证或例证。那么,什么是'圣人之情'呢? 刘勰从'贵文'、'作文'、'论文'三方面或验证、或例证来说明。"⑦可见,要确立"论文必征于圣"的"征圣"原则和标准的话,必须首先对圣人的合理性、合法性进行验证和取证,"圣人之情"包括圣人的思想道德均应通过可验的文章、文辞中表现出来,从而使"圣人之情"具有可征性。如何通过文辞、文章来认识"圣人之情",或者说,"圣人之情"如何能通过文辞、文章的可征性而验证出来呢? 这可从三方面来把握"圣人之情":

其一,"道"、"圣"、"文"关系系统论。其实"征圣"并不仅仅是孤立地验证于圣人而已,而是与"原道"、"宗经"融为一体,密不可分的。《原道》篇指出"道沿圣以垂文,圣因文而明道"就充分说明了道、圣、文三者的关系。也就是说圣人一头联系于道,一头联系于文,是将文、道联为一体的中介,或者说将道化为文、将文引向道的关键环节。文何以能明道,道何以能垂文,关键就在于圣人的明道、垂文的作用。因而作为圣人而言,他必须具备"明道"与"垂文"的条件,才能作为"征圣"的对象,才能成为衡量评价事物的典范、标准和师法对象,从而才能成为取证验证的对象。石家宜指出:"'本乎道'与'师乎圣'、'体乎经'是三位一体的,从'道'出发,'圣'作中介,终归于'经',刘勰用了一个已为大家熟知的模式把它

---

① 周祖譔编选:《隋唐五代文论选》,北京:人民文学出版社,1990 年,第 205 页。
② 周祖譔编选:《隋唐五代文论选》,第 252 页。
③ 〔梁〕刘勰:《文心雕龙·原道》,范文澜注:《文心雕龙注》,第 3 页。
④ 詹锳:《刘勰与文心雕龙》,北京:中华书局,1980 年,第 23 页。
⑤ 〔汉〕许慎:《说文解字》,李恩江、贾玉民主编:《说文解字译述》,郑州:中原农民出版社,2000 年,第 741 页。
⑥ 《词源》,北京:商务印书馆,1989 年,第 590 页。
⑦ 胡大雷:《〈文心雕龙〉的批评学》,桂林:广西师范大学出版社,2004 年,第 9 页。

们勾连起来,这个'道沿圣以垂文,圣因文而明道'的模式,看起来'道'仍是至高无上的,'文'是'明道'的,但这里的'明道',确实与后之'载道'论者把'文'仅仅当作'道'的工具不同。'明道'的'人',经过'天地之心'到'圣人之心'到'圣人之情'的一层转换,以及'圣人之情'到一般作家之情的又一层转换,而变成以表达情感为主的美文,因而'情深而不诡'就变成了这种美文的第一要素。"①石家宜将道、圣、文关系进一步推进到"情"上,是有其见地的。从"征圣"角度看,"原道"是为了更好说明何以"征圣"的理由的,因而"圣"因秉"道"而被征;"文"是为了更好说明"征圣"的可征性之所在,因为"圣人之情"可见于文章、文辞之中,从而形成"经",因而"文以明道"亦可"征圣"。可见,"征圣"必"原道"和"宗经",才有"征圣"的依据和可能性,"征圣"的目的是通过"宗经"而"原道",其实质也是"征"圣之文,以明圣之道。因此在道、圣、文的系统中,圣是"明道"之圣,"垂文"之圣;其"道"是文必须"原"之"道",其"文"是文必须宗之"经"。故而"圣"才有可"征"的理由和根据,"征圣"之实质也就是"原道"和"宗经"。刘勰认为:"夫作者曰圣,述者曰明,陶铸性情,功在上哲,夫子文章,可得而闻,则圣人之情,见乎文辞矣。先王圣化,布在方册;夫子风采,溢于格言。"②可见,"圣"是可以通过"垂文"而"明道"的,"征"于圣,也可以说是征于道、征于经。以道、圣、经作为证验、取证的根据和标准。

其二,圣人具备可征之思想道德条件。刘勰认为圣人何以可征,其理由有三:一是"政化"可征,二是"事迹"可征,三是"修身"可征。归而言之,这主要是从"明道"这一角度提出圣人可征之条件的。刘勰为论证圣人所具备的这三个条件,虽然是从"文之征"这一角度提出来的,其实质一方面是为了说明圣人"垂文"而阐明了"贵文之征"的理由;另一方面是为了说明"贵文之征"之具体内容。首先刘勰指出:"是以远称唐世,则焕乎为盛;近褒周代,则郁哉可从。此政化贵文之征也。"③这一方面说明圣人孔子所推崇的唐尧之世和周代礼乐制度在"政化"方面的立国之功可作为"文之征";另一方面也说明何以"征圣"的一个重要理由就是"政化",圣人何以能"征"就是因为圣人知"政化"之用。这就要求,文只有达到"政化"功用的目的才符合"征圣"的标准,也才吻合孔子推崇唐尧周代作为"政化贵文之征"的价值取向和孔子"为文之用心"。其次,刘勰指出:"郑伯入陈,以文辞为功;宋置折俎,以多文举礼。此事迹贵文之征也。"④这说明,孔子十分明白和重视文辞、文章的建功立业的作用和价值,在国与国之间的军事、政治、外交等交往中,善于辞令对于成就事业起着重要作用,故而孔子特使其弟子记录那些交往活动谈话的内容,作为"事迹贵文之征"。这一方面说明文之"征"必须以其能否成就事业作为验证、取证的标准;另一方面说明孔子十分重视文章所具有建功立业的作用,既作为"征圣"的一个重要内容,又可作为圣人何以能"征"是因为圣人知"事业"之用的原因。再次,刘勰指出:"褒美子产,则云:'言以

① 石家宜:《〈文心雕龙〉系统论》,南京:江苏古籍出版社,2001年,第111页。
② ［梁］刘勰:《文心雕龙·征圣》,范文澜注:《文心雕龙注》,第15页。
③ ［梁］刘勰:《文心雕龙·征圣》,范文澜注:《文心雕龙注》,第15页。
④ ［梁］刘勰:《文心雕龙·征圣》,范文澜注:《文心雕龙注》,第15页。

足志,文以足言。'泛论君子,则云:'情欲信,辞欲巧。'此修身贵文之征也。"①这一方面提出文章所具有"修身"的作用,从而可以"修身"为文之"征";另一方面说明圣人孔子重视文之修身之说正是"征圣"的一个重要内容,同时也是圣人何以能"征"是因为圣人知"修身"之用的理由。刘勰指出"政化"、"事业"、"修身"作为"贵文之征"的三大条件,可谓是对"文以明道"内容的具体表达,这其实涵盖了修身齐家治国平天下的内容。作为圣人的孔子具备"政化"、"事业"、"修身"这三个条件,也就具备了"征圣"的可征性理由。

　　其三,圣人具备文章可征条件。刘勰在《征圣》中开篇明义指出:"夫作者曰'圣',述者曰'明'。"这是出自《礼记·乐记》"作者之谓圣,述者之谓明"②之语。所谓作者,指创始者,即具有独立创造性、原创性的圣人。刘勰称作者为圣人,显然这一"作者"的称谓与一般作者不同,带有原创者、创始者之意,因而才具有"圣人"涵义。但刘勰提出"作者"这一称谓,与文章作者、文学作者又有一定的关联。从文学创作角度而言,文学作者应该是创作者,即具有创造性、原创性特征的写作者,因而"作者"在此语境之外确实也含有等同于文学创作者和文章写作者之意的。"作"的字义中含有创作、写作、撰述之义。《尚书·益稷》:"帝庸作歌……"③《论语·述而》:"述而不作。"④张岱年指出:"孔子自谓'述而不作',今古辞者皆谓'述'为'传旧'或'循旧'之义。今案不然,'述'实乃推衍或继续发展之义。……'作'为开创,即不继承前人而重新开端。'述而不作',即循前人之路作更进的发展,而不另作新的开端。"⑤因而"述而不作"既是孔子自谦之语,又是表达孔子在继承中创造和发展的主张。从这个角度而言,孔子虽"述而不作",但是吻合刘勰指称他为"作者"的,甚至是"作者"之圣,为圣人作者。同时,就刘勰所言的"作者"而论,圣人之所以为圣人,除具备作为圣人的思想、道德、人格、事迹的条件之外,还必须具备写作文章、并使之成为经典的条件。因而"圣"必须以"经"来体现,圣人的思想通过文章来体现。故而才有"政化贵文之征"、"事迹贵文之征"、"修身贵文之征"之论。由此可见,圣人并非"述而不作",而是"夫子文章,可得而闻,则圣人之情,见乎文辞矣"⑥。孔子一部《论语》治天下,虽说是其弟子记载孔子言行,但不可否认这亦是圣人孔子作为"作者"的一种表达方式。当然更不用说孔子用毕生精力整理文献典籍,使其经典化,也可谓是"作者"的一种表达形式。因而,圣人可征必须有"作"可征,圣人必须是"作者",这才具有可征、可验的根据和准绳。也就是说,圣人的思想精神、人格品质只有依托于可征之"作者"创作的文章才能表现出来。故而刘勰指出:"然则志足而言文,情信而辞巧,乃含章之玉牒,秉文之金科矣。"⑦写作的

　　① [梁]刘勰:《文心雕龙·征圣》,范文澜注:《文心雕龙注》,第15页。
　　② [汉]郑玄注、[唐]孔颖达疏、十三经注疏整理委员会整理:《礼记正义》,北京:北京大学出版社,2000年,第1269—1270页。
　　③ [汉]孔安国传、[唐]孔颖达疏、十三经注疏整理委员会整理:《尚书正义》,北京:北京大学出版社,2000年,第155页。
　　④ 杨伯峻:《论语译注》,北京:中华书局,1980年,第66页。
　　⑤ 张岱年:《中国哲学史》,南京:江苏教育出版社,2006年,第10页。
　　⑥ [梁]刘勰:《文心雕龙·征圣》,范文澜注:《文心雕龙注》,第15页。
　　⑦ [梁]刘勰:《文心雕龙·征圣》,范文澜注:《文心雕龙注》,第15页。

法则一方面可理解为思想充实和语言富有文采,情感真诚和文辞精巧,强调内容与形式的统一;另一方面也可理解为只有思想充实才能使语言富有文采,只有情感真诚才能使文辞精巧,强调内容决定形式,从而使内容与形式统一。"作者"就是能使内容与形式统一起来,使其志其情能通过言辞文章表达出来的具有创造性、原创性的圣人。"圣人"称谓指人格品德最高和成就最大的人,《易·乾·文言》:"圣人作而万物睹。"①《老子》:"是以圣人抱一,为天下式。"②儒家典籍中圣人多泛指尧、舜、禹、汤、文、武、周公、孔子。自儒家定于一尊以后,特指孔子为圣人。故而刘勰"征圣"说的圣人明确指称孔子。《孟子·万章下》:"伯夷,圣之清者也;伊尹,圣之任者也;柳下惠,圣之和者也;孔子,圣之时者也。"③孔子作为"圣人"可征,不仅是道德人格可征,而且是文章可征。

二、"文成规矩":"征圣"的根据及其可征性

孔子因其道德文章而为"圣",那么必须是为人师表的典范,当然也是作文、论文的典范。刘勰指出:"征之周、孔,则文有师矣。"④也就是说无论文章、文学写作也好,还是讨论文章、文学也好,都必须验证、取证于圣和师法于圣。从作文、论文角度讨论"征圣",就必须与圣人文章的可征性有关。那么圣人文章的可征性何在呢? 刘勰提出三条可征性:

其一,"文成规矩,思合符契"的可征性。作文、论文都必须遵循规律,根据规律制定规矩、规则,从而才能使作文、论文有所规范和保障。万物皆有规律,万事皆有规矩,没有规矩不成方圆,没有规律不成事理。因而孔子之所以可征,就是因为"文成规矩,思合符契"⑤。进而推向孔子何以能"文成规矩,思合符契"呢? 其理由有四:首先是因为孔子是思想道德人格品质最高之人,从而使作文、论文的思想内容有了保障和规范;其次,孔子一生都在追求周礼,他认定周代礼乐制度是最完善的制度形式,因而针对当时礼崩乐坏、诸侯纷争的混乱现实,其思想倾向于建立稳定统一的制度、秩序,从而影响他对作文、论文的规矩的强调;再次孔子主张中庸之道、中和之美,提倡"乐而不淫"、"哀而不伤"⑥,从而对作文、论文的情感表达有所规范和限制,使之"发乎情,止乎礼义"⑦,导向"思无邪"⑧的思想倾向性;最后,孔子主张对立矛盾的和谐统一观,对作文论文而言,他提倡"文质彬

① [魏]王弼注、[唐]孔颖达疏、十三经注疏整理委员会整理:《周易正义》,北京:北京大学出版社,2000年,第20页。

② 朱谦之:《老子校释》,北京:中华书局,1984年,第92页。

③ [汉]赵岐注、[宋]孙奭疏、十三经注疏整理委员会整理:《孟子注疏》,北京:北京大学出版社,2000年,第316页。

④ [梁]刘勰:《文心雕龙·征圣》,范文澜注:《文心雕龙注》,第16页。

⑤ [梁]刘勰:《文心雕龙·征圣》,范文澜注:《文心雕龙注》,第15页。

⑥ 杨伯峻:《论语译注》,第30页。

⑦ [汉]毛亨传、[汉]郑玄笺、[唐]孔颖达疏、十三经注疏整理委员会整理:《毛诗正义》,北京:北京大学出版社,2000年,第18页。

⑧ 杨伯峻:《论语译注》,第11页。

彬"①、"尽善""尽美"②,从而构成其"文成规矩,思合符契"的理由。因此,孔子道德文章的可征性在于建立了作文论文的规矩、规则、原则、标准,使此后作文论文有了可征之依据。

其二,圣人文章写作特点的可征性。刘勰提出孔子文章写作有四个方面的特点:"或简言以达旨,或博文以该情,或明理以立体,或隐义以藏用。"③从写作方法、写作特点的角度表现出可征性。首先是"简言以达旨",指言简意赅的写作表达方式和表现特点,即圣人的著作文章有时可用较少的文字语言来表达主旨,从而达到语言精练、主旨明确的表达效果,"故《春秋》一字以褒贬,'丧服'举轻以包重:此简言以达旨也"④。其次是"博文以该情",指畅言以抒情的写作表达方式和表现特征,即圣人可用丰富多彩的辞藻来尽情表达情意,从而达到情文并茂、情盛辞丰的效果。"《邠诗》联章以积句,《儒行》缛说以繁辞:此博文以该情也。"⑤再次是"明理以立体",指以明白的道理来确立文章的主体,表现写作方法在明道说理方面的特点,从而达到文理和谐统一的效果。"书契断决以象《夬》,文章昭晰以象《离》:此明理以立体也。"⑥最后是"隐义以藏用",指含蓄、委婉、曲折的表达方法和表现特征,尽量将其用意、作用隐藏起来,从而达到言已尽而意无穷的令人回味效果。"'四象'精义以曲隐,'五例'征辞以婉晦:此隐义以藏用也。"⑦刘勰指出圣人文章的写作特征,对内容与形式关系、文质关系、情理关系以及写作的思想、情感、语言、结构等要素之间的关系都有所规范和要求,从而使圣人之写作特色具有可征性。更为重要的是,刘勰针对以上所述的四种写作情况而归纳的四个写作特点强调要灵活机动地运用,他指出:"故知繁略殊形,隐显异术;抑引随时,变通会适。"⑧所谓"抑引随时,变通会适",就是针对文章写作的不同情况和需要,而采取详、略、隐、显的不同处理方法,应随机而定,灵活运用。纪昀评曰:"八字精微,所谓文无定格,要归于是。"⑨此评极其精当,刘勰"征圣"的要义也包含其中了。

其三,圣人"衔华而佩实"的可征性。刘勰认为:"圣人雅丽,固衔华而佩实者也。"⑩所谓"衔华佩实",指圣人文章的内容与形式、文与质统一为一整体,这也正是孔子强调的"文质彬彬"的原则。也就是说,圣人文章可征性在于,它是符合"衔华佩实"的"文质彬彬"的创作原则的,从而以内容与形式的统一性提供给后人写作借鉴和师法及其评价的原则和准则。刘勰为此还列举《周易》和《尚书》等文献经典以说明文辞与文意之间的辩证关系,提供"宗经"的材料论据,继而对材料和观点之间的联系进行验证。他指出:"故知:正言所

---

① 杨伯峻:《论语译注》,第61页。
② 杨伯峻:《论语译注》,第33页。
③ [梁]刘勰:《文心雕龙·征圣》,范文澜注:《文心雕龙注》,第15页。
④ [梁]刘勰:《文心雕龙·征圣》,范文澜注:《文心雕龙注》,第16页。
⑤ [梁]刘勰:《文心雕龙·征圣》,范文澜注:《文心雕龙注》,第16页。
⑥ [梁]刘勰:《文心雕龙·征圣》,范文澜注:《文心雕龙注》,第16页。
⑦ [梁]刘勰:《文心雕龙·征圣》,范文澜注:《文心雕龙注》,第16页。
⑧ [梁]刘勰:《文心雕龙·征圣》,范文澜注:《文心雕龙注》,第16页。
⑨ [清]纪昀评语,见周振甫注:《文心雕龙注释》,第12页。
⑩ [梁]刘勰:《文心雕龙·征圣》,范文澜注:《文心雕龙注》,第16页。

以立辩,体要所以成辞;辞成无好异之尤,辩立有断辞之义。虽精义曲隐,无伤其正言;微辞婉晦,不害其体要。体要与微辞偕通,正言共精义并用;圣人之文章,亦可见也。"①这段论述一方面说明和论证了"体要与微辞偕通,正言共精义并用"的文质辩证统一的关系,从而确立起创作的原则和准则;另一方面则说明这一创作原则和准则在圣人文章中已充分体现,因而圣人文章"衔实佩华"才具有可征性。

刘勰提出"征圣"说与汉代董仲舒"独尊儒术"相比较,虽然都是强调尊孔崇儒,但刘勰的"征圣"说的特点在于:一是着重从文章写作、文学创作角度来讨论尊圣,其目的是为了强调"征圣",即提供文章文学可征之圣文,提供文章、文学发展的传统及其师法的偶像,以使文章文学发展有切实可行的保障和规范。二是刘勰讨论"征圣"的原因及其提供可征性的内容具体详尽,尽管有些可征性内容是些创作写作的原则,但刘勰在论证这些原则时提供了不少经典理论论据和事实论据,从而使其论点更为彰显和明确。三是刘勰的"征圣"与其"原道"、"宗经"统一为整体,是为了更好地阐明他的文艺观与创作观,也是为了确立他的文艺理论体系的基础和指导思想的,因而刘勰的观点和理论学说需要从圣人那儿寻找到依据,从而也就说明圣人对于刘勰本人而言也具有明显的可征性。也就是说,刘勰的观点和理论学说是符合圣人和儒家经书思想精神的。

三、"论文必征于圣":"征圣"说的文论 批评及其方法论意义

刘勰《文心雕龙》对后世文论批评影响极大,其中的《原道》、《征圣》、《宗经》作为其文论批评的理论基座和指导思想,作用自然彰显,形成中国古代文学批评"原道"、"征圣"、"宗经"的传统和特色。"征圣"说从尊孔崇儒的思想倾向及其对儒家思想文化的继承和发展而言,其影响和意义自不待说,探索"征圣"说的文论批评意义,还可从以下三方面着手:

其一,"圣"的作者批评论意义。刘勰的"作者曰'圣'"的"作者"虽然不是一般创作、写作之作者之意,但此后所使用的作者概念则与现在一般作者概念无异。因而刘勰"作者曰'圣'"说能给作者论及其作者批评有所启发和借鉴,也就是说,作为圣人的"作者"应该为一般作者的可征之依据,圣人作者就成为一般作者的榜样和典范。刘勰云:"征之周、孔,则文有师矣。"②"征"的目的就是为了树立榜样和典范,为后世楷模和师法对象。因此,圣人作者与一般作者通过"征"是有其共同性和互通性的,圣人作者论对作者论及其作者批评论就有重要意义。首先,使我们明确作者应该是具有原创性、创造性的创造者,而不是模仿者、效法者,这对作者的主体性、能动性的发挥是有重要作用的。其次,作者应该是具有"政化"、"事业"、"修身"的思想道德修养高尚之人,实则强调人品决定文品,人格决定文

---

① ［梁］刘勰:《文心雕龙·征圣》,范文澜注:《文心雕龙注》,第16页。
② ［梁］刘勰:《文心雕龙·征圣》,范文澜注:《文心雕龙注》,第16页。

格,这与刘勰在《程器》中提出"文德"说是吻合的,明确表达了作文先做人的道理。再次,作者应该具备写作、创作的素质和能力,掌握文章、文学的规律及其创作方法和原则,从而才能"鉴周日月,妙极机神"①,准确把握创作时机和写作对象,进入写作、创作的最佳状态。最后,作者应该具备厚实的文化底蕴和文化传统精神,也就是具有"原道"、"征圣"、"宗经"精神的文化传统继承者和发扬者。这不仅表现在对圣人、儒经精神的传承上,而且也表现为对前人的优秀成果和传统的传承上。刘勰在《通变》、《时序》等篇章中也表达了这种因革、通变的观点,其出发点和指导思想与"原道"、"征圣"、"宗经"有一脉相承的联系。因此,刘勰的"征圣"说虽讨论的作者是圣人作者,但对作者论和作者批评论而言是具有重要意义的。

其二,"征"的批评方法论意义。"征"的验证、取证的方法论意义在于提供了一种文学批评、文学研究的理论验证和实践验证的方法,同时也提供了一种可供文学评价参考和佐证的衡定原则和标准。刘勰在《文心雕龙》中以身作则实行这种"征"的方法。胡大雷指出:"刘勰《文心雕龙》全书重'征',求'验',就是强调在论证问题时或要有验证,或要有例证,要从验证或例证中得出某种认识与结论。《文心雕龙》中以此来称扬与提倡'征'、'验'之处甚多……"②"征"实际上就是一种引证权威以验证的研究方式,力图通过权威性实证材料寻找评价对象合法性、合理性的依据。因而要真正做到"征",就必须首先确立所"征"对象的可征性,包括其合法性、合理性、合适性。验证和取证于"圣",就必须使"圣"的可征性充分体现出来,在哪些地方对于评价对象而言具有可征性。其次,还必须确定评价对象能否为"圣"可征,哪些方面能为"圣"可征,如何将评价对象与可征性对象联系起来从而实现"征"的效果,诸如此类问题,都应该通过"征"的方法论意义实现得到有效解决。再次,"征"除对"圣"而言之外,作为方法也还具有验证、取证的其他意义。也就是说"征"强调材料,包括理论论据和事实论据对于观点和论证的重要意义。对于文学批评而言,也需要从理论和事实根据中去验证其效果,从而确定评价原则和标准,达到客观、准确、公平、公正评价的目的。因而刘勰极力主张"论文必征于圣"、"劝学必宗于经"③。最后,"征"的方法论意义还在于提供了思维方式、表达方式、表现手法上的"征",也就是追根溯源、正本归宗的一种表现方式方法,这不仅仅表现在寻找权威根据上,而且表现在探索源远流长的传统和深厚的文化底蕴上。

其三,"征圣"的文学"原人"论意义。正如钱钟书早就指出:"中国固有的文学批评的一个特点",即是"把文章通盘的人化或生命化","把文章看成我们自己同类的活人"。④黄霖等在《原人论》中指出:"具有强烈的生命意识的中国古人自然地用'生'来观照天地万物,对待文学创作,把文学也视作与人一样的生气充盈、活力弥漫,乃至是血肉完整的生命

---

① [梁]刘勰:《文心雕龙·征圣》,范文澜注:《文心雕龙注》,第15页。
② 胡大雷:《〈文心雕龙〉的批评学》,第7页。
③ [梁]刘勰:《文心雕龙·征圣》,范文澜注:《文心雕龙注》,第16页。
④ 钱钟书:《中国固有的文学批评的一个特点》,《文学杂志》1937年第1卷第4期。

实体。中国古代的相术及魏晋的人物品评的风气,也从不同的侧面影响了文学'生命化'理论的形成和发展。"①由此可见,刘勰论文其实质是论人,刘勰论人其实是论心,刘勰的"文心"其实也是以文类人,将文之心比附于人之心,从而将文学视为心学、人学。正如刘勰在《原道》中实质上通过"原道"以"原人"一样,"征圣"其核心和实质也是"征人",也就是说具有文学的验证、取证可征性的"圣",其实质是充分"圣"化的人,具体所指虽然是孔子,但圣人孔子身上正是体现了最高尚的人格、人品、人性,孔子作为"圣"是"人"的最为集中代表。因而"圣"的可征性其实也是"人"的可征性,"人"应该作为"文"的可征对象。其原因是"文学是人学",文章、文学是人的本质、本质力量的对象化,是人对自我的确证方式和人的存在形式。因而"文"可征的对象自然是"人"。文存在的合理性、合法性取决于"人"存在的合理性、合法性,因而"人"是衡量评价"文"的基本原则和标准。因此,文学必须"原人",必须"征人",必须"宗人",以人作为文学的立足点、出发点、归宿点,才能真正使文学成为人学,使文学具有永恒魅力和最佳效果。如果将"征圣"的圣人孔子的具体所指扩大为广义的"圣人"的话,所指的范围应该指称那些对文学、文论批评作出过重大贡献的优秀文学家、文论家、批评家,他们的文学、文论批评实践及其理论提供了评价和师法的可征性,提供了文学榜样和典范,提供文学创作和发展的依据和途径。

就此而论,刘勰"征圣"的意义就大大超越了时空限制,不仅对后世文学、文论批评产生了重大影响,而且对于中国现代文学、文论批评发展也不失借鉴意义,论文必须"征圣",论文必须确立所"征"对象的可征性,这也是今天的文学、文论批评所需要认真回答的问题,从而为确立文艺发展的正确方向和途径寻找可靠依据。

---

① 黄霖、吴建民、吴兆路:《原人论》,上海:复旦大学出版社,2000年,第23页。

刘勰构筑"道—圣—文"统一体的方法论

邹　瑶　刘玉彬[*]

摘　要：《文心雕龙》之所以能够建立一个体系严整、完美瑰丽的文学理论殿堂，究其根本是由于刘勰采用了以佛道儒玄综合意识为基础的思想方法，此方法的核心成果就是"道—圣—文"统一体："道"是统帅，至高无上，有无限容量，又有自然而然的意思，有相当的灵活性；"圣"是统一体的中介，儒家思想通过"圣"成为"道"的主导内容，并与"文"结合在一起；"文"是"道"、"圣"的产物，是刘勰研究的主要对象。这个统一体较全面地解决了文学与儒家思想的关系问题，既保证了文学的独立地位，又注重了文学的社会作用，显示了刘勰全面考虑问题、顾及事物各个方面的"唯务折衷"思想方法的威力。同时，刘勰在平衡各方面关系的过程中努力建构的这一完整体系，既是一个富于思辨的体系，又是一个有深刻内在矛盾的体系。由于儒家思想对于文学的消极作用，使刘勰的文学思想受到很大局限，从而带有保守性。

关键词：刘勰；道—圣—文；方法论

　　《文心雕龙》的成就早已为学术界所公认，不仅为历代推崇，进入 20 世纪更成为显学，几乎无人怀疑它作为中国古代文论顶峰的地位。从文体论、创作论到批评鉴赏，刘勰涉猎其中，纵横捭阖，所获令人眼花缭乱、叹为观止。他为什么能够建立这样一个体系严整、完美瑰丽的文学殿堂呢？究其根本是由于采用了以佛道儒玄综合意识为基础的思想方法，此方法的核心成果就是"道—圣—文"统一体。

一

　　为了以思想方法为基点研究《文心雕龙》的"道—圣—文"统一体，我们首先要对刘勰所总结的那些文论成就做简要回顾，并在研究方法上比较其异同。

---

　　* 作者简介：邹瑶，女，北京语言大学首都国际文化研究基地博士生。

象征着文学走向自觉的新观念产生于建安时代,曹丕《典论·论文》正是这个时代的代表作。自此以后,挚虞、陆机、沈约等人在文体论、创作论和批评鉴赏等领域做了有益尝试,提出了许多与前世迥然不同的主张。《文心雕龙》正是在"笼罩群言"的基础上写成,许多见解直接取自前人。他的历史功绩不在于具体见解的新颖,而在于使这些见解系统化;他的贡献不在于观念的更新,而在于思想方法的完善。

刘勰在《文心雕龙·序志》中曾对建安以来的文学理论做过如下评价:

> 详观近代之论文者,多矣。至如魏文述《典》,陈思序《书》,应玚《文论》,陆机《文赋》,仲洽《流别》,宏范《翰林》:各照隅隙,鲜观衢路……魏《典》密而不周,陈《书》辨而无当,应《论》华而疏略,陆《赋》巧而碎乱,《流别》精而少巧,《翰林》浅而寡要。①

这些著作中,曹丕对于文学观念的更新起了开先河的作用,挚虞之于文体论,曹植之于文学批评也颇有建树,陆机对整个行文过程的描述更是涉及许多理论问题。他们都各自在文学的某个领域提出前人所没有的主张。刘勰对此没有足够认识和应有评价自然有所欠缺,但从方法论上讲,刘勰的评价又十分准确和精当。曹丕诸人有创新无内在逻辑,论辩过程粗糙,虽提出了一些文学基本观点,但未能建立论文体系。他们的成就为刘勰写作《文心雕龙》奠定了基础,他们的不足,促使刘勰努力找到避免"各照隅隙,鲜观衢路"的方法。

在刘勰之前的文论著作中,以曹丕《典论·论文》和陆机《文赋》最为引人瞩目。

鲁迅称建安时代是文学自觉的时代,论曹丕视文章为"经国之大业"无疑有道理。曹丕所论文章概念极为宽泛,包括"奏议书论,铭诔诗赋"八种,其中大部分是有关"经国"的应用文,作为最高统治者,他自然不会忽视文章的政治作用。但如果仅仅这样解读,那么曹丕与汉儒并无本质区别,人们也无从见出作为自觉时代文学理论的特点。通观《典论·论文》,曹丕旨在说明文章具有"可以使人不朽"的作用。人生有涯,若要流芳百世,唯一的途径就是从事文章之大业。"年寿有时而尽,荣乐止乎其身"②,实现人生价值唯一途径就是写作文章。这样,曹丕便以人生的价值确立了文学的独立地位。

曹丕之前,由孔子奠定的儒家文学理论历来视文学为政治伦理道德附庸和治国安民手段。先秦儒家诗论中,诗作为六艺之一,是人们人格道德修养组成部分。除此之外,所起作用也无非是可以"多识于鸟兽草木之名"③。两汉时文学被视为政治工具与取乐的玩物,连文学家自己也认为辞赋是"童子雕虫篆刻"④。与前世相比,曹丕所论的确是全新的

---

① [梁]刘勰:《文心雕龙·序志》,范文澜:《文心雕龙注》,北京:人民文学出版社,1962年,第726页。
② [魏]曹丕:《典论·论文》,郭绍虞主编:《中国历代文论选》第一册,上海:上海古籍出版社,2001年,第159页。
③ 杨伯峻:《论语译注》,北京:中华书局,1980年,第185页。
④ [汉]扬雄:《法言·吾子》,韩敬译注:《法言》,北京:中华书局,2012年,第30页。

理论。曹丕不仅以人生的价值确立了文学的独立地位，还进而涉及文体、文气、文学批评等基本问题，从而使《典论·论文》成为文学自觉的宣言书。

然而，《典论·论文》又仅仅是一个宣言，曹丕所论广泛，但都是略引端绪，浅尝辄止，没有展开讨论，没有形成理论系统。把曹丕的论文过程和刘勰作比较，就可以清楚地看出他们之间的差距，这里仅以曹丕文气说和刘勰体性论为例。

文气说与体性论讨论的都是作家主体与作品风格的关系。这是一个重大的文学理论问题，曹丕的论述却仅是下面一段话：

> 文以气为主，气之清浊有体，不可力强而致。譬诸音乐，曲度虽均，节奏同检，至于引气不齐，巧拙有素，虽在父兄，不能以移子弟。①

这段话共表达两个意思：第一，作家创作的作品风格由气决定；第二，每个人的气各不相同，由先天决定，不可力强而致。

曹丕将"气"的概念引入文学领域，提出文如其人的命题，值得在文论史上大书一笔。但曹丕将"气"的作用绝对化，未提及后天因素。从论述过程与论述方法看，他既没有追溯"气"的渊源，阐明把"气"引入文学领域的依据，也没有对"清"、"浊"等基本概念做任何规定，更没有进而论述"气"为什么能够决定文。

刘勰在《体性》篇开宗明义便道："夫情动而言形，理发而文见，盖沿隐以至显，因内而符外者也。"②指出文学作品产生于作者的情感冲动，作者的内在感情与作品的外在语言文字是一致的。紧接着他又说："然才有庸俊，气有刚柔，学有浅深，习有雅郑，并情性所铄，陶染所凝，是以笔区云谲，文苑波诡者矣。"③进一步把创作过程中的主体分为先天的才、能和后天的学识、习染。他不仅对才、气、学、习都作了具体说明，而且特别强调后天学、习的作用，提倡"摹体以定习，因性以练才"④的学、习方法。

不难看出，一个仅提出观点，一个加以详细论证；一个片面强调先天作用，一个以先天、后天两种因素立论；一个说的是模糊的"气"，一个是经过具体说明的才、气、学、习；一个是49字的一段话，一个是700余字的专论。前者的理论是粗糙、雏形的，后者则相对成熟、精致。

章学诚说过："刘勰氏出，本陆机氏说而昌论'文心'。"⑤《文赋》对刘勰良有启迪，功不可没，但《文赋》仍旧算不上严格意义上的理论著作。

陆机在《文赋》序中说明自己写作《文赋》的动因是"恒患意不称物，文不逮意"。他没

---

① ［魏］曹丕：《典论·论文》，郭绍虞主编：《中国历代文论选》第一册，第158—159页。
② ［梁］刘勰：《文心雕龙·体性》，范文澜：《文心雕龙注》，第505页。
③ ［梁］刘勰：《文心雕龙·体性》，范文澜：《文心雕龙注》，第505页。
④ ［梁］刘勰：《文心雕龙·体性》，范文澜：《文心雕龙注》，第506页。
⑤ ［清］章学诚：《文史通义》，郑州：中州古籍出版社，2012年，第117页。

有打算全面解决文学理论问题,论文范围限于探求"意"如何反应"物",并最终使"意"形诸文字。他在序中又说:"余每观才士之所作,窃有以得其用心。夫放言遣辞,良多变矣。妍蚩好恶,可得而言。每自属文,尤见其情。"①可见陆机是通过体察别人创作心路,并以自己的经验体会和创作甘苦告诉人们怎样使意称物、文逮意。

《文赋》主要是对于创作过程的描述与文章利弊的论辩,语言精美,内容精要,是发自作者肺腑的经验之谈。作家谈艺,给人许多启发,但用理论著作的标准衡量,《文赋》有许多欠缺。陆机所论多是有关表现方法和写作技巧之事,虽然涉及构思、文体等重大问题,但往往只有表面描述,而无深入探讨,当属随性涉及,而非有意研究。如关于灵感问题,陆机做了如下描述:

> 若夫应感之会,通塞之纪,来不可遏,去不可止。藏若景灭,行犹响起。方天机之骏利,夫何纷而不理。……及其六情底滞,志往神留,兀若枯木,豁若涸流。②

任何稍有创作经验的人都能够不同程度地体会到灵感的这种情状,尽管陆机说得很精彩,但是真正的理论家需要回答的是为什么会有这种情状。正是这个关键问题,陆机的回答是"吾未识夫开塞之所由也"③。

刘勰在研究同一问题时,不仅指出灵感通塞的原因,而且提出了具体切实的解决方法。他在《神思》篇中写道:

> 是以陶钧文思,贵在虚静,疏瀹五藏,澡雪精神,积学以储宝,酌理以富才,研阅以穷照,驯致以怿辞。然后使玄解之宰,寻声律而定墨;独照之匠,窥意象而运斤。④

《养气》则云:

> 是以吐纳文艺,务在节宣。清和其心,调畅其气,烦而即舍,务使壅滞,意得则舒怀以命笔,理伏则投笔以卷怀,逍遥以针劳,谈笑以药倦,常弄闲于才锋,贾余于文勇,使刃发如新,腠理无滞。⑤

刘勰探求了才能、学识、阅历对于灵感的重要性,还探求了获得灵感的生理基础和把握灵感的具体方式。要以现在眼光看,刘勰所论仍有缺陷,但在当时,这样的解决方式已是了

---

① 张少康:《文赋集释》,北京:人民文学出版社,2002年,第1页。
② 张少康:《文赋集释》,第241页。
③ 张少康:《文赋集释》,第241页。
④ [梁]刘勰:《文心雕龙·神思》,范文澜:《文心雕龙注》,第493页。
⑤ [梁]刘勰:《文心雕龙·养气》,范文澜:《文心雕龙注》,第647页。

不起的创造,堪称圆满。

曹丕、陆机等人为文学理论的发展做出了巨大贡献,没有他们的工作,就没有《文心雕龙》的诞生。笔者无意贬低曹、陆成就,只是要说明,《文心雕龙》在他们成就的基础上有所发展和完善,从论文思想方法与系统思辨看,刘勰的"虑周"确乎为曹、陆等人所无法比拟。

二

"夫铨序一文为易,弥纶群言为难"①,这是刘勰在《文心雕龙·序志》篇的感慨,他深知建立有系统的理论困难重重,但他依然以"弥纶群言"为己任。

要"弥纶群言"必须找到一种论文方法统帅全系统,用相同的标准评判文学现象,概括文学理论,总结作品得失。刘勰对此有深切认识,这一认识是在总结前人经验教训的基础上得出的,他说:

> 昔陆氏《文赋》,号为曲尽,然泛论纤悉,而实体未该。故知九变之贯匪穷,知言之选难备矣。②

他认为,陆机《文赋》的缺点在于"泛论纤悉,而实体未该",导致这一结果的原因是陆机"多欲练辞,莫肯研术"③,即侧重遣词造句,而不重视思想方法。鉴于此,刘勰得出如下结论:

> 是以执术驭篇,似善弈之穷术;弃术任心,如博塞之邀遇。④

掌握思想方法,以此指导文论研究,就能使取得理论成就成为必然;反之,理论成就的取得只能靠偶然和运气。

与《文心雕龙》相比,刘勰前人论文都是"铨序一文",从某一方面立论;多为兴之所至,而非缜密思考。刘勰不满足于"龌龊于偏解,矜激乎一致"⑤,他追求建立完整的论文体系,必然要找到一种全面认识、全面思考问题的方法。刘勰称这一方法为"圆",他认为"圆"是论文成败的关键所在:

> 自非圆鉴区域,大判条例,岂能控引情源,制胜文苑哉!⑥

---

① [梁] 刘勰:《文心雕龙·序志》,范文澜:《文心雕龙注》,第727页。
② [梁] 刘勰:《文心雕龙·总术》,范文澜:《文心雕龙注》,第655页。
③ [梁] 刘勰:《文心雕龙·总术》,范文澜:《文心雕龙注》,第655页。
④ [梁] 刘勰:《文心雕龙·总术》,范文澜:《文心雕龙注》,第656页。
⑤ [梁] 刘勰:《文心雕龙·通变》,范文澜:《文心雕龙注》,第521页。
⑥ [梁] 刘勰:《文心雕龙·总术》,范文澜:《文心雕龙注》,第656页。

"圆"本是佛家用语,在佛经中指十五之月,喻如来智慧,与大彻大悟全面认识事物相联系。熊十力《佛家名相通释》解释"圆满"为"其体周遍,无处无故"①,《佛学大辞典》释"圆"为"性体周遍"②,均涵有全面之意。同时,"圆"又与儒家折衷思想有相通之处,都是求全避偏的思维方式。刘勰借用佛家辩证思维方法,用以全面认识文学现象,在刘勰看来"圆鉴"是"控引情源,制胜文苑"的法宝。

《文心雕龙》是前代文论的总结,其论文主张常折衷于前人见解之间,以避免过激之词。与"圆"相联系,刘勰的另一思想方法是"擘肌分理,唯务折衷"③,"擘肌分理"喻指精密分析,深入思考,"唯务折衷"则指力求得出不偏不倚的结论。"圆"与"唯务折衷"是刘勰建立"道—圣—文"统一体的基本思想方法。

要建立系统的文学理论,刘勰遇到的首要问题就是怎样在"弥纶群言"的过程中处理儒家思想与文学的关系。先秦两汉时均以道德、政治论文学,很少研究文学的内部规律。建安以后,文学进入自觉期,文论家开始以文学本身论文学,但他们又忽视了对文学外部关系的探求。所以,刘勰除了批评他们在论文方式上"各照隅隙,鲜观衢路"之外,还在指导思想上批评他们"泛论文意"、"不述先哲之诰"④。刘勰在《文心雕龙》中开篇论述道、圣、经(圣人之文),建立了"道—圣—文"统一体,成为全书的理论基础。作为《文心雕龙》全书的总纲,"道—圣—文"统一体集中体现了刘勰的思想方法,既保证了文学的独立地位,又注重文学的社会作用,文学多方面的关系得到较合理的统一。

在"道—圣—文"统一体中,"道"占有主导地位,刘勰对"道"的理解为"道—圣—文"统一体的建立,提供了理论支撑。《文心雕龙》之"道"既有中国古代道论的一般特点,也深深植根于南北朝佛道儒玄相互交织的文化背景中,显示出与其他思想贯通融合的特点。

"道"在古代哲学中地位至高无上,其本来无所谓儒家之道、道家之道或佛家之道,只是各家思想对"道"的具体理解与应用不同。各家都讲"道",都号称自己本于"道"。古人对"道"的把握是模糊混沌的,同时又是丰富多彩的。"道可道,非常'道';名可名,非常'名'"⑤,"道"超出人们的感觉经验,以致没有合适的名词可以形容。"道"的这一特点给把握其内涵带来麻烦,也带来意趣,论者只能从古人对"道"的理解中体察其基本意思,探求其奥妙。

"道"首先是产生天地万物的神秘力量。把万事万物包括人类视为"道"的产物,是古人对"道"的基本理解之一。老子写道:

> 有物混成,先天地生。寂兮寥兮,独立不改,周行而不殆,可以为天下母。吾不知

---

① 熊十力:《佛家名相通释》,上海:上海书店出版社,2007 年,第 221 页。
② [清]丁福保:《佛学大辞典》,北京:文物出版社,1984 年,第 1169 页。
③ [梁]刘勰:《文心雕龙·序志》,范文澜:《文心雕龙注》,第 727 页。
④ [梁]刘勰:《文心雕龙·序志》,范文澜:《文心雕龙注》,第 726 页。
⑤ 《老子·一章》,陈鼓应:《老子注译及评介》,北京:中华书局,2009 年,第 53 页。

其名,强字之曰"道"。①

　　　人法地,地法天,天法道,道法自然。②

庄子则云:

　　　夫道……自古以固存;神鬼神帝,生天生地。③

六朝时王弼说:

　　　万物皆由道而生。④
　　　万物以自然为性,故可因而不可为也。⑤

　　先秦至六朝的哲学著作中,类似的说法比比皆是,其具体表述或异,主旨都在说明"道"是产生万事万物、左右万事万物的超自然神秘力量。
　　其次,"道"的意思又接近于自然规律,扬雄在《法言·君子》写道:

　　　有生者,必有死;有始者,必有终。自然之道也。⑥

王充在《论衡·自然》中说:

　　　天动不欲以生物,则物自生,此则自然也。⑦

王弼也说:

　　　夫"道"也者,取乎万物之所由也。⑧
　　　物无妄然,必由其理。统之有宗,会之有元,故繁而不乱,众而不惑。⑨

① 《老子·二十五章》,陈鼓应:《老子注译及评介》,第159页。
② 《老子·二十五章》,陈鼓应:《老子注译及评介》,第159页。
③ 《庄子·大宗师》,陈鼓应:《庄子今注今译》,北京:中华书局,2009年,第199页。
④ [魏]王弼注、楼宇烈校释:《老子道德经注》,北京:中华书局,2011年,第89页。
⑤ [魏]王弼注、楼宇烈校释:《老子道德经注》,第78页。
⑥ [汉]扬雄:《法言·君子》,韩敬译注:《法言》,北京:中华书局,2012年,第382页。
⑦ [汉]王充:《论衡·自然》,张宗祥校注、郑绍昌标点:《论衡校注》,上海:上海古籍出版社,2010年,第365页。
⑧ [魏]王弼:《老子指略》,王弼注、楼宇烈校释:《老子道德经注》,第203页。
⑨ [魏]王弼:《周易略例·明象》,王弼撰、楼宇烈校释:《周易注校释》,北京:中华书局,2012年,第269页。

可见，万事万物都遵循自己的"所由"自相治理，这是"道"的另一层涵义。

由于中国古代哲学概念特有的模糊性、丰富性，两层意思并非截然分开，二者的相互联系渗透，才是"道"涵义的全部。

具体到儒学而论，从先秦到刘勰生活的时代，"道"论之于儒学大体可分为三个阶段。

先秦时儒学不像老庄那样注重形而上的思辨，孔子论"道"，多做方法、规律、准则解，据杨伯峻《论语译注》附《论语词典》所列，《论语》中作名词用的"道"共出现过 51 次。无一处是形而上的"道"。

西汉时武帝独尊儒术，董仲舒为儒家思想构造了一个宇宙生成论体系。天成为主宰，"道""原出于天"[1]。他阐述天道的基本方法是天人感应，天道的具体内容是"君为阳，臣为阴；父为阳，子为阴；夫为阳，妻为阴"[2]之类的伦理纲常。这个体系以天道使伦理纲常绝对化，构造了保守封闭的体系，成为单纯服务于政治的工具。

六朝时，情况有了很大变化。儒学在融汇各家思想的同时，找到了"道"作为形而上学的依据，使儒学成为体现综合意识的开放体系。佛道儒玄相互作用，为刘勰写作《文心雕龙》创造了良好的思想文化环境。

东汉桓、灵以降，"名教"衰微，"自然"兴起。六朝时期，先是"聃、周当路，与尼父争涂"[3]，继而是"名教"与"自然"的统一。"名教"与"自然"的统一当然首先是政治统治的需要，从学术思想本身看，则有两方面的原因：一方面由于儒家思想本身的特点，另一方面也由于"自然（道）"具有法力无边的作用[4]。

儒家思想不同于其他思想之处在于，中国封建社会的政治结构与经济结构是儒家思想存在与发展的最好土壤，王朝的兴衰更替未能改变其统治地位，任何思想要取代它占主导地位也不可能。同时，面临其他思想的冲击，儒家思想要保持生命力，维持意识形态领域的统治地位，也必须有兼通融汇的能力。基于此，正统的玄学家一开始就致力于寻找"名教"与"自然"的共同点。从王弼、郭象到裴頠，终于完成了"名教"与"自然"的统一。唐长孺先生在论及魏晋人如何对待"自然"与"名教"的关系时说：

> 在王弼的理解中，……自然为本，名教为末，但名教即是自然的体现。……一切事物有变化，但都遵照着一定的条理秩序进行，这样整个宇宙运行不是"妄然"，而是"必由其理"。……理就是条理，如果就社会人事方面来说应该就是封建秩序。这种秩序照王弼的了解是本之自然的，人世一切变化只能在现有秩序下遵照一定的轨道进行。因此，自然虽然获得崇高的地位，结果还是被名教俘虏了去。[5]

---

① [汉]董仲舒：《举贤良对策》，[清]严可均辑：《全上古三代秦汉三国六朝文》一，北京：中华书局，1958 年，第 253 页。
② [汉]董仲舒：《春秋繁露·基义》，苏舆：《春秋繁露义证》，北京：中华书局，1992 年，第 350 页。
③ [梁]刘勰：《文心雕龙·论说》，范文澜：《文心雕龙注》，第 327 页。
④ 在中国哲学中，道与自然很多时候都是同义语，参见吕思勉：《先秦学术概论》，上海：中国大百科全书出版社，1985 年。
⑤ 唐长孺：《魏晋南北朝史论丛》，武汉：武汉大学出版社，2013 年，第 272 页。

在这个统一体中,儒家思想成为"道"或称"自然"的主要内容,"自然"成为虚君,为儒家思想笼罩了形而上学的桂冠。统一体的内容虽主要是儒家思想,但思想方法却大大向前推进了一步。由于明确了儒家思想之上还有"自然","自然"又为各家所尊奉,"自然"除由儒家思想主导外,其他思潮也可以解释为符合"自然"的,这个统一体就可以从其他思想中吸取更多的东西,不断丰富自己的内涵。

<h1 style="text-align:center">三</h1>

刘勰对"道"的理解和"道—圣—文"统一体的建立,植根于中国古代哲学"道"论与这一综合意识基础之上,并显示出他自己的思想方法特点。

《原道》中"道"、"自然"、"道之文"出现过七次,另有一处论到与此相近的概念"太极"。了解"文心"之"道"到底什么涵义,当主要以刘勰所论为依据。同中国古代哲学"道"论相类,"文心"之"道"大体可分为自然规律和形而上神秘力量两层意思,刘勰说:

> 文之为德也大矣。与天地并生者何哉！夫玄黄色杂,方圆体分,日月叠璧,以垂丽天之象;山川焕绮,以铺理地之形;此盖道之文也。仰观吐曜,俯察含章,高卑定位,故两仪既生矣。惟人参之,性灵所钟,是谓三才。为五行之秀,实天地之心,心生而言立,言立而文明,自然之道也。傍及万品,动植皆文:龙凤以藻绘呈瑞,虎豹以炳蔚凝姿;云霞雕色,有逾画工之妙;草木贲华,无待锦匠之奇;夫岂外饰,盖自然耳。①

在这段话中,刘勰的"道"是"自然之道",有自然而然的意思。刘勰从天文、地文论到人文,认为这些"文"的产生都是自然而然的。有人认为"道之文"即"道"产生的文,这种说法与刘勰所论不符。刘勰的意思很连贯,人文的产生是"自然之道也","万品"之文的产生"盖自然耳",从天文、地文的"自然"论到人文的"自然"顺理成章。有天地就有天地之文是自然的道理,有"心生"、"言立"就有"文明"也是自然而然的。因此,"道"有自然而然之意,"道之文"解释为"符合自然之道的文"较妥。

但是如果追问为什么"言立"？为什么"文明"？天地万物为什么"郁然有采"？刘勰的答案是自然而然,结论成为自然而然就是自然而然。谁也无法给予"自然之道"以确切的解释,在刘勰看来,"自然"法力无边,可以解释一切事物,他用"神理(自然之理)"解释"河图孕乎八卦,洛书韫乎九畴"②,这就给"自然之道"蒙上了至高无上的神秘面纱。

刘勰在《原道》一开始就说文"与天地并生",第二段又说"人文之元,肇自太极"③,可见他认为人文和天地都是起源于"太极"的。那么存在于天地人文之前的"太极"又是什么

① ［梁］刘勰:《文心雕龙·原道》,范文澜:《文心雕龙注》,第1页。
② ［梁］刘勰:《文心雕龙·原道》,范文澜:《文心雕龙注》,第2页。
③ ［梁］刘勰:《文心雕龙·原道》,范文澜:《文心雕龙注》,第2页。

呢？《周易·系辞上》说："是故《易》有太极，是生两仪。"①高亨先生注曰："太极者，宇宙之本体也。"②这个本体在古人那里神秘而又无法名状，如韩康伯所注："太极者，无称之称，不可得而名。"③现代研究中，有人释"太极"为精神，有人释"太极"为物质，其实都很牵强，因为"太极"是混沌模糊的，难以用西方哲学的观念加注标签。

说刘勰的"道"有自然而然和形而上学两方面意义是为了理解与叙述的方便，"文心"之"道"虽有这两层意思，但在刘勰那里是模糊、混沌和不自觉的。他对道的理解源自传统道论，本于六朝佛道儒玄相互融汇的文化背景。这样的理解扩展了"道"的包容范围，为他全面系统论述问题，"唯务折衷"而建立"道—圣—文"统一体奠定了基础。

在《原道》接下来的论述中，刘勰论"道"、"道之文"的时候，悄悄以儒家思想为主导，建立起了"道—圣—文"统一体。

刘勰在回顾从"鸟迹代绳，文字始炳"到孔子之"文"的发展过程时，以三倍于赞美周文王的文字盛赞孔子。说孔子之文"独秀前哲"，"木铎起而千里应，席珍流而万世响，写天地之辉光，晓生民之耳目"④。孔子之文之所以如此光华四射，是由于孔子"原道心以敷章"，根据"自然之道"的原则写作。

然而，"道沿圣以垂文，圣因文而明道"⑤，"自然之道"靠儒家圣人传播，儒家圣人以文展现"自然之道"，儒家圣人之文就是符合"自然之道"的文，儒家圣人的思想自然也就是"道"的思想。这样，儒家思想不知不觉成为"道、圣、文"三者的主导。刘勰这时论述的"鼓天下"之"道之文"与前面日月山川的"道之文"相比，已发生微妙变化，"道"已被儒家思想悄悄占据。

有了这个正统法宝，刘勰可以专心论文了。他不吝溢美之辞歌颂圣人之文即《六经》，但他不是从经邦治国的角度盛赞，而是从"雕琢情性，组织辞令"⑥出发立论。他把《六经》视为"民胥以效"的文之样板："文能宗经……一则情深而不诡，二则风清而不杂，三则事信而不诞，四则义直而不回，五则体约而不芜，六则文丽而不淫。"⑦刘勰尊奉儒家圣人是因为圣人"陶铸性情，功在上哲"⑧，是因为"征之周、孔，则文有师矣"⑨。这固然说明儒家思想很大程度上统帅制约着刘勰的文学思想，另一方面更说明，刘勰论"道"、"圣"，最终目的还是要论文。

由于刘勰以论文为目的，所以尽管儒家思想在刘勰论文思想中占统治地位，但刘勰的思想并不是纯粹传统的儒家思想，尤其不是政治意义上的儒家思想。

儒家思想在诞生的时候就是一门综合学说，孔子整理《诗》、《书》、《礼》、《易》、《春秋》、

---

① 黄寿祺、张善文：《周易译注》，上海：上海古籍出版社，2004 年，第 519 页。
② 高亨：《周易大传今注》，济南：齐鲁书社，1979 年，第 538 页。
③ ［晋］韩康伯：《周易注疏》，北京：中央编译出版社，2013 年，第 369 页。
④ ［梁］刘勰：《文心雕龙·原道》，范文澜：《文心雕龙注》，第 2 页。
⑤ ［梁］刘勰：《文心雕龙·原道》，范文澜：《文心雕龙注》，第 3 页。
⑥ ［梁］刘勰：《文心雕龙·原道》，范文澜：《文心雕龙注》，第 2 页。
⑦ ［梁］刘勰：《文心雕龙·宗经》，范文澜：《文心雕龙注》，第 23 页。
⑧ ［梁］刘勰：《文心雕龙·征圣》，范文澜：《文心雕龙注》，第 15 页。
⑨ ［梁］刘勰：《文心雕龙·征圣》，范文澜：《文心雕龙注》，第 16 页。

《乐》,集上古文化之大成,构建了远比其他各家思想更为庞大的体系。西汉董仲舒的儒学完全顺应统治的政治需要,绝少学术意义。东汉儒学谶纬神学化更是面目全非,儒学越来越没有生命力。衰微的儒学面临其他思想的冲击,博取诸家思想以求生存发展已属必然。六朝时,玄学兴起,佛学东渐,道家盛行,由于儒学天生的综合开放性,使得佛道儒玄相互作用、相互融汇,在吸收其他学派精华之后的儒学,重新获得权威,进入新的综合期,如同孔子时代的儒学一样,成为其他思想不可比拟的集大成学派。为适应论文的需要,刘勰所采用的儒家思想正是这一新的综合时期的儒家思想。

实际上,就是这种新型的儒家思想也依然无法满足他的需要,因此,他进一步扩大认识视野,搬出为各家所尊奉的"道",在"道"笼罩下,为他兼取诸家提供方便。据此,他可以盛赞一切文章做得好的人,包括"非汤武而薄周孔"①的嵇康,也可以在必要的时候追求佛家"般若"的境界。

如果刘勰对"道"的理解仅以儒家之道为标榜,那他就与汉儒无甚区别,也就不可能完成《文心雕龙》的写作。文学作为一种社会意识深深植根于最广泛的社会意识与文化背景之中,如果拘于一家一派的思想,显然会使文学变得乏味和没有生命力,最终失去文学;由于儒家思想是社会主流思想,若索性抛开儒家思想绝无可能,会使文学走上形式主义的绝路。这两方面的事例在从古到今的文学史上俯拾即是,不胜枚举。

刘勰求"圆"与"唯务折衷"的方法使他可以调和统一体矛盾两方面的关系:为"述先哲之诰",使文能"纬军国",他以儒家思想为指导思想;为"雕琢情性,组织辞令",他以自然之道论文自身的规律。除兼取诸家,还竭力从圣人和儒经那里发掘对于文学有用的东西,使所论有正统的根源,也使得矛盾的两方面得到统一。

刘勰是这样构筑"道—圣—文"统一体的:"道"是统帅,至高无上,有无限容量,"道"又有自然而然的意思,有相当的灵活性;"圣"是统一体的中介,儒家思想通过"圣"成为"道"的主导内容,并与"文"结合在一起;"文"是"道"、"圣"的产物,是刘勰研究的主要对象。刘勰论"道"、"圣",目的在于论"道之文",同时"道"、"圣"又制约着刘勰论文:儒家思想是刘勰批评齐梁形式主义文风的有力武器,儒家思想也使刘勰在论述文学创作规律、评论作家作品时受到某些局限。

这个统一体较好地全面解决了文学与儒家思想的关系问题,既保证了文学的独立地位,又注重了文学的社会作用,显示了刘勰全面考虑问题,顾及事物各个方面,"唯务折衷"思想方法的威力。

四

刘勰的论文指导思想是儒家思想,同时又对儒家思想进行改造,给予新的解释,赋予

---

① [魏]嵇康:《与山巨源绝交书》,[清]严可均辑:《全上古三代秦汉三国六朝文》二,北京:中华书局,1958年,第1322页。

新的生命，使之适于论文的需要。他的思想方法是在中国古代全面考察文学现象，建立总结形态文学理论的唯一途径。

儒家思想在中国封建社会的统治地位无可争辩，广泛包融上古文化的儒家思想从诞生起就对中国社会产生重大作用，作为几大家之一卓荦中原。之后，大一统的封建社会为儒家思想的成长发展创造了有利条件，儒家思想为封建社会的构成提供了理论依据。汉武帝"罢黜百家，独尊儒术"实在是历史的必然结果，从那时起，儒家思想就成为维系国家机器的思想基础。无论是国家处于统一状态还是分裂状态，无论是汉族统治或是少数民族当政，都只能选择儒家思想作为立国之本。魏晋南北朝时，外来佛教与新兴玄学曾激烈冲击儒家思想，但也未能最终动摇它的统治地位。佛道儒玄相互斗争的结果，反使儒家思想增加了营养，变得更有生命力，依然占绝对上风。

文学思想与哲学思想有不解之缘，每一种文学观大都有其哲学基础。古代文学理论深深植根于占主导地位的儒家思想土壤之上。儒家思想渗透社会各个领域，文学欲与政治、道德、伦理乃至整个社会发生关系，就必须与儒家思想打交道，受制于儒家思想。儒家学派奠基人孔子及孟子、荀子曾提出许多文学主张，经后世不断完善、演绎，形成了一整套理论。这套理论具有崇高地位，其他任何学派都无法与之相比。由于以上原因，儒家思想对古代文论有决定性的作用。

儒家思想对于文学的作用首先是消极作用，它极大地阻碍文学发展。儒家思想的首要功能是维护封建社会秩序稳定，要求文学为封建统治服务，以张扬封建伦理道德为己任。文学的创造是情的表现，并且最重要以表现个体情感形式出现，以自由创作的形式出现，这是文学的基本特点之一。儒家思想的首要功能与文学创作基本特点之间存有难以调和的矛盾。个体情感自由无羁，表情当淋漓尽致任情感四溢。儒家思想却要求文学创作"发乎情，止乎礼义"，以封建伦理道德为限，不能越雷池一步。个体情感的喷发又是强烈的，没有激烈的感情就没有惊天地、泣鬼神的壮丽诗篇，儒家思想则要求情感表现应遵循"温柔敦厚"的准则。总之，儒家思想限制、压抑、束缚个体情感的创造，给文学发展设置了不少障碍。纵观整个文学史，两汉时期除去民歌绝少真正文学作品，戏曲小说始终不能取得正统地位，所有这些都与儒家思想对文学的消极作用密切相关。

儒家思想又有其积极作用，儒家思想是积极入世的哲学，它要求文学把创作和国家、社会联系起来，为时为事而作，其中包含古代现实主义精神；教化美刺说、"兴观群怨"说意味着那个时代文学的社会作用。文学若完全拒绝儒家思想，就要在很大程度上失去反映现实、再现社会生活的功能。中国文学的史实告诉我们：儒道衰微常导致"文章且须放荡"①之类观念出现。在没有新兴思想意识道德标准代替儒家思想统治地位的历史条件下，"放荡"通常使文学导向以咏歌风月、花草、艳妇为能事，把"俪采百字之偶，争价一句之

---

① ［梁］萧纲：《诫当阳公大心书》，穆克宏、郭丹编著：《魏晋南北朝文论全编》，南京：江苏教育出版社，2004 年，第 482 页。

奇"①作为文学全部内容,此种风气有害无益。有眼光的批评家欲力挽狂澜,儒家思想是他们时代所能找到的最有效武器。刘勰以"征圣"、"宗经"救齐梁之弊,韩愈力斥辞藻华丽、内容空泛的骈体文,宋初文论家批评晚唐五代淫靡文风,都高举道统,把儒家思想作为旗帜和武器。在中国古代,儒家思想为保证文学实现其社会功能起到了不可替代的作用。

文学不可能生存在真空里,必然要同其他社会意识发生关系。儒家思想在同文学发生关系时,其积极作用与消极作用作为整体一并出现,积极作用中渗透着消极作用,消极作用中渗透着积极作用。分开这个整体绝不可能,取消其中任何方面就同时取消另一方面。比如文学"为时"、"为事"而作,体现了文学必须与现实发生关系的规律,也有为民请命的民本思想,同时又意味着文学要为封建政治效力;教化说旨在宣扬封建伦理道德,然而该伦理道德比完全没有伦理道德也是一种进步,而且其中涵有超越时代人类一般道德的观念,教化说又代表了那个时代文学的教育作用。

文学与儒家思想的结合是一定的,不以人的意志为转移。但结合的目的是什么,用什么方式结合却因人而异,结果也大相径庭。以汉儒、隋初王通、南宋二程为代表的经学家、卫道士从经学视角、政治伦理角度出发论文学,处处以儒家思想的教条规范文学创作,以伦理标准代替文学的艺术标准。王通直接主张诗歌的任务在于"上明三纲。下达五常"②,"言声而不及雅,是天下无乐也;言文而不及理,是天下无文也"③。并以此为标准把谢灵运、鲍照、江淹等优秀诗人称为"小人"、"狷者"④,不仅持论偏狭,还颇有逆我者亡之势。这样的结合方式完全无视文学的独立存在,无视作家的独特创造,文学在与儒家思想的关系中,处于被动从属地位,在结合中失去了自己。

刘勰意欲全面论述文学的基本问题,探讨文学艺术的自身规律,只能以儒家思想为论文指导思想。这是由儒家思想的崇高地位,由儒家思想对文学多方面的作用所决定的。刘勰认为文的产生是自然而然的,从天文、地文到人文,有自己独立存在的线索,有自身的特点和规律。若把儒家思想教条地照搬过来,显然难以和这样的文学观相统一,所以,他在以儒家思想为指导思想的同时,又灵活地运用儒家思想,从建立文学理论的需要着眼,对儒家思想作出新的解释。

在六朝较为宽松自由的学术环境中,刘勰充分利用当时的哲学成果,把"道"高度抽象,使之能够解释万事万物,容纳不只是儒家思想的更多东西。虽然"道沿圣以垂文,圣因文而明道",儒家思想是"道—圣—文"统一体的主导思想,但他可以根据"自然之道"的原则论述自然而然的文。

---

① [梁]刘勰:《文心雕龙·明诗》,范文澜:《文心雕龙注》,第67页。
② [隋]王通:《中说·天地》,张沛撰:《中说译注》,上海:上海古籍出版社,2011年,第37页。
③ [隋]王通:《中说·王道》,张沛撰:《中说译注》,第12页。
④ [隋]王通:《中说·事君》,张沛撰:《中说译注》,第73页。

五

　　刘勰在努力顾及各方面关系的过程中使自己的理论富于思辨性，成为完整体系。同时，力求面面俱到又不免受到阻碍文学发展的消极因素牵制，使其理论在很大程度上带有保守性，这可以说是一种必然现象。欲创立与前世截然相异的主张，开辟新的历程，通常要以偏激作为代价。而总结过去，欲提高思维水平又往往趋于保守。新见解有待于不断完善，完善了的体系又有待于更新见解的突破，循环往复，否定之否定，推动理论不断向前发展。一得一失，得失各得其所，都是逻辑进程中必不可少的环节，在强调某一环节重要性的时候，还要看到其另一方面的作用。

　　刘勰的理论是建立在前人基础上的总结形态文学理论。《文心雕龙》所概括的"情变之数"乃是"铺观列代"的结果。其理论在总体上是回顾过去的理论，历史赋予他的任务不是另辟新径，而是融汇旧说，使之圆通合理。

　　刘勰精究深研文理首先做的工作是"论文叙笔"，从《辨骚》到《书记》，二十一篇专文分别论述骚、诗、乐府、赋及各种应用文等三十余种文体。文体论研究的意义不仅在于文体本身，更重要的是，他通过这一研究总结提炼出文学理论问题的共性结论。每一种文体的研究，他都"原始以表末"、"选文以定篇"①，对各种文体的发展演变，对各时期代表作家、代表作品的优劣高下进行系统研究。若对文体论略加整理，这二十一篇加上《时序》等篇，几乎就是一部上古至东晋的文学史。

　　"铺观列代"与"论文叙笔"使刘勰深得文理。他广泛研究历代作家、作品，并"详观近代之论文"，分析文学创作现象，折衷各种文学主张。通过这些工作，得出文学作品应注重华与实、文与质、通与变等多方面关系的协调统一。为了给这一系列结论找到理论根据，也为了使这些理论系统化，他把"道"的观念高度抽象，成功地以"道"的模糊性、涵义的丰富性和六朝"道"论独有的特点，使"道"既是"自然之道"，又以儒家思想为主要内容，既以儒家思想为主，又使之兼融各家思想。从根本上讲，"道—圣—文"统一体的建立，正是为了满足"论文叙笔"的需要。

　　这是一个富于思辨的体系，又是一个有深刻内在矛盾的体系。儒家思想与文学艺术之间的矛盾显而易见，二者的统一在很多情况下要文学自身规律向儒家思想规范妥协。由于儒家思想对于文学的消极作用，使刘勰的文学思想受到很大局限从而带有保守性。儒家思想不仅妨碍他对文学自身规律的探索，还使他戴着有色眼镜去认识某些文学现象。

　　所以，他论"体性"主张顺应"自然之恒资"，又主张"童子雕琢，必先雅制"②；论"通变"主张"凭情以会通，负气以适变"，又主张"还宗经诰"③；论"定势"主张"因情立体，即体成

　　① ［梁］刘勰：《文心雕龙·序志》，范文澜：《文心雕龙注》，第727页。
　　② ［梁］刘勰：《文心雕龙·体性》，范文澜：《文心雕龙注》，第506页。
　　③ ［梁］刘勰：《文心雕龙·通变》，范文澜：《文心雕龙注》，第520页。

势",又主张"模经为式"①。在评论作品中有时也显示出儒家思想的局限,《辨骚》中的"四同四异"②就是较典型的例子。

古代文论史上,一些偏激的理论正由于它的偏激,使它获得了崇高的地位。皎然《诗式》、司空图诗论、严羽《沧浪诗话》等,单从诗歌之"境"、"味"、"妙悟"立论,弃谈文学社会作用,不能说是全面的文学理论。然而,他们却显现出中国古代文论区别于西方文论的特色。李贽"童心说"以"童心"求天下之至文,礼赞《西厢记》、《水浒传》等新兴文学作品,虽然未能成为主流文论,却猛烈冲击了束缚文学发展的儒家经典与圣道偶像。

同样,刘勰的理论并没有因为其保守性失去自身的价值。他将思维水平空前提高,达到诸方面巧妙统一。一个非常完美的东西,标志着死亡,也标志着一个阶段的结束。没有完美的统一,就没有对于完美的突破,就不可能诞生新的生命。《文心雕龙》集大成式的总结,使后来的文论家没有必要再向后看,他们得以把眼光集中到新兴文学现象上,由此产生意境论。

我们不能过分地责备古人,正如 20 世纪德国著名哲学家伽达默尔所说"人所需要的不单单是坚定不移地追问终极问题,而且还需要知道:此时此地什么是行得通的,什么是有可能的,什么是正确的。"③在刘勰所处的时代,他把该做的都做了,他的工作不愧是里程碑式的工作。

---

① [梁] 刘勰:《文心雕龙·定势》,范文澜:《文心雕龙注》,第 530 页。
② [梁] 刘勰:《文心雕龙·辨骚》,范文澜:《文心雕龙注》,第 46—47 页。
③ 伽达默尔:《真理与方法》,王才勇译,沈阳:辽宁人民出版社,1987 年,第 48 页。

刘勰子学思想与杂家精神

林其锬*

摘　要: 诸子学说是中华文化的理性积淀,蕴藏着丰富的先哲思想和智慧。梁代以子自居的思想家、文论家刘勰,对中古以前的诸子有深入的研究,在他早期著作《文心雕龙》和晚年著作《刘子》中都立有专篇论述并留下了精辟见解;特别是两书所体现的、为适应社会由分裂到统一而产生的学术思潮由"析同为异"到"合异为同"的杂家精神,对今日面对经济全球化、政治多极化、文化多元化的世界,如何重构现代中华文化新体系,具有重要的借鉴价值和实际意义。

关键词: 刘勰;子学;杂家精神

一、刘勰子学思想

"诸子学"自春秋战国百家蜂起、九流驰术,迄今已有 2 500 多年了,若以《庄子·天下》为子论开端,后来评论诸子的论述时有间出,如《荀子·非十二子》、《尸子·广泽篇》、《吕氏春秋·要略篇》、司马迁《史记》之孟荀、老庄申韩、管晏诸《列传》、班固《汉书·艺文志》、葛洪《抱朴子·百家篇》等等皆是。但是,以上子论或评骘诸家得失,或考其流派,也只能说是"各照偶隙,鲜观衢路;或臧否当时之才,或铨品前修之文,或泛举雅俗之旨,或撮题篇章之意","并未能振叶以寻根,观澜而索源"①。对于什么是"子"? 什么是"子书"?

---

* 作者简介: 林其锬,上海社会科学院五缘文化研究所研究员。
① 〔梁〕刘勰:《文心雕龙·序志》,范文澜:《文心雕龙注》,北京:人民文学出版社,1962 年,第 726 页。

都未能给予明确的定义和深刻的阐述。

魏晋南北朝时期,是我国文化发展历史上又一个转折的时期。"汉末以降,中国政治混乱,国家衰颓。"有人称:"汉末至隋代之前为中国的'黑暗时代',同时也是中国的'启蒙时代'。因为这一时期的精英之士如哲学家、诗人、艺术家基于逃避苦难之要求,在思想上勇于创新,在精神的自由解放中获得了'人的发现',或人的自觉,从而使这一时期的思想获得了深刻、鲜明的哲学意蕴。因此,'汉魏之际,中国学术起甚大变化。'"①所以中国现代许多学科的萌芽可溯源于此时,子学也不例外。

南朝萧梁时期的思想家兼文论家刘勰早年撰著的《文心雕龙·诸子》和晚年撰著的《刘子·九流》对先秦迄于秦汉的子评、子论作了总结,对"子"、"子书"给予了比较明确的定义,对"子学"的性质、诸子流派特点、得失以及子史分期、子学内部结构体系都作了简要概述,因而可视为诸子学学科的萌芽。

刘勰身处魏晋南北朝末期社会由分裂走向统一、学术思想由"析同为异"走向"合异为同"的历史巨变时期,他出生在有浓厚天师道影响氛围的低级军官家庭里,早年父亲战死,家境贫寒,青年时期只得依附佛门在定林寺帮助抄写、整理佛经生活。但他胸怀大志,抱负甚高。他充分利用佛寺大量藏书的条件,饱读佛家经典、诸子百家、诗赋杂文。我们从《文心雕龙》对先秦到六朝 600 多位各界人物、400 多种经典、文献、作品进行深入研究并加以品评;从《刘子》"互引典文,旁取事据"②,征引、承袭中古以前的古籍竟达百种以上的实际情况,可以看出他读书用力之勤,知识涉猎之广,学问造诣之深。但他志不在文,而在于政,追求的人生目标是"摛文必在纬军国,负重必在任栋梁,穷则独善以垂文,达则奉时以骋绩"③。所以正如子学家孙德谦所言:"彦和于论文之中兼衡诸子,虽所言不无弊短,而能识其源流得失,则此书以'雕龙'标目,可知彦和盖窃比邹奭,将以自名一子矣。"④他志不在文而在政,故不走儒生之路。而立之年为救当时日趋虚无浮诡之社会不良文风的时弊而撰《文心雕龙》;在晚年仕途失意之时,又效法孔子"不得位而行道"以实现"独善以垂文"的人生目标,同时又感慨魏晋子书"谰言兼存,琐语必录,类聚而求,亦充箱照轸矣"⑤的式微,通过立言,写"入道见志"之书《刘子》。

刘勰著述的原则是"囿别区分,原始以表末,释名以章义,选文以定篇,敷理以举统"⑥。他给"子"、"子书"的定义是:

　　诸子者,入道见志之书。⑦

　① 汤一介、孙尚扬:《魏晋玄学论稿·导读》,汤用彤:《魏晋玄学论稿》,上海:上海古籍出版社,2005 年,第 3 页。
　② [明]王道焜:《北齐刘子序》,林其锬:《刘子集校合编》,上海:华东师范大学出版社,2012 年,第 1134 页。
　③ [梁]刘勰:《文心雕龙·程器》,范文澜:《文心雕龙注》,第 720 页。
　④ 孙德谦:《诸子通考》,上海:华东师范大学出版社,2013 年,第 81 页。
　⑤ [梁]刘勰:《文心雕龙·诸子》,范文澜:《文心雕龙注》,第 308 页。
　⑥ [梁]刘勰:《文心雕龙·序志》,范文澜:《文心雕龙注》,第 727 页。
　⑦ [梁]刘勰:《文心雕龙·诸子》,范文澜:《文心雕龙注》,第 307 页。

博明万事为子,适辨一理为论。①

然繁辞虽积,而本体易总：述道言治,枝条五经。②

九家之学……同其妙理,俱会治道。③

综合以上对"子"、"子书"、"子学"的"释名章义",我们可以看到刘勰对"子"、"子书"、"子学"的内涵界定,那便是：首先要"博明万事",亦即《诸子·赞》中所说的"辩雕万物,智周宇宙"④,研究和阐发的是广博天、地、人万物之理,而不是一枝一节个别事物的学问,这是就研究的广度涉及知识面的外延予以界定的。其次"入道"、"述道"、"妙理",这是从研究的深度定义。研究要深入事物的本质、阐释的道理要达到深刻精微的程度,而不是肤浅、一般的知识传递和综述。第三,"见志",就是要体现研究者、作者自己独立创意和独到见解,不管你是"或叙经典,或明政术"⑤,都要有自己独立的思想和主张,真正成一家之言。第四,"言治"、"治道",亦即诸子学问不管你从哪个角度切入,都必须与治道相关,不是无的放矢,归根结底是为拯世救溺服务。所谓治道,自然包括天、地、人,亦即治国、治世和治心。按照刘勰对"子"、"子书"、"子学"内涵的界定,"子"的概念似与古之通儒、今之思想家相近；"子书"、"子学"则是阐述道义、表达意志,亦即研究治心、治国、治世重大课题,广而深地阐释事物原理、并有独立见解和主张、成一家之言的著作和学问。章太炎曾说过："学说在开人心智,文辞在动人之感情。虽亦互有出入,而大致不能逾此。"⑥又说："原理惬心,永远不变；一支一节的,过了时就不中用。"⑦

诸子的出现和诸子学的产生和形成经历了漫长的历史过程。按照刘勰的看法,"子"的肇始可以追溯至上古,而"子书"的出现则在春秋战国。他说"昔风后、力牧、伊尹,咸其流也。篇述者,盖上古遗语,而战伐所记者也。至鬻熊知道,而文王咨询,余文遗事,录为《鬻子》,子目肇始,莫先于兹。"⑧风后,黄帝臣；力牧,黄帝相；伊尹,商汤相；鬻熊,周文王时人。《汉书·艺文志》兵家有《风后》十三篇,《力牧》十五篇,又道家《力牧》二十二篇；《伊尹》五十一篇,又小说家《伊尹说》二七篇；皆注云"依托也"。故刘勰云："盖上古遗语,而战伐所记者也。"⑨即子在前而其书则后出,乃后人辑遗语成书而已。至于《鬻子》,《汉书·艺文志》有道家《鬻子》二十二篇,注"名熊,为周师,自文王以下问焉"⑩。刘勰也称："至鬻熊知道,而文王咨询,余文遗事,录为《鬻子》,子目肇始,莫先于兹。"⑪说明也是鬻子其人

---

①　[梁]刘勰：《文心雕龙·诸子》,范文澜：《文心雕龙注》,第310页。

②　[梁]刘勰：《文心雕龙·诸子》,范文澜：《文心雕龙注》,第308页。

③　[梁]刘勰：《刘子·九流》,林其锬、陈凤金：《刘子集校》,上海：上海古籍出版社,1985年,第302—303页。

④　[梁]刘勰：《文心雕龙·诸子》,范文澜：《文心雕龙注》,第310页。

⑤　[梁]刘勰：《文心雕龙·诸子》,范文澜：《文心雕龙注》,第310页。

⑥　章太炎：《论语言文字之学》,《章太炎演讲集》,上海：上海人民出版社,2011年,第21页。

⑦　章太炎：《论诸子的大概》,《章太炎演讲集》,第87页。

⑧　[梁]刘勰：《文心雕龙·诸子》,范文澜：《文心雕龙注》,第308页。

⑨　[梁]刘勰：《文心雕龙·诸子》,范文澜：《文心雕龙注》,第308页。

⑩　[汉]班固：《汉书》,北京：中华书局,1964年,第1729页。

⑪　[梁]刘勰：《文心雕龙·诸子》,范文澜：《文心雕龙注》,第308页。

在前，而其书也是后人所录辑而成。但是以"子"作为书名则是从《鬻子》开端的。至于子书著述最早的当属老子："及伯阳识礼，而仲尼访问，爰序《道德》，以冠百氏。"①"冠百氏"者，乃百家之首，极言老子李耳(字伯阳)《道德》之卓越也。刘勰还认为：在子书出现初期，是没有"经""子"之分的。他说："鬻唯文友，李实孔师；圣、贤并世，而经、子异流矣。"②圣、贤生活于同时代，后来经、子才分流。近人江瑔在其《读子卮言》中也说："是可见孔孟之学，虽远过于诸子，而在当时(林按：指先秦时期)各鸣其所学，亦诸子之一也。况《六经》为古人教人之具而传之于道家，非孔子之作。"③历史事实也表明"经"之提法虽始于《庄子·天运篇》："丘治《诗》《书》《礼》《乐》《易》《春秋》六经，自以为久矣。"④这里的"六经"即是江瑔所说的"古人教人之具"亦即史料，只是孔子"治"(整理、研究)的对象，并非儒家的著作，而将其作为儒家经典，是在汉武帝实行"罢黜百家，独尊儒术"政策后于元朔五年(前124年)设太学、置五经博士时，才把《诗》《书》《礼》《易》《春秋》作为"五经"的。后来又不断递增，将辅翼五经的传、记以及记载孔孟言行的《论语》《孟子》等都尊为"经"：东汉时"六经"增加《论语》为"七经"；唐初以《易》《书》《诗》《周礼》《仪礼》《礼记》《左传》《孝经》《论语》为"九经"；唐文宗时以《周易》《尚书》《毛诗》《三礼》及《论语》《孝经》《尔雅》刻石称"十二经"；宋绍熙年间又将《孟子》列入经部称"十三经"；宋时还在"十三经"基础上再增加《大戴记》为经称"十四经"的。可见："经"与"子"之分流，是来自外部因素，即儒学成了官学之后，才被逐步加强的。所以就学术实质而言，"经"、"子"是没有必要分开的。由于经学居于官学特殊地位，子学环境受到压抑，自然失去了先秦时期那种"六经泥蟠，百家飙骇"⑤的自由争鸣态势。但思想是不能垄断、禁绝的。因此子学虽遭贬抑，甚至被视作"异端"，但仍随社会前进而在不断发展，不过其形态则有所变化。刘勰指出："逮汉成留思，子政雠校，于是《七略》芬菲，九流鳞萃，杀青所编，百有八十余家矣。迄至魏晋，作者间出，谰言兼存，璅语必录，类聚而求，亦充箱照轸矣。"⑥当然发展中纯粹与踳驳并存，玉石与泥沙俱下。其形态大致可分四种：一是仍然自开户牖，越世高谈，这自然被视作异端，甚至惨遭迫害；二是"承流支附"，以诠释经典、元典的形式，用"六经注我"的方法，寄寓自己的思想和主张；三是"综核众理……集猎众语"⑦，用古说今寄托新思想新主张，刘勰的《刘子》就是典型；四是遁入民间，以宗教面目出现，创作经书表达自己的见解和主张。这种形态变异，诸如"南朝儒生采取《老》、《庄》，创造新经学"⑧，宋、明儒者援佛入儒创造"理学"、"心学"，"其言颇杂禅理"⑨。宗教家创造《太平经》，以及近现

---

① [梁]刘勰：《文心雕龙·诸子》，范文澜：《文心雕龙注》，第308页。
② [梁]刘勰：《文心雕龙·诸子》，范文澜：《文心雕龙注》，第308页。
③ 江瑔：《读子卮言》，上海：华东师范大学出版社，2012年，第39页。
④ [清]郭庆藩：《庄子集释》，北京：中华书局，1985年，第531页。
⑤ [梁]刘勰：《文心雕龙·时序》，范文澜：《文心雕龙注》，第671页。
⑥ [梁]刘勰：《文心雕龙·诸子》，范文澜：《文心雕龙注》，第308页。
⑦ [日本]平安咸愿：《刘子序》，林其锬：《刘子集校合编》，第834页。
⑧ 范文澜：《中国经学史的演变》，《范文澜全集》第十卷，石家庄：河北教育出版社，2002年，第61页。
⑨ 江藩：《宋学渊源记》，上海：商务印书馆，1935年，第1页。

代吸收西学涌出新子家等都是;在表述方式上也由子向论、子集合流方向转变,子、集合流,"家家有制,人人有集"①成了普遍现象。

二、杂家精神与杂家历史地位

在诸子百家中,杂家虽为"九流"之一,但由于古人囿于学派门户之见,特别是儒学成了官学,长期占主流意识形态的状况下,杂家更被视为"往往杂取九流百家之说,引类援事,随篇为证,皆会粹而成之,不能有所发明,不足预诸子立言之列"②。《四库全书》子部类目,将杂家置于术数、艺术、谱录之后,分为杂学、杂考、杂说、杂品、杂纂、杂编六类,实际上已经不把杂家作为九流之一与其他八家并列,而将其排出九流。所以究竟应该如何评价杂家、认识杂家、发现杂家的真正价值及其历史作用,是需要我们细加考究的。

"杂"就其本义而言,实有二义:一是集聚、糅同。《玉篇》:"杂,糅也、同也、厕也、最也。"又:"杂"也同"襍"。《类篇》:"襍,集也。"《广韵》:"集,就也,成也,聚也,同也。"所以江璪说:"'杂'之义为'集'、为'合'、为'聚'、为'会'……即集合诸家而不偏于一说,故以'杂'为名,此其义也。"③二是杂碎。《扬子·方言》:"杂,碎也。"《易·系辞》:"其称名也,杂而不越。"④《疏》:"辞理杂碎"、"不相乖越"⑤杂家著作中实有两种,即刘勰在《刘子·九流》中所说:一是"触类取与,不拘一绪";二是"芜秽蔓衍,无所系心"⑥,所以不能一概而论。

20 世纪 40 年代,冯友兰和张可为有《原杂家》之作。他们认为:杂家"是应秦汉统一局面之需要,以战国末期'道术统一'说为主要的理论根据,实际企图综合各家之一派思想。这种思想,在秦汉时代,成为主潮。"⑦"他们以为求真理的最好的办法,是从各家的学说,取其所'长',舍其所'短',取其所'见',去其所'蔽',折衷拼凑起来,集众'偏'以成'全'。"⑧"他们主张道术是'一',应该'一';其'一'之并不是否定各家只余其一,而是折衷各家使成为'一'。凡企图把不同或相反的学说,折衷调和,而使之统一的,都是杂家的态度,都是杂家的精神。"⑨由于中国学术一般都着重社会、人生实际问题,在先秦着重形而上的先是有道家,继之有受道家影响的《易传》。道家较各家较着重带根本性的问题,"故

---

① [梁] 萧绎:《金楼子·立言》,郁沅、张明高编选:《魏晋南北朝文论选》,北京:人民文学出版社,1996 年,第366 页。

② [宋] 黄震:《黄氏日钞》卷五十五,文渊阁《四库全书》本。

③ 江璪:《读子卮言》,第 119 页。

④ [魏] 王弼注,[唐] 孔颖达疏:《周易正义》,北京:北京大学出版社,2000 年,第 366 页。

⑤ [魏] 王弼注,[唐] 孔颖达疏:《周易正义》,第 366 页。

⑥ [梁] 刘勰:《刘子·九流》,林其锬、陈凤金:《刘子集校》,第 302 页。

⑦ 冯友兰、张可为:《原杂家》,冯友兰:《中国哲学史》(下册)附录,上海:华东师范大学出版社,2002 年,第407 页。

⑧ 冯友兰、张可为:《原杂家》,冯友兰:《中国哲学史》(下册)附录,第 395 页。

⑨ 冯友兰、张可为:《原杂家》,冯友兰:《中国哲学史》(下册)附录,第 408 页。

杂家有许多地方都采取了道家的观点"①,但是"杂家不是道家,不宗主任何一家。"②"道术统一"思想源于《庄子·天下篇》,但道家主张"纯一"、"无为","认为方术不能统一,又不想去统一它"③;而杂家则主张"舍短取长"、"熔天下方术于一炉",认为"欲天下之治者,必求方术之统一。统一方术之法,为'齐万不同'。"④笔者以为冯、张二氏对杂家的评价是中肯的。如果我们客观地考察历史上杂家思潮产生和优秀杂家代表作产生的历史条件,我们就会发现:它们都是在社会由分裂走向统一,学术思潮由"析同为异"到"合异为同"的转折时出现的,杂家所起的特殊作用是其他各家所不能代替的。

综观中国历史,可以看到社会大转折、文化大融合的时期莫过于先秦、魏晋南北朝和近现代。

第一次:先秦时期春秋战国时代。这一时期铁器生产工具开始普及,生产关系发生大变动,原来的"井田制"出现了"民不肯尽力于公田"⑤的现象。周边东夷、南蛮、西戎、北狄等少数民族逐步融入华夏民族,特别是长江文明与黄河文明,亦即所谓"巫文化"与"史文化"的交流、碰撞,形成了"七国力政,俊乂蜂起"⑥、"六经泥蟠,百家飙骇"⑦的局面。经过三四百年的动荡、分化、迁徙、融合发展,特别在经济上由于邗沟和鸿沟的开凿,长江、淮河、黄河流域三大经济区域连成一片,形成一体,相互联系和依赖加强了,因此社会出现了统一要求。与社会由分到合的客观要求相适应,在文化上出现原道之心,兼儒墨、合名法,博综诸家之长以为一、由"析同为异"到"合异为同"的形势,"杂家精神"、"思想统一"思潮也随之产生。其代表作就是《吕氏春秋》。它"上揆之天,下验之地,中审之人"⑧、"假人之长,以补其短"⑨、"齐万不同,愚智工拙,皆尽力竭能,如出乎一穴。"⑩继之在汉初出现的《淮南鸿烈》也是一样,也是为因应社会需要,"用老庄的天道观去消除各家学说的界限和对立,将诸子的思想调和贯通起来,以达到'统天下,理万物'的目的"⑪。由此可见:秦汉时期的杂家代表作《吕氏春秋》与《淮南鸿烈》,就是因应社会统一的客观情势而产生的,它们也的确对推进社会发展起了积极作用。

第二次:魏晋南北朝时期。东汉以后,贵族政治腐败,经学僵化,社会分裂,魏、蜀、吴三国鼎立,西晋短期统一,但随着北方少数民族匈奴、鲜卑、羯、氐、羌等入主中原,形成南北对峙局面,汉武帝实行的"罢黜百家,独尊儒术"逐步建立起来以正名、定分、三纲、五常为主要内容作为维系社会的价值体系、精神支柱和管理制度神器的"名教",发生了严重的

① 冯友兰、张可为:《原杂家》,冯友兰:《中国哲学史》(下册)附录,第406页。
② 冯友兰、张可为:《原杂家》,冯友兰:《中国哲学史》(下册)附录,第407页。
③ 冯友兰、张可为:《原杂家》,冯友兰:《中国哲学史》(下册)附录,第405页。
④ 冯友兰、张可为:《原杂家》,冯友兰:《中国哲学史》(下册)附录,第409页。
⑤《春秋公羊传注疏》,北京:北京大学出版社,2000年,第416页。
⑥ [梁]刘勰:《文心雕龙·诸子》,范文澜:《文心雕龙注》,第308页。
⑦ [梁]刘勰:《文心雕龙·时序》,范文澜:《文心雕龙注》,第671页。
⑧ [战国]吕不韦:《吕氏春秋·序意》,陈奇猷:《吕氏春秋新校释》,上海:上海古籍出版社,2002年,第654页。
⑨ [战国]吕不韦:《吕氏春秋·用众》,陈奇猷:《吕氏春秋新校释》,第235页。
⑩ [战国]吕不韦:《吕氏春秋·不二》,陈奇猷:《吕氏春秋新校释》,第1135页。
⑪ 牟钟鉴:《〈吕氏春秋〉与〈淮南子〉思想研究》,济南:齐鲁出版社,1987年,第107页。

危机;加之佛教东传,佛经翻译渐多,佛教社会影响扩大,发生了中外文化的交流与碰撞,因而社会又由合到分,学术也由同到异,儒、佛、道争鸣激烈。为寻找新理论,重建社会新价值体系,调谐社会秩序,以名教与自然之辨为核心内容的玄学也就应运而起:"魏之初霸,术兼名法,傅嘏、王粲,校练名理,迄至正始,务欲立文;何晏之徒,始盛玄论,聘周当路,与尼父争途矣。"①玄学之兴,始于以儒家"正名"和法家"循名责实"的名理学,由"名教"到"名法",进一步上推到"无为",所以玄学是脱变于名学与易学,既是源自老、庄,也是儒学之蜕变。社会经过近 300 年的动荡、分裂,由于大量中原人民南迁江南,南方经济得以开拓发展,加之北方进入中原的少数民族逐渐汉化,社会又出现了要求统一的趋势,与之相适应,学术思想再次涌现"析同为异"到"合异为同"的"杂家精神",其特点是通过儒道会通、佛学玄化的途径进行整合:"泊于梁世,兹风(按:指玄学)复阐,《庄》、《老》、《周易》,谓之三玄。武皇(按:指萧衍)、简文(按:指萧纲),躬身讲论。"②"暨梁武之世,三教(按:指儒、佛、道)连衡,五乘(按:指佛家人乘、天乘、声闻乘、缘觉乘、菩萨乘,也就是乘着五戒、十善、四谛、十二因缘、六度等五种教法而获得善果)并驾。"③梁武帝也撰《会三教诗》:"穷源无二圣,测善非三英。"④揭橥三教同源说。说明此时儒道会通、佛学玄化已成社会风气。此时问世的《刘子》便是应这一思潮而产生的杂家代表作。日本古代学者说:"《刘子》,刘勰所作,取熔《淮南》,自铸其奇。"⑤此书曾被清代著名藏书家、校勘家黄丕烈赞为"魏晋子书第一"。中国《文心雕龙》学会创会会长张光年(光未然)也认为:"《刘子》和《文心雕龙》,同是南北朝历史巨变时代产生的有重大历史价值、学术价值的奇书。"⑥《刘子》"综核众理,发于独虑;猎集群语,成于一已。"⑦它泛论治国修身之要,杂以九流之说,是"总结了诸子的学术和思想,来用古说今"⑧之书。《刘子》产生的背景同《吕氏春秋》、《淮南子》极其相似,所不同者是前二书皆权势者"聚客而作",属集体著述,所以体系庞大,"踳驳不一",内容庞杂;而后者则是个人私著,简要精炼,全书仅 29 030 字,却蕴含了丰富的思想内容,如因时而变的社会历史观和与时竞驰的人生观、从农本出发的富民经济思想、从民本出发的清明政治思想、"知人"、"适才"、"均任"的人才管理思想、文质并重"各像勖德,应时之变"⑨的文艺思想,以及清神防欲、惜时崇学、履信慎独等等积极向上、健康的道德修养理念等等。张光年特别肯定它的"因时制宜的变法论"和"献贤受上赏,蔽贤蒙显戮"⑩的主张,"是站在时代潮流前面的勇士","都是有针对性的,是不避嫌疑、不计后果

① [梁]刘勰:《文心雕龙·论说》,范文澜:《文心雕龙注》,第 327 页。
② [北齐]颜之推:《颜氏家训·勉学》,王利器:《颜氏家训集解》(增补本),北京:中华书局,2002 年,第 187 页。
③ [唐]法琳:《对傅奕废佛僧事》,《广弘明集》卷十一,四部丛刊本。
④ [梁]萧衍:《会三教诗》,逯钦立辑校:《先秦汉魏晋南北朝诗》,北京:中华书局,1984 年,第 1532 页。
⑤ [日本]播磨清绚:《刘子序》,林其锬:《刘子集校合编》,第 833 页。
⑥ 张光年:《关于〈刘子〉——在中国〈文心雕龙〉学会第二届年会上的讲话》,林其锬:《刘子集校合编》,第 1165 页。
⑦ [日本]平安咸愿:《刘子序》,林其锬:《刘子集校合编》,第 834 页。
⑧ 王重民:《中国目录学史论丛》,北京:中华书局,1964 年,第 99 页。
⑨ [梁]刘勰:《刘子·辩乐》,林其锬、陈凤金:《刘子集校》,第 36 页。
⑩ [梁]刘勰:《刘子·荐贤》,林其锬、陈凤金:《刘子集校》,第 114 页。

的，是勇士的语言。"①《刘子·九流》在继承司马谈《论六家要旨》和班固《汉书·艺文志·诸子略》思想的基础上，比较客观、精确地评价了道、儒、阴阳、名、法、墨、纵横、杂、农九家的得失，而且着重点放在"皆同其妙理，俱会治道，跡虽有殊，归趣无异"②的会通上。同时还在总体上概括了子学的基本构架："道者玄化为本，儒者德教为宗，九流之中，二化为最。"③正如美国华人学者杜维明所说："这既肯定了中国文化的'九流'结构，又强调了其中以'儒、道'为主体地位。"④或者如赵吉惠教授所说："就是对以儒、道为主体结构的中国多元文化的古典表达。"⑤这是刘勰对子学的历史贡献。此外，在《刘子·九流》中"圣贤并世，诸子分流"，表明古本无"经"，后来才有"经"、"子"之分；中古以前子史分期并指明子书形态向子论、文集转化等等，都是他的独到创新见解，对子学建构都具有重要意义。

由于《刘子》一书比较充分地反映了当时社会发展的趋势，适应了社会由分到合走向统一的历史要求，因此在隋唐广为传播，影响很大，上自唐太宗、武后，下至一般读书人，乃至高僧大德都给予重视。唐太宗于贞观二十二年，为教育太子李治（高宗）撰《帝范》："所以披镜前踪，博览史籍，聚其要言，以为近诫。"⑥书中就多处承袭、征引《刘子》，明显抄袭的就达22处，甚至连一些章名，诸如《诚盈》、《赏罚》、《阅武》等也与《刘子》雷同。武则天莅位，为教育臣子，亦仿太宗"情隆抚字，心欲助成"、"撰修身之训"，乃"游心策府"、"缀叙所闻以为《臣轨》一部"，"为事上之轨模，作臣下之绳准"。⑦ 书中亦承袭、征引《刘子》。其他如成书于隋的虞世南《北堂书钞》、释道宣《广弘明集》、唐代释湛然《辅行记》、释道世《法苑珠林》也多数征引。释慧琳《一切经音义》还两处明确著录《刘子》及其作者刘勰。《刘子》盛行于唐，成了当时社会上"有现实意义的著作"、"读书人的一般理论读物"⑧，远播边陲、国外。从已发现的敦煌、西域隋、唐的写本《刘子》残卷就有九种，著录《刘子》的小类书写本就有五种，唐时传到日本的《刘子》版本就有三种之多，甚至在新疆和阗伊斯兰贵族古墓中也发现有唐写本《刘子》残卷。以上事实足见《刘子》在唐代影响之大。《刘子》儒道互补、兼容百家的思想，实际为盛唐的"崇道、尊儒、礼佛"，建构社会稳定和谐的指导思想提供了理论支持，也为"贞观之治"的社会管理和道德理念提供了思想资源。由此也可见杂家精神在建构统一、稳定社会中的积极作用。

第三次：近现代。18世纪，随着欧洲资本主义的发展，开始了征服世界的"全球化"，列强以其坚船利炮在1840年打开了中国国门，中国逐渐沦为殖民地半殖民地社会，西方文化也随着枪炮和商品洪流强势涌入，中国社会又发生了分裂、动荡，中华民族遭遇了空

① 张光年《关于〈刘子〉——在中国〈文心雕龙〉学会第二届年会上的讲话》，林其锬：《刘子集校合编》，第1166—1167页。
② ［梁］刘勰：《刘子·九流》，林其锬、陈凤金：《刘子集校》，第302—303页。
③ ［梁］刘勰：《刘子·九流》，林其锬、陈凤金：《刘子集校》，第303页。
④ 杜维明：《我看文化中国》，文化中国网 http://www.culcn.cn/，2007。
⑤ 赵吉惠：《论儒道互补的中国文化主体结构与格局》，《陕西师范大学学报》1994年第4期。
⑥ ［唐］李世民：《帝范·序》，文渊阁《四库全书》本。
⑦ ［唐］武曌：《臣轨·序》，《续修四库全书》第753册，上海：上海古籍出版社，2001年，第105—106页。
⑧ 王重民：《中国目录学史论丛》，第133、134页。

前危机。由于落后而挨打,救亡压倒一切,中国的精英也着力向西方寻找出路,"现代化等于西化"的理念为许多人所接受。中西文化大碰撞、各种思潮登台争鸣激烈,又有"众义蜂起""百家飙骇"之势。但这与先秦诸子"自开户牖"、"越世高谈"迥异:一是在西方霸道文化强势主导背景之下,二是大多作为外来思潮的二传手出现。这一次异质文化的接触、碰撞、交流、融合的规模是空前的,因此对中华文化的冲击、更新、提升也是前所未有的。经过百多年的酝酿,中华文化汲取西学特别是科学技术,实现传统的现代转轨取得了巨大进步,但也出现宾主易位过度依傍西方文化体系的弊端,因而逐渐失去了民族文化的话语权。随着国家的独立、经济的发展、社会的进步,又到了中国要崛起、中华民族要复兴的关头了。2014年2月24日,习近平在主持政治局学习时强调:"培养和弘扬社会主义核心价值观必须立足中华优秀传统文化","博大精深的中华优秀传统文化是我们在世界激荡中站稳脚跟的根基,中华文化源远流长,积淀着中华民族最深沉的精神追求,代表着中华民族独特的精神标识,为中华民族生生不息、发展壮大提供了丰厚滋养。""不忘本来才能开辟未来,善于继承才能更好创新","要坚持古为今用、推陈出新,有鉴别地对待,有扬弃地继承","要讲清楚中华优秀传统文化历史渊源、发展脉络、基本走向,要讲清楚中华文化的独特创造,价值理念、鲜明特色,增强文化自信和价值观自信","要处理好继承和创新性发展的关系,重点做好创造性转化和创新性发展"。① 这一讲话精神对子学和传统文化研究具有指导意义。子学是中华文化理性积淀的载体,面对经济全球化、政治多极化、文化多元化,中外文化空前规模的大交流、大碰撞、大融合的时代,如何立足中华优秀传统文化,通过研究、弄清渊源、理清发展脉络、基本走向,继承精华,实现创造性转化、创新发展,重构中华文化新体系,也需要杂家精神,即取熔诸家之长、舍弃诸家之短(这里的诸家自然也包括外来文化在内),这才能担当和完成新的历史使命,而刘勰的《文心雕龙》和《刘子》蕴藏的丰富的思想资源,正可供借鉴。特别在两书中所倡导的"同之与异,不屑古今;擘肌分理,唯务折衷"、"振叶以寻根,观澜而索源"②、"弥纶群言,研精一理"③以及"九家之学,虽旨有深浅,辞有详略,偕儷形反,流分乖隔;然皆同其妙理,俱会治道,迹虽有殊,归趣无异"④所体现的杂家视野、襟怀和方法,更值得继承和发扬。

---

① 《文汇报》2014年2月26日第一版。
② [梁]刘勰:《文心雕龙·序志》,范文澜:《文心雕龙注》,第727、726页。
③ [梁]刘勰:《文心雕龙·论说》,范文澜:《文心雕龙注》,第327页。
④ [梁]刘勰:《刘子·九流》,林其锬、陈凤金:《刘子集校》,第302—303页。

丧葬文化与《文心雕龙》之
《诔碑》、《哀吊》解读

吴中胜[*]

摘　要：中国文化重视生养死葬，在丧葬礼仪的一系列繁文缛节背后，渗透着中国人沟通人神、穿越生死两界的诗性观念，彰显出中国文化注重人文关怀和人伦温情的文化品格，同时也体现出中国人生荣死贵、生卑死贱的伦常等级观念。刘勰的《文心雕龙》秉承了中国传统文化的基本精神，其中《诔碑篇》、《哀吊篇》就体现了刘勰对传统中国丧葬文化基本精神的理解，以及对悼念类文章语言形式的基本要求。

关键词：文心雕龙；丧葬文化；人文关怀

《论语·尧曰》云："所重：民、食、丧、祭。"①四事之中，丧葬居其一。又《论语·为政》曰："死，葬之以礼，祭之以礼。"②把"丧葬"提到礼的层面来要求。孟子也说，百姓"养生丧死无憾"是"王道之始"③。他把丧葬礼仪作为王道政治的基础来看待。可见中国儒家文化对生养死葬的重视，生要有礼仪，死也要有尊严。在丧葬文化一系列繁缛礼仪制度背后，渗透着中国人打通生死两界、沟通人神的诗性观念，彰显出中国文化注重人文关怀和人伦温情的文化品格，同时也体现出中国人生荣死贵、生卑死贱的伦常等级观念。刘勰志在秉承儒家文化，自然认同儒家生养死葬的文化传统，《文心雕龙》通过对历代丧葬文章的评述，就体现出刘勰对丧葬礼仪制度及人文精神内涵的理解。下面，我们通过对《诔碑篇》、《哀吊篇》的解读来理解刘勰的相关思想。

＊基金项目：国家社会科学基金项目《诗性文化与〈文心雕龙〉的诗性遗存研究》（项目批准号：12BZW011）、国家社会科学基金重大项目《中国文化关键词研究》（项目批准号：12&ZD153）阶段性成果，"江西省高校高水平建设项目资助"、"江西省高等学校重点学科建设项目资助"。
　　作者简介：吴中胜，现为赣南师范学院文学院教授。
① 杨伯峻：《论语译注》，北京：中华书局，1980年，第209页。
② 杨伯峻：《论语译注》，第13页。
③ 杨伯峻：《孟子译注》，北京：中华书局，1988年，第5页。

一、穿越生死两界

维柯认为,宗教、结婚和埋葬是人类的"三种制度",他说:"一切民族,无论是野蛮的还是文明的,尽管是各自分别创建起来的,彼此在时间和空间上都隔很远,却都保持住下列一种习俗:(1) 它们都有某种宗教;(2) 都举行隆重的结婚仪式;(3) 都埋葬死者。"①埋葬逝者是人道的起源,维柯说:"人道(humanity)的起源在于 humare,即埋葬。"②中国的先民们也很早就埋葬逝者,《周易·系辞下》云:"古之葬者,厚衣之以薪,葬之中野,不封不树,丧期无数。后世圣人易之以棺椁。"③先民们不仅要埋葬逝者,而且要举行一系列繁缛复杂的仪式,这一点在任何社会中都普遍存在。列维-布留尔就指出,几乎在任何社会集体中,"在人死的时刻和在死后或短或长的一段时期中必须遵行的风俗、禁忌、仪式。"④他进一步指出,在中国又尤其复杂,"自远古以来,在中国社会中,为死人操心,给活人带来了多么沉重的负担"。⑤ 列维-布留尔所说的确是事实,据《仪礼·丧服》所记,光丧服制度就包括斩衰、齐衰三年、齐衰杖期、齐衰不杖期、齐衰三月、殇大功、成人大功、繐衰、殇小功、成人小功、缌麻等十一种。⑥ 而丧服仅仅是《仪礼》关于丧葬制度的一个环节,可见其仪礼之繁杂。这里我们当然不必去详说其细节,我们想探讨的是,在这一系列繁缛复杂的仪礼背后,是一种什么样的观念和思想在支撑呢? 说到底,这其中渗透着中国人穿越生死两界、沟通人神的诗性观念。

列维-布留尔指出,对诗性思维来说,"没有不可逾越的深渊把死人与活人隔开。相反的,活人经常与死人接触"⑦,"这个'彼世'和现世只是构成了同时被他们想象到、感觉到和体验到的同一个实在。"⑧在先民们看来,人去世并不意味着消失,而是去了另一个世界。去了彼世的人,时时都看着和关注此世,他们"处处混在活人的社会的生活中"⑨,"人尽管死了,也以某种方式活着。"⑩列维-布留尔特别引述了中国古代文献资料以资说明,在古代中国人心中,"人们相信死人在自己的坟墓里是活着的。'在从古至今的全部中国文献中,装尸体的棺材是用'寿材'或'灵柩'的名称来称呼的。'"⑪《礼记·檀弓上》就说:"夫

---

① [意] 维柯著、朱光潜译:《新科学》上册,北京:商务印书馆,1989 年,第 154 页。
② [意] 维柯著、朱光潜译:《新科学》上册,第 283 页。
③ [魏] 王弼注、[唐] 孔颖达疏、十三经注疏整理委员会整理:《周易正义》,北京:北京大学出版社,2000 年,第 355 页。
④ [法] 列维-布留尔著、丁由译:《原始思维》,北京:商务印书馆,1981 年,第 293 页。
⑤ [法] 列维-布留尔著、丁由译:《原始思维》,第 293 页。
⑥ 彭林译注:《仪礼》,北京:中华书局,2012 年,第 353 页。
⑦ [法] 列维-布留尔著、丁由译:《原始思维》,第 294 页。
⑧ [法] 列维-布留尔著、丁由译:《原始思维》,第 295 页。
⑨ [法] 列维-布留尔著、丁由译:《原始思维》,第 296 页。
⑩ [法] 列维-布留尔著、丁由译:《原始思维》,第 298 页。
⑪ [法] 列维-布留尔著、丁由译:《原始思维》,第 297 页。

古之人胡为而死其亲乎?"①即中国人不忍心认定去世的亲人毫无知觉。在生者看来,逝者音容笑貌仍在,正如《礼记·祭义》:"入室,僾然必有见乎其位;周还出户,肃然必有闻乎其容声;出户而听,忾然必有闻乎其叹息之声。是故先王之孝也,色不忘乎目,声不绝乎耳,心志嗜欲不忘乎心。"②写成文字也应把这种情形表现出来,所以以《文心雕龙·诔碑篇》说:"论其人也,暧乎若可亲。"又云:"观风似面,听辞如泣"③,即此意。如潘岳《泽兰哀辞》云:"耳存遗响,目想馀颜。"④就把这种如闻其声如见其人的情状写出来了。既然辞世的人灵魂还在,所以要通过一定仪式来送别死者和抚慰生者(死者亲人)。哀吊死者的过程就是跟他(她)的灵魂对话的过程,目的是要让两者世界(此世和彼世)的人满意。《文心雕龙·哀吊篇》:"吊者,至也。诗云:神之吊矣,言神至也。"⑤吊即至也,即把送别和抚慰传达至神灵。《尔雅·释诂》:"迄、臻、极、到、赴、来、吊、艐、格、戾、怀、摧、詹,至也。"⑥《说文解字》人部:"吊,问终也。从人弓,古之葬者,厚衣之以薪,故人持弓,会殴禽也。"辵部:"吊,至也,从辵,吊声。"段玉裁《说文解字注》:"吊,至也。至者,吊中引申之义。加辵乃后人为之。"⑦要抚慰好了死者的灵魂能给世人带来祥瑞,相反则会给世人招来灾难。列维-布留尔指出,"死人能够使活人得福或受祸,活人也可以给死人善待或恶报"。⑧《诗经》中多有此用例,如《诗经·小雅·天保》:"神之吊矣,诒尔多福。"《笺》:"神至者,宗庙致敬,鬼神著矣。"⑨《诗经·大雅·瞻卬》:"不吊不祥。"⑩所以,哀吊死者也是一个诚惶诚恐的过程,生怕哪里不妥而得罪死者。列维-布留尔指出:"人刚一死以后绝不是一个无足轻重的人,而是怜悯、恐惧、尊敬以及复杂多样的情感的对象。葬仪向我们提示了与这些情感密切联系着的集体表象。"⑪当然,只有"善终"的人才能去哀吊,"凶死"即横死的人是不能哀吊的,只怕"横死鬼"回来报复世人。"在极多的社会集体中,葬礼和葬仪的形式得视死亡的性质和原因,是'善'终还是'凶'死,而又有所不同。"⑫儒家认为:"死生有命,富贵在天。"⑬"是故知命者,不立乎岩墙之下,尽其道而死者,正命也。"⑭所以,因"立乎岩墙之下"之类飞来横祸而死即横死,而"尽其道而死者",则是"正命"也即"善终"。《礼记》认为,死而不吊的情况有三种:"死而不吊者三:畏、

① 王文锦译解:《礼记译解》上册,北京:中华书局,2001年,第96页。
② 王文锦译解:《礼记译解》上册,第678页。
③ 吴林伯:《〈文心雕龙〉义疏》,武汉:武汉大学出版社,2002年,第150页。
④ 范文澜:《文心雕龙注》,北京:人民文学出版社,1958年,第244页。
⑤ 吴林伯:《〈文心雕龙〉义疏》,第156页。
⑥ 胡奇光、方环海:《尔雅译注》,上海:上海古籍出版社,1999年,第6页。
⑦ [清]段玉裁注:《说文解字注》,上海:上海古籍出版社,1988年,第75页。
⑧ [法]列维-布留尔著、丁由译:《原始思维》,第294页。
⑨ [汉]毛亨传、[汉]郑玄笺、[唐]孔颖达疏、十三经注疏整理委员会整理:《毛诗正义》,北京:北京大学出版社,2000年,第685页。
⑩ [汉]毛亨传、[汉]郑玄笺、[唐]孔颖达疏:《毛诗正义》,第1483页。
⑪ [法]列维-布留尔著、丁由译:《原始思维》,第300页。
⑫ [法]列维-布留尔著、丁由译:《原始思维》,第299页。
⑬ 《论语·颜渊》,杨伯峻:《论语译注》,第125页。
⑭ 《孟子·尽心上》,杨伯峻:《孟子译注》,第301页。

厌、溺。"①所以《文心雕龙·哀吊篇》云:"君子令终定谥,事极理哀,故宾之慰主,以至到为言也。压溺乖道,所以不吊矣。"②

不朽是人类永恒的追求。先民们之所以要埋葬尸首,一个重要的原因就是要追求不朽。维柯把埋葬当作"第二项人间制度",③"要认识到埋葬是多么重大的一个人类原则,只消想象一下人的尸骨留在地面上不埋葬,让乌鸦和狼狗去吞食的那些野蛮情况,这种野兽般的习俗会带来不种庄稼的土地和不住人的城市,人们到处奔窜,像猪一样去吃臭尸体中找到的橡栗。所以古人有很好的理由把埋葬描绘为'人类的契约'",人们"确实都相信没有埋葬的死人的灵魂在地面上徬徨不安,围着尸体荡来荡去。因此,他们相信灵魂并不知道和肉体一起死,而是不朽的"。④ 世人给逝者的纪念性文字也意在希望逝者的灵魂抑或精神永恒。《文心雕龙·诔碑篇》云:"诔者,累也,累其德行,旌之不朽也。"⑤东汉刘熙《释名》:"诔,累也,累列其事而称之也。"⑥郑玄注《周礼》云:"诔,谓积累生时德行以锡之命,主为其辞也。"⑦给逝者树碑,也同此意。《文心雕龙·诔碑篇》云:"以石代金,同乎不朽。"⑧如东汉以后,碑文兴盛,所谓"自后汉以来,碑碣云起"。⑨ 究其原因有很多,其中也与当时追求生命永恒的习俗有关。⑩ 理智上明知逝者已去,情感上却不能接受,希望其灵魂永恒,李安宅认为,这是一种"诗的态度":"然若专重感情,而固结迷信,又为理智之要求所不许。那么,兼顾感情和理智两方面的,明知其非而姑且为之,便是诗的态度。"⑪"人已死矣,欲使复生,是感情之不得已,故曰'复,尽爱之道也'。(《礼记·檀弓下》)人已死矣,仍在口中实饭,而'饭用米贝,弗忍虚也'。'铭,明旌也;以死者为不可别已,故以其旗识之,爱之斯录之矣,敬之斯尽其道焉耳'。"(《礼记·檀弓下》)⑫

二、生平地位的复制

列维-布留尔指出:"供给死者所需要的一切,使他在新环境中不致成为不幸者,如果死者是某种重要人物,则必须供给他为维持其等级而需要的一切。"⑬《礼记·檀弓上》引

---

① 《礼记·檀公上》,[汉]郑玄注、[唐]孔颖达疏、十三经注疏整理委员会整理:《礼记正义》,北京:北京大学出版社,2000 年,第 224 页。

② 吴林伯:《〈文心雕龙〉义疏》,第 156 页。

③ [意]维柯著、朱光潜译:《新科学》上册,第 12 页。

④ [意]维柯著、朱光潜译:《新科学》上册,第 157 页。

⑤ 吴林伯:《〈文心雕龙〉义疏》,第 146 页。

⑥ 任继昉纂:《释名汇校》,济南:齐鲁书社,2006 年,第 346 页。

⑦ 《十三经注疏》,上海:上海古籍出版社,1997 年,第 809 页。

⑧ 吴林伯:《〈文心雕龙〉义疏》,第 150 页。

⑨ 吴林伯:《〈文心雕龙〉义疏》,第 150 页。

⑩ 何如月:《汉碑文学研究》,北京:商务印书馆,2010 年,第 14—52 页。

⑪ 李安宅:《〈仪礼〉与〈礼记〉之社会学的研究》,上海:上海世纪出版集团,2005 年,第 14 页。

⑫ 李安宅:《〈仪礼〉与〈礼记〉之社会学的研究》,第 14 页。

⑬ [法]列维-布留尔著、丁由译:《原始思维》,第 317 页。

子思的话也说:"丧三日而殡,凡附于身者,心诚必信,勿之有悔焉耳矣。"①即死者生前的器物用度都要随他而去。这必然的结果是,葬礼的级别要根据死者的生平地位确定,要让死者到彼世也要享受与此世一样的"生活待遇"。也就是说,死后的荣辱尊卑实际上是生前地位的复制,所谓"丧从死者,祭从生者"。② 李安宅也说:"葬的时候仪制依死者的身份而定,与生者的身份无关。"③这一点,在中国古代的丧葬文化中体现尤其明显。生前有皇宫,死后要有地宫;生前有万乘护驾,死后要有兵马俑无数;生前有三宫六院,死后要有侍妾无数,等等。当然,如果生前家无片瓦,死后也就只有草席一张,甚至暴尸荒野。这充分体现出中国人生荣死贵、生卑死贱的伦常等差观念。《礼记·檀弓上》云:"道隆则从而隆,道污则从而污。"④当然,也有因子女显贵而父母得以显尊荣的,这也认为是合乎礼数的。如孟子前丧父约,后丧母奢,所谓"后丧逾前丧",乐正子解释说:"前以士后以大夫,前以三鼎后以五鼎",故合乎礼义。⑤ 但无论如何,中国的丧葬文化存在严格的等差观念,这种等差观念体现在诸多方面。

首先,去世的称呼上就尊卑有别,《尔雅·释诂》云:"崩、薨、无禄、卒、徂落、殪、死也。"⑥这些都是表示去世,但却是用在不同的人身上。《礼记·曲礼下》:"天子死曰崩,诸侯死曰薨,大夫曰卒,士曰不禄,庶人曰死。"⑦随之而来的礼仪也是千差万别的,《仪礼·士丧礼》就有这方面的详细表述。《礼记·杂记》也分别谈到君薨、士大夫之丧、父母之丧、兄弟之丧及其相应的礼数,体现人死后礼仪等级之差异。

体现在纪念性的文体观念上,也有严格的等级差别。挚虞《文章流别论》:"哀辞者,诔之流也。……率以施于童殇夭折,不以寿终者。"⑧这里已有诔文尊而哀文卑的文体观念在。李曰刚著《文心雕龙斠诠》进一步指出:"诔,初本行状,后世以为哀祭文之一种,用于德高望重之死者,累列其生时功业,以致悼念,与施于卑幼夭折之'哀吊'有异。"⑨如前所说,善终者可以吊,横死如"压溺乖道者"是不吊的,说明"施于卑幼夭折者"的哀吊文章有严格的礼仪等级差异。至于"用于德高望重之死者"的诔碑文章,更有礼仪等级之差异的讲究,下面我们有必要作详细解读。《文心雕龙·诔碑篇》曰:

　　周世盛德,有铭诔之文。大夫之材,临丧能诔。诔者,累也,累其德行,旌之不朽也。夏商已前,其详靡闻。周虽有诔,未被于士。又贱不诔贵,幼不诔长,在万乘则称天以诔之。读诔定谥,其节文大矣。自鲁庄战乘丘,始及于士。逮尼父卒,哀公作诔,

① 《礼记·檀弓上》,[汉]郑玄注、[唐]孔颖达疏:《礼记正义》,第203—204页。
② 《礼记·王制》
③ 李安宅:《〈仪礼〉与〈礼记〉之社会学的研究》,第44页。
④ 《礼记·檀弓上》,[汉]郑玄注、[唐]孔颖达疏:《礼记正义》,第199页。
⑤ [清]焦循撰:《孟子正义》上册,北京:中华书局,1987年,第168—169页。
⑥ 胡奇光、方环海:《尔雅译注》,第93页。
⑦ [汉]郑玄注、[唐]孔颖达疏:《礼记正义》,第185页。
⑧ 郁沅、张明高编选:《魏晋南北朝文论选》,北京:人民文学出版社,1996年,第181页。
⑨ 詹锳:《文心雕龙义证》第一册,上海:上海古籍出版社,1989年,第426页。

观其慭遗之切，呜呼之叹，虽非睿作，古式存焉。①

　　刘勰认为，诔文产生于西周，《周礼·大宗伯·大祝》作六辞，其六曰诔。又《逸周书·谥法解》：“维周公旦、太公望开嗣王业，攻于牧野之中，终葬，乃制谥叙法。谥者，行之迹也；号者，功之表也；车服，位之章也。是以大行受大名，细行受小名；行出于己，名生于人。”②所谓“大行受大名，细行受小名”，即死后礼仪要根据生前名位来定。西周以前不曾见有诔文，且诔文只适用于大夫去世，士以下的人不用诔文，即所谓“周虽有诔，未被于士。”这是文体使用的尊卑有别，这是诔文礼仪的等级差异表现之一。另一方面，作诔文的人也有要求，即所谓“贱不诔贵，幼不诔长。”这是礼仪制度的对等要求，这句话出自《礼记·曾子问》：“贱不诔贵，幼不诔长，礼也。”③普通人能找到对等的人，那么作为天下独尊的天子驾崩又谁给他作诔呢？只好假天命以为之了，刘勰说：“在万乘则称天以诔之。”诔文关系到对一个人的盖棺论定，所以责任重大。许慎《说文解字》：“诔，谥也。”清段玉裁《说文解字注》：“当云所以为谥也。”④《礼记·檀弓》称鲁哀公诔孔子，郑玄注：“诔其行以为谥也。”⑤又《礼记·曾子问》郑玄注：“诔者累也，累列生时行迹，读之以作谥。”⑥范文澜认为：“诔与谥相因者也。”⑦吴林伯也说：“诔、谥皆以陈述死者功德，惟作有先后，盖先作诔，而后读诔，因以制谥，则诔乃谥之底本。”⑧正因为作诔文关系要紧，所以刘勰说：“读诔定谥，其节文大矣。”从诔文不下士，到作诔的身份对等，都足见诔文主要关涉上层人士。后世也有打破这一文体惯例的事情。刘勰举了两个事例，一是鲁庄公为县贲父作诔，这是诔文下及于士的开端，所谓“自鲁庄战乘丘，始及于士。”事见《礼记·檀弓上》：“鲁庄公及宋人战于乘丘，县贲父御，卜国为右。马惊，败绩，公队，佐车授绥，公曰：‘末之卜也。’县贲父曰：‘他日不败绩，而今败绩，是无勇也。’遂死之。圉人浴马，有流矢在白肉。公曰：‘非其罪也。’遂诔之。士之有诔，自此始也。”⑨另一件事是鲁哀公为孔子作诔，“逮尼父卒，哀公作诔。”据《左传》哀公十六年：“孔子卒，哀公诔之曰：旻天不吊，不慭遗一老，俾屏予一人以在位，茕茕余在疚。呜呼哀哉！尼父，无自律！”⑩又《礼记·檀弓上》：“鲁哀公诔孔丘曰：‘天不遗耆老，莫相予位焉。呜呼哀哉！尼父！’”⑪刘勰认为，这两篇下及于士的诔文，从其感情真切来说，可谓“古式存焉”，即保存了诔文的典制和仪范，但终“非睿作”，即终究

---

①　吴林伯：《〈文心雕龙〉义疏》，第146—147页。
②　黄怀信、张懋镕、田旭东：《逸周书汇校集注》（修订本）下册，上海：上海古籍出版社，2007年，第627页。
③　[汉]郑玄注、[唐]孔颖达疏：《礼记正义》，第701页。
④　[清]段玉裁注：《说文解字注》，上海：上海古籍出版社，1988年，第101页。
⑤　[汉]郑玄注、[唐]孔颖达疏：《礼记正义》，第292页。
⑥　[汉]郑玄注、[唐]孔颖达疏：《礼记正义》，第701页。
⑦　范文澜：《文心雕龙注》，第215页。
⑧　吴林伯：《〈文心雕龙〉义疏》，第146页。
⑨　王文锦译解：《礼记译解》上册，第66页。
⑩　[梁]刘勰著、黄叔琳注、李详补注、杨明照校注补遗：《增订文心雕龙校注》，北京：中华书局，2012年，第161页。
⑪　[汉]郑玄注、[唐]孔颖达疏：《礼记正义》，第292页。

还是有违诔不下士和作诔身份对等的文体传统。也就是说,刘勰还是很看重诔文的伦常等差的。

三、情感要真情悲痛

刘勰之所以认为鲁庄公为县贲父作诔和鲁哀公为孔子作诔是"古式存焉",是因为这两篇诔文都是"懋遗之切,呜呼之叹"。也就是说,在刘勰看来,悼念逝者的文章在情感表达上要真情真切悲痛。悼念性文章之所以要求情感真切,除了任何文章都要求真实感人的一般性要求之外,还与前述中国丧葬文化穿越生死的观念有关。

列维-布留尔指出:"在死后要等待一会儿,同时采取一切可能的办法来使离去的灵魂返回。由此产生了大声喊死人,请求它、恳求它不要离开爱它的人们的一个流行极广的风俗。"①中国古人称之曰"复",如《仪礼·士丧礼》对于尸体有五事,其一即招魂(复)。如"士丧礼。死于适室。帻用敛衾。复者一人,以爵弁服,簪裳于衣,左何之,扱领于带;升自前东荣、中屋,北面招以衣,曰:'皋,某复!'三。降衣于前。受用箧,升自阼阶,以衣尸。复者降自后西荣。"②《礼记·曲礼下》:"崩,曰天王崩;复,曰天子复。"《正义》云:"复曰天子复矣者,复,招魂复魄也。夫精气为魂,形气为魄。人若命至终毕,必是精气离形,而臣子罔极之至,犹望应生,故使人升屋北面招呼死者之魂,令还复身中,故曰复也。"③《礼记·檀弓下》:"丧礼,哀戚之至也。节哀,顺变也,君子念始之者也。复,尽爱之道也,有祷祠之心焉。望反诸幽,求诸鬼神之道也。北面,求诸幽之义也。拜稽颡,哀戚之至隐也。稽颡,隐之甚也。"疏曰:"丧礼哀戚之至也者,言人或有祸灾,虽或悲哀,未是哀之至极。唯居父母丧礼是哀戚之至极也。既为至极,若无节文,恐其伤性,故辟踊有节筭,裁节其哀也。"又《正义》曰:"始死招魂复魄者,尽此孝子爱亲之道也,非直招魂。"④这种表述,一方面的确是发自内心的因失去亲人的痛苦,另一方面也是要做给逝者的灵魂看,即所谓"尽此孝子爱亲之道",使逝者的灵魂满意而不至于祸害世人。《礼记·檀弓上》:"父母之丧,哭无时,使必知其反也。"⑤但要是鬼魂真的返回世间,人们又会惊恐惧怕,所以这仅仅是做给死人的灵魂看的。爱德华·B·泰勒指出:"看看野蛮人是如何地崇敬死人的灵魂和害怕它,我们就可以了解他们围绕死者肉体的那些照料。"⑥居丧期间,人要悲痛,在中国,这是作为礼制来规定的。《逸周书·官人解》:"省其丧哀,观其贞良。"潘振注云:"察其死丧哀痛之

①［法］列维-布留尔著、丁由译:《原始思维》,第302页。

②［汉］郑玄注、［唐］贾公彦疏、十三经注疏整理委员会整理:《仪礼注疏》,北京:北京大学出版社,2000年,第759—763页。

③《十三经注疏》,第1260页。

④《十三经注疏》,第1301页。

⑤［汉］郑玄注、［唐］孔颖达疏:《礼记正义》,第286页。

⑥［英］爱德华·B·泰勒著、连树声译:《人类学:人及其文化研究》,桂林:广西师范大学出版社,2004年,第325页。

时,礼有常而处之善,孝弟得其实矣。"①把哀丧作为是否"贞良孝弟"的实据。《论语·阳货》更是说:"夫君子之居丧,食旨不甘,闻乐不乐,居处不安,故不为也。"孔子认为,居丧期不宜"食夫稻,衣夫锦。"古代孝子要"居倚庐,寝苦枕块",就是住临时用草料木料搭成的凶庐,睡在用草编成的藁垫上,用土块做枕头。②《礼记·曲礼上》:"临丧则必有哀色,执绋不笑,临乐不叹,介胄则有不可犯之色。"③《礼记·曲礼下》:"居丧不言乐。"④《仪礼·士丧礼》载,举行朝夕哭仪节时,一开始"妇女拊心",即捶胸,又多次提到"妇人踊"、"丈夫踊","踊"即顿足而哭,可见其痛苦情状。居亲丧的人对于死者,"始死,充充如有穷;既殡,瞿瞿如有求而弗得;既葬,皇皇如有望而弗至;练(一年)而慨然(叹日月之速);祥(二年)而廓然(情意寥廓)"⑤。《礼记》里面还记载有大量的相关礼仪,对居丧者在言行方面都有种种要求,如"君子之执亲之丧也,水浆不入于口者三日,杖而后能起。"⑥"始死,羔裘、玄冠者,易之而已。"⑦"居丧之礼,毁瘠不形(不露骨),视听不衰,升降不由阼阶,出入不当门隧。居丧之礼,头有创则沐,身有疡则浴,有疾则饮酒食肉,疾止复初。不胜丧乃比于不慈不孝。"⑧居丧所重,"敬为上,哀次之,瘠为下,颜色称其情,戚容称其服。"⑨"毁不危身,为无后也。"⑩"丧食虽恶必充饥。饥而废事,非礼也,饱而忘哀,亦非礼也。视不明,听不聪,行不正,不知哀,君子病之。……毁瘠为病,君子弗为也。毁而死,君子谓之无子。"⑪礼制之繁杂,限制之繁多,足见作为礼仪之邦的中国对于人们日常生活言行规范之细微,渗透在这些规范限制背后的却是一层淳厚孝道和人伦温情。随着社会的发展,后世的人不可能一一照搬照套,但这种孝道和温情却代代相传。李安宅认为:"守丧之礼,近已不可履行,论者以为人心不古,不复能尽孝道,不知此乃生活条件使然,古代生简事稀,在家里埋头三年,算不了怎样一回事,反正他们的事也是大半在家里办,用不着出多少门的;即做官的人,也可服除而后,官复原职,用不着为饭碗子发愁。及到近代,则生事日繁,绝无闲工夫守上三年丧。……所以即使有人诚意地要居三年之丧,也是势所不能的。"⑫

作为悼念逝者的文字,就要把这种痛苦的情状渲染表现出来,这类文章一般都有"呜呼哀哉"四字,就具体作品而言,如苏顺《和帝诔》云:"歔欷成云,泣涕成雨"⑬,这些都是痛苦至极的表述。刘勰就反复强调这类文字的情感要真情悲痛。我们先说诔文。《文心雕

① 黄怀信、张懋镕、田旭东:《逸周书汇校集注》(修订本)下册,第761页。
② 杨伯峻译注:《论语译注》,第189页。
③ [汉]郑玄注、[唐]孔颖达疏:《礼记正义》,第91页。
④ [汉]郑玄注、[唐]孔颖达疏:《礼记正义》,第130页。
⑤ 《礼记·檀弓上》,[汉]郑玄注、[唐]孔颖达疏:《礼记正义》,第218页。
⑥ 《礼记·檀弓上》,[汉]郑玄注、[唐]孔颖达疏:《礼记正义》,第233页。
⑦ 《礼记·檀弓上》,[汉]郑玄注、[唐]孔颖达疏:《礼记正义》,第275页。
⑧ 《礼记·曲礼上》,[汉]郑玄注、[唐]孔颖达疏:《礼记正义》,第88页。
⑨ 《礼记·杂记下》,[汉]郑玄注、[唐]孔颖达疏:《礼记正义》,第1398页。
⑩ 《礼记·檀弓下》,[汉]郑玄注、[唐]孔颖达疏:《礼记正义》,第364页。
⑪ 《礼记·杂记下》,[汉]郑玄注、[唐]孔颖达疏:《礼记正义》,第1409页。
⑫ 李安宅:《〈仪礼〉与〈礼记〉之社会学的研究》,第46页。
⑬ [唐]欧阳询撰、汪绍楹校:《艺文类聚》,北京:中华书局,1965年,第240页。

龙·诔碑篇》："论其人也，暧乎若可觌；道其哀也，凄焉如可伤：此其旨也。""诔要真实，与下文'观风似面，听辞如泣'相发明。"①刘勰认为，相传柳妻为柳下惠作的诔文就"辞哀而韵长"。事见西汉《说苑·列女传》：

> 柳下惠死，门人将诔之。妻曰：将诔夫子之德耶？则二三子不如妾知之也。乃诔曰：夫子之不伐兮，夫子之不竭兮，夫子之信诚而与人无害兮。柔屈从俗，不强察兮。蒙耻救民，德弥大兮。虽遇三黜，终不弊兮。恺悌君子，永能厉兮。嗟乎惜哉，乃下世兮。庶几遐年，今遂逝兮。呜呼哀哉，神魂泄兮。夫子之谥，宜为惠兮。②

"嗟乎惜哉"、"呜呼哀哉"即痛苦之至的表现。刘勰认为，潘岳所作诔文就"巧于序悲"，如《艺文类聚》卷十六录有潘岳《皇女诔》：

> 厥初在鞠，玉质华繁；玄发儵曜，蛾眉连娟；清颜横流，明眸朗鲜；迎时凤智，望岁能言。亦既免怀，提携紫庭；聪惠机警，授色应声；叠叠其进，好日之经；辞合容止，闲于幼龄。猗猗春兰，柔条含芳；落英凋矣，从风飘扬；妙好弱媛，窈窕淑良；孰是人斯，而罹斯殃！灵殡既祖，次此暴庐；披览遗物，徘徊旧居；手泽未改，领腻如初；孤魂遐逝，存亡永殊。呜呼哀哉！"③

范文澜认为，此篇诔"亦彦和所谓巧于序悲者也"④。多少年后，我们仍然为其悲苦痛伤之情所感动，正如刘勰所说："隔代相望，能征厥声者也。"⑤刘勰认为，历史上无论是"殷臣诔汤"，还是"周史歌文"，都是"序述哀情"，强调的是一个"哀"字。至于"傅毅之诔北海"，也是"始序致感"，堪称后世楷式。⑥当然，也有一些诔文不令人心悲感动，如曹植才华横溢，作《文帝诔》却重在"叙名"，"旨言自陈"，范文澜说："陈思王所作《文帝诔》，全文凡千余言。诔末自'咨远臣之渺渺兮，感凶讳以怛惊'以下百余言，均自陈之辞。"⑦这违反了居丧者"言而不语（自言己事，不为人论说）"的礼制要求，刘勰认为，其体"乖甚"矣！总之，刘勰认为，诔文的体制在情感上要求就是"荣始而哀终"⑧，最终要落实在"哀"字上。

至于哀吊文章，因为是短折曰哀，所以更是要令人悲痛。刘勰说：

---

①　吴林伯：《〈文心雕龙〉义疏》，第150页。
②　[梁]刘勰著、黄叔琳注、李详补注、杨明照校注补遗：《增订文心雕龙校注》，第161页。
③　[唐]欧阳询撰、汪绍楹校：《艺文类聚》，第308页。
④　范文澜：《文心雕龙注》，第221页。
⑤　吴林伯：《〈文心雕龙〉义疏》，第147页。
⑥　吴林伯：《〈文心雕龙〉义疏》，第147页。
⑦　范文澜：《文心雕龙注》，第221页。
⑧　吴林伯：《〈文心雕龙〉义疏》，第149页。

赋宪之谥，短折曰哀。哀者，依也。悲实依心，故曰哀也。以辞遣哀，盖不泪之悼，故不在黄发，必施夭昏。昔三良殉秦，百夫莫赎，事均夭横，《黄鸟》赋哀，抑亦诗人之哀辞乎！暨汉武封禅，而霍子侯暴亡，帝伤而作诗，亦哀辞之类矣。及后汉汝阳王亡，崔瑗哀辞，始变前式。然履突鬼门，怪而不辞；驾龙乘云，仙而不哀；又卒章五言，颇似歌谣，亦仿佛乎汉武也。至于苏慎、张升，并述哀文，虽发其情华，而未极心实。建安哀辞，惟伟长差善，《行女》一篇，时有恻怛。及潘岳继作，实踵其美。观其虑善辞变，情洞悲苦，叙事如传；结言摹诗，促节四言，鲜有缓句，故能义直而文婉，体旧而趣新，《金鹿》《泽兰》，莫之或继也。原夫哀辞大体，情主于痛伤，而辞穷乎爱惜。幼未成德，故誉止于察惠；弱不胜务，故悼加乎肤色。隐心而结文则事惬，观文而属心则体奢。奢体为辞，则虽丽不哀；必使情往会悲，文来引泣，乃其贵耳。①

《逸周书·谥法解》云："恭仁短折曰哀。"②天不假年，英年早逝，更令人悲痛，所以哀文是"悲实依心"、"不泪之悼"。《诗经·秦风·黄鸟》："彼苍者天，歼我良人。如可赎兮，人百其身。"《毛诗序》云："《黄鸟》，哀三良也。国人刺穆公以人从死，而作是诗也。"《毛诗正义》云："文六年《左传》云：'秦伯任好卒，以子车氏之三子奄息、仲行、针虎为殉，皆秦之良也，国人哀之，为之赋《黄鸟》。'"③天歼良人，《黄鸟》赋哀。霍去病暴灭，汉武帝曾作《伤霍嬗诗》，今佚。《汉书》卷五十五《霍去病传》云："去病自四年军后三岁，元狩六年薨。上悼之，发属国玄甲军陈自长安至茂陵。为冢象祁连山。谥之，并武与广地曰景桓侯。子嬗嗣。嬗字子侯，上爱之，幸其壮而将之。为奉车都尉，从封泰山而薨。"④霍去病是汉武帝的得力爱将，正处壮而夭折，着实令人心痛，可以想见汉武帝《伤霍嬗诗》之哀状。潘岳的《金鹿》、《泽兰》是文学史上有名的悼辞。《金鹿哀辞》曰：

嗟我金鹿，天资特挺。龀发凝肤，蛾眉蛴领。柔情和泰，朗心聪警。呜呼上天，胡忍我门。良嫔短世，令子夭昏。既披我干，又剪我根。块如瘣木，枯荄独存。捐子中野，遵我归路。将反如疑，回首长顾。⑤

《泽兰哀辞》云：

泽兰者，任子咸之女也。涉三龄，未没衰而殒。余闻而悲之，遂为其母辞：茫茫造化，爰启英淑。猗猗泽兰，应灵诞育。龀发蛾眉，巧笑美目。颜耀荣苕，华茂时菊。

---

① 吴林伯：《〈文心雕龙〉义疏》，第 154—156 页。
② 黄怀信、张懋镕、田旭东：《逸周书汇校集注》(修订本)上册，第 684 页。
③ 《十三经注疏》，第 373 页。
④ ［汉］班固撰、［唐］颜师古注：《汉书》，北京：中华书局，1962 年，第 2489 页。
⑤ 范文澜：《文心雕龙注》，第 244 页。

如金之精,如兰之馥。淑质弥畅,聪惠日新。朝夕顾复,夙夜尽勤。彼苍者天,哀此矜人。胡宁不惠,忍予眇身。俾尔婴孺,微命弗振。俯览衾襚,仰诉穹旻。弱子在怀,既生不遂。存靡托躬,没无遗类。耳存遗响,目想馀颜。寝蓆伏枕,摧心剖肝。相彼鸟矣,和鸣嘤嘤。矧伊兰子,音影冥冥。彷徨丘陇,徒倚坟茔。①

挚虞《文章流别论》:"哀辞之体,以哀痛为主。"②刘勰也强调"夫哀辞大体,情主于痛伤。"③观上述两篇哀辞,"良嫔短世,令子夭昏","弱子在怀,既生不遂",确是"幼未成德"、"弱不胜务",而"鸣呼上天,胡忍我门","寝蓆伏枕,摧心剖肝",确是伤痛至极,读之令人心悲,真可谓"情往会悲,文来引泣"④。刘勰说,还有几种情况,"或骄贵而殒身,或狷忿以乖道,或有志而无时,或美才而兼累",后人"追而慰之"⑤,也是哀吊之文。至于贾谊以谗被贬为长沙王太傅,渡湘水、汨罗江时作《吊屈原文》,感伤"谗谀得志"、"方正倒植"⑥,实以自喻,终究是情理哀伤。他如"相如之吊二世","其言恻怆"⑦,令读者叹息,最后一章尤其令人心悲。总之,刘勰认为"苗而不秀,自古斯恸"⑧,所以哀辞应把这层情感表现得淋漓尽致,要使千载之下读之令人心伤,所谓"千载可伤,寓言以送"⑨。

四、叙事该要与缀采雅泽

《文心雕龙·诔碑篇》云:"其叙事也该而要,其缀采也雅而泽。"⑩这是刘勰关于悼念类文章的语言形式的基本要求。纪昀早已点出这一层意思:"所讥者烦秽繁缓,所取者伦序简要新切,评文之中,已全见大意。"⑪

"该而要"就是叙事完备又要言不繁。我们先说叙事完备。纪念性的文体要叙述死者的生平事迹,内容完备,不能有疏漏之处,所以要有史传才能,所谓"资乎史才"⑫是也。刘勰说:"杜笃之诔,有誉前代。吴诔虽工,而他篇颇疏,岂以见称光武而改盼千金哉!傅毅所制,文体伦序;孝山、崔瑗,辨絜相参:观其序事如传,辞靡律调,固诔之才也。"⑬刘勰认为,杜笃的诔文史上有美誉,但除了《大司马吴汉诔》工致,但其他文章颇有疏失之处,我们

① 范文澜:《文心雕龙注》,第244页。
② 郁沅、张明高编选:《魏晋南北朝文论选》,第181页。
③ 吴林伯:《〈文心雕龙〉义疏》,第156页。
④ 吴林伯:《〈文心雕龙〉义疏》,第156页。
⑤ 吴林伯:《〈文心雕龙〉义疏》,第157页。
⑥ [梁]萧统编、[唐]李善注:《文选》,长沙:岳麓书社,2002年,第1799页。
⑦ 吴林伯:《〈文心雕龙〉义疏》,第157页。
⑧ 吴林伯:《〈文心雕龙〉义疏》,第160页。
⑨ 吴林伯:《〈文心雕龙〉义疏》,第160页。
⑩ 吴林伯:《〈文心雕龙〉义疏》,第150页。
⑪ 范文澜:《文心雕龙注》,第220页。
⑫ [梁]刘勰:《文心雕龙·诔碑篇》,吴林伯:《〈文心雕龙〉义疏》,第152页。
⑬ [梁]刘勰:《文心雕龙·诔碑篇》,吴林伯:《〈文心雕龙〉义疏》,第147页。

不能因为《大司马吴汉诔》受到光武帝的称赞就认为他所有诔文都很有价值。傅毅的诔文,如《明帝诔》及《北海王诔》,"文体伦序",而苏顺(顺字孝山)的《和帝诔》"辨絜相参"。这些诔文"序事如传,辞靡律调",固然是诔文之高才所写。所谓"伦序"、"如传",就是叙事方面有史才之意。其次,叙事完备的同时又要求言辞简要。比如扬雄之《诔元后》,刘勰认为其有"文实烦秽"的毛病。据东汉班固《汉书·元后传》称,王莽命扬雄给西汉元帝皇后作诔,其辞曰:"太阴之精,沙麓之灵,作合于汉,配元生成。"而据严可均《全汉文》校录《元后诔》如下:"惟我有新室文母圣明皇太后,姓出黄帝西陵,昌意实生高阳。纯德虞帝,孝闻四方,登陟帝位,禅受伊唐。爰初胙土,陈田至王;营相厥宇,度河济旁。沙麓之灵,太阴之精,天生圣姿,豫有祥祯,作合于汉,配元生成。孝顺皇姑,圣敬齐庄;内则纯备,后烈丕光。肇初配元,天命是将;兆征显见,新都黄龙。汉成既终,胤嗣匪生。"①诔文主要累述死者的功德,但此文却从远祖黄帝谈起,实在因为是"命笔"而死者乏善可陈的缘故。另曹植所作《诔文帝》除了"旨言自陈"而"乖甚"外②,其言辞也繁杂冗长。范文澜说:"陈思王所作《文帝诔》,全文凡千余言。诔末自'咨远臣之渺渺兮,感凶讳以怛惊'以下百余言,均自陈之辞。"③今人吴林伯云:"植能诗赋,诔非所长,但亦有名,故彦和谓之'叨'。今存植诔之'繁缓'者,以《文帝诔》为代表。盖文帝死时,植仍流滞不乐,实无颂德、序哀之情,惟基于君臣之义而为之诔,虽仿《雅》《颂》,而辞尤铺张。全文千余言,莫不泛美功德,不若潘诔之'新切',故辞繁冗迟缓。至于篇末,叙己远役,孤绝无告,可谓'为情造文'。但就诔言,则为节外生枝,故曰'乖甚'也。"④刘勰称曹植的《文帝诔》"体实繁缓"⑤,自然是很不满意的。其他如刘勰批评孙绰所作《温峤碑》、《丞相王导碑》、《太宰郗鉴碑》、《太尉庾亮碑》"辞多枝杂"⑥,批评祢衡所作《吊张衡文》"缛丽",批评陆机《吊魏武帝文》"文繁"⑦,另一方面,刘勰表扬崔骃的《诔赵》、刘陶的《诔黄》两篇诔文"并得宪章,工在简要"⑧,说孙绰的《桓彝碑》一篇,"最为辨裁"⑨,又称贾谊《吊屈原文》"辞清"⑩。这一反一正,可见在刘勰看来,纪念性文体要言辞简要。

"雅而泽"就是词采雅正而润泽,这跟纪念性文体的对象有关。诔碑是纪念德高望重的人,所谓"标序盛德,必见清风之华;昭纪鸿懿,必见峻伟之烈"⑪,所以自然"体制于弘深"⑫。就是哀吊位卑夭折之人,毕竟是哀吊去世的人,涉及对死者的正确评价问题,也要

---

① [清]严可均辑:《全汉文》,北京:商务印书馆,1999年,第554—555页。
② [梁]刘勰:《文心雕龙·诔碑篇》,吴林伯:《〈文心雕龙〉义疏》,第147页。
③ 范文澜:《文心雕龙注》,第221页。
④ 吴林伯:《〈文心雕龙〉义疏》,第148页。
⑤ [梁]刘勰:《文心雕龙·诔碑篇》,吴林伯:《〈文心雕龙〉义疏》,第147页。
⑥ [梁]刘勰:《文心雕龙·诔碑篇》,吴林伯:《〈文心雕龙〉义疏》,第150页。
⑦ [梁]刘勰:《文心雕龙·哀吊篇》,吴林伯:《〈文心雕龙〉义疏》,第158页。
⑧ [梁]刘勰:《文心雕龙·诔碑篇》,吴林伯:《〈文心雕龙〉义疏》,第150页。
⑨ [梁]刘勰:《文心雕龙·诔碑篇》,吴林伯:《〈文心雕龙〉义疏》,第147页。
⑩ [梁]刘勰:《文心雕龙·哀吊篇》,吴林伯:《〈文心雕龙〉义疏》,第157页。
⑪ [梁]刘勰:《文心雕龙·诔碑篇》,吴林伯:《〈文心雕龙〉义疏》,第152页。
⑫ [梁]刘勰:《文心雕龙·定势篇》,吴林伯:《〈文心雕龙〉义疏》,第360页。

注意用词准确。《文心雕龙·哀吊篇》说:"固宜正义以绳理,昭德而塞违,割析褒贬,哀而有正,则无夺伦矣。"①就具体用词方面来说,要力避用奇字。如《文心雕龙·练字篇》说,傅毅制诔用伪文"淮雨",刘勰认为,这是古今文人"爱奇之心"在作怪②。用词还要符合对象的身份地位,不能尊卑混淆。如《文心雕龙·指瑕篇》说:

> 陈思之文,群才之俊也;而《武帝诔》云,尊灵永蛰;明帝颂云,圣体浮轻。浮轻有似于胡蝶,永蛰颇疑于昆虫,施之尊极,岂其当乎?……潘岳为才,善于哀文;然悲内兄,则云感口泽;伤弱子,则云心如疑。礼文在尊极,而施之下流,辞虽足哀,义斯替矣。③

刘勰认为,虽然曹植才华横溢,但他写的诔文也有用词不当之处,其《武帝诔》:"幽闼一局,尊灵永蛰。"又其《冬至献袜颂》:"翱翔万域,圣体浮轻。"④"圣体"指魏明帝。刘勰认为,"永蛰"原义是写虫子,而"浮轻"则像是在形容蝴蝶,这种词用于帝王,是很不恰当的。潘岳的哀文写得很好,但也尊卑颠倒之误,其悲内兄文已佚,其《金鹿哀辞》云:"将反如疑,回首长顾。"⑤《礼记·玉藻》:"母没而杯圈不能饮焉,口泽之气存焉尔。"⑥《礼记》之《檀弓》、《问丧》都有"其反也如疑"的话。刘勰认为,"口泽"、"如疑"这些词在《礼记》中本来是用于长辈,而潘岳却用于晚辈了。言辞虽然十分哀苦,但尊卑秩序颠倒了。又如崔瑗之《诔李公》(已佚),比李公于黄帝、虞舜,太不伦不类了,所以刘勰强调"若夫君子,拟人必于其伦"⑦。也就是说,具体到文章的遣词造句上,尊卑秩序也是绝对不能混淆的。

至于对同一件事情,后人的评价会有截然相反的意见,刘勰认为,这是因为站在不同立场看待问题的缘故。如"胡阮之吊夷齐,褒而无闻;仲宣所制,讥呵实工。然则胡阮嘉其清,王子伤其隘,各其志也"。⑧ 周武诛纣灭商建周,商纣臣子伯夷、叔齐不食周粟,隐居首阳山,采薇而食,终于饿死,并作歌以斥周"以暴易暴"。对此,胡广《吊夷齐文》,称赞夷、齐"耻降志于污君,抗浮云之妙志"⑨;阮瑀《吊伯夷文》,则称夷"重德轻身,隐景潜晖"⑩。胡、阮两人都"嘉其清",他们的态度都是"褒"。而王粲《吊夷齐文》则说夷、齐"忘除暴之为念"、"不同于大道"⑪,则是"伤其隘",他的态度是"讥呵"。之所以如此,刘勰认为是"各其志"的原因,胡、阮两人无意用世,所以赞扬夷、齐,而王粲主张积极用世,所以不认同退隐

---

① 吴林伯:《〈文心雕龙〉义疏》,第 159 页。
② 吴林伯:《〈文心雕龙〉义疏》,第 483 页。
③ 吴林伯:《〈文心雕龙〉义疏》,第 492—493 页。
④ 范文澜:《文心雕龙注》,第 641 页。
⑤ 范文澜:《文心雕龙注》,第 244 页。
⑥ [汉]郑玄注,[唐]孔颖达疏:《礼记正义》,第 1075 页。
⑦ [梁]刘勰:《文心雕龙·指瑕篇》,吴林伯:《〈文心雕龙〉义疏》,第 494 页。
⑧ [梁]刘勰:《文心雕龙·哀吊篇》,吴林伯:《〈文心雕龙〉义疏》,第 158 页。
⑨ 范文澜:《文心雕龙注》,第 250 页。
⑩ 范文澜:《文心雕龙注》,第 250 页。
⑪ 范文澜:《文心雕龙注》,第 250 页。

社会。就是不认同死者的人生观念,王粲在用词上也是雅正润泽的。

　　文体学专家指出:"时代和群体选择了一种文体,实际上就是选择了一种感受世界、阐释世界的工具。"①中国人选择碑诔哀吊文章来纪念逝者,体现了古代中国丧葬文化的独特的生死观念和人伦观念。

---

　　① 吴承学、沙红兵:《中国古代文体学学科论纲》,《文学遗产》2005 年第 1 期。

诗教与娱情的"谐讔"

——《文心雕龙·谐讔》篇辨析

王慧娟[*]

摘　要： 刘勰纵观时世文坛、士风与民间传统风俗，从社会背景、文体渊源、文体功能与发展路径等方面对谐讔文体进行了深刻批评，从其《文心雕龙·谐讔》篇可见魏晋时期"文学回归本体"之"娱乐"风尚的发展变迁、对文学文体的影响，以及"谐讔"文体的诗教立场与娱情功能。

关键词： 谐讔；文心雕龙；诗教；娱情

魏晋时期谐讔之风盛行，诙谐戏谑的民间谣谚、谜语、寓言等的涌现成为当时文坛与社会生活的一大特色，史家、礼典对此多有记载，专门性文集也多行于世。谐讔文体的发展是文学回归本体、注重形式技巧和娱乐功能的具体表现之一，然而从最初的"载于礼典"、"意在微讽、有足观者"、"辞虽倾回、意归义正"到"无益时用"、"无所匡正"、"空戏滑稽"①，谐讔文体亟待规范。刘勰纵观时世文坛、士风与民间传统风俗，从社会背景、文体渊源、文体功能与发展路径等方面对谐讔文体进行了深刻批评。

一、魏晋藻饰与娱情之风

两汉时期"独尊儒术"的思想使得儒家在思想领域占据绝对统治地位，崇讽谏、重实录、尚雅正的政治立场根深蒂固，成为贯穿整个封建社会的精神内核。然而，随着汉末经学束缚的逐渐解除，正统观念亦随之慢慢淡化，各种思想纷至沓来，玄风盛行、释家挤进，

---

* 作者简介：王慧娟，南京大学中文系博士生。

① ［梁］刘勰：《文心雕龙·谐讔》，戚良德：《文心雕龙校注通译》，上海古籍出版社，2008 年，第 167、168、169、174 页。

终而三教合流,个体生命意识不断觉醒,人们开始关注自身存在的价值,思考生命存在的终极意义。士人的独立人格意识也使得抒情文学随即在文学创作领域风生水起。古诗十九首、抒情小赋的出现是文学创作向个性化抒情方向发展的标志。进至魏晋时期,文学注重个性解放、正常欲望与自我情感表达的特点愈加彰显。甚至可以说,"文学成了感情生活的一部分"①。人、文自觉的时代,抒情的倾向很快扩大至整个文坛,重抒情、重形式美、重表现手段与方法成为文学的特质。永明以后文学的发展又从抒情而到宫廷粉饰与娱乐化倾向,文学成为藻饰与娱情的工具。

罗宗强《魏晋南北朝文学思想史》一书中,曾将宫体诗作为时人追求形式美与娱乐性的典型代表。他认为不仅是儒、释、玄、道的自然融合为文学的发展提供了一个自由无拘的思想环境,萧氏家族能文者居多,且他们不重功利、而重文章形式和音韵之美的创作观念,也成为娱乐文学发展的温床②。宫体诗追求音韵之美,描摹闺阁之人的步态、神情与饮食仪表等,的确是富于娱乐精神的审美形式,是代表文学娱乐性的有力重镇。但笔者窃以为宫体诗这一娱乐形式还不足以代表娱乐精神的全部内涵,真正能够全面深刻展示彼时文学娱情特色的还属"盛相驱扇"③的谐讔文学。或者是文人士子自我解颐的文字游戏、谜语寓言,或者是具有讽谏劝导等社会功用的其他谐讔文学形式,都是文学娱情化的体现。宫体诗多是极尽描摹之能事,而谐讔文学的这两种形式则更富内涵。文字游戏类谐讔文纯粹娱乐之外还极具思维张力,读者必须要凭借谜面努力猜想而得谜底,因而延长了审美时效。具有劝讽作用的谐讔文则含蓄表达了著者的真实本意,使读者欣赏到"含泪的笑",因而更具深意。

谐讔文学的兴盛与魏晋时期的谐讔之风密不可分。谐讔之风主要建立在士人清谈的传统之上。清谈本源于选官制度中对人物的品藻,称为"清议"。要求士人不仅要风仪脱俗、雍容大度、见识高远,而且要神悟捷变,可"口中雌黄"、"明悟若神"④。这样,清谈中机智幽默、诙谐戏谑的风气日盛。后来,随着清谈这一颇具娱乐性的宫廷娱乐方式慢慢延伸到了家庭生活内,谐讔之风渐渐成为当时颇具特色的文化思潮,进而影响到文学的创作和批评。《史记》开辟专章《滑稽列传》,曹丕编录《笑书》,《世说新语》专门列有《俳调》和《捷悟》等章,刘勰深处佛门亦依然熟知"谐辞讔言,亦无弃矣"⑤。

魏晋六朝文学思想的发展趋势,是由对文学的外部思想、功利等的关注转为对文学内部文学性的探求。重娱情、重形式、重写作技巧、重音韵、"为情而造文"⑥,这是此时文学创作领域的指导原则。对娱情与形式美的追求,体现了"为艺术而艺术"的时代文学的自主性与士人自我意识的自觉。然过于追求形式技巧、音韵藻饰,一味追求滑稽幽默,也使

---

① 罗宗强:《魏晋南北朝文学思想史》,北京:中华书局,2006 年,引言,第 4 页。
② 参阅罗宗强:《魏晋南北朝文学思想史》,第 299—315 页。
③ [梁] 刘勰:《文心雕龙·谐讔》,戚良德:《文心雕龙校注通译》,第 170 页。
④ [唐] 房玄龄等:《晋书》,北京:中华书局,1974 年,第 1236 页。
⑤ [梁] 刘勰:《文心雕龙·谐讔》,戚良德:《文心雕龙校注通译》,第 167 页。
⑥ [梁] 刘勰:《文心雕龙·情采》,戚良德:《文心雕龙校注通译》,第 368 页。

得这一时期的文学创作内容贫乏羸弱、文体不断脱离实用而流于肤浅。此时的谐讔之风，在积极仕进的刘勰看来已完全处于"空戏滑稽，德音大坏"①的境地。因此，在诗教与娱情之间，刘勰力图寻找到可以"折衷"的支点，《文心雕龙·谐讔》篇即为明证。

二、"谐讔"释名之娱情性渊源

《文心雕龙·序志》篇云："自生人以来，未有如夫子者也。敷赞圣旨，莫若注经，而马郑诸儒，弘之已精，就有深解，未足立家。"②可见刘勰曾有"注经"之志，但为了更好地展示才华达至不朽，才转而"论文"，因此其对经书也较为谙熟。在《文心雕龙》的写作过程中刘勰借鉴了大儒注经的诸多经验，尤其是创造性地使用音训释名，"以同声相谐，推论称名辨物之意"③。对谐讔文体的命名，刘勰也是融汇众家的精妙之处，而又充分体现出二者的娱情性特点。

谈及"谐"文体，刘勰先从"谐"的文字义出发，对其音形义本身及意义的历时性变化逐一剖析，进而对这一文体的特点做出了较为全面的归纳。他汲取《说文》等的解释，认为"谐""詥"本为互训④，意思大致相同，都是具有普遍性之义，并创造性地运用声训和义训结合的方式揭示了"谐"的特点。"谐之言皆也，辞浅会俗，皆悦笑也。"⑤"谐"具有意义和语音的双重内涵，其韵部从"皆"声，是与大家的意见与心声相应的言辞，是老百姓用以表达感情的载体，因而"辞浅会俗"，易于理解。刘勰还从《汉书》⑥、《晋书》⑦等经典以及时世文学风气中探得谐词多是老百姓口中流传的诙谐戏谑的俗谚歌谣，具有"悦笑"特点。

刘勰举了"华元弃甲，城者发睅目之讴"，"臧纥丧师，国人造侏儒之歌"⑧的例子，这些歌谣既证明了谐体文词的浅显易懂、诙谐幽默，又是符合百姓内心情绪的言语表达。当然无论是抒情的描摹还是欢谑的俳调都是谐娱情特点的展现。

谐、讔两类文体大都幽默诙谐充满戏谑游戏意味。只是"谐"文字浅显通俗易懂，以幽默诙谐的风格直接表达作者的真实本意；而"讔"则是文显义隐，常常以譬喻的方式呈现，言此而意彼，委婉含蓄地表达作者意图。因而，谐词多表现为民间俗谚、笑话等，而隐语则呈现为谶语、谜语、寓言、赋等具有隐含意义的文体形式。

---

① 〔梁〕刘勰：《文心雕龙·谐讔》，戚良德：《文心雕龙校注通译》，第174页。
② 〔梁〕刘勰：《文心雕龙·序志》，戚良德：《文心雕龙校注通译》，第566页。
③ 〔清〕永瑢等：《四库总目提要》，北京：中华书局，1965年，第340页。
④ 《说文》释"谐"为"谐，詥也，从言，皆声"。其中，"詥"字读音有二：一是hé，《说文·言部》释之为"詥，谐也"。二是gé，《六书统·言部》言"詥，从言从合，合众意也"。由此可见，"谐""詥"本为互训，意思大致相同。
⑤ 〔梁〕刘勰：《文心雕龙·谐讔》，戚良德：《文心雕龙校注通译》，第168页。
⑥ 〔汉〕班固：《汉书·东方朔传》："上以朔口谐辞给，好作问之。"《汉书》，北京：中华书局，1962年，第2860页。
⑦ 〔唐〕房玄龄等：《晋书·文苑传·顾恺之》："恺之好谐谑，人多爱狎之。"《晋书》，第2404页。
⑧ 〔梁〕刘勰：《文心雕龙·谐讔》，戚良德：《文心雕龙校注通译》，第167页。

"讔[①]者,隐也;遁辞以隐意,谲譬以指事也。"[②]这里,刘勰介绍了"讔"文体的两种表现形式,一是"遁辞以隐意",是指言语闪烁隐约,话不说全,遂文意藏而不露,任由他人去猜想;二是"谲譬以指事",是指用曲折的比喻暗示某些事情。对于这两点,刘勰分别举例说,"昔还社求拯于楚师,喻'眢井'而称'麦麴';叔仪乞粮于鲁人,歌'佩玉'而呼'庚癸'。"[③]"麦麴"是还无社求救时的暗号,"佩玉"是申叔仪借粮是的歌曲。因而属于"讔"文体的第一种类型。而"伍举刺荆王以'大鸟',齐客讥薛公以'海鱼';庄姬托辞于'龙尾',臧文谬书于'羊裘'"[④]的故事,则是以彼物代替此物的比喻。隐语的出现是人类语言和思维具有原始诗性特质的结果,隐语也是人类普遍的思维方式和认知手段,在人类社会长期的发展过程中某些具有种属特点的物品与事件已经具有了相应的意义外延。正是由于语言学中某些"约定"好的程序,我们才可以用"隐语"来实现"眢井"与"麦麴"、"佩玉"与"庚癸"等"本体"与"喻体"间的指涉关系,并使人明白自己的意思,达到求助或劝谏等目的。

三、"谐讔"的源流及其双重功能

魏晋时人的谐讔之风成为文坛的一大现象,刘勰关注这一事实的时候,既认识到了谐讔文体的娱情作用,又从诗教的角度对谐讔的创作提出了要求。

魏晋之前的谐讔文体经历了不同的发展路径,刘勰对这一状况进行了"原始以表末"[⑤]的梳理和阐述。刘师培在《中国中古文学史讲义》中曾有论及:"谐讔之文,斯时益甚也。谐讔之文,亦起源古昔。宋代袁淑,所做益繁。惟宋、齐以降,作者益为轻薄,其风盖昌于刘宋之初。……嗣则卞铄、丘巨源、卞彬之徒,所作诗文,并多讥刺。……梁则世风益薄,士多嘲讽之文,……而文体亦因之愈卑矣。"[⑥]谐讔文体的发展与成熟是一个动态的过程。战国时,"齐威酣乐,而淳于说甘酒;楚襄宴集,而宋玉赋《好色》",都可以达到"意在微讽、有足观者"[⑦]的效果。此时的谐讔文学是纵横策士胸中的娱乐,作用主要还在于诗教。汉代司马迁著作《史记·滑稽列传》,将优旃讽漆城、优孟谏葬马这些具有讽谏作用的例子

---

① 杨明照《增订文心雕龙校注》释"谐隐"条目:"'隐',唐写本作'讔';元本、弘治本、活字本、汪本、佘本、张本、两京本、王批本、何本、胡本、训故本、合刻本、梁本、谢钞本、清谨轩本、尚古本、冈本、文溯本、王本、张松孙本、郑藏钞本、崇文本并同。文津本剜改作'讔'。按'谐讔'字本止作'隐'。然以篇中'讔者,隐也'諗之,则篇题原是'讔'字甚明。王应麟汉书艺文志考证八引作讔,是所见本篇题原为'讔'字也。"(杨明照:《增订文心雕龙校注》,北京:中华书局,2012年,第198页)。杨明照先生从存录《文心雕龙》最早的文本、宋代大学者的征引以及文章的内证三方面进行考察,以为当作"讔"字,甚确。《文心雕龙·谐讔》篇有"隐语之用,被于纪传"、"昔楚庄、齐威,性好隐语",这里的"隐语",余窃以为是"讔"文体的内涵所指,刘勰为了保持骈偶句式的完整、用语的简洁所采用,多将"隐语"简称为"隐",此盖致误之由。"讔"与"隐",虽意义相通,但"隐"或指文意隐藏的现象或是隐语的简称,而"讔"则为文体的代称。

② [梁]刘勰:《文心雕龙·谐讔》,戚良德:《文心雕龙校注通译》,第170页。

③ [梁]刘勰:《文心雕龙·谐讔》,戚良德:《文心雕龙校注通译》,第171页。

④ [梁]刘勰:《文心雕龙·谐讔》,戚良德:《文心雕龙校注通译》,第171页。

⑤ [梁]刘勰:《文心雕龙·序志》,戚良德:《文心雕龙校注通译》,第569页。

⑥ 刘师培:《中国中古文学史讲义》,陈引驰编校:《刘师培中古文学论集》,北京:中国社会科学出版社,1997年,第92页。

⑦ [梁]刘勰:《文心雕龙·谐讔》,戚良德:《文心雕龙校注通译》,第168页。

列入其中,原因也是它们"辞虽倾回、意归义正"①。可见,在刘勰心中,具有良好道德教化功能的谐词隐语才是礼典值得记载的缘由。而汉代的东方朔、枚皋等人,只是著一些浅显的笑话、俗赋,供人茶余饭后的谈资笑料,并不具有真正的规劝讽谏作用,因而被人当作倡优来看待,自己也颇为后悔。魏晋以来,俳谐风气日盛。曹丕据邯郸淳《笑林》等俳谐资料编纂《笑书》,以供谐谈;薛综则喜欢在席间发言戏谑,这些虽可娱乐众人,却对时事无用,都贬损了谐词本来应有的讽谏意义,需要提出规劝,以正文风。

可见,刘勰对谐体的肯定是以能否具有规讽作用为前提的。实则,谐词本发端于民间,是俗文学的一种类型,戏谑滑稽是它的主要特质。"文辞之有谐讔,譬九流之有小说。盖稗官所采,以广视听。"②统治者"采风"以观民意的做法,使得众多幽默诙谐且具有诗教意义的谐词作品传入宫廷之中,竞相为文人所取,创造出适合于宫廷进谏的具有教化功能的作品。曹植在《与杨德祖书》中声称:"街谈巷说,必有可采,击辕之歌,有应《风》《雅》,匹夫之思,未易轻弃也。"③《汉书·艺文志》对此亦有记载,"观风俗,知得失,自考正"④。由此,谐词的诗教与娱情作用便展露无遗,娱情是心之感情的自然抒发,而诗教则是道德立场上的忠君之则,这不仅是儒家思想与道玄思想的交锋,也是一种融合与对抗。在二者此消彼长的对立和融合中,谐文创作与道德教化作用的贴近关系一直处于动态的变化之中,也因此有了刘勰所认为的"正"与"奇"、"雅"与"俗"的区别以及对于谐词"空戏德音"的批评和提醒。

谈及隐语,古时亦称"廋词"。《韩非子·喻老》有"右司马御座,而与王隐曰"⑤,《国语·晋语》有"有秦客廋辞于朝"⑥,古之"讔"与"廋"盖本一物。《集韵》:"讔,廋语。"⑦《方言》:"廋,隐也。"⑧

刘勰说:"自魏代以来,颇非俳优;而君子嘲隐,化为谜语。"⑨谜语是隐语的一种形式,其文体发展经历了以下的过程。春秋时期,隐语、讔与廋词并称。汉代称为"射覆",汉末则是"离合",刘宋时期则指"字谜",唐称为歇后语。五代时称"覆射",宋代时则分为多种类型,如"地谜"、"诗谜"⑩、"戾谜"、"社谜"、"藏头"⑪、"市语"⑫,元代称为"独脚虎"、"谜韵",明代则有"反切"(即反语,汉代即有使用)、"商谜"、"猜灯"、"弹壁灯"、"弹灯"、"灯谜"、"春灯谜"等称谓。至于清代,则称为"春灯"、"灯虎"、"文虎"、"谜谜子"、"谜子"、"缩

① [梁]刘勰:《文心雕龙·谐讔》,戚良德:《文心雕龙校注通译》,第168页。
② [梁]刘勰:《文心雕龙·谐讔》,戚良德:《文心雕龙校注通译》,第173页。
③ 郁沅、张明高编选:《魏晋南北朝文论选》,北京:人民文学出版社,1996年,第26页。
④ [汉]班固:《汉书》,第1708页。
⑤ [清]王先慎撰、钟哲点校:《韩非子集解》,北京:中华书局,2003年,第168页。
⑥ 上海师范大学古籍整理组校点:《国语》,上海:上海古籍出版社,1978年,第401页。
⑦ [宋]丁度等编《集韵》,上海:上海古籍出版社,1985年,第358页。
⑧ 华学诚汇证:《扬雄方言校释汇证》,北京:中华书局,2006年,第247页。
⑨ [梁]刘勰:《文心雕龙·谐讔》,戚良德:《文心雕龙校注通译》,第172页。
⑩ 宋代之前"诗谜"已经存在,唯其名字始见于宋代。
⑪ 宋明人所谓"藏头隐语"、"藏头诗"等,有时乃是泛指谜语,非谓藏头诗也。
⑫ 市井之语,古已有之,而名字盖初见于宋时而已。

脚韵"、"切口"等。值得注意的是,猜谜之事,至两宋而大盛,但不再是仅仅供文人嘲谑的资料了,而是列于百戏,成为元夕的点缀①。由此可见,谜语的形式一直在变化中,且具有较强的生命力,甚至与曲艺产生了千丝万缕的联系。当今时代,谜语的众多形式依然存在,或是直接应用,或是嵌套于众多的诙谐幽默作品之中,成为中国文化不可或缺的元素。

　　刘勰对谜语下了一个较为准确的定义:"谜也者,回互其辞,使昏迷也。"②从这一定义中,我们依然可以见到隐语的最核心特点,即是曲折地表达自己的意见,使理解获得繁复性与审美快感。众多隐语的表现形式中,刘勰论及谜语,尤其是包括离合诗在内的字谜和物谜,因而谓之"或体目文字,或图像品物"③。简单的体目文字与品物图像的谜语,在中国古代文学史上比比皆是,而汉魏六朝大盛的离合诗则不得不提。《文心雕龙·明诗》云:"离合之发,则明于图谶。"④离合源于图谶之说,钱南扬先生曾言:"盖自新莽好谶,刘歆益之。光武用人,信之弥笃。图谶之言,于以大盛。是以汉末文人,恒好离合也。"⑤汉代的图谶多用拆字法组成,离合诗也是一种按字的形体结构,用拆字法组成的诗歌,二者存在同构性。离合诗是图谶的拆字法结合当时诗歌兴盛的时局而产生的。图谶是一种特殊的隐语,不仅是体目文字或品物图像的谜语,也是明其治乱的一种方式。离合诗兼具谜语与诗歌的双重性质,是中国诗歌史上的奇葩,也是隐语发展过程中不可多得的结晶。

　　显然,谲文体的发展历经繁复的变化,但其不同于谐文体发展历程中,主要决定于"文以载道"思想的紧严或松动,而是主要表现在文体本身的演进,但无论是赋还是离合抑或字谜、物谜,都是一种文字游戏,用以娱乐情怀甚至劝谏讽刺。

四、《谐谲》之选文定篇的分析

　　"选文以定篇"⑥是刘勰文体论部分的重要内容,《谐谲》篇当然也不例外。从选取的事例、人物、典籍、评价等,不仅可以见出谐谲文体的主要创作者、针对对象、选材特征、文体渊源、出典以及文体的作用,亦可窥见著者的文体意识与诗教观念。《谐谲》篇论及众多滑稽家及其作品,试以表格的形式明晰之:

作　者	相关者	本　事	喻　体	文　体	出　典	作　用
芮良夫	厉王《诗经》	君恶民怨	肺肠	诗歌	《左传》	讽谏
城者	华元	弃甲	睅目	谣谚	《左传》	抒情讽刺

① 此处依据钱南扬:《谜史》,北京:中华书局,2009年,第320—321页。
② [梁]刘勰:《文心雕龙·谐谲》,戚良德:《文心雕龙校注通译》,第172页。
③ [梁]刘勰:《文心雕龙·谐谲》,戚良德:《文心雕龙校注通译》,第172页。
④ [梁]刘勰:《文心雕龙·明诗》,戚良德:《文心雕龙校注通译》,第64—65页。
⑤ 钱南扬:《谜史》,第320—321页。
⑥ [梁]刘勰:《文心雕龙·序志》,戚良德:《文心雕龙校注通译》,第569页。

续　表

作　者	相关者	本　事	喻　体	文　体	出　典	作　用
国人	臧纥	丧师	侏儒	谣谚	《左传》	抒情 讽刺
成人群体	孔子弟子、 成人个人	穿孝	蚕绩 蟹匡	俗谚	《礼记》	讽刺
元壤	元壤、孔子	母丧	狸首	俗谚	《礼记》	讽刺
淳于髡	齐威王	酣酒	酣酒	故事	《史记》	讽谏
宋玉	楚襄王	好色	好色	赋	《文选》	讽谏
优旃	秦二世	漆城	漆城	故事	《史记》	讽谏
优孟	楚庄王	葬马	葬马	故事	《史记》	讽谏
东方朔	众多	辞述	谬辞诋戏	杂赋 谜语等	《汉书》	娱乐
枚皋	东方朔	为赋亦俳	见视如倡	赋	《汉书》	自勋
司马迁	《滑稽列传》	列传滑稽	列传滑稽	传记故事	《史记》	正视滑稽
曹丕	《笑林》 邯郸淳	著《笑书》	著《笑书》	故事集	《魏志》	娱乐
薛综	薛综	发嘲调	嘲调	笑话	《吴志》	娱乐
潘岳(轶,颇类 刘思真 《丑妇赋》)	丑妇	丑妇	丑妇	赋	《太平御览》	娱乐 抒情
束皙	卖饼	卖饼	饼赋	赋	《全晋文》、 《艺文类聚》	娱乐 抒情
刘义庆	应场	应场之鼻	削卵	笔记小说	《世说新语》	娱乐
刘义庆	张华	张华之形	春杵	笔记小说	《世说新语》	娱乐
溺者	溺者	反常行为	妄笑	笑话	《左传》	抒情
胥靡	胥靡	强颜欢笑	狂歌	笑话	《吕氏春秋》	抒情
还无社	楚师	求拯	麦麴	外交辞令	《左传》	救国
叔仪	鲁人	乞粮	庚癸	外交辞令	《左传》	救国
伍举	楚庄王	刺荆王	大鸟	寓言	《史记》	讽谏
齐客	田婴	讥薛公	海鱼	寓言	《战国策》	讽谏
庄姬	楚襄王	王无子	龙尾	寓言	《列女传》	讽谏
臧文仲	齐国鲁国	齐将伐楚	羊裘	暗语	《列女传》	救国
刘歆 班固	《隐书》	录之歌末		事件	《汉书· 艺文志》	文体观念

作　者	相关者	本　事	喻　体	文　体	出　典	作　用
荀子	蚕	作《蚕赋》	蚕	赋	《赋篇》	讔体萌芽
曹丕 曹植				谜语		讔体发展
曹髦				谜语		讔体发展
	楚庄王 齐威王	性好隐语		寓言 故事	《史记》	娱乐 讽谏

　　从作者构成来看,以百姓、个人和臣子居多。所以,谐讔文不仅是庙堂之上君臣劝谏与娱乐的方式,也是老百姓借以表达内心不满的途径。《谐讔》篇首即言"自有肺肠,俾民卒狂",以此指出百姓抒发内心感情的需要。接着以"华元弃甲,城者发睅目之讴"、"臧纥丧师,国人造侏儒之歌"为具体事例,表明"怨怒之情不一,欢谑之言无方"的事实,"并嗤戏形貌,内怨为俳也"[1],也就是说人们制造谐辞隐语来嘲讽他们的外貌,只是为了释放心中对于败军的怨恨与愤怒。文中的"华元弃甲、臧纥丧师"事件,给百姓造成了极大的灾难,而由于社会地位、道德伦理的限制,百姓不敢直接将这些怨恨之情表现出来,便通过委婉的谐辞隐语来排遣愤懑,这是一种心理上的自我宣泄。

　　从作者排列的顺序可知,谐讔文体首先是由民间传递出来表达自我情感的,进而由宫廷官员所吸取和改进。因此,谐讔文体的俗文化本质是不可避免的,也即是刘勰所谓的"本体不雅"[2]。刘勰认为俗文学的本质中不可避免地带有谐谑娱乐性元素,若不能以正统的儒家"诗教"观念来引导,势必会造成"谬辞诋戏,无益规补"[3]。

　　仅从谐讔文体的相关者来看,华元、臧纥、宋玉、东方朔、薛综等人都是皇帝身边的近臣,他们的身份在刘勰看来更确定一点说应该是倡优,这是刘勰诗教观的表现。自古以来,优谏是中国文化的一种传统,刘勰认为倡优的价值则在于劝谏,以娱乐的方式来教育统治者。

　　从谐讔文体的作者及相关者的关系来看,作者以臣子(包括滑稽家)居多,次则百姓和个人,盖针对君主和道德、国家事件及自我情感。这可以见出谐讔的文体功能多表现于三个方面:君臣劝谏,自我感情抒发,对国家、道德等的意见表达。而后面的两点可以归结为一,也即是说刘勰所认为的谐讔文体功能集中于诗教和娱情两种。

　　从谐讔所关涉的文体来看,谐讔文多集中于谣谚、俗赋、故事、笑话、寓言、笔记小说等文体。而且谐讔作品的取材都有共同的特点即是"取鄙琐物"[4],如丑妇、舂杵、削卵、晬

①　[梁]刘勰:《文心雕龙·谐讔》,戚良德:《文心雕龙校注通译》,第167页。
②　[梁]刘勰:《文心雕龙·谐讔》,戚良德:《文心雕龙校注通译》,第168页。
③　[梁]刘勰:《文心雕龙·谐讔》,戚良德:《文心雕龙校注通译》,第172页。
④　原始人类颇具诗性思维的现实,决定了人类取喻的方式有两种:一是"近取诸身"(参见钱钟书:《管锥编》第三册,北京:三联书店,2001年,第178页),二是"取鄙琐物"(参见钱钟书:《管锥编》第二册,第637页)。

目、侏儒、麦麹等。刘勰对于本事与喻体的选取和关涉文体的来源,都表现出自己对民间文学鄙俗特性的认识,既指明其娱情作用,又表现出对其无益时弊的批判,这依然是宗经立场之上的娱情。

从刘勰选材的出典来看,正如刘勰所言"被于纪传"①,多是《左传》、《史记》、《礼记》、《汉书》、《战国策》等儒家经典和正统史书。从谐讔文的作用来看,刘勰的文体意识也是建立在诗教基础上的娱乐。对于纯粹娱乐性的谐讔作品,刘勰是持否定态度的。甚至对于"滑稽之雄"的东方朔,刘勰也只是站在贬斥的态度上,言其"谬辞诋戏"②,无益时弊。

五、刘勰论诗教与娱情的谐讔

齐梁时代,谐讔思潮已成为文坛与社会生活的重要内容。重形式、技巧、音韵、娱乐等的审美风尚,使得谐讔文常常偏离道德教化的功用,刘勰因此言之:"自有肺肠,俾民卒狂……怨怼之情不一,欢谑之言无方……嗤戏形貌,内怨为俳也。又蚕蟹鄙谚,狸首淫哇,苟可箴戒,载于礼典。故知谐词隐言,亦无可弃。"③刘勰对谐讔文的宣泄情感、自我娱乐的作用给予了肯定,然而,刘勰认为,只有那些具有箴戒意义的谐讔文才是正统,才有资格"载于礼典"。由此观之,刘勰对谐讔文的关照也是从诗教和娱情两个方面进行的。

"谐词隐言,亦无弃矣",刘勰肯定谐讔文体在文学发展与现实生活中的必要性时,指明了其宣泄娱乐作用,同时也对其"本体不雅,其流易弊"④表示了隐忧。对于具有宣泄娱情作用的谐讔文,刘勰是肯定的;而对于纯粹以娱乐为目的完全抛弃诗教观念的谐讔文,甚至对于这类作者,刘勰也表示了批评。东方朔被称为"滑稽之雄",司马迁《史记》列《东方朔传》,而刘勰则言:"于是东方、枚皋,哺糟啜醨,无所匡正,而诋谩媒弄,故其自称为赋,乃亦俳也,见视如倡,亦有悔矣。"⑤刘勰认为东方朔、枚皋的言辞只是轻谩滑稽,以供人取乐调笑,而对针砭时弊无用,因而被视为俳优,地位轻贱,甚至他们自己也有后悔之心。隐语发展至东方朔,文辞颇为华巧,而在教化的角度上也陷入"谬辞诋戏,无益规补"⑥的境地。至于曹丕著《笑书》,薛综"发嘲调"、"抃推席","蔇文之士"的滑稽之作,均是"无益时用"的谐体作品,"曾是莠言,有亏德音",与"溺者之妄笑,胥靡之狂歌"⑦一样,是鄙俗而没有价值的。

"意在微讽,有足观者",崇尚"征圣宗经"的刘勰最为关注论谐讔文体的诗教作用。其云:"昔齐威酣乐,而淳于说甜酒;楚襄谯集,而宋玉赋《好色》:意在微讽,有足观者。及优

①［梁］刘勰:《文心雕龙·谐讔》,戚良德:《文心雕龙校注通译》,第171页。
②［梁］刘勰:《文心雕龙·谐讔》,戚良德:《文心雕龙校注通译》,第172页。
③［梁］刘勰:《文心雕龙·谐讔》,戚良德:《文心雕龙校注通译》,第167页。
④［梁］刘勰:《文心雕龙·谐讔》,戚良德:《文心雕龙校注通译》,第168页。
⑤［梁］刘勰:《文心雕龙·谐讔》,戚良德:《文心雕龙校注通译》,第168页。
⑥［梁］刘勰:《文心雕龙·谐讔》,戚良德:《文心雕龙校注通译》,第172页。
⑦［梁］刘勰:《文心雕龙·谐讔》,戚良德:《文心雕龙校注通译》,第169—170页。

牺之讽漆城,优孟之谏葬马,并谲辞饰说,抑止昏聩。是以子长编史,列传《滑稽》,以其辞虽倾回,意归义正也。"①齐威王酣饮作乐,淳于髡便给他讲自己醉酒之事;楚襄王设宴集会,宋玉则写《登徒子好色赋》,其用意都在于委婉地劝诫,有着可以吸取的讽谏教育意义。优旃劝阻秦二世油漆城墙,优孟劝阻楚庄王礼葬其马,这都是用曲折修饰之语,阻止昏聩粗暴的行为。因为这些谐讔文体的创作和滑稽家的行为都是用来讽谏以正君主之行的,所以,司马迁编《史记》的时候专门写了《滑稽列传》,以充分肯定这些具有诗教作用的谐讔文与滑稽家。这类文辞用曲折隐晦的语言,委婉含蓄地表达了正当劝谏的用意;滑稽家的幽默睿智,既能够实现优谏的目的,又可以明哲保身,因而是值得载于经典的。

"昔还社求拯于楚师,喻眢井而称麦麹;叔仪乞粮于鲁人,歌珮玉而呼庚癸"②,刘勰此处以《左传》中的实例,来说明隐语在关键时刻可以拯救国家。"伍举刺荆王以大鸟,齐客讥薛公以海鱼;庄姬托辞于龙尾,臧文谬书于羊裘"③,这几个实例则说明隐语的用处还在于劝谏君王和传递信息。这些即是刘勰所谓的"隐语之用,被于纪传;大者兴治济身,其次弼违晓惑。"④危难时机,睿智地采取幽默诙谐的故事和寓言、暗语来表达真实意图,这是谐词与隐语有效结合、从而修身治国的典范,正所谓"盖意生于权谲,而事出于机急;与夫谐辞,可相表里者也"⑤。

谐讔的诗教与娱情功能是相辅相成的两个方面,文学回归本体是文学发展的必然要求,谐讔文体的娱情功能则是这一文学发展趋势的体现;儒家思想在中国思想史上的绝对统治地位则是诗教功能得以实现的有力保证。因而谐讔风尚和文体的发展是文学与社会发展共同作用、相互较量的结果,谐讔的娱情功能与"文以载道"的诗教观可谓此消彼长。当然,立于"征圣宗经"立场之上的刘勰,对"谐辞隐语"的宣泄和娱乐作用有着一定的肯定态度,但其最为推崇的还是兼具娱情和诗教双重功能的谐讔文。

---

① ［梁］刘勰:《文心雕龙·谐讔》,戚良德:《文心雕龙校注通译》,第 168 页。
② ［梁］刘勰:《文心雕龙·谐讔》,戚良德:《文心雕龙校注通译》,第 170—171 页。
③ ［梁］刘勰:《文心雕龙·谐讔》,戚良德:《文心雕龙校注通译》,第 171 页。
④ ［梁］刘勰:《文心雕龙·谐讔》,戚良德:《文心雕龙校注通译》,第 171 页。
⑤ ［梁］刘勰:《文心雕龙·谐讔》,戚良德:《文心雕龙校注通译》,第 171 页。

意境论的现代文化阐释

张长青[*]

摘　要：生命诗学范畴——意境论，是中华文化几千年长期积淀的结果。它起源于原始人建立在生殖崇拜基础之上的"万物有灵"观念的生命意识，奠基于中华民族特有的"天人合一"的文化宇宙观，形成于生命超越的长期过程，是一个具有丰富文化内涵、民族特色和生命力的中国美学和艺术的核心范畴。意境以其物我两忘、情景交融的意象特征，有虚有实、虚实相生的结构特征，含蓄空灵、意蕴深邃的本质特征，气韵生动、韵味无穷的美感特征，表现宇宙人生的丰富体验和意蕴，达到有限和无限的统一，给人以无穷的美感享受。作为空灵、自由的人生、人格的审美境界或艺术形象体系，意境集中体现了中华民族的审美理想，成为中国美学和文艺的最高境界。"天人合一"是意境论的文化根源，儒、释、道三结合是意境论的哲学基础，人生、人格境界论是意境论的人学实质。在全球化背景下，意境论的现代取向要着力于中西文化的交融，由纯任自然转向自然生命与自觉生命相和谐，由偏向群体转向群体生命与个体生命相和谐，由注重直观转向感性、悟性与理性生命活动形态相和谐，从而由原始"天人合一"的真、善、美统一走向高级"天人合一"的真、善、美的统一。

关键词：意境；天人合一；情景交融；虚实相生；气韵生动；现代文化

[*] 作者简介：张长青，湖南师范大学中文系教授。

上篇　意境的起源和建构

一、意 境 的 起 源

中国传统的"意象"和"意境"形象体系和西方传统的"形象"和"典型"的形象体系,是在两种不同的文化中产生、发展、形成的,如果不对这两种文化的形象体系做"历时性"的考察,就很难了解它们的历史渊源和鲜明的民族特点。

有人说:"意境"起源于佛教,这种说法忽视了意境之民族的根基,现在被学界否定。于民先生说:"'意境'的产生,经历了'道孕其始,玄促其成'的过程。"①蒋述卓先生也说:"意境的哲学来源,有儒,有道,也有释,从其发生发展来看,儒、道开其先,而释助其成。"②这些说法,恐怕还只停留在"意境"的哲学基础上,还远未探到意境的文化之源。

从文化上来看,"意境"的源头,恐怕是原始初民建立在生殖崇拜上"万物有灵"的原始宗教观念。所谓"万物有灵",即万物都有人一样的灵魂的意思。原始先民的朦胧的自我意识即关于生命的原始意识,从"近取诸身"到"远取诸物"③,即从直观体验人的自身生命现象到误将人自身之外的一切都看做有生命的,将人自身之外的万物都看成与人一样有生命、有意志、有情感、有灵魂的东西。法国著名的人类学家列维·布留尔指出,原始人对自身生命现象的意识,是原始人建构以观察、思考与迷信这个世界生命"本质"的观念与方法的心理基础,他说:"他们把一切存在物和客体形态,一切现象都看成是渗透了一种不间断的,与他们在自身上意识到的那种意志力相像的共同生命……这样一来,一切东西都是与人联系着和彼此联系着的了。"④这种生命的"联系"被布留尔称之为"互渗律",也就是原始人"万物有灵"的观念,这既是一种原始宗教观念,也是审美意识的起源。这是中国哲学,也是一种人生哲学。中国的美学是生命超越的美学,中国艺术充满生命精神的真正原因和起源。正如苏渊雷在《易学会通》中所言:"综观古今中外之思想家,究心于宇宙本体之探讨,沉思于万有原理之发见者众矣:有言'有无'者;有言'始终'者;有言'一多'者;有言'同异'者,有言'心物'者;各以己见,斟玄阐秘。顾未有言'生'者,有之,自《周易》始。"⑤苏先生说中国"宇宙本体论"的起源论,是从"生"起源的,而这种起源论是从《周易》开始的。其实苏先生所谈的中国"宇宙本体论",就是我们今天所说的文化宇宙观,这种文化宇宙观是从"生"起源的。《周易》有"生生之谓易"⑥、"天地之大德曰生"⑦等说法。不过

---

①　于民:《空王之道助而"意境"成》,《文艺研究》1990年第1期。

②　蒋述卓:《佛教与中国文艺美学》,广州:广东高等教育出版社,1992年,第49页。

③　《周易·系辞下》,黄寿祺、张善文:《周易译注》,上海:上海古籍出版社,2007年,第402页。

④　[法]列维·布留尔:《原始思维》,丁由译,北京:商务印书馆,1981年版,第126页。

⑤　苏渊雷:《易学会通》,上海:世界书局,1935年,第56页。

⑥　《周易·系辞上》,黄寿祺、张善文:《周易译注》,第381页。

⑦　《周易·系辞下》,黄寿祺、张善文:《周易译注》,第400页。

中国的文化宇宙观,应该是从原始初民生殖崇拜起源的,到《周易》已经总其成了。苏先生还说:"故言'有无','始终','一多','同异','心物',而不言'生',则不明不备;言'生',则上述诸义,足以兼赅。《易》不骋思于抽象之域,呈理论之游戏,独揭'生'为天地之大德,万有之本原,实已摆脱一切文字名相之网罗,而直探宇宙之本体矣。"①这是说这种'生'的文化宇宙观,是最原始的思维,是在文字和概念没有产生前对宇宙本体的探讨。

恩格斯在《家庭、私有制和国家的起源》第一版《序言》中曾经说过:"根据唯物主义观点,历史中的决定性因素,归根结底是直接生活生产和再生产。但是,生产本身又有两种:一方面是生活资料即食物、衣服、住房以及为此所必需的工具的生产;另一方面是人类自身的生产,即种的繁衍。"②人类的整个生活、文化包括审美等,其实都是建立在这两种生产的基础之上的。生活资料的生产,解决人类的衣、食、住、行,借以延续人的个体生命;人自身生产即种族的繁衍,自然是与生活资料的生产同时进行的,为的是传宗接代,延续和发展人的群体生命。关于人自身生产这一永恒文化和美学主题,就深深植根于原始人的生殖之中,渗透原始人智慧的沉思和情感的激动。这种生命精神就是中华民族作为生命美学智慧的前奏和起源,是原始人关于人的生殖崇拜原始意识的自然流露。

黑格尔在《美学》中也曾经指出:"在讨论象征型艺术时我们早已提到,东方所强调和崇敬的往往是自然界的普遍生命力,不是思想意识的精神性威力,而是生殖方面的创造力。"③这指出了中国文化审美和艺术方面的生命精神,是由原始人的生殖崇拜起源的。

朱良志在《中国艺术的生命精神》里说:"中国哲学在一定程度上说,是一种生命哲学,这一哲学实际上存在着一种内在结构,此结构以'生命即本体即真实'为其基本纲领,并通过时空两位的纵向横向展开,形成一个无所不在的有机生命之网。"④本编对时间问题投入特别的注意,认为中国人时间观中有一些迥异西方的特点,如重四时,时空合一,以时统空,无往不复以及强调时间的节奏化等,这些都对中国艺术产生直接影响。"气"也是中国艺术生命精神形成的主要根源之一,本编将"气"作为一种生命基础,由此展示中国艺术创造推崇生理的独特生命观。本编还从"像"入手,来讨论中国艺术符号特点,并重在从汉字、易象这两种符号的研究中,试图找出艺术符号生命构成的内在根源。这里所说的"气",《周易》中的"精气",就是指万物的生命"联系",也就是布留尔的"互渗律",即原始人建立在生殖崇拜之上的"万物有灵"的原始宗教观念。

赵沛霖在《兴的源起——历史积淀与诗歌艺术》一书中,也指出:兴的起源和中国诗歌的比兴手法,也是起源于原始宗教"万物有灵"的观念。⑤ 作为生命诗学范畴的"意境"当然也是起源于"天人合一"的生命精神,所以"意境"的本体论与西方艺术的本体论"主客

① 苏渊雷:《易学会通》,第58页。
② [德]恩格斯:《家庭、私有制和国家的起源》,北京:人民出版社,2003年,第2页。
③ [德]黑格尔:《美学》第三卷上册,朱光潜译,北京:商务印书馆,1979年,第40页。
④ 朱良志:《中国艺术的生命精神》,合肥:安徽教育出版社,2006年,第1页。
⑤ 赵沛霖:《兴的源起——历史积淀与诗歌艺术》,北京:中国社会科学出版社,1987年,第5页。

二分"的认识论是截然不同的。

二、"外在超越"和"内在超越"

在文化的发展中,西方民族的文化智慧是采取"外在超越",而中国都是采取"内在超越"。这就形成两种本质不同的文化:外向型文化和内向型文化。

所谓"外在超越",就是从世间超越到世外,即从此岸向彼岸超越。拿西方人来说,他们大多数向往的理想境界是天国而不是人间;他们心目中的理想人格不是"人"而是"神",即所谓"上帝的选民"。按照《圣经》的说法,人类的始祖亚当和夏娃是因为偷吃了智慧之果,才被上帝逐出了伊甸园的,因而人生来就有罪,所谓"原罪"。人只有洗清"原罪",才可能重新返回天国。如此说来,人是不可能自己救自己的,必须靠上帝的恩德才能实现人的理想人格和终极的价值目标。

弗雷泽把西方文化的发展过程概括为一个"巫术—宗教—科学"[1]三阶段的经典公式。西方文化从原始巫术(希腊、罗马之前),到中世纪宗教统治(起始希腊、罗马,盛行于中世纪),再到科学的发展(近现代科学,始于文艺复兴),这一发展过程,与西方文化发展过程的史实是完全契合的。

在中国古代,自然也是原始巫术文化诞生在先,这与西方并无二致。但在巫术文化极盛之后,却没有进入一个像样的宗教时代,而是在由巫文化转变为史文化的过程中,发展为源远流长的世俗的由史官文化引入的政治—道德伦理文化。这种盛于巫术文化、淡于宗教、重于政治伦理的文化,就是中华文化不同于西方文化的民族品格,因而中国的文化是没有神学的品质的。正如梁漱溟所说:"古代中华民族却是世界上惟一淡于宗教,远于宗教,可称'非宗教的民族'。"[2]

原始审美意识,在原始巫术文化中孕育,中国的原始巫术文化向史文华转化,而不向宗教方向发展,决定了此后中国美学和艺术的文化品格与基本路向。中国的文化是一种人本文化,中国的哲学家常常把人生论与宇宙观合在一起讲,把现实中人生道路的探索同理想的价值目标的追求合在一起讲。中国文化与西方文化不同之处在于,中国文化是一种"内在超越"的文化。在中国文化中,超越性和内在性是联在一起的,并不与彼岸世界相联系,因而没有神性的意味。超越的依据并不是神学意义上的彼岸世界,而是哲学意义上的本体,用中国哲学术语说,就是"道"或"理"不在宇宙万物之外,而是在人类生活实践之中。这就叫"体用一源,显微无间"[3]。能够在人生实践中自觉地、充分体现"道"或"理"的人,就是圣人。西方从"万物有灵"的观念中走向了神(神灵),而中国从"万物有灵"中走向了人(圣人)。西方的文化走向是"外在超越",而中国却是"内在超越",从而形成两种文

---

① [德]弗雷泽:《金枝》,赵明译,西安:陕西师范大学出版社,2010年。
② 梁漱溟:《梁漱溟全集》,济南:山东人民出版社,2005年,第290页。
③ [宋]程颐:《周易程氏传》,北京:九州出版社,2010年,第1页。

化,即"外向型文化"和"内向型文化"的本质不同。这就是中西文化超越路向和本质的区别。

三、"天 人 合 一"

人的生命精神和"万物有灵"的观念,进一步发展成了中国特有的巫史文化。究竟是什么原因,使得中国远古之巫觋不向宗教的僧侣转化而一变为朝堂之上的史官,这是中国文化的复杂难题。这里我们只能作极其粗略的分析。我国尊神事鬼的殷商巫史文化向周代的史官文化或礼乐文化的转化,是与周代农耕文化方向的抉择和我国文化发展的"内在超越"的路向有关的。

周人极端重视农业,在经济上实行封建领土的井田制,代替殷商时代的奴隶集体生产制,使农耕生产蓬蓬勃勃发展起来。周人不是把农耕视为简单的生产行为,而是赋予某种政治、道德含义。《尚书·无逸》中,周公告诫"君子""无逸,先知稼穑之艰难"[1]。周公认为贵族知稼穑之艰难,就可了解小民之艰苦,是施政清明的重要条件。周公还说,周人的祖先、大王、武王都亲自参加农业劳动,而商王不参加劳动是昏王,而且寿命很短。这表明周公赋予农业生产的政治道德意义:一是继承传统的稼穑(农业劳动)之事,是国家的"王业",是使国家兴旺发达的事业。二是农业劳动可防止贵族腐败,还有对人民进行传统教育和谐宗族的道德作用。周代极重视农业的情况,在《诗经》中有记载,保存了大量农事典礼的诗篇。据说,周人允许殷商遗民去经商,而周的子孙则不行。这就势必造成工商业是一种"贱业"的观念。中国数千年文化是一个典型的农耕文化,它的形成不仅要从自然条件来说明,一个农业发达的国家,未必不能高度发展工商业,中国清一色农耕文化的形成,实际上是与几千年的重农主义分不开的,而以抑制工商业为内容的"重农主义"可以在西周的农耕政治中找到根源。中国农耕文化方向也是西周形成、奠定的。

随着农业生产的发展、社会人事的复杂和文字的产生,巫的辅佐君王的社会职能由"降神"、"通神"慢慢衍化为"记事",或者一身而二任。这就是我国的所谓"巫史文化"。据记载:我国的大禹和国公都是当时的大巫。《说文》在阐释"巫"这个汉字造型时,说巫"能事无形,以舞降神者,象人两袖舞形"[2]。这巫从事的巫术行为,其目的是具有实用、功利的"降神",这目的要达到,要有两个条件:一是巫须通神,所谓"能事无形"。"无形"者,灵也,气也,感应也,互参也,神也。二是须有"作法"的仪式,所谓"两袖舞形",这仪式原本是有功利而实用目的的,但是,一旦这"作法"在观念上成功,这"两袖舞形"便可以从物质实用向精神审美转化,即由巫术之舞,转变为艺术之舞,这可见在原始巫术文化中,蕴含着向一定的原始审美意识转化的文化因素。在此意义上巫术与艺术具有同构的一面。

---

① 陈成国:《尚书校注》,长沙:岳麓书社,2004年,第151页。
② [汉]许慎:《说文解字》,北京:中华书局,1963年,第100页。

巫史文化还有另一社会职能的转换,就是从巫到史的转化。史与巫的社会职能根本的区别,在于"巫"主于事神,而"史"主于事人;巫觋主于舞而"史官主书",《说文》曰:"史,记事者也。"①编纂、保管和使用典籍,记载王者言功和国之大事,乃是史官的基本职责。书面记事,殷人已有之:"惟殷先人,有典有册。"②这个说法已为殷墟甲骨文所证实。但是殷人除甲骨卜辞外,未见其他典册。而卜辞毕竟是占卜的记录,仍未脱离巫文化的范围。所以我们可以认为:有文字可考的历史起于殷,而自觉的历史记载起于周。

也唯其如此,殷商称为巫觋文化,周文化称为"史官文化"。殷周之际我国从巫觋文化向史官文化的转移,亦即神权向人权的转移。

"史官文化"较之"巫觋文化"已摆脱深重的神权支配,成为人文自觉的表征。为了击破殷人对神的专擅,周人早在灭殷商之前,就奉行"敬德"的原则。强调天命与人为的一致性,力求将天命和德行结合起来,周公提出了"以德配天"的口号,实现了从殷商"尊神"到周人"敬德"的文化观念的转换。"德"和"礼"互为表里,"敬德"必然合乎逻辑地引向"尊礼",从这个意义上说,"史官文化"也就是"礼治文化"、"礼乐文化"。这一文化虽不曾完全弃绝对天命、神的信仰,但却确认凡是天命神意都可经过人为的努力所能理解和掌握。它的着重点,已从神明意志向人的道德意志转移。

这就是中国巫文化没有像西方文化一样转换到宗教文化的全过程。从巫文化转换到史文化的过程中,还建构起了中国特有的文化宇宙观——"天人合一"。这个天人观念的起源本来隐藏在巫术之中。巫就是沟通天人的中介,在巫文化向史文化转换中,构建天命和人为的结合,而初步奠定为"天人合一"的文化宇宙观。

"天人合一"之说,是中国文化、哲学、美学本体论的核心观念。在美学领域,中国人总是从天人之际、天人和合来看待审美问题。司马迁说:"究天人之际,通古今之变。"③这是他的史学观念和方法论,也是美学的观念和方法论,更是意境研究的观念和方法论。

天时、地利、人和的"天人合一"生命论的整体有机的自然宇宙观,在以农业为本的古代中国,天、地、人三者的和谐一体,是搞好农业生产的基本保证,是促进人类社会发展的最佳状态,所以《荀子·天论》云:"天有其时,地有其财,人有其治,夫是之谓能参。"④《王霸》又云:"上不失天时,下不失地利,中得人和,而百事不废。"⑤这就是中国文化上的"三才说"。

韩林德说:"中国传统的'天人合一'的观念,将宇宙看成天、地、人三要素组成的节奏统一、秩序井然的宏观系统,在这一宏观系统中,昊天覆盖大地,时间的推移统率着空间的变化和万物的生命活动。人的地位十分独特:作为宇宙的一部分,人的生命活动受天地

---

① [汉]许慎:《说文解字》,第65页。
② 陈戍国:《尚书校注》,第149页。
③ [汉]司马迁:《报任安书》,[汉]班固:《汉书》,北京:中华书局,1962年,第2735页。
④ 《荀子·天论》,张觉:《荀子译注》,上海:上海古籍出版社,2012年,第232页。
⑤ 《荀子·王霸》,张觉:《荀子译注》,第161页。

制约，受时空支配；作为'五行之秀'和'天地之心'的人又能够能动地掌握自然规律，自觉地协调天人关系，有意识创造条件，使自然界为人类造福。在'天人合一'观念的影响下，中国先哲认定，人的生命活动盛衰，和心灵世界的惨舒，与天地自然具有同一性或同构关系。在审美和艺术实践中，着力体悟、把握以至表现这种同一性或同构关系，千百年来，始终是华夏诸门类艺术所孜孜以求的最高境界。"①"天人合一"的思想核心，在于强调师法自然的基础上人与自然的和谐统一，强调人与自然生命的水乳交融，所谓"万物一体"，而不分离或对抗。这同以征服自然为目的，以"主客二分"、主客二元对抗的西方近代文明和艺术思想恰成鲜明的对照。

中国传统的"天人合一"的观念，天有天之道，地有地之道，人有人之道；天之道在于"始万物"，地之道在于"生万物"，人之道在于"成万物"。生活在天地之间的人，在认识体悟天地系统的规律之后，才能充分利用天地系统的运行特征，才能发展农耕，兴旺百业，繁荣人类。"合一"就是充分发挥人类的体悟能力，按天地运行规律办事，将人的创造性发挥出来，实现国家富强，百姓安居乐业。

中国传统的"天人合一"观念，与西方的能动性或主体思维是不同的。西方近代是建立在工商业基础上的，一种以认识世界为目的，以主客分离、相对立为特征的科学思维和实践的能动性；而中国是建立在农业基础上的，以生存为目的，以主客相统一相融合为特征的道德体悟和实践。所以，中国文化是一种人文文化，在于"治人"；西方文化是一种科学文化，在于"治物"。中国传统思维，在时空选择上，以时间统摄空间，时空统一，不能分割，不能占有，只能共享。因此，中国人以整体有机的生命眼光看世界，以"保合太和"②、万物共存共荣为根本原则，以世界大同为发展的价值目标。

中国文化、哲学、美学的这些特征，又是与中国社会历史发展进程相一致的。中国社会是一个"早熟"的社会，进入文明社会比西方早一千多年。殷周之际，随着农业生产的发展，上层建筑和意识形态中"一亡一存"的现象，早就为历史学家所觉察。

所谓"一存"，就是氏族社会以血缘关系为纽带的宗法关系顽固地保存了下来。把天帝和人间的先王谱系结合在一起。于是伏羲、黄帝、神农、尧与舜，同禹、汤、文、武在血统上相互承接，于是周人的统治，便成为三皇五帝赫赫功业的继承。于是周人突出地标举出"圣人"的观念，将其视为天神与凡人的结合体，既是天神的人格显现，又是凡人的人格理想。"圣人"被奉为主要的崇拜对象，成为周人人文自觉的又一重要特征。

同时与氏族社会的敬神、祭祖、庆功、结盟等大事联系的典礼仪式，也保存下来，由巫史文化一变为礼乐文化。"乐统同，礼别异"③，礼乐文化是以伦理为本体的文化。在血缘关系的基础上，按照"尊尊"和"亲亲"的原则，周人建立起了等级森严的庞大帝国，也出现

---

　①　韩林德：《境生象外》，北京：三联书店，1995年，第84页。
　②《周易·乾·象》，黄寿祺，张善文：《周易译注》，第4页。
　③　[汉]司马迁：《史记》，北京：中华书局，1982年，第1202页。

了"郁郁乎文哉"①的文化盛况。但是依靠血缘(人的自然)建立起来的等级制度,自身就隐含不可消解的矛盾,即人的自然性与社会性的矛盾。人的自然性(血缘)不能决定人的社会性(财产、权力),于是到春秋战国时便出现了"礼崩乐坏"的局面。

所谓"一亡",是商周之际犹在支配人生的天命神学观,至周末春秋之世,逐渐丧失统摄的力量,"神灵之天"逐渐为"自然之天"所取代。在理性主义思潮高涨之中,周代庞大的帝国大厦便瘫塌了。

四、"轴 心 时 代"

德国的卡尔·雅斯贝尔斯在《历史的起源与目标》一书中提出了文化的"轴心时代"这一概念。他说:"从公元前 500 年为中心——从公元前 800 年到公元前 200 年——人类的精神基础同时地或独立地在中国、印度、波斯、巴勒斯坦和希腊开始奠定,而且直到今天人类仍然附着在这种基础上。"②这一论断得到了全世界文化史研究者的公认。"从公元前 800 年到公元前 200 年"这 600 年间,大致相当于中国的春秋战国时期。在中国文化史上,自公元前 770 年至公元前 476 年,为春秋时期;自公元前 475 年至公元前 221 年,为战国时期。这一时期是中国文化的奠定时期。由于当时社会转型和"礼崩乐坏"的复杂社会矛盾,人民不得不寻求妥善处理人与人之间关系的新的思想武器,于是便出现了"百家争鸣"的局面。

以孔子为代表的儒家,讲究人道,"以仁释礼",在人类本性的基础上,试图唤醒人类道德的自觉意识,建立具有道德伦理的等级社会秩序。经过孟子和以后的儒家的发展,由于具有鲜明的人本主义和礼教德治的精神,在中国传统的社会中从汉代起一直占主导地位。

以老、庄为代表的道家,是先秦诸子中与儒学并驾齐驱的一大流派,很多方面既对立又互补。儒家重人道,道家重天道;儒家重入世,道家重超世;儒家重有为,道家重无为;儒家重文饰,道家重自然;儒家讲实有,道家讲虚无;儒家主动,道家主静;儒家重集体,道家重个人等等,所以后世人提出了"儒道互补"③。

老子学说的原创文化观是"道"与"德",所以《老子》一书又称《道德经》。老子是中国宇宙论的创始者,所以他讲的"道"的含义是宇宙万物的本原,而儒家讲君子"志于道"④则是指人伦道德。老子还揭示现实世界矛盾的普遍性,体现了丰富的朴素辩证法思想。庄子继承了老子的朴素辩证法,而发展到相对主义,即齐万物、齐生死、齐是非的观点。他还不愿与世俗同流合污,而把顺应自然作为第一原理,主张去知去欲,以摆脱世俗物质的拘束,而作逍遥游,走向精神自由和心灵超越之路,这对我国审美和知识分子在封建重压下

---

① 《论语·八佾》,杨伯峻:《论语译注》,北京:中华书局,1980 年,第 28 页。
② [德]卡尔·雅斯贝尔斯:《历史的起源与目标》,魏楚雄、俞新天译,北京:华夏出版社,1986 年,第 7—34 页。
③ 李泽厚:《美学三书》,天津:天津社会科学院出版社,2008 年,第 45—50 页。
④ 《论语·述而》,杨伯峻:《论语译注》,第 67 页。

走上精神解脱之路有深远影响。

通过儒道两家的对立和互补，到了"轴心时代"的晚期，即战国时期，在《易传》里面，把天道和人道结合起来，形成了中国以"气"为基础、以"阴阳五行"为核心、以"道德伦理"为特色的、重德重和的中国人文文化的模式和思想体系，从而与西方起源于古希腊的理性和希伯来的神性的重智重分为中心的科学文化和思想体系在一起，组成了人类两种文化的对立统一，并历尽沧桑而不夭，一直流传至今。同时，二者相反相成。二者的整合，表现着今后整个世界文明、文化和艺术的客观而必然的发展趋势。

五、《老子》的道象论和《易传》言、意、象三者关系

意象、意境论还与《老子》的道象论和《易传》言、意、象三者的关系有关。叶朗在《中国美学史大纲》中说："老子美学是中国美学史的起点。"①这是就有体系、成熟的美学思想史说的，不是就审美意识的起源来说的，但这一说法的确道出了老子美学在中国美学史上的地位。老子是中国宇宙论的创始者，他的原创观念"道"，是宇宙万物的本源。他说："道之为物，惟恍惟惚。惚兮恍兮，其中有象；恍兮惚兮，其中有物。"②这里所说的"道"是宇宙万物的本体和生命，它是一种既寓于万物，又超越万物的虚实之间、有无之际的恍惚存在。对一切具体事物的关照，最后都要进入"道"的关照。所以，老子有以象观道的说法。以象观道，实际上就是以象显意，立象尽意。这里老子所说的"象"和"物"，并不是实物形态的展现，而是只能通过人的意想来加以把握。所以，只得"恍惚"，似有若无，这也就是《老子》书中反复宣称的"大音希声，大象无形"③和"无状之状，无物之象"④的来由。"象"和"大象"都是指"道象"，它体现"道"之功能，属虚拟、想象中的表意之"象"。老子的这种"道象"论，显然为意象、意境论提供了哲学基础和范式。

老子的道象论，到《周易》中，就成为易象论。《周易》被誉为中国文化的本根，是一部"圣人以神道设教"⑤的卜筮之书。它"以神道设教"的基本方法，就是"立象以尽意"、"系辞以尽言"⑥。据说："天垂象，见吉凶。"⑦天意是通过具体现象来昭示于人的。于是"古者庖牺氏之王天下也，仰则观象于天，俯则观法于地，观鸟兽之文，与地之宜；近取诸身，远取诸物。于是始作八卦，以通神明之德，以类万物之情"⑧。八卦就是圣人为了"通神明之德"，仰观俯察天地万物所立的象。"是故，夫象，圣人有以见天下之赜，而拟诸其形容，象

① 叶朗：《中国美学史大纲》，上海：上海人民出版社，2013年，第19页。
② 陈鼓应：《老子注译及评介》（修订增补本），北京：中华书局，2009年，第145页。
③ 陈鼓应：《老子注译及评介》（修订增补本），第222页。
④ 陈鼓应：《老子注译及评介》（修订增补本），第113页。
⑤ 《周易·观·彖》，黄寿祺、张善文：《周易译注》，第121页。
⑥ 《周易·系辞上》，黄寿祺、张善文：《周易译注》，第396页。
⑦ 《周易·系辞上》，黄寿祺、张善文：《周易译注》，第392页。
⑧ 《周易·系辞下》，黄寿祺、张善文：《周易译注》，第402页。

其物宜,是故谓之象。"①那么,如何使"象"中所包含的神秘的"意"为世人理解? 这就又需要言。"子曰:'书不尽言,言不尽意。'然则圣人之意其可见乎? 子曰:'圣人立象以尽意,设卦以尽情伪,系辞焉以尽其言。'"②这里的"象"是卦象,八卦的符号形象,是自然社会的象征符号,是圣人观物取象的结果。因此,我们可以把它理解为具体的具有象征性的物象。这里的"意"是圣人之意,也就是天意,这种神秘的天意,如何使人理解呢? 那就要语言来说明了。所以整部《周易》都绕围言、象、意三者关系来阐述的。这不仅是我国意象、意境论和言意之辩的直接源头,而且是以后艺术创作过程中物、意、文整体框架的理论源头。《易传》虽然没有把"意象"作一个词组、一个完整概念提出来,但是,"圣人立象以尽意""系辞焉以尽言",已经包含了以象显意、意象统一,以言表意、言能尽意的基本观点,对意象、意境论产生了深远的影响。

这时期,除了《易传》的言尽意论外,值得注意的是庄子的"言不尽意论"和"得意忘言论"。庄子的"言不尽意论"是承老子的道象论而来的,他认为:"道不可闻,闻而非也;道不可见,见而非也;道不可言,言而非也。"③既然道不可言传,那么必然得出言不尽意和得意忘言的结论。庄子在《秋水》篇中把言与意对立起来,得出了"可以言论者,物之粗也;可以意致者,物之精也。言之所不能论,意之所不能察致者,不期精粗焉"④。把这种言不尽意的思想推之极端,那就是"得意忘言论"。《外物篇》说:"荃者所以在鱼,得鱼而忘荃。蹄者所以在兔,得兔而忘蹄,言者所以在意,得意而忘言。"⑤这种理论启发后人作言外之意、象外之象的最高境界的追求,成为我国意象、意境论的渊源。

从战国时代《易传》和庄子的言意论来看,在意与象的关系上,《易传》强调"立象以尽意",而庄子强调"得意忘言"。前者在于"立象",后者在于"得意",这就形成我国审美艺术领域"尚象"和"重意"的传统,它们相互对立,而又相互补充,成为我国言意之辩的基本格局和审美理论的哲学基础。

魏晋南北朝时期,言、意、象三者关系,首先是哲学辩论,而后才进入审美文艺领域。言意之辩有儒道两派,言尽意派和言不尽意派:言尽意派就是言内之意、象内之意派;言不尽意派就是言外之意、象外之意派。

把儒道两派的言意理论,真正综合起来的是魏晋时期的玄学。玄学"援老入儒",用道家思想解释儒家经典,提出了有无、本末、体用、动静等一系列哲学范畴,建立了一个以无为本的具有高度抽象的思辨哲学体系。特别是王弼在《周易》的研究上,全面分析了言、意、象三者的关系。他从贵无的本体论出发,一方面认为"有生于无"⑥,"道"是一个"其为

① 《周易·系辞上》,黄寿祺、张善文:《周易译注》,第 397 页。
② 《周易·系辞上》,黄寿祺、张善文:《周易译注》,第 396 页。
③ 《庄子·知北游》,陈鼓应:《庄子今注今译》(最新修订重排本),北京:中华书局,2009 年,第 620 页。
④ 《庄子·秋水》,陈鼓应:《庄子今注今译》(最新修订重排本),第 450 页。
⑤ 《庄子·外物》,陈鼓应:《庄子今注今译》(最新修订重排本),第 772 页。
⑥ 陈鼓应:《老子注译及评介》(修订增补本),第 217 页。

物也混成,为象也则无形,为音也则希声,为味也则无呈现"①,没有任何规定性的绝对存在。另一方面又认为这个浑成的"道"必须通过具体的事物才能表现出来。"四象不形,则大象无以物;五音不声,则大音无形至"②。这种思想体现在言、意、象的关系上,他一方面承认:"夫象者,出意者也;言者,明象者也。尽意莫若象,尽象莫若言。言生于象,故可寻言观象;象生于意,故可寻象以观意。意以象尽,象以言著。"③另一方面又说:"故言者所以明象,得象而忘言;象者所以存意,得意而忘象。犹蹄者所以在兔,得兔而忘蹄;筌者所以在鱼,得鱼以忘筌也。"④王弼这些论述,表面上是玄而又玄,但实质上是非常深刻的。从他对卦象、系辞的肯定来看,是对《周易》"立象以尽意"的继承。就他把言意之辩与本体的"道"联系起来看,得出"得意忘象"的结论,又是老庄思想的发展。他辩证地深化了言、意、象三者的关系问题。一方面,意是靠象来表现的,象是靠言来说明的,象可以出意,言可以明象,它们之间有统一的一面。另一方面,象又不足以尽意,言又不足以明象,要得意忘象,得象忘言,它们之间又有对立的一面。言、意、象之间的关系,正是这两个方面的综合,辩证地既对立又统一。因此,王弼的言意论综合了言意之辩两派之"言尽意"和"言不尽意"的理论成果,使它从哲学领域向美学领域转化、过渡和提升。但是,王弼的言意论还不是审美理论,他所说"意"、"象"也不是审美意象。我们只能说,王弼的言意论,为我国意象、意境的产生提供了哲学基础。真正把一般意象转变为审美意象,并作了深刻论述的,是我国南朝的文艺美学家刘勰。

六、刘勰的审美意象论

刘勰在《文心雕龙》中的特殊贡献在于,他在"天人合一"、"儒道互补"、"三教同源"的思想指导下,在言意之辩哲学理论的基础上,沿着陆机《文赋》"恒患意不称物,文不逮意"⑤开辟的道路,对"意象"作了深入一步研究。在《神思》篇中,他不仅把"意象"作为审美和文艺的专门术语,在中国美学和文艺史上第一次提了出来,而且把它在创作中的重要性,提高到"驭文之首术,谋篇之大端"⑥的艺术本体论的地位。

刘勰提出的"意象"含义是什么?从他的"独照之匠,窥意象而运斤"⑦,"思理为妙,神与物游"⑧,"神用象通,情变所孕"⑨等论述来看,"意象"是在构思过程中,在情感、想象的作用下产生的意中之象,是"天地自然之象",经过"人心营构"的产物。这种"人心营构之

---

① [魏]王弼:《老子指略》,[魏]王弼著、楼宇烈校释:《王弼集校释》,北京:中华书局,1980年,第195页。
② [魏]王弼:《老子指略》,[魏]王弼著、楼宇烈校释:《王弼集校释》,第195页。
③ [魏]王弼:《周易略例》,[魏]王弼著、楼宇烈校释:《王弼集校释》,第609页。
④ [魏]王弼:《周易略例》,[魏]王弼著、楼宇烈校释:《王弼集校释》,第609页。
⑤ 郭绍虞主编:《中国历代文论选》第一册,上海:上海古籍出版社,2001年,第170页。
⑥ [梁]刘勰:《文心雕龙·神思》,张长青:《文心雕龙新释》,长沙:湖南大学出版社,2009年,第295页。
⑦ [梁]刘勰:《文心雕龙·神思》,张长青:《文心雕龙新释》,第295页。
⑧ [梁]刘勰:《文心雕龙·神思》,张长青:《文心雕龙新释》,第295页。
⑨ [梁]刘勰:《文心雕龙·神思》,张长青:《文心雕龙新释》,第299页。

象"，还不是用语言物化了的艺术形象。它要成为文艺作品中的艺术形象，还要经过一个表达过程。但是这种"意象"是艺术的本体，构成艺术作品内容的核心和基础。从刘勰对"意象"的理解来看，他的意象论，显然是"天人合一"的产物，是《周易》、王弼意象论的传统的继承，而不是"主客二分"、"认识论"的产物。但是刘勰已大大超过了前人，从卦象到文化意象，提升到了审美意象。

刘勰还全面论述了审美意象生成的三个过程：物象、意象、艺象。从《易传》言、意、象三者的关系，到陆机《文赋》"恒患意不称物，文不逮意"，物、意、文三者的创作全过程，再到刘勰《神思》篇中"意授于思，言授于意"①，思（构思）、意、文的三者的关系，后来清代郑板桥把他画竹的过程，概括为"眼中之竹"（物象）、"胸中之竹"（意象）、"手中之竹"②（艺象）。以上四者，是一脉相承的。在文艺创作这一完整过程中，始终都是一个审美意象的生成的问题，审美意象是艺术创作的中心和本体，正如叶朗先生所说，"美在意象"③。

刘勰还对审美意象在创作过程中是怎样生成的作了具体论述，他认为构成审美意象的要素有三：物象、想象、情感。

没有艺术想象，审美意象的创造是不可能的。康德把审美意象定义为"由想象力所形成的那种表象"④，认为："想象力作为一种创造性的认识能力，是一种强有力的力量。它从实际自然所提供的材料中，创造出第二自然。"⑤这是康德在西方认识论二元哲学的基础上对审美意象下的定义，有别于刘勰"天人合一"生命论的审美意象论；东西方都认为意象是意与象的统一，但两者的哲学基础不同。康德还在《纯粹理性批判》中，对想象这样界定："想象力是把一个本身并不出场的对象，放在直观面前的能力。"⑥这实际上是开海德格尔美学之先河。刘勰审美意象论的重要内容，就在他的艺术想象论。他说："文之思也，其神远矣！故寂然凝虑，思接千载；悄焉动容，视通万里。"⑦这种"思接千载"、"视通万里"的想象活动，既能冲破时间的限制，又能跨越空间的障碍，开拓广阔的形象思维领域，使艺术家的构思能"观古今于须臾，抚四海于一瞬"⑧，"笼天地于形内，挫万物于笔端"⑨。正是这种想象的无限性和丰富性，使它创作出来的审美意象有别于科学思维中一般意象。

艺术想象不是借助于概念来进行的抽象判断和推理活动，而是自始至终附丽于具体感情的物象。刘勰说："吟咏之间，吐纳珠玉之声；眉睫之前，卷舒风云之色：其思理之致乎！故思理为妙，神与物游。"⑩这里的"声"与"色"是客观物象的声、色。想象是一种内在

① ［梁］刘勰：《文心雕龙·神思》，张长青：《文心雕龙新释》，第 295 页。
② ［清］郑燮、吴可校点：《郑板桥文集》，成都：巴蜀书社，1997 年，第 165 页。
③ 叶朗：《美在意象》，北京：北京大学出版社，2010 年。
④ 转引自蒋孔阳：《德国古典美学》，北京：商务印书馆，1980 年，第 113 页。
⑤ 转引自蒋孔阳：《德国古典美学》，第 113 页。
⑥ 转引自张世英：《美在自由：中欧美学思想比较研究》，北京：人民出版社，2012 年，第 65 页。
⑦ ［梁］刘勰：《文心雕龙·神思》，张长青：《文心雕龙新释》，第 295 页。
⑧ ［晋］陆机：《文赋》，郭绍虞主编：《中国历代文论选》第一册，第 170 页。
⑨ ［晋］陆机：《文赋》，郭绍虞主编：《中国历代文论选》第一册，第 171 页。
⑩ ［梁］刘勰：《文心雕龙·神思》，张长青：《文心雕龙新释》，第 295 页。

的精神活动,它的妙处在于同外物进行交游,达到和自然的精神契合,心与物、情与景的交融,这就是我国"天人合一"文化观念制约下的传统审美方式。

艺术想象活动还饱和着强烈的情感,审美意象的孕育、想象的飞腾,都是离不开情感活动的。刘勰十分重视审美意象创造活动中的情感作用,他说:"神思方运,万涂竞萌;规矩虚位,刻镂无形。登山则情满于山,观海则意溢于海。"[1]创作的开始,大量的感觉、表象、物象和作家的感受、体验、情感、意念都一起涌现出来。这些材料是片段的、不系统的、杂乱无章的,必须经过艺术想象的分析综合、加工制作,才能形成鲜明、集中、完整的审美意象。也就是"改造自然的形式",创造出"第二自然"来。这种加工改造,刘勰称之为"规矩虚位,刻镂无形",实质上通于今天说的艺术虚构。在没有形成文思的虚空中,整理出合乎规矩的文思;在未形成形象的材料中,刻镂出鲜明生动的意象来。在艺术虚构中,起决定作用和凝集作用的,便是作家艺术家的情感,没有情感便没有审美意象的孕育。以上三点:想象、物象、情感,就是构成审美意象的基本要素。情感激发想象、想象伴随物象、物象体现情感,三者互相作用而形成心与物交融、意与象融合的审美过程,最后创造出审美意象。可见刘勰对审美意象创作过程构成要素的分析是相当系统、深刻,而又超越前人的。

刘勰的审美意象的深刻性,还表现在审美过程中对主客体辩证关系的认识上。在"天人合一"文化观念的制约下,我国古代文艺创作中的物感说,很早就接触到审美过程中心与物、人与自然的关系。在《礼记·乐论》中就已经提出:"凡音之起,由人心生也。人心之动,物使之然也,感于物而动,故形于声。"[2]认为艺术的本质在于心物相感的结果。刘勰在《文心雕龙》中,极大地发挥了物感说,而且提出了"神与物游"的构思观点,这一观点具体说,就是感性心灵同物的自由交往与自然契合。这包括三个要点:一是心与物的感性联系。审美活动主要是情感活动,其特征是心与物的情感联系。物感说是"感物兴情"的感应论,而不是认识论的反映论。感应论的心理活动是情感,反映论的心理活动是理性,是认识活动。二是审美活动是心与物自由交往——自由想象。三是心与物的自然契合。创作冲动是非人为性的,故称"天机",人为的契合是一种理性活动而非审美活动。

他还明确提出文艺创作中主客体辩证关系表现为两个并行的双向流程:一方面是"物以貌求",客观事物以其鲜明的物象吸引作者;另一方面是"心以理应",作者把思想感情寄寓到物象之中。在《物色》篇中,对审美意象产生的过程,这样两个相反相成的方面,刘勰作了更为生动和具体的描绘。他说:"是以诗人感物,联类不穷;流连万象之际,沉吟视听之区。写气图貌,既随物以宛转;属采附声,亦与心而徘徊。"[3]又说:"山沓水匝,树杂云合;目既往还,心亦吐纳。'春日迟迟',秋风飒飒;情往似赠,兴来如答。"[4]在审美过程中,一方面是取象,要把客观事物的气、貌、声、采即物象的特征摹写出来。所以,要"感

---

① [梁]刘勰:《文心雕龙·神思》,张长青:《文心雕龙新释》,第295页。
② 潜苗金:《礼记译注》,杭州:浙江古籍出版社,2007年,第453页。
③ [梁]刘勰:《文心雕龙·物色》,张长青:《文心雕龙新释》,第551页。
④ [梁]刘勰:《文心雕龙·物色》,张长青:《文心雕龙新释》,第554页。

物",要"流连万象之际",要"随物以宛转"。另一方面是寓意,要把主体的意念、情感、体验、愿望灌注到物象之中去。所以,要"兴情",要"与心而徘徊",要"心亦吐纳"。这里非常具体深刻地揭示了艺术创作中心与物、人与自然、主体和客体的辩证关系。

不仅如此,刘勰还在《隐秀》篇中论述了审美意象的特征,指出了中华民族文艺重含蓄的民族特色。他认为审美意象的特征是在作家构思活动中形成的。《隐秀》篇说:"夫心术之动远矣,文情之变深矣!源奥而派生,根盛而颖峻,是以文之英蕤,有秀有隐。"①这是说"心术之动"引起"文情之变",在文情的变化中有两个互相联系的方面,就是"神与物游",陆机说的"情曈昽而弥鲜,物昭晰而互进"②,作家思想情感的丰富深刻性和物象的生动鲜明性是时时渗透互进的。这一形象思维的特征,就决定审美意象"有秀有隐"。所谓"秀"就是指审美意象的生动鲜明、直接可感的性质;所谓"隐"就是指审美意象蕴涵的深刻性、丰富性和多义性。刘勰说:"隐也者,文外之重旨者也;秀也者,篇中之独拔者也。隐以复意为工,秀以卓绝为巧。"③从这些论述来看,"秀"是审美意象的"象"的特征,它具体可感、生动鲜明、突出于外,故曰"状溢目前"、"以卓绝为巧"、"篇之独拔"。"隐"是就审美意象的"意"的特征而言的,它是内在的、隐蔽的,寄寓在"意象"之中的。故曰"以复意为工"。这是"隐"的一个方面意义。"隐"的另一方面意义,就是"义生文外",即引起读者的想象和联想,获得多重意义,即我国文艺的民族特色——含蓄,故曰"文外之重旨"、"情在词外"、"言有尽而意无穷"。"秀"与"隐"的关系是辩证统一的,"隐"必须通过"秀"来体现,"秀"有待"隐"的充实而更加生动鲜明,两者统一起来,才能构成审美意象既含蓄而又生动的特征。"隐"、"秀"这一对概念,不但指出了审美意象的特征,而且超越意象,过渡到意境,使人从"言内"、"象内"进到"言外"、"象外"的最高审美追求,从有限转向无限的探索。

刘勰的隐秀论与西方现代海德格尔美学的隐显说,有相近相似之处,都是要求艺术作品从显现中写出隐蔽方面,运用无穷的想象力,从"目前"的"在场"的东西中,想象到"词外"的"不在场"的东西,从有限想象到无限,令人感到"语少意足,有无穷之味"④。这就是诗意的妙处,也就是中国古典诗词重含蓄的意思。所以,刘勰的审美意象论和隐秀论,为意境的形成作了理论上的准备。不过刘勰的审美意象论是在原始的"天人合一"的文化观制约下形成的,而海德格尔的审美隐显论,是西方经过科学发展后,在高级的"天人合一"基础上形成的。在文化上有先进和落后之分,这一点是必须说明的。

七、从"象"到"境"

到唐代前期,人们还是以"象"论审美和文艺。例如,唐代前期诗歌理论的代表殷璠的

---

① [梁]刘勰:《文心雕龙·隐秀》,张长青:《文心雕龙新释》,第478页。
② [晋]陆机:《文赋》,郭绍虞主编:《中国历代文论选》第一册,第170页。
③ [梁]刘勰:《文心雕龙·隐秀》,张长青:《文心雕龙新释》,第478页。
④ [宋]洪迈:《容斋随笔》,上海:上海古籍出版社,1978年,第19页。

《河岳英灵集》就强调"兴象"，批评南北朝的声律派为"都无兴象，但贵轻艳"①，称赞陶翰"既多兴象，复备风骨"②。"兴象"指兴中之象，是"意象"之一种，"兴者，起也"，特指由感触而起情。所以"兴象"的一种含义，即为"情兴之象"或"表情之象"。用"情兴之象"来标示诗歌意象的特征，是比较恰当的。"兴象"便意味着诗歌意象建基于情兴与物象的融彻。"兴象"的另一层涵义，那就是"兴在象外"。此说见于清人冯班论隐秀。《严氏纠谬》云："隐者，兴在象外，言尽而意不尽者也。"③诗歌到唐代，达到了情景交融、意象层深的建构（即象内和象外的结合）。"兴象"说的出现，既显示唐人对自己的诗歌艺术实践的自觉理论归纳，也显示出诗歌理论由"象"到"境"的过渡，具有划时代的意义。那么可以说，中唐以前，审美与文艺本体所面对的就是"象"，由卦象—物象，再到审美意象。中唐以后，则不仅是"象"了，"象"之外出现了"境"，审美和文艺的本体和着眼点，也逐渐由"象"转移到"境"。

境、境界、意境三者是一个十分复杂的文化概念，它们来源不一，进入诗学范畴的时间亦有先后。"境"，前人又称"境界"，或称"意境"，而大多数场合只称"境"或"境界"。大致而言，"境"与"境界"同义，可视为"境"的简称；但与"意境"有别，"意境"到唐代才出现，不可混为一谈。"境"和"境界"含义比较复杂，而"意境"则纯指文艺的审美境界。

"境"的本字作"竟"。《说文》："竟，乐曲尽为竟。"④"界"的本义是指田的四界，《诗·周颂·思文》："无此疆尔界。"⑤可证。但是《说文》说："界，竟也。"⑥为什么"界"和"竟"同义呢？这是因为"竟"是指时间的范围，"界"是指空间的范围，都有"范围"的意义。所以训诂学家就互换解释说："界者，竟也"，"竟者，界也"，其实并不是一回事。后来有人把"竟"字加上一个"土"旁，成了"境"，指的也是土地空间，和原来的时间界限分家了，"境界"二字就合二为一了。《说文》段注说："竟俗本作境，今正。乐曲尽为竟。引申为凡边竟之称。界之言介也。介者，画也。画者，介也。象田四界。"⑦所以，"境界"一词是指土地的疆界，是具体的客观存在。班昭《东征赋》"到长垣之境界，察农野之居民"⑧可证。

到汉魏六朝，"境界"一词开始脱离质实的土地疆界，走向人生与心理，逐渐虚灵起来。陶渊明《饮酒》诗云："结庐在人境，而无车马喧。"⑨此"人境"是指人间的生活环境，或曰社会环境，虽然也有一定的空间界域，但已划不出一条实在的界线了。而且它是立体的，不是平面的；是物质兼精神的，不是纯物质的。内容要比土地的疆界丰富得多。《世说新

① 王克让：《河岳英灵集注》，成都：四川出版集团巴蜀书社，2006年，第1页。
② 王克让：《河岳英灵集注》，第122页。
③ ［清］冯班：《钝吟老人杂录》，徐德明、吴平主编：《清代学术笔记丛刊》第一册，北京：学苑出版社，2005年，第417页。
④ ［汉］许慎撰、［清］段玉裁注、许惟贤整理：《说文解字注》，南京：凤凰出版社，2007年，第184页。
⑤ 周振甫：《诗经译注》，北京：中华书局，2010年，第471页。
⑥ ［汉］许慎撰、［清］段玉裁注、许惟贤整理：《说文解字注》，第1209页。
⑦ ［汉］许慎撰、［清］段玉裁注、许惟贤整理：《说文解字注》，第1209页。
⑧ ［梁］萧统编、海荣、秦克标校：《文选》，上海：上海古籍出版社，1998年，第64页。
⑨ 袁行霈：《陶渊明集笺注》，北京：中华书局，2003年，第247页。

语·排调》载："顾长康啖甘蔗，先食尾。人问所以，云：'渐至佳境。'"①如果说"结庐在人境"的"境"，还是一种外部环境的话，那么这里的"佳境"，变成一种生理—心理的境况了，已经向内部转移。这些都只是日常用语中的"境"和"境界"，还不是美学理论中的"境"和"境界"。

把"境"、"境界"从日常一般用语转移到审美中去的，应是禅学。佛学原有自己的"境界"说，认为"万法唯心"，所以认为"心之所游履攀缘者"谓之"境"。故心感外物实有两类：一是指眼、耳、鼻、舌、身、意六根所具备六识功能，而感知的六种境界，即色、声、香、味、触、法，称为"六境"。一类是只能以意识，或曰"妙智"去感知的，是"佛境"、"法境"。可见佛学是把外在的物质世界与意识中的理念世界，都是当作"境界"看待的。但是佛学认为这种由人的感官感知外在物质世界，像尘埃一样污染人的情识，所以亦名"六尘"。因其能引人迷妄，又名"六妄"。只有超越这种人感觉到的尘世，俗谓超脱红尘，才能进入他们所希望达到的最高境界，所谓"佛境"、"法境"，亦即得道成佛。这是一般宗教都坚持的现象界与本体界的对立，此岸世界与彼岸世界的对立。但佛学中国化，演为禅学之后，情况就不同了。禅学打破了这种对立，把佛学纳入中国传统的"天人合一"的文化观念之中，认为不可闻、不可见的"法境"，就在可闻可见的"六境"之中，有如水中盐味、色里胶青，一经妙悟，便可由"六境"而跃入"法境"，即由此岸世界而达到彼岸世界。坚持"六境"和"法境"、彼岸和此岸二者的统一，俗谓"放下屠刀，立地成佛"。把这种禅学思想落实到实际的参禅过程，就成为："老僧三十年前未参禅时，见山是山，见水是水。及至后来，亲见知识，有个入处，见山不是山，见水不是水。而今得个休歇处，依前见山只是山，见水只是水。"②这是一个从山河大地现象界到清净本原本体界，最后达到山河大地现象界即清净本原本体界的过程，即此岸世界到彼岸世界，最后达到此岸即彼岸的过程。这就是禅境，它在寻常景物之中蕴含着无限深邃悠远的意味，是形而下的现象界与形而上的本体界的统一，是有限与无限的统一。这样，禅学就在佛学把物质世界与精神世界都看作"境界"的基础上，又统一了这两个世界，从而大大丰富和深入了"境"和"境界"的内涵，使它具有了同包括人在内的世界相似的性质和意义。

实际上，禅学的境界说，已经通向了审美。审美就是在可闻、可见的现象界里体验到某种不可闻、不可见的神情意味，从而进入一个既是现象界又超越现象界的世界，亦即由某种神情意味与现象界的结合而升华出来新世界。因此，随着禅学的流传，"境"、"境界"便出现在审美之中。禅学的实际创始人慧能（公元 638—713）是唐前期太宗至中宗时人。禅学到唐中叶开始广泛流传。

"意境"一词，首先由盛唐末诗人王昌龄（公元 698—756）的《诗格》提出，他说："诗有三境：一曰物境。欲为山水诗，则张泉石云峰之境，极丽绝秀者，神之于心，处身于境，视

　　①［南朝·宋］刘义庆撰、朱碧莲、沈海波译注：《世说新语》，北京：中华书局，2011 年，第 818 页。
　　②［宋］普济著、苏渊雷点校：《五灯会元》，北京：中华书局，1984 年，第 1135 页。

境于心,莹然掌中,然后用思,了然境象,故得形似。二曰情境。娱乐愁怨,皆张于意而处于身,然后驰思,深得其情。三曰意境。亦张之于意而思之于心,则得其真矣。"①这里的"物境"是指自然景物构成的境界,这与禅学形而下的境界,即境界的本义土地的界线对得上号。所谓"情景"、"意境"是指人们的思想感情中的境界,这与禅学形而上的境界,即虚幻的法境对得上号。王昌龄"诗有三境",表面看来似乎是对山水诗、抒情诗、哲理诗的理论概括,而且对三种境界并无褒贬。但是王昌龄深受禅学的浸染。从佛家看来,"物境"为"物"(形)所累,"情境"偏执于"情",是难得其"真"的。只有"意境",独"得其真矣"。尤其是王昌龄《论文意》一文,对"意"的诠释,确是对"意境"论之最精彩的表述,其文云:"属文之人,常须作意。凝心天海之外,用思元气之前,巧运言词,精练意魄。"②这实际上是王昌龄将易老之言与佛禅思想糅合在一起对"意境"的理解,指出"意境"是意中之境,是基于人生、人格深入到宇宙精神的心灵自由状态,是从有限到无限的提升。这正如禅宗说的"一朝风月"、"万古长空",即有限和无限的统一。这恰好是艺术的本质。

中唐时的皎然是一个佛教徒,他的《诗式》提出"取境"说,"取境"不过是构思之意。但他认为诗歌创作已经不是"立象",而是"取境"了。他还用佛教的"境界"说,初步揭示了"意境"的审美特征。他说:"诗情缘境发,法性寄筌空。"③"境象非一,虚实难明。"④这就指出了诗境不只是情景交融,还必须是虚实结合。特别地强调"采奇于象外"⑤、"文外之旨"⑥、"情在言外"、"旨冥句中"⑦,这无论对儒家、道家、佛家,都是诗歌最高境界,揭示了诗境的多层次性、无限性、空灵性。只有在盛唐诗歌繁荣的基础上,出现了大量兴象玲珑的诗歌创作,才能在审美意识领域内,产生"境"和"采奇于象外"的新概念。所以,从"象"到"境",从"象内"到"象外",这是中国美学核心范畴——意境论的历史发展轨迹。在这一发展过程中,皎然的诗境论走出了关键一步。他是我国意境论从"意象"到"意境"的中间环节。

八、"境 生 于 象 外"

皎然之后,刘禹锡对"意境"下了一个定义。他在《董氏武陵集纪》一文中提出:"片言可以明百意,坐驰可以役万景,工于诗者能之……诗者,其文章之蕴邪? 义得而言丧,故微而难能;境生于象外,故精而寡和。"⑧诗歌有"言外之意"("片言可以明百意")和"景外之

---

① 郭绍虞主编:《中国历代文论选》第二册,上海:上海古籍出版社,2001 年,第 88—89 页。

② [日]遍照金刚撰,卢盛江校考:《文镜秘府论汇校汇考》,北京:中华书局,2006 年,第 1327 页。

③ [唐]皎然:《秋日遥和卢使君游何山寺宿扬上人房论涅槃经义》,[唐]皎然著、李壮鹰校注:《诗式校注》,北京:人民文学出版社,2003 年,第 385—386 页。

④ [唐]皎然:《诗议》,郭绍虞主编:《中国历代文论选》第二册,第 88 页。

⑤ [唐]皎然著、李壮鹰校注:《诗式校注》,第 376 页。

⑥ [唐]皎然著、李壮鹰校注:《诗式校注》,第 42 页。

⑦ [唐]皎然著、李壮鹰校注:《诗式校注》,第 153 页。

⑧ 郭绍虞主编:《中国历代文论选》第二册,第 89—90 页。

景"("坐驰可以役万景"),其特点被归结为"义得而言丧"与"境生于象外"。"义得而言丧"便是庄子说的"得意忘言",它建立在"言不尽意"的判断之上,既然语言不能充分显示诗人内心的体验,那就只有超越语言去追求深藏的言外之意。刘勰讲的"情在词外"[①],钟嵘所云"文已尽而意有余"[②],乃至皎然提倡的"文外之旨"和"但见情性,不睹文字"[③],都是就这点立论的。

　　至于"境生于象外"这一意境的定义,指出了意境不能脱离意象,但又是对意象的超越,"境"涵盖着"象",但"境"必须有"象"之外的东西。以"境生于象外"来规定意境,深刻说明了意境产生于意象又超越意象,表现宇宙生命和本体,具有无限意蕴和内涵的本质特征。

　　"境生于象外",它不是诗的情和景,不是不讲情景交融,而在诗的情景交融中"发掘出最深的情,一层比一层更深的情,同时也透入了最深的景,一层比一层更晶莹的景。景中全是情,情具象而为景,因而涌现了一个独特宇宙,崭新的意象,为人类增加了丰富的想像,替世界开辟了新境"[④]。

　　"象外"之说,则起源于三国时荀粲对《易传》"立象尽意"说的质疑,他认为"理之微者,非物象之所举"[⑤],故还须"通于象外",去求"象外之意"。这样一种超越物象以探求真实的倾向,被王弼归纳为"得意忘象",成为玄学的重要观念。东晋以后,佛学大盛,佛家以现象界为虚妄,主张破除妄念,返归清净本原,即"真如"本体。故有"穷微言之美,极象外之谈"[⑥]之说,佛家的"象外"是指涅槃之道和般若之论,即法境、佛境。玄佛推崇"象外",对艺术创作发生了影响。刘宋时宗炳《画山水序》里便讲到"旨微于言象之外"[⑦],南齐谢赫《古画品录》亦谈到"若取之象外,方厌膏腴"[⑧]。唐代儒、释、道合一,开始将这个"象外"观念引入诗学领域。皎然《诗议》中有"绎虑于险中,采奇于象外"[⑨]的说法。而戴叔伦所谓:"诗家之景,如蓝田日暖,良玉生烟,可望而不可置于眉睫之前也。"[⑩]其实也还是对诗歌象外境界的描绘,揭示了诗歌意境的虚幻性、多层次性和多义无限性,这正是意境的审美特征,也为刘禹锡"境生于象外"作了注脚。不过诗画家驰神于"象外",并不同于佛门弟子那样将现象界和本体界相对立,倒是要透过和超越具体形象的描绘,以打通向象外世界的门

---

① [南宋]张戒《岁寒堂诗话》引《文心雕龙·隐秀》轶语,张长青:《文心雕龙新释》,第482页。
② 钟嵘:《诗品序》,钟嵘著、陈延杰注:《诗品注》,北京:人民文学出版社,1980年,第2页。
③ [唐]皎然著、李壮鹰校注:《诗式校注》,第42页。
④ 宗白华:《美学与意境》,北京:人民出版社,1987年,第211—212页。
⑤ 参见[晋]陈寿著、[南朝宋]裴松之注:《三国志·荀彧荀攸贾诩传第十》注引何劭《荀粲传》,北京:中华书局,1959年,第319页。
⑥ [东晋]僧肇:《肇论》,石峻等编:《中国佛教思想资料选编》第一卷,北京:中华书局,1981年,第157页。
⑦ [南朝·宋]宗炳:《画山水序》,王伯敏、任道斌主编:《画学集成》(六朝—元),石家庄:河北美术出版社,2002年,第12页。
⑧ 钟肇鹏选编:《续百子全书》作"若取之外,方厌膏腴",王伯敏注本认为"之"字下脱"象"字,参见王伯敏标点注译《古画品录》,北京:人民美术出版社,1959年,第8页注释⑤。
⑨ [唐]皎然著、李壮鹰校注:《诗式校注》,第376页。
⑩ [唐]司空图:《与极浦书》,郭绍虞主编:《中国历代文论选》第二册,第201页。

户，这跟庄子以至王弼提倡的"寻言"、"寻象"而又"忘言"、"忘象"是一个路子，所以，刘禹锡要"境生于象外"与"义得而言表"并提，其趋向皆归之于超越。

北宋绘画理论家论山水画，有云："春山烟云连绵人欣欣，夏山嘉木繁阴人坦坦，秋山明净摇落人肃肃，冬山昏霾翳塞人寂寂。看此画令人生此意，如真在此山中，此画之景外意也。见青烟白道而思行，见平川落照而思望，见幽人山客而思居，见岩扃泉石而思游。看此画令人生此心，如将真即其处，此画之意外妙也。"[①]"春山烟云连绵"、"夏山嘉木繁阴"等，这是景、象。令人生出"欣欣"、"坦坦"之类的想象和情意，这就是景外、象外之意了。又令人进而产生"思居"、"思游"，即投身山水林泉的心志，这就更在景外、象外，成为"意外"之妙了。如果只有"春山烟云连绵"之类的景、象，不过聊可悦目而已，无所谓境。正是因为有了这一重又一重的"外"，才可悦意、悦心，使画面具有了悠远深邃、味之无穷的意境，这里的关键在于"境生象外"。

清初王夫之对崔颢的《长干行》有一段精彩的评论："论画者曰：'咫尺有万里之势。'一'势'字宜着眼。若不论势，则缩万里于咫尺，直是《广舆记》前一天下图耳。五言绝句，以此为落想时第一义。唯盛唐人能得其妙。如：'君家住何处？妾住在横塘。停船暂借问，或恐是同乡。'墨气所射，四表无穷，无字处皆其意也。"[②]这段话从评画开始，认为，"咫尺"的一幅画，而包含有"万里之势"。这里的"势"，就是指"境生于象外"的态势。如果一幅画不包含"象外"、"景外"的态势，则不能产生意境，只能是一幅地图，不能产生美感。崔颢的《长干行》不同。直接写出的景和象不过尔尔，但它从景外、象外透露出来的情味却微妙深长，是说不清道不尽的。我们欣赏此诗，像是进入了一个纯洁而美妙的生活世界，有人有物，有情有景，这是一种审美的意境。这种境界的产生，就在于这四句诗写的是"墨气所射，四表无穷，无字处皆其意也"，也就是由象外、景外的态势引出的无穷的含义。意境的产生，关键在于写出象外、景外之"势"。

近人况周颐《蕙风词话》论词的创作说："吾听风雨，吾览江山，常觉风雨江山外有万不得已者在。此万不得已者，即词心也。而能以吾言写吾心，即吾词也。"[③]风雨、江山是象、景，仅仅有风雨、江山还构不成词，必须要有"风雨江山外"的某种东西。此所谓"万不得已者"，是指听风雨、览江山的人所产生的某种强烈的、无法遏止的想象和情思。它由风雨、江山诱发而出，又似即风雨、江山之所携带；虽似风雨、江山之所携带，却又飘浮在风雨、江山之外。其实这种似有却无的东西，才是词的灵魂，即所谓"词心"。所以，风雨、江山之外，才构成词的境界。以上诸例，所说都属于境界，而所强调的都是"境生于象外"。是把有限引向无限，就是把有限和无限结合起来的人的生活生存世界，也就是"天人合一"的最高境界。

然则，这超越性的"象外"世界，又包含哪些内容呢？刘禹锡、戴叔伦谈得比较简略，把

---

① ［宋］郭熙：《林泉高致》，王伯敏、任道斌主编：《画学集成》（六朝—元），第295页。
② ［清］王夫之著、舒芜校点：《姜斋诗话》，北京：人民文学出版社，1961年，第161—162页。
③ 况周颐著、王幼安校订：《蕙风词话》，北京：人民文学出版社，1960年，第10页。

这个问题进一步展开的,是唐末司空图,他着重探讨了诗歌"象外"境界的追求。他提出"四外"说,这就是他《与极浦书》中提出的"象外之象"、"景外之景"①,在《与李生论诗书》中提出的"韵外之致"、"味外之旨"②。"四外"说以"意境"为中心,它们既有联系又有区别。"象外之象"、"景外之景"是从"意境"中的"象"来说的,是指作品中除直接展示的"实象"外,还要有由想象引起的"虚象",也就是戴叔伦指出的那种"可望而不可置于眉睫之前"的虚拟之象。这实际上指的是由诗画空白处所生发的想象空间,是意境中多层的整体意象和景象。一首诗一幅画如果在其提供的字面、画面空间之外开拓出更多的想象空间,它的蕴含量就愈加丰富深刻,其逗人遐想的艺术魅力也愈见强大,这在我们的艺术传统里称之为"以少总多"和"计白当黑",或者称之为含蓄的民族特色。

"韵外之致"、"味外之旨"是从"意"来说的,实质上是指"意境"中多层次的耐人寻味的情思和意趣,或称"意蕴"。按照司空图本人的解释,是指咸、酸诸般口味以外的那种适得其妙的"醇美"。如果我们把咸、酸各种口味理解为艺术作品给人的各种美感,而超乎各种美感之上的"醇美"之旨,便只能是对各种人的生命和宇宙生命意蕴的感悟了,是意境的情意空间。它们从艺术的情感性和形象性两个方面,对诗歌创作和欣赏提出了更高的美学追求,揭示了意境是最高审美境界,使"意境"论达到了臻于成熟的地步。

由此看来,"境生象外"命题的提出,实质上是将诗歌的意境归结为一个层深的建构,包括"象内"(意象)和"象外"(意境)两个组成部分。意象是意境的基础,而意境则是在意象基础上整体化、超越化的生成。如果说"象"是有限的具体有机的审美实体的话,那么"境"则是一个立体的无限的有机整体,直指生命的审美形象体系了。

"象内"我们可理解为诗歌所写的具体的情事,即"象"和"景",而"象外"便只能理解为人的生命乃至宇宙生命意蕴的妙悟,这就是中国所说形而上的"道"的境界了。中国诗歌"象外"世界的追求,也恰是要引导人们超越自我生命体验以跻身"道"的境界。司空图的《二十四诗品》中,所谓"超以象外,得其环中"③、"乘之愈往,识之愈真"④,讲的便是这个道理。"象外"又可分为想象空间和情意空间两个层次。艺术的审美活动,亦即诗性的生命活动,由形下的"象内"的感知世界起步,经过"象外"世界想象空间的拓展,而超越了最高的情意空间,是一个从具体的生活、人生的感受起步,逐渐经过想象空间,提升为对生命、人生本真的情趣和意蕴作领略的过程。这样一种体验和妙悟,又是以天人、群己、物我、人我之间的生命沟通为标志的。中国的"天人合一"的气化宇宙观和生命精神,是把宇宙万物看成气化育而成,宇宙是一个大生命,人和万物看成小生命,故而审美的超越同时便是复归,复归于"天人合一"的生命本真状态。这是诗歌意境创造的真谛所在,也是意境作为一个生命论诗学范畴,在中国文化几千年长期积淀的结果和原因。

---

① 郭绍虞主编:《中国历代文论选》第二册,第201页。
② 郭绍虞主编:《中国历代文论选》第二册,第196,197页。
③ 〔唐〕司空图著、郭绍虞集解:《诗品集解》,北京:人民文学出版社,1963年,第3页。
④ 〔唐〕司空图著、郭绍虞集解:《诗品集解》,第7页。

至此,我们要对"意境"作一个界定了。"意境"作为意中之境,实在是诗性生命的体验,经过自我超越后,所达到的审美境界,它由"象内"(意象)和"象外"(意境)两部分组成,呈现为一种层深的建构,实质上是空灵而自由的人生、人格审美境界或艺术的形象体系。

九、宋元明清意境的古典形态的演变

意境的建构在唐代已初步形成。唐以后内涵有所补充,应用范围有所扩大。宋人以之入画,明人引入戏曲,清人用以论词。近人扩大到小说、散文、书法、园林等,但古典形态的意境内涵并没有明显的变化。

值得注意的是,宋元以降,诗歌意境在审美追求上有一个突出变化,便是意境的虚灵化。这一倾向与中国封建社会走入后期,与社会文化的时代精神转移有关,也与艺术发展本身内敛化、精细化有关,更直接地是与禅学的广泛流传从而影响艺术有关。

意境的虚灵化在晚唐司空图论诗大谈"四外"已露出苗头,不过他还重视"近而不浮,远而不尽"[①],要求意境在虚实之间把握适度,则仍属唐人作风。

宋代开始,随着封建社会走入后期,随着内敛型人格的发育成长,随着禅学日益深入知识分子的心灵,诗歌意境审美寻虚逐微精细化的倾向日益抬头。较早如苏轼论诗致赏于司空图的"辨味"说,将其概括为"得味于味外"[②]。他还主张诗画创作不要执拘于形迹,有"论画以形似,见与儿童邻;赋诗必此诗,定非知诗人"[③]之句,跟《二十四诗品》中的"离形得似"[④]是一个意思。其后,范温谈艺术标"韵"为"美之极",并用"有余意"解释"韵"[⑤],更可体现宋人的美学情趣向空灵化日益发展。

至南宋严羽"以禅喻诗",罕言"意境",但实得"意境"之真谛。《沧浪诗话·诗辩》云:"盛唐诸人惟在兴趣,羚羊挂角,无迹可求。故其妙处透彻玲珑,不可凑泊,如空中之音,相中之色,水中之月,镜中之象,言有尽而意无穷。"[⑥]这是他的"兴趣"说,而实际上不过是虚灵化的境界说而已。这段话种种用语,都取自禅学的论"境界",如《文殊师利问菩提经》云:"发菩提心者……如镜中像,如热时焰,如影如响,如水中月。"[⑦]《文殊师利问经·杂问品》云:"佛从世间出,不著世间……亦有亦无,亦现不现,可取不可取,如水中月。"[⑧]把这等禅境入诗,就把这种超越形迹之美发挥到极致。朱东润先生说:"严羽所说的'四中'(即空中之音、相中之色、水中之月、镜中之象),本于司空图的'四外'(即景外之景、象外之象、

① [唐]司空图:《与李生论诗书》,郭绍虞主编:《中国历代文论选》第二册,第196页。

② [宋]苏轼:《书司空图诗》,曾枣庄、舒大刚主编:《三苏全书》第13册,北京:语文出版社,2001年,第549页。

③ [宋]苏轼:《书鄢陵王主簿所画折枝二首》,曾枣庄、舒大刚主编:《三苏全书》第8册,第389页。

④ [唐]司空图著、郭绍虞集解:《诗品集解》,第36页。

⑤ [宋]范温:《潜溪诗眼》,《永乐大典》,北京:中华书局,1986年,第232页。

⑥ [宋]严羽著、郭绍虞校释:《沧浪诗话》,北京:人民文学出版社,1961年,第26页。

⑦ 《中华大藏经》编辑局编:《中华大藏经》第19册,北京:中华书局,1986年,第90页。

⑧ 《中华大藏经》编辑局编:《中华大藏经》第23册,第133页。

韵外之致、味外之旨)。"①指出它们的禅学继承关系,确为的论。但是"四中"比"四外"更虚灵化了。这样一种以神、味、韵、趣为美的好尚,其流风余韵,一直延续到清王士禛的神韵说。主张冲淡闲远的韵味之美,是意境的进一步虚灵化。

这种意境的虚灵化,即对"象外"、"韵外"的偏失,必然引起诗歌脱离现实人生的弊端。清初的冯班甚至写了《严氏纠谬》一书专为严氏纠偏,虽流于苛细,亦自有见地。清人许印芳讲得更明白,他的《沧浪诗话跋》云:"自表圣首揭味外之旨,逮宋沧浪严氏,专主其说,衍为诗话,传教后进。初学之士无高情远识,往往以皮毛之见窥测古人,沿袭摹拟,尽落空套,诗道之衰,常坐此病。"②这对严羽诗论脱离现实和复古主义弊病的批评是切中要害的。

在反对意境虚灵化的同时,明清两代的诗论家对古典形态的意境论作了总结的是明末清初的王夫之和康熙年间的叶燮。王夫之的诗论从"天人合一"的高度,总结传统政教诗论和审美诗论的经验,并将两者结合起来,以情景辩证关系建构意境。王夫之很少运用"意境"这个术语,但他在《薑斋诗话》中说的情景"妙合无垠"③,实际上正是指的"意境"。而所云"景中情"、"情中景"④、"乐景写哀"、"哀景写乐"⑤,以及"大景中小景"、"小景传大景之神"⑥之类,皆为建构意境的方法。王夫之的独特贡献,还在于将意境的生成与"兴"相联系,提倡"即景会心"⑦、"内极才情,外周物理"⑧,把主观与客观、象内和象外、虚和实、神和形结合起来,对当时的意境虚灵化现象作了纠正。他还以"现量"论诗,他说:"现者,有现在义,有现成义,有显现真实义。现在,不缘过去作影。现成,一触即觉,不假思量计较。显现真实,乃彼之体性本自如此,显现无疑,不参虚妄。"⑨这里的"现量"不仅指当下即兴的审美直觉,而且包含意境呈现真实义。王夫之引用佛家"现量"学说,不仅把意境创造的艺术思维导向深入,而且使意境的内容不是导向虚灵化,而是指向现实人生的真实。这是对古典形态意境论的补充和发展。

叶燮的《原诗》是继《文心雕龙》之后,一部有体系的诗论著作。它针对明末清初的不良诗风有为而发,有力地批判了以明代前后七子为代表的复古派,以公安、竟陵为代表的性灵派的偏颇之论,阐述了文艺的创作论、文艺的审美特征论、文艺的风格论、文艺发展论等问题,丰富发展了我国的意境理论,在中国意境论发展史上占有重要地位。

《原诗》中的"意象"论,就是意境论。叶燮把创作的客观方面归纳为"理、事、情"三个方面。"理"指事物运行规律,"事"指事物运行过程,"情"指事物运行过程中呈现出来的各

---

① 朱东润:《中国文学论集》,北京:中华书局,1983年,第337页。
② [清]许印芳:《诗法萃编》,《丛书集成续编》第202册,台北:新文丰出版社,1989年,第326页。
③ [清]王夫之著、舒芜校点:《薑斋诗话》,第150页。
④ [清]王夫之著、舒芜校点:《薑斋诗话》,第150页。
⑤ [清]王夫之著、舒芜校点:《薑斋诗话》,第140页。
⑥ [清]王夫之著、舒芜校点:《薑斋诗话》,第154页。
⑦ [清]王夫之著、舒芜校点:《薑斋诗话》,第147页。
⑧ [清]王夫之著、舒芜校点:《薑斋诗话》,第166页。
⑨ [明]王夫之:《相宗络索》,《船山全书》第13册,长沙:岳麓书社,1996年,第536页。

种情状;他认为这种客观事物的美,有待文艺家发现。"凡物之美者,盈天地间皆是也。然必待人之神明才慧而见。"①这与唐代柳宗元论美的本质"美不自美,因人而彰"②是同一个意思。这就是说,审美主体是进行审美活动的主导方面,美是离不开人的,审美创造是审美主体积极创造的结果。关于审美主体的创造力,叶燮提出了"才、胆、识、力"四个方面。他说:"以在我之四,衡在物之三,合而为作者之文章。"③叶燮以朴素唯物主义的观点,揭示美的本质和艺术创作规律,这是叶燮对意境的探本求源之论。

叶燮一方面指出了文艺中的"理、事、情"是以现实生活为基础的,从而阐明了艺术的真实来源于生活的真实的道理。另一方面又说明了艺术中的"理、事、情"是经过艺术的审美创造,用形象思维的方法,熔铸在审美意象之中的,它具有主观能动性、情感性、想象性和多义无限性,所以他说:"不可名言之理,不可施见之事,不可径达之情,则幽渺以为理,想象以为事,恍惚以为情,方为理至事至情至之语。"④这就把一向混淆不清的哲学、科学中的"理、事、情"与文艺中的"理、事、情"十分明白地区分开来了,解决了宋明以来美学中一直争论不休的情与理、美与真的关系问题。

叶燮还对诗歌意境的审美特征作了一个总的概括,他说:"诗之至处,妙在含蓄无垠,思致微渺,其寄托在可言不可言之间,其指归在可解不可解之会,言在此而意在彼,泯端倪而离形象,绝议论而穷思维,引人于冥漠恍惚之境,所以为至也。"又说:"可言之理,人人能言之,又安在诗人之言之! 可征之事,人人能述之,又安在诗人之述之! 必有不可言之理,不可述之事,遇之于默会意象之表,而理与事无不灿然于前者也。"⑤这些表面看来很玄妙、很难解的论述,隐涵着叶燮对诗歌艺术的意象、意境和形象思维规律的理解。那就是诗歌意境美的规律,在于意与象、美与真、情与理、虚与实的辩证统一,这就把古典形态的意境论推向了一个高峰。这种古典形态的意境论,到了近代王国维的手中,引进西方哲学、美学观念,以西释中,从而走上现代化的进程。

经以上考察,生命诗学范畴——意境论,是中华文化几千年长期积淀的结果。它起源于原始人建立在生殖崇拜基础之上的"万物有灵"观念的生命意识,奠基于中华民族特有的"天人合一"的文化宇宙观,形成于生命超越的长期过程,是一个具有丰富文化内涵、民族特色和生命力的中国美学和艺术的核心范畴。

中篇　意境的审美特征

从前所述,意境既是空灵的自由的人生、人格的审美境界或艺术的形象体系,它的基

---

① [清] 叶燮:《己畦文集·集唐诗序》,《丛书集成续编》第 152 册,第 537 页。
② [唐] 柳宗元:《柳宗元集》,北京:中华书局,1979 年,第 730 页。
③ [清] 叶燮著、霍松林校注:《原诗》,北京:人民文学出版社,1979 年,第 24 页。
④ [清] 叶燮著、霍松林校注:《原诗》,第 32 页。
⑤ [清] 叶燮著、霍松林校注:《原诗》,第 30 页。

本审美特点,就是用物我一体、情景交融和虚实相生的意象和意境,表现宇宙人生的丰富体验和意蕴,从而给人以无限丰富的想象和联想,达到有限和无限的统一,给人以无穷的美感享受。因此,意境的审美本质和特征,有以下几点:

一、物我一体,情景交融

物我一体、情景交融是意境的形象特征,它关涉到审美主客体之间的关系。从意境创构的过程来看,它在"天人合一"的文化宇宙观的制约下,发端于心物交感,实现于意境融彻,而常借情景交融的意象得到表达。

众所周知,中国诗学的开山纲领为"诗言志"①,后来又出现了"诗缘情"②的主张,两者结合而产生"情志"的概念,"情志"便构成诗歌生命本根。但这些还只涉及审美主体方面,未涉及审美客体。依据传统的理念,"情志"的根基又在于"心性","心性"则来自"天命"和"天理",所以"情志"作为诗性生命本根,其内涵包括了天人、群己、情理诸方面关系的交织。这是一个复杂又独特的精神素质,是诗歌意境所赖以发育建构的种因。

后来,《礼记·乐记》中,在讲到音乐的根源时说:"凡音之起,由人心生也,人心之动,物使之然也。"③这当然是我国心物交感或物感说的源头,虽涉及了心物两个方面,但讲到感物动心为止,至于人心与物象相互交融的辩证关系,并未作具体论述。

魏晋以后,随着诗歌的繁荣,在总结创作经验的基础上,对于文学创作中审美主客体的关系才有较深入的论述。陆机《文赋》开始从情志与物象互相交融谈论艺术的创作过程。他说:"遵四时以叹逝,瞻万物而思纷;悲落叶于劲秋,喜柔条于芳春。心懔懔以怀霜,志眇眇而临云。"④又说:"情瞳昽而弥显,物昭晰而互进。"⑤艺术的创作过程,就是一个情与景互相交融的过程。

刘勰的《文心雕龙·神思》说得更具体,他说:"故思理为妙,神与物游。神居胸臆,而志气统其关键;物沿耳目,而辞令管其枢机。"⑥他指出构思规律的奥妙在于"神与物游",也就是作家主观精神与客观物象的契合交融。他还在《物色》篇中对审美主客体的辩证关系作了更详细的论述,已如前述,这里不再重复。

所以,中国诗学传统是以心物交感为诗歌生命的动因,诗歌意象由心物交感而产生。在意象基础上生成的意境,也离不开主体情志和客体物象之间交流感应,这就是中唐以后"意与境会"、"思与境谐"建基于心物交感的缘由。但意境的生成并不局限于心物之间的交流感应,它只是意象生成的一个表征。

---

① 黄怀信注训:《尚书注训》,济南:齐鲁书社,2002年,第30页。
② [晋]陆机:《文赋》,郭绍虞主编:《中国历代文论选》第一册,第171页。
③ 潜苗金:《礼记译注》,第453页。
④ 郭绍虞主编:《中国历代文论选》第一册,第170页。
⑤ 郭绍虞主编:《中国历代文论选》第一册,第170页。
⑥ [梁]刘勰:《文心雕龙·神思》,张长青:《文心雕龙新释》,第295页。

宗白华先生在《中国艺术意境之诞生》里说:"什么是意境? 人与世界接触,因关系的层次不同,可有五种境界:(1) 为满足生理的物质的需要,而有功利境界;(2) 因人群共存互爱的关系,而有伦理境界;(3) 因人群组合互制的关系,而有政治境界;(4) 因穷研物理,追求智慧,而有学术境界;(5) 因欲返本归真,冥合天人,而有宗教境界。功利境界主于利,伦理境界主于爱,政治境界主于权,学术境界主于真,宗教境界主于神。但介乎后二者的中间,以宇宙人生的具体为对象,赏玩它的色相、秩序、节奏、和谐,借以窥见自我的最深心灵的反映,化实景而为虚境,创形象以为象征,是人类最高的心灵具体化、肉身化,这就是'艺术境界'。艺术境界主于美。"① 宗白华先生所说的六种境界,可以概括为三种境界:求真、求善、求美的境界。人类为了满足自己的需求和全面发展,就要借助科学、技术手段来改造客观世界;通过政治道德制度来协调群体关系;借宗教、艺术等形式调节自身的情感。

那么意境中的物和我、情和景、主体和客体怎样才能形成一种审美关系呢? 在日常生活里人与世界接触,主体与客体之间经常是一种实用的功利性关系,客观事物以其对主体的利害价值刺激主体,主体亦以自身的利益需要对客体作出反应,两者的相生相克不可避免,物我之间的审美关系无从谈起。只有当"我"摆脱了这种实用性的功利需求,"物"不再是使用价值上的物品,而成了体现生命情趣的物象;"我"也不再是追求实际利益的我,而成为关照和品味自己的生命体验,进而领略、体悟宇宙大生命意蕴的我,这时才算进入"物我两忘"(忘乎利益得失)与"物我一体"(同乎生命本真)的审美境界,才能实现情景交融、意境融彻的可能。这个道理,我们古人是懂得的。诗学传统有所谓"虚静"之说,便是要求作者排除各种功利欲望和意念的干扰,以臻于审美超越的境界。苏轼《送参寥师》中说:"欲令诗语妙,无厌空且静。静故了群动,空故纳万境。"② 便是讲的这个道理,也是情景交融形成的先决条件。

意境的创构,首先是使客观景物作为主观情思的寄托,所谓"情景名为二,而实不可离"③。情景交融是意境创构的先决条件,它是诗歌审美意象的结构和类型,而非意境,意境是意象的超越和拓展。关于情景交融的论述还有很多,明代诗论家谢榛指出:"景乃诗之媒,情乃诗之胚。"④ 又说:"夫情景相触而成诗,此作家之常也。"⑤ 清人布颜图谓:"山水不出笔墨情景,情景者,境界也。"⑥ 都是就这点说的。王国维有"文学中有二原质焉:曰景,曰情"⑦,"文学之事,其内足以摅己,而外足以感人者,意与境二者而已"⑧,"能写真景

---

① 宗白华:《天光云影》,北京:北京大学出版社,2005年,第87—88页。
② [宋] 苏轼著、李之亮笺注:《苏轼文集编年笺注》第11册,成都:巴蜀书社,2011年,第177页。
③ [清] 王夫之著、舒芜校点:《薑斋诗话》,第150页。
④ [明] 谢榛著、宛平点校:《四溟诗话》,北京:人民文学出版社,1961年,第69页。
⑤ [明] 谢榛著、宛平点校:《四溟诗话》,第121页。
⑥ [清] 布颜图:《画学心法问答》,王伯敏、任道斌主编:《画学集成》(明—清),石家庄:河北美术出版社,2002年,第494页。
⑦ 王国维:《文学小言》,王国维、吴无忌编:《王国维文集》,北京:北京燕山出版社,1997年,第231页。
⑧ 王国维著、徐调孚、周振甫注:《人间词话》,北京:人民文学出版社,1960年,第256页。

物、真感情者,谓之有境界"①,诸种说法,也是如此。王夫之对情景交融的论述更为精要。其云:"情景名为二,而实不可离。神于诗者,妙合无垠。"②又说:"情景虽有在心在物之分,而景生情,情生景,哀乐之触,荣悴之迎,互藏其宅。"③这便论述了情景的辩证关系和意象的审美特征。王夫之在《唐诗评选》中说诗有"景中生情"、"情中含景"④两种类型,如果把居于二者之中也算一种,那么我国古典诗词的情景交融就有三种类型:

1. 景中生情

景中生情是在意象构成的外部上,以对客观自然景物的观照和描绘为主,在写情与写景两者的关系中,明显向写景倾斜。这种意象构成类型,读者在诗中很少读到直接的主体的精神和思想感情,但物以情观,景中生情,句句关情,情藏景中。这种藏情于景、景中见人之诗,意境深远,古人称之为"活景"。王夫之《古诗评选》评谢朓《之宣城出新林浦向板桥》诗云:"'天际识归舟,云间辨江树',隐然一含情凝眺之人呼之欲出。从此写景,乃为'活景'。"⑤"活景"则成人与自然两相融合之景,有人有情之景,往往更显情意深长。又如李白的《黄鹤楼送孟浩然之广陵》:

故人西辞黄鹤楼,烟花三月下扬州。
孤帆远影碧空尽,唯见长江天际流。⑥

这首送别诗有它特殊的情味。孟浩然比李白大十多岁,当时孟浩然四十二岁,李白只有三十岁。孟浩然已经名满天下,而李白刚刚出川,还是一个青年。因此,这首送别诗,既不是少年断肠的离别,也不是情人深情的别离,更不是"儿女共沾巾"⑦的送别,而是两位风流潇洒的诗人的离别。同时,这次离别又处在唐代繁荣的开元盛世,繁花似锦的烟花三月;孟浩然要去的地方,又是士人向往的唐代最繁华的扬州,送别的地点又是驰名天下的黄鹤楼。作为诗人的李白在这样的盛世、花季、名胜之地送别老朋友,既充满依依惜别之情,也充满了对老朋友的敬佩和钦羡;既是在愉快中分手,又带有诗人的向往和深情。但是,这首诗全是对景物描写,字面上一点也没有透露出对友人的情意和态度。但从那烟花三月、黄鹤楼头春天的美好景色中,已透露出诗人对孟浩然的敬仰和祝福;诗中也没有直抒对友人的依依惜别之情,而是通过消失在碧空尽头的孤帆远影、悠悠东去的长江逝水和久久伫立江边若有所失的诗人意象,表达了对朋友深深的情谊。这首诗,表面上句句写景,实际上句句都在抒情,既充满了依依惜别之情,也有对友人的敬仰钦羡之情,正如王国

---

① 王国维著、徐调孚、周振甫注:《人间词话》,第 193 页。
② 〔清〕王夫之著、舒芜校点:《薑斋诗话》,第 150 页。
③ 〔清〕王夫之著、舒芜校点:《薑斋诗话》,第 144 页。
④ 〔清〕王夫之:《唐诗评选》卷四,《船山全书》第 14 册,第 1083 页。
⑤ 〔清〕王夫之:《古诗评选》卷五,《船山全书》第 14 册,第 769 页。
⑥ 中国社会科学院文学研究所编:《唐诗选》,北京:人民文学出版社,2003 年,第 162 页。
⑦ 〔唐〕王勃:《送杜少府之任蜀州》,中国社会科学院文学研究所编:《唐诗选》,第 9 页。

维所说,是"一切景语,皆情语也"①。这类景中生情的作品,"含不尽之意见于言外"②,确乎是诗意盎然,韵味无穷。

2. 情中含景

这种意象、意境的创造方式,是一种直抒胸臆的抒情作品,它不是描绘景物,而是明显偏于感情的抒发,即抒情重于写景,情中含景。有时甚至全不写景,但景物却历历在目。例如,陆游的《示儿》诗:

> 死去元知万事空,但悲不见九州同。
> 王师北定中原日,家祭无忘告乃翁。③

这是陆游的绝笔诗,即临终的遗嘱,重点在于抒情。这首诗的可贵之处,不但抒发了陆游的生前壮志,也抒发了至死不渝的心愿。他的统一祖国恢复中原的理想,真可谓惊天地泣鬼神。但这首诗重点不是写景,而在直抒胸臆,在抒情中一个伟大的爱国主义者的高大形象耸立在读者面前。

还有的诗,甚至字面上没有一句写景,但各种景象却历历在目。比如,唐代陈子昂的《登幽州台歌》:

> 前不见古人,后不见来者;
> 念天地之悠悠,独怆然而涕下。④

这首诗,不见一句景物描写,但在读者面前,却仿佛呈现壮阔雄奇的景象:浩渺无际的天宇,兀然耸立的高台,独立苍茫的诗人。诗人用鲜明的时间对比和空间对比,把人引入到有限和无限的思考之中,来体悟人生,思考历史,探索宇宙哲理,使全诗弥漫着深沉的人生感、历史感和宇宙感。诗人抒发了一种孤独而悲怆的情感,在这种情感的抒发中,人生的场景、历史的画卷、宇宙的空旷,恍如一页页图画,在读者面前翻过,历历如在目前。诗人为我们开创了一个具有无限想象力的审美空间,在这空间中,一切都成了有形有色的无限景象,这也叫做"情中含景",它所包含的景,远远超过有限的写景。

皎然说:"境象非一,虚实难明","可以偶虚,亦可以偶实"⑤。是认为意境中景物和情感的表达方式,可以有多种形式。如果说上述第一种"景中生情"是以"偶实"的有限的方式出现的话,那么,第二种"情中含景"便是以"偶虚"的无限的面貌出现的了,仍然是"情景

---

① 王国维著、徐调孚、周振甫注:《人间词话》,第225页。
② [宋]欧阳修:《六一诗话》引梅尧臣语,[清]何文焕辑:《历代诗话》,北京:中华书局,1981年,第267页。
③ 钱钟书选注:《宋诗选注》,北京:人民文学出版社,1982年,第214—215页。
④ 中国社会科学院文学研究所编:《唐诗选》,第30页。
⑤ [唐]皎然:《诗议》,郭绍虞主编:《中国历代文论选》第二册,第88页。

交融"的一种方式。

　　3. 情景并茂

　　这一类是以上两种方式的综合型。情与景并重,抒情和写景在这里达到浑然一体的程度。因此,意境更显得自然天成。如柳永词《雨霖铃》:

> 寒蝉凄切,对长亭晚,骤雨初歇。都门帐饮无绪,留恋处,兰舟催发。执手相看泪眼,竟无语凝噎。念去去、千里烟波,暮霭沉沉楚天阔。
>
> 多情自古伤离别,更那堪冷落清秋节!今宵酒醒何处?杨柳岸、晓风残月。此去经年,应是良辰好景虚设。便纵有千种风情,更与何人说![1]

　　这首词是柳永的代表作,也是宋词表达离情别绪的名篇。全词就"别"字生发,写未别、临别、别后的情景。由景及情、由情及景,层层铺叙,情景并茂。

　　上片写未别、临别的情景。开头用暮色苍茫、寒蝉凄切、骤雨停歇三个有限的自然意象,烘托出离情别绪无限的悲凉气氛,引出难舍难分的别情,为全词打好感情基础。接着"都门"点明地点,"畅饮"说明饯别,"无绪"渲染满腹无限离愁。正在难舍难分之际,舟儿已经催促出发了。"畅饮"而"无绪","留恋"而"催发",均半句一转,极吞咽之致,情与景合,写临别时的痛楚情感,真是达到黯然销魂的程度。"执手"两句,是男女惜别难舍难分,刻化入神,景真情切,达到情感的高潮。"念去去"三句,一个"念"字领起,直贯下片;也是情感的转折点,"去去"二字重叠,是别去越来越远的意思;而"千里烟波"、"暮霭沉沉"这些迷濛黯淡的景色,使离别黯淡的情绪变得更黯淡了;"楚天阔"不但点出要达到的目的地,而且暗示前途茫茫。

　　下片则是离别者心中沉重感情的直接抒发,而且与写景丝丝相扣。"今宵"两句,被认为是千古名句。船已在中流,忽然酒醒,抬眼一望,江岸的风光与前大不相同:杨柳萧疏,残月在天,流光如水。不但渲染出一片凄清孤冷的离情别绪,更添一层羁旅穷愁,使感情更为复杂深沉。"此去经年"是设想之词,是游子从心底涌出的别后感受。从此一别,人各一方,"良辰好景"也如同虚设,纵有千般风情,也无法向心上人诉说了。以痴情语挽结,余恨不尽。全词情景并茂,层层铺叙,既宛曲含蓄,又明白畅达;既情意缠绵,又感情真挚;既摇曳曲折,又流畅和谐,一切都显得那样自然天成,浑然一体。这种情景并茂的意境,往往出于一气流贯的大手笔,苏轼的名篇《念奴娇·赤壁怀古》也属这一类。

　　以上三种情景交融的意象、意境创造的类型,并无优劣之分,只要做到景真情切,都能写出有意境的诗。

---

　　[1]　中国社会科学院文学研究所编:《唐宋词选》,北京:人民文学出版社,2002年,第107页。

二、有虚有实,虚实相生

有虚有实、虚实相生是意境的结构特征。情景交融还只是意境构成的先决条件,而非充分条件。情景交融也可以说是中国古代诗歌意象创造的一个基本特征。但意境与意象则不同,它不仅要求情景交融,而且要在情景交融的基础上,导入一种艺术化境,即"境生于象外",充分激发出欣赏者的审美体验。所以,要真正写出有意境的诗,还必须注意情景之间的虚实关系的处理,这样才能从象内到象外,激发出欣赏者无比丰富的审美体验,进入无限自由的想象空间。

"虚"与"实"是中国古代艺术最具中国特色的重要范畴,它的哲学基础,就是老子的"道"和"有无相生"的辩证思想。老子说:"三十辐共一毂,当其无,有车之用。埏埴以为器,当其无,有器之用。凿户牖以为室,当其无,有室之用。"①老子用车轮、器皿、房屋作比喻,说明"无"和"有"是相互为用的,并突出"无"的重要性。庄子发挥了这种思想,明确指出:"万物出乎无有。有不能以有为有,必出乎无有,而无有一无有。圣人藏乎是。"②这就是说,万物都从"无有"中产生出来,有不能以有为有;而"无有"本来就是没有,这就是圣人"道"之所在。老庄哲学把形而上的"道"叫做"无",把形而下的万物叫做"有",他们说的"有"和"无"的关系,实际上是"物"和"道"的关系。中国古代审美和艺术中讲究的"虚"与"实"的关系,就是由老庄哲学中"无"和"有"、"道"和"物"的关系而来,实际上就是要解决人和自然、情和景、形和神、意和象、有限和无限之间的辩证关系问题。意境的创造,可以说最典型地体现了这种虚实相生的辩证关系。

宗白华先生说:"虚和实的问题,这是一个哲学宇宙观的问题。"③的确,中国古代意境审美以虚实为本,追求象外之象、景外之景的艺术表现,从根本上体现了中国古人广大和谐的宇宙生命意识,体现了中国古代艺术审美的超越精神。方东美先生说:"'宇宙',从中国人看来,是精神与物质浩然同流的生命境界,在波澜壮阔的创造过程中生生不息,宣扬一种日新又新的完满自由,绝不受任何空间或时间所束缚。"④中国古代意境所追求、所表现的就是这样一种超越一切有限时间和空间限制、精神与物质浩然同流的无限的生命境界。这种境界,以虚实为本,更推崇一种"无字处皆其意"⑤、"无画处皆成妙境"⑥的艺术意境。"无",在中国古人那里,不是无生命、无价值的东西,而是"泰初有无,无有无名"⑦、

---

① 陈鼓应:《老子注译及评介》(修订增补本),第100页。
② 《庄子·庚桑楚》,陈鼓应:《庄子今注今译》(最新修订重排本),第653—654页。
③ 宗白华:《美学与意境》,北京:人民出版社,1987年,第385页。
④ 蒋国保、周亚洲编:《生命理想与文化类型——方东美新儒学论著辑要》,北京:中国广播电视出版社,1992年,第135页。
⑤ 〔清〕王夫之著、舒芜校点:《薑斋诗话》,第162页。
⑥ 〔清〕笪重光著、吴思雷注:《画筌》,成都:四川人民出版社,1982年,第24页。
⑦ 《庄子·天地》,陈鼓应:《庄子今注今译》(最新修订重排本),第335页。

"无字书者,天地万物是也"①。它存留于天地之间,与天地万物生命共永恒。中国古代艺术推崇"无",让宇宙万物生命都集中在"无"的虚空上,一花一鸟、一树一石、一山一水、一草一木,都见出艺术家无限的深意、无边的深情。海德格尔曾经把超越"有"的"无",作为哲学的最高境界,认为只有通过"无",才能使"存在"敞亮,才能让人们领悟到"存在"的真谛。我想,这正与中国古代意境中"无"的境界推崇相通。它们都是一种虚实相生,以有限见无限,以刹那见永恒,对整个宇宙人生有着深切感悟的生命体验和追求。

梅尧臣说:"必能状难写之景,如在目前;含不尽之意,见于言外,然后为至矣。"②这实际告诉我们,意境创造包括两个部分,一是"如在目前"的"实"的部分,一是"见于言外"的"虚"的部分。意境从结构上来看,正是二者的结合。所谓"实境",是指笔墨和语言所描绘的实象、实境,是读者可以直接感受到的作品中存在的景、形、象。"境"又称"真境"、"事境"、"物境"等。所谓"虚境",则指由实境诱发和开拓的审美想象空间,又称"诗意空间",它一方面是原有画面在联想中的延伸和扩大,另一方面又是伴随着这种具象联想而产生的情、神、意的体味和感悟,即"不尽之意",所以又称"神境"、"情景"、"灵境"等。

一般来说,写出实象、实境部分并不十分困难,难的是要写出虚象、虚境,所以古人谈意境,都非常重视"虚"的作用,非常注意虚实之间的辩证转化,以做到化实为虚,实中见虚。意境创造也就是要写出虚的境界,做到境生象外,虚实相生。正如笪重光所说:"虚实相生,无画处皆成妙境。"③

石涛的《风雨归舟图》,明明没有画雨,却可以"作迎风堤柳数条,远沙一抹。孤舟蓑笠,宛在中流"④,使人感到雨的存在,甚至听到雨声,悟到雨势。齐白石画虾,画面除虾外,别无一物,却通过虾活灵活现游动的情态,使人感到满纸是水。这就是意境"虚"与"无"的妙处。但是,意境的虚与无又离不开意境的实与有,再妙的"虚境"也必须以"实境"的描绘为基础和前提。所谓"真境逼而神境生"⑤,就是说的这个道理。所以,意境的创造要特别注意做到虚实相生。对此,中国古人也深切体悟,大致提出了两条最基本的途径和方法:

1. 以实为虚,化景物为情思

宋代诗人范晞文说:"不以虚为虚,而以实为虚,化景物为情思。"⑥即是意境创造之一法。这种虚实相生的方法,要点在于"化景物为情思",也就是要景中寓情,托物言志。把外在客观景物描绘与内在的主体情思融为一体,构成一个艺术整体。如杜甫的《绝句二首·其一》:

---

① [清] 廖燕:《答谢小谢书》,《廖燕全集》上册,上海:上海古籍出版社,2005 年,第 196 页。
② [宋] 欧阳修:《六一诗话》引,[清] 何文焕辑:《历代诗话》,第 267 页。
③ [清] 笪重光著,吴思雷注:《画筌》,第 24 页。
④ [清] 方薰:《山静居画论》,沈子丞编:《历代论画名著汇编》,北京:文物出版社,1982 年,第 597 页。
⑤ [清] 笪重光著,吴思雷注:《画筌》,第 24 页。
⑥ [宋] 范晞文:《对床夜语》,丁福保辑:《历代诗话续编》,北京:中华书局,1983 年,第 421 页。

迟日江山丽，春风花草香。

泥融飞燕子，沙暖睡鸳鸯。①

全诗只有二十个字，既写了春天明丽的江山、温暖的阳光，又写了散发浓香的花草、情态各异的燕子和鸳鸯。前两句是全景，后两句是特写，从多种角度描绘了一幅色彩绚丽、富有勃勃生机、充满生命气息的春光图，这可说是"实境"的描绘。在这春光图中，杜甫不仅将自己的人生境界，长期流离、暂居草堂安闲自适的情怀融入其中，而且也是杜甫的仁爱襟怀和热爱大自然的宇宙生命意识的自然流露，这可说是"虚境"的呈现。所以，罗大经《鹤林玉露》说："杜少陵绝句云：'迟日江山丽，春风花草香。泥融飞燕子，沙暖睡鸳鸯。'或谓此与儿童之属对何异。余曰：不然。上二句见两间莫非生意，下二句见万物莫不适性。于此而涵咏之，体认之，岂不足以感发吾心之真乐乎！"②在自然春兴的实境中，寓入人生意识和宇宙生命精神的虚境，虚实相生，"化景物为情思"，构建含蓄蕴藉的意境，以有限在场的景物显示无限不在场的意蕴，真是韵味无穷。

2. 视虚为实，化情思为景物

清人方士庶说："山川草木，造化自然，此实境也。因心造境，以手运心，此虚境也。虚而为实，是在笔墨有无间。"③景物是有形的、实的、有限的，意蕴是无形的、虚的、无限的。这种方法的要点就是把无形的情思物化，变无形为有形。比如李煜词："问君能有几多愁？恰似一江春水向东流。"④诗人的愁思无限，用一江春水来描绘，这无尽的愁思具体化、形象化了，被形容得淋漓尽致。又如，江淹的《别赋》写离别之愁，用"行子肠断，百感凄恻"之类的词语描写难以尽意，而用"风萧萧而异响，云漫漫而奇色，舟凝滞于水滨，车逶迟于山侧，棹容与而讵前，马寒鸣而不息"⑤的各种景物描写，将无形之情思化为有形之景物，对情思的表现便具体、形象多了。这类手法，在诗词中运用很多，如贺铸的《青玉案》词中，"试问闲愁都几许？一川烟草，满城风絮，梅子黄时雨"⑥，一连用三个比喻（博喻）把"闲愁"具体化、形象化，"化情思为景物"，给读者留下深刻印象。

宗白华先生说："艺术意境不是一个单层的平面的自然的再现，而是一个境界层深的创构。从直观感相的模写，活跃生命的传达，到最高灵境的启示，可以有三层次。"⑦这段话指出了意境的虚实结构，就是人的生命结构的审美显现。苏珊·朗格也说："你愈是深入地研究艺术品的结构，你就会愈加清楚地发现艺术结构与生命结构的相似之处。"⑧宗

① ［唐］杜甫著，［清］仇兆鳌注：《杜诗详注》，北京：中华书局，1999 年，第 1134 页。
② 王大鹏等编选：《中国历代诗话选》，长沙：岳麓书社，1985 年，第 851 页。
③ ［清］方士庶：《天慵庵随笔》，转引自宗白华：《美学与意境》，第 209 页。
④ ［南唐］李煜：《虞美人》，中国社会科学院文学研究所编：《唐宋词选》，第 70 页。
⑤ ［梁］江淹：《别赋》，［梁］萧统编、［唐］李善注：《文选》，长沙：岳麓书社，2002 年，第 516 页。
⑥ 中国社会科学院文学研究所：《唐宋词选》，第 180 页。
⑦ 宗白华：《中国艺术意境之诞生》，《天光云影》，第 92 页。
⑧ ［美］苏珊·朗格著，滕守尧、朱疆源译：《艺术问题》，北京：中国社会科学出版社，1983 年，第 55 页。

先生把意境分为"直观感相的模写"、"活跃生命的传达"、"最高灵境的启示",从生命结构分三个层次。清人蔡小石则从意境结构形态和给人的感受,也分为三个层次。他说:"夫意以曲而善托,调以杏而弥深。始读之则万萼春深,百色妖露,积雪缟地,余霞绮天,一境也。再读之,则烟涛溱洞,霜飚飞摇,骏马下坡,泳鳞出水,又一境也。卒读之,而皎皎明月,仙仙白云,鸿雁高翔,坠叶如雨,不知其何以冲然而淡,翛然而远也。"①他把意境分为始读、再读和卒读三境,也是强调诗境的创造是一个逐步深入的过程。

如果我们从虚实范畴来分析意境的结构,也可以分为三个层次,而且可以把上面二者统一起来。一是意境的表层结构,就是实象、实境的描写。它以情景交融、形神兼备为特征,是读者可以直接感受的意象和境象,也就是宗白华先生所说的"直观的感相的模写",蔡小石所说的始读之境,如积雪缟地、绮霞满天等鲜明直观的实象实境的描写。

二是意境的中层结构,就是虚象、虚境的产生。道家和玄学历来以虚无为本,所以意境的创造不但要有实象、实境,还要有虚象、虚境,做到"境生象外",把欣赏者导入无限自由的想象空间,激发欣赏者无比丰富的审美体验。将意境中包含着却没有直接表现出来的东西,用想象和联想在头脑中显现出来、体验出来,以虚为实或化实为虚,虚实相生。这也就是宗白华先生所说的"活跃生命的传达"的境界,也就蔡小石所说的再读之境,是情感生命的活跃和审美的激动,如霜飚飞摇、骏马下坡。

三是意境的深层结构,就是虚实相生境界的意蕴。中国古典美学认为只有超越有限实象,进入无限的虚象,才能产生"境",所以"意境"就是实象与虚象的统一,就是超越具体的、有限的物象、事件、场景,进入无限的时间和空间,从而对整个人生、历史、宇宙获得一种哲理性的感受和领悟,也就是作品虚实结合的境界所展示某种形而上的生命体验的意蕴。

例如朱耷擅长写意花鸟画,多画竹、芭蕉、古松、芦雁、汀凫这样一些有限的具体形象。但他画的潜鱼、飞翼,形象怪诞,表情奇特,意境寒气袭面,似乎又不止这些具体意象,意形中蕴藏无限的意蕴。他的《荷花水鸟图》,画中孤石倒立,孤荷斜挂,一个缩着脖子、翻着白眼的小鸟,孤零零地蹲在石头上。画面表现的是什么意蕴呢?很难一下子用逻辑概念说清楚,但意象中深藏着某种意蕴,使你感到可以追寻,咀嚼不尽,似乎寄托了某种情意、韵致,某种反叛精神。这实际上流露了这位自号八大山人的明代遗民,对清统治者的敌视情绪,表现了一种高傲而又孤独冷漠的人生态度。这就是中国意境追寻的深层结构,也是意境追求的形而上的最高境。因为这种境界体现了那个作为宇宙本体和生命的"道"或"气",也就是宗白华先生所说的"最高灵境的启示"的境界,蔡小石所谓卒读之境。这里是皎皎明月、仙仙白云,心灵可以像鸿雁一样自由飞翔,一切都显得那样空彻透明,作者和读者对宇宙人生的感情,也达到了一个崭新的最高的境界,代表人类最高的价值真、善、美三者统一的境界。所以,审美意境才包含那么多幽情远意,才显得那样玲珑透彻,含蓄空灵。

---

① [清]蔡小石:《拜石山房词序》,转引自宗白华:《美学与意境》,第214页。

三、含蓄空灵，意蕴深邃

含蓄空灵、意蕴深邃是意境的本质特征。正因为意境的结构"不是一个单层面的平面再现，而是一个境界层深的创构"，所以以生活世界面貌出现的意境，内部就深藏着丰富的无限的意蕴，所谓含蓄就是指意境的这种包孕性和无限性。这也是中国诗歌的鲜明的民族特色。叶朗先生在论意境时，强调意境必须具有哲理性意蕴①，是非常正确的。意境作为审美标准时，就要以境显理，显现出一种形而上的哲理。

西方诗学之中，有所谓诗与思之别，这是建立在他们二元哲学、主客二元关系基础之上的。中国美学的境界论，确立了以生命本身显示生命的原则，并通过境界来显现哲理，这是建立在气一元论"天人合一"的文化观念的基础之上的。这应是意境在西方诗学中找不到对应概念的真正原因。

如叶朗先生《美学原理》所说，在中国美学看来，我们的世界不仅是物理世界，而且是有生命的世界，是人生活在其中的世界，是人与自然界融合的世界，是天人合一的世界。《易经》是中国古老的经典，也是一部卜筮之书，卜筮的目的在决定人类生存和命运的吉与凶。因此，它最关心的是人类的生存和命运，并认为人的生存与命运和自然界的万事万物有着内在的统一性。它从人的生存与命运出发，观察自然界的一切现象，并从中找出生命（人生）的意义和价值，所以《易经》的每一卦都与天人关系有关。而天人关系的中心就是人的生存和命运，这是《易经》的灵魂。《易传》发挥了这种思想，提出了"生生之谓易"②、"天地之大德曰生"③等命题。"生"就是生命、生存、创化、生成。按照《易传》的命题，天地万物是生生不息的过程，是不断创化、不断生成的过程。天地万物与人类的生存和命运紧密相连，人是宇宙之中的小生命，而从这里就产生了世界的意义和价值，也从这里产生了中华民族"天行健，君子以自强不息"④，追求人生的价值和意义的乐观的民族性格。这也就是"乐"的境界。这种思想代表中国哲学、美学对世界的本然、本真的理解。⑤ 所以在中国美学之中，真就是自然，这个自然，不是西方说的自然界，而是存在的本来面貌、本真状态，它是有生命的，是与人类的生存和命运紧紧相连的，因而是充满了意义和价值的。

王夫之在《古诗评选》中说："两间之固有者，自然之华，因流动生变而成其绮丽。心目之所及，文情赴之，貌其本荣，如所存而显之，即以华奕照耀，动人无际矣。"⑥这是说，意象、意境世界是人的直接体验，是情景交融、虚实相生的艺术世界，这一世界是人的创造（"心目之所及，文情赴之"），同时，它就是存在的本来面貌、本真状态的显现（"如所存而显

---

① 叶朗：《说意境》，《文艺研究》1998 年第 1 期。
② 《周易·系辞上》，黄寿祺、张善文：《周易译注》，第 381 页。
③ 《周易·系辞下》，黄寿祺、张善文：《周易译注》，第 400 页。
④ 《周易·乾·象》，黄寿祺、张善文：《周易译注》，第 5 页。
⑤ 参阅叶朗：《美学原理》，北京：北京大学出版社，2009 年，第 73—74 页。
⑥ ［清］王夫之：《古诗评选》卷五，《船山全书》第 14 册，第 752 页。

之"),这就是美,也是美感("华奕照耀,动人无际")。这也就是柳宗元说:"夫美不自美,因人而彰。"①叶燮也说:"凡物之美者,盈天地间皆是也,然必待人之神明才慧而见。"②他们都是同一个意思,这说明美的世界就是人的世界,绝对不是一个物的实体世界,而是人生意义和价值的实现,是人与宇宙的交融,是人与万物的一气流通,是人的创造与"显现真实"的统一。

王夫之的"如所存而显之"这句话,很有现代西方现象学和存在主义哲学和美学的味道。现象学创始人胡塞尔晚年提出"生活世界"的概念,也就是后来以海德格尔为代表的现当代西方哲学和美学所说的最本原的、充满诗意的"生活世界"。"生活世界"的提出是反对西方传统哲学和美学的"真正世界"概念的,按尼采的概括,所谓"真正世界"有三种形态:一是柏拉图的"理念世界",它与现实世界相对立;二是基督教的彼岸世界,它与世俗世界相对立;三是康德的"物自体"的世界,它与现象世界相对立。这三种形态的"真正世界"的共同特点就在于它是永恒不变的。尼采认为,这种永恒不变的"真正世界",一方面否定感官本能以及宇宙的生成和变化,把实在虚无化;另一方面,迷信概念、上帝,虚构一个静止不变的"真正世界",把虚无实在化,是理性虚构的产物,是为了否定现实世界而编造出来的。所以"生活世界"的概念,就是跳出这个虚构的所谓"真正世界",回归到存在的本然的、本真的"生活世界"。这个"生活世界",是有生命的变化的世界,是人生活其中的世界,是人与万物一体交融的世界,是充满了意义和价值的世界。这是存在的本来面貌,是一个"真"的世界。③ 所以海德格尔所谓"美是作为无蔽的真理的一种现身方式"、"美属于真理的自行发生"④,以及他所欣赏的德国诗人荷尔德林的那句"诗意地栖居在大地上"等,都是从这个意义上说的。海德格尔说的"真理",并不是我们平常所说事物本质、规律,也不是认识的逻辑的真,更不是西方传统哲学所说的"理念世界"、"彼岸世界"或"物自体世界",而是历史的具体的"生活世界",是人与万物一体交融的本原世界,是存在的真,是存在的无遮蔽,即存在的本来面貌的敞亮,也就近似王夫之所说的"如所存而显之","显现真我"的意思。只是王夫之是前科学的文化现象,而海德格尔是后科学的文化现象。

从以上中国古代和西方现当代对美的本质的理解出发,意象、意境美便可以理解为超越与复归的统一。"生活世界"是人的具体的经验世界,是最本原的世界,是人生活的世界,在这个世界中,人与万物是交融无间、一气贯注的,并无间隔而交融一体的。这个生活世界在中国美学中叫"真",叫"自然"。这是一个人的世界,也是生命的世界,而且也是一个生生不息、充满人生意义和价值的世界,这就是审美境界,是人的精神家园。

但是在现实的世俗生活中,我们习惯于把物我、主客分离开来,把一切事物都看成是人认识和利用的对象,因为实用的功利把我与物、主客观分离开来,人与人、人与万物就存

---

① 〔唐〕柳宗元:《邕州柳中丞作马退山茅亭记》,《柳宗元集》,北京:中华书局,1979 年,第 730 页。
② 〔清〕叶燮:《己畦文集·集唐诗序》,《丛书集成续编》第 152 册,第 537 页。
③ 参阅叶朗:《美学原理》,第 75—76 页。
④ 〔德〕海德格尔:《艺术作品的本源》,《海德格尔选集》上册,上海:上海三联书店,1996 年,第 276、302 页。

在了间离。人被局限在"自我"的有限天地之中,犹如关进了"牢笼",就如陶渊明所说落入了"樊笼"、"尘网"。张世英《哲学导论》谓:"万物一体是人生的家园,人本植根于万物之中。只是由于人执着于自我而不能超越自我,执着于当前在场的东西而不能超出其界限,人才不能投身于大全(无尽的整体)之中,从而丧失了自己的家园。"①

正如叶朗《美学原理》所指出,人失去了精神家园,人也失去了自由。这里所说的自由是精神的自由,不是日常生活的"随心所欲"的自由,也不是社会生活中的自由,更不是哲学中认识必然的自由。人本来处于世界万物的一体之中,人在精神上没有任何限隔,所以人是自由的。但是人由于长期处于主客二分的思维框架中,被局限在"自我"的有限空间中,人就失去了自由,也失去了精神家园。美是自由的象征,因此,返回人生家园的道路,就是超越自我,超越自我与万物的分离,超越主客二分。这种超越同时也是一种复归,复归到万物一体本原的生活世界,复归到人的精神家园,归复到精神自由。② 所以,意象、意境美可以视为超越与复归的统一。

但是,这种超越与复归,既有中国古代与西方现代相似之点,也有民族特点的不同。前面我们说过,西方文化是一种外在超越,而中国文化却是内在超越,这种文化超越的路向不同,就决定了东西方艺术的民族特色不同。

中国人尚含蓄、忌浅露,几乎表现在每一个领域,尤其是审美和艺术领域。关于这方面的论述,也几乎随处可拾。宋代姜夔《白石诗说》云:"语贵含蓄。"③清代吴景旭《历代诗话》说:"凡诗恶浅露而贵含蓄,浅露则陋,含蓄则旨,令人再三吟咀而有余味。"④清代吴乔《围炉诗话》云:"诗贵有含蓄不尽之意。"⑤《白石诗说》引苏东坡语云:"言有尽而意无穷者,天下之至言也。"⑥都表现了对含蓄之风的重视和提倡。

中国文化是一种内向性文化,它采取内向超越的途径,这种文化养成中国人吸纳宇宙万物的博大胸襟和含而不露的文化性格。孟子说:"万物皆备于我矣。反身而诚,乐莫大焉。"⑦用现代话来说,就是要将宇宙万物吸纳于内心,致力于自我的道德完善,便是最大的快乐了。南宋陆九渊《杂说》认为"宇宙便是吾心,吾心即是宇宙"⑧,元人方回则说:"心即境也。"⑨生活世界是人的世界,是人与万物交融一体的,人的生命与宇宙万物的生命是相通的。意象、意境便是中国传统文化内向特征的必然产物,这种内向性文化孕育出来的民族文艺,其民族的审美特征,便是含蓄空灵,意蕴深邃。

① 张世英:《哲学导论》,北京:北京大学出版社,2002年,第337页。
② 参阅叶朗:《美学原理》,第78—79页。
③ 〔宋〕姜夔著、郑文校点:《白石诗说》,北京:人民文学出版社,1962年,第30页。
④ 〔清〕吴景旭:《历代诗话》,《丛书集成续编》第200册,第662页。
⑤ 〔清〕吴乔:《围炉诗话》,郭绍虞编选、富寿荪校点:《清诗话续编》(上),上海:上海古籍出版社,1983年,第476页。
⑥ 〔宋〕姜夔著、郑文校点:《白石诗说》,北京:人民文学出版社,1962年,第30页。
⑦ 《孟子·尽心上》,杨伯峻:《孟子译注》,北京:中华书局,1988年,第302页。
⑧ 〔宋〕陆九渊:《陆象山全集·卷二十二·杂说》,北京:中国书店,1992年,第173页。
⑨ 〔元〕方回:《桐江集》卷二《心境记》,民国续聚珍版丛书本。

　　意境追求的含蓄空灵,并非佛教追求的"空无"和"寂灭"。意境,它是一个充满宇宙万物生命意识和活力的艺术空间,也是一个充满人生情趣和欣欣生意的艺术空间。"空灵",使人从有限时空的人生体悟到无限时空的宇宙万物。从空静的境界中,透露出人生和宇宙的勃勃生机。在意境美的感悟中,人们总是通过有限的景物、意象,把握宇宙人生的无限意蕴。叶朗先生说:"所谓'意境',就是超越具体的有限的物象、事件、场景,进入无限的时间和空间,即所谓'胸罗宇宙,思接千古',从而对整个人生、历史、宇宙获得一种哲理的感受和领悟。一方面超越有限的'象'('取之象外'、'象外之象'),另一方面'意'也就从对于某个具体事物、场景的感受上升为对于整个人生的感受,这种带有哲理性的人生感、历史感、宇宙感,就是'意境'的意蕴。"①这种"意蕴"是非理性的、非逻辑性的,含蕴在意境之中,要经过欣赏者反复观赏、咏诵,不断咀嚼才能体悟得到的。

　　北宋著名画家郭熙在《林泉高致·山水训》中说:"山有三远,自山下而仰山巅,谓之高远;自山前而窥山后,谓之深远;自近山而望远山,谓之平远。"②这是著名的山水画的"三远法"。中国山水画之所以要画"远",是因为山水都是有形的东西,而"远"突破超越有限的形体,使人的目光延伸到远处,从有限的形体进入到无限的时间空间,进入到所谓"象外之象"、"景外之景",所谓"境生于象外",所以"远"就是山水画的意境。

　　通过"三远法",我们看到由于观察角度的多样性、流动性,中国古代山水画中所表现的空间意识,也是一个非实体性形象体系,它不是对物象空间的模拟,而是主体的生命意蕴在画面的投射。宗白华先生说过:"由这'三远法'所构的空间不复是几何学的科学性的透视空间,而是诗意的创造性的艺术空间。趋向着音乐境界,渗透了时间节奏。它的构成不依据算学,而依据动力学。"③正是这种时空交流互渗导致画面空间的高度虚化,表现出山水画意境缥缈虚灵的美学品格。

　　中国的园林艺术,也是最能说明意境的这一审美特征的。中国古典园林的建筑物,无论楼、台、亭、阁,它们皆可引导游览者从小空间进入大空间,从有限的景色进入无限的风景。正如明代造园专家计成在《园冶》中所说:"轩楹高爽,窗户虚邻,纳千顷之汪洋,收四时之烂漫。"④中国园林中都有不少亭子,元人张宣在倪云林的《溪亭山色图》题诗:"石滑岩前雨,泉香树杪风。江山无限景,都聚一亭中。"⑤这就是亭子的作用,它们把"江山无限景"都吸纳进来,突破有限进入无限,把有限和无限结合起来。苏轼《涵虚亭》诗云:"惟有此亭无一物,坐观万景得天全。"⑥这就是意境。王夫之评画说:"咫尺有万里之势。"⑦禅宗

---

　　① 叶朗:《美在意象》,北京:北京大学出版社,2010年,第289页。

　　② [宋]郭熙:《林泉高致》,王伯敏、任道斌主编:《画学集成》(六朝—元),石家庄:河北美术出版社,2002年,第298页。

　　③ 宗白华:《中国诗画中所表现的空间意识》,《天光云影》,第166页。

　　④ 张国栋主编:《园冶新解》,北京:化学工业出版社,2009年,第15页。

　　⑤ 转引自黄苗子、郝家林编著:《倪瓒年谱》,北京:人民美术出版社,2009年,第108页。

　　⑥ [宋]苏轼著、[清]冯应榴辑注:《苏轼诗集合注》,上海:上海古籍出版社,2001年,第642页。

　　⑦ [清]王夫之著、舒芜校点:《薑斋诗话》,第161页。

有一句禅语："万古长空,一朝风月。"①王维有两句诗:"行到水穷处,坐看云起时。"②可以说都是一个意思,即要超越有限,进入无限;超越瞬间,进入永恒;超越此岸,进入彼岸。妙悟生命的价值和意义,获得一种形而上的愉悦,这就是意境美。

那么诗文中这一意境的审美特征,又如何理解呢? 一个例子是王羲之的《兰亭集序》,这篇文章前半部分叙述兰亭盛会概况,描写山川之美、饮酒吟咏之乐,是我国山水审美的开始。后半部分由眼前之乐,想到人生短促、宇宙无穷之悲,这一悲一乐使作者想到"后之视今,亦犹今之视昔"③,令人遐想无限。全文由超越具体的有限的物象、事件、场景,进入了无限的时间和空间,产生了一种形而上的人生感、历史感和宇宙感,意蕴无限,是一篇有意境的、影响深远的好文章。

又如唐诗中张若虚的《春江花月夜》,也充分体现了意境的这一审美特征。这首诗在艺术构思上由境、理、情三部分组成。它超越了模山范水的写景诗的局限,以春、江、花、月、夜五种意象和景物,创造出了一个寥廓、宁静、空彻、澄明的诗的意境;它还超越了宇宙无限、人生短暂的哲理诗的窠臼,而充满了"天人合一"的宇宙哲理;它更超越了宫体诗的艳情和一般卿卿我我的爱情,转向对人生价值和意义的探求。它把宇宙的生命、人类的生命、艺术的生命融合为一体,它把宇宙之真、人生之善寓入纯美的诗歌意境之中,达到了真、善、美的统一。正如闻一多先生所说,这是"诗中的诗,顶峰上的顶峰"④。此诗创造的意境,充满形而上的人生感、历史感、宇宙感,它是一个含蓄空灵、意蕴深邃的艺术世界,留给人们永恒无尽的思索和体验,给人以极大的美的享受。

四、气韵生动,韵味无穷

气韵生动、韵味无穷,这是意境的美感特征。南齐谢赫提出的"绘画六法",以"气韵生动"⑤为第一。"气"和"韵"是中国传统文化、哲学、美学的两个基本范畴。它们的文化意蕴和审美内涵的演变,有关中国封建社会的前期和后期,以及审美的指向性。一般地、笼统地讲"气韵",大意就是"神"。但"气"与"韵"实有差别,可以说是两种不同的"神"。从整体上看,中唐以前,是"文以气为主"的时代;中唐以后,是"文以韵为主"的时代。这由"气"而"韵"的转化,反映了人的心灵,即"神"的由强而弱、由浓而淡、由外到内的变化。

在中国文化和哲学中,"气"是宇宙本源和动力。《礼记·乐记》中说:"地气上齐,天气下降,阴阳相摩,天地相荡……而百化兴焉。"⑥这就是所谓气一元的文化宇宙观。这样的

---

① [宋]普济著、苏渊雷点校:《五灯会元》,北京:中华书局,1984年,第66页。
② [唐]王维:《终南别业》,陈铁民校注《王维集校注》(一),北京:中华书局,1997年,第191页。
③ [清]李兆洛编:《骈体文钞》,上海:上海古籍出版社,2001年,第354页。
④ 闻一多:《宫体诗的自赎》,孙党伯、袁謇正主编:《闻一多全集》第六册,武汉:湖北人民出版社,1993年,第27页。
⑤ [南齐]谢赫:《画品》,王伯敏、任道斌主编:《画学集成》(六朝—元),第17页。
⑥ 潜苗金:《礼记译注》,第462页。

气,存在于万物之中,就成了事物的生命力,或曰生命活力,即所谓"生气"。人体也是气聚而生。《庄子·知北游》云:"人之生,气之聚也;聚则为生,散则为死。"①人体之气又可分为生理之气——血气,精神之气——才气。而在美学艺术的言论中,气主要指生命力的精神方面。这精神方面的生命力,其实就是指人的个性、气质、情感、心灵。曹丕在《典论·论文》中说"文以气为主"②,就是指作家的气质、个性,即感性心灵。

气既然是生命力,就自然而然地含有了"力"和"壮"的意思,孟子所说的"浩然之气"③,就是指一种强壮的道德精神力量。因此,"气"也往往与"力"、"壮"、"骨"连在一起。王充《论衡·儒增》云:"人之精乃气也,气乃力也。"④谢赫《古画品录·卫协》云:"虽不该备形妙,颇得壮气。"⑤又说:"神韵气力,不逮前贤。"⑥孙过庭《书谱》云:"假令众妙攸归,务存骨气。"⑦加上"力"、"壮"、"骨"这些含义,"气"就成了强壮精神的生命力,或曰强壮的心灵,这层含义非常重要,"气"与"韵"的主要差别就在此。作为中国古代文艺思潮之一的"文以气为主"的"气",其主要含义就是强壮的精神生命力,强壮的心灵。这也是作为诗学范畴的"意境"具有生命精神和意识的原因所在。

魏晋南北朝的文艺美学家大多是重"气"的。曹丕所说之气,就是一种壮气,他说:"应玚和而不壮"⑧、"公干有逸气,但未遒耳"⑨、"徐干时有齐气"⑩,都是提倡一种强壮之气。刘勰的《风骨》篇乃是"重气之旨"的发展,他从情、思与理、辞诸方面进行分析,主旨是提倡一种壮气之美、阳刚之美。刘勰的"风骨"是"建安风骨"或"建安风力"的继承和发展。建安文学的"慷慨以任气,磊落以使才"⑪、"雅好慷慨"、"志深而笔长,故梗概而多气"⑫,就是一种壮气之美、阳刚之美。

唐代的陈子昂号召文坛的旗帜,便是"汉魏风骨",所谓:"文章道弊五百年矣。汉、魏风骨,晋、宋莫传,然有文献可征者。仆常暇时观齐、梁间诗,彩丽竞繁,而兴寄都绝,每以咏叹。思古人常恐逶迤颓靡,风雅不作,以耿耿也。"⑬这段话中的"兴寄都绝"、"风雅不作",其实质也是要提倡一种壮气之美、阳刚之美。

中唐的韩愈提出"气盛言宜"("气盛则言之短长与声之高下者皆宜")⑭、"不平则鸣"

---

① 《庄子·知北游》,陈鼓应:《庄子今注今译》(最新修订重排本),第597页。
② 郭绍虞主编:《中国历代文论选》第一册,第158页。
③ 《孟子·公孙丑上》,杨伯峻:《孟子译注》,第62页。
④ 郑文:《论衡析诂》,成都:巴蜀书社,1999年,第445页。
⑤ [南齐]谢赫:《画品》,王伯敏、任道斌主编:《画学集成》(六朝—元),第18页。
⑥ [南齐]谢赫:《画品·顾骏之》,王伯敏、任道斌主编:《画学集成》(六朝—元),第18页。
⑦ 华东师范大学古籍整理研究室:《历代书法论文选》,上海:上海书画出版社,1979年,第130页。
⑧ [魏]曹丕:《典论·论文》,郭绍虞主编:《中国历代文论选》第一册,第158页。
⑨ [魏]曹丕:《与吴质书》,郭绍虞主编:《中国历代文论选》第一册,第165页。
⑩ [魏]曹丕:《典论·论文》,郭绍虞主编:《中国历代文论选》第一册,第158页。
⑪ [梁]刘勰:《文心雕龙·明诗》,张长青:《文心雕龙新释》,第84页。
⑫ [梁]刘勰:《文心雕龙·时序》,张长青:《文心雕龙新释》,第538页。
⑬ [唐]陈子昂:《与东方左史虬修竹篇序》,郭绍虞主编:《中国历代文论选》第二册,第56页。
⑭ [唐]韩愈:《答李翊书》,郭绍虞主编:《中国历代文论选》第二册,第116页。

（"大凡物不得其平则鸣"）①，这种气就是愤郁不平的情怀，提倡一种豪情壮志，也是指这种强壮的气。不过韩愈有划时代的意义，从他开始文坛便要改变唱壮气之美，而唱"韵"的调子了。综上所述，可以看出：在文艺领域提倡"气"，并不仅仅是提倡"气"而已，实际上是提倡雄壮之美、热情之美、动态之美。

"韵"作为一重要美学范畴，宋代开始被凸显出来。宋范温《潜溪诗眼》说："自三代秦汉，非声不言韵；舍声言韵，自晋人始；唐人言韵者，亦不多见，惟论书画者颇及之。"②范温这段话准确地描述了宋以前"韵"这一审美范畴的演变过程。

"韵"在魏晋之前，仅限于声韵。汉代许慎《说文解字》云："韵，和也。"③汉末用于论乐，蔡邕《弹琴赋》云："繁弦既抑，雅韵复扬。"④又魏曹植《白鹤赋》有"聆雅琴之清韵"⑤。这里论声音和音乐之美的"韵"，包含三个意义：一是声音自身之美，声音以和谐为美。故刘勰《文心雕龙》说"异音相从谓之和，同声相应谓之韵"⑥，即和韵；二是指音乐包涵的情调意味，既依从声音，又非声音，即余音；三是与"清"、"雅"相连，非一般的声音，而是指清雅的声音，即远韵。这个最早出现在审美领域的"韵"字，就已包涵了它后来分化发展的多种基因。

魏晋时期，"韵"大量运用于人物品藻，称为"体韵"、"风韵"、"性韵"、"神韵"等，舍声从韵，指人物的神情、风度、体态而言。例如《晋书·庾凯传》："雅有远韵。"⑦《晋书·曹毗传》："玄韵淡泊。"⑧《宋书·王敬弘传》："敬弘，神韵冲简。"⑨《齐书·周颙传》："彦伦词辩，苦节清韵。"⑩等等。这种评人物的"韵"，显然是从情调意味之美和清雅之美二项发展而来，指的是人物内在精神美，而表现形貌的高迈超脱、不拘礼法的清雅之美。与人物特有的才情、个性、智慧、风度密切相关。

南北朝时，用"韵"评画。当时的绘画主要是人物肖像画，以品藻人物的"韵"，施之于品画，是自然而然的事。但是值得注意的是，这时的"韵"，排除了"清"、"雅"、"远"的意义，而与"气力"、"生动"、"体"联系起来。南齐谢赫《古画品录》除"绘画六法"的第一法便是"气韵生动"之外，评论具体画家还有"神韵气力，不逮前贤"⑪等语，陈代姚最的《续画品》也有"体韵精研"⑫的说法，这与魏晋人物品藻中的"韵"的意义是不同的，这里的"气韵生

---

① ［唐］韩愈：《送孟东野序》，郭绍虞主编：《中国历代文论选》第二册，第 125 页。
② ［宋］范温：《潜溪诗眼》，郭绍虞：《宋诗话辑佚》（卷上），北京：中华书局，1980 年，第 373 页。
③ ［汉］许慎著，班吉庆、王剑、王华宝点校：《说文解字校订本》，南京：凤凰出版社，2004 年，第 73 页。
④ ［清］严可均辑：《全上古三代秦汉三国六朝文》第 1 册，北京：中华书局，1958 年，第 854 页。
⑤ ［清］严可均辑：《全上古三代秦汉三国六朝文》第 2 册，第 1129 页。
⑥ ［梁］刘勰：《文心雕龙·声律》，张长青：《文心雕龙新释》，第 396 页。
⑦ ［唐］房玄龄等：《晋书》，北京：中华书局，1974 年，第 1395 页。
⑧ ［唐］房玄龄等：《晋书》，第 2387 页。
⑨ ［梁］沈约：《宋书》，北京：中华书局，1974 年，第 1731 页。
⑩ ［梁］萧子显：《南齐书》，北京：中华书局，1972 年，第 734 页。
⑪ ［南齐］谢赫：《画品·顾骏之》，王伯敏、任道斌主编：《画学集成》（六朝—元），第 18 页。
⑫ ［陈］姚最：《续画品·刘璞》，王伯敏、任道斌主编：《画学集成》（六朝—元），第 18 页。

动"、"体韵遒举"①、"情韵连绵"②,都与"清"、"远"、"淡"等形容词格格不入。产生这种差别的原因,大约只能到魏晋与齐梁时期审美和社会思潮倾向不同中去寻找。齐梁时期社会思潮,由玄学的追求淡远虚静的理想,转向社会现实,追求感官的享乐,宫体诗的产生便是明证。于是动人的风姿、优美的体态、生动的形象成为人们审美的焦点,因此而把"气"和"韵"联系起来,谢赫的六法之一"气韵生动"就是指绘画要创造出一种充满生命力的生动的形象。

充满勃勃生机、奋发精神的唐代,与"韵"体现的那种清雅阴柔之美是不合调的,所以唐人很少言"韵","韵"这一美学范畴在唐代被冷落了。

晚唐以后,社会和美学风潮大变。司空图将"韵"和"味"结合起来,提为诗歌鉴赏的本旨,所谓"韵味",即"韵外之致"、"味外之旨"③,即诗歌意境深微淡远的意味,亦即意境形而上的哲理性的意蕴。这是对魏晋"韵"的清新一面的继承和发展。

到了宋代,苏轼就在与壮气的对比中提倡"远韵",他的《书黄子思诗集后》兼论书法和诗歌。显然,较之唐代诗歌的"英玮绝世",苏轼更欣赏魏晋时期"萧散简远"的意境和风格④。韦应物、柳宗元能够在李、杜之后重振这种风格:"发纤浓于简古,寄至味于淡泊"⑤,故受到他的称赞。而所谓"发纤浓于简古,寄至味于淡泊",就是他所说的"远韵"。因此,"远韵"实际上是指清雅、淡远的意味之美。苏轼之后,黄庭坚提倡"凡书画,当观韵"⑥,"论人物要是韵胜为尤难得"⑦。范温更是把"韵"推为极至,他在《潜溪诗眼》中云:"韵者,美之极。"⑧又说:"凡事既尽其美,必有其韵;韵苟不胜,亦亡其美。"⑨而对这种情况,谁也不能否认,一个"文以韵为主"的时代的到来。

明清两代,"韵"的地位虽有升降,但从未跌落。明人陆时雍则进一步指出"韵"是意境的生命,"有韵则生,无韵则死"⑩。经过明代的"古淡"一派发展到清代,王士禛提出了"神韵"说。"神韵"说的主旨就是提倡清远淡雅的意境和风格,而"清远"就是"味外味",一种深微冲淡的意蕴美,一种阴柔之美。王士禛的门人吴陈琰论"神韵"说:"余尝深旨其言。咸酸之外者何? 味外味也,味外味者何? 神韵也。"⑪

从以上的概述可知,"气"与"韵"由合一而分立、由分立而对立的过程,这说明这两个概念既有联系又有区别。现在我们来分析一下它们的联系和差别,以及其文化内涵和审

---

① [南齐]谢赫:《画品·陆绥》,王伯敏、任道斌主编:《画学集成》(六朝—元),第19页。
② [南齐]谢赫:《画品·戴逵》,王伯敏、任道斌主编:《画学集成》(六朝—元),第20页。
③ [唐]司空图:《与李生论诗书》,郭绍虞主编:《中国历代文论选》第二册,第196、197页。
④ [宋]苏轼:《书黄子思诗集后》,郭绍虞主编:《中国历代文论选》第二册,第300页。
⑤ [宋]苏轼:《书黄子思诗集后》,郭绍虞主编:《中国历代文论选》第二册,第300页。
⑥ [宋]黄庭坚:《题摹燕郭尚父图》,吴光田编注:《黄庭坚书论全辑注》,石家庄:河北教育出版社,2008年,第11页。
⑦ [宋]黄庭坚:《题绛本法帖》,吴光田编注:《黄庭坚书论全辑注》,第38页。
⑧ [宋]范温:《潜溪诗眼》,郭绍虞:《宋诗话辑佚》(卷上),第372页。
⑨ [宋]范温:《潜溪诗眼》,郭绍虞:《宋诗话辑佚》(卷上),第373页。
⑩ [明]陆时雍:《诗镜总论》,周维德集校:《全明诗话》(六),济南:齐鲁书社,2005年,第5122页。
⑪ [清]吴陈琰:《蚕尾续诗集序》,《王士禛全集》(二),济南:齐鲁书社,2007年,第1153页。

美指向。

"气"的主要内含,即强壮的生命力,或强壮的心灵。而"韵"始于论声,有和韵、余音、远韵三义。人之声,出于气;物之声,出于风,而风乃气之动。后来"气"用来指人的精神、个性、气质,即人的精神生命力;"韵"指人的神情、风度、体态。而人的神情、风度、体态,是人的精神、个性、气质的表现。所以无论从人和声音方面说,"韵"和"气"都是密切相关的,"韵"隶属于"气",合为"气韵"是自然而然的事。

但是,"气"有清浊刚柔,生命力有强有弱,如前所述,"气"作为表示生命力的概念,又带有力和壮的含义,也就是"气"主要指壮气刚气,较强的生命力;那么,浊气、柔气,较弱的生命力就用"韵"来表示。在中国古代,凡提倡阳刚之美,多重气,如曹丕、刘勰、韩愈等;凡提倡阴柔之美者,多重韵,如司空图、苏轼、王士禛等,元好问论诗时说:"邺下曹刘气尽豪,江东诸谢韵尤高。"①就反映了这种差别。

再从人与物的层次结构来看,"气"和"韵"都不是外在的形,而是内在的神。所以,气、韵、神三者联系紧密。"气"和"韵"组成"气韵","韵"和"神"组成"神韵","气"和"神"组成"神气"。这表明它们的一致性。

但是如果对神的层次作进一步分析的话,"气"作为事物的生命力,离形较近,处于神的较浅层次;而"韵"作为事物的灵魂,处于神的最深层次。故"气"处于形神之间,而"韵"处于气神之间。"气"较为外露,"韵"较为幽隐。"气"较实,"韵"较虚。"气"较为刚健,"韵"较为柔弱。如果说"气"是一种雄壮之美、热情之美、动态之美,那"韵"则是一种柔弱之美、淡泊之美、静态之美。因此我们可以说,"气"和"韵"两个范畴代表了两种审美形态和审美理想。

如果从审美时代来说,我国封建社会前期是"文以气为主"的时代,中唐以后是封建社会的后期,是"文以韵为主"的时代。有人说,中唐以前,中国古代审美理想是壮美,到中唐以后转变为优美。这种转折,实际上是到宋代,由于"韵"的推重才得到完成的,"韵"的审美范畴的提出实际上是中国封建社会后期一种审美形态和理想的形成,它不再以气势、意境雄浑取胜,而转向人们的心境和意绪方面。"韵"以淡泊含蓄、空灵自然取胜,虽少激扬壮阔之情,却多精细深蕴之意,使人进入一种深微精细的艺术感受之中,这是中国艺术成熟的表现,也是审美认识发展之必然。

从文化内涵来看,"气"是宇宙的本源和动力,是艺术创作的本体;"韵"以庄禅为本,指向含蓄淡泊、清虚简远的意境和风格,是一个艺术鉴赏的范畴。明人谢在杭在讨论谢赫绘画六法时说:"以气韵为第一者,乃赏鉴家言,非作家法也。"②"韵"审美范畴的提出,从艺术创作和艺术品位两方面大大深化了中国古代审美意境和风格的理论。古人言"韵",不只是宽泛地就诗的意象和意境"有余意"而言,而是包含了更强烈的精神个性的追求,与其

① 〔金〕元好问:《自题中州集后五首》,狄宝心校注:《元好问诗编年校注》,北京:中华书局,2011年,第1330页。
② 〔清〕邹一桂:《小山画谱》,王伯敏、任道斌主编:《画学集成》(明一清),第464页。

独特的审美理想和人格气度相关。姜白石曰:"一家之语,自有一家之风味。如乐之二十四调,各有韵声,乃是归宿处。模仿者语虽似之,韵亦无矣。"①姜白石所言,正说明这一点。宋人重"韵",从唐人的"意境"说转向韵味说,也从艺术鉴赏方面的认识提高了一步,重在从鉴赏品味方面把握艺术作品的风格个性和意境之美。

"韵味"这一概念,就是指意境那种咀嚼不尽、体悟不完的美感因素和效果,包括情、理、意、趣、韵、味等多种因素,因此,又有"情韵"、"气韵"、"韵致"、"神韵"、"兴趣"、"兴味"等多种别名。

我国很早就有以味觉比喻音乐的美感传统。《论语》中就有"子在齐闻韶,三月不知肉味"②的记载,这是说音乐的美感掩盖了孔子吃肉的味觉。《礼记·乐记》也有类似的说法:"《清庙》之瑟,朱弦而疏越,壹倡而三叹,有遗音者矣。大飨之礼,尚玄酒而俎腥鱼,大羹不和,有遗味者矣。"③也是用"味"来比喻音乐的美感。陆机在《文赋》中,曾用"阙大羹之遗味,同朱弦之清泛"④,来批评那些"雅而不艳"的文艺作品缺少味,引不起人们的美感,第一次把"味"和文学作品联系起来。这种以味觉与音乐美感相通的观念,后世续有衍流。刘勰在《文心雕龙》中论到味的地方有多处,有"讽味"、"研味"、"味之"、"滋味"、"义味"、"辞味"、"余味"、"遗味"等说法,可见刘勰是相当自觉地把"味"作为一个重要的审美范畴来使用的。其义可分两种情况:作动词使用时,指审美活动;作名词使用时,指文学作品的美感力量。特别是刘勰在《隐秀》篇中,谈到"味"与文学作品含蓄有密切关系:"深文隐蔚,余味曲包。"⑤"情在词外曰隐,状溢目前曰秀。"⑥这说明具有深厚的意蕴和鲜明形象的作品,才能使人产生"玩之者无穷,味之者不厌"⑦的美感。

钟嵘继承前人观点,在《诗品序》中提出了"滋味"说,为文艺美学美感作出了重要的理论建树。钟嵘认为诗的"滋味"是与诗歌的意象性和情感性有密切关系的。他考察了四言、五言和骚体之后,得出"五言居文词之要,是众作之有滋味者也"⑧的结论。而五言诗之所以有"滋味",其原因就在它"指事造形,穷情写物,最为详切"⑨。"指事造形"是指叙事写景,"穷情写物"是指抒情状物。也就是说,五言之所以有"滋味",不仅在于描绘自然景物和各种人事生动逼真,而且诗人还要满怀激情写景状物,做到情景交融。所以"指事造形,穷情写物"所揭示的问题,关乎诗歌的生命——诗歌的意象性和情感性问题。文艺作品的意象愈是生动鲜明,思想感情愈是真挚深厚,就愈有"滋味";相反,就没有"滋味"。

---

　　① [宋]姜夔:《白石道人诗说》,[宋]姜夔撰、孙玄常笺注:《姜白石诗集笺注》,太原:陕西人民出版社,1986年,第329页。

　　②《论语·述而》杨伯峻:《论语译注》,第70页。

　　③ 潜苗金:《礼记译注》,第455页。

　　④ 郭绍虞主编:《中国历代文论选》第一册,第174页。

　　⑤ [梁]刘勰:《文心雕龙·隐秀》,张长青:《文心雕龙新释》,第481页。

　　⑥ [宋]张戒:《岁寒堂诗话》引刘勰语,张长青:《文心雕龙新释》,第482页。

　　⑦ 张长青:《文心雕龙新释》,第478页。

　　⑧ [梁]钟嵘著、陈延杰注:《诗品注》,北京:人民文学出版社,第2页。

　　⑨ [梁]钟嵘著、陈延杰注:《诗品注》,第2页。

所以，钟嵘批评玄言诗说："永嘉时，贵黄、老，稍尚虚谈，于时篇什，理过其辞，淡乎寡味。"①用抽象道理写诗，既无意象，又缺乏感情，丧失了艺术的意象和情感之美，自然谈不上有"滋味"美感了。

晚唐司空图在前人的基础上，创立了诗歌意境的韵味说，他认为意境的审美效果有一种无限的绵远不尽的韵味，不仅有味内之味，还有味外之味。他还把这种"味外味"，称为"韵外之致"和"味外之旨"②。

自宋代起，更突出"韵味"的美感内涵和地位。宋范温说："韵者，美之极。"③明人陆时雍则进一步指出，"韵"是意境的生命，"有韵则生，无韵则死"。又说："物色在于点染，意态在于转折，情事在于犹夷，风致在于绰约，语气在于吞吐，体势在于游行，此则韵之所由生矣。"④由此可见，所谓"韵味"，是由物色、情感、意味、事件、风格、语言、体势多种因素构成的美感效果，这种意境包含的极美的韵味，是意境必备的审美效果，也是意境审美的特征之一。

我们应该看到，中国人的美感观念由品尝食物发端，辨口味是最早的源头，在这点上与西方民族的传统是不同的。西方人谈美感，虽然也用到"趣味"一词，但属于比况的说法，而且是纯主观的。在理念上他们是明确排斥味觉有审美功能的。柏拉图就说过："美只起于听觉和视觉所生的那种快感。"⑤黑格尔更明确地说："艺术的感性事物只涉及视听两个认识性的感觉，至于嗅觉、味觉和触觉则完全与艺术欣赏无关。"⑥所以，西方人很难理解东方民族以"味"论诗的传统，甚至觉得有神秘感。中西美学在辨"味"问题上的差异，根底上来自文化观念，来自中国"天人合一"的生命意识和西方二元哲学的认识论取向的不同。西方传统以文艺为认识的手段，审美的最终目的亦是要上升到"理念"，于是只有视觉和听觉这两种高级的感官功能才具备向理性认识转化的条件，而味觉、嗅觉、触觉之类的低级官能自要排除在外了。在我们的传统中，文艺和审美均属于人的生命的体验活动，味觉也是一种生命的体验，虽以满足口腹之欲为主，仍含有某种精神愉悦成分，也就难以和审美截然分开了。

总之，对韵味的强调，是中国美学和文艺理论中的民族特色，也是对意境审美特征的一个重要规定。"韵味"就是要求意境美要有美感，要求诗歌意境要有情味、理趣、意趣、韵致，有言外之意、韵外之致、味外之旨，要言有尽而意无穷，要有无穷的永久的艺术魅力。艺术实践证明，凡是有意境的作品，无不给人以韵味无穷的审美感受。

谢灵运的诗句"池塘生春草，园柳变鸣禽"⑦之所以成为千古名句，就在于它创造了一

---

① ［梁］钟嵘著、陈延杰注：《诗品注》，第1页。
② ［唐］司空图：《与李生论诗书》，郭绍虞主编：《中国历代文论选》第二册，第196、197页。
③ ［宋］范温：《潜溪诗眼》，郭绍虞：《宋诗话辑佚》（卷上），第372页。
④ ［明］陆时雍：《诗镜总论》，周维德集校：《全明诗话》（六），第5122页。
⑤ ［古希腊］柏拉图：《文艺对话集》（朱光潜译），北京：人民文学出版社，1963年，第200页。
⑥ ［德］黑格尔著、朱光潜译：《美学》第一卷，北京：商务印书馆，1979年，第48页。
⑦ ［南朝宋］谢灵运：《登池上楼》，殷石臞选注：《谢灵运诗》，北京：商务印书馆，1935年，第17页。

种意境,语言自然平淡,而韵味无穷。一方面诗句表现了一种生命的体验,"春草"和"园柳",一片碧绿,生机勃勃,春意盎然,显现了本然的整体的春天气氛和面貌;另一方面,诗句对生命的体验中,没有理性和逻辑的参与,没有任何观念参与的痕迹,但又体现了诗人一种自然人生价值的追求,一种对宇宙生命的热爱,蕴含老庄之学最高主旨,不过这种哲理是以理趣、意趣和生活世界的本真出现的。一切都显得那么自然空灵、明白清新,无人工斧凿的痕迹。读者感受到的,既是诗人人生体验的呈现,又是老庄哲学的深切妙悟,以及二者的结合。这既契合中国古代文化的精神又是审美的呈现,整个境界中充满了理趣、意趣、情趣,以及韵外之致、味外之旨。这就是这两句诗具有永久无穷的艺术魅力的原因吧。

陶渊明诗的意境既有深刻人生的体验和感慨,也有深邃的哲理和文化内涵,因而有悠远的无穷的韵味,所以历来受到人们的喜爱和推崇。请看他的《饮酒》其五:

> 结庐在人境,而无车马喧。
> 问君何能尔,心远地自偏。
> 采菊东篱下,悠然见南山。
> 山气日夕佳,飞鸟相与还。
> 此中有真意,欲辨已忘言。[①]

这首诗既是陶渊明隐逸人格的自我写照,也是他崇高自然思想的集中反映。诗中构建了一个平淡、自然而又宁静、自由的意境。诗中既蕴含哲学理趣,也充溢诗人对人生体验的情趣和意趣。既平淡、自然,又隽永真醇,真是韵味无穷。

从理趣看,这首诗蕴藏着深刻哲理和丰富的文化内涵,全诗表现了传统文化"天人合一"的观念和一种返归自然的人生理想。"结庐在人境,而无车马喧","采菊东篱下,悠然见南山",这是一种多么惬意的对归隐田园、从事躬耕垄亩生活的向往。陶渊明在《归园田居》其三中,曾描述了"种豆南山下"、"带月荷锄归"[②]的诗意生活,他对这种隐逸生活,有一种"悠然心会,妙处难与君说"[③]的美好感受。但这种生活中,深蕴着中国传统文化观念。在魏晋时期人的自觉基础上,追求人的精神自由和人格独立的哲理在里面。因而使这首诗,真是咀嚼不尽,韵味无穷。"山气日夕佳,飞鸟相与还",是一种回归自然的理想人生的呈现。你看,飞鸟晨出夕返,眷恋山林,宇宙万物莫不顺乎自然。人当然也是这样,回归自然过一种精神自由人格独立的隐逸生活。从这里,我们又分明感受到诗人那种鄙弃名教、厌恶仕途,不与统治者同流合污的人生态度和高尚情操,以及老庄哲学对他的影响。

从情趣来说,"问君何能尔,心远地自偏",表现了一种淡泊名利的情趣,有佛老清静无

---

① 袁行霈:《陶渊明集笺注》,第 247 页。
② 袁行霈:《陶渊明集笺注》,第 85 页。
③ [宋] 张孝祥:《念奴娇·过洞庭》,宛敏灏校笺:《张孝祥词校笺》,北京:中华书局,2010 年,第 17 页。

为的思想感情。"采菊东篱下,悠然见南山",既是一种闲适自由的情趣,也是对归隐独立生活热爱的感情。"山气日夕嘉,飞鸟相与还",是一种热爱自然、热爱生命的情趣。这些诗句,语浅意深,蕴涵丰富,发人深思。清人潘德舆《养一斋诗话》说陶诗"任举一境一物,皆能曲肖神理"[①],所谓"神理",就是意境深藏的哲理和情趣,陶诗意蕴深远。

此外陶诗中还有一种意趣,涉及玄学中的言意之辩。如果说谢灵运的山水诗还有一个玄言诗的尾巴,是用文学形式讲解玄学,那么陶诗则把山水田园作为自己生命的体验,无意用诗歌作玄言的图解。诗的结尾"此中有真意,欲辩已忘言",由实到虚,以虚涵实,把玄学言意之辩的哲学变为审美的理论,可谓妙极!诗人说自己在大自然中领悟到许多人生真谛,无法用语言表达,也无须用语言表达。就人生来说,从仕到隐,这是一个新的人生境界;就艺术来说,从生活世界到审美境界,也是一个全新的境界。这是一个美的艺术世界,真实的东西都显现出来了,是一个本然的世界。它涵盖了更多的、更丰富的无限意蕴,无法用语言表达出来,个中滋味,就留给读者自己去体悟品味了。苏轼评陶诗"外枯而中膏,似淡而实美"[②],元遗山《论诗绝句》论陶诗"一语天然万古新,豪华落尽见真淳"[③],都是很精到的中的之论。

综合上述"纵"和"横"两方面的论述,意境以它物我两忘、情景交融的意象特征,有虚有实、虚实相生的结构特征,含蓄空灵、意蕴深邃的本质特征,气韵生动、韵味无穷的美感特征,集中体现了中华民族的审美理想,成为美学和文艺的最高境界,是中华民族美学和文艺最具民族特色和现代意义的核心范畴。

下篇　意境论的文化渊源

经过以上对意境论的"历时性"和"共时性"的现代文化考察,我们不难发现意境论的文化渊源,有三个方面:"天人合一"是意境论的文化根源,儒、释、道三结合是意境论的哲学基础,人生、人格境界论是意境论的人学实质。下面我们对这三个方面做一点粗略分析。

一、"天人合一"是意境论的文化根源

1."天人合一"与"主客二分"

中国"天人合一"的文化观念起源于巫术,在"轴心时代"的《易传》中奠定了基础,中经

---

① [清]潘德舆:《养一斋诗话》,郭绍虞编选、富寿荪校点:《清诗话续编》(下),上海:上海古籍出版社,1983年,第2036页。

② [宋]苏轼:《评韩柳诗》,郭绍虞主编:《中国历代文论选》第二册,第304页。

③ 郭绍虞笺释:《元好问论诗三十首小笺》,北京:人民文学出版社,1978年,第60页。

汉代和魏晋南北朝深入发展,到唐宋时期有了比较成熟完备的形态。对这一命题,各个历史时期的思想家、哲学家各有不同的解释,其实质是讲人的生命和宇宙万物的生命融合为一体,承认天道与人道一致,探求世界的统一性,从而在主体与客体、人和自然、个性与社会之间建立一种协调的关系。

中国传统文化对"天人合一"的理解,依其对"天"的解读不同,大致有三种模式:

第一,在夏、商、周三代的时候,"天"指高高在上的主宰宇宙万物的人格神,"人"则主要指"天子"、"人王"的统治者。这里的"天人合一"主要是指"天"与统治者的合一,"天人合一"的达成,则是通过"天"的威严和赏罚而实现的。夏、商灭亡后,周公提出了"以德配天"的理论,解释夏、商的统治者为什么灭亡,是统治者的德行与"天"的德行不一致。因为"天"具有至上的道德,其表现就是"生育万物",所以统治者也要像天一样关心老百姓。当统治者能以苍生为念,即与天合德时,"天"就会保证其统治地位,而当与天相背时,"天"就会剥夺他的统治权,所以统治者应当修德以配天。从西周一直到董仲舒的"天人感应"的神学目的论的道德学说,都基本没有超出这种"天人合一"的模式。

第二,在道家哲学中,"天"主要指与"地"相对的"自然"。这个"自然"并不是指自然界的自然,也不是指"物质的天",而是指自然存在的本来面貌,包括三义:一是"自生",就事物来源说,万物都是自生自长的,不是他造的;二是"自尔",就事物情状说,万物都是未经人化的本然状态,不是人为的;三是"自化",就事物变化发展来说,万物都是自变自化的,不依赖于外力。中国哲学中的"自然"与西方哲学中的"回归自然"中的"自然"是截然不同的。老子认为,因为"天"和"人"同生于"一"(原始混沌的宇宙),所以,它们具有同样的根或本性,遵循同样的宇宙根本规律——"道"。这就是"天人合一"的根本原因。老子认为"天人合一"的根本方法是"人法地,地法天,天法道,道法自然"①。在道家看来,"天人合一"就是"天人合道",人服从自然。人遵循天道、地道,也就是遵循宇宙的根本规律。人也就具有了与天地一样的"大德",所以,老庄的"天人合一"论,就是服从自然说。

第三,宋明理学的"天人合一"的观念。它承袭了先秦儒学的基本精神,并在综合佛道诸学的基础上作了新的阐释。在宋明理学中的"天"不再是人格神,也不是道家的"自然"的天,而是作为社会道德纲常抽象化的"义理之天"。所以,"天"往往称为"天理"或"天道"。

张载以气一元论为逻辑起点,继承孟子的"尽其心者,知其性也;知其性,则知天矣"②的天性与人性相通之论,提出了"天人合一"的论题,论证了人性和天性原本是同一的。但是张载的"天人合一"最终还是落实到"人"与"天"在道德伦理秩序上的一致性。他说:"天之生物也有序,物之既形也有秩。知序然后经正,知秩然后礼行。"③这就是说,人类社会的礼仪秩序与天地的尊卑大小秩序是一致的。

---

① 陈鼓应:《老子注译及评介》(修订增补本),第159页。
② 《孟子·尽心上》,杨伯峻:《孟子译注》,第301页。
③ [宋]张载撰、[清]王夫之注:《张子正蒙》,上海:上海古籍出版社,2000年,第126页。

程朱理学认为"理一分殊",天理与人理,原出于同一个太极,所以它们是一致的。朱熹说:"宇宙之间,一理而已。天得之而为天,地得之而为地。而凡生于天地之间者,又各得之以为性。其张之为三纲,其纪之为五常,盖皆此理之流行,无所适而不在。"①"天人合一"指现实中的人去掉人欲,复明心中天理,也就是"明天理,灭人欲"②。人只要革除心中之欲望(使人背离天德的原因),天理自然昭明,达到"天人合一"。所以,宋明理学的"天人合一",完全是论证封建伦理道德的必然性和合法性,成为中国封建社会的主流思想和社会意识形态。

以上中国文化中对"天人合一"理解的三种模式,不管是把"天"理解为人格神,还是把"天"理解为"自然"的天,以及把"天"理解为"天理"——封建社会的伦理道德,你都得服从天,是一种服从自然说。这种"天人合一"的观念,我们把它看成是"原始的天人合一",是一种前科学的文化现象。这种文化观念,有其复杂的社会历史、民族、传统根源,但主要是中国封建社会农耕文化小农自然经济的产物。因为,对于农耕文化中的人,他是"靠天吃饭",无力征服自然,与其说他是处于社会之中,不如说他是处于自然之中,他对自然有一种情感上的协调和亲和感。

"天人合一"既是生发宇宙的生成论的中国传统文化宇宙观,又是根深蒂固内化为中华民族心态的整体有机的思维模式和富有辩证意味的思维方法。因此,古代中国人对世界的看法和思维模式与西方古代人是不同的,前者却是更多地趋向于一体化的。他们不喜欢将各个方面强为割裂,不强调人与自然、个体与社会、主观与客观的对立,而是习惯于从整体的直觉上融会贯通地加以把握,这就形成了中国古代人的整体直觉的思维模式。

中国人的宗教观念里亦有凌驾于人世之上的神,其主宰神称作"皇天"或"天帝",但中国人的"天帝",不同于西方人的"上帝",前者是一种人格神,他和人有一种特殊血缘关系。早在殷商时代,天帝就是民族的祖宗神和保护神,所以殷商时碰到大大小小的事,都向天帝占卜,请示祈祷;其死去的先人,亦皆被认为回到了天帝身边。西周以后,"天"与"人"的亲缘关系扩大了,不再局限于一家一族的祖先神,但天帝与地上统治者仍有亲属关系,故人王要自称"天子"。这样一个以全人类大家长姿态出现的神,自然不能不关心人间生活,他要像家长一样对世人行使劝勉、谴告、奖励、惩罚的权力,从而产生了我们独特的"天人感应"、"天人合一"的宗教理论观,神的世界和人的世界、此岸和彼岸打通一气。

就纯思辨的哲学而言,老庄哲学把"道"作为宇宙万物的根本,"道生一、一生二、二生三、三生万物"③。到了汉代哲学一般将"元气"视为宇宙万物的本根。阴阳二气和合而生万物,是一个整体流变的过程,不同于西方原子论,将物质分解为各个独立的机械组合。而宋代的哲学家虽然宣称"理在气先",同时又承认"道不离器",他们所谓的"天理"、"天

---

① [宋]朱熹:《读大纪》,郭齐、尹波点校:《朱熹集》(六),成都:四川教育出版社,1996年,第3657页。
② [宋]朱熹:《朱子语类》卷十二,《朱子全书》第14册,上海:上海古籍出版社,合肥:安徽教育出版社,2002年,第367页。
③ 陈鼓应:《老子注译及评介》(修订增补本),第225页。

命",即体现于"人性"、"人伦"之中,这跟西方哲学家强为分割的"理念世界"与"现象世界"、"此岸和彼岸"、"现象和本质"也是大异其趣的。

李约瑟在《中国科学技术史》第三卷中,曾经对中国古代的文化宇宙观和整体直觉的辩证思维模式加以总结,他说:"当希腊人和印度人很早就仔细地考虑形式逻辑的时候,中国人则一直倾向于发展辩证逻辑。与此相应,在希腊人和印度人发展机械原子论的时候,中国人则发展了有机宇宙的哲学观。"① 著名的物理学家爱因斯坦也有同样的看法。这一论断说明中西的文化宇宙观和思维模式的差异。

中国"天人合一"的文化宇宙观和思维方式,虽然有不可避免的历史局限,但是也的确包含有许多合理因素。这对我们今天进行现代化的思考,无疑是很有参考价值的。

首先,中国传统文化中的"天人合一"观,强调人与自然的和谐一致,这对纠正那种把人与自然截然对立起来的形而上学的错误观点,显然具有指导意义。自从人类社会进入近代以来,生产力发展很快,以至于达到使人类"忘乎所以"的程度。人们片面强调自己是自然界的主人,忘记了自己是自然界的一部分,错误地把人和自然对立起来。在这种形而上学的自然观的引导下,人和自然的矛盾越来越尖锐。人类满怀"征服自然"的信心,一味向自然索取,把自然看作增殖财富的对象,结果导致环境污染与恶化。环境危机、生态失衡、能源危机、气候恶化,严酷的现实迫使人类不得不回过头来,重新检讨人类的行为方式和思维方式,以祈求重新找回人与自然的和谐。这样,我国古代的"天人合一"的观念,难道不值得我们现代人参考吗?

其次,中国传统文化宇宙观,把认识世界与认识人自身紧紧地联系起来,也可以进行现代转换。自从19世纪马克思主义哲学诞生以来,哲学的发展呈现世界化、整体的趋势,使人类的哲学思考方式发生了根本变化,这一点在现代西方哲学中表现得十分突出。一些现代哲学家批判西方哲学的主客分离的传统思维方式,要求把主客体统一起来。海德格尔指出,在西方,"形而上学"讲了千余年,总是讲不清,问题就出在哲学思维方式不对头,用对象性的思维方式看待本源性问题,盘旋于"知识论—本体论"之间,这种以主客分离为特征的思维方式,以静止的观点、抽象的观点看待世界,脱离了人与世界的总体联系。② 海德格尔在批判西方哲学中的"形而上学"传统时,曾注意到中国传统哲学思维方式的长处,对东方"非概念性语言和思维"表示钦佩。③ 中国传统哲学中把认识世界同认识自身统一起来的哲学思维方式,与马克思主义哲学思考方式是比较接近的。马克思主义哲学认为主体与客体是辩证统一的关系:人类对自身认识是在认识世界、改造世界的过程中逐步加深的;反过来说,人类对自身认识的加深,又促使认识世界、改造世界的能力

---

① [英]李约瑟:《中国科学技术史》第三卷,北京:科学出版社,1978年,第337页。
② 参阅[德]海德格尔:《形而上学是什么》、《〈形而上学是什么?〉导言》等文,[德]海德格尔著、孙周兴译:《路标》,北京:商务印书馆,2001年。
③ 参阅[德]海德格尔:《从一次关于语言的对话而来——在一位日本人与一位探问者之间》,[德]海德格尔著、孙周兴译:《在通向语言的途中》,北京:商务印书馆,2005年。

的提高。从这一点来看,把中国传统的哲学思考方式提升到现代哲学的高度并不是不可能的。

　　最后,中国传统哲学"天人合一"的观点,具有注重价值理性的特点,这对于遏制现代人科技理性的过度膨胀,也能起到制衡作用。当今时代,西方发达国家的一些思想家已经注意到"科技理性"过分膨胀的危害性,马尔库塞在《单向度的人》一书中尖锐地指出,在当代工业发展的社会里,由于科学技术的高度发展、生活水平的提高,人在技术控制和物欲的操纵下,变成了只有物质追求而没有精神追求的"单向度的人"。① 中国传统的文化观"天人合一"特别注重价值理性,对解决这一社会问题,可能会有所帮助。在今天中国商品经济迅速发展的情况下,注意协调好物质文明建设和精神文明建设的关系,在注重科技理性的同时,继承我们的优良传统,注重价值理性,提高人的精神境界,确保人的真、善、美的全面发展。

　　"天人合一"的文化宇宙观具有上述三方面的合理因素,同时,因为我国传统的文化宇宙观是原始的"天人合一",是一种前科学的文化现象,这就难免有它的历史局限性。这也有三个方面:第一,它忽视了发展物质生产是保持和发展人与自然关系的关键环节,忽视了科学的发展,一味地崇向封建的伦理道德,使我国科学落后,长期停滞在一种敬德求善的文化之中。第二,夸大了人与自然统一的一面,掩盖了人与自然的矛盾斗争。第三,主张道德原则与自然原则的一致,理论上抹杀了自然规律和社会规律的特殊性,实践上使封建伦理道德绝对化永恒化。

　　中国的传统文化观念强调"天人合一",实际上是"服从自然说";西方的传统文化观强调"主客二分",实际上是"征服自然说"。西方这种文化观念,其思想根源,可以从《圣经》中找到。《创世纪》说:世界是上帝创造的,人也是上帝创造的。上帝按自己的形象创造人,是要派他们管理自己的一切。又说:人与自然的关系本来是好的,但是人的始祖亚当和夏娃犯罪——吃了伊甸园禁果——智慧之果,受到了上帝的惩罚,上帝让蛇与人世世为仇,让土地长出荆棘,使人终身劳苦才能吃饱和生存。在这些宗教的神话里包含的思想观念是:第一,人是站在自然之外的自然的主人,具有统治自然的权力,是人类中心主义。第二,人与自然的关系是对立的关系,忽视了统一的一方面。第三,人要征服自然,改造自然,才能求得自己的生存。

　　这些思想的现实基础,就是古希腊晚期航海工商业经济的发展。这些征服自然的思想,发展到启蒙时代,就提出了这样的问题:人怎样才能征服自然呢? 那就要认识自然,就要发挥人的能动性,获得对自然规律性的知识,也就是科学理性文化,所以实验科学的始祖英国培根喊出了"知识就是力量"的口号。对人的力量、对知识的崇拜,使西方近代发展了实验科学(科学就是合规律性知识)。所以西方发展"爱智尚真"的科学文化,恰恰与

---

　　① 参阅[美]赫伯特・马尔库塞著、刘继译:《单向度的人——发达工业社会意识形态研究》,上海:上海译文出版社,1989 年。

中国"敬德求善"的伦理文化形成对照。

西方的近代文明是一种工商文化,它的出发点就是"主客二分","征服自然"。因此,必然站在自然之外,将世界分为心和物、主观与客观、存在与思维、人与自然、人与社会等多元世界。在他们看来,彼物和此物、本体与现象、内容与形式、时间和空间也都是互相对立而不相融合的,这就形成了西方人分析的逻辑的二元对立的世界观和"主客二分"的形而上学的思维模式。

早在希腊人的头脑中,超乎现实的人的世界之上,有一个以奥林匹克山为基地的神的世界。此岸和彼岸是对立的,人和神的关系也是对立的,神对人的支配与人对神的反抗,酿成激烈的矛盾冲突,形成了希腊悲剧中的"命运"主题。著名的《俄狄浦斯王》就是这样一出表现人企图摆脱"命运"控制,而落入"命运"的"陷阱"的惊心动魄的悲剧。

后来,基督教成为西方占主导地位的宗教,它通过天堂与地狱、原罪与赎罪,将人世的苦难与天国的幸福作强烈对照,引导人们超脱现实的困难,去追求天国幸福。总之西方人的宗教观念里,"此岸世界"和"彼岸世界"是对立而不相通的。不像中国的宗教观念里两者是相通一气的,西方是一种"外在超越",而中国是一种"内在超越"。

哲学思想也是如此。柏拉图有"理念世界"和"现象世界"的划分,亚里士多德把事物的构成成分,分为"质料因"和"形式因",这样导致西方传统哲学"心物二元"、"主客二分"。此后康德哲学的"先验意识"与"物自体",黑格尔哲学的"理念"与"自然"的对立,以及现代西方人感受中的"文明"与"自然"、"理想"与"现实"、"人文"与"科学"、"物质"和"心灵"等一系列冲突,都是这种二元哲学的反映。甚至西方自然科学中,原子论物质构造学说和机械论力学体系,都是这种二元世界观的承续和演进。

西方近代这种"主客二分"的文化宇宙观,显然也有其片面性和历史局限。第一,夸大了人的精神力量在征服自然中的作用,把人和自然对立起来。第二,夸大了科学技术的作用,忽视了人的真、善、美的全面发展。第三,忽视了征服自然中对自然的破坏作用,引起了自然的报复,直到现代的思想家们才注意了这个问题,回到了人与自然融为一体思想的新阶段。

2."天人合一"作为文化宇宙观和方法论,为中国美学和文艺的本体论提供了文化上的理论依据

文艺的本体论,就是文艺本质特征的理论依据。在西方近代美学史上,由于其文化观念是"主客二分",所以其艺术本体论的探寻,从模仿自然说,到表现自我说。而中国美学和文艺的本体论,因为文化观念是"天人合一",主张从人与自然的契合中去探寻美,追求宇宙生命精神和人的生命精神的契合,强调心与物、情与景、情与理、意与象、形与神、虚与实的统一,从来没有纯粹的再现和表现之说。从某种意义上说,中国艺术既是再现的,又是表现的;既重情感的抒发,又重自然的描写,正如李泽厚先生在《华夏美学》中指出的:"我们既可以说中国艺术是'再现'的,但它'再现'的不是个别的有限场景、事物、现象,而是追求'再现'宇宙自然的普遍规律、逻辑和秩序。同时又可以说它是'表现'的,但它所表

现的并非个体的主观的情感、个性……在那种对峙意义上的'再现'、'表现'的区分,在中国美学和艺术中并不存在。"①因此,艺术是以情感为中介感受自然生命和人类生命的最精妙的形式。中国人的情感内涵既是自然的、心灵的、个性的,又是社会的、超自然的、理想的,感性与理性以及真、善、美的价值皆寓于其中。故此,中国艺术既重视"应物取象"的艺术内容,又重视"随类赋形"的艺术形式;既强调"气韵生动"的艺术生命力的生动表现,又强调"立万象于胸怀,传千祀于毫翰"②的艺术的永恒和无限;既强调"外师造化",又强调"中得心源"③。在此,宇宙生命本体、人类生命本体、艺术生命本体三位一体,交融互渗,"世界是无穷尽的,生命是无穷尽的,艺术的境界也是无穷尽的"。④ 中国艺术几千年经久不衰的勃勃生机,正是源于这种三位一体。在"天人合一"的文化宇宙观和辩证思维方法指导下,中国人的审美和文艺的眼光,始终在于宇宙生命、人类生命、艺术生命三者永不停歇的融合。这就形成了中国美学和文艺的独特的民族品格,从而在艺术本体方面也形成了中国的意象、意境的形象体系与西方形象、典型的形象体系不同的民族特点。

首先,从这两种形象体系的主客关系来看,东西美学都强调主客体的统一,但其侧重点和统一的方式是不同的。西方侧重于审美客体,强调对客体的静观把握,严格区分物我之间、物物之间的界限,人与自然、个体与社会、客体和主体、物质和精神、内容和形式、时间和空间等范畴,也都是互相对立的。因此西方审美中的主客体的统一,是从对立中求统一。而中国的审美则侧重主体,所谓"境者,心造也"⑤,强调审美主体的内在感悟和体验,讲求内外协调。后者虽然看到了物我、主体与客体、人与自然、人与人的种种矛盾对立,却不强化矛盾的对立关系,而是力求和谐的统一,天人合一、体用一源、知行结合、神形兼备、情景交融。和谐的观点,或者说在统一中存对立的观点,构成了中国文化的思维模式。

西方的形象、典型的哲学基础是反映论、认识论,把艺术作为认识现实的手段。形象、典型论的基本美学要求,就是对客体的外部特征作客观真实的描绘,以独特个性反映出共性。黑格尔说:"每个人都是一个整体,本身就是一个世界。"⑥对宇宙人生进行客观描绘,以反映社会生活的本质真实,这是西方的艺术精神。

中国的艺术精神不同,它的哲学基础不是认识论、反映论,而是"天人合一"的生命论。它把宇宙看成一个大生命,人看成一个小生命,人和万物都由"气"化育而成。文艺创作要求作家通过自然物的感性形态,关照体验隐于自然物中的"道"或"气",要求作家把自己的生命精神和宇宙的生命精神浑然融合为一。主体和客体不像西方那样可以对立、分开,而是融合为一的。中国美学意象、意境论主客统一的特殊性恐怕就在这里。如果说,西方的形象、典型论重在客体外部特征描绘,是西方人求知、向外拓展精神在艺术上的体现的

① 李泽厚:《美学三书》,合肥:安徽文艺出版社,1999年,第243—244页。
② [陈]姚最:《续画品》,王伯敏、任道斌主编:《画学集成》(六朝—元),第27页。
③ [唐]张彦远:《历代名画记》卷十载张璪语,王伯敏、任道斌主编:《画学集成》(六朝—元),第186—187页。
④ 宗白华:《中国艺术意境之诞生》,《天光云影》,第86页。
⑤ [清]梁启超:《自由书·惟心》,《梁启超全集》,北京:北京出版社,1999年,第361页。
⑥ [德]黑格尔著、朱光潜译:《美学》第一卷,第303页。

话;那么,中国的意象意境论则显示了中国文化以人为本,侧重向内探求、物我浑融的气质。两者的差别是很大的。

其次,从两种形象体系的美学特征来看,也有鲜明的民族特点。西方的形象、典型论侧重客体,求真求实,追求形象、典型的独特性。典型是不能代替的"这一个",是"熟悉的陌生人"[1]。而意象、意境论追求的是"隐秀",要"义生象外",要有"文外之旨",即通过鲜明生动的自然物象,表达无穷无尽的情意,由实到虚、虚实相生,以形求神、神形兼备。后来发展到意境论,要求意境要有"象外之象"、"景外之景"[2]、"韵外之致"、"味外之旨"[3]。到封建社会后期,越来越追求意境的含蓄空灵、意蕴深邃。意象意境论的美学风貌,是中华民族对艺术美的最高追求。同时这种凝瞬间于永恒,从有限透视无限,从有形把握无形的审美文化心理结构,也是我们民族由多民族和合,由小到大,亦实亦虚,神形相亲,天人合一的人生态度、生活方式的体现。

最后,从两种形象体系的艺术表现方法来说,两者都接触到了个别与一般、个性与共性的问题。西方一开始就注意个别事物的精确描写,希望用个别表现一般,这里个别与一般的方式,是个别直接体现出一般。而中国《周易》中的"其称名也小,其取类也大"[4],刘勰提出的"以少总多"[5]是用象征、暗喻的方式表达事物的意义,这里个别与一般的关系,不是直接同一,而是间接地通过个别象征、暗示一般。这里的喻体和喻义、个别和一般之间,处于不同的领域,有一段距离,刘勰说:"诗人比兴,触物圆览;物虽胡越,合则肝胆。"[6]只是因为它们有某些相似相同之点,人为地把它们联结起来。如果说西方是一种具象的模式,而中国则是一种喻象暗示的模式,在艺术的表现方法上,中西也有鲜明的民族特色。

二、儒、释、道三结合是意境论的哲学基础

中西美学和艺术除了文化根源的不同外,还有哲学基础也不同。西方近代哲学是一种实体性的哲学,它把世界分为物质和精神两元。中国哲学是一种人生哲学,它把它的本体归之于"道"或"气"一元。"道"的内涵分为天道和人道。儒家重人道,讲道德伦理,走向"以天合人"的美善合一之境;道家重天道,讲自然,走向"以人合天"的真美合一的精神自由之路。到魏晋玄学主张"名教与自然"统一,把儒道两家,实际上是人道和天道统一起来。佛教于两汉之际从印度传入,在其初传阶段,本来是与儒、道相矛盾的,外来佛教的二元相分与中国传统文化二元相合的本体论是相悖的。到了南北朝时期,由于菩提达摩创立的禅宗,主张"心性生万物"说、"佛性自悟"说、"佛法不离世间"说等,实际上是中国的

---

① [俄]别林斯基著、梁真译:《别林斯基论文学》,上海:新文艺出版社,1958年,第120页。
② [唐]司空图:《与极浦书》,郭绍虞主编:《中国历代文论选》第二册,第201页。
③ [唐]司空图:《与李生论诗书》,郭绍虞主编:《中国历代文论选》第二册,第196、197页。
④ 《周易·系辞下》,黄寿祺、张善文:《周易译注》,第412页。
⑤ [梁]刘勰:《文心雕龙·物色》,张长青:《文心雕龙新释》,第551页。
⑥ [梁]刘勰:《文心雕龙·比兴》,张长青:《文心雕龙新释》,第433页。

"天人合一"的文化观念与情感,填平了此岸与彼岸、佛与人、物与我、顿与渐、染与净、尘世和天国的鸿沟,追求一种"天人合一"的境界,也就是把外来文化纳入中国文化系统之中,促使佛教中国化。从而,在南北朝时期,产生了"三教合流",或"三教同源"的思想。这里的"源"就是本体,就是"天",就是"道"。儒家的天命,道家的自然,佛家的神理,三者在本体论上是统一的,"共相"的。所以刘勰在《灭惑论》中说:"孔释教殊而道契","至道宗极,理归乎一,妙法真境,本固无二"①。由此,可知中国古典美学和文艺的本体论就是建立在儒、释、道三家哲学的基础之上的。刘勰的《文心雕龙·原道》篇所原的道,就是兼综儒、释、道三家思想之道,从而构建起文道统一、文质统一、审美与功用统一、真、善、美统一的文艺美学观,在中国文艺美学史上,第一次建构了具有民族特点的、系统的古典文艺美学理论体系,为"意境论"奠定了理论基础。唐代儒、释、道三教并行,而且进一步合流,禅宗思想深入到士人的心灵之中,到晚唐司空图的诗学理论中,把儒、释、道三者统一起来,使"意境"论臻于成熟。

　　过去一些意境论的研究者,着眼于佛学谈"境"与"境界"的直接关联,多将意境的生成归因于佛教的传入,而忽略了其民族的根基。当今的学者则从哲学渊源上追溯到老庄哲学,并以老庄哲学思想为中国美学和艺术精神主干,而忽略了中国美学和文艺的最早的文化根源和三家结合的具体内涵。实际上,意境论并非哪个哲学学派所专有,它是中国整个传统文化的结晶,是以儒、释、道三家思想之结合为其哲学基础的,对后世有着深远影响的儒、释、道三家均参与了意境的建构。

　　1. 儒家的天人观是意境论的主要哲学基础

　　首先,孔子创立的儒学,具有鲜明的人本主义和礼教德治的精神,在中国传统社会中一直占主导地位。

　　孔子不讲天道,只讲人道,他理解决定人的是伦理道德,所以儒家思想的核心是"仁"。"仁者,人也。"②人字的本义就是"相人偶",即承认别人是和自己一样的人,讲人与人的关系。怎样处理人与人的关系呢? 就是"仁者爱人"③,就是推己及人,你自己是人也要把他人当人,"己所不欲,勿施于人"④。孟子说:"老吾老,以及人之老;幼吾幼,以及人之幼"⑤。孔子主张公正待人,以诚待人,尊重他人,"泛爱众,而亲仁"⑥。把贵族、庶民一切人纳入关爱的对象,这在奴隶被视为"说话工具"的时代,是人的价值被发现的标志。儒家的"泛爱众"又是差等之爱,他主张爱自己的亲人。"孝弟也者,其为仁之本与"⑦,推及到爱所有

　　① ［梁］刘勰:《灭惑论》,［梁］僧祐:《弘明集》,上海:上海古籍出版社,1991 年,第 52 页。
　　②《中庸》,王国轩译注:《大学·中庸》,北京:中华书局,2006 年,第 95 页。
　　③《孟子·离娄下》,杨伯峻:《孟子译注》,第 197 页。
　　④《论语·颜渊》,杨伯峻:《论语译注》,第 123 页。
　　⑤《孟子·梁惠王上》,杨伯峻:《孟子译注》,第 16 页。
　　⑥《论语·学而》,杨伯峻:《论语译注》,第 4—5 页。
　　⑦《论语·学而》,杨伯峻:《论语译注》,第 2 页。

的人,所以"爱人"是"仁者"的必备美德,"仁"是一个人的最高道德。"杀身以成仁"①,道德比人的生命还可贵。"仁"作为孔子儒学的核心范畴,是一个冲破传统的原创文化观念,体现了先秦儒家传统人本主义的三个要义:其一,"仁"是人的人性的表现;其二,"仁"是人的美德的最高境界;其三,"仁"以爱人为原则。其积极意义在于肯定人的价值,不仅要求个体自立自达,而且要达人,真诚待人,乐于助人,成人之美,这都有利于克服利己主义,和谐人与人之间的关系。

　　以仁爱之心善待他人就是善,那么这种道德自觉的力量源自哪里? 儒家从形上的角度,指出这种道德力量源于"天地之大道",人是天地创生的,含有天地之德。因此,儒家虽不讲天道,"子不语怪、力、乱、神"②,"天何言哉? 四时行焉,百物生焉,天何言哉?"③但不反对天道。《周易》云:"天行健,君子以自强不息"④;"地势坤;君子以厚德载物"⑤。宇宙的普遍性、恒常性就蕴藏在人当下的生命运动之中,所以人要立足现实、效法天道,自强不息、有所作为,一个人的人生才具有意义和价值。儒家这种入世的积极人生观和生活态度,支持每个人"修己以安人"⑥;"修己"是指从事内在的道德修养,"安人"是指从事外在的道德实践。孔子还指出:"为仁由己,而由人乎哉?"⑦"为仁由己"强调每个人实行"仁",这种最高道德的自觉性,首先从你自己做起。后来,《大学》将其概括为"格物、致知、诚意、正心、修身"以及"修身、齐家、治国、平天下"⑧,这种人生观和"内圣"与"外王"的理想人格,形成了中华民族"自强不息"的民族性格和精神,这恰好也是"意境"论的主要精神。

　　其次,天人合德,人性与天命相贯通,是儒家的基本信念。所谓"天命之谓性"⑨,人性来自天命,其中便涵有天理,而儒家认可的天理,又是同亲亲、尊尊这一套伦理道德规范相一致的,是巩固宗法社会的封建秩序的。所以,天人是合德的。不仅如此,人性既然上达天命,便可以由人心返求天理,这是孟子提倡的"尽心"、"知性"、"知天"的修养途径。这与后来理学家所讲的"主静""居敬"、"致良知"等这一类内向超越的功夫,是一脉相承的。将这种内向超越转移到审美活动中来,由审美以超越世俗的功利,超越自我,回归到"天人合一"的生命本真的境界。而"意境"作为人生、人格境界的审美显现,是离不开天人合德的支撑的。

　　最后,儒家"天人合一"的另一面,是"天人感应"。其表现形式之一,是审美活动中的心物交感,这一主客体之间的交流和融合在意境生成中的地位和作用,前面已谈得很多。需要补充的是,心物交感同时也是诗歌比兴手法,乃至意象、意境建立的依据。因为,那种

① 《论语·卫灵公》,杨伯峻:《论语译注》,第163页。
② 《论语·述而》,杨伯峻:《论语译注》,第72页。
③ 《论语·阳货》,杨伯峻:《论语译注》,第188页。
④ 《周易·乾·象》,黄寿祺、张善文:《周易译注》,第5页。
⑤ 《周易·坤·象》,黄寿祺、张善文:《周易译注》,第18页。
⑥ 《论语·宪问》,杨伯峻:《论语译注》,第159页。
⑦ 《论语·颜渊》,杨伯峻:《论语译注》,第123页。
⑧ 王国轩译注:《大学·中庸》,第4—5页。
⑨ 《中庸》,王国轩译注:《大学·中庸》,第46页。

比德式的象喻,本来就是以自然物象与社会人事间的某种同构效应为前提的,而"立象以尽意"说的原初涵义,也是物象(以卦象形式出现)的象征功能。这些都摆脱不了人与物之间的比附关系。

以上三点,加之儒家思想从汉代起便作为国家的统治思想和主要的意识形态,因此,儒家美学对意境论起了奠基作用,居于主干地位,而统帅道家、佛家美学,则不容怀疑和否定了。

2. 道家思想是意境论的范本和途径

道家思想对意境论的建构,也是不能忽视的。

首先,老子是中国宇宙论的创造者,在《老子》一书第四十二章中有一段名言:"道生一,一生二,二生三,三生万物。万物负阴而抱阳,冲气以为和。"①这个"一"也就是"道",是世界万物的本原,阴阳未分,无名无形;"二"就是阴阳二气;"三"是阴阳二气交化和合而产生的万物。"道"在冥冥之中,用一种人们无法感知的力量化生万物,以一种人们无法左右的"规律"运行。它是万物之母,万物有生有灭,物一旦消亡又复归于"道"。"道"是永恒的,无始无终,独立存在。老子还认为,"道"是"无不为"的,因为它派生天地万物;"道"又是"无为"的,因为它无目的、无意志,也不主宰万物。老子在二十五章又说:"域中有四大,而人居其一焉。人法地,地法天,天法道,道法自然。"②这里所说的"自然"并非自然界,而是一种无需外力引导的本然状态。天可以效法"道","道"是无所效法的,"道"的本质就是自然而然的本真状态。

按老子的说法,"道"与万物的关系是双重关系,一是生万物,一是体万物,是本源论与本体论的结合。"道"能生万物,那么"道"是无限的,就不能有形、有声、有色、有体,所以是"无";但是"道"又不是绝对的"无",毫无内容,它又真实地存在万物之中。所以,"道"应是无与有的矛盾统一。无就是虚无,有就是实有,所以,"道"又是有无相生、虚实结合的整体。

老子还认为"道"所以为恍惚,是因为包含两种因素,即"象"与"物"和"信"与"精"。"形之可见者成物,气之可见者成象"③,都是可以由感官感知的形而下的存在。"精"即精神,指内在的生命力,"信"即信实、灵验,都是无法由感官感知的形而上的存在。总之,"道"又是物与我、形与神的有机统一。因此,"道"的境界,是有无相生、虚实结合,物我交融、神形统一的有机整体境界,这种境界的实质,就是追求人的精神与宇宙自然精神的一致,这是其追求的真理境界、道德境界和审美境界,也就是以审美境界为人生的最高境界。这就在审美创造和欣赏中,从象内到象外,从有限引向无限,这恰恰是意境创造和欣赏的本质特征。

其次,庄子对意境的最大贡献,恐怕还在他的"得意忘言"论。"忘言"不是不要语言,

① 陈鼓应:《老子注译及评介》(修订增补本),第225页。
② 陈鼓应:《老子注译及评介》(修订增补本),第159页。
③ [元]吴澄撰、黄曙辉点校:《道德真经吴澄注》,上海:华东师范大学出版社,2010年,第28页。

正如荃、蹄之于鱼、兔,先要凭借荃、蹄以得鱼、得兔,达到目的,才能舍弃手段。所"忘"的只是一种超越,是不粘执手段,而奔赴最终目的。庄子此说到了玄学家王弼,便发展成"得意而忘象"、"得象而忘言"①。这一"意—象—言"的三段式结构,恰好适应诗文文本的总体建构,于是由言至象、由象至意的不断超越,遂成为诗歌审美活动的基本取向,而由象内向着象外世界的拓展和延伸,亦因是顺理成章了。如果说,老子的"道"论为诗歌意境的建构提供了范本,那么庄子以至玄学的言意之辩,则给意境超越性生成指示了具体途径。至此,意境形成的哲学基础已全然具备,而它的美学酝酿,也便在六朝到唐代诗歌创作和欣赏的实践中生根、发芽、成长。

3. 佛教对意境建构的催生作用

我们还不能忘记佛教对意境建构的催生作用。

首先,在佛经的翻译中,频繁使用"境"和"境界"的字眼,并将它们由日常用语提升为学理名词,从而为诗歌意境的出现创造了契机。

其次,更为重要的是佛教的心性理论激活了中国士人的自由意识和审美创造精神。佛教在处理人的物质生活和精神生活的关系时,它的禁欲主义是极力束缚人物质生活的欲望,而给精神生活开拓极大的自由,佛教的"超脱红尘",可以理解为超越物质生活的束缚,追求精神生活的自由。佛教般若学把整个世界分成"色"和"心"两部分,"色"在一定意义上指物质世界,认为"色"是虚幻不实的;"心"迹亦无实体,两者自性都是"空"。《大智度论》称:"三界所有,皆心所作。"②《大乘起信论》中也说:"心生则种种法生,心灭则种种法灭。"③禅宗则认为"心外无法"。佛家以虚空为本旨,将大千世界的种种色象,都归之于心的投影,即所谓"万法唯心"。佛家对"心"突破时空限制的强调,实际上是对精神自由的追求。佛教这种心性理论,力图使精神自由的审美获得纯粹独立意义。

佛教大力弘扬的心性理论,使中国文人从魏晋时起,树立了一种新的自由观和审美观,即心灵的自由,精神上的自由,乃是人生的价值和审美的真谛,从而摆脱了先秦时代产生的中国本土儒道文化中的自由和审美观念中的实用功利的羁绊,"神与物游"获得高度自由,而审美恰恰是这种精神上的自由。

由佛教心性理论激活中国文人学士自由意识和审美创造自由精神的崛起,对中国古典美学精神的发展嬗变的意义是深远的。"如果说周季学在官府制度的解体和'百家争鸣'的局面造成了一个士的阶层,那么,由佛教激发的自由意识则在士阶层中陶冶出一批审美创造的精神。"④这也促成了我国唐宋古典文艺繁荣和意境论的产生,佛教对意境论的催生作用,恐怕要在这个意义上来理解。

---

① ［魏］王弼:《周易略例·明象》,［魏］王弼著、楼宇烈校释:《王弼集校释》,第 609 页。

② ［印度］龙树撰、［后秦］鸠摩罗什译:《大智度论》卷 29,《中华大藏经》第 25 册,北京:中华书局,1987 年,第 593 页。

③ ［梁］真谛译、高振农校释:《大乘起信论校释》,北京:中华书局,1992 年,第 59 页。

④ 詹志和:《佛陀与维纳斯之盟——中国近代佛学与文艺美学》,长沙:湖南师大出版社,2006 年,第 41 页。

最后，中国化的佛教——禅宗出现后，强调在世与出世的统一、彼岸世界与此岸世界的统一，追求一种"天人合一"的境界，于是"青青翠竹，总是法身，郁郁黄花，无非般若"①，幻境中即寓有真境，悠闲中蕴含着无限，这就更逼近意境的审美功能了。佛教及其禅宗，将儒、道、玄诸家为意境打造的哲学基础，从哲学思维向审美思维大大推进了一步。所以，佛教不是意境的起源，而对意境的催生作用，却不能抹煞。

三、人生、人格境界论是意境论的人学实质

意境论中充满生命精神、人的精神。这是因为意境实质上是人生、人格境界的审美显现。什么是人？马克思说：人是"社会关系的总和"②。

我们知道，人作为一种"类存在"，至少具有使用和创造工具（包括一切科技手段）、依赖和凭借社会关系（包括一切社会制度）、渴望和追求感情慰藉（包括一切精神享受）这三个基本特征。所以，人有三种属性，即自然性、社会性、精神性。因此，人有三种需要，即生存的需要、发展的需要、精神需要。人类为了满足自身的基本需求，实现自身的全面发展，就创造出物质文化、制度文化、精神文化满足自己的需要。要创造出物质文化就要求真、要创造出制度文化就要求善、要创造出精神文化就要求美。所以真、善、美是人类最高的追求和价值。

所谓人生、人格境界，就是一个人的人生的意义和价值，人对真、善、美的追求和态度。人生境界是对群体说的，人格境界是对个体说的。真、善、美是人类共同的追求和价值，在这一点上，任何时代、任何地域、任何种族的人类群体概莫能外。但体现在每个人身上，又有时代、地域、种族和个人个性的特点。它具体体现为一个人的人生理想和生活态度的不同，包括这个人对宇宙人生的了解和自己行为的自觉，包括这个人的感情、欲望、志趣、爱好、向往、追求等等，是浓缩一个人的过去、现在、未来而形成的精神世界的整体。人生、人格境界对于一个人的生活和实践有一种指引作用，一个人有什么样的人生、人格境界，就意味着他会过什么样的生活。

一个人的人生、人格境界，表现他的内在心理状态，古人称之为"胸襟"、"襟怀"、"胸次"等，西方称之为"生存心态"。一个人的人生、人格境界，表现为他的言谈笑貌、举止态度、生活方式，古人称之为"气象"、"格局"，西方称为"生活风格"。

中国古代文人有三种理想的人生、人格境界，所谓理想的人生、人格境界，是指人如何生活，具有哪种生活态度，人生才有价值和意义。古代文人作为拥有文化知识的士人，都自觉地或不自觉地把自己的人生理想和生活态度作为自己安身立命的精神支柱。在中国古代文化传统中，文人们的文化性格，都受儒、释、道三种哲学的制约。文人们的人生、人

① ［宋］普济著、苏渊雷点校：《五灯会元》，北京：中华书局，1984 年，第 157 页。
② 马克思：《关于费尔巴哈的提纲》，《马克思恩格斯选集》第一卷，北京：人民出版社，1976 年，第 18 页。

格境界大致有儒、释、道三种模式：

1. 内圣外王的儒家理想的人生、人格境界

这是以孔孟为代表的儒家所设计的理想的人生、人格境界。所谓"内圣"是一个人主体心性修养；所谓"外王"，是指把主体修养推广到齐家、治国、平天下。儒家所塑造的理想人生、人格是以修身为本，但并不限于"修己"，还要推己及人，成己成物，成行成业。由"内圣"转向"外王"，使整个社会成为"王道"之世。孔子提倡"修己以敬"、"修己以安人"、"修己以安百姓"[①]，"修己"是"内圣"，"安人"、"安百姓"是"外王"，"内圣"和"外王"要紧密结合，"内圣"是根本的人格修养，"外王"是人生理想和价值的实现。这是一种积极的入世的人生态度。

"内圣外王"理想人生、人格境界的核心是"仁"，也就是人要具备一种仁爱的胸怀。孔子释"仁"为"爱人"[②]，孟子亦谓"仁者爱人"[③]，并说"亲亲而仁民，仁民而爱物"[④]，理学家所谓"民胞物与"[⑤]，都是这层意思。这层意义的仁，就是胡适所言"做人的道理"[⑥]，也就是人区别于动物、人之所以为人的基本准则。

"仁"作为一种最高的人格境界，不仅是要保持人与人之间互敬互爱、亲密和谐的关系，而且要求达到这个境界的人，要有一种独立不倚、自强不息的刚性的精神力量。孔子说："仁者必有勇。"[⑦]又说："志士仁人，无求生以害仁，有杀身以成仁。"[⑧]孟子说的"浩然之气"[⑨]，"居天下之广居，立天下之正位，行天下之大道；得志，与民由之；不得志，独行其道。富贵不能淫，贫贱不能移，威武不能屈，此之谓大丈夫。"[⑩]可知这种"仁"的境界是古代文人的自主性、独立性的高扬，是一种至大至刚的精神力量。

同时，"仁"的境界还有和平博大、物我一体、返朴归真的特点。达到这种境界的人就可以消解一切心里苦闷而获得极大的精神乐趣。孔子说："仁者不忧。"[⑪]又说："不仁者不可以久处约，不可以长处乐。仁者安仁。"[⑫]又说："君子坦荡荡，小人长戚戚。"[⑬]这都是说"仁"可以安顿人的心灵自由，从而获得至上的精神愉悦。孟子说："万物皆备于我矣。反身而诚，乐莫大焉。"[⑭]这说明"仁"的人格境界是一种物我一体的"乐"的境界，也就是审美境界。

---

① 《论语·宪问》，杨伯峻：《论语译注》，第 159 页。
② 《论语·颜渊》："樊迟问仁。子曰：'爱人'。"杨伯峻：《论语译注》，第 131 页。
③ 《孟子·离娄下》，杨伯峻：《孟子译注》，第 197 页。
④ 《孟子·尽心上》，杨伯峻：《孟子译注》，第 322 页。
⑤ ［宋］张载：《张子正蒙》："民，吾同胞；物，吾与也。"［宋］张载撰、［清］王夫之注：《张子正蒙》，上海：上海古籍出版社，2000 年，第 231 页。
⑥ 胡适：《四十自述》，《胡适文集》(1)，北京：北京大学出版社，1998 年，第 45 页。
⑦ 《论语·宪问》，杨伯峻：《论语译注》，第 146 页。
⑧ 《论语·卫灵公》，杨伯峻：《论语译注》，第 163 页。
⑨ 《孟子·公孙丑上》，杨伯峻：《孟子译注》，第 62 页。
⑩ 《孟子·滕文公下》，杨伯峻：《孟子译注》，第 141 页。
⑪ 《论语·子罕》，杨伯峻：《论语译注》，第 95 页。
⑫ 《论语·里仁》，杨伯峻：《论语译注》，第 35 页。
⑬ 《论语·述而》，杨伯峻：《论语译注》，第 77 页。
⑭ 《孟子·尽心上》，杨伯峻：《孟子译注》，第 302 页。

　　儒家塑造的内圣外王的理想人格，还有一个重要特征，就是经世情怀。儒家一方面讲修身养性，同时又强调"知行合一"、"经世济民"。孟子宣称"如欲平治天下，当今之世，舍我其谁也"①的入世担当态度，司马迁表彰李陵"奋不顾身以徇国家之急"②的爱国行动，范仲淹"居庙堂之高则忧其民，处江湖之远则忧其君"③的忧患意识，陆游"死去元知万事空，但悲不见九州同"④的爱国主义精神，顾炎武的"天下兴亡，匹夫有责"⑤，无不是我国古代文人"经世济民"的社会责任感和历史使命感的集中体现。

　　以上是儒家人格的积极方面。这种"内圣外王"的理想人格，也有其历史局限和消极的方面。《论语》中关于个人的人格规定很多，但主要有两条：一是"克己复礼为仁"，这是自处，是对自身人格道德修养的要求；二是"用之则行，舍之则藏"，这是处世，是对社会的人格态度。

　　《论语·颜渊》中有一段话，可以说是儒家人格的纲领："颜渊问仁。子曰：'克己复礼为仁。一日克己复礼，天下归仁焉。为仁由己，而由人乎哉？'颜渊曰：'请问其目。'子曰：'非礼勿视，非礼勿听，非礼勿言，非礼勿动。'"⑥"克己"就是自我行动和思想的丧失，"复礼"就是人的个性以"礼"为规范，服从"礼"的需要，复归"礼"的人格。这也就是理学后来提倡的"存天理，灭人欲"⑦、"饿死事小，失节事大"⑧的人格。

　　如果说"克己复礼"是处己的格言，那么"用之则行，舍之则藏"则是处世的格言。"子谓颜渊曰：'用之则行，舍之则藏，唯我与尔有是夫！'"⑨"天下有道则见，无道则隐。"⑩孟子说："古之人，得志，泽加于民；不得志，修身见于世。穷则独善其身，达则兼善天下。"⑪"用行"则积极为社会服务。"舍藏"则向社会妥协，修身坚持自己的道德信仰。这就是中国知识分子的两条人生道路——仕和隐。把"克己复礼"和"用行舍藏"两者结合起来，儒家提倡的人格，不是独立的人格，而是服从社会伦理、以伦理道德为本位的人格，这种人格造成了中国人的依附性，依赖家族、依赖群体、依赖社会伦理，是一种伦理性的人格。这种人格的消极性是显而易见的。

　　2. 无待而游、精神自由的道家理想人生、人格境界

　　这是以庄子为代表的理想人生、人格境界。它既不同于孔孟的积极入世的人生态度，

---

　　① 《孟子·公孙丑下》，杨伯峻：《孟子译注》，第109页。
　　② [汉]司马迁：《报任安书》，[汉]班固：《汉书》，第2729页。
　　③ [宋]范仲淹：《登岳阳楼》，《范仲淹全集》(上)，南京：凤凰出版社，2004年，第168页。
　　④ [宋]陆游：《示儿》，游国恩、李易选注：《陆游诗选》，北京：人民文学出版社，1997年，第215页。
　　⑤ 见[清]顾炎武：《日知录·卷十三·正始》"保天下者，匹夫之贱，与有责焉耳矣"，陈垣校注：《日知录校注》，合肥：安徽大学出版社，2007年，第723页。
　　⑥ 杨伯峻：《论语译注》，第123页。
　　⑦ [宋]朱熹：《朱子语类》卷十二，《朱子全书》第14册，第367页。原句为"存天理，灭人欲"。
　　⑧ [宋]程颢、程颐：《二程遗书》，上海：上海古籍出版社，2000年，第356页。原句为"饿死事极小，失节事极大"。
　　⑨ 《论语·述而》，杨伯峻：《论语译注》，第68页。
　　⑩ 《论语·泰伯》，杨伯峻：《论语译注》，第82页。
　　⑪ 《孟子·尽心上》，杨伯峻：《孟子译注》，第304页。

又有别于佛禅的出世主义,而是一种企图超越世俗社会的游世人格理想境界。庄子把具有这种理想人格的人,叫做"真人"、"神人"、"至人"或"圣人"。这些人以"游世"作为人生的价值选择,追求的是处于世俗之外的绝对精神自由,即所谓"逍遥游"。这有两个含义:一是"游方之外",一是"游方之内"①。所谓"游方之外",就是不要被外在名利、是非、功利所诱惑,做到"至人无己,神人无功,圣人无名"②,做一个齐物我、齐生死、齐是非的绝对精神自由的人。

这种理想的人生、人格境界,只存在于庄子的精神世界之中,而现实生活中是不存在的。在现实生活中,人既要受仁义礼法的无情制约,又要受功名利禄生死的困扰。在这种情况下,就要"全身远祸"。于是庄子又提出了"方内之游"。所谓"方内之游",并不是积极入世,而是"超世"和"遁世",要求与现实生活保持一定距离,对世俗生活持鄙视的态度。用庄子的话说:"外天地,遗万物,而神未尝有所困也。通乎道,合乎德,退仁义,宾礼乐,至人之心有所定矣。"③这是一种从世俗的争功求名和世俗道德中解脱的超世的人生态度。庄子提出"坐忘"就是达到这种境界的手段。所谓"坐忘",就是"堕肢体,黜聪明,离形去知,同于大通,此谓坐忘"④。通过"坐忘"的功夫,先忘天下的存在,后忘一切万物的存在,再忘自身的存在,于是便达到心灵的澄澈空明,超然尘外,以完成自我的精神超脱。庄子的"方外之游"与"方内之游",共同构成了"无待而游"的理想的人生、人格境界。

道家的处世原则是:听天由命、顺应自然。如果说儒家的人格是伦理人格,那么道家的人格是一种自然人格。儒家依赖于宗法社会,依赖于群体,是伦理社会的完全角色;道家依赖于自然,这种人格是天地自然的恭顺成员。不管是道家和儒家的人格,都有依赖性,都不是独立的人格。

道家把人的本质理解为人的自然性。他们认为,人如果除掉人为的东西,回到人的自然本性,那么社会的一切矛盾都没有了。实际上,这在现实生活中是行不通的。人之所以为人,就是他的社会实践性;所谓人的自然本性,在社会实践中也人化了。如果去掉人身上的一切人为的东西,只剩下所谓人的自然本性,那么人也就不成其为人,而是动物了。这就是道家人学根本的错误。

3. 明心见性的佛家理想人生、人格境界

这是佛禅文化对人的浸润而形成的人生、人格境界。如果说儒家所追求的圣人的人生、人格境界,是一种入世的人生态度;道家所追求的游世的人生、人格境界,是一种避世的人生态度;那么佛禅文化强调的,是一种出世的人生态度,通过修行,达到一种明心见性的涅槃境界。

佛教从印度传入中国,到唐代达到鼎盛,形成很多宗派,思想理论极其繁琐。但它的

---

① 《庄子·大宗师》,陈鼓应:《庄子今注今译》(最新修订重排本),第212页。
② 《庄子·逍遥游》,陈鼓应:《庄子今注今译》(最新修订重排本),第18页。
③ 《庄子·天道》,陈鼓应:《庄子今注今译》(最新修订重排本),第383页。
④ 《庄子·大宗师》,陈鼓应:《庄子今注今译》(最新修订重排本),第226页。

基本理论,认为现实人生是无常的苦海。生、老、病、死、怨憎、爱恨、所求不得等都给人带来无尽烦恼和苦蒂。人苦的原因不是社会环境,而是每个人自身无明引起的,每个人本来都有佛性,但被人的烦恼和意识障蔽了,人便在生死善恶中不断轮回。解脱苦恼,逃出苦海,就只能通过修行,明心见性,解脱世俗的一切愿望,才能超脱红尘,达到彼岸的"常乐我净"的涅槃境界。

后来禅宗的南宗主张不立文字、教外别传,主张"心性生万物"、"佛性顿悟"、"佛法不离世"、"见性成佛",打通此岸和彼岸、佛与我、渐与顿、净与染、出世与在世的通道,废除一切繁琐的宗教仪式和长期修炼,追求一种中国传统文化"天人合一"的境界。因而传承深广,成为禅宗正宗。这种中国文化的佛教,到唐代中叶,深得中国文人的欢迎,已较广泛地深入到了士人的心灵。

禅宗的"自性"、"平常心"、"无心"、"无念"等观念向积极方向发展,就是自我主体意识的高扬,否定一切外在的权威与限制,要思想与行动的绝对自由,显示出一定的个性解放的色彩。不过,禅宗的"无心"、"无念"虽然包含了对心灵自由的追求,成为一切烦恼和痛苦的自救药方;禅宗所表现出来的看破红尘、四大皆空的出世思想,固然解脱了一切负罪感,看似从现实的重压下得到了"自由",但是,实际上这无心无念的"木石"心性,也失去了任何主观意念而无所作为,只不过为自我找到了一个心灵的逃遁安泊之所。因而其消极意义,也是不可忽视的。

四、人生、人格境界向意境的转化

人生、人格境界要转化为意境,还要经过一个审美过程。清人郑板桥把它概括为三个阶段:"眼中之竹"—"胸中之竹"—"手中之竹",也就是我们通常说的"积累—构思—表达"的审美创作过程。这一创作过程的复杂性,我们就不展开论述了。这里只举诗圣杜甫、诗仙李白、诗佛王维和他们的作品,说明人生、人格境界与意境之间的关系。

杜甫在他写的《进雕赋表》中说他的诗"沉郁顿挫"[①],这既是他的意境特色,也是其诗的风格特色。这是儒家文化"仁"在其诗中的体现,也是他的人生、人格境界,即仁爱的襟怀的审美显现。杜甫一生饱经磨难,在"安史之乱"中,对人世沧桑有深刻体验,对民生的疾苦有深切的同情。杜甫诗的沉郁顿挫的审美特征有两个方面:一个方面是他忧国忧民的思想带有郁愤哀怨的情感体验,极端深沉厚重,深蕴于内,达到了醇美的境界;另一方面,杜诗中弥漫一种人生、历史、宇宙的悲愤感和苍茫感。例如《登岳阳楼》:

> 昔闻洞庭水,今上岳阳楼。
>
> 吴楚东南坼,乾坤日夜浮。

---

① 〔唐〕杜甫著、〔清〕仇兆鳌:《杜诗详注》,第 2172 页。

亲朋无一字,老病有孤舟。

戎马关山北,凭轩涕泗流。①

　　这是杜甫晚年流离湖南,登上岳阳楼,面临浩瀚的洞庭湖,以中国传统文化"天人合一"、吞吐宇宙的襟怀,把自己晚年身世飘零、时代动乱和洞庭湖雄伟壮阔的景象三者结合为一,览景感怀,而写下的一首沉郁顿挫、卓绝千古的五言律诗。

　　首联紧扣题目,写登临之意,抒沉郁之感。表面看来这两句很平常,所以《杜诗详注》认为"'昔闻','今上',喜初登也"②。有人还说:"始而喜,继而悲,终而涕泗横流。"③如果这样来理解这首诗,就把杜诗的意境理解得太浅了。杜甫晚年登岳阳楼,年老多病,北归无望,政治坎坷,身世飘零,但他从来没有放弃过经世济民的抱负、忧国忧民的情怀。又加上唐代安史之乱后,江河日下,战乱又起,家仇国恨,汇聚心头,真是百感交集,哪里还有登临的喜悦,便是用"昔闻"、"今上"这样情感顿挫的句子,寄寓他人生的漂泊感、历史的沧桑感、宇宙的苍茫感,总领全篇。

　　中间两联,写登楼所见所感。将洞庭湖水的浩瀚、时代的动乱和自己漂泊的孤苦三者结合起来,形成阔大与狭小相异的对映的境界,在对映中吐纳宇宙、心怀天下的襟怀和气魄,使人荡气回肠;世事艰难、老病无依的悲惨,催人泪下。壮与哀、阔大与狭小,感情顿挫,相互融汇,其中含蕴着诗人宇宙人生深切的体验和沉郁浑厚的感叹,令人读后魄动神移,思绪万端。这首诗历来以意境的沉郁雄浑为人称道。而这意境是从诗人传统文化的襟怀和抱负中来,从诗人的思想和生活中来,从时代的脉搏中来。正因为诗人博大的胸怀,忧国忧民,身处困境而心忧天下,所以诗的结尾,从自我转到国家,使感情达到高潮,使诗的意境进一步升华。这就是杜甫儒家文化的人格,也是杜甫称为"诗圣"的原因。正因为杜甫这样博大的胸怀和伟岸的人格,才能写出这样千古传诵不朽的诗篇。

　　李白和杜甫不同,他的道家思想和道教信仰,在他的思想性格中占主导地位。他一生漫游山水,企慕神仙,他渴望任随自然,融入自然,求得一种人生自由的解脱。李白与陶渊明也不同,陶渊明处于乱世,他只能求得一种精神上的自由。而李白处于盛唐,时代给予他以理想,富裕家庭给以物质保障。他不仅追求精神上的自由,更追求一种不受任何约束的人生自由境界。他的狂傲不羁的性格、豪放洒脱的气质,都来源于道家文化。道家文化的特点就是"游",也就是人生自由超脱的境界和与大自然生命融为一体的精神。所以李白诗的意境和风格是豪放飘逸的。他的诗歌的特点,不仅意境豪放阔大,而且意气风发,而又清新自然。例如他的五绝《秋浦歌》:

白发三千丈,缘愁似个长。

---

① 中国社会科学院文学研究所编:《唐诗选》,第295页。
② [唐]杜甫著、[清]仇兆鳌:《杜诗详注》,第1947页。
③ 萧涤非:《杜甫研究》下卷,济南:山东人民出版社,1957年,第220页。

不知明镜里,何处得秋霜。①

　　起句"白发三千丈",劈空而来,似大潮奔涌,似火山爆发。这五个字,用夸张的手法,勾画出诗人饱经人世风霜、沉着深思、白发苍苍、豪放洒脱的高大自我形象。既为下文埋下伏笔,又引起读者的想象,白发何以有三千丈呢?下句"缘愁似个长"便做了回答。原来三千丈白发,是为"愁"而生,这个"愁"字一字千钧,是全诗诗眼。诗用如此奇句来写"愁",诗人内心的"愁"必然郁积很多,也很深广。结合李白的思想和遭遇来看:一愁唐王朝政治腐败,险象丛生。此诗写于天宝末年,"安史之乱"爆发的前夜。二愁仕途艰难,自己的理想抱负难以实现。这时李白离京已十年,理想由希望变为绝望。三愁人生易老,岁月无情,这时李白已五十三岁,已经到古人生命的晚年。四愁到处漂泊,一事无成,真是怀才不遇,壮志难酬,千万种愁绪,积累心头。这种愁不仅是李白个人之愁,也是唐王朝之愁,将心中积累已久的愁绪,一下子宣泄出来,遂成千古名句。

　　自己头上的白发,只能照镜子才能看到,三四句就是点明这个道理。秋霜色白,这里比喻白发之多,结尾与开头回环照应,语义看似重复,但更推进了一层,更含憔悴忧伤的感情色彩。这两句关键在一个"得"字上,深重的愁思,长长的白发,是从何处"得"来的呢?诗人清楚知道,是被壮志难酬,怀才不遇的痛苦煎熬出来的,是坎坷遭遇的印记,是漂泊生活的标志,是时代国家险象丛生的反映,而诗人明知故问,所以这句不是诘问语,而是激切语,愤懑语,暗示"愁"的社会根源,进一步申说"三千丈"的诗意,使人感到首句极度夸张,是合情合理的,是符合艺术真实的。

　　全诗用浪漫主义手法,写得气势磅礴,豪放飘逸,古往今来,唯此一人。所以,李白又称诗仙。

　　王维有诗佛之称,他的诗深受禅宗思想的影响。禅宗文化的核心是"悟",所谓"悟"是一种瞬间永恒的形而上的体验,就是从当下的富有生命的感情世界,去领悟那永恒的空寂本体。从有限去体验无限,从瞬间体验永恒,所谓"万古长空,一朝风月"②。诗人以静心对待外境,在静极生动、动极归静、动静不二的万物色相中悟解禅意,意与境合,神与物融。王维很多诗都是在色彩明丽而又幽深清远的意境中,传达出诗人对于无限的永恒的本体的体验,所以其诗的意境和风格特色,是一种蕴藉空灵之美。

　　蕴藉空灵作为一种审美形态,最大的特色是"静",空灵是一种静趣,它体现了禅宗的人生态度和生活情趣,就是在对感性生活世界的体验中,静观花开花落、大化流行、与大自然浑然为一,得到一种自由感、解脱感,得到一种平静恬淡的愉悦。例如他的诗《鹿柴》:

空山不见人,但闻人语响。

　　① 中国社会科学院文学研究所编:《唐诗选》,第152—153页。
　　② [宋]普济著、苏渊雷点校:《五灯会元》,第66页。

返景入深林,复照青苔上。①

王维晚年隐居在辋川别墅,撷选了二十个景点,各写了一首诗,共二十首,合为一集,名叫《辋川集》,"鹿柴"即景点之一,是集中第五首。王士禛说:"王裴辋川绝句,字字入禅。"②《鹿柴》也是一篇"入禅"之作。全诗用声与光、视觉和听觉对比,描写空山深林、空寂幽深的景色,表现诗人归隐,追求恬静的情怀,充满了空灵幽静的诗意和禅趣,使人"读之身世两忘,万念皆寂"③,人间一切争名逐利的尘念,都在这静谧的意境中净化了。

诗的前两句,正面描写黄昏空山杳无人迹的景色。这里的"空山"的"空",是空静、空旷的意思。"不见人"把空山的意蕴具体化了,可以想见,此处空山林密,人迹罕见。接着写"但闻人语响",如果说前一句是写视觉的话,此句便是写听觉了。空山虽然看不到人,但可以听到偶有人的说话声。这就境界顿出,非常精彩。试想,山中见不到人,但可以听到人的说话声,则山之深远,林之茂密,就可想而知了。而且,在这空山里荡漾人的说话声,何其旷远,从而也使这空山充满了生命精神,活了起来。总之,前两句诗人采取以动衬静,以声写幽的手法,突出空山的空静、空旷的境界,在这寂静的境界里,又充满人与万物的生命精神,使诗境不同于禅境的寂灭空无。

诗的三四句,写深山密林中的夕阳,由上面的声音到景色,由听觉到视觉。深林本来就幽深,林间岩石上的青苔,由于山深林密,白天是见不到阳光的。但它顽强地附在岩石上,每遇夕阳斜照,便树影斑斑,忽明忽暗,不但显得林深幽静,而且景色斑驳,充满了浓郁的生命精神。如果说前两句是以有声反衬空静,那么后两句则是以光亮突出景色的明丽,使全诗形成一种空寂幽深而又景色斑斓并充满生命精神的氛围,表现禅宗寂灭空无的情结,是禅理"色不异空,空不异色,色即是空,空即是色"④的思想表现。王维把这一抽象的禅理和具体感性的自然景色结合起来,并以诗人特有的画家和音乐家对声音和色彩的敏感,把握住了"空山人语响"、"返景入深林"那一刹那间的景色,把空寂的本体与活跃的生命精神结合起来,形成幽静自然的意境,读来使人觉得蕴藉空灵,兴味悠长。该诗表现了动与静、空与灵、有限与无限的辩证统一,虽融进了禅理,却又具有相当的美学价值。

以上是对古典形态的意境论和人生、人格境界的分析。就中国传统文化和艺术来说,汤一介先生曾经把"天人合一"、"知行合一"、"情景合一"作为中国传统文化三个基本命题,在三者的关系中,"天人合一"是根本的,而"知行合一"、"情景合一"是从"天人合一"派生出来的。并认为"天人合一"是中华民族对"真"的理解和追求,"知行合一"是中华民族对"善"的理解和追求,"情景合一"是中华民族对"美"的理解和追求。⑤ 而中国传统的意

① 中国社会科学院文学研究所编:《唐诗选》,第109页。
② [清] 王士禛:《带经堂诗话》,北京:人民文学出版社,第83页。
③ [明] 胡应麟:《诗薮》,上海:上海古籍出版社,1979年,第119页。
④ [唐] 玄奘译:《般若波罗蜜多心经》,《佛教十三经》(影印本),北京:国际文化出版公司,1993年,第185页。
⑤ 汤一介:《论传统哲学中的真、善、美问题》,《中国社会科学》1984年,第四期。

境论则是中国传统文化的结晶,是真、善、美三者合一的体现,也就是在审美过程中,将客体之"真"和主体之"善",融合为审美意象、意境之"美"。所以"意境"是我们中华民族美学和艺术的核心范畴,也是我们民族最高的审美境界。

结　语

经过以上意象、意境论的现代文化纵横的考察,我们知道:中西文化比较研究不应该停留在单纯的横向比较上,而应该从横向的比较更进而深入到纵向的比较。只有把"历时性"研究和"共时性"研究结合起来,这样的研究才是有意义的。因为第一,只有纵向的比较研究才能找出各民族的文化观念的起源和发展的基本线索和基本规律。第二,只有把各民族各国的文化观念放在整个人类文化发展的历史长河中,才能看出各种文化观念哪些有生命力,哪些没有生命力,以及它们的特点和价值。第三,我们比较研究不是为比较而比较,我们应该指出各民族各国家今后在文化观念方面的努力方向。

在全球化的今天,中西文明、文化的互相影响和渗透日益加强,中国的意象、意境理论和西方的形象、典型理论又如何进行融合,怎样正确进行继承和革新呢? 这是一个非常复杂而难以说清的问题。前面已经说过,意象、意境的形象体系和形象、典型的形象体系产生于两种异质的文化之中,不仅有地域、民族的差异,而且有时代进步与落后的差异,一种是农耕文化的"天人合一"的生命论,一种是西方近代工商文化的"主客二分"的认识论。气一元论的整体直觉的生命体验思维模式与主客二分认识论的分析逻辑思维模式,因本体论不同,这两种传统的思维模式是圆凿方枘难相契合的。

关于文化、哲学、美学的本体论问题,恩格斯在《路德维希·费尔巴哈和德国古典哲学的终结》第二部分开宗明义就说:"全部哲学,特别是近代哲学的重大的基本问题,是思维和存在的关系问题。"[①]关于思维与存在的关系问题,早在恩格斯以前,黑格尔就提出了。黑格尔认为古希腊哲学家柏拉图还只是把"理念"了解为一和多、普遍性与特殊性关系,却没有把它了解成思维和存在的关系。只是到了文艺复兴以后,人"发现了自然和自己",于是近代哲学才把古希腊哲学所达到的"自我意识立场"(即意识到与外物有分别的自我)以及中世纪已蕴涵的主观思想中的东西与客观实在的东西的"差异",明确发展成"思维与存在的对立",并力图通过认识思维去克服这种对立以达到统一,这也就是主体和客体的对立和统一。所以,自我意识的立场早已有了,客观与主观的差异虽然早已有了,但明确"意识到"主体与客体、思维和存在的对立,那是近代哲学的事。近代哲学的两大流派——经验派和理性派,就是探讨如何达到主体与客体、思维与存在相统一的两条途径的学说。[②]以上所说,就是恩格斯为什么说思维对存在的关系问题是"全部哲学,特别是近代哲学的

①〔德〕恩格斯:《路德维希·费尔巴哈和德国古典哲学的终结》,《马克思恩格斯选集》第四卷,北京:人民出版社,1977 年,第 219 页。
②〔德〕黑格尔:《哲学史讲演录》第四卷,北京:商务印书馆,1981 年,第 4—8 页。

重大的基本问题"的缘由。他之所以特别强调"近代哲学",就是因为思维和存在、主体与客体的尖锐对立是近代哲学才明确起来的,而且,以探讨二者如何对立统一之途径的经验派和理想派以至康德的批判主义和黑格尔的绝对唯心主义是近代哲学的主要内容。恩格斯还说,这个"全部哲学的最高问题""只是在欧洲人从基督教中世纪的长期冬眠中觉醒以后,才被十分清楚地提了出来,才获得了它的完全的意义"①。恩格斯这段话也说明思维与存在的关系问题,"主体—客体"的思维方式,是在近代哲学中充分明确起来和发展起来的。所谓"近代哲学",主要是说自笛卡尔到黑格尔这段时期的哲学。笛卡尔是"主体—客体"式的开创者,黑格尔是其集大成者。

　　文化、哲学、美学的本体论问题,是人与世界的关系和态度问题,是人生境界和价值意义问题。人与世界的关系,有统一的一面,也有对立的一面,在西方哲学史上,有时统一占主导地位,有时是对立占主导地位。在苏格拉底、柏拉图以前,古希腊早期的自然哲学学说,主要是"天人合一"式,即人与自然不分,当时的"物活论"就是明显的表现。柏拉图的"理念论",主要从存在论的角度讲"理念"是事物的本根,属于"天人合一"的思想。但他从认识论的角度讲"理念"是"知识"的目标,是真理而不是"意见"的对象,柏拉图实开"主客二分"思想之先河。明确地把主体与客体对立起来,以"主客二分"式为哲学的主导原则,乃是笛卡尔为真正开创人的西方近代哲学之事;但笛卡尔的哲学也包含有"天人合一"的思想因素,他的神就是思维与存在的统一,是世界万物之共同的本根或创造主。黑格尔是近代哲学的"主客二分"式思想之集大成者,他的"绝对精神"是主体与客体的最高统一。但他的"绝对精神"不仅是认识的最高目标,最终极真理,也是世界万物之最终的本根或创造主,它是最高的客观精神,也是人类精神最高形态,人与世界相通。可以说,黑格尔哲学既是"主客二分"式思想为主导,也有"天人合一"式的思想,两者结合为一体。

　　黑格尔以后,从主要方面来说,继续沿着"主客二分"思想前进的是费尔巴哈、马克思和恩格斯。但马、恩哲学——辩证唯物主义和历史唯物主义,乃是"主客二分"和"天人合一"的结合体。大多数西方现当代哲学家则贬低以至反对"主客二分"式。其中,海德格尔是一个划时代的人物,他把批评"主客二分"式同批评柏拉图至黑格尔哲学的旧形而上学传统联系起来,认为这种旧形而上学传统的根基正是"主客二分"式。如果说,黑格尔哲学是西方近代哲学中"主客二分"思想和旧形而上学传统的顶峰,那么,尼采和海德格尔哲学就可以说是西方现代哲学中"天人合一"思想和反旧形而上学思想的开端。

　　不过,海德格尔绝非一味否定"主客二分"式的哲学家,海德格尔明确主张"天人合一"式优先于"主客二分"式,而且,他还论述了"主客二分"式以"天人合一"式为根基的道理,他认为没有"天人合一"就不可能有"主客二分"。显然,海德格尔的这个思想是欧洲"主客二分"式思想长期发展后的产物,它和古希腊早期的"天人合一"思想有明显的高低和先进落后之不同。如果说,古希腊早期自然哲学的"天人合一"是原始的"天人合一",那么海德

---

① 〔德〕恩格斯:《路德维希·费尔巴哈和德国古典哲学的终结》,《马克思恩格斯选集》第四卷,第 220 页。

格尔的哲学则可以说是经过了"主客二分"和包摄了"主客二分"的一种更高级的"天人合一"。从古希腊早期自然哲学的"天人合一"思想，经过长期的"主客二分"思想的发展过程，到以海德格尔为主要代表的现当代哲学的"天人合一"思想，正好走了一个否定之否定的路程，这也可以说是从古到今的整个西方哲学史的本体论发展过程。

中国哲学史又走过了一条什么路程呢？中国古代从商周开始就是"天人合一"、"万物一体"，主体和客体、存在和思维并未分开。中国的"天人合一"的观念起源于巫术，因为巫是沟通天人的中介，奠基于"轴心时代"的《易经》之中。通过儒道两家的对立和互补，到了"轴心时代"的晚期，即战国时期，在《易经》里面，把天道和人道结合起来，形成天、地、人三才说的完备形式。中国也有"天人之分"、"天人相胜"的思想，荀子提出过"制天命而用之"①的命题；唐代刘禹锡著《天论》，也主张"天人之分"、"天人相胜"②，但是在整个中国传统文化发展中不占主导地位。

中国传统的"天人合一"的文化宇宙观，以"气"为基础，以"阴阳五行"为核心，以"道德伦理"为特色，是重德重和的人文文化模式和思维体系。其与西方近代"主客二分"、重智重分的科学文化一起，组成了人类两种文化的对立统一，并历尽沧桑而不灭。中国直到十九世纪下半叶鸦片战争后，才引进近代西方的"主客二分"的认识论模式和能动性原则，冲破了原始的"天人合一"模式，而进入马克思主义和海德格尔所主张的后"主客二分"的更高级的"天人合一"模式。

通过以上分析，我们可以知道：从中西文化宇宙观发展的阶段性来看，西方从"天人合一"到"主客二分"，再到高一级的"天人合一"，走了否定之否定的三个阶段。而中国文化却只走了文化发展史上第一阶段，从鸦片战争开始进入第二个阶段，至今还未走完。此其一。

第二，中西文化史上都兼有"天人合一"和"主客二分"的观念。不过需要强调的是，西方文化史上占统治地位的旧传统是"主客二分"式，中国文化史上占统治地位的旧传统是"天人合一"式。西方从柏拉图到黑格尔，中国从"轴心时代"到"鸦片战争"，恰好都是两千多年。所以，"天人合一"和"主客二分"，恰好代表了中西文化的主要特征和差异。中西文化不但有地域、民族的差异，而且有时代先进和落后的差异。

第三，中国传统文化因重"天人合一"，不分主客，它是一种生命论，较少认识论，不重自然科学，而侧重于人生哲学和人伦道德哲学。中国哲学史上占主导地位的儒家哲学，又把封建道德的义理之天与"天人合一"紧密结合在一起，长期以"天理"压制人欲，以群体压抑个性。这两个特征可以概括为缺乏科学和民主两者。西方传统文化特别是近代哲学因重主客二分，是一种认识论，注意发挥人对自然的能动性和人对统治者的主体性（文艺复兴发现了自然和人），这两点表现为科学与民主这两个概念的明确和建立，这也是西方近代哲学的两大特征。③

---

① 《荀子·天论》，[清] 王先谦：《荀子集解》，北京：中华书局，1988 年，第 317 页。
② [唐] 刘禹锡：《天论》上，梁守中注：《刘禹锡诗文选译》，成都：巴蜀书社，1990 年，第 231 页。
③ 参阅张世英：《中国传统哲学与西方后现代主义哲学》，《社会科学战线》1994 年第 2 期。

　　中国天人合一的传统文化,养成了人的广阔襟怀,也造成了中国哲学与诗的互相结合的特征。中国哲学著作几乎同时都是文学著作,哲学家大多同时是文学家和诗人。"天人合一"本是一种物我不分或物我两忘的诗意境界,同时也是真、善、美统一的境界。中国传统哲学大多是哲学家们对自己的诗意境界的一种体验。道家哲学固然如此,儒家哲学的诗意往往富于道德意识而已。与中国传统文化相反,西方传统"主客二分"也造成了西方哲学与诗的分离的特征。主客二分和能动性原则,在柏拉图那里尚未明确建立,但已初见端倪,柏拉图把诗人逐出哲学之外,就与此端倪有关。现当代许多后现代主义哲学家,在本体论上反对主客二分,主张天人合一,认为西方传统的哲学应当终结。原因之一就是反对西方传统哲学把逻辑与神话、逻辑与修辞、概念与隐喻、推理与描述对立起来,认为具有这种特点的西方传统哲学特别是近代哲学应当终结。西方近代许多大哲学家,不是文学家和诗人,却是大科学家,不能不说是与主客二分思想有关。这种情况,与中国传统哲学正好形成鲜明对比。与此相联系的是中国传统文化的思维模式,是整体性、有机性、直觉模糊性;与西方传统文化的思维模式是分析性、逻辑性、理性、确定性,也恰好成为对比。

　　在中西文化走向融合的全球化的今天,我们不能一味颂扬自己的传统文化,也不能亦步亦趋跟在西方文化之后,更不能全盘接受海德格尔的哲学。如果我们简单地否弃传统文化,一味跟在西方文化后面规行矩步,也许我们可以得到发达的物质文明,但又难以避免精神上的种种困境,这同样是一种劫难。这既是中国文化未来发展问题的两难处境,同时也是中西文化融合的最大历史契机。后现代哲学的"天人合一"与中国原始的"天人合一"虽然有时代的先进与落后之分,但其基本精神却是一致的。我们只有将"西化"和"东化",在本体论的意义上结合起来,才能找到文化发展的正确途径。

　　我在"导论"①中曾指出,二十世纪一百年里,中西美学融合和意境研究及其现代化,已经取得了不少成绩,如王国维和朱光潜两人,他们用西方美学主客二分的本体论、认识论模式,总结中国传统的意象、意境论,取得了许多理论成果,但因中西文化本体论不同,所以这种融合还是一种凑合,未能达到真正的融合。又如宗白华先生用中国传统的文化观念和哲学以及"天人合一"的生命意识研究美学和意境,取得了突出的成绩,尤其是他的"境界层深的创构"说②还原了中国意境结构,可谓卓识。但宗白华先生的意境研究偏重在"照着讲"方面,"接着讲"提出希望,但未做重点论述,这是时代使然。

　　"照着"讲和"接着"讲③,这原是冯友兰先生就中国哲学研究提出的命题,其实亦适用于其他理论学科的建设。"照着讲"和"接着讲"有什么不同呢?大致可以说,前者立足于还原,而后者着眼于创新;前者属"史"的阐释,而后者属"论"的建构;前者偏重学术的承传,后者属学术的创新,各自取向有别。但这种差异只能是相对的,"还原"与"重构"是相

　　① 张长青:《意境论研究的中外融通之路——〈意境论的现代文化阐释〉导论》,《中国文论》第一辑,上海:上海古籍出版社,2014年。
　　② 宗白华:《中国艺术意境之诞生》,《天光云影》,第92页。
　　③ 冯友兰:《新理学》,《贞元六书》,上海:华东师范大学出版社,1996年,第5页。

互联系的，只是侧重点不同。

那么"接着讲"又如何着手呢？首先，我们要说明，文化全球化背景正是中西文化交融的最大历史契机。西方当代工具理性和物质文化片面的发展，带来了深重的生态危机和精神危机。西方文化精神之缺失，恰好就是中国文化传统之胜长。重视生命，倡扬生命与生命的感通，特别是将物我、群己、天人之间的生命交渗与互动视为"大化流行"的本然状态，是我们民族的一贯信念，也是我们的传统（只是这一传统落后于时代）。在此信念和传统的支配之下，我们将诗歌艺术审美活动当作整个生命活动的一部分，由自我生命感发到与他人共相感发，更进而融入与人类群体生命乃至宇宙生命的交感共振之中。只要我们善于继承自己辉煌的审美和艺术传统，在现实基础上融合西方的文化精神，创新我们的传统，对下一代进行有效的审美教育，就会使我们在西方高度发达的科学理性精神面前不失去制衡的力量，其人格感性和理性的构成以及真、善、美的全面发展，不致成为"单向度的人"，其人生理想和精神家园不致失落，从而可望避免精神"无家可归"，或者是"高技术，低情感"一类的精神悲剧。蔡元培先生早在"五四"时期就提出"以美育代宗教说"[①]，这完全符合中国文化精神，而且不失为先见之明，今天更应予以重视。

其次，中西文化融合具体可分为三个方面：就文化方面来说，中国原始的"天人合一"实质是顺应自然，西方的"主客二分"实质是征服自然，两者都有它们的长处和短处。而当今既要征服自然，又要保护顺应自然，把两者的长处融合起来，做到人与自然辩证统一的和谐相处。就中国意境的生命诗学范畴来说，由纯任自然转向自然生命与自觉生命相和谐，由偏向群体转向群体生命与个体生命相和谐，由注重直观转向感性、悟性与理性生命活动形态相和谐，由原始的"天人合一"的真、善、美统一到高级"天人合一"的真、善、美的统一。这是传统理论观念的现代化改造，也是传统的推陈出新，这是一个永无止境的文化创新过程。就个人的人生、人格境界来说，我们今天人生的最高理想界，既不是后现代的生活即艺术，也不是漂亮、好看之类的视觉美。在中国既非儒学的伦理道德之境，也不是庄子的精神自由的"逍遥"之境，更不是王维"万事不关心"的禅境，而是既要入世又要超越的追求真、善、美的最高的人生、人格境界。若要达到这种人生、人格的最高境界，当然必须谙熟和吸纳中华传统文化，以至全人类文化之精华，把历史传统与个人不懈追求真、善、美的实践结合起来。

宗白华先生在《中国艺术意境之诞生》一文的开头说："世界是无穷尽的，生命是无穷尽的，艺术的境界也是无穷尽的。"[②]中国美学和意境现代化重建的成功之日，必是中国文化和意境以崭新姿容走向世界之时。愿我们民族的诗学传统发扬光大，愿我们民族生命论精神万古长青！

---

① 蔡元培：《以美育代宗教说》，高平叔编：《蔡元培全集》第三卷，北京：中华书局，1984年，第30页。另有《以美育代宗教》《美育代宗教》等文，见高平叔编：《蔡元培哲学论著选》，石家庄：河北人民出版社，1985年，第399、416页。
② 宗白华：《天光云影》，第86页。

《文心雕龙》"约"范畴考论

——兼谈"约"范畴从先秦到魏晋南北朝的历史发展

陈聪发[*]

摘 要：鉴于繁冗的文风严重影响了文学创作，倡导简约的风格就成为刘勰的坚定主张。要创造简约的风格，刘勰认为，文章涉及意、辞两个层面，创作须兼顾这两个层面，当然重点要放在文辞上。"约"范畴有三重审美的意涵：简省、精炼、明净。在文学批评实践中，刘勰点评了不同文体以及不同文章的风格，描述其体制、风格特色，旨在张扬简约的风格及其审美价值，从理论层面确立起弘道(简)—宗经(约)—尊体(约)—炼辞(约)的逻辑理路，"约"实为一个由坚实严密的学理构建而成的范畴。探究"约"这一范畴，厘定该范畴的美学意蕴和价值，不仅有助于我们深入理解《文心雕龙》一书的文学理论体系及其风格理论，而且有利于加深对古代文论中"约"范畴的内涵及其价值的认识，为进一步确定它在中国古代文论史上的地位和作用奠定基础。

关键词：《文心雕龙》；约；简约；风格；范畴

《文心雕龙》一书"约"字凡数十见，可以说是一个高频词，"约"在该书中作为复合词出现的有"婉约"、"精约"、"要约"、"简约"等词语，以独词"约"出现于文句中的频率较高。其实，"约"也是《文心雕龙》内在的文论体系中的一个重要范畴，它长期被学术界忽视，在中华书局出版的《文心雕龙辞典》①一书中没有收录，更令人遗憾的是，它至今还没有得到切实的研究，没有专文探讨。笔者不揣浅陋，在爬梳《文心雕龙》全书有关"约"的资料的基础上对之作了比较全面深入的考察，尝试性地厘定了该范畴的美学内涵及其理论价值，力图将《文心雕龙》的范畴以及古代文论范畴的研究推向深入。当然，笔者愿抛砖引玉，期待有关这一课题的更高质量的论文面世。

———————————

* 作者简介：陈聪发，淮北师范大学文学院副教授。

① 周振甫主编：《文心雕龙辞典》，北京：中华书局，1996年。

一、宗经取义,以约为贵

众所周知,刘勰的宗经思想在文论思想中占有突出的地位,他对文章的总的要求涉及六个方面,而这六方面都是围绕"体"这一核心的:"若禀经以制式,酌雅以富言,是仰山而铸铜,煮海而为盐也。故文能宗经,体有六义:一则情深而不诡,二则风清而不杂,三则事信而不诞,四则义直而不回,五则体约而不芜,六则文丽而不淫。"①这里的"体约而不芜"是对"体"提出的具体要求——即文章的体貌简洁纯净。很显然,"约"在此具有"简洁"的意义。要达成体貌之"约而不芜"的目标,初学者就必须宗经。在刘勰看来,儒家经典著作的文辞是非常简练的,这为文章的写作树立了典范。"夫鉴周日月,妙极机神;文成规矩,思合符契;或简言以达旨,或博文以该情,或明理以立体,或隐义以藏用。故《春秋》一字以褒贬,丧服举轻以包重,此简言以达旨也。《邠诗》联章以积句,《儒行》缛说以繁辞,此博文以该情也。……故知繁略殊形,隐显异术,抑引随时,变通会适,征之周孔,则文有师矣。"(《征圣》)《春秋》尚简,有的一字就蕴含褒贬之意,无需详述,这就是"简言以达旨",其实也就是下文将论述的"辞约而旨丰"。"体要与微辞偕通,正言共精义并用;圣人之文章,亦可见也。"(《征圣》)"体要"通于"微辞",由"微辞"所携带的"精义"是与"体要"所坚守的"正言"相辅相成的,二者可谓相得益彰。"《春秋》一字以褒贬",这正是贯通体要与微辞、兼取正言和精义的典范。"体要所以成辞"(《征圣》)从某种意义上讲,"体要"是成就文辞的义理性依据,也是衡量、匡正文辞的规范性依据,是立言之准则或法度,所谓的"止乎礼义"其实就可以理解为"发乎情"的体要,从儒家文章理论的角度观之,文辞必须依托体要才能成立。

刘勰认为,儒家经典著作文义晓畅,《春秋》即是如此,正如其所谓"《春秋》辨理,一字见义"(《宗经》),义理清晰,虽然其深层意义容或隐晦难晓,但只要细加推究,还是可以得其大旨的。"昔者夫子闵王道之缺,伤斯文之坠,静居以叹凤,临衢而泣麟,于是就太师以正《雅》《颂》,因鲁史以修《春秋》,举得失以表黜陟,征存亡以标劝诫:褒见一字,贵逾轩冕;贬在片言,诛深斧钺。然睿旨存亡幽隐,《经》文婉约,丘明同时,实得微言,乃原始要终,创为传体。传者,转也,转受经旨,以授于后,实圣文之羽翮,记籍之冠冕也。"(《史传》)周振甫说:"《春秋》记事过于简约,就历史散文说,《左传》更重要,所以推为'记籍之冠冕'。"②这个评价很中肯。《春秋》为经,其文辞"婉约",即文辞委婉而简约。无论是贬斥邪恶还是褒扬正义,春秋笔法不仅表现出鲜明的道德评价,而且文辞简省,意味深厚。惟其如此,左丘明的《春秋左氏传》得其深意,在叙事方面力求简洁,以少总多。"传"既然是"转受经旨",那么就必然获取了经典的崇尚简约的传统,这样才能成为"圣文之羽翮"。

---

① ［梁］刘勰:《文心雕龙·宗经》,范文澜:《文心雕龙注》,北京:人民文学出版社,1958年。本文所引《文心雕龙》原文,均依此书,以下只注篇名。

② 周振甫:《文心雕龙今译》,北京:中华书局,1986年,第138页。

"观夫左氏缀事,附经间出,于文为约,而氏族难明。及史迁各传,人始区详而易览,述者宗焉。"(《史传》)《春秋左氏传》依经而立传,其传"于文为约",文辞毕竟过于简省,其微言大义在司马迁的《史记》各列传才得以彰明较著,读者始能区分详略,后世的史书便以它为宗。由此可知,先秦的传(与经相对应)还是太过简要,后世的训释经典的传才是据以学习的法式。刘勰在评论汉代儒生注释的除《春秋》之外的其它经书时说道:"若毛公之训《诗》,安国之传《书》,郑君之释《礼》,王弼之解《易》,要约明畅,可为式矣。"(《论说》)在他看来,后世这些为儒家经典作注的注释家如毛苌等人继承了简约的传统,其注疏文字尽管各各不同,但都做到了要言不烦,简洁明快,难能可贵。推而广之,其它文体同样应该如此,例如史传就该宗经取义,以约为贵。"是立义选言,宜依经以树则,劝诫与夺,必附圣以居宗;然后诠评昭整,苛滥不作矣。"(《史传》)就史传体例而言,无论是立意修辞都"宜依经以树则",其体要是应当宗法经典而作,以经义为旨归,确立言语简要、叙事从简的法则。《春秋》作为经典已经为传的写作树立了范式,因此史传的写作必须师法经典,以简约为贵。

就史的编撰而言,叙事是写史的基本方式。"夫国史之美者,以叙事为工;而叙事之工者,以简要为主。……《春秋》变体,其言贵于省文。斯盖浇淳殊致,前后异迹。然则文约而事丰,此述作之尤美者也。"[①]刘知几认为,历史的写作以简要的叙事为主,"文约而事丰",这是对《春秋左氏传》的以文约为贵的优良传统的发扬,与上述刘勰对史传的看法相一致。

崇尚简约的传统,就其思想渊源而论,是古代人对道的推尊所致,受儒、道两家哲学的影响更大一些。"乾以易知,坤以简能。易则易知,简则易从。"(《周易·系辞上》)朱熹在解释后一句话时说道:"人之所为,如乾之易,则其心明白而人易知;如坤之简,则其事要约而人易从。"[②]由此可知,坤卦具有柔顺、宁静的特性,随顺乾卦之所为,虽简而可使事物易于了解,便于人们简易地去处理事务。从概念来讲,此处的"简"与"约"意义相同。儒家认为,大道至简,简易的道易于为人们所遵从。"大象无形;道隐无名。"(《道德经》第四十一章),对无形无象的道的体验是简单易行的,当然无须繁辞来描述。在老子看来,也不可能用语言来表述道。道家的庄子强调得意忘言,其思想也包含着尚简的精神。就先秦典籍来看,最初的"约"与"简"在意义上相通,内涵上几乎没有差异,可以说,尚简的思想是古代文论"约"范畴得以形成的重要因素,而前者是从弘道(简)—宗经(约)的逻辑衍生出来的。

二、从"体约而不芜"到"辞约而旨丰"

在文学批评方面,刘勰对那种体貌芜杂的文章提出了严厉的批评:"……潘尼《乘舆》,

---

① 〔唐〕刘知几著、刘占召注:《史通评注》,北京:中央编译出版社,2010 年,第 181 页。
② 〔宋〕朱熹:《周易本义》,北京:中国书店,1994 年,第 107 页。

义正体芜;凡斯继作,鲜有克衷。至于王朗《杂箴》,乃置巾履,得其戒慎,而失其所施。观其约文举要,宪章戒铭,而水火井灶,繁辞不已,志有偏也。"(《铭箴》)潘尼所作的《乘舆箴》"义正体芜",就其体貌而言,不够纯净,而王朗的《杂箴》"得其戒慎",合乎体要,但是"失其所施",文辞不得体,过于繁冗,有违简约之义理。《宗经》篇强调"体约而不芜",说明"约"是"芜"的对立面,文章之体貌必须简约纯净,否则就会芜杂不堪。要让文辞蕴含劝诫之意,同样得依托于圣人的言论,否则难以彰明儒家之道,换言之,非征圣无以立言,非宗经无以造文。不仅如此,儒家经典还昭示人们,文辞的简约与意蕴的丰厚是可以兼得的,即使是历史久远之作,只要植根于经典,都有新鲜丰富的意味。"至根柢槃深,枝叶峻茂,辞约而旨丰,事近而喻远。是以往者虽旧,余味日新。"(《宗经》)刘勰在论及赞体时说"约举以尽情"(《颂赞》),赞体应该以精简的文辞充分抒情,这是其体要的特点之所在。"公孙之对,简而未博,然总要以约文,事切而情举,所以太常居下,而天子擢上也。"(《议对》)议对之体不可繁复,以简为宜,"约文"就是强调文辞要精简。由此可知,模仿经典之作具有"辞约而旨丰"的优点,经典为人们的写作提供了模仿、参照的范本。从某种意义上讲,是否能够创造简约的风格,是关系到经典的优良传统能否弘扬的大问题,绝非单纯的风格问题。从某种意义上讲,文章要具有"辞约而旨丰"的双重美感,必须植根于经典或以经典为式,这样的文章才能让人常读常新,意蕴无穷。"辞约而旨丰"与"体约而不芜"分别指涉不同层面的审美要求,前者强调文辞的简约美和含蓄美,后者标举体貌的纯净美,语义较为单纯。相对来讲,"体约"比"辞约"更具根本性、整体性的意义。"辞约而精,尹文得其要"(《诸子》),"辞约"有赖于对体要的明达,因为"体要所以成辞"(《征圣》)。刘勰在《体性》中提出的"八体"说对文章风格的类型作了明确的划分,其中就有"精约"体,当然,它指涉的是语言风格,说明众多风格中"精约"有其一席之地。《体性》有云:"精约者,核字省句,剖析毫厘者也。""精约"的语言风格具有文辞精炼简洁、剖析精细入微的特点。精约风格的典范之作在古代文学史上很多,刘勰在《文心雕龙》一书中曾对此类作品给予了高度评价。"又崔瑗《文学》、蔡邕《樊渠》并致美于序而简约乎篇。"(《颂赞》)这里的评论文字用了"简约"一词,针对的是篇章而不是段落,注重的是其体貌的简约,说明刘勰把简约、精炼视为关乎语言的很重要的审美标准(当然,他还有其它审美标准,此处不赘)。他还对《管子》和《晏子春秋》等著作的文笔给予好评。他说:"管晏属篇,事核而言练。"(《诸子》)"言练"即言辞简练,与精约、简约的意义相通。

与精约对立的是"繁缛",后者浓墨重彩,文辞繁复。"繁缛者,博喻酿采,炜烨枝派者也。"(《体性》)从表面上看,刘勰似乎对"繁缛"贬抑过甚,其实他对之有抑有扬,既否定"繁缛"的啰嗦累赘,也肯定其华丽纤秾,当然他贬抑繁缛的倾向很突出。惟其如此,他以创作的经验事实来说明简约之可取。当刘勰论及文章体势时,他说"断辞辨约者,率乖繁缛"(《定势》),说明精约与繁缛实为两种对立的风格。"文以辨洁为能,不以繁缛为巧"(《议对》),文章的作者当以简洁的文笔为能事,如果把繁缛与新巧混为一谈,那么就是对新巧的误解。所以,文章的语言风格贵在简洁精炼。"句有可削,足见其疏;字不得减,乃知其密。"(《熔裁》)判别冗余文辞的标准恐怕就是简练,但凡可削除的辞句都属于繁琐的话语,故而修改文章时必得注意审美的考量。"然仲瑗博古,而铨贯有叙;长虞识治,而属辞枝繁;及陆机断议,亦有锋颖,而腴辞弗剪,颇累文骨:亦各有美,风格存焉。"(《议对》)繁缛的文辞拖沓冗长,其文采或有可取之处,但它造成了文胜于质的缺陷,有伤文骨,直接影响到文章的质,为此,就必须毫不留情地剪除那些赘辞。后文将对此作进一步的论述。

文章是不是越简越好?在这个问题上,刘勰的观点显得很是通达,他认为,对繁简的处理应当视义理的要求和表达的需要而定。"若情周而不繁,辞运而不滥,非夫镕裁,何以行之乎!"(《镕裁》),未经熔炼、剪裁的文章其意义与文辞都难免存在诸多不足,要流传后世,几无可能。"精论要语,极略之体;游心窜句,极繁之体:谓繁与略,随分所好。引而伸之,则两句敷为一章;约以贯之,则一章删成两句。"(《镕裁》)由此可见,刘勰并没有全盘否定繁缛的风格。首先,他认为,繁简的处理要懂得通变之道,不必拘泥。"故知繁略殊形,隐显异术,抑引随时,变通会适,徵之周孔,则文有师矣。"(《征圣》)其次,文章的繁简应该视需要而定,并非越简越好,"谓繁与略,随分所好","随分"就必须根据内容表达的要求来处理,当繁则繁,不勉强求简,当简则简,不化简为繁。对文辞的详略、繁简的处理应该以适中为宜。"至如敬通杂器,准矱戒铭,而事非其物,繁略违中。"(《铭箴》)这里的"中"包括某一文体自身的体制的内在要求(即某一文体的体要所规定的法则)和文章内容表达的需要。须指出的是,繁缛与繁冗,一字之差,有云泥之别。从总体上看,从刘勰在《文心雕龙》一书中对司马相如、陆机等一些作家的繁琐文风的批评来看,就不难了解他的态度,他对繁冗是持否定意见的。

三、"要约而写真"与"文约为美"

刘勰对那种矫揉造作、文辞淫丽烦滥的文风极为反感,认为写文章当"为情而造文",强调作者应该抒写真情实感。"昔诗人什篇,为情而造文;辞人赋颂,为文而造情。……而后之作者,采滥忽真,远弃风雅,近师辞赋,故体情之制日疏,逐文之篇愈盛。"(《情采》)那些专事雕琢的辞人一味在文采上用功,"采滥忽真,远弃风雅",既无真情实感,又抛弃了诗经的传统(详后),而文辞之繁冗、靡丽已经到了非解决不可的时候。因此,刘勰特别强调,应该弃滥求简,在创作上推崇简约的风格,这是他依照物极必反的规律而提出的一种非常合理的主张。

由于齐梁的绮靡文风盛行一时,为了纠正这种不良倾向,刘勰提出了"为情者要约而写真"的主张。"故为情者要约而写真,为文者淫丽而烦滥。"(《情采》)这里进一步明确了"为情而造文"的方向,也就是说,在抒写真情的前提下应该力求语言简炼。从语义上看,此处所谓的"要约"有精炼、简约、简洁等含义。"精者要约"(《总术》),精炼包含简炼、简约的义项,精炼与简约意义相通。西方也有崇尚简洁的观点,只不过侧重点不同。"为什么我们一定说出我们能力的局限性和毫无补救办法这种令人懊丧的话来呢?其实只要作家记住精简的重要性就行了。"①虽然有的作者懂得这个道理,但就是做不到。"长卿傲诞,故理侈而辞溢"(《体性》),作者的性情直接制约着他的用语习惯、行文风格,司马相如恃才傲物,在辞赋创作中喜欢逞才使气,在驱驾文辞时往往铺张扬厉,毫无节制。"因此,用语简洁的修养,是一年比一年更为庄严的责任,最重大的责任了……"②对语言文辞加以锤炼,"超心炼冶"③,去除芜杂,回归纯净,进而达到"体素储洁"(同上)的境地。剔除、删减多余的文辞是为了提纯语言,让它更单纯洗练,但又保持了语义的丰富。问题在于,文辞的运用并非易事,在节制才情时可能遭遇一定的困难。"凡乐辞曰诗,诗声曰歌,声来被辞,辞繁难节;故陈思称李延年闲于增损古辞,多者则宜减之,明贵约也。"(《乐府》)刘勰在这里已经把删减冗辞作为达成简约风格的一个基本条件。就汉赋而论,由于它具有铺采摛文的特点,往往使得一些辞赋家极力卖弄才情,造成文辞泛滥的缺陷。在《铨赋》篇中,刘勰认为,赋的文、质各涉及义、词,"丽词雅义"乃是赋体固有的体要,不容偏废任何一方,否则就会导致文、质关系的失调。"然逐末之俦,蔑弃其本,虽读千赋,愈惑体要,遂使繁华损枝,膏腴害骨,无贵风轨,莫益劝戒,此扬子所以追悔于雕虫,贻诮于雾縠者也。"(《铨赋》)追逐靡丽的文风,其根源在于对赋这一种文体的体要缺乏正确的认识,因此正本清源,必得让辞赋的创作回归正途。刘勰强调指出:"写物图貌,蔚似雕画。析滞必扬,言庸无隘。风归丽则,辞剪美稗。"(《铨赋》)为消除文辞淫丽、繁琐的缺陷,刘勰认为,辞人要写好辞赋,只有遵从赋体的体要,认清诗人作赋时所坚持的基本的创作原则——"诗人之赋丽以则"(《铨赋》),才能让赋体文学走上健康发展的轨道。而讲求华丽与简约并不矛盾,因为华丽不同于淫丽,后者为刘勰所否定,前者则为其首肯,这是必须加以说明的。在《物色》篇里,刘勰对过度的华丽表达不满,"及《离骚》代兴,触类而长,物貌难尽,故重沓舒状,于是嵯峨之类聚,葳蕤之群积矣。及长卿之徒,诡势瑰声,模山范水,字必鱼贯,所谓诗人丽则而约言,辞人丽淫而繁句也。"(《物色》)这里,他推重诗人的风格,强调真正的诗人,其作品都具有"丽则而约言"的特色和优点,既华丽又简约,这样的风格其实已经为习文者作出了示范。

对于个别文体,刘勰虽然没有明确提出"丽则而约言"的要求,但也提到其文辞当取之道——尚简、贵约。例如,针对铭这一得到广泛运用的文体,刘勰就从风格上指明了它的特殊性:简约而不浅薄。他说:"箴全御过,故文资确切;铭兼褒赞,故体贵弘润;其取事也必核以辨,其摘文也必简而深,此其大要也。"(《铭箴》)其实,刘勰对于铭这一种文体的看法与陆机基本接近,只不过,前者说得更具体。"铭博约而温润。"(《文赋》)从体貌言之,以温润为贵,就文辞而言,文约为贵,繁则不取。从创作的角度看,铭的写作在选材(即"取事")、用语等两方面都有特殊的要求,在语言风格上宜以"简而深"为贵,其实就是强调要

①〔英〕德·昆西:《风格随笔》,〔德〕歌德等著、王元化译:《文学风格论》,上海:上海译文出版社,1982年,第63页。

②〔英〕德·昆西:《风格随笔》,〔德〕歌德等著、王元化译:《文学风格论》,第64页。

③〔唐〕司空图:《二十四诗品·洗炼》,第204页。

"辞约"、"旨丰"，即语言简省明净，意味含蓄蕴藉，力求二者相辅相成，这不仅是对铭提出的审美要求，而且是从文体角度把上述的"辞约而旨丰"的审美标准通俗化了。"义典则弘，文约为美。"（《铭箴》）这句话非常精当。"义典"、"文约"分别是刘勰对铭、箴两种文体的内容、形式的总体要求。在某种意义上讲，刘勰提出的"文约为美"是一个具有普遍性的审美判断，是对所有文体的创造及批评提出的基本要求，并不限于铭、箴二体。进而言之，"文约为美"既可作为评判文学艺术优劣的审美标准之一，也可看成是刘勰对文艺创作提出的一个审美理想。

作者的个人趣味和偏好往往会左右其情感表达与遣词造句的习惯，有的作者难免偏爱文辞而忽略情感，尽其心力于文辞的经营，"为文而造情"（《情采》），造成了大量的讹滥之作和繁冗的文风。"表体多包，情伪屡迁，必雅义以扇其风，清文以驰其丽。然恳恻者辞为心使，浮侈者情为文使，繁约得正，华实相胜，唇吻不滞，则中律矣。"（《章表》）在文质关系上真正实现"华实相胜"，华美的文采与质实的内质并重，在语言风格上繁缛与简约都无偏失，繁缛而不繁琐，简约而不简单，并非易事。

刘勰的文体论非常重视文章体制的体要。体要其实就是对文章提出的写作法则，当然属于规范性要求。在众多文体面前，刘勰崇尚简约，贬斥繁冗，可谓不遗余力。请看下列言论：

> 相如《上林》，繁类以成艳。（《铨赋》）
> 至如崔骃诔赵，刘陶诔黄，并得宪章，工在简要。陈思叨名而体实繁缓，文皇诔末，旨言自陈，其乖甚矣！（《诔碑》）
> 陆机之吊魏武，序巧而文繁。（《哀吊》）
> 敬通之说鲍邓，事缓而文繁；所以历骋而罕遇也。（《论说》）
> 温峤《侍臣》，博而患繁。（《铭箴》）

刘勰表扬崔骃、刘陶的诔文，认为他们的作品"工在简要"，由此可知刘勰的尚简抑繁的审美取向。为什么文辞繁冗该受指责呢？主因在于这种文风文胜于质，违背了刘勰关于文质关系的基本观点，其实质就是儒家的文质彬彬的审美标准。虽然有的作者文章写得精巧，但是这种精巧不值得赞赏。刘勰推崇的"巧"是以卓越的创新为旨归，诸如构思立意的精巧、语言的奇妙等等。"隐以复意为工，秀以卓绝为巧"（《隐秀》），"复意"与"卓绝"兼备，隐、秀兼备，方为佳构。如陆机的《吊魏武帝文》，其精巧自不待言，但由于文辞繁复，瑕疵比较明显，受到刘勰的批评。当然，陆机的诸多作品中个别风格简约的文章也为他所肯定。"陆机之《移百官》，言约而事显，武移之要者也。"（《檄移》）从总体上看，刘勰对陆机的文章非常厌恶，主要原因在于其文繁冗。"至如士衡才优，而缀辞尤繁；士龙思劣，而雅好清省。及云之论机，亟恨其多，而称清新相接，不以为病，盖崇友于耳。"（《镕裁》）应该说，他对陆机兄弟的才性和作品的评骘还是比较客观公正的。就语言风格而论，繁、简二者相较,简胜于繁,简练的文辞不仅言简意赅,而且明快纯净。繁简的处理要讲究变通,如能师法圣贤的经典,那么大致不差。"故知繁略殊形,隐显异术,抑引随时,变通会适,征之周孔,则文有师矣。"(《征圣》)文辞的简约、明净与对文章风格乃至体要的整体把握分不开,须知"体约而不芜"(《宗经》)。我们认为,刘勰崇尚简约,其实就是他的宗经、尊体意识的表现,即在推尊体要的前提下尊崇可取的风格——精约或简约的风格,讲求尊体(约)意识,有助于引领创作的方向。

清代桐城派的刘大櫆大力倡导简之美,还把"简"提升为文章的至境。他在《论文偶记》中说:"文贵简。凡文笔老则简,意真则简,辞切则简,理当则简,味淡则简,气蕴则简,品贵则简,神远而含藏不尽则简,故简为文章尽境。"[①]"简"是对"约"的升华和超越,作为一个境界论术语,它涵盖了"文笔老"、"意真"、"辞切"、"理当"、"味淡"、"气蕴"、"品贵"、"神远"等丰富的要素。这里顺便指出,"简"在《文心雕龙》一书中是"约"的同义词,其内涵不及后者丰富,出现的频率也不高。

四、"乘一总万,举要治繁"

如何创造简约的风格? 刘勰认为,文章涉及意、辞两个层面,要创造简约的风格,须兼顾这两个层面,当然他论述的重点放在文辞、风格上。为此,首先要明辨不同语言风格的特点。"精者要约,匮者亦鲜;博者该赡,芜者亦繁。"(《总术》)芜杂的文辞自然包含繁辞,"繁与约舛"(《体性》),繁缛与精约的文辞、风格相对立,精约具有精炼、丰赡、简约的多重意蕴。"然非辞之难,处辞为难。"(《祝盟》)该如何处理繁复、累赘的文辞呢? 刘勰明确指出,只有坚持"镕裁"的文章修改原则,才能改变那种繁冗的文风。他在分析文章的弊病时指出:"立本有体,意或偏长;趋时无方,辞或繁杂。蹊要所司,职在镕裁,櫽括情理,矫揉文采也。规范本体谓之镕,剪截浮词谓之裁。裁则芜秽不生,镕则纲领昭畅,譬绳墨之审分,斧斤之斫削矣。骈拇枝指,由侈于性,附赘悬肬,实侈于形。一意两出,义之骈枝也;同辞重句,文之肬赘也。"(《镕裁》)刘勰注意到"意或偏长"(意蕴的偏至或深长)的现象,所以他也把意的重复(即"一意两出")作为一种现象提出来以警示后学,有其必要性。"赵壹之辞赋,意繁而体疏"(《才略》),此句中的"体"当作"体要"解,正因为疏于体要,才造成"意繁"的缺陷,意义的重复与深长不可混淆。怎样才能坚守"立本有体"的原则? "櫽括情理"是不易的准则。

单就文辞这一层面来看,刘勰认定,对于那些不能切实传情达意的文辞要坚决剪除,在讲究语言的适切这一前提下锤炼语言,炼成简约的文辞。"裁则芜秽不生",去除芜杂的、淫靡的文辞,至少可确保文辞的纯净简洁。"同辞重句",当属于繁辞之列,即使它们加强了文采,但是考虑到文辞的运用必须基于情理,即"櫽括情理",也必须"矫揉文采"。对

---

① [清]刘大櫆:《论文偶记》,北京:人民文学出版社,1959年,第8页。

那种一味夸饰的不良文风力加针砭,使文章的写作回归到正确的轨道上来。刘勰还认为,造成文辞、语意重复的原因固然很多,其中之一就是不能对文辞加以节制。"扬雄之诔元后,文实烦秽,沙麓撮其要,而挚疑成篇,安有累德述尊,而阔略四句乎?"(《诔碑》)繁琐、芜杂的辞句与过于简略的语句一样,都是不容忽视的语病,对前者必须坚决剪除。

在《镕裁》篇里,刘勰反复申说提炼语言的必要性。司马相如、扬雄、陆机等作家都因其文辞的繁冗受到刘勰的严厉批评,"剪扬马之甚泰"(《夸饰》),才能真正让文章的写作承续"丽则而约言"的良性传统,既弘扬华丽与简约并重的风格,又正面肯定文章写作的宗经立场。

由于刘勰注重语言的简约精炼,可能给人造成一种错觉,误以为他强调简约仅仅是对语言与风格提出的要求,这种误解必须消除。他在论及选材、叙事时就明确指出,简约还包括对文章的质这一层面的要求,并非只局限于文章的文(辞)的形式层面。他说:

> 是以综学在博,取事贵约,校练务精,捃理须核,众美辐辏,表里发辉。(《事类》)
> 周乎众碑,莫非清允。其叙事也该而要,其缀采也雅而泽。(《诔碑》)

强调材料的提炼、叙事的简要很有必要,有利于纠正那种偏重文辞的取向。"取事贵约",强调选材要精,就事义而言,在坚守经义的前提下注重材料的提炼,有助于提纯文章的内质,为创造文质双美的文章奠定基础。

鉴于繁冗的文风严重影响了文章的品位,倡导简约的风格就成为刘勰的一贯主张。除了上文提到的剪裁冗辞的主张以外,他还认为要注意以下几点:

第一,厘清统绪,讲求义理。"夫文变多方,意见浮杂,约则义孤,博则辞叛,率故多尤,需为事贼。且才分不同,思绪各异,或制首以通尾,或尺接以寸附,然通制者盖寡,接附者甚众。若统绪失宗,辞味必乱;义脉不流,则偏枯文体。夫能悬识腠理,然后节文自会,如胶之粘木,豆之合黄矣。"(《附会》)要使义脉流动而有活力,文章的整体富有生气,必得在吃透儒家经义的基础上讲求义理。

第二,"举要治繁",以少总多。"乘一总万,举要治繁。"(《总术》)只有明了"体要所以成辞"(《征圣》)的道理,树立体要意识,才能真正做到"举要治繁",进而化繁为简,使文章的意蕴丰厚。"陆机才欲窥深,辞务索广,故思能入巧,而不制繁。"(《才略》)可以这么说,陆机之所以为繁冗所害,就是因为他不能驾驭文辞,为才情所累,也是他不能够自觉地遵守文章写作的基本体要的结果。在贯彻文体的体要规则的前提下,作者对众多的文质要素都应该尽可能地"万取一收"[1],"并以少总多,情貌无遗矣。"(《物色》)

第三,会通古今,繁简适中。"物色虽繁,而析辞尚简;使味飘飘而轻举,情晔晔而更新。古来辞人,异代接武,莫不参伍以相变,因革以为功,物色尽而情有余者,晓会通也。

---

[1] [唐]司空图:《二十四诗品·含蓄》,郭绍虞主编:《中国历代文论选》第二册,第205页。

若乃山林皋壤,实文思之奥府,略语则阙,详说则繁。"(《物色》)对于自然景物的描写问题,刘勰认为,"析辞尚简",写景状物,文辞要精简。如能会通古今,必然可以求得隐、秀双生的审美效应。"深文隐蔚,余味曲包"(《隐秀》),简约而不简单,含蓄而不含糊,"物色尽而情有余者"并非靠"博文以该情"(《征圣》),而是要以简约的文辞来传达情味,既以简约的文辞描写景色,同时要借景抒情,言尽情不尽,进而达到情、味俱佳的艺术效果。

五、余　　论

"约"范畴在先秦时期尚处于萌芽状态,其意义受儒家思想的影响很深,充斥其中的道德意蕴较为突出,这与它所处的特定文化背景有关。孔子在《论语·里仁》篇中指出:"不仁者不可以久处约,不可以长处乐。仁者安仁,知者利仁。"对这句话里的意思,朱熹是这样注解的:"约,穷困也。不仁之人,失其本心,久约必滥,久乐必淫。利,犹贪也,盖深知笃好而必欲得之也。惟仁者则安其仁而无适不然,知者则利于仁而不易所守,盖虽深浅之不同,然皆非外物所能夺矣。"①朱熹对"约"的解释可谓恰切,他把"约"定位在与"乐"相对立的"苦"的境遇上,指明"不仁者"难以独善其身,更不可能坚守道义,时日一久,"失其本心,久约必滥",胡作非为。把"约"解释为"穷困",似乎也能找到证据,如孔子说"君子固穷,小人穷斯滥矣"(《论语·卫灵公》)。所谓小人"穷斯滥矣",即是"不可以久处约",而君子则能做到富贵不淫、贫贱不移,安贫乐道,安仁而自适,居仁而自励。"君子无终食之间违仁,造次必于是,颠沛必于是"(《论语·里仁》)。王充有云:"处逸乐而欲不放,居贫苦而志不倦。"②这句话可作为仁者"久处约"的注解,如是,方为安仁之基。"君子博学于文,约之以礼,亦可以弗畔矣夫!"(《论语·雍也》)这句话里的"约"有"拘束""约束"的意思,君子能够自觉地以礼(义)约束自己的言行,好自为之。到孟子那里,"约"具有"约定"的意思,君子循规蹈矩,不外乎守护好自己的精神家园,以修身为本,力争贫贱不移,不背弃儒家倡导的礼义。孟子说:"言近而指远者,善言也。守约而施博者,善道也。君子之言也,不下带而道存焉。君子之守,修其身而天下平。"(《孟子·尽心下》)从全句看,"约"与"博"相对应,"约"似乎具有专一的意思,即一于道而不违,即坚守修齐治平之道而见诸日常言行,始终不背离道。从文化背景而言,由于先秦时期礼崩乐坏,道德滑坡,要重整人伦、政治秩序,就必须重视道德重建和人格修养,这种鲜明的价值取向必然要求君子慎处穷困,守道(义)而不弃礼义,"约之以礼",从道而求仁,无怨无悔。

两汉时代,"约"已经具备简约的意义,有了审美批评的意蕴及其指向。司马迁在评论屈原的《离骚》时说:"屈平之作《离骚》,盖自怨生也。《国风》好色而不淫,《小雅》怨诽而不乱,若《离骚》者,可谓兼之矣。……其文约,其辞微,其志洁,其行廉,其称文小,而其指极

---

① [宋]朱熹撰、陈戌国标点:《四书集注》,长沙:岳麓书社,1987年。
② [汉]王充:《论衡·自纪篇》,黄晖:《论衡校释》,北京:中华书局,1990年,第1190页。

大,举类迩而见义远。"①他高度赞赏屈原的《离骚》文字简约,意义深远。东汉的王充基于时人对文辞之简约的偏好,以求真尚实的精神为著书立说的基本取向,以文章之功用为标准,强调自己的《论衡》虽然多有繁复之处,但是不可简省,原因在于其书所言有益于世道人心。"或曰:'文贵约而指通,言尚省而趋明。'"②他明确回答说:"今失实之事多,华虚之语众,指实定宜,辩争之言,安得约径?"③由此可知,即使在以文约为贵的东汉时代,王充仍然坚持认为自己的《论衡》一书不可简省,须考论事实之真伪、话语之虚实,自己的书诚然重复之处甚多,其来有自,文风繁复,情有可原。我们由此可推断,"约"在两汉已经初步确立了它的审美意蕴,从美学角度看,此期可以认定为"约"范畴的确立期。

在魏晋南北朝时期,"约"范畴的审美内涵得到深化,是该范畴的兴盛期。崇尚简约的风格成为文学创作和批评的一个值得注意的趋向。钟嵘憎厌繁复,他说:"颜延、谢庄,尤为繁密,于时化之。"④他对五言诗和四言诗比较着眼于繁、简(约),"贵约"的意识很鲜明。"夫四言,文约意广,取效《风》《骚》,便可多得。每苦文繁而意少,故世罕习焉。"⑤王通在评论一些作家时说道:"谢灵运小人哉!其文傲,君子则谨。……子谓颜延之、王俭、任昉,有君子之心焉,其文约以则。"⑥王通把作者的人品与作者的文章特色结合起来考察,片面强调人品对文品的决定作用,其观点有牵强附会之处。然而,他认定颜延之等人的文章简约而合乎法度(此处"其文约以则"中的"约"当作"简约"解),则显露出贵约的审美趣尚。有时,古人用"约"或以"约"为主的复合词来描述不同地域的学者的学术研究特点。从治学的地域特色来看,"大抵南人约简,得其英华,北学深芜,穷其枝叶。考其终始,要其会归,其立身成名,殊方同致矣。"⑦这里的"约"与"芜"对举,前者除了简净的意思之外,还具有精要的涵义,南人的治学以简要相尚,能够抓住纲要,其思理比较宏通,与北人的治学截然不同,当然二者其实各有优长和缺点。因篇幅所限,本文对"约"在隋唐以后的语义内涵的演变历程不作介绍,但有一点可以指出,该范畴在古代文论著作中出现的情形渐趋减少,而以"简"出现的情形却越来越多。对此,笔者拟另行著文阐述。

通观《文心雕龙》全书,联系上文对"约"范畴从先秦到魏晋南北朝的演进的概述,我们认为,当"约"作动词用时,一般表示省略、减省的意思,作为形容词的"约",其涵义相对丰富一些,无须赘述。"约"作为范畴,有三重审美的意涵:简省、精炼、明净。它虽然与别的字组合为具有审美意味的词语(如"精约")不太多,数量有限,但就其本身而论,可谓语义明确,其价值取向极为鲜明,无论是指涉体貌、辞句或风格,还是指涉事义或叙事,都表明

---

① [汉]司马迁:《史记·屈原贾生列传》,《史记》,北京:中华书局,1959年,第2482页。
② [汉]王充:《论衡·自纪篇》,黄晖:《论衡校释》,第1201页。
③ [汉]王充:《论衡·自纪篇》,黄晖:《论衡校释》,第1202页。
④ [梁]钟嵘:《诗品序》,陈延杰注:《诗品注》,北京:人民文学出版社,第4页。
⑤ [梁]钟嵘:《诗品序》,陈延杰注:《诗品注》,第2页。
⑥ [隋]王通:《中说·事君篇》,郭绍虞主编:《中国历代文论选》第二册,上海:上海古籍出版社,1979年,第2页。
⑦ [唐]魏征等:《隋书·儒林传序》,《随书》,北京:中华书局,1982年,第1706页。

古代文论中存在一种崇尚简约的审美趣味。它与"简"相勾连,与"精"相贯通,与明洁相一致,与"丰"相表里,更与后来为人们所喜爱的含蓄美声息相通,它表征了汉民族对于大道至简的形而上追求以及对于简约美的涵容乃至偏好。就该范畴的理论价值而言,它不仅是古代文论范畴系列中一个不可轻忽的范畴,与"雅"、"壮"、"清"、"丽"等一起组成风格论范畴系列,而且"约"作为一个审美批评的范畴具有描述、评价文学现象的实践和理论价值,它意味着要坚决纠正那种以铺陈繁辞为能事的不良偏向,进而指明文学创作的正确方向,此外它还从理论上标举了"文约为美"的审美理想,超越了风格论意义上的简约,将文与道紧密地绾合起来——在大道至简的形而上层面(道)与"文约为美"的形而下层面(器)实现和谐、完满的统一。这正是中国古典美学精神的一个突出的表现。

在文学批评实践中,刘勰点评不同文体以及不同文章的风格时往往要言不烦,一语中的,且以繁、约等术语描述两种相对立的文辞和风格,旨在张扬简约的风格,从风格理论的层面确立起弘道(简)—崇经(约)—尊体(约)—炼辞(约)的逻辑理路,"约"实为一个由坚实严密的学理建构而成的重要范畴。因此,探究"约"这一范畴,厘定该范畴的美学意蕴和理论价值,不仅有助于我们深入理解《文心雕龙》一书的文学理论体系及其风格理论,而且有利于加深对古代文论中"约"范畴的内涵及其价值的认识,为进一步确定它在中国古代文论史上的地位和作用奠定基础,并为当代文艺理论的建设提供可利用的文论资源。

关于刘勰《文心雕龙》不提
陶渊明的再思考

李剑锋*

摘　要:"《文心雕龙》为什么没有提及陶渊明"是一个从《隐秀》补文真伪争论中引申和独立出来,在陶渊明和刘勰接受史特定发展阶段上必然产生的问题。学术考察不能满足于从多角度来正面回答这个问题,而应以此为契机从刘勰《文心雕龙》的局限,从它思考停止的地方起步,去思考和探索它没有来得及思考或者思考有待深入之处。陶渊明的文学观与刘勰《文心雕龙》相比有异有同,刘勰与陶渊明关于文艺抒情言志本质的认识是一致的,但却忽视了陶渊明深有体会的文学超功利倾向的特点;对于陶渊明深有体会的具有"化物"特点的物我关系,刘勰的思考略差一步;在肯定和重视语言可以尽意,在对"言不尽意"的体会、运用和思考上有相合之处,但陶渊明还经常感受到言意之间的复杂错位和矛盾现象。刘勰因追求隐秀、复意、不尽之意,而相对忽视语言与道、生活的根本联系。

关键词:《文心雕龙》;刘勰;陶渊明;文学观

陶渊明和刘勰都是才秀人微的典型,他们为文学和文学批评所取得的一流成就都没有受到同时代人应有的重视,在身后历代的接受中,也不约而同地长时间受到忽视。但比较而言,陶渊明又比刘勰幸运很多,他在宋代经苏轼的张扬后文名达于高峰,之后虽然也偶有贬抑的言论,但基本保持了一流作家的地位;而刘勰在明代中晚期以前几乎不受关注,随着明人对《文心雕龙》的刊布、序跋和评点,《文心雕龙》才逐渐进入读者视野,由此开启了清代"龙学"研究的热潮。也就是说,陶渊明和刘勰在宋、元、明时期,因为一个地位显

---

* 作者简介:李剑锋,山东大学文学与新闻传播学院教授。

赫,一个偶受关注,互相之间井水不犯河水,不见读者关注到他们之间的关系问题,而在明代之后则并肩走到了文学和文学批评的最优秀的创造者行列中,他们两个终于因《文心雕龙》的版本问题走到了一起。

一

《文心雕龙》现存最早的版本是元至正十五年刻本,其中《隐秀》篇缺从"澜表方圆"到"朔风动秋草"之"朔"字共四百字,所缺文字《永乐大典》亦不收。明末清初,所缺的这四百字因何焯等人的努力在以后的版本中得到校补,而对"龙学"研究和传播具有里程碑意义的黄叔琳本又依此对补文作了收录和评注,至此,《隐秀》篇所补文字得以广泛传播,其真伪成为一大学术公案。《文心雕龙》的《明诗》、《才略》两篇历述前代作家最为集中,不见关于陶渊明的评论,其他篇章也不见任何具体或者宽泛的提及,而新补《隐秀》四百字中居然出现了"彭泽之□□"或者"彭泽之疏放豪逸",由此引发了读者对于陶渊明和刘勰关系的关注。一句话,陶渊明与刘勰之间的关系是在二人声名高涨的接受背景下,因《隐秀》篇补文的偶然出现而开启的。

纪昀在批驳《隐秀》补文之伪时说:"称渊明为彭泽乃唐人语,六朝但有征士之称,不称其官也。"杨明照指出此论"未确","鲍氏集卷四有《学彭泽体》一首,是称渊明为彭泽,非始于唐人也"[1]。然六朝人一般称陶为征士、唐人好称渊明为彭泽却是基本历史实际。颜延之《陶征士诔》尊称陶渊明为"有晋征士"、"谥曰靖节征士",这是今天见到称陶为征士的最早史料;沈约《宋书》卷九三把陶潜归入《隐逸传》,特记其征著作佐郎不就一事;《梁书·安成王秀传》称萧秀:"及至(江)州,闻前刺使取征士陶潜曾孙为里司。"[2]钟嵘《诗品》卷中亦称之为征士。可见称"征士"乃时人对于陶渊明较为普遍的敬称,六朝人尚隐,有出卑处高的价值观念,陶渊明主要以隐士闻名当代,称之为征士是顺理成章、理所当然的事情。至于六朝人称陶为彭泽,鲍照之外,在今存史料中未见他人;且鲍照此诗乃元嘉二十九年奉和时任义兴太守的王僧达而作,称陶彭泽乃应景之语,不是当时习称。此其一。其二,刘勰《文心雕龙》对于王侯身份以下的作家一般直呼其名,不称官职,对于阮籍、嵇康、陆机、潘岳、左思等人无不如此,此处称陶之官职有违常风。其三,唐人好称渊明为彭泽是事实,这从隋代王绩《赠学仙者》、《游北山赋》到初唐王勃《滕王阁序》、卢照邻《原州百泉县令李君神道碑》、杨炯《于时春也慨然有江湖之思寄此赠柳九陇》到盛唐孟浩然《和卢明府送郑十三还京兼寄之什》、李白《赠临洺县令皓弟》、杜甫《石柜阁》等莫不如此,例子不胜枚举,此风当与隋唐人事功之风密不可分。总之,《隐秀》补文称渊明为彭泽不似六朝人习语。

《隐秀》补文有的版本赞陶"疏放豪逸",这尤其与六朝人对陶渊明及其诗文的认识不

① 杨明照:《文心雕龙校注拾遗》,上海:上海古籍出版社,1982年,第307页。
② [唐]姚思廉:《梁书》,北京:中华书局,1973年,第343页。

合。萧统《陶渊明传》称陶为人"颖脱不群,任真自得",北齐阳休之赞陶"放逸之致,栖托仍高"①;梁钟嵘评陶诗"笃意真古"②,萧统赞其文章"语时事则指而可想,论怀抱则旷而且真"③。可见当时人评价的共识是陶渊明的"真"、"旷"、"放逸"、脱俗,至于以豪放作评则未见只言片语。不但六朝人不以"豪"称陶,北宋之前也不见人以"豪"赞陶。以"豪"赞陶是从北宋中期以后开始的。最早应数黄庭坚,其《宿旧彭泽怀陶令》称陶渊明"沈冥一世豪"④。把豪与逸合起来赞赏陶渊明最早要数夏倪,其《次韵题归去来图》云:"龙眠居士叹豪逸,想象明窗戏拈笔。"⑤这是说画家李公麟(龙眠居士)叹陶"豪逸"。而真正使陶渊明及其作品的豪放风格产生广泛影响的是朱熹。他说:"陶渊明诗,人皆说是平淡,据某看他自豪放,但豪放得来不觉耳。其露出本相者,是《咏荆轲》一篇,平淡底人,如何说得这样言语出来。"⑥由于他的话以《朱子语录》和陶集附录等形式得到广泛传播,于是引起后代读者普遍的共鸣。金元读者也赞赏陶渊明英雄豪杰的一面,如吴澄等人把他与屈原、张良和诸葛亮等人并加赞赏,以为四人互换时间地点都能做得类似的忠义和功业。方回《张泽民诗集序》评陶曰:"渊明诗,人皆以为平淡,细读之,极天下之豪放,惟朱文公能知之。"⑦到明清,赞赏陶渊明的豪放忠愤已经成为一种共识。如宋濂《跋匡庐结社图》云:"如元亮、道祖、少文辈,皆一时豪杰,其沉溺山林而弗返者,夫岂得已哉?"⑧张以宁《题海陵石仲铭所藏渊明归隐图》着重突出陶英雄豪杰的一面云:"昔无刘豫州,隆中老诸葛。所以陶彭泽,归兴不可遏。……岂知英雄人,有志不得豁? 高咏荆轲篇,飒然动毛发。"⑨谢肃《和陶诗集序》云:"靖节乃晋室大臣之后,豪壮廓达,心志事功,遭时易代,遂萧然远引,守拙园田。然其赋咏多忠义,所发激烈慷慨。"⑩顾炎武认为陶渊明"实有志天下者",是关心世道人间的"伉爽高迈"之人⑪。刘仲修作《槎翁诗序》称陶为"魁垒奇杰之士"⑫。陆元鋐《清芙蓉阁诗话》云:"明张志道《题渊明归隐图》云:'岂知英雄人,有志不得伸。'渊明一生心事,为明眼人一语窥破,徒以羲皇上人目之,陋矣!"⑬陶渊明已经不是隐士所能概括的士人,而是慷慨志士。飘逸之外,豪放已经成为明清读者的又一共识。有鉴于此,《隐秀》篇补文没有用刘勰时代以真古旷放评陶,而用明清时代的共识"疏放豪逸"评陶,这不能不令人怀疑补文的真实性。

① 北京大学、北京师范大学中文系编:《古典文学研究资料汇编·陶渊明卷》上编,北京:中华书局,1962 年,第7、10 页。以下简称《陶渊明资料汇编》。
② [梁]钟嵘著、曹旭集注:《诗品笺注》,北京:人民文学出版社,2009 年,第 154 页。
③ [梁]萧统:《陶渊明集序》,《陶渊明资料汇编》上编,第 9 页。
④ 傅璇琮主编:《全宋诗》(第十七册),北京:北京大学出版社,1995 年,第 11331 页。
⑤ 傅璇琮主编:《全宋诗》(第二十二册),第 14967 页。
⑥ [宋]黎靖德编:《朱子语类》,《陶渊明资料汇编》上编,第 74 页。
⑦ [元]方回:《桐江集》卷一,《宛委别藏》第 105 册,南京:江苏古籍出版社,1988 年,第 21 页。
⑧ 罗月霞主编:《宋濂全集·潜溪后集》卷四,杭州:浙江古籍出版社,1999 年,第 202 页。
⑨ 章培恒等主编:《全明诗》第一册,上海:上海古籍出版社,1990 年,第 253、343 页。
⑩ [明]谢肃:《密庵稿·文稿》庚卷,《四部丛刊》三编影印洪武刻本。
⑪ [清]顾炎武:《菰中随笔》,《陶渊明资料汇编》上编,第 177 页。
⑫ [清]伍涵芬:《读书乐趣》卷一,《陶渊明资料汇编》上编,第 188 页。
⑬ 《陶渊明资料汇编》上编,第 259 页。

众多饱学有识之士对《文心雕龙·隐秀》篇补文作过多方校释论证，一般认为《隐秀》篇补文不可靠，对其真实性予以否定。由此，在刘勰声名鼎盛的时代，读者、研究者自然会提出疑问：以刘勰之视野和胸襟，体大虑周的《文心雕龙》为什么没有提及陶渊明？

二

所以，"《文心雕龙》为什么没有提及陶渊明"是一个从《隐秀》补文真伪争论中引申和独立出来的问题，也是陶渊明和刘勰接受史在特定发展阶段上必然产生的问题。学者们为此投入了很大的热情。据戚良德先生《文心雕龙学分类索引》统计，2005 年以前集中讨论这个问题的专题文章就有徐天河（1982 年）、王达津（1985 年）、杜道明（1989 年）、易健贤（1990 年）、周顺生（1993 年）、力之（2001 年、2002 年）、杨合林（2002 年）等七位学者八篇文章。此后学者对此问题并没有停止关注。除了继续论析《隐秀》补文真伪问题的文章之外，专门的至少有三篇①，惜乎新意不多。

通观这些文章，它们都为《文心雕龙》不提陶渊明这一问题的解答探索种种可能的逻辑思路。其解读主要围绕着时代客观原因、作者主体原因和《文心雕龙》自身文本原因三个大的方面展开。对于这些思路的梳理，周振甫主编《文心雕龙辞典》刘跃进所撰《不提陶渊明的原因》条目，力之《关于〈文心雕龙〉论文不及陶渊明之问题》、《〈文心雕龙〉不提陶渊明乃因渊明入宋辨》等文章已经有过很精到深入的学术梳理和思考。各种原因的具体观点不再重复，但需要指出的是，几乎每一种解释都可以从相反的方面立论，或者从另一种解释中得到补充。

就时代原因而言，《文心雕龙》不提陶渊明主要是因为陶渊明文名不显，没有引起刘勰重视，但反面立论者又说"渊明文名在晋宋时已有流传"②。就作者主体方面的原因而言，学者主要提出了刘勰佛教信仰与陶渊明对佛教保持"批判态度"的对立③，但就刘勰《文心雕龙》主要评论文学来看，儒释道思想会通，"很难把他归入某党某派之争中的"④，何况陶渊明对佛教的所谓批评并非正面冲突，只是以《形影神》组诗的形式有些流露而已，他与慧远的交往如果是史实，说明刘勰所尊崇的僧人对陶渊明保持了接纳态度，刘勰犯不着如此胸襟狭隘；如果不是史实，陶渊明不入莲社保持儒家、玄学立场与刘勰思想也有相合的一面。此外，论者还注意到在政治观上陶渊明退隐和刘勰进取的不同，这有些为了立论而取己所需的意味，因为陶渊明有出仕的经历和思想，而刘勰也有出家的经历和出世的思想，实在难以圆融解释。就《文心雕龙》文风倡导、文本体例立论者最为通达，学者主要从《文

---

① 这三篇文章是：郭世轩《刘勰"忽视"陶渊明的原因论析》（《阜阳师范学院学报》2007 年第 2 期），杨满仁《〈文心雕龙〉不言陶渊明》考（《九江学院学报》2007 年第 5 期），陈令钊、丁宏武《〈文心雕龙·明诗篇〉对陶渊明五言诗的偏见》（《湖南第一师范学院学报》2010 年第 5 期）。

② 周振甫：《文心雕龙辞典》，北京：中华书局，1996 年，第 607 页。

③ 易健贤：《宗教信仰的执著与偏见——〈文心雕龙〉不论陶渊明刍议》，《贵州师范学院学报》1993 年第 3 期。

④ 周振甫：《文心雕龙辞典》，第 609 页。

心雕龙》内部寻找例证,认为"《文心雕龙》不及陶渊明,乃其论文以东晋末年为封域使然,而与时代风气及作者好恶等外部因素无关"①。刘勰不具体评论宋、齐以后作家,而陶渊明入宋四年;又刘勰对东晋玄言诗有偏见,或者把陶渊明诗歌一并笼统归入其中也未可知;陶渊明质朴玄远的文风与刘勰雅润清丽的追求也有距离。等等。此论最为符合实情,但实际情况是否如此也未可遽定。刘勰至少泛论到刘宋以后的王、袁、颜、谢等,因为他们"闻之于世,故略举大较"②,而陶渊明则只字未提,因此,陶渊明声名不显仍然是刘勰不暇提到的一个基本原因。即刘勰由于时代太近,难以摆脱世俗评价的局限。按照一般意见,《文心雕龙》成书于齐代和帝中兴二年(502)③,彼时,除了学者们依据阳休之《陶集序录》指出的社会上至少有两种陶集流传之外,沈约的《宋书》纪传部分已经杀青上报朝廷交差④,其中有陶渊明传记,何况此时南朝宋代的两种晋史:何法盛《晋中兴书》、檀道鸾《续晋阳秋》都有陶渊明传记,以刘勰之博学,是不会不知道近代名动一时的大隐陶渊明的。

因此,无论何种原因,刘勰之忽视陶渊明不在于他不知道陶渊明本人,而在于他受时代局限,不能像钟嵘那样看到陶诗的光辉。对"《文心雕龙》为什么没有提及陶渊明"这一问题的提出不是为了贬低刘勰,而是为了更加理性地看待刘勰,看待《文心雕龙》巨大成就之外的学术局限性。但学术考察绝不能满足于从多角度来正面回答这个问题,而应以此为契机,从刘勰《文心雕龙》的局限、从它思考停止的地方起步,不畏艰难,去思考和探索刘勰《文心雕龙》没有来得及思考或者思考有待深入的问题。如此,方能接近《文心雕龙》为何不提陶渊明这一问题的学术使命。对此,有的学者已经做出了一定的思考。

阮国华在《刘勰回避宋齐文学而带来的理论缺失》一文表现了清醒的批评意识,该文立足文学史的当代理解,认为"南朝宋齐时期是一个三吴地区发展成为中国社会的经济中心,而文学进一步走向独立并取得了显著成果的时期。这个时期,以陶渊明、谢灵运、鲍照、谢朓等一批杰出诗人为代表的五言诗创作标志着诗歌走向成熟,从艺术上和诗学意义上为盛唐诗歌的繁荣做了准备。然而,刘勰在《文心雕龙》中却一定程度上对这个时期的文学采取了回避的态度。这妨碍了他对文学'新变'做更客观、更深入的考察,因而在文学理论意义上和文学史意义上都给《文心雕龙》带来了一定的缺失,特别在对文学的艺术特性和社会功能的认识上这种缺失较为明显"⑤。该文从肯定《文心雕龙》"回避"的宋齐文学前提出发,进而反观《文心雕龙》的不足,无疑是试图接续刘勰把对文学的思考引向深入的尝试。但作者所依据的文学事实却明显偏向了"谢灵运、鲍照、谢朓",而对陶渊明却没有来得及作为思考的参照。由此,我们可以进一步追问:既然刘勰忽视了他应该重视的当时最优秀的作家之一陶渊明,那么,在陶渊明及其作品的参照下,《文心雕龙》会表现出

---

① 力之:《关于〈文心雕龙〉论文不及陶渊明之问题》,《广西师范大学学报》2002 年第 2 期。
② [梁]刘勰:《文心雕龙·时序》,戚良德:《文心雕龙校注通译》,上海:上海古籍出版社,2008 年,第 506 页。
③ 参牟世金:《刘勰年谱汇考》,成都:巴蜀书社,1988 年,第 50—54 页。
④ 据《宋书·自序》,齐永明五年春,沈约奉命撰写书,"六年(488)二月毕功,表上之,曰:'……本纪列传,缮写已毕。'"([梁]沈约:《宋书》,北京:中华书局,1974 年,第 2466、2468 页。)
⑤ 阮国华:《刘勰回避宋齐文学而带来的理论缺失》,《学术研究》2010 年第 2 期。

哪些成功和缺失呢？

三

首先令人感兴趣的是陶渊明的文学观与刘勰《文心雕龙》相比有哪些异同，从这个角度庶几可以观察到《文心雕龙》的某些成败得失。

关于陶渊明的文学、文艺思想，张可礼先生《陶渊明的文艺思想》一文做过系统深入的考察。陶渊明关于文艺本质的认识与刘勰是一致的，张可礼先生指出，"陶渊明在自己的创作实践中始终坚持了言志抒情这一宗旨"，他与传统的抒情言志观的不同在于陶渊明"突出的是'示己志'，抒发个人之情，表现他自己的鲜明的个性"①。《文心雕龙》也格外强调情志的本体地位，主张"为情而造文"，反对"为文而造情"②，充分注意到了作家作品的个性特点，这与陶渊明的创作主张和创作实际是一致的，表明其理论概括的普遍性和合理性。

陶渊明文艺思想中最富有特点的还是他的"自娱说"等所体现的超功利倾向。张可礼先生指出："综观陶渊明的文艺思想，就其主要倾向来说，显然是属于非功利说。陶渊明强调文艺的示志抒情，重视文艺的娱悦作用和把自然作为文艺理想，都具有非功利的特点。""应当说，在我国古代文艺发展史上，陶渊明是第一个真正从思想和实践的结合上，摆脱了文艺的功利性，显示了文艺的审美特点，找到了文艺作用于人的一种新的方式。……许多事实说明，陶渊明的文艺思想和文艺活动，既不受政教伦理的拘限，也不受功名利禄的羁绊。他没有把文艺作为宣传政治伦理的传声筒，也没把它视为猎取名利的手段。"③陶渊明文学观中的超功利倾向在南朝得到极端化的发展，在创作上，文学几乎完全摆脱政教的影响，出现了艳体诗、宫体诗这样风靡一时的文学现象，在理论上，出现了推崇新变、提倡吟咏性灵的主张，把文学创作同非文学创作区别开来，努力摆脱政教的束缚，"为文艺而文艺"得到理论上的支持。最典型的言论是萧纲在《诫当阳公大心书》中的名言，他说："立身之道与文章异，立身先须谨重，文章且须放荡。"④这是与保守派、折中派完全不同的文学观，或者说这是更接近现代意义的纯文学观，也难怪鲁迅等人把曹丕以后的时代称为"文学自觉"的时代了。应当说，陶渊明文学观中的超功利倾向既有符合文艺本质的合理内涵，也预示了文学发展的一种重要路向。

对此，《文心雕龙》是缺少足够认识的。刘勰论文"唯务折衷"⑤，但在文学功用方面恰

---

① 张可礼：《陶渊明的文艺思想》，《文学遗产》1997年第5期。后收入其专著《东晋文艺综合研究》附录，济南：山东大学出版社，2001年。本文后者引用，见该书第371、376页。
② ［梁］刘勰：《文心雕龙·情采》，戚良德：《文心雕龙校注通译》，第368页。
③ 张可礼：《东晋文艺综合研究》，第389—391页。
④ ［清］严可均辑：《全上古三代秦汉三国六朝文》，北京：中华书局，1958年，第3010页。
⑤ ［梁］刘勰：《文心雕龙·序志》，戚良德：《文心雕龙校注通译》，第571页。

恰忽视了其超功利的特性。他的理想是"树德建言"①，所谓"摛文必在纬军国，负重必在任栋梁，穷则独善以垂文，达则奉时以骋绩"②。他虽不得已走入寺院，但他入梦的理想还是追随孔子，即使不能如学问家那样"敷赞圣旨"，也应当像文章家那样做"经典之枝条"，最好是"君臣所以炳焕，军国所以昭明"；至于"去圣久远，文体解散"，形式主义文风每况愈下，最为他难以容忍；对于宋齐以来重尚形似、雕饰的文风，他基本指斥为"讹滥"③。至于陶渊明所看重的文学的娱悦功能，刘勰没有兴趣给予较多的留心关注。或者这仅仅是创作《文心雕龙》时的思想心态，但明显表现出功利化的文学观，与陶渊明的自娱说、示己志颇难吻合。《文心雕龙》因此采取的也是一种包括实用文章在内的大文学观，与稍后钟嵘《诗品》、萧统《文选》所体现的较为纯粹的文学观还存在一定距离。这在显示刘勰深沉的人文主义责任感的同时，也显示了其文学观的不足。应当说这与他对陶渊明和宋齐文学的合理内核吸取不够存在密切关系。

陶渊明的诗文成就超越他的时代，其文学特点和艺术境界在历代读者的阐释和阅读检验中成为一种不可逾越的经典，这些成就有的是与时代文学相应的，有的则超越他的时代，具有直贯艺术本质的历史穿透力。其中核心性的特点有平淡自然和物我融合，这两点与《文心雕龙》的旨趣也有出入。前者学者已经多有关注，至于后者却少有论述。

陶渊明诗文中的物我关系达到了时代文学的最高度，此前魏晋时期的物我关系主要还是停留在"感物"阶段，陆机《文赋》"瞻万物而思纷"④可以看作理性的思考，而陶渊明已经超越了"感物"，进于"化物"阶段。

两汉时期，物我关系在汉大赋为代表的文学中是功利的，典型表现就是物成为人随意猎取的对象。恢复情感联系的物、我审美关系产生于人的觉醒和文学自觉的魏晋时代，但却成熟于陶渊明，其明显标志就是陶渊明借助拟人手法传承并发展了神话中物我生命一体的精神。在陶渊明之前，魏晋诗人很少使用拟人，但也偶尔有之，如王粲《杂诗》五首之一"上有特栖鸟，怀春向我鸣"；曹植《种葛篇》"良马知我悲，延颈对我吟"；张协《杂诗十首》之八"流波恋旧浦，行云思故山"；郭璞《游仙诗》之五"潜颖怨朝阳，陵苕哀素秋"等，这是以物拟人。还有以人拟物的例子，如曹丕《于清河见挽船士新婚与妻别》"愿为双鸿鹄，比翼戏清池"；曹植《送应氏》二首之二"愿为比翼鸟，施翮起高翔"；《七哀》"愿为西南风，长逝入君怀"；阮籍《咏怀诗》八十二首之十二"愿为双飞鸟，比翼共翱翔"；之二十四"愿为云间鸟，千里一哀鸣"；陆机《拟东城一何高》"思为河曲鸟，双游丰水湄"等。但在上举拟人诗句中，"物"多被灌注了过于强烈的情感愿望，尚没有被作为独立的生命来看待和观照，因此，"物"虽被人化，但更多的还是感物起情，只是以物附我，以人为中心"冀写忧思情"（王粲《杂诗》五首之一），人还不能化入外物，去感知它们的灵性，物缺少生命的独立性，物我之

---

① ［梁］刘勰：《文心雕龙·序志》，戚良德：《文心雕龙校注通译》，第564页。
② ［梁］刘勰：《文心雕龙·程器》，戚良德：《文心雕龙校注通译》，第564页。
③ ［梁］刘勰：《文心雕龙·序志》，戚良德：《文心雕龙校注通译》，第586页。
④ ［晋］陆机著、张少康集释：《文赋集释》，北京：人民文学出版社，2002年，第20页。

交融也就谈不上。而陶渊明诗文中的拟人虽然也有以物附我的一面，但大多摆脱了物我之间的隔膜，彼此独立而相互和谐。从陶渊明诗歌中，我初步梳理出二十馀例拟人现象①。典型的如"众鸟欣有托，吾亦爱吾庐"②，很难以分清是把物拟人化还是把人拟物化，真可谓物我化合，难分彼此。张可礼先生也指出："触物寄怀是我国古代诗歌的一个传统……陶渊明继承了这一传统，同时又有自己的特点。这一特点的主要表现是：陶渊明对外在的景物，往往是持有一种既留心而又无心的超然态度。在陶渊明那里，作为主观的情志和作为客观的景物，不是简单的单向的流动，而是双向感触、互相交融。试想陶渊明的'春秋多佳日，登高赋新诗'（《移居》二首其二），'登东皋以舒啸，临清流而赋诗'（《归去来兮辞》）的写作境况，试想陶渊明的'采菊东篱下，悠然见南山'（《饮酒》二十首其五）的悠然有会，是景物首先触动了诗人的情志，还是诗人的情志开始感动了景物？恐怕都不是。实际上是二者互相亲近，互相融浃。这是一种难以分解的境界。这种境界是'冥忘物我'，是以诗人的生命与外在的景物的生命相通为基础的。这一点，朱光潜先生曾有所分析：陶渊明'把自己的胸襟气韵贯注于外物，使外物的生命更活跃，情趣更丰富；同时也吸收外物的生命与情趣来扩大自己的胸襟气韵。这种物我的回响交流，有如佛家所说底"千灯相照，互相增辉"'。"③物我化合，生命相亲相容，彼此互相生发升华，这是中国诗歌推崇的最高境界，陶渊明之外，魏晋时期还少有作家作品达到这一境界。

魏晋时期的"感物说"是人们对物我矛盾进行解决的一种努力，但"感物说"的弊端在于没有摆脱人类中心主义，是以"我"的情感奴役万物的情感。而陶渊明则摆脱了人类中心主义，将审美中的"感物"发展为"化物"，"化物"是我与物在情感上达成平等的交流，自我回归自然，众物也摆脱受奴役的非自然状态，自我与众物以彼此的真性在自然中握手言和。归隐的诗人同"归鸟"一起回到"生命一体"的自然世界和自然生存状态。通读陶渊明的诗文，有一个被人忽视却十分典型的细节恰巧体现了诗人重视自然生命的特点，那就是，被张衡、潘岳等人纳入田园生活的狩猎活动，在陶渊明那儿却无踪无影。我想，其中原因就是神话"生命一体"的文化心理起了作用：狩猎是人类中心主义者对"物"的践踏行为，所以为陶渊明所不取。陶渊明喜欢闻见"时鸟变声"④，而决不会因看到飞鸟"触矢而毙"（张衡《归田赋》）而欣喜，至少在审美的理想中是如此。因此，我们注意到，陶诗中出现了表现物我融合的大量诗篇。

对于"化物"特点的物我关系，刘勰的思考是不够的。他的《文心雕龙·物色》篇对物我关系的论述虽然深刻，但在传统的"感物"说之外尚没有走到陶渊明的"化物"阶段。所

---

① 详参拙文《陶渊明对生命一体神话精神的复活》，《山东大学学报》2005 年第 2 期。收入拙著《陶渊明及其诗文渊源研究》第二章第一节，济南：山东大学出版社，2005 年。
② ［晋］陶渊明：《读山海经十三首》之一，逯钦立校注：《陶渊明集》，北京：中华书局，1979 年，第 133 页。
③ 张可礼：《东晋文艺综合研究》，济南：山东大学出版社，2001 年，第 373 页。
④ ［晋］陶渊明：《与子俨等疏》，逯钦立校注：《陶渊明集》，第 188 页。

谓"物色之动,心亦摇焉","情以物迁,辞以情发"①,"登山则情满于山,观海则意溢于海"②,主要还是触物生情的"感物";倒是《物色》结尾赞语以诗意化的笔墨来概括物我关系时,走近了陶渊明的"化物"境界:"山沓水匝,树杂云合。目既往还,心亦吐纳。'春日迟迟',秋分飒飒。情往似赠,兴来如答。"③这已经不是从单方面论析物我关系,而是"随物以宛转"、"与心而徘徊"④,从双方面感悟了物我融合的和谐交流状态,很类似于陶渊明"采菊东篱下,悠然见南山"时的物我交融了,至于交融之后所达到的忘物忘我的玄远境界则未予关注,刘勰物色理论止步的地方恰恰是陶诗前进的起点,也就是说,刘勰在"忘我忘物"上、在超越物我的玄远境界上与陶渊明还差一步之遥。这与刘勰忽视陶渊明创作实际,看不到玄言诗超脱物我、追求玄远的合理内核存在着深刻的关联。

四

陶渊明对于文学语言抒情言志的重要性有充分的认识,他说:"夫导达意气,其惟文乎"⑤,"伊怀难具道,为君作此诗"⑥,"关梁难亏替,绝音寄斯篇"⑦,情志的表达,"意气"、"伊怀"、"绝音"的抒写,借助"文"、"诗"、"篇"是最好的途径。刘勰认为语言在传情达意中具有关键作用,认为"物沿耳目,而辞令管其枢机。枢机方通,则物无隐貌"⑧。在肯定和重视语言可以尽意这一点上,刘勰与陶渊明是一致的,作为理论家,刘勰对语言的运用有更为理性和丰富的认识⑨,此难详述。令人更感兴趣的是陶渊明和刘勰对于"言不尽意"的体会、运用和思考。

陶渊明对言、意之间的关系有自己个性化的体悟,其表现之一就是追求诗文的言外之意。王弼"言意之辨"的讨论,经荀粲、欧阳建等人的辨析,成为玄学最有特色的问题之一,至东晋犹馀嗣响,为王导等人玄谈的核心话题。魏晋人重神理、遗形骸,重得意、忽世教,从玄学的角度看,这都是"得意忘言"在立身行事上的具体化。陶渊明一生最得重神轻形的深味。如何获得心灵的自由,摆脱外物的束缚,是陶渊明认真思考过的问题:

　　　　真想初在襟,谁谓形迹拘。(《始作镇军参军经曲阿作》)

---

① [梁]刘勰:《文心雕龙·物色》,戚良德:《文心雕龙校注通译》,第514页。
② [梁]刘勰:《文心雕龙·神思》,戚良德:《文心雕龙校注通译》,第323页。
③ [梁]刘勰:《文心雕龙·物色》,戚良德:《文心雕龙校注通译》,第520页。
④ [梁]刘勰:《文心雕龙·物色》,戚良德:《文心雕龙校注通译》,第515页。
⑤ [晋]陶渊明:《感士不遇赋序》,逯钦立校注:《陶渊明集》,第145页。
⑥ [晋]陶渊明:《拟古九首》其六,逯钦立校注:《陶渊明集》,第112页。
⑦ [晋]陶渊明:《杂诗十二首》之九,逯钦立校注:《陶渊明集》,第120页。
⑧ [梁]刘勰:《文心雕龙·神思》,戚良德:《文心雕龙校注通译》,第321页。
⑨ 刘勰《文心雕龙》对语言表现出浓厚的兴趣,拿出《镕裁》、《声律》、《章句》、《丽辞》、《比兴》、《夸饰》、《事类》、《隐秀》、《指瑕》等大量篇幅论述与语言直接相关的文学问题。而其本质性的思考乃在于言意之间的关系,《文心雕龙》虽然没有设立专门篇章讨论这个问题,它却如草蛇灰线隐然于论文始终。刘勰对于言意关系的思考深受魏晋玄学言意之辨的影响,他既接受了言尽意的基本观念,也接受了言不尽意论的合理内核。

一形似有制，素襟不可易。(《乙巳岁三月为建威参军使都经钱溪》)

形迹凭化往，灵府长独闲。(《戊申岁六月中遇火》)①

"心为形役"的不自由感、痛苦感让陶渊明最终选择了归隐，选择了"真想"、"素襟"等真性，而放弃了"形迹"、"好爵"等"尘羁"②，委心大化，顺任自然。在日常生活中，陶渊明像他的外祖父孟嘉一样，"至于任怀得意，融然远寄，旁若无人"③，史称其葛巾漉酒，漉毕复戴于头上，自称："被褐欣自得，屡空常晏如。"④其忽忘形骸、不受物欲世俗束缚、重视性情自得的神采风度，正是魏晋玄学"得意忘言"在立身行事上的具体化。影响到作品的境界就是陶诗重写意，表现出玄远的风貌，有含蓄蕴藉的言外意味。所谓"寄意一言外，兹契谁能别"⑤，除了将心意寄托在上面一席话之外，诗人的心意，除了知音朋友，谁还能够辨别？诗人在肯定语言传达情意的前提下，同时强调了情意的复杂和难以言说。陶渊明许多诗歌的言外之意丰厚而深邃，为陶诗留下含蓄玄远的风貌，也造成了后代读者读解陶诗的种种歧义。

东晋文艺重写意、重神韵，玄言诗如此，东晋书法如此，陶渊明的诗文也如此。表现在文论上即倾向于推崇超越形式的文艺境界，推重语言之外的旨趣意味。这与刘勰所论有相合之处，《文心雕龙·神思》云："至于思表纤旨，文外曲致，言所不追，笔固知止。至精而后阐其妙，至变而后通其数；伊挚不能言鼎，轮扁不能语斤：其微矣乎！"⑥刘勰还有两段话可以对这段话作出阐释，《夸饰》篇云："夫'形而上者谓之道，形而下者谓之器'。神道难摹，精言不能追其极；形器易写，壮辞可得喻其真：才非短长，理自难易耳。"⑦又《定势》篇引刘桢的话说："文之体指(势)实强有弱；使其辞有尽而势有馀，天下一人耳，不可得也。"⑧前者《夸饰》篇主要就"思表纤旨"而言，后者《定势》篇主要就"文外曲致"而言。精神方面的意旨与艺术方面的微妙，它们的极致都在思表文外，故非语言所能胜任。因此，刘勰主张语言应止于应该停止的地方，语言要坚守自己的本分。事物的精微之处既然是语言难以胜任的，就应该留给能够胜任者担当，即留给心灵在语言停止的地方去体会绕梁的馀音。因为"物色尽而情有馀"⑨，"意翻空而易奇，言征实而难巧"⑩，"纤毫(意)曲度，不可缕言"，"可以数求，难以辞逐"⑪，即人的精神思维活动瞬息万变、丰富复杂，可以用语言说清的都是比较明晰的部分，而那些模糊生动、复杂难言的部分是难以用语言说清的，这

---

① 逯钦立校注：《陶渊明集》，第71、79、81页。
② 〔晋〕陶渊明：《辛丑岁七月赴假还江陵夜行涂口》、《饮酒二十首》之八，逯钦立校注：《陶渊明集》，第75、91页。
③ 〔晋〕陶渊明：《晋故征西大将军长史孟府君传》，逯钦立校注：《陶渊明集》，第171页。
④ 〔晋〕陶渊明：《始作镇军参军经曲阿》，逯钦立校注：《陶渊明集》，第71页。
⑤ 〔晋〕陶渊明：《癸卯岁十二月中作与从弟敬远》，逯钦立校注：《陶渊明集》，第78页。
⑥ 戚良德：《文心雕龙校注通译》，第326页。
⑦ 〔梁〕刘勰：《文心雕龙·夸饰》，戚良德：《文心雕龙校注通译》，第418页。
⑧ 〔梁〕刘勰：《文心雕龙·定势》，戚良德：《文心雕龙校注通译》，第359页。
⑨ 〔梁〕刘勰：《文心雕龙·物色》，戚良德：《文心雕龙校注通译》，第519页。
⑩ 〔梁〕刘勰：《文心雕龙·神思》，戚良德：《文心雕龙校注通译》，第323页。
⑪ 〔梁〕刘勰：《文心雕龙·声律》，戚良德：《文心雕龙校注通译》，第385、383页。

与语言"征实"性局限也密不可分。所以"言所不追,笔固知止",就是语言不要去强行描述不胜任的精神和艺术的微妙之处。刘勰的这一理性认识非常深刻,它也是陶渊明所体会到的。

只是,与批评家刘勰相比,陶渊明还经常感受到言意之间的错位和矛盾现象,深切感受到语言的局限性,此可谓言不尽意的一种特殊表现。第一种现象可谓"对牛弹琴",即《饮酒二十首》之十三所云"醒醉还相笑,发言各不领"①,自己用语言所传达的心曲难以被他人领悟。因为"心曲"要被人领悟,不仅仅依靠语言,还需要依赖于非语言的志趣、修养等等。又《咏贫士七首》之三云"赐也徒能辩,乃不见吾心";《咏二疏》云"问金终寄心,清言晓未悟";《与殷晋安别》云"语默自殊势,亦知当乖分"②。这些例子说的都是彼言难尽吾意的情形。第二种现象可谓"忽言存意"。陶诗《饮酒二十首》之十四云:"父老杂乱言,觞酌失行次。不觉知有我,安知物为贵。"③在此,"父老杂乱言"之具体语言所指的"意"都不是诗人甚至其他当事人所感兴趣的,他们所感兴趣的是众多"杂乱言"所共同营造的饮酒忘俗的意趣和气氛。正如恋人彼此之间谈些什么无关紧要,紧要的是谈话时由语言的音调、韵律、声音所共同营造出的那样一种亲密无间的氛围。"杂乱言"虽然不是"我唱尔言得",但同样会令人体会到"酒中适何多"④。第三种情形是"不(拙)言胜(巧)言"。《乞食》云:"行行至斯里,叩门拙言辞。"⑤用流利的语言向人讨饭,反而不如吞吞吐吐更能够传达诗人"乞食"时的特定心曲。又《岁暮和张常侍》云:"市朝凄旧人,骤骥感悲泉。明旦非今日,岁暮余何言!"《饮酒二十首》之十八云:"有时不肯言,岂不在伐国。仁者用其心,何尝失显默。"《杂诗十二首》之二云:"欲言无予和,挥杯劝孤影。"⑥言可尽意,但尽意可不言;即"此时无声胜有声"(白居易《琵琶行》),不言胜言,不言也是意蕴更加丰富的一种"言说"。这与"忘言"不同,"忘言"主要是无意的,而"不言"则是自觉的,是知其难言而沉默不言。陶渊明"少年罕人事",为人"闲静少言"⑦,"在众不失其寡,处言愈见其默"⑧,其于不言之言体会殊深。以上三种情形都属于言意关系的特殊表现,言意之间的关系不是直接对应的,而是有错位和矛盾,但是诗歌正是借助言意关系的错位与矛盾表达其背后难以言说的意趣和深味,从这个意义上来说,这些特殊的言意关系所表现的又不是表面上的言不尽意,而仍然是得意忘言。对此,刘勰关注较少,只提到"拙辞或孕于巧义"一句,这或者与陶渊明"拙言胜巧言"的创作实际相合,但单词只句,不为常论,何况联系下文"视布于麻,

---

① 逯钦立校注:《陶渊明集》,第 95 页。
② 逯钦立校注:《陶渊明集》,第 124、128、63 页。
③ 逯钦立校注:《陶渊明集》,第 95 页。
④ [晋]陶渊明:《蜡日》,逯钦立校注:《陶渊明集》,第 108 页。
⑤ 逯钦立校注:《陶渊明集》,第 48 页。
⑥ 逯钦立校注:《陶渊明集》,第 66、98、110 页。
⑦ [晋]陶渊明:《饮酒二十首》之十六、《五柳先生传》,逯钦立校注:《陶渊明集》,第 96、175 页。
⑧ [南朝宋]颜延之:《陶征士诔》,[梁]萧统编、[唐]李善注:《文选》(卷五七),上海:上海古籍出版社,1986 年,第 2470 页。

虽云未贵；杼轴献功，焕然乃珍"①的话，刘勰本意怕不是赞赏"拙辞"，正像把麻织成布匹一样，而是加工锻炼"拙辞"以使之与"巧义"更为合拍，如此之文方为珍贵。如此，陶渊明深切感受到的一些语言特殊现象，刘勰真的忽视了。

值得指出的是，刘勰追求隐秀、复意、不尽之意，注重语言修辞的媒介性，而相对忽视语言与道、生活的根本联系。这恐怕是刘勰忽视陶渊明、贬评玄言诗、过分划分语言清丽还是质朴之别的关键所在。语言的本质是什么？难道仅仅是传情达意、追求馀味的工具和中介？强调语言的媒介性，强调语言的文采，这只是在语言的创作、阅读层面思考，不是从语言的产生、意义方面思考。产生时的语言就是具体的实在，是生活、世界和情感本身，没有对于生活和世界的深切体验、没有入乎其中的喜怒哀乐，语言就成为无根的符号，而不是情志的代理。语言的价值和意义在于澄明那些被世俗遮蔽了的真善美，关乎自然之道，关乎生命之神理，澄明道和生活本质的语言不论华丽还是质朴必将为文学带来辽远的风貌，带来不尽的馀意。这是语言的根本使命决定的，也是语言所欲把握的根本还难以在理性上清晰凸显、或者说语言所欲描述的真善美还具有模糊不确定性所决定的。语言的本质和意义得以在人生和现实中实现是不容易的，因为它的媒介性注定它要受到种种世俗价值和恶劣风气的污染。语言有真假需要辨析之，杂乱之言并非总是无意义，冠冕堂皇的话反而别有用心，花言巧语有时真不如拙嘴笨舌，甚至语言本身是如此苍白，不如默默不作一语！深细体会了生活和生命的复杂微妙，对之有了深细体察和理解，话语和语言自然与道不谋而合，人生之韵味、诗文之境界自会辽远不尽。

因此，单纯的修辞从根本上解决不了思外纤旨、文外曲致的问题。倒是钟嵘的"自然英旨"，陶渊明的回归自我、委运自然更可以解决言不尽意的问题。即以生活、生命为目的的人生方可以产生含蓄不尽的诗意，一切矫揉造作只会损害本真的诗意。而这一点是陶渊明终生努力和体会的，从不求甚解到抚弄无弦琴皆可得意忘言、得意忘象、会得真意，语言也因此摆脱符号的媒介性的束缚，而透入生活和生命本身。刘勰能深得锻炼之文的奥秘，于陶渊明从胸中流出的质朴自然之文则相对缺少体悟。

总之，文学语言是修辞，但更是心灵、道和生活的本体，前者永远是相对的，语言的华丽和质朴、锻炼和率真都不具有格外值得提倡的意义。由于对语言本质不够重视，对清丽锻炼之文的强调，对平淡质朴、率真直寻之文的忽视，刘勰的语言观难免有其局限性，他也难免意识不到陶渊明和玄言诗的价值。

关于《文心雕龙》不提陶渊明仍然是一个可以继续讨论下去的话题，不仅仅是因为对这个问题的直接回答有其学术价值，由此所引申出来的对于陶渊明及其诗文、对于刘勰及其《文心雕龙》，对于文学理论的深入探讨都是有意义的。

---

① ［梁］刘勰：《文心雕龙·神思》，戚良德：《文心雕龙校注通译》，第326页。

明清诗话中的杜甫称谓述论

洪树华*

摘　要：称谓是中国古代文论中的一个不可忽视的话题。在明、清诗话中，唐代诗人杜甫的称呼多达 34 个，这些称呼隐含了中国的传统文化信息。其中尤为人们注意的是杜工部、老杜、杜老、杜公、杜子、杜圣等称呼。这些称呼是后人（学者）对杜甫有礼貌地使用尊称，反映了后人对忧国忧民的杜甫的敬仰与尊重。

关键词：杜甫；称谓；称呼；明清诗话；文化信息

称谓是中国古代文论中的一个不可忽视的话题。关于称谓，王琪说："所谓称谓，是表示人的身份、地位的具体命名，是标志性符号。"①人们在交往过程中，不能没有称谓。简而言之，称谓"就是人们可以用来相互称呼的有关名称"②。称谓与称呼有无区别？有的学者认为，称谓与称呼无多大区别，是近义词。在指某一具体称呼时，多用"称呼"；在泛指多种称呼时，多用"称谓"。③ 袁庭栋还列举了古代的一些文化名人的各种称呼，其中就列有杜甫的各种称呼，他说："唐代的大诗人杜甫，又叫杜子美、杜陵、杜少陵、少陵野老、杜拾遗、杜二拾遗、杜工部、老杜。"④然而，笔者查阅了《全明诗话》⑤、《清诗话》及《清诗话续编》⑥等文献材料，发觉杜甫的称呼并非只有袁庭栋所列的 9 个（含杜甫）。据笔者综合统计，明、清诗话中，杜甫的称呼共有 34 个（含杜甫），如：杜子美、子美、杜陵、杜陵氏、杜少陵、少陵、少陵老子、少陵氏、杜甫、杜、甫、老杜、杜老、杜拾遗、杜工部、工部、工部先生、杜

　＊作者简介：山东大学威海校区文化传播学院副教授。
　① 王琪：《上古汉语称谓研究》，北京：中华书局，2008 年，"绪论"，第 1 页。
　② 杨应芹、诸伟奇：《古今称谓辞典》，合肥：黄山书社，1989 年，"自序"。
　③ 袁庭栋：《古人称谓》，济南：山东画报出版社，2007 年，"自序"，第 11 页。
　④ 袁庭栋：《古人称谓》，"自序"，第 3 页。
　⑤ 周维德集校：《全明诗话》(1—6)，济南：齐鲁书社，2005 年。
　⑥ ［清］王夫之等：《清诗话》，上海：上海古籍出版社，1999 年；郭绍虞编选、富寿荪校点：《清诗话续编》（上、下），上海：上海古籍出版社，1983 年。

公、杜子、杜氏、杜陵老、杜陵老子、杜陵老叟、少陵先生、杜浣花、浣花翁、浣花、浣花老人、杜陵宰相、杜拾遗、子美杜陵布衣、杜圣、杜二、杜二拾遗。笔者认为,在唐代诗人中,杜甫的称谓是最多的。袁庭栋说:"无论我们学习或研究有关过去的任何学科、任何问题,都必须接触到各种各样的不同的人,而每一个人又有着各种各样的不同称呼,这就会给我们的学习与研究带来若干麻烦。所以,要学习与研究古代文化,就必须要学习了解古人的各种称谓。"①他还说:"关于古人称谓问题,是我们任何一个学习与研究中国文化问题的人都应当十分重视的问题……。"②明、清诗话中的杜甫称呼多达 30 余个,它们包含着中国的传统文化信息。本文以明、清两代的诗话作为考察唐代诗人杜甫称谓的文本材料,试图挖掘杜甫的诸多称呼,进而审视杜甫称谓隐含的文化信息。

一、杜 子 美、子 美

　　杜子美、子美是明、清诗话中出现频率较高的称呼。就杜子美而言,如《冰川诗式》出现了有 7 次,《四溟诗话》也有 7 次,有的高达 30 余次,如《菊坡丛话》就出现了 32 次,《升菴诗话》出现了 37 次。考察明、清两代的诗话,杜子美、子美的称呼出现非常普遍,如《诗学梯航》(周叙编)云:"《琴操》之后,乐府继兴,由汉及唐,为体不一。汉、魏古辞,沉潜浑庞,尔雅典古。晋代之音,犹有似焉。齐、梁、六朝,绮靡雕错,夸诞矜骄。至唐之盛年,作者尤众,然皆各具一长,若杜子美之典重,李太白之豪放,白乐天之指实,温飞卿之纤秾,卢仝之怪,刘驾之悲,长吉之鬼仙,义山之风流,皆足名家。至其词语沉著,情缘周致,元微之、张籍、王建其尤也。"③又《菊坡丛话》(单于编)云:"世传杜子美诗可以愈瘧。昔有病瘧者,子美曰:'吾诗可疗之。'病者曰:'云何?'曰:'夜阑更秉烛,相对如梦寐。'其人诵之,瘧犹故也。子美曰:'更诵吾诗云"子璋髑髅血模糊,手持掷还崔大夫。"'其人诵之果愈。"④杨慎《升庵诗话》卷九对"庾信诗"评价:"庾信之诗,为梁之冠绝,启唐之先鞭。史评其诗曰'绮艳',杜子美称之曰'清新',又曰'老成'。绮艳清新,人皆知之,而其老成,独子美能发其妙。"⑤在明代诗话中,涉及杜子美的称呼随处可见。

　　清代诗话也多次出现了杜子美的称呼,如《薑斋诗话》(王夫之撰)云:"始而欲得其欢,已而称颂之,终乃有所求焉,细人必出于此。《鹿鸣》之一章曰:'示我周行。'二章曰:'示民不佻,君子是则是效。'三章曰:'以燕乐嘉宾之心。'异于彼矣。此之谓大音希声。希声,不如其始之勤勤也。杜子美之于韦左丞,亦当知此乎!"⑥

　　杜甫被呼为"杜子美",这与中国古代称名称字的礼俗有关。"名"是"人的乳名,汉儒

　　① 袁庭栋:《古人称谓》,"自序",第 1 页。
　　② 袁庭栋:《古人称谓》,"自序",第 3 页。
　　③ 周维德集校:《全明诗话》(一),第 96 页。
　　④ 周维德集校:《全明诗话》(一),第 381 页。
　　⑤ 周维德集校:《全明诗话》(二),第 997 页。
　　⑥ [清] 王夫之等:《清诗话》,第 4—5 页。

认为是在婴儿出生三个月以后由父亲所命"。①《仪礼·丧服》："故子生三月，则父名之，死则哭之。未名，则不哭也。"②人的"字"是在有"名"之后才出现的。古时贵族男子在二十岁时要举行冠礼取字，《仪礼·士冠礼》："冠而字之，敬其名也。"孔疏："故君父之前称名，至于他人称字也。是敬定名也。"③又《礼记·檀弓上》："幼名，冠字。五十以伯仲，死谥，周道也。"孔疏："冠字者：人年二十，有为人父之道，朋友等类不可复呼其名，故冠而加字。"④从上述引用《仪礼》、《礼记》看出古人取字的真正原因：当人成年之后，由父辈命的"名"不适合在成人之间呼唤，需要取一个供同辈或晚辈称呼的"字"，这样才表示对"名"的尊重。如李白，字太白，所以被称为李太白、太白。柳宗元，字子厚，故被称柳子厚。在各种社交场合，如果同辈之间，那么大多称字；如果晚辈在场，晚辈称长辈，不能称名，只能称字，如果直呼其名，就是失礼了。在了解了中国古代称名称字的礼俗之后，对明、清诗话中屡次出现"杜子美"的称谓就不难理解了，因为杜甫，字子美，所以被称为杜子美、子美。称杜甫为"杜子美"（子美），表明了明、清诗论家对唐代大诗人杜甫的尊重。

二、杜陵、杜陵氏、杜陵老、杜陵老叟、杜陵老子、
子美杜陵布衣、杜陵宰相

"杜陵"之称，在明、清诗话之中随处可见。如胡应麟《诗薮》内编卷四云："近体先习杜陵，则未得其广大雄深，先天之粗疏险拗，所谓从门非宝也。""排律，沈、宋二氏，藻赡精工；太白、右丞，明秀高爽。然皆不过十韵，且体在绳墨之中，调非畦迳之外，惟杜陵大篇巨什，雄伟神奇。如《谒蜀庙》、《赠哥舒》等作，阖辟驰骤，如飞龙行云，鳞鬣爪甲，自中矩度；又如淮阴用兵百万，掌握变化无方，虽时有险朴，无害大家。近选者仅取'沱水临中坐'，以为他皆不及，途听耳食，哀哉！"⑤又如《薑斋诗话》卷下云："情语能以转折为含蓄，唯杜陵居胜，'清渭无情极，愁时独向东'、'柔舻轻鸥外，含悽觉汝贤'之类是也。此又与'忽闻歌古调，归思欲沾巾'更进一格，益使风力遒上。"⑥上述所引文句中的"杜陵"，皆指唐代大诗人杜甫。

值得注意的是，杜甫又被称为"杜陵氏"，如《玉笥诗谈》云："杜陵氏，百代诗圣也，而犹祖杂记之说，何也？至琵琶胡语，本出乌孙，季伦创之，后世不察，竟指为一事，又可笑矣。"⑦称杜甫为"杜陵氏"，极其少见。笔者查阅了明、清诗话，仅是偶尔一见。

同样，明、清诗话中，称杜甫为"子美杜陵布衣"，也仅一次，如《野鸿诗的》第九五条云：

---

① 王琪：《上古汉语称谓研究》，第 211 页。
② ［清］阮元校刻：《十三经注疏》（上册），北京：中华书局，1980 年，第 1111 页。
③ ［清］阮元校刻：《十三经注疏》（上册），第 958 页。
④ ［清］阮元校刻：《十三经注疏》（上册），第 1286 页。
⑤ 周维德集校：《全明诗话》（三），第 2528 页。
⑥ ［清］王夫之等：《清诗话》，第 14 页。
⑦ 周维德集校：《全明诗话》（三），第 2394 页。

"太白以天资胜,下笔敏速,时有神来之句,而粗劣浅率处亦在此。少陵以学力胜,下笔精详,无非情挚之词,晦翁称其诗圣亦在此。学少陵而不成者,不失为伯高之谨饬;学太白而不成者,不免为季良之画虎。常时称誉,李加乎上者,太白天潢贵胄,加之先达;子美杜陵布衣,刌夫后起。若究二公优劣,李不逮多矣。然其歌行乐府,俊逸绝群,未肯向少陵北面。"①其中"子美杜陵布衣"的称呼,"子美"为杜甫的字,"杜陵布衣"是杜甫自称,如杜甫在《自京赴奉先县咏怀五百字》一诗的开头就自称:"杜陵有布衣,老大意转拙。"②

像"杜陵氏"、"子美杜陵布衣"之称极其少见,还有"杜陵老",如《静居绪言》云:"仆性喜陶、杜诗,谓文章之极至,即二公之为人,亦不可仅以诗人目之也。然每以杜陵老不识栗里翁为恨。杜陵讥栗里'有子贤与愚,何其挂怀抱',未免过矣。"③不过,早在宋代,杜甫就被称为"杜陵老"。如《豫章诗话》卷一记载:"陶渊明《乞食》诗云:'饥来驱我去,不知竟何之!''感子漂母惠,愧我非韩才。'杜子美《水上遣怀》云:'驱驰四海内,童稚日糊口。但遇新少年,少逢旧知友。'韩文公《洞庭阻风》诗曰:'男女喧左右,啼饥但啾啾。非怀北归兴,何用胜羁愁。'山谷《贫乐斋》诗云:'饥来或乞食,有道无不可。'《过青草湖》云:'我虽贫至骨,犹胜杜陵老。忆惜上岳阳,一饭从人讨。'四公饥矣,而心有所系。"④由此可知,北宋诗人黄庭坚在《过青草湖》诗里称杜甫为"杜陵老"。

"杜陵老叟"称呼也极其少见,如明代诗话冯复京《说诗补遗》卷四说:"可书酒垆屋壁,鄙俗乃尔。与杜陵老叟臭味良有以也。"⑤"老叟"是古代对年老的男人的称呼,"杜陵老叟"指杜甫。

"杜陵老子"也是偶见一次的称呼。王士禛《渔洋诗话》卷下三十四条:"居金陵。少多才华,晚学白乐天,好作俚浅之语,为世口实。以己壬子生,命画师作《四壬子图》。中为陶渊明,次杜子美,次白乐天,皆高坐,而己伛偻于前,呈其诗卷。余谓题罢,语座客曰:'陶坦率,白令老妪可解,皆不足虑;所虑杜陵老子,文峻网密……'一座绝倒。"⑥引文中的"杜陵老子"也指杜甫,这里的"老子"是尊敬的他称。

"杜陵宰相"称呼,笔者偶然遇见2次。清人徐增《而菴诗话》第二则云:"有唐三百年间,诗人若王摩诘之字字精微;杜子美之言言忠孝,此其选也。虽然,吾犹有憾焉。以摩诘天子不能统杜陵宰相;杜陵宰相不能摄摩诘天子,岂妙悟师承,诣有偏至?"⑦唐人已有称杜甫为"诗宰相",清人毛先舒《诗辩坻》卷三载:"《王昌龄集》云:'王维诗天子,杜甫诗宰相。'宋严羽《吟卷》云:'论诗以李、杜为准,挟天子以令诸侯也。'然此等论,必自开元以后

---

① 〔清〕王夫之等:《清诗话》,第863页。
② 朱东润主编:《中国历代文学作品选》(中编第一册),上海:上海古籍出版社,1980年,第104页。
③ 郭绍虞编选,富寿荪校点:《清诗话续编》(下),第1633页。
④ 周维德集校:《全明诗话》(三),第2263页。
⑤ 周维德集校:《全明诗话》(五),第3899页。
⑥ 〔清〕王夫之等:《清诗话》,第208—209页。
⑦ 〔清〕王夫之等:《清诗话》,第427页。

作者,方当受其折箠使之耳。"①另见清人吴乔《围炉诗话》卷四载:"唐人谓王维诗天子,杜甫诗宰相。今看右丞诗甚佳,而有边幅,子美浩然如海。"②其中"王维诗天子,杜甫诗宰相"的诗句见于《吟窗杂录》,但是不见于今本《全唐诗》中的王昌龄卷。明代冯复京对"杜甫诗宰相"一说提出了质疑,他在《说诗补遗》说:"古人或评云:'王维诗天子,杜甫诗宰相。'杜岂可屈居王下? 若曰:'杜甫诗天子,王、高、岑诗宰相。'而以太白为客卿,如东方生傲睨汉廷,翱翔十洲者。"③可见,冯复京不满"杜甫诗宰相"的说法。"杜陵宰相"称呼源于"杜甫诗宰相",表达了对杜甫位居王维之后、唐代诗坛第二的看法。

　　以上提及的杜陵、杜陵氏、杜陵老、杜陵老叟、杜陵老子等称呼,都与地名有关。以地名来称呼某人,这是中国独特的传统文化之一。以地名称某人,也是一种不直接呼其名的尊称,往往可以分为以出生地、居住地、族望、做官之地来称,在中国古代,以地名来称呼某人,俯拾皆是。如柳河东,指柳宗元,因为柳宗元是河东人。河东,今山西永济县。又因柳宗元曾在柳州担任刺史,故被称为"柳柳州"。韩愈,因郡望昌黎,被后世称为韩昌黎。韦应物,因终官苏州刺史,被称为韦苏州。这些称呼都与地名有关。

　　在明、清诗话里,杜甫被称为"杜陵",这与其曾居住地有关。杜陵,在今陕西省西安市东南处,"秦时为杜县,汉时,因宣帝陵墓在此,故称杜陵。杜陵东南有少陵,是宣帝许后葬地。杜甫的远祖杜预是京兆杜陵人,杜甫在长安时,又曾在杜陵以北、少陵以西住过,故自称为'杜陵布衣'、'杜陵野客'或'少陵野老'。"④因此后人称杜甫为"杜陵"。

三、杜少陵、少陵、少陵老子、少陵氏

　　杜少陵、少陵也是明、清诗话中出现频率较高的称呼。如胡应麟《诗薮》内编卷二云:"古诗杜少陵后,汉、魏遗响绝矣,至献吉而始辟其源;韦苏州后,六朝遗响绝矣,至昌穀而始振其步。故谓杜之后便有北地可也,谓韦之后便有迪功可也。"⑤薛雪《一瓢诗话》第一〇条云:"杜少陵、李青莲双峰并峙。然青莲毕竟有一点不及少陵处,学者当自悟入。"⑥又第二二九条云:"杜少陵诗,止可读,不可解。何也? 公诗如溟渤,无流不纳;如日月,无幽不烛;如大圆镜,无物不现,如何可解? 小而言之,如《阴符》、《道德》,兵家读之为兵,道家读之为道,治天下国家者读之为政,无往不可。所以解之者不下数百余家,总无全璧。杨诚斋云:'可以意解,而不可以辞解;必不得已而解之,可以一句一首解,而不可以全帙解。'余谓:读之既熟,思之既久,神将通之,不落言诠,自明妙理,何必断断然论今道古耶?"⑦又

　　① 郭绍虞编选、富寿荪校点:《清诗话续编》(上),第 66 页。
　　② 郭绍虞编选、富寿荪校点:《清诗话续编》(上),第 584 页。
　　③ 周维德集校:《全明诗话》(五),第 3944 页。
　　④ 朱东润主编:《中国历代文学作品选》(中编第一册),第 105 页。
　　⑤ 周维德集校:《全明诗话》(三),第 2512 页。
　　⑥ [清]王夫之等:《清诗话》,第 679 页。
　　⑦ [清]王夫之等:《清诗话》,第 714 页。

施朴华《岘傭说诗》第一二八条云："少陵七古多用对偶，退之七古多用单行。退之笔力雄劲，单行亦不嫌弱，终觉钤束处太少。"①据笔者统计，《岘傭说诗》出现"少陵"称呼有 40 次。

需要指出的是，明代诗话中曾出现了"少陵氏"的称呼，如王世贞《明诗评叙》云："昔者季氏旅泰山，盖夫子伤之。於乎，泰山辱也。即泰山不季氏旅，何病尊云？唐开元、大历间，诗道遭日中，而少陵氏出，湛于诗；而一时高、岑、王、孟者流，方广竞逐，各倾其人人，少陵氏……其尊固在也。宋人出，而论诗者亡虑数百千家，靡不皇皇然，首推右少陵氏，一时诸公缩焉莫抗。……"②据笔者统计，王世贞在《明诗评叙》中提及少陵氏有 10 次。在《明诗评后叙》中云："彼为少陵氏者何？……何舛也。一者，关中王维祯，悉反诸作，推尊少陵氏，间出章什，朝野重之。此其为道弥迳……。何者？以宛转应接，为少陵氏之旨；以棘涩粗重，为少陵氏之语。"③在《明诗评后叙》中提及少陵氏共有 4 次，"少陵氏"均指杜甫。

另外，明诗话中还出现了"少陵老子"的称呼，如杨慎《升菴诗话》卷十二"滕王"条云："杜子美《滕王亭子》诗：'民到于今歌出牧，来游此地不知远。'后人因子美之诗，注者遂谓滕王贤而有遗爱于民，今郡志亦以滕王为名宦。……小说又载其召属宦妻于宫中而淫之。其恶如此。而少陵老子乃称之，所谓'诗史'者，盖亦不足信乎！未有暴于荆、洪两州而仁于阆州者也。"④"少陵老子"之称，指杜甫。据笔者查阅，仅见一次。这里的"老子"，不是像现在人们在不礼貌场合所使用的自称，而是他称，显示尊敬之意。

明、清诗话中，杜甫被称为"杜少陵（少陵）"，与其居住地有关。杜陵南边有汉宣帝刘询的第一个皇后许平君的陵墓，因比杜陵小，故称"少陵"。天宝年间，杜甫客居长安约十年，曾在杜陵以北、少陵以西住过，自称为"少陵野老"，如杜甫在《哀江头》诗中说："少陵野老吞声哭，春日潜行曲江曲。……黄昏胡骑尘满城，欲往城南忘城北。"⑤后人称杜甫为"杜少陵"等，表达对唐代诗人杜甫的尊敬。

四、杜甫、杜、甫、杜氏

明、清诗话中，直接称呼"杜甫"的不多，如谭浚《说诗》卷中"离别"条："杜甫有《无家别》、《垂老别》、《新婚别》。"⑥又《说诗》卷下："李空同云：'诗至唐，古调亡矣，自有唐韵可歌咏也。宋人言理不主调，于是唐调亦亡矣。如黄山谷、陈后山，师法杜甫，称为大家。'"⑦

另外，出现了对杜甫只称姓"杜"或"杜氏"的现象，如清代汪师韩《诗学纂闻》"论杜戏

---

① ［清］王夫之等：《清诗话》，第 988 页。

② 周维德集校：《全明诗话》（三），第 1995 页。

③ 周维德集校：《全明诗话》（三），第 2040 页。

④ 周维德集校：《全明诗话》（二），第 1056 页。

⑤ 周维德集校：《全明诗话》（六），第 4862 页。

⑥ 维德集校：《全明诗话》（三），第 1846 页。

⑦ 维德集校：《全明诗话》（三），第 1872 页。

为六绝"条:"杜集《戏为六绝》,乃公论诗之诗,而人多不明其句法。"①清代李重华《贞一斋诗说》七十七条:"音节一道,难以言传,有略可浅为指示者,亦因类悟入。如杜律'群山万壑赴荆门',使用'千山万壑',便不入调,此轻重清浊法也。……又如杜五言'曲留明怨惜,梦尽失欢娱'。"②王世贞《明诗评》卷二"陈山人鹤"条:"评曰:陈生气色高华,风调鸿爽。初法杜氏,未由点化,后人中睿,亦鲜悟解。"③但是,清代诗话中的"杜氏"还有另指现象,如《围炉诗话》卷三曰:"杜悰以西川节度移淮南,温飞卿题其林亭云:'卓氏炉前金线柳,隋家堤畔锦帆风。贪为两地分霖雨,不见池莲照水红。'杜氏赠之千缣。使明人作此题,非排律几十韵,则七律四首,说尽道德文章,功业名位,必不作此一绝句。又,如此轻浅造语,杜氏亦必以为轻己。风俗已成,莫可如何也。应酬诗不做为善,不得已做之,慎勿留稿入集。"④这里的"杜氏"指杜悰。

又出现了直接称"甫"的现象,如张懋贤《诗源撮要》列举《燕子来舟中》一诗后,解释:"此始见舟中所作。甫因为客于外,因见燕子而思昔在故园,燕子亦在故园。人物之情初非相逐,此合而结之。"⑤又郭相奎《豫章诗话》卷二云:"杜审言字必简,甫之祖也,曾为吉州司户。"⑥

需要指出的是,诗话中还出现"李、杜"并称,如杨慎《升菴诗话》卷十二"刘须溪"条云:"世以刘须溪为能赏音,为其于《选》诗、李、杜诸家皆有批点也。……须溪徒知尊李、杜,而不知《选》诗又李、杜之所自出。"⑦清代李重华《贞一斋诗说》:"且七言成于鲍照;而李、杜才力廓而大之,终为正宗。"⑧古人有时将两人的姓氏合称,如"韩、孟",指称韩愈、孟郊;"苏、辛",指称苏轼、辛弃疾。

但是,并称为"李、杜"并非只有李白、杜甫。《石园诗话》卷二云:"东汉有李、杜之称,唐之诗人称李、杜者三:景云、神龙中李峤、杜审言,开元中李白、杜甫,开成、会昌中李商隐、杜牧之。"⑨看来,并称为"李、杜",至少有四种说法。

一般来说,在中国,人们之间交往,长辈对晚辈直接称呼名,同辈之间称字,晚辈对前辈称字,除非很熟的亲密朋友之间可以互称姓名,如《养一斋李杜诗话》卷三云:"唐人朋友呼名,如李诗称杜甫,杜诗称李白,不足为异。"⑩在日常交往中,如果指名道姓称呼某人,那就是缺少教养、不礼貌的。至于上述列举的明、清诗话中出现的"杜甫"称谓,表面上似乎与礼貌没有太多联系,但是,不如称字为好,因为称字能彰显出对杜甫的尊崇。

---

① [清]王夫之等:《清诗话》,第 460 页。
② [清]王夫之等:《清诗话》,第 935 页。
③ 周维德集校:《全明诗话》(三),第 2016 页。
④ 郭绍虞编选、富寿荪校点:《清诗话续编》(上),第 558 页。
⑤ 周维德集校:《全明诗话》(三),第 2248 页。
⑥ 周维德集校:《全明诗话》(三),第 2272 页。
⑦ 周维德集校:《全明诗话》(二),第 1057 页。
⑧ [清]王夫之等撰:《清诗话》,第 923 页。
⑨ 郭绍虞编选、富寿荪校点:《清诗话续编》(下),第 1785 页。
⑩ 郭绍虞编选、富寿荪校点:《清诗话续编》(下),第 2211 页。

五、杜浣花、浣花翁、浣花老人、浣花

"杜浣花"、"浣花翁"、"浣花",这些称呼没有引起人们的足够重视。在明、清诗话中，它们极少见。以"杜浣花"称呼指"杜甫"在清人薛雪《一瓢诗话》中出现了 8 次，如第三条云："作诗必先有诗之基，胸襟是也。有胸襟然后能载其性情智慧，随遇发生，随生即盛。千古诗人推杜浣花，其诗随所遇之人、之境、之事、之物，无处不发其思君王，忧祸乱，悲时日，念友朋，吊古人，怀远道。凡欢愉、忧愁、离合、今昔之感，一一触类而起；因遇得题，因题达情，因情敷句，皆由有胸襟以为基。如时雨一过，夭矫百物，随地而兴，生意别，无不具足。"① 又第五十五条云："横山先生说诗，推杜浣花、韩昌黎、苏眉山为三家鼎立。余谓：杜浣花一举一动，无不是忠君爱国悯时伤乱之心，虽友朋杯酒间，未尝一刻忘之。"②

以"浣花"称呼指称杜甫的，比如清人何日愈《退庵诗话》卷一云："浣花诗则胸具洪炉，万类悉归陶冶，笔落处直欲摇山岳而泣鬼神。"③ 以"浣花"称杜甫，宋人就已有这样称杜甫了，如瞿佑《归田诗话》中卷"浣花醉归图"条云："山谷《题浣花醉归图》云：'中原未得平安报，醉里眉攒万国愁。'能道出少陵心事。赵子昂诗云：'江花江草诗千首，老尽平生用世心。'亦仿佛得之。"④ 瞿佑提及北宋诗人黄庭坚的诗《题浣花醉归图》，"浣花"，即杜甫。笔者查阅了明、清诗话，发现黄子云《野鸿诗的》出现了"浣花"8 次。

然而，有题名《浣花集》的作者并非是杜甫。如清人余成教《石园诗话》卷二云："韦端己疏旷不拘小节，后仕王建为平章。《浣花集》十卷，其弟蔼所编也。如'咏诗信行马，载酒喜逢人'……及《忆昔》、《陪金陵府相中堂夜宴》、《题姑苏凌处士庄》、《过内黄县》、《南昌晚眺》、《投寄旧知》、《咸阳怀古》、《长安清明》、《古离别》、《立春日作》、《寄江南逐客》、《离筵诉酒》、《台城》、《燕来》、《令狐亭》、《虎迹》诸诗，感时怀旧，颇似老杜笔力。"⑤ 此处引文告诉了读者：《浣花集》的作者是韦庄，其诗《忆昔》等十分像杜甫的诗风。由于韦诗有极像杜甫的诗风，所以韦庄之弟蔼把其兄的诗歌编集成册，题名为《浣花集》。

以"浣花翁"称呼指称杜甫，仅发现 1 例，如沈棻德《一瓢诗话·跋》云："一瓢先生善歧黄之术，与同时叶香岩齐名……其所著诗名曰《吾以吾集》，大抵得力于浣花翁者居多。"⑥ 翁，指年老的男子，如卖炭翁、蓑笠翁（渔翁）。所以，杜甫被称为浣花翁，也就不难理解了。另见"浣花老人"称呼 1 次，施闰章《蠖斋诗话》"戴笠图"条云："西昌萧伯玉太常旧藏《杜陵戴笠图》，高可盈尺，纯用白描，而神采高寒，赵文敏笔也。……时以赵画刘、解两公题为三绝。余官湖西，从萧氏孟昉见之，赏异作诗。萧辄欲见赠，不受。及归田，再赠，始受之。

① ［清］王夫之等：《清诗话》，第 678 页。
② ［清］王夫之等：《清诗话》，第 688 页。
③ 引自郭绍虞：《沧浪诗话校释》，北京：人民文学出版社，1983 年，第 171 页。
④ 周维德集校：《全明诗话》（一），第 25 页。
⑤ 郭绍虞编选，富寿荪校点：《清诗话续编》（下），第 1781—1782 页。
⑥ ［清］王夫之等：《清诗话》，第 716 页。

时一展对，如揖浣花老人也。"①与"浣花翁"一样，"浣花老人"也是对年长者的尊称。

"杜浣花"、"浣花翁"、"浣花老人"、"浣花"这些称呼与杜甫客居成都浣花溪有关。清人潘德舆《养一斋李杜诗话》卷三提及杜甫时，云："十二月，入蜀至成都，寓居浣花溪寺，诗所谓'古寺僧牢落，空房客寓居'者也。明年，卜居浣花溪，诗所谓'卜宅从兹老，为农去国赊'、'百年粗粝腐儒餐'、'恒饥稚子色凄凉'者也。"②公元759年底杜甫到达成都，寓居成都西郊浣花寺，公元760年选择居住在浣花溪畔。另据《旧唐书》记载："上元二年冬，黄门侍郎、郑国公严武镇成都，奏为节度参谋、检校尚书工部员外郎，赐绯鱼袋。武与甫世旧，待遇甚隆。甫性褊躁，无器度，恃恩放恣，尝凭醉登武之床，瞪视武曰：'严挺之乃有此儿！'武虽急暴，不以为忤。甫于成都浣花里种竹植树，结庐枕江，纵酒啸咏，与田畯野老相狎荡，无拘检。"③杜甫闲居草堂，颐情养性，种竹植树，吟咏诗歌。在成都西郊，今人所见的草堂，人称杜甫草堂（又称少陵草堂），就是那时忧国忧民的诗人寓身之处。所以，杜甫被人称为"杜浣花"、"浣花翁"、"浣花老人"、"浣花"，与杜甫所居之地——浣花溪畔有关。

六、老 杜、杜 老

"老"，原是年老、衰老之意。可以在人的姓前加上"老"字，称为"老某"，表示某个年长者。在明、清诗话中，可见到"老杜"的称呼。如明代杨慎《升庵诗话》卷十一："老杜高自许，有乃祖之风。上书明皇云：'臣之述作，沉郁顿挫，扬雄、枚皋，可企及也。'……甫以诗雄于世，自比诸人，诚未为过。"④《升庵诗话》卷四云："此六朝诗也。七言律未成而先有七言排律矣，雄浑工致，固盛唐老杜之先鞭也。"⑤又明代瞿佑《归田诗话》上卷："老杜诗，识君臣上下，如云：'万方频送喜，无乃圣躬劳'、'至今劳圣主，何以报皇天'。"⑥这里"老杜"称呼，就是指杜甫。称杜甫为"老杜"，在宋代就已有人这样称呼了，如黄庭坚《答洪驹父书》说："自作语最难，老杜作诗，退之作文，无一字无来处，盖后人读书少，故谓韩、杜自此语耳。"⑦

"老"字也可在人的姓之后，称"某老"，如"杜老"是指杜甫。清人沈楙直《野鸿诗的·跋》说："其大旨宗尚杜老，确有师承。亟存之，以振式浮靡，而资益风雅云。"⑧清代李重华《贞一斋诗说》八三："作诗善用赋笔，惟杜老为然。"⑨又《贞一斋诗说》二十云："乐府体裁，历代不同。唐以前每借旧题发挥己意，太白亦复如是，其短长篇什，各自成调，原非一定音

---

① ［清］王夫之等：《清诗话》，第409—410页。
② 郭绍虞编选、富寿荪校点：《清诗话续编》（下），第2204页。
③ ［后晋］刘昫等：《旧唐书》，北京：中华书局，1975年，第5054—5055页。
④ 周维德集校：《全明诗话》（二），第1032页。
⑤ 周维德集校：《全明诗话》（二），第913页。
⑥ 周维德集校：《全明诗话》（一），第9页。
⑦ 郭绍虞主编：《中国历代文论选》（第二册），上海：上海古籍出版社，1979年，第316页。
⑧ ［清］王夫之等：《清诗话》，第867页。
⑨ ［清］王夫之等：《清诗话》，第936页。

节。杜老知其然,乃竟自创名目,更不借径前人。"①

有时,称杜甫为"此老",如谢榛《四溟诗话》卷四云:"自然妙者为上,精工者次之,此着力不着力之分,学之者不必专一而逼真也。专于陶者失之浅易,专于谢者失之餖飣。孰能处于陶、谢之间,易其貌,换其骨,而神存千古。子美云:'安得思如陶、谢手?'此老犹以为难,况其他者乎?"②此处的"此老",实是尊称,指杜甫。

"老杜"、"杜老"的称呼,都是古代对杜甫的尊称。据笔者统计,就"老杜"称呼而言,《西江诗法》、《诗文浪谈》、《千里面谈》、《闲书杜律》、《论体明辨》、《独鉴录》各出现1次,《四溟诗话》、《诗法源流》、《说诗》各出现2次,《归田诗话》、《余冬诗话》各出现4次,《南濠诗话》、《冰川诗式》各出现了8次,《全相万家诗法》、《全唐诗说》、《艺圃撷余》各出现6次,《升菴诗话》出现了5次,《逸老堂诗话》出现了9次,《艺苑卮言》出现了17次,《履园谭诗》出现了11次,《莛原诗说》出现12次,而《作诗体要》出现了32次,《剑溪说诗》出现16次,《菊坡丛话》竟然出现了51次。就"杜老"称呼而言,《南濠诗话》、《升菴诗话》、《逸老堂诗话》、《全唐诗说》、《山静居士诗话》各出现1次,《四溟诗话》、《野鸿诗的》、《剑溪说诗》各出现了2次,而《贞一斋诗说》出现了10次。在中国,"老"字用在人的姓之后表示尊称,如杜老,是指杜甫。如果用在姓之前,是对年纪稍大的人的称呼,如称杜甫为"老杜",虽有尊称的含义在内,但是不及"杜老"的称呼更显尊重之意。

令人玩味思索的是,李白、杜甫都是唐代大诗人,李白(701—762年),享年62。杜甫(712—770年),享年59。两者年寿相差3岁。为什么杜甫被称为杜老或老杜,而李白就不单独被称为李老(或老李)呢?笔者以为,应该从作品传达出的思想感情、诗风出发思考这个问题。李白是一个浪漫主义诗人,有不少诗歌表达了饮酒求仙、放纵享乐的消极思想,诗风飘逸。然而,杜甫是一个现实主义诗人,其诗具有丰富的社会内容,强烈的忧国忧民的意识,诗风沉郁。"老杜"、"杜老"称呼,有尊敬忧国忧民的杜甫之意。如果称李白为"老李"或"李老",可能会误以为是老子(老聃),因为老子(公元前580—500年),姓李,名耳,字聃。不过,"老子"在民间,非常熟悉的称呼是"太上老君"、"李老君"。在明、清诗话中,笔者未见李白有"老李"、"李老"的单独称呼。

不过,也偶见"李、杜二老"之称,如谢榛《四溟诗话》卷四云:"诗乃模写情景之具,情融乎内而深且长,景耀乎外而远且大。当知神龙变化之妙,小则入乎微罅,大则腾乎天宇。此惟李、杜二老知之。古人论诗,举其大要,未尝喋喋以泄真机,但恐人小其道尔。"③田艺蘅《香宇诗谈》云:"诗类其为人。且只如李、杜二大家:太白做人飘逸,所以诗飘逸;子美做人沈着,所以诗沈着。如书称钟、王,亦皆似人。"④上述引文中的"李、杜二老"、"李、杜二大家",指李白、杜甫。但是,未见李白有"李老"的单独称呼。

① [清]王夫之等:《清诗话》,第928页。
② 周维德集校:《全明诗话》(二),第1376页。
③ 周维德集校:《全明诗话》(二),第1370页。
④ 周维德集校:《全明诗话》(二),第1509页。

七、杜工部、工部、工部先生

杜工部的称呼早在唐代就已存在了,如唐朝元稹《杜工部墓系铭序》论李、杜时,抑李扬杜:"予观其(李)壮浪纵恣,摆去拘束,模写物象,及乐府歌诗,诚亦差肩于子美矣。"①元稹《杜工部墓系铭序》的篇名就有"杜工部"的称呼,指杜甫。

在明、清诗话中,"杜工部"称呼指杜甫,如明代单宇《菊坡丛话》卷之四:"杜工部《樱桃》诗云:'西蜀樱桃也自红,野人相赠满筠笼。'"②杨良弼选述《作诗体要》"有眼体"一条,列举《奉酬李督都表丈早春作》一诗,标出作者"杜工部"。③

又称杜甫为"工部",如清代费锡璜《汉诗总说》二十一条:"乐府如《铙歌》、《饮马长城窟》诸诗,皆极顿挫,工部于此最得手。后之拟者,多直说去,便鲜意味。"④据笔者统计,清人延君寿《老生常谈》出现"工部"高达 36 次。

值得一说的是,还有称杜甫为"工部先生",如明杨仲弘《诗法源流序》说:"予少年从叔父杨文圭游西蜀,抵成都,过浣花溪,求工部先生之祠而观焉。有主祠者,工部九世孙杜举也,居于祠之后。"⑤"工部先生"的称呼,是官职加"先生","先生"是自古以来的一种尊称,但是"工部先生"的称呼在明、清诗话中仅出现 1 次。

杜甫被称为"杜工部",与他曾经担任过官职有关。清人潘德舆《养一斋李杜诗话》卷三叙及杜甫时:"五十三岁,归成都草堂,严武表为节度参谋、检校工部员外郎,赐绯鱼袋。此晚年最适意处,然屈居幕下,实非其志,诗所谓'束缚酬知己,蹉跎效小忠'、'白头趋幕府,深觉负平生'者也。五十四岁,辞幕府,归草堂。严武卒,遂离蜀南下。"⑥在古代尊称的称谓中,对一些有官爵的人、有名望的人表示尊重,不直接称呼其名,而是以官衔相称。也就是说,某人担任过官职,人们就把某人的姓与官职相连,来称呼某人,以示尊敬。不过,"古人以官衔相称时,在大多数情况下都是用二字省称。"⑦如杜甫做过检校工部员外郎,所以被简称为杜工部,其诗文集被称为《杜工部集》。王维曾任尚书右丞,所以被称为"王右丞",其诗文集被称为《王右丞集》。

八、杜 拾 遗

官称,是值得今人注意的一个文化现象。古人以官衔称呼某人,表示了对某人的尊重

---

① 引自郭绍虞:《沧浪诗话校释》,第 167 页。
② 周维德集校:《全明诗话》(一),第 233 页。
③ 周维德集校:《全明诗话》(二),第 1565 页。
④ [清]王夫之等:《清诗话》,第 946 页。
⑤ 周维德集校:《全明诗话》(一),第 125 页。
⑥ 郭绍虞编选、富寿荪校点:《清诗话续编》(下),第 2205 页。
⑦ 袁庭栋:《古人称谓》,第 245 页。

和敬仰。杜甫被称为"杜拾遗",也与他曾担任过官职有关。明、清诗话中也有"杜拾遗"之称,如谢榛《四溟诗话》卷三云:"童给事景南过余曰:'子尝云诗能剥皮,句法愈奇,何谓也?'曰:'譬如天宝间李谪仙、杜拾遗、高常侍、岑嘉州、王右丞、贾舍人相与结社,每分题课诗,一时宁无优劣? 或兴高者先得警策处,援笔立就,自能擅场。如秋间偶过园亭,梨枣正熟,即摘取啖之,聊解饥渴,殊觉爽快人意。或有作,读之闷闷然,尚隔一间,如摘胡桃并栗,须三剥其皮,乃得佳味。凡诗文有剥皮者,不经宿点窜,未见精工。欧阳永叔作《醉翁亭记》,亦用此法。'"① 杨良弼选述《作诗体要》,"各对体"一条,列举《屏迹》标出作者"杜拾遗"。② 文中的"杜拾遗",就是指杜甫。

古代以官衔称人,成为一种称呼的风气。如阮籍,曾做过步兵校尉,所以被称为"阮步兵";刘禹锡曾做过太子宾客,所以人称刘宾客。杜甫因曾任左拾遗,所以被称为"杜拾遗",这样的称呼显示了对杜甫的尊重。

九、杜　　公

明、清诗话中,见有"杜公"的称呼。"杜公"是指杜甫。如杨慎《升菴诗话》卷一"子美赠花卿"条云:"'锦城丝管日纷纷,半入江风半入云。此曲只应天上有,人间能得几回闻?'……杜公此诗讥其僭用天子礼乐也,而含蓄不露,有风人言之无罪,闻之者足以戒之旨。公之绝句百余首,此为之冠。唐世乐府,多取当时名人之诗唱之,而音调名题各异。杜公此诗,在乐府为入破第二叠。"③《升菴诗话》卷四:"晁以道家有宋子京手书《杜少陵诗》一卷,'握节汉臣归'乃是'秃节';'新炊间黄粱',乃是'闻黄粱'。……慎按,《后汉书·张衡传》云:'苏武以秃节效贞。'杜公正用此语,后人不知,改'秃'为'握'。"④ 又《升庵诗话》卷六:"杜工部《和裴迪登州东亭送客逢早梅相忆见寄》诗云'……还如何逊在扬州。'按:逊传无扬州事,而逊集亦无《扬州梅花》诗,但有《早梅》诗……。杜公以裴迪逢早梅而作诗,故用何逊比之。"⑤

笔者查阅了《升菴诗话》,发现有"杜公"称呼 15 次。另外,"杜公"称呼,也见于明、清其他诗话里。如邵经邦《艺苑玄机》云:"《小径》、《升堂》、《旧不斜》等篇,皆是促笔随意而作,而求之如此穿凿。假使杜公复起,能不捧腹绝倒?"⑥ 据笔者统计,"杜公"称呼,《艺苑玄机》、《西江诗法》、《菊坡丛话》、《闲书杜律》、《野鸿诗的》各出现 1 次,《绝句衍义》出现 3 次,《诗话补遗》出现 4 次,而《石洲诗话》出现了 23 次。

值得一提的是,唐代大诗人李白、杜甫在明、清诗话中可以并提,被称为"李、杜二公"、

---

① 周维德集校:《全明诗话》(二),第 1343—1344 页。
② 周维德集校:《全明诗话》(二),第 1557 页。
③ 周维德集校:《全明诗话》(二),第 858 页。
④ 周维德集校:《全明诗话》(二),第 917 页。
⑤ 周维德集校:《全明诗话》(二),第 950 页。
⑥ 周维德集校:《全明诗话》(二),第 1264 页。

"李、杜诸公",但是从没有单独出现过"李公",如《诗薮》外编卷四:"《正声》于初唐不取王、杨四子,于盛唐特取李、杜二公,于中唐不取韩、柳、元、白,于晚唐不取用晦、义山,非凌驾千古胆,超越千古识。"①又谢榛《四溟诗话》卷三云:"王摩诘《送少府贬郴州》、许用晦《姑苏怀古》二律,亦同前病。岂声调不拘邪? 然子美七言,近体最多,凡上三句转折抑扬之妙,无可议者。其工于声调,盛唐以来,李、杜二公而已。"②又卷三云:"予客京时,李于麟、王元美、徐子舆、梁公实、宗子相诸君招余结社赋诗。一日,因谈初唐、盛唐十二家诗集,并李、杜二家孰可专为楷范? 或云沈、宋,或云李、杜,或云王、孟。予默然久之,曰:'历观十四家所作,咸可为法。当选其诸集中之最佳者,录成一帙,熟读之以夺神气,歌咏之以求声调,玩味之以衷精华。得此三要,则造乎浑沦,不必塑谪仙而画少陵也。夫万物一我也,千古一心也,易驳而为纯,去浊而归清,使李、杜诸公复起,孰以为可教也。'诸君笑而然之。是夕,梦李、杜二公登堂谓余曰:'子老狂而谩言如此。若能出入十四家之间,俾人莫知所宗,则十四家又添一家矣。子其勉之!'"③

　　细究起来,李白、杜甫并提为"李、杜二公",其实在宋代诗话中就已出现了,如南宋严羽《沧浪诗话·诗评》:"李、杜二公,正不当优劣。太白有一二妙处,子美不能道;子美有一二妙处,太白不能作。"④又《沧浪诗话·诗评》:"李、杜数公,如金鳷擘海,香象渡河,下视郊、岛辈,直虫吟草间耳。"⑤

　　杜甫被称为"杜公",与古代称呼礼俗有关。"公",是我国古代常见的一种对人的尊称。宋代洪迈《容斋随笔》续笔卷五《公为尊称》说:"柳子厚《房公铭》阴曰:'天子之三公称公,王者之后称公,诸侯之入为王卿士亦曰公,尊其道而师之称曰公。古之人通谓年之长老曰公。而大臣罕能以姓配公者,唐之最著者曰房公。'东坡《墨君亭记》云:'凡人相与称呼者,贵之则曰公。'范晔《汉史》:'惟三公乃以姓配之,未尝或紊。'如邓万称邓公,吴汉称吴公、伏公湛、宋公宏、牟公融、袁公安、李公固、陈公宠、桥公玄、刘公宠、崔公烈、胡公广、王公龚、杨公彪、荀公爽、皇甫公嵩、曹公操是也。三国亦有诸葛公、司马公、顾公、张公之目。其在本朝,唯韩公、富公、范公、欧阳公、司马公、苏公为最著也。"⑥据此可知,称"公"有三种情况:"尊其道而师之称曰公"、"年之长老曰公"、"凡人相与称呼者,贵之则曰公。"在我国古代,"公"用于对男子的尊称,也可以单独出现,如《史记·陈涉世家》曰:"广起,夺而杀尉。陈胜佐之,并杀两尉。召令徒属曰:'公等遇雨,皆已失期,失期当斩。"⑦《史记·留侯世家》曰:"上乃大惊,曰:'吾求公数岁,公辟逃我,今公何自从吾儿游乎?'"⑧不过,也

　　① 周维德集校:《全明诗话》(三),第 2262 页。
　　② 周维德集校:《全明诗话》(二),第 1346 页。
　　③ 周维德集校:《全明诗话》(二),第 1346—1347 页。
　　④ [清]何文焕辑:《历代诗话》(下册),北京:中华书局,2004 年,第 697 页。
　　⑤ [清]何文焕辑:《历代诗话》(下册),第 698 页.
　　⑥ [宋]洪迈撰、孔凡礼点校:《容斋随笔》(上册),北京:中华书局,2005 年,第 282 页。
　　⑦ [汉]司马迁:《史记》,北京:中华书局,1982 年,第 1952 页。
　　⑧ [汉]司马迁:《史记》,第 2047 页。

常用于姓氏之后,如杜甫,被称为杜公;韩愈,被称韩公,又谥号是"文",故被称为韩文公;陶渊明,被称为陶公;欧阳修,被称为欧阳公,或欧公;白居易,被称为白公;陆游,被称为陆公;苏轼,被称为苏公。

不过,非常有意思的是,"公"还可放在人的号的略称之后,如苏轼,字子瞻,号东坡居士,因而还被称为"坡公"。清人潘德舆《养一斋诗话》卷九云:"又坡公《有美堂》诗'天外黑风吹海立',用杜公《三大礼赋》'四海之水皆立'可也。"①这句引文中的"坡公",就是指苏轼。称"苏轼"为"坡公",早在宋代严羽《答吴景仙书》中就已有了:"坡、谷诸公之诗,如米元章之字,虽笔力劲健,终有子路未事夫子时气象。盛唐诸公之诗,如颜鲁公书,既笔力雄壮,又气象浑厚,其不同如此。"②"坡、谷诸公"就是指苏轼、黄庭坚等人。

十、杜　　子

在明、清诗话中,笔者偶见"杜子"之称,如《诗薮》内篇卷三云:"仲默《明月篇序》云:'仆始读杜子七言诗歌,爱其陈事切实,布辞沈著,鄙心窃效之,以为长篇圣于子美矣。既而读汉、魏以来歌诗,及唐初四子者之所为而反复之,则知汉、魏固承《三百篇》之后,流风犹可征焉。而四子者虽工富丽,去古远甚,至其音节往往可歌。乃知子美辞固沈著,而调失流转,虽成一家语,实则诗歌之变体也。'于麟云:'七言歌行,惟杜不失初唐气格,而纵横有之。太白纵横,往往强弩之末,间以长语,英雄欺人耳。'李论实出于何,而意稍不同。"③

杜甫被称为"杜子",也与古代称呼的礼俗有关。"子",是我国古代常见的一种尊称。《礼记·曲礼下》"于外曰子",郑玄注:"子,有德之称。"④《春秋穀梁传·宣公十年》:"秋,天王使王季子来聘。其曰王季,王子也。其曰子,尊之也",范宁注:"子者,人之贵称。"⑤在古典文献中,称"子"大多指男子,常见的有孔子、孟子、荀子、老子、庄子、韩非子、朱子等,这些为世人所熟悉。但是,韩愈被称为"韩子"、欧阳修被称为"欧阳子"、苏轼被称为"苏子"等,恐怕知道的人不多,如沈德潜《说诗晬语》卷下第八四条:"韩子高于孟东野,而为云为龙,愿四方上下逐之。欧阳子高于苏、梅,而以黄河清凤凰鸣比之。苏子高于黄鲁直,而己所赋诗云'效鲁直体'以推崇之。古人胸襟广大尔许。"⑥"子"在姓氏之后,作为对人的尊称。

---

① 郭绍虞编选、富寿荪校点:《清诗话续编》(下),第2146页。
② 〔清〕何文焕辑:《历代诗话》(下),第707页。
③ 周维德集校:《全明诗话》(三),第2522—2523页。
④ 〔清〕阮元校刻:《十三经注疏》(上册),第1267页。
⑤ 〔清〕阮元校刻:《十三经注疏》(下册),第2414页。
⑥ 〔清〕王夫之等:《清诗话》,第557页。

十一、杜　　二

　　古代人名字有反映兄弟的排行的关系，排行以数字来表示，如柳宗元被称为柳八，元稹被称为元九，白居易为白二十二，刘禹锡被称为刘二十九，张籍被称为张二十八。这些称呼都与排行有关，显示了唐代浓厚的家族观念。

　　杜甫被称为"杜二"也与排行有关。在明、清诗话中，有的列举了唐人诗歌有"杜二"的称呼，如清人赵执信《声调续谱》"杂言"条列举唐代任华的杂言诗《寄杜拾遗》云："杜拾遗，名甫第二才甚奇。任生与君别来已多时，何尝一日不相思！杜拾遗，知不知？昨日有人诵得数篇黄绢词。吾怪异奇特借阅，果然称是杜二之所为。"①清人余成教《石园诗话》卷一："今观其《酬别杜二》云：'祇是书应寄，无忘酒共持。但令心事在，未肯鬓毛衰。'《巴岭答杜二》云：'跋马望君非一度，冷猿秋雁不胜悲。'又可想见其爱杜之情矣。"②《酬别杜二》和《巴岭答杜二》都是唐人严武的诗歌。"杜二"是指杜甫，因排行老二，所以有此称呼。杜甫又被称为"杜二拾遗"，在唐人高适的一首诗的题名就可见，如清人翟翚《声调谱拾遗》列举七言古诗时，收入高适《人日寄杜二拾遗》。③

十二、杜　　圣

　　杜甫还被称为"杜圣"，如清人宋大樽《茗香诗论》第四则："李仙、杜圣固已。李则曰：'我志在删述，垂辉映千春。'杜则曰：'别裁伪体亲风雅。'遐哉邈矣！学语仙圣语，当思仙圣胸中何所有。有仙圣胸中所有，称心而言，不已足乎？"④"圣"，据《古汉语常用字字典》解释："旧时称具有最高超技艺的人。"⑤"杜圣"的称呼，源于杜甫被尊为"诗圣"，如明代陆时雍《诗镜总论》云："初唐以后，辄吐弃之。宋人尊杜子美为诗中之圣，字型句篹，莫敢轻拟。"⑥清人叶燮直接称杜甫为"诗圣"，如《原诗》卷三："诗圣推杜甫，若索其瑕疵而文致之，政自不少，终何损乎杜诗？"⑦在众多的称呼之中，"杜圣"是最崇高的，反映了人们对杜甫的极大尊崇的心态。

　　最后，需要指出的是，"杜襄阳"、"杜员外"称呼，都不是杜甫，而指杜甫的祖父杜审言。如："杜襄阳正伦气骨遒健，同赋敛手，佼佼庸中，翰墨无功，终沦平钝。"⑧"陈拾遗、杜员外

　　① ［清］王夫之等：《清诗话》，第 346 页。
　　② 郭绍虞编选、富寿荪校点：《清诗话续编》（下），第 1743 页。
　　③ ［清］王夫之等：《清诗话》，第 360 页。
　　④ ［清］王夫之等：《清诗话》，第 103 页。
　　⑤ 《古汉语常用字字典》，北京：商务印书馆，1979 年，第 219 页。
　　⑥ 周维德集校：《全明诗话》（六），第 5117 页。
　　⑦ ［清］王夫之等：《清诗话》，第 593 页。
　　⑧ 周维德集校：《全明诗话》（五），第 3906 页。

二家近体,以气韵为主,不作雕镂。予取陈《晚次乐乡县》、《度荆门望楚》、《送魏大从军》,杜《咏终南山》、《宴郑明府宅》、《早春游望》、《过郑七山斋》、《送崔融》,五言律八首。"①唐初宫廷著名诗人杜审言出生湖北襄阳,因而人称"杜襄阳",他是唐代大诗人杜甫的祖父,因曾任膳部员外郎,故又被称为"杜员外",如沈佺期《遥同杜员外审言过岭》一诗为证。

综上所述,在明、清诗话中,唐代诗人杜甫的称呼是最多的,多达 34 个。这些称呼隐含了中国的传统文化信息。其中尤为人们注意的是杜工部、老杜、杜老、杜公、杜子、杜圣等称呼。这些称呼是后人(学者)对杜甫有礼貌地使用尊称,反映了后人对忧国忧民的杜甫的敬仰与尊重。

---

① 周维德集校:《全明诗话》(五),第 3912 页。

《刘子》应为刘勰撰

——《刘子》作者争论评述

韩湖初[*]

摘　要：关于《刘子》作者，主要有刘勰与刘昼两说。直至南宋初年史籍记载为刘勰撰，其后始有刘昼说，继而愈演愈烈。今人林其锬、陈凤金指出：刘昼说源于对宋人题署的错误解读：原是仍沿旧题以存疑之意，并举《宋志》近万部书目加"题"字者16部无不如此。但后人断章取义，变成对作者的确认，却无人深究，由疑变是，几成定局。又针对刘昼说的主要两条证据指出：其一是袁孝政的《刘子注》序，通过对照版本体例证实该书乃是南宋人伪造！且来历不明，所说有乖事理。其二是唐人张鷟《朝野佥载》所载：《刘子》为刘昼撰，因无位故窃刘勰之名，世人莫知。但这条材料是后人根据刘克庄文集的记载补辑的，此外别无他证。而且该书是唐人小说，不应视为信史引录。再者，我国隋唐文献和流传日本的《刘子》已有明确记载，以及从刘勰、刘昼与佛家关系，均可证刘勰说。林、陈此举在学术界掀起轩然大波，反对者阵容鼎盛，支持者不乏其人。笔者赞成刘勰说，并对这场争论作一评述。

关键词：《刘子》；刘勰；刘昼；林其锬；隋唐文献

引　言

　　上世纪 80 年代在安徽屯溪召开的《文心雕龙》学会年会上，林其锬、陈凤金伉俪提交的论文认为《刘子》的作者应是刘勰而非刘昼，并把他们校对出版的《刘子集校》直接题为

　　* 作者简介：韩湖初，华南师范大学文学院教授。

"[梁] 刘勰撰"①，引起相当大的反响。笔者读后觉得脉络清楚,持之有故、言之成理。随之听到议论:这是龙学界的"九级地震",如能成立,岂不令人高兴? 但果真如此吗? 令人怀疑②。且听说副会长杨明照反对此说,仍认为是刘昼撰,故会议期间公开赞成者不多。其后有周振甫、张少康、程天祐、孙蓉蓉、陈应鸾、周绍恒等等赞同刘昼撰,可谓阵容鼎盛;而响应林、陈者亦不乏其人:尤其是撰写《山东省志·诸子名家系列丛书》之《刘勰志》③和《刘勰传》的朱文民,针对刘昼说的主要论据撰文《把〈刘子〉的著作权还给刘勰》详细辩驳④,又撰文综述双方的论争申述刘勰说⑤;杜黎均撰文比较《文心》与《刘子》的诸多相通之处而赞同刘勰撰,否定刘昼说⑥;更有台湾学者游志诚教授认为:刘勰是"经学史学子学兼文论家",但海内外学界对其学术之总架构"罕有通盘一贯之探索"⑦,并运用"互证法"对二书作深入的比较研究,撰《文心雕龙与刘子系统研究》,得出作者"必刘勰无疑"的结论⑧,等等。笔者一直关注这场争论,现谈一些看法,或许有些参考价值。

根据朱文民⑨和林、陈⑩的研究,《刘子》作者尽管历代有种种说法:刘勰、刘昼、刘歆、刘孝标、袁孝政、东晋时人和贞观以后人,以及"金人刘处元和另有一个刘姓人"⑪,但"比较集中且见署于版本者",唯刘勰和刘昼⑫。其余因证据单薄,难以成立,且为篇幅所限,故本文略而不论。

一、史载刘勰有文集行世,"文集"应是《刘子》

《梁书·刘勰传》载勰"文集行于世",此句被《南史》删去。那么,是否刘勰并没有文集,或者初唐时该书已佚故被撰者删去? 答案是否定的。

(一)《梁书》传主有文集行世而被《南史》删去者不止刘勰

如《梁书》载丘迟和庾肩吾有"所著诗赋"和"文集""行于世",均被删去。《隋书·经籍志》载"《丘迟集》十卷"、《旧唐书·经籍志》和《新唐书·艺文志》均载有《丘迟集》⑬。与刘勰同时的刘杳、王籍、谢几卿、庾仲容均有文集行世,刘勰地位、声誉不在他们之下,有文集

① 林其锬、陈凤金:《刘子集校》,上海:上海古籍出版社,1985年。
② 程天祐:《〈刘子〉作者辨》,《文心雕龙学刊》第五辑,济南:齐鲁书社,1988年。
③ 朱文民主编:《刘勰志》,济南:山东人民出版社,2009年、2010年。
④ 朱文民:《刘勰传》(附录三),西安:三秦出版社,2006年,第381页。
⑤ 朱文民:《〈刘子〉作者问题研究述论》,《中国诗学研究》第八辑(《文心雕龙》研究专辑),合肥:安徽大学出版社,2011年,第500页。
⑥ 杜黎均:《〈文心〉与〈刘子〉比较论》,见《文心雕龙学刊》第五辑,第346页。
⑦ 游志诚:《〈刘子〉新诠释》,李建中、高文强主编:《百年龙学的会通与适变》,哈尔滨:黑龙江人民出版社,2011年,第87页。
⑧ 林其锬、陈凤金:《刘子集校合编》,上海:华东师范大学出版社,2012年,第45页。
⑨ 朱文民:《〈刘子〉作者问题研究述论》,《中国诗学研究》第八辑(《文心雕龙》研究专辑),第500页。
⑩ 林其锬、陈凤金:《刘子集校合编》,第1177页。
⑪ 林其锬、陈凤金:《刘子集校合编》,第35页。
⑫ 林其锬、陈凤金:《刘子集校合编》,第1188页。
⑬ 孙蓉蓉:《刘勰与〈文心雕龙〉考论》,北京:中华书局,2008年,第27页。

行世并不奇怪。

　　查《梁书》本传记载传主的文集有两种情况:一是仅载文集名和卷数,如柳恽、范云、任昉,等等;另一是加上文集"行于世",如:沈约、江淹、徐勉、范岫、陆倕、到洽、顾协、鲍泉、张率、刘孝绰、王筠、谢几卿、王籍、刘杳、任孝恭、庾仲容等多人。看来,后者应是撰者见过或由各种途径获知有文集行世才如此记载的。《梁书》称勰"为文长于佛理",应是撰者亲睹其文才这样说的;又称"京师寺塔及名僧碑志必请勰制文","必请"语气如此肯定,也应是亲历亲闻才这样记载。《梁书》名为姚察与姚思廉父子共同编撰,而姚察陈时任秘书监、吏部尚书等职,曾参与梁史的编撰,入隋后受命编撰梁、陈两朝历史,只编写了一部分便去世,继由其子完成。鉴于姚察生于刘勰卒年前后,二十四岁时参与编写梁史,对于梁时文化名人的著述应该熟知,故其记载"当是据实而录",不会有误①。

　　(二)《刘子》一书初唐尚存

　　杨明照称:"按舍人文集,《隋志》即未著录。岂隋世已亡之耶? 抑唐武德中被宋遵贵漂没底柱之余,而其目录亦为所渐濡残缺耶?"又称:"《南史》删去此句,则是集唐初实已不存……"②孙蓉蓉亦赞成此说③。其实,《隋志》只题书名而未记作者,是因为当时国家图书馆只有书目,其书当在司农少卿宋遵贵运载途中经底柱时被漂没十之八九,故有目无书者只记"亡"。到唐开元七年(719 年)下诏发动公卿士庶"所有异书借官缮写",致使内库图书大增,并编成《群书四部录》四百卷书目,后又略为《古今书录》四十卷。《刘子》一书当是此次公卿献书后重新发现的,故《旧唐书》题刘勰著,《新唐书·艺文志》照录④。《新唐书》与《隋志》均载"《刘子》,十卷",并被隋、唐众多文献普遍引用,并已流传西北(详下),可见初唐该书尚存。

　　(三)两《唐志》明确记载《刘子》刘勰撰

　　我们知道,刘勰早有撰写子书之意。《文心雕龙·序志篇》自称"齿在逾立"(三十来岁)曾夜梦随孔子南行,醒来认为是孔子托梦自己,于是想到"注经",但前人已对经典发挥很精当,难以"立家","唯文章之用,实经典枝条",且鉴于齐梁文风愈演愈"讹滥",于是撰写《文心》。《诸子》篇云:"诸子者入道见志之书","君子之处世"应"炳曜垂文"。周勋初指出:他撰写《文心》,"是想完成一部子书,藉以'树德立言',并由此而'立家'"。魏晋时一些杰出学者如陆机、葛洪等"均有类似表述"⑤。而且,刘勰本身就是子家并以子家自居。游志诚指出,"考《文心雕龙·诸子》曹学佺眉批云:'彦和以子自居。'",又该篇嗟叹诸子"身与时舛,志共道申",但其声名有如金石久远;明人钟惺亦评曰:"数语俨然以子自居。"曹、钟之评点"一语道破刘勰一生学问志趣归趋实为子家之学",《诸子》篇"深诋"子学源流

---

　　① 孙蓉蓉:《刘勰与〈文心雕龙〉考论》,第 30 页。

　　② 杨明照:《文心雕龙校注拾遗》,上海:上海古籍出版社,1982 年,第 413 页。

　　③ 孙蓉蓉:《刘勰与〈文心雕龙〉考论》,第 29 页。

　　④ 朱文民:《〈刘子〉作者问题研究述论》,《中国诗学研究》第八辑(《文心雕龙》研究专辑),第 514 页。

　　⑤ 周勋初:《〈文心雕龙·辨骚〉篇属性之再检讨》,《中国诗学研究》第八辑(《文心雕龙》研究专辑),安徽大学出版社,2011 年,第 11 页。

至魏晋"已渐趋薄弱之弊",刘勰自觉写了一部《文心》是不够的,故"挺身而出,力挽狂澜,必撰作新论,以改写家流弊,再创子学风范"①。

(四)《刘子》与《文心》的篇数说明二书是姐妹之作

再从两书的篇数来说,《刘子》共五十五篇乃是天地之数(1至10相加之和)。《文心》共五十篇乃"大易之数"("大易"当作"大衍"),即王弼所称"演天地之数"五十;或谓十日、十二辰、二十八宿(其和为五十);或谓太极、两仪(天地)、日月、四时、五行、十二月、二十四气(气节)(其和为五十)②。一个是天地之数,一个是"演"天地之数,当是精心的安排,可知二者应是姐妹之作。刘勰大约36岁完成《文心》③,55岁完成《刘子》④,则相距约有二十年,刘勰再撰一部子书,完全没有问题。

可见,史载刘勰有"文集"行世,应该就是《刘子》。

二、刘昼说源于对宋人著录的错误解读

(一)刘昼说主要证据袁序源于对宋人著录的错误解读

林、陈指出:历代著录《刘子》作者虽有种种说法,但比较集中并见署于版本者,唯刘勰和刘昼。且距离《刘子》成书时间越近,对刘勰说越是"信多疑少";距离年代越远,则怀疑和否定"反而多了起来"。再经"转相征引,由是变疑,由疑而非,似成定论"。其实,"不少引证是同事实和原意相背离的"⑤。本来对刘勰说并无异议,直至南宋初出现袁孝政注本及序,"争议才发生"。当时主要目录学家均对其表示质疑,但影响不大,只是到了明代以后,陈振孙和晁公武的题署实录被"腰斩原文,曲解原意",由疑变是,本来是质疑反而成了"刘昼说的依据"⑥。陈、晁乃南宋著名目录学家,细看陈的《直斋书录解题》和晁的《郡斋读书志·杂家类》的"刘子"题署"刘昼孔昭撰",都是只对所见该书题署的实录,而非认定为刘昼撰。而且陈继云袁序的《刘子》"传记无称,莫详其始末,不知何以知其名昼而字孔昭也";晁亦称"或以为刘勰,或以为刘孝敬标,未知孰是"。白纸黑字,明明仅是仍用原来题署以存疑,却被后人腰斩原文,把题署实录作为本意,于是存疑变成了确认,明清许多《刘子》版本的题署就是这样来的。《四库全书总目提要》就是代表,竟称二者"俱据唐播州录事参军袁孝政序,作北齐刘昼撰"。其他版本题跋类似者不少,由此刘昼说似成定论⑦。林、陈以《四库全书总目提要》所说"《宋史·艺文志》亦作刘昼作"为例辨析:查遍该书所录(含《刘子》)9819部书目加"题"字者仅16部,均为"编者未能确定其真伪,姑仍其旧以

① 游志诚:《〈刘子〉与〈易经〉初论》,中国诗学研究第八辑(《文心雕龙》研究专辑),第525、526页。
② 詹瑛:《文心雕龙义证》(下),上海:上海古籍出版社,1989年,第1931页。
③ 牟世金:《刘勰年谱汇考》,成都:巴蜀书社,1988年,第57页。
④ 朱文民:《刘勰传》(附录三),第316页。
⑤ 林其锬、陈凤金:《刘子集校合编》,第1188页。
⑥ 林其锬、陈凤金:《刘子集校合编》,第33页。
⑦ 林其锬、陈凤金:《刘子集校合编》,第34页。

存疑",并举四例为证①,很有说服力。

(二)袁孝政注《刘子》一书来历不明,经林、陈考证乃是伪书

本来,陈振孙《直斋书录解题》题署"《刘子》,五卷,刘昼孔昭撰"引了唐代播州录事参军袁孝政《刘子注·序》一段话:"昼伤己不遇,天下陵迟,播迁江表,故作此书。时人莫知,谓为刘勰,或曰刘歆、刘孝标作。"陈继云:"其书近出"、"时人莫知"等等疑点,但无人深究,以致有些名家乃至今人亦有信以为真者。林、陈穷根究底,遍查"自隋唐迄于南宋初年,所有《刘子》版本和文献著录"均无此记载②。又查出同是南宋人的章如愚编撰的《群书考索》著录的《刘子》称"今袁孝政序云",可见袁是南宋人而非唐人!尤其是,林、陈统计了《刘子》六种敦煌隋、唐写本(残卷)、南宋刊本和日本宝历本的异体俗字,结果是:隋、唐写本数量较多,南宋刊本则明显减少③。如:刘幼云旧藏唐写本八整篇异体俗字133字,而南宋刊本四十四篇仅19字。日本宝历八年(相当我国乾隆二十三年)刊本尽管刊刻时间远比南宋刊本晚,但遗存异体俗字要比南宋刊本多(五十五篇共94字)。鉴于流传域外文字变迁缓慢,故并不奇怪。林、陈进而指出:宝历本袁注与正文遗存异体俗字分别是11与94,比例为11.7%;而南宋刊本分别为13与19,比例为68.4%,差别悬殊。而宝历本袁注与南宋刊本袁注两者的遗存异体俗字分别为11与13,相当接近。可见"日本宝历本正文与注文不属于同一时代",正文可能源于唐代五卷本《刘子》之传本,而注文则是在南宋以后传本之移入,并非唐人之作④。在这里,林、陈统计了伯三五六二等十种文献,共处理异体字5 827个,又逐一统计了日本宝历本《刘子》袁注共计429条,加上取样对比的唐人和宋人注释样本,一共处理了1 240条数据(其中《帝范注》和《刘子》注均是穷尽式取样),由此得出"袁注体裁与唐人著书体裁不相同"的结论⑤,证实该书为南宋人伪托。李伟国也列举该书袁注多篇均不避唐讳,指出:袁"如为唐高宗以后之人,行文不当直接写出'世'、'民'、'治'、'显'等字";如袁系初唐人,则敦煌西域所出之《刘子》九种似不应全部不录其注。"⑥可为佐证。

(三)刘昼说的另一主要证据张鷟《朝野佥载》的记载亦不足为据

刘昼说的另一主要证据是唐张鷟的《朝野佥载》,其云:"《刘子》书,咸以为刘勰所撰,乃渤海刘昼所制。昼无位,博学有才,(窃)取其名,人莫知也。"这段活是后人根据南宋刘克庄《后村大全集·诗话续集》的记载补辑的,此外再无其他佐证⑦,可靠性已大打折扣。

① 林其锬、陈凤金:《刘子集校合编》,第1184页。
② 林其锬、陈凤金:《刘子集校合编》,第18页。
③ 林其锬、陈凤金:《刘子集校合编》,第23页。
④ 林其锬、陈凤金:《刘子集校合编》,第24页。
⑤ 涂光社:《刘勰研究的一个里程碑——评〈增订文心雕龙集校合编〉〈刘子集校合编〉》的出版,《信息交流》(镇江市图书馆中国《文心雕龙》资料中心编),2013年第1期。涂文附注参阅:陈国灿文《斯坦因所获吐鲁番文书研究》,武汉:武汉大学出版社,1995年,第487页、第526—527页;荣新江文《关于唐书时期中原文化对于阗影响的几个问题》,《国学研究》第一卷,北京:北京大学出版社,1993年,第416页。
⑥ 林其锬、陈凤金:《刘子集校合编》,第10页。
⑦ 林其锬、陈凤金:《刘子集校合编》,第34页。

而且,该书是唐人小说,"故事都是作者根据或许有的现象杜撰的,其'资料来自'街谈巷议,传闻异辞'",不应作为信史引录①。林、陈还指出:该书《旧唐书·经籍志》未录,《新唐书》和《宋史》的《艺文志·杂记类》载为二十卷(后者又《金载补遗》三卷),《四库全书总目提要》则称六卷,《文献通考》则但有《金载补遗》三卷,并称"参考诸书皆不合"。尤袤《遂初堂书目》分为《朝野金载》及《金载补遗》为二书,疑前者为駾所作,后者则为后人附益。余嘉锡《四库提要辨证》亦指摘该书有"文义与本条不相联属",有些记载与史实不符②。在宋代已有"后人附益"、"宋人摘录"、"后人取他书窜入"等种种批评,可见史料价值不高。岂可作为否定已有诸多隋唐文献记载的刘勰说(详下)的证据!

(四) 袁序张说有乖事理,备受质疑,难以说通

细看刘昼说的两条主要"证据",不但来历不明,似出一人之手,而且违背史实,有乖事理,备受质疑。如说刘昼"播迁江表"无疑痴人说梦,因为史载刘昼根本没有到过江南;又说昼因"无位"而"窃取"刘勰之名,实在有乖事理,难以说通。一是刘勰社会地位不算高,刘昼又是个极其自负的人,怎会窃取其名? 二是刘勰是依附佛寺且最后皈依佛门取名慧地,以诋佛著称的刘昼怎会盗取其名欺世③? 三是从京师寺塔及名僧碑志"必请"刘勰制文可知,其名声不小,且所著《刘子》已为官方的《七录》所载(详下),广有影响,刘昼比他不过晚卒三、四十年,岂敢公然窃取其名? 这些都难以说通的。特别是清人姚振宗《隋书经籍志考证》梁《刘子》十条卷指出:"此《刘子》似非刘昼",昼"时当南朝陈文帝之世,已在梁普通后四十余年;阮氏《七录》作于普通四年,而是书载《七录》,其非昼所撰更可知。"④也就是说,《七录》记载《刘子》时,刘昼不过十来岁,怎会著书?

(五) 刘昼说论者对《刘子》"见载《七录》"的质疑没有说服力

上述清人姚振宗之说,对刘昼说而言无疑是致命的。但该说论者仍质疑:一是《隋志》附录之文是否完全出自《七录》? 二是《隋志》附录的《刘子》是否就是今本《刘子》⑤? 第一个问题显然没有意义。既然姚称该书"见载《七录》",乃是就他所见而言,也许没有全面核对。但如果所见只是一小部分,他还会下这样的结论吗? 第二个问题答案也很清楚。《隋书·经籍志》载:"梁有《刘子》十卷,亡。"根据其叙(序)说明:它是以隋朝东都洛阳残缺的藏书目录为基础,"考见存"(对照漂没之后残存的图书实物),"远览马《史》、班《书》,近观王、阮《志》、《录》"⑥,进行了一番考订撰写而成。"王、阮《志》、《录》",即南朝王俭的《七志》和阮孝绪的《七录》。《四库全书总目提要》也指出:"《隋书·经籍志》参考《七录》,互注存佚,亦沿其例。"清人钱大昕《二十五史补编·隋书考异》说得更明确:"阮孝绪《七录》撰于梁普通中,《志》(《隋志》)所云梁者,阮氏书也。"清人章宗源也说:"《隋志》依

① 朱文民:《〈刘子〉作者问题研究述论》,《中国诗学研究》第八辑(《文心雕龙》研究专辑),第521页。
② 林其锬、陈凤金:《刘子集校合编》,第34页。
③ 林其锬、陈凤金:《刘子集校合编》,第1216页。
④ 林其锬、陈凤金:《刘子集校合编》,第1186页。
⑤ 程天祜:《〈刘子〉作者辨》,《文心雕龙学刊》第五辑,第364页。
⑥ 林其锬、陈凤金:《刘子集校合编》,第1177页。

《七录》,凡注中称梁有今亡者,皆阮氏旧有。"可见《隋志》记载《刘子》乃是本之阮氏《七录》,印证了姚称《刘子》一书"见载《七录》"。上文已说明:该书在唐代献书运动中重新被发现,并与隋虞世南的《北堂书抄》以及唐太宗、武则天、释道宣和释湛然诸人所引均同,足证《七录》所载的《刘子》就是《隋志》和《唐志》的《刘子》十卷本,即今本五十五篇《刘子》。

(六) 史籍并无肯定刘昼著《刘子》的记载

史籍对刘昼的著述有明确记载:48 岁求秀才不得"发愤"著《高才不遇传》,孝昭即位上书,终不见收采,于是"编录所上之书为《帝道》","河清中又著《金箱璧言》,盖以指机政之不良",还有一篇就是被人讥笑为"愚甚"的《六合》赋[1],可谓详细而具体。如果刘昼晚年真有《刘子》这样的大部头著作,岂有不载或漏载之理? 再说,刘昼既没有涉及政治、经济、军事等方面的实践,读书二十年而答策不第,上书又"多非世要",是一个不达世务的儒生,怎能写出于修身治国均有重大参考价值的《刘子》?

鉴于刘昼说源于对宋人题署的错误解读,主要论据袁序张说来历不明,已遭质疑(经考证袁书乃是伪造),不能成立,无异于釜底抽薪。面对上述种种确凿的证据,论者所谓刘昼说已成"铁案"之说[2],还能成立么?

三、刘昼撰其余二说经不起检验

刘昼撰还有二说,但均经不起检验。

(一) 所谓《刘子》"归心道教"、"重道轻儒",与刘勰"志趣迥异"、相去甚远,与原著思想不符

余嘉锡《四库提要辨证》称《刘子·九流篇》"乃归心道教,与勰志趣迥异";程天祜亦称刘勰《文心》"崇儒轻道"、"宗儒倾向鲜明",与《刘子·九流》"重道轻儒"、"主张儒道互补而倾向于道",两者相去"何止千里"[3]。因而认为《刘子》乃刘昼而非刘勰所撰。笔者仔细辨析,均经不起检验。

《刘子》对儒、道的态度,《九流》篇说得很清楚:"道者玄化为本,儒者德教为宗。九流之中,二化为最。"明明说"二化为最",怎么变成了"志趣迥异",还相去"何止千里"? 真是令人困惑。程文先说二者是"互相补充"关系,后又说一个'非得真之说',一个'为达情之论',一褒一贬,《刘子》的重道轻儒不是明显的吗?"[4]既然是"互相补充",怎么又变成"重道轻儒"、"一褒一贬"? 岂不是自相矛盾吗? 而且,这样的理解也有违现代语法常识:原文两个复句均有转折之义,重点在下句:前句"儒教虽非得真之说,然兹教可以导物",意

---

① 林其锬、陈凤金:《刘子集校合编》,第 1194 页。
② 程天祜:《〈刘子〉作者辨》,《文心雕龙学刊》第五辑,第 364 页。
③ 程天祜:《〈刘子〉作者辨》,《文心雕龙学刊》第五辑,第 369—370 页。
④ 程天祜:《〈刘子〉作者辨》,《文心雕龙学刊》第五辑,第 369 页。

谓：儒家的礼教虽不能维护人性，但对人起着引导作用；后句"道家虽为达情之论，而违礼，复不可以救弊"，意谓：道家之说虽然达情，但违反礼教，不能对社会起救弊作用。结论是：治世用儒家的礼教，避世用道家"达情"。还说：如果在远古"大同"世界实行儒家的礼教，则"邪伪萌生"；反之在（夏朝）成康时期施行道家的无为，则"氛乱竞起"。可见作者主张儒道互补：前者是主，是人生追求；后者是辅，是补，是前者无法实现后的精神安慰。作者更看重的是儒家而不是道家。可见称《刘子》"归心道教"和"重道轻儒"，有违语法常识，与原旨不符。

还应指出：《刘子》一书多处流露出仕入世的强烈愿望。如《知人》云："世之烈士愿为君授命，犹瞽者之思视，躄者之想行，而目终不得开，足终不得申，徒自悲夫！"可见，作者渴望建功立业的儒家入世思想是多么强烈！其《命相》篇云："命相凶吉，悬之于天。"《遇不遇》云："贤不贤，性也；遇不遇，命也。"可见人不能改变和掌握自己的命运。但作者又不是完全的宿命论者，认为人的遇与不遇，与机会因缘分不开。《因显》篇云："若无所以因"，则良马、美才、宝珠则无以显示其价值；反之，则"一顾千金"、"光于紫殿"、"擎之玉匣"。所谓"因"，就是机会因缘，即有人赏识、介绍与引荐。《托附》篇更说：鸟兽虫花卉"犹知因风假雾，托峻附高"，人更应"托附"以就其名。当然，"托附"如得其所，"则重石可浮，短翅能远"，否则"轻羽沦溺，迅足成蹇。"但总比毫无作为地白白等死要强。因此，人有了才智还要积极善于为自己创造机会和抓住机会入仕，以施展才干实现自己的人生价值。可以说，刘勰的一生就是实践上述思想主张的一生。他24岁服丧三年之后即入上定林寺依僧祐整理佛经，这样不但可以避役，博览该寺丰富的藏书，更重要的是：该寺主持僧祐为朝廷器重，入寺有机会借此进入仕途。他入寺而没有出家，显然是等待时机[1]。大约36岁撰写完成《文心雕龙》，但未为时流所重，便伺机干之于沈约车前献书。约誉为"深得文理"并举为"奉朝请"，由此取得为官的资格。两年后由僧祐引荐担任梁武帝弟临川郡王萧宏记室，还担任过车骑将军（将军的最高级）王茂仓曹参军（后勤部长）和任太末令且"政有清绩"。约46岁调任南康王萧绩记室并"兼领"东宫通事舍人[2]。时萧绩为南徐州刺史，官职地位重要而年纪尚幼，可见朝廷的器重。"兼领"一事，笔者认为应是太子萧统的生母丁贵嫔与僧祐商议争取而来的：据《高僧传·僧祐传》载，丁贵嫔是僧祐的弟子，时太子萧统年幼，盖丁贵嫔为其筹谋辅佐之人而与僧祐商议，故有此举。52岁时为迎合梁武帝撰写宣扬佛教的《灭惑论》，又上表建议二郊农社宜与七庙同改祭祀不用牺牲。其实他已知僧祐等上启在前，揣摩到武帝的心意而上表在后呼应[3]，由此得迁位列六品的步兵校尉掌管东宫警卫，比仍然"兼领"的东宫通事舍人（九品）官位要高三级。而且该职"甚为梁武帝所重视"、"是时朝政事多委东宫"[4]。这是刘勰仕途的顶峰。他的仕途步步迁升，既缘于他的才干

---

① 朱文民：《刘勰传》（附录三），第289页。
② 朱文民：《刘勰传》（附录三），第308页。
③ 牟世金：《刘勰年谱汇考》，第97页。
④ 杨明照：《文心雕龙校注拾遗》，第398页。

和努力,也与他善于创造机会、抓住机会分不开的。《刘子》一书关于因缘机遇的思想言论,正与刘勰的仕途经历完全吻合。而刘昼则虽有入仕愿望但并不强烈,更没有仕途经历,也没有上述强烈的入世思想和丰富的仕途经历,不可能写出《刘子》(详下)。可见《刘子》的作者是刘勰而非刘昼。

(二)细析刘昼晚年著《刘子》说,反证刘勰说

论者称:史载刘昼著有《金箱璧言》、《帝道》及《高才不遇传》,尝云:"使我数十卷书行世,不易齐景之千驷也。""最大的可能是":刘昼利用晚年最后五年续写完成该书而"不为史家所确知"。《刘子·惜时》篇"透出的信息"正与其时境况"很吻合",可视为刘昼说的"新证"①。杨明照 1937 年《文学年报》发表的《刘子理惑》亦称:刘昼诸书虽已亡佚,以昼自言"数十卷书"计之,则《刘子》"必在其中,于数始足"②但上述刘昼所著诸书合计未必少于数十卷,且史称昼"言好矜大",不能据此断定其中必有《刘子》。笔者再检验二人身世与《惜时》篇,结果与刘昼不合而与刘勰一致,反证了刘勰说。

细看《惜时》篇先列大禹等圣人"立德遗爱"延芳百世,叹息今人"枉没岁华",正与《文心雕龙·序志》篇所说人生应建功立业、名扬千古一致。篇末以岁秋寒蝉常鸣"哀其时命,迫于严霜,而寄悲于菀柳"悲叹自己:"今日向西峰,道业未就",将在"穷岫之阴"(喻定林寺)终了一生。这正与刘勰仕途突遭变异一致:正当入事东宫并迈步兵校尉登上仕途顶峰之时,昭明太子在宫廷斗争中失宠③,所谓"城门失火,殃及池鱼",刘勰被打发回定林寺抄经了却一生。这是何等的悲哀啊!程氏认为"菀柳是属于春天,属于未来的"④,菀(通菀)虽可训草木茂盛,但显然与上下文"严霜"、"日向西峰"等意境不合。朱文民认为:"菀柳"典出《诗经·小雅·菀柳》。该诗写一个周朝大臣怨恨曾被朝廷任用商议国政,后被撤职流放,境况与刘勰相近,故"菀"应训枯萎而非茂盛。林其锬先生则来函赐教云:考"菀"通"苑",《说文》:"(苑)养禽兽也。"《周礼·地官·囿人疏》:"古谓之囿,汉谓之苑。"《诗经·大雅·灵台》"王在灵台"句《疏》:"囿者,筑墙为界域,而禽兽在其中也。"据此,则"菀"有困义。刘勰被打发回定林寺整理佛经,实际上是被困于寺了却一生。似更近刘勰此境。故"寄悲于苑(菀)柳"应训囿。刘勰眼看将要成就一番功业,却功败垂成,才有"道业未就"而"寄悲"的哀叹!

再看刘昼。傅亚庶称:细读《刘子》全文,"主旨仍属儒家言"而"非主道家"⑤,这是对的。但正如朱文民批评傅"只顾一味向儒生刘昼靠拢"⑥,如把上引《刘子》诸篇之言作为刘昼所说,就值得商榷了。傅《刘子校释序言》称:刘昼"非常赞赏"班超等投笔从戎,建功立业,"希望有圣君贤臣发现、选拔自己",并把《刘子·知人》章所说"士之翳也,知己未顾,

---

① 程天祜:《〈刘子〉作者新证——从〈惜时〉篇看〈刘子〉的作者》,《吉林大学社会科学学报》1990 年第 6 期。
② 张少康等:《文心雕龙研究史》,北京:北京大学出版社,2001 年,第 510 页。
③ 林其锬、陈凤金:《刘子集校合编》,第 1239 页。
④ 程天祜:《〈刘子〉作者新证——从〈惜时〉篇看〈刘子〉的作者》,《吉林大学社会科学学报》1990 年第 6 期。
⑤ 傅亚庶:《刘子的思想及其史料价值》,《古籍整理研究学刊》1989 年第 6 期。
⑥ 朱文民:《〈刘子〉作者问题研究述论》,《中国诗学研究》第八辑(《文心雕龙》研究专辑),第 518 页。

亦与傭流杂处"、《荐贤》章所说孔子批评臧文仲不进展禽、公孙弘不荐董仲舒为"窃位"、"妒贤",可见人才需有人举荐云云视为刘昼的话为证①。其实,刘昼虽有建功立业的思想,但远不如刘勰积极和强烈。他48岁才当上秀才,十分可怜,但并非没有机会。史载:齐河南康舒王孝瑜乃北齐世宗长子,初封河南郡公,齐受禅,进为王。历位中书令、司州牧。世祖即位,礼遇特隆。"闻昼名,每召见,辄与促席对饮"。由此入仕应是没问题的。但刘昼竟因他有密使来见离开片刻便"须臾径去",对这个难得的入仕机会毫不珍惜。可知尽管他也懂得入仕须有人推荐的道理,但把自己的架子看得比入仕更重要,故毫不珍惜这个难得的机会。故知上引《知人》章以瞽者思视、躄者想行比喻渴望求仕一段话不会是刘昼说的。鉴于《知人》、《荐贤》等篇类似内容的话是一个整体,故不应视为刘昼之言来引用。上文已指出:刘昼一生并没有政治、经济、军事等方面的实践,读书二十年而答策不第,论著又"多非世要",不被收录,是一个通于经书而不达世务的人。他不曾努力为自己创造机会入仕,年近半百才当上秀才,不久便了结一生,谈不上有什么"道业"。既然没有,又有什么可痛惜?故知《惜时》篇的作者不可能是刘昼。只有刘勰经历了那样的仕途奋斗、挫折,具有那样深刻的沉痛体验,才能够写出来。

可见《刘子·惜时》篇与刘昼晚年境况不合而与刘勰一致,反证刘勰说。

(三)刘昼说的其他证据亦难成立

关于避讳问题。有学者举《刘子》有"顺"和"衍"不避梁讳,可见作者为刘昼而非刘勰。朱文民指出:《刘子》也不避北朝帝讳,"欢"字两见、"隐"字十九见,"殷"字三见。鉴于北朝比南朝更保守、更讲究避讳,如高齐时殷州为避帝讳而改赵州;又《北齐书·赵彦深传》称赵"本名隐,避齐庙避讳,故以字行",这是由于高欢六世祖名"隐";相反,《刘子·思顺》篇有的版本作《思慎》,可能是原始版本,林、陈指出:避讳问题"比较复杂"。首先在南北朝时期避讳并不严格;其次,刘子的一些版本也有疑似避梁讳字。如:《九流》篇"俾顺机变"就写作"俾慎机变";卢文弨校明末刻本和程遵岳校乾隆重刊《汉魏丛书》本该篇都作《思慎》篇②,等等。可见不能根据避讳判断《刘子》的作者属谁。

关于《刘子》"北音"与《文心雕龙》的"北声"不合问题。《四库全书总目提要》以《刘子·辨乐》篇"殷辛作靡靡之乐,始为北音"与《文心雕龙·乐府》篇"有娀谣乎飞燕,始为北声"不合,由此断定"必不出于一人"。林、陈指出:两书"讨论的问题不同":《文心》关于东、西、南、北音的起源,指的是"乐"的起源,取的是《吕氏春秋·音初》的材料;而《刘子》指的"淫声"的起源,采自《淮南子·原道训》,两者论旨不同,故其义有异③。朱文民也指出此说没有说服力④。

① 林其锬、陈凤金:《刘子集校合编》,第1169页。
② 林其锬、陈凤金:《刘子集校合编》,第44页。
③ 林其锬、陈凤金:《刘子集校合编》,第1205页。
④ 朱文民:《〈刘子〉作者问题研究述论》,《中国诗学研究》第八辑(《文心雕龙》研究专辑),第515页。

四、刘勰说证据确凿，难以撼动

经学者的探究，尤其林、陈的锲而不舍的努力，刘勰说佐证已多，且难以撼动。

(一) 隋唐文献典籍明确记载《刘子》刘勰撰

顾廷龙在《敦煌遗书刘子残卷集录序》中指出："《刘子》作者为谁？《隋志》仅书'梁有'，而未题作者；《唐志》始著录'《刘子》十卷，刘勰撰'。唐释慧琳《一切经音义》亦有'刘勰，梁朝时才名之士也；著书四卷，名《刘子》'之记载；今在敦煌遗书《随身宝》钞本中，均有'《离骚经》屈原注，《流子》刘协注'之著录……唐人称为《流子》者，即今之《刘子》也……刘协当即刘勰。两《唐志》并著录《刘子》十卷，刘勰撰，到今天还在流传。因就今日可见唐人著录，皆以为《刘子》刘勰著，此我国历史记载已甚明确。"①又称："《刘子》一书，著于《隋志》，而虞世南《北堂书钞》、释道宣《广弘明集》、唐太宗《帝范》、武后《臣轨》、释道世《法苑珠林》、释湛然《辅行记》多数征引，是必盛行于隋唐。观于敦煌写本之多，足证当时流传之广，习者之众。"②

不妨略举数例：《北堂书钞》共有七处征引《刘子》，并明确标明"《刘子》"或"《刘子》云"③；敦煌鸣沙山第二八八石窟发现八种《刘子》写本残卷，其中一种(伯三五六二卷)不避唐太宗"民"字讳，当为隋时写本甚至出于六朝之末，也是"十分有力的证据"④；还有新疆塔里木麻扎塔格遗址发现的和田残卷即 M. T. 〇六二五卷存文七行，为《刘子·祸福篇》残文。"麻扎"意为"圣地"、"圣徒墓"，指伊斯兰教显贵的陵墓，位于和田之西，是唐拔换城(今阿克苏市)南去于阗(今和田)通道上的神山峰所在地，有古代军事城堡、烽墩和寺院遗址。可见不过数十年该书便流传远至新疆一带，甚至为伊斯兰教徒诵习⑤。其时间之快、范围之广，令人惊叹！

这里应该指出：敦煌遗书《随身宝》，又名《珠玉钞》、《益智文》，又题《珠玉新朝》，于伯二七二一号《杂钞》(即《随身宝》)著录有"《流子》刘协注(著)"⑥，佐证了刘勰说。但杨明照并不认同其价值，朱文民指出：该条材料"流子"即刘子，属于民间流行的同音假借"标音字"系统，在敦煌遗书中大量存在⑦。林、陈也指出：该书在敦煌遗书中有六种钞本，同音假借十分普遍，除刘与流、勰与协外，还有数十例。它"同敦煌变文一样具有民间读物的性质"，乃是同属于"标音系"古书⑧。王重民提及该书时就说："《流子》就是《刘子》，刘协当即刘勰，两《唐志》并著录《刘子》十卷，刘勰撰，到今天还在流传"，并称它是"当时社会上

① 林其锬、陈凤金：《刘子集校合编》，第 61—62 页。
② 林其锬、陈凤金：《刘子集校合编》，第 60 页。
③ 林其锬、陈凤金：《刘子集校合编》，第 1233 页。
④ 林其锬、陈凤金：《刘子集校合编》，第 1179 页。
⑤ 涂光社：《刘勰研究的一个里程碑——评〈增订文心雕龙集校合编〉〈刘子集校合编〉的出版》，《信息交流》2013 年第 1 期。
⑥ 林其锬、陈凤金：《刘子集校合编》，第 1215 页。
⑦ 朱文民：《〈刘子〉作者问题研究述论》，《中国诗学研究》第八辑(《文心雕龙》研究专辑)，第 392 页。
⑧ 林其锬、陈凤金：《刘子集校合编》，第 1237 页。

读书识字人的一般性理论读物"①。其文献价值不应否定。

还有一点，《文心》与《刘子》同时远播西北，说明作者可能出于一人。日本学者冈村繁指出："初唐年间，《文心雕龙》便不仅仅为一流学者所看重，而且超越汉人学者范围，传至周边民族的知识人手中，从而拥有意外广大的读者层。"并举两例为证：一是敦煌出土初唐"很可能是私塾老师用的讲课备忘录"《文选某氏注》钞本，其中关于"檄"的文体起源和沿革及所举三例均源自《文心·檄移篇》；二是该书"鹪鹩，河妇鸟也"（"河"当做"巧"，形近而误）六字为陈琳"檄吴将校部曲文"之"鹪鹩之鸟，巢于苇苕"的注。陆机《毛诗》豳风疏"鸱鸮"称"似黄雀而小"，"幽州人谓之鹪鹩，或曰巧妇，或曰女匠。"可见该注产生的地区或撰者出生地为幽州。此外，敦煌本注中间有与汉语固有语序不同而宛似蒙语、满语、朝语、日语等所谓乌拉尔·阿尔泰语系的句式②。因此，很有可能是二书均为刘勰所撰，故大致同时远播西北边陲。

（二）《刘子》一书内容丰富，且会通佛经，作者非"精通佛理"的刘勰莫属，而不会是诋佛甚力的刘昼

林、陈指出：今存的九种敦煌、西域《刘子》残卷有八种出自敦煌藏经洞，其中书写最早、被学术界断为"隋时写本"或"六朝之末"的伯三五六二卷，在其《爱民第十二》篇题下留有"至心归衣（依）十方道宝"、在《法术第十四》篇题下也留有"恭恭秘本"等字。这些题字与正文字体不相属，显然是持有者视为珍贵的"秘本"而献给佛寺的。《刘子》有这么多写本远播边陲，并被佛寺收藏，为佛家所青睐，表明了此书同佛家的密切关系。"③而且该书"从思想到某些资料的采撷，也同佛教经典有关"。如《四十二章经·第三十四章》"以琴喻道"阐"处中得道"之理，《刘子·爱民》篇"以琴喻政"阐"刑罚有时"、"政教有节"之理，二者"都本于佛家般若中观、中道，处事不取狂狷极端态度"。鉴于《四十二章经》在梁释僧祐《出三藏记集》中曾有著录，日本《文心雕龙》研究专家兴膳宏有专文考证：僧祐《出三藏记》乃刘勰协助编成，序文亦可能出于刘勰之手。故刘勰著《刘子》运用《四十二章经》的思想和材料是完全可能的④。还举《刘子·命相》篇列有伏羲日角、黄帝龙颜等圣贤殊相，虽然王充《论衡·骨相篇》也有类似内容，但文字或同或异。如《骨相篇》称"皋陶马口"，而《理惑论》和《刘子》并作"皋陶（《刘子》或作皋繇，但繇、陶通）鸟喙"；又《论衡》"十二圣"异相未列"伏羲"，而《理惑论》则云"伏羲龙鼻"，与《刘子》有异。各家所用资料可能源于纬书，但《刘子》同《灭惑论》可能有关系，因为后者在僧祐的《出三藏记集》和《弘明集》均有著录⑤。再联系《刘子》书中用了许多"神照"、"垢灭"、"炼业"、"机妙"等佛家习用语，可见该书"不仅融合道儒，而且也会通佛家"⑥。《刘子》的这种思想境界，以及它同佛教的密切关

---

① 林其锬、陈凤金：《刘子集校合编》，第 1215 页。
② 冈村繁：《〈文心雕龙〉在唐初钞本〈文选某氏注〉残篇中的投影》（林少华译），饶芃子主编：《文心雕龙研究荟萃》，上海：上海书店，1992 年，第 98 页。
③ 林其锬、陈凤金：《刘子集校合编》，第 42 页。
④ 林其锬、陈凤金：《刘子集校合编》，第 42 页。
⑤ 林其锬、陈凤金：《刘子集校合编》，第 43 页。
⑥ 林其锬、陈凤金：《刘子集校合编》，第 44 页。

系,"大概绝非'言好矜大'、'诋佛甚力'的刘昼所能为,恐怕只能非'精通佛理'、'改名慧地'的刘勰莫属了。"①

(三) 刘昼诋佛甚力,被名僧贬斥;刘勰为佛门尊崇,《刘子》为名僧多引和佛寺收藏,故知作者并非刘昼而是刘勰

鉴于刘勰受佛徒尊崇,在佛门有一定地位,李庆甲根据佛教经典《大藏经》、《续藏经》的"史传部"所载《隆兴佛教编年通论》、《佛祖统记》、《释氏通鉴》、《佛祖历代通载》及《释氏稽古录》的记载考证刘勰的卒年②。《刘子》不但被佛徒视为珍宝,而且还多被名僧征引。如成书于隋代的释道宣《广弘明集》曾将《刘子》与《文心》并列,并引前者《妄瑕》篇之言斥责刘昼"狂、哲之心相去远矣!"唐西明寺高僧释慧琳在其《一切经音义》中两处明确著录《刘子》乃刘勰所著,释道世的《法苑珠林》、释湛然的《辅行记》也都分别有征引《刘子》的内容③。反观刘昼,史载他诋佛甚力,一些名僧对其反佛言论耿耿于怀,释道宣《广弘明集》和释湛然《辅行记》都引《刘子》的话给予反驳④,前者还在《叙历代王臣滞惑解》把刘昼列入了反佛另册⑤。如果该书作者是刘昼,他们还会引用吗? 这也说明,唐时刘昼说尚未出现,否则这些名僧是会站出来辨正的。

(四) 流传日本的《刘子》为刘勰说提供新的有力证据

林、陈的《刘子集校合编》收录了日本藏宝历八年刊五卷本《刘子》的影印和整理。此次影印整理的五卷本所据乃是台湾"国家图书馆"馆藏日本宝历八年(相当于我国清乾隆二十三年)刊全编《刘子》五卷本。该本有"盛京图书馆"印记,可见系经由辽宁沈阳传入台湾⑥。该书题为《新雕刘子》,五卷,日本宝历八年皇都书肆西邨平八、山甲三郎兵卫刻本。正文五十五篇,目录篇次与我国现藏《刘子》相同,分为五卷,每卷十一篇。卷前有序言两篇,卷后有跋文一篇。平安咸愿序和南滕璋"书后"都指出该书曾用"应永写本"校刊,应永为日本室町时代的年号(相当我国明朝洪武年间)。播磨清绚序云:"《刘子》,刘勰所作,取熔《淮南》,自铸其奇,即辞胜掩理,推诸其时,无怪耳。"⑦日本五卷本《刘子》又为刘勰说提供了有力的证据。此外,林、陈⑧、朱文民⑨和杜黎均⑩均对《文心》与《刘子》进行了系统的比较研究,指出二者相通之处甚多,可证均为刘勰所撰(因篇幅所限,本文从略。又为省篇幅,本文凡论著作者均省去"先生"称谓,顺致歉意)。

笔者水平有限,谬误之处多有,敬请专家和读者指教!

---

① 林其锬、陈凤金:《刘子集校合编》,第44页。
② 汪涌豪:《〈文心雕龙〉研究的新收获》,《文心雕龙学刊》第六辑,济南:齐鲁书社,1992年,第404页。
③ 林其锬、陈凤金:《刘子集校合编》,第42页。
④ 朱文民:《〈刘子〉作者问题研究述论》,《中国诗学研究》第八辑(《文心雕龙》研究专辑,第516页。
⑤ 林其锬、陈凤金:《刘子集校合编》,第1215页。
⑥ 林其锬、陈凤金:《刘子集校合编》,第18页。
⑦ 林其锬、陈凤金:《刘子集校合编》,第833页。
⑧ 林其锬、陈凤金:《刘子集校合编》,第1288页。
⑨ 朱文民:《刘勰传》(附录三),第393页。
⑩ 杜黎均:《〈文心〉与〈刘子〉比较论》,《文心雕龙学刊》第五辑。

反思与展望：龙学研究的
"当代视角"综论

邓心强*

摘　要：《文心雕龙》研究的"当代视角"成为龙学的新趋势，这主要从揭示《文心雕龙》人文精神并阐发其当代价值、《文心雕龙》与当前文艺学学科建设、对当前文艺界与批评界的救弊功效、以理论观点解读当代作家作品、阐发对当前公文写作的价值与影响等几个层面展开，同时也存在着如何通过现代传播使《文心雕龙》走向大众、《文心雕龙》如何影响当代文论、龙学个案研究还可进一步扩大、跨学科研究还很不足等问题。

关键词：龙学；当代视角；反思；展望

　　龙学是显学，近一个世纪以来走过了不同寻常的发展历程，在数代学者的努力钻研下取得了显赫的学术成就，当前仅就龙学的学术史梳理就涌现出张少康、张文勋、汪春泓等学者的著作多本。[①] 80年代以来，随着人文精神大讨论、西方文化不断传入以及国学热的兴起、民族复兴浪潮的高涨，学界对《文心雕龙》这部皇皇巨著的当代价值做出了多元思考，以当代视角对此著蕴藏的各种理论资源、它与当前文艺学、写作学、文书学等学科建设之间的关联、其在西方文论话语不断侵蚀的今天如何发挥功用等，进行了富有价值的探索，其研究的路径、范式、成果及存在的问题值得做专题性反思与总结，以在新时期开拓龙学研究的新空间。

　　近三十年来，国内已有多名学者倡导将龙学研究与"当下社会"建立关联，或者说主张从当代视角去激活这部巨制，以实现古为今用，传承《文心雕龙》中的优秀思想文化，以直

　　* 基金项目：本文为中国矿业大学社科项目（编号：2013W06）前期成果之一，并受"中央高校基本科研业务费专项资金"资助。
　　作者简介：邓心强，中国矿业大学中文系讲师，扬州大学在站博士后。
　　① 张少康等：《文心雕龙研究史》，北京：北京大学出版社，2001年；张文勋：《文心雕龙研究史》，昆明：云南大学出版社，2001年；汪春泓：《文心雕龙的传播和影响》，北京：学苑出版社，2002年。

面和解决现实文学创作、批评以及学科建设中的诸多问题。如涂光社在《有关〈文心雕龙〉当代意义的一些思考》（《辽宁大学学报》2010 年第 2 期）中认为，《文心雕龙》作为当前国学中的显学，既是对明清集成性研究的自然延伸，更是现当代反思传统文化的必然选择。"它与现代文论的同中之异具有参照和补正的可贵价值；从宏观上认识传统文学观念中人文精神与实践性理论特征的当代意义，以及继续作微观研究皆十分必要。""龙学的兴盛使我们对于古人在文论领域的独特建树，乃至华夏民族的人文精神，及其对人类文明的贡献理解更为全面和深刻，必然会坚定我们振兴民族文化的自信。"这些观点皆掷地有声。杨星映《〈文心雕龙〉理论体系与当代文学理论体系之比较》（《西南民族大学学报》2004 年第 1 期）认为，"当代文学理论体系的建构可以在《文心雕龙》中得到印证，对人类文学活动普遍规律的研究总结古今具有一致性，《文心雕龙》产生于民族文学的土壤之上，它不仅是我们认识和理解、开启古代文学宝库的钥匙，而且也理所当然地成为我们建构当代文学理论民族化体系的富矿"，"通过对包括《文心雕龙》在内的本土理论资源的挖掘和现代转换，我们将走出一条民族化的理论建设道路来。"党圣元先生在系列讲座、报告中均认为古代文论并不只是进入博物馆、史料馆，成为后人参观的文献和考古文物，虽然由于市场经济、政治体制改变造成的社会转型，再加上西方现代美学、哲学的挑战，古代文论正在遭受多方冲击。如何直视并解决这个问题？他提出：古代文论是一个需要不断发展的文学版块，而不是尘封于历史中的，它是有待激活的资源，《文心雕龙》更是首当其冲需要激活的资源富矿。此外，袁济喜、李建中等学者均发表过类似观点。正是在这批学者的倡导、呼唤和以身作则的尝试下，近三十年来，以"当代视角"研究《文心雕龙》取得了累累硕果，其范式与路径大体如下。

一、挖掘《文心雕龙》的人文精神及其当代意义

袁济喜《〈文心雕龙〉的人文精神与当代意义》（载于"国学网"）认为，《文心雕龙》博大精深的人文蕴涵与思想光彩，即使在今天全球化的电子传播时代依然历久弥鲜、生生不息，其强大的生命力在当代人文建设中依然具有其精神价值。此书中孕育、磨练的人文精神集中体现在三个方面：一是对于古代儒家人文精神的传承，二是对于佛学精神的张大，三是刘勰自身人格精神的融入。这三大要素互相融合与促进，构成了刘勰的精神世界和写作动力。袁先生结合中国当前文化建设存在的审美平面化和市场化、国人出现精神信仰真空等问题，揭示了此著人文精神的当代意义。并且指出："经典或元典文化中的人文蕴涵既有永恒性，探讨的是普遍性的人生与文化问题，同时又具有可阐释的变易性，并非僵化的教条，可以走向当今与未来。"此后，他在系列论文如《国学与当代》（《前进论坛》2010 年第 5 期）、《国学与现代学术》（《东南学术》2007 年第 5 期）中，均结合现实社会存在的问题，对《文心雕龙》等国学精粹的当代价值与功用进行了阐发。

何懿在《文心雕龙：陶冶情灵、承传人文精神的巨著》（《辽宁大学学报》2010 年第 2

期)中,分析了刘勰论文的知识结构、《序志》篇以抒情之笔交代写作缘起、《养气》篇论主体心理机制之涵养、《程器》篇论作家的社会但当和责任,以及刘勰对"气爽才丽"的推崇、对构思中"虚静"精神状态的论述、对情感真挚的要求、对美文的建构等,深入开掘、全面呈现此著中包蕴的浓厚人文底蕴,以滋养今人的心田,适应时代的需要,使大学专业教学在知识性传授之余,让学生获得人文性启迪与滋养。

吴晓峰的《〈文心雕龙〉的积极进取精神及其当代意义》[①]也认为《文心雕龙》不仅是中国古代重要的文学理论著作,更是一部有着深刻人文精神内涵的思想文化经典。作者就此著中蕴藏的人文精神及其价值进行了阐发。涂光社《有关〈文心雕龙〉当代意义的一些思考》也从刘勰论文与道之关联、自劭的志向、著述的命名、动机,对《左传》论"三不朽"、司马迁"发愤著书"说的传承、与曹丕论文章与生命存在的意义等角度,阐发了《文心雕龙》的人文精神,体现出其重"文"的文化传统与重"用"的理论特色。此外,其他学者也在各自文章中对《文心雕龙》的人文精神及刘勰的人格魅力等进行了较细致的剖析。

二、《文心雕龙》与当代文艺学关联及建设研究

2006 年,首都师大举办"《文心雕龙》研究与当代文艺学学科建设学术研讨会",与会专家学者就《文心雕龙》与当代文艺学关系各抒己见,进行了较深入的阐发。认为《文心雕龙》与中国古代文论的现代传承问题将是今后龙学研究的重要方向之一。此后七年来,关于《文心雕龙》与当代文论、美学、语言学、写作学之关联,陆续有文章探究。此后,在 2008年北京召开的"《文心雕龙》与 21 世纪文论研究国际学术研讨会"上,众多学人谈到当前应给龙学研究注入新的青春活力,其中将龙学与当下社会现实、与当今文论及批评结合起来以古为今用、激活资源,是重要议题之一。在此背景下,近年来不少学者就《文心雕龙》与当代文艺学学科建设进行了探索。

戚良德《〈文心雕龙〉为当代文艺学提供了什么》(《文史哲》2007 年第 5 期)紧密结合文本,分析了《文心雕龙》形成的独具特色的六大文艺观念:一是以心学和美学为基本内容的文学观念,二是以体裁分类和规范为基本内容的文体观念,三是从具体作品考察出发的作品观念,四是从创作实践出发的写作观念,五是着眼历史发展的文学史观念,六是着眼于人文背景的文化观念。作者并指出《文心雕龙》不仅可为当代文艺学提供资料,而且还从文艺学的整体观念架构上,提供了一个基于中国文学实践的文艺学范式,为当代文艺学提供整体借鉴。

涂光社认为"《文心雕龙》最为全面地展示了文学自觉时代的文学观和理论建树","无论从体系的完备、思想方法的先进性还是思辨和理论探索的深度和广度上看,它在文论领

---

① 中国《文心雕龙》学会编:《〈文心雕龙〉与 21 世纪文论研究国际学术研讨会论文集》,北京:学苑出版社,2009 年。

域都首屈一指,是现当代无可替代的比较研究对象"。作者精心选取了此著中《神思》、《体性》、《通变》、《情采》、《物色》、《知音》等篇章详细分析,挖掘书中与当代文论有基本相通的理论命题,试图呈现其文艺学价值,架构起《文心雕龙》与当代文论之间的纽带和桥梁。他针对当前文艺论著多沉溺于琐细分解、抽象演绎或者外来新概念的罗列堆集等不足,分析了该著的"实践性"品格及其当代启示。

杨星映在《〈文心雕龙〉理论体系与当代文学理论体系之比较》中,通过对《文心雕龙》的理论体系与当代文学理论体系的比较,说明它们二者的体系建构都反映了人类文学活动的普遍规律即作品、世界、作者、读者四要素及其相互关系,因而具有共同性,可以相互印证;但由于双方在思维方式、术语使用以及表述方式上的不同,也产生了二者之间的差异。正是由于具有共同性与差异性,《文心雕龙》的理论体系才有可能和必然对当代文学理论建设产生积极的影响和作用。她认为:"我们看到,当代文学理论的表述是以抽象思维的方式,而《文心雕龙》的表述是具象与抽象的统一,二者有着巨大的差异。《文心雕龙》这种审美描述与逻辑推理的统一可以同时把握揭示文学的现象与规律,更切合文学的具象化性质,值得当代文学理论借鉴。""我们可以知道,当代文学理论体系的建构可以在《文心雕龙》中得到印证,对人类文学活动普遍规律的研究总结,古今具有一致性,《文心雕龙》产生于民族文学的土壤之上,它不仅是我们认识和理解、开启古代文学宝库的钥匙,而且也理所当然地成为我们建构当代文学理论民族化体系的富矿。"

作者还说,当前应以《文心雕龙》为参照来建构当代文学理论,将它溶入当代文学理论。一方面我们可以从中吸取它的理论范畴来建构民族文学理论体系,像意象、虚实、形神、意蕴、风骨、通变等范畴术语已经逐渐进入当代文学理论体系之中;另一方面,《文心雕龙》的思维方式和表述方式又为我们提供了思维的新方式和新角度——对文学艺术的整体圆照,以及结合具体作家作品进行的历史审美描述与逻辑推理相统一的论述方式,则有可能改变我们的分解式抽象思维和单纯的概念演绎推理,更好地把握住文学的现象与本质。通过对包括《文心雕龙》在内的本土理论资源的挖掘和现代转换,我们将走出一条民族化的理论建设道路来。"通过对《文心雕龙》的擘肌分理、深入辨析,或许,我们可以探得中国古代文论思维方式、理论范畴、研究方法、表述方式的特色与优长,作为建设当代文艺学的借鉴和参考。"[①]此后,作者在《古代文论范畴溶入当代文艺学的探索》(《重庆师院学报》1998 年第 4 期)、《从具体到抽象——〈文心雕龙〉的启示》[②]等系列论文中,就中国当前文论该如何融入《文心雕龙》的理论话语、如何借鉴其理论资源等,做出了论述和尝试[③],具有很强的启发性,体现出很强的关注当下、古为今用的学术意识。

林其锬《〈文心雕龙〉文论资源与当代文艺学研究——兼谈张光年〈骈体语译文心雕

① 杨星映:《〈文心雕龙〉的"圆"思维》,《重庆师范大学学报》2007 年第 5 期。
② 首都师范大学文学院主编:《文学前沿》第 13 辑,北京:学苑出版社,2008 年。
③ 如作者《古代文论范畴溶入当代文艺学的探索》(《重庆师院学报》1998 年第 4 期)中,提出应将古代文论融入中国当下文论的观点,并举实例,从"直接融入"和"间接融入"两个层面指明出路、开出"药方"。

龙〉的启示》①认为，此著真正的价值，在于它在继承前人文论成果的基础上，研究了大量的作品，总结文学发展的历史经验，揭示了许多创作规律，回答了带有普遍性的"为文之用心"问题。诸如：

> 文学与现实的关系问题；文学的社会功能问题；内容与形式的关系问题；继承与创新的关系问题；作家个性与作品风格的关系问题；创作与技巧的关系问题；文学的创作与文学批评的关系问题等。

这些是任何时代文艺发展都会碰到而必须予以正确处理的问题，也是当代文艺学研究的基本内容，是新时期中国文艺发展有待结合新形势、新情况、新问题必须给予正确回答的问题。只有正确解决这些基本问题，才能用正确的理论引导和促进当代中国文艺新的自觉：明白文学的来源、发展过程、本质特点、发展趋向以及当前遇到的主要问题和合理解决的办法，从而引导和促进当代中国文艺向健康的方向发展。

文章指出我们当今面临的历史时代环境和文化语境与 1 500 多年前的刘勰惊人地相似，表现在：都处于社会大变革的时期；都面临外来文化的侵蚀，并存在如何处理本土和外来文化关系的问题；文坛上都存在各种不良文风问题，等等。因此，"《文心》回答的基本理论问题，今天仍然难以回避"，"《文心》仍不失成为建设当代新文艺学最可宝贵的借鉴资源"。

文章评析了张先生《骈体语译〈文心雕龙〉》，认为其研究有鲜明的特点，即面向现代、面向青年、面向世界；研究要"注意同今天的创作实际结合起来"，并指出"其中不少篇章，也大有助于青年一代增进文学知识、提高文学素养"。张先生在研究中擅于汲取《文心雕龙》的精华，以充实现代文艺理论为建设当代文学、文学理论批评和文学史基本工程服务。作者还认为，张著语译诸篇"很多地方触及眼前文艺创作与批评的时弊，话虽不多，但发蒙振、引人深省，对当代文艺理论建设颇多启示"。研究《文心雕龙》要同当今的创作实践结合起来，它必然"对当前的文学创作和文学理论批评工作还有重要参考价值"。

部分学者也在 2008 年首都师大会议上或文章中对《文心雕龙》与当代文艺学进行过探讨。韩经太教授从刘勰的"智术"理念与雕饰美学思想出发，探讨了《文心雕龙》的经典意义与现代文艺美学的建设问题；吴艳女士认为刘勰《文心雕龙》面向当下、面向问题、振叶寻根、观澜索源、敷理举统的特点仍然是今天应该继承的研究范式。

三、挖掘龙学资源，救治当前文艺界与批评界

针对中国当前文艺界与批评界普遍存在的诸多问题，学界转向《文心雕龙》这部巨制，

---

① 首都师范大学文学院主编：《文学前沿》第 13 辑。

以借助其思想资源来针砭和疗救现实,是当前龙学研究的一大热点与趋势。

涂光社在《文心雕龙"话语"的现代启示》(《辽宁大学学报》1999 年第 3 期)中,从建设合乎时代要求对文学现象进行科学阐释和把握的话语、在继承中创新的话语、建构理论与批评的美文等方面,揭示了《文心雕龙》的当代价值和意义,认为这对当今文论界的"失语症"及有关"话语"问题具有重要启示。此外,他还在《有关〈文心雕龙〉当代意义的一些思考》中,就此著体现出的"实践性"品格及其当代启示进行了揭示。认为刘勰的批评和理论皆为实践所用,理论批评从文学实践中升华,再回到写作与欣赏的实践。全书评多于论,不作抽象演绎而具有美感和诗意,这对于当下的文学理论批评有鲜明的借鉴意义。作者认为,中国当前某些文艺论著似乎越来越远离写作实践,往往沉溺于琐细分解、抽象演绎或者外来新概念的罗列堆集之中,如借鉴《文心雕龙》,论者能有"为文用"的自觉和警醒,则是文坛和理论界的幸事。

李建中在《论〈文心雕龙〉"青春"版之创造》(《中州学刊》2011 年第 1 期)中,认为当前我们研究《文心雕龙》,应像刘勰那样运用富有活力的文体(如《文心雕龙》即是用六朝最时髦的骈文体写成)回应现实问题。他还在多篇文章中就刘勰如何在儒、道、释多元文化冲突中所采取的独特姿态和方式进行了揭示与反思,为当前中国文艺界面对古今中外文化的碰撞提供了参照与借鉴。在《文心雕龙讲演录》"后记"中,作者写道:

> 青年刘勰内化外来佛学以建构本土文论之体系,归本、体要以救治风末气衰之时弊。我们今天研究《文心雕龙》,同样需要回应我们这个时代的文学和文学理论问题。我们的时代问题是什么? 东西方文化及文论冲突中的心理焦虑、古今文化及文论冲突中的立场摇摆以及文学理论和批评书写的格式化。而青年刘勰在定林寺里的文化持守与吸纳,在皇齐年间的惆怅与耿介,在 5 世纪末中国文论的诗性言说,对于救治21 世纪中国文论之时弊有着非常重要的意义。

不仅这部讲演录通篇联系当前文艺现实,结合当前学术界和批评界普遍存在的问题,有的放矢予以抨击与针砭[1],而且李先生后期治学更加坚定地贯彻"古为今用"的原则。

袁济喜在《〈文心雕龙〉的人文精神与当代意义》中认为,《文心》体现出中国古代人文精神中的理性意识,后世可以清晰地看到《文心雕龙》人文与理性的合理分布,哲学的升华与实证的解剖相结合,并且刘勰写作时遵循着一种公正的尺度。其对于时流的否定与批判,"是将人文忧思与为天地立心的公正中允结合起来,关注现实,感受作品,使激情与理性融化在文学批评实践之中,以推动当今文化建设与文艺事业的健康发展。"也从侧面指出当前中国文艺批评界普遍存在的问题。

---

[1] 邓心强:《经典的现代激活与通俗化策略——评李建中〈文心雕龙讲演录〉》,《石家庄铁道大学学报》2011 年第 4 期。

杨星映在《〈文心雕龙〉理论体系与当代文学理论体系之比较》（《西南民族大学学报》2004 年第 1 期）中，揭示了二者的显著差异：一是思维方式不同，前者注重整体直观；后者剥离表象、抽象思辨的逻辑推理；二是理论术语不同，前者继承通变以自成体系，且范畴多为对立统一关系；后者充满抽象的概念，无法准确地反映事物；三是理论的表述方式不同，前者紧密结合文学现象，有机融合对作家作品的具体评析并进行严密的逻辑推理，而当今文论注重抽象和分解的方式。作者倡导以《文心雕龙》史、论、评相结合、审美描述与逻辑推理相统一的典型特征来挽救当前文论在西方话语冲击下越发走向逻辑推理和枯燥理论的泥潭。这既指出了当下文艺界和批评界普遍存在的问题，也是对传统资源的挖掘与弘扬。此外，杨先生还在《〈文心雕龙〉的"圆"思维》中指出："辩证的直观、整体把握的思维方式、从具体到抽象的研究方法、审美描述与类比推理相结合的表述方式，是《文心雕龙》的特色，可以作为建设当代文艺学的借鉴和参考。"这是通过挖掘《文心雕龙》中的优势资源来改良当前批评颓废局面的典范，所论极为精准，切中要害。

四、挖掘《文心雕龙》的公文理论及其当代价值

史为恒《〈文心雕龙〉对现代写作教学的指导及运用价值研究》（《文教资料》2011 年第 35 期）勾勒、反映了《文心雕龙》"道、学、术"三位一体的中国写作之道，从能力素养、独特构思和语言功夫三个方面，紧密结合当前写作教学中普遍存在的问题，进行了挖掘和分析。赵忠富《试论〈文心雕龙〉对当下应用文写作的借鉴意义》（《秘书之友》2012 年第 2 期），从政事先务——写作目的的"尚用"、文体有常——应用文写作的"合体"、变文无方——写作的通变、积学储宝——写作主体的学识修养四个方面，全面解读了《文心雕龙》关于应用文写作的功用、目的、规则和素养等对当前应用文写作的指导和借鉴意义。李建松《〈文心雕龙·序志篇〉与学术论文写作教学》（《赤峰学院学报》2012 年第 4 期）依次从学术规范、论文选题、论文提纲写作三个方面论析了《文心雕龙》对当代学术论文写作的借鉴价值，以及对当前申报各种国家、省部级项目、填写论证的启发意义。

此外，史玉峤《〈文心雕龙〉对公文理论的贡献》（《档案学通讯》2002 年第 6 期）、李源《论〈文心雕龙〉对现代实用写作研究的启发意义》（《安徽教育学院学报》2007 年第 1 期）、何庄《试论〈文心雕龙〉对我国公文理论的贡献》（《档案学通讯》1999 年第 3 期）均从不同角度和方面，论述了《文心雕龙》对现代写作学的多种启发意义。

五、运用《文心雕龙》具体理论解读当前作品

黄维梁教授是国内活用《文心雕龙》理论的先锋，他运用《文心雕龙》"六义"说、"六观"说等理论资源娴熟地解读当代作家、作品，使传统理论焕发出新的生命活力。其代表性成果有：

《重新发现中国古代文化的功用——用〈文心雕龙〉六观法评析白先勇的〈骨灰〉》;

《〈文心雕龙〉"六观"说和文学作品的评析——兼谈龙学未来的两个方向》①;

《用〈文心雕龙〉来析评文学——以余光中作品为例》②;

《让雕龙成为飞龙——〈文心雕龙〉理论"用于今""用于洋"举隅》③;

《阅读李元洛：亲近经典——用〈文心雕龙〉"六观"法析评李元洛的几篇散文》(《理论与创作》2006 年第 5 期)。

由此可见,黄教授认为《文心雕龙》中的某些理论思想具有超时空的永恒价值,对当今文学艺术仍然具有很强的启迪性,刘勰评价文学的很多范畴、术语,在当下仍然适用,仍可作为解开作品谜库的钥匙。

此外,毛广军、李蓉在《〈文心雕龙·知音〉篇的文学鉴赏论及其现代意义》(《学理论》2012 年第 17 期)中认为,刘勰从"音实难知"和"知实难逢"两方面论述了"知音"之难,提出了文学鉴赏者应具备博观、六观、入情的素质,其文学鉴赏理论对当代文学批评具有两大意义:一是鉴赏者必须加强自身修养且富有创作经验,二是批评家要学会用自己的声音说话。

六、《文心雕龙》与当代大学课堂的研究

何懿在《文心雕龙：陶冶情灵、承传人文精神的巨著》中认为,以往的《文心雕龙》教学、研究注重其思想体系、理论观点,而忽视了它其他方面的资质对人的涵养作用。作者结合《文心》诸篇挖掘,呈现其中包蕴的浓厚人文底蕴,使大学专业教学在知识传授之余获得人文启迪和滋养。

李建中《大学讲坛上的〈文心雕龙〉传播》(《中国大学教学》2011 年第 1 期)则逐一分析、梳理了 20 世纪以来黄侃、范文澜、刘永济等国学大师在大学课堂上的《文心雕龙》讲授。立足于 20 世纪这些龙学经典(讲义先后出版),作者从历时性层面考察了百年中国大学讲坛龙学传播的三个显著特点:一是由传统的文本讲疏到现代语境下的义理阐释,二是由"以中释中"到"以西释中",三是由只重"说什么"到兼重"怎么说"。回望现代龙学在大学讲坛的传播历程并总结其规律,对于 21 世纪龙学的拓展与深入有着重要的启迪价值。近年来类似对当代龙学家的个案研究,主要围绕其大学课堂上的龙学讲义而展开,分析他们讲授、研究《文心雕龙》的特点、成就与影响等,从而为当下陷入"瓶颈"期、"高原"期

---

① 此两篇收入黄维樑：《中国古典文论新探》,北京：北京大学出版社,1996 年。

② 《中国比较文学学会第六届年会暨国际学术研讨会论文集》,四川大学,1999 年 8 月。

③ 黄霖、邬国平主编：《追求科学与创新——复旦大学第二届中国文论国际学术会议论文集》,北京：中国文联出版社,2006 年。

的龙学研究提供参照和启迪。

此外，长期重视国学现代价值的袁济喜教授率先在人大开设《文心雕龙》必修课程作为国学普及课程之一，并且多次在论文和报告中强调了龙学在大学传播的必要性和迫切性，这对推动龙学在青年群体中的普及具有重要作用。

七、其它角度的《文心雕龙》与"当下"研究

1. 对具有代表性的龙学家的研究

研究具有代表性的龙学家及其治学方法和历程，几乎成了近年来的一大热点和趋势，如李建中《刘永济与珞珈龙学》（《中国文化研究》2011 冬之卷），概括刘永济先生对龙学的贡献；何懿通过对王元化《文心雕龙》研究专著 1979 年与 1992 年两个版本的对校，指出新版中存在着明显的"去阶级分析"、"去偶像语式"和"去规律"现象，并就此提出了一些值得我们深思的问题[①]。叶当前、李平则对王利器《文心雕龙校证》的文献学价值进行了全面分析[②]。台湾的廖宏昌、吕武志等先生对王更生先生的龙学研究及其经典著作作了较为详细的介绍[③]。李平、金玉生《略论黄侃〈文心雕龙札记〉的学术地位和价值》[④]、陆晓光《王元化〈文心雕龙创作论〉中的王国维》（《艺术百家》2011 年第 5 期）、李杰《民国时期的〈文心雕龙〉研究概述》、胡海《现代龙学与中国文学理论的特色》、刘凌《周振甫讲〈文心雕龙〉的语境视野》[⑤]等，都是近年来龙学家个案研究的典范。

目前耕耘最勤的要数内蒙古师范大学文学院，数届硕士生在各自导师指导下，先后完成近 10 个龙学个案的论文。

2. 对当前研究主体（学者）的反思

罗宗强先生在 2008 年首都师大会议上，以具体的数字来说明《文心雕龙》引用中国典籍、提及作家作品的数量，来说明当下学者研究一是缺乏博通的知识结构和理论视野，二是缺乏细致入微的研究工作。并对照当下大学的流水线生产统一规划和评价，学者做学问从理论到理论，缺乏文学的审美感悟进行了反思，针对当下中国学界和文论界存在的不足提出了劝谏。

罗立乾在《也谈百年龙学要有新的重大突破》（《长江学术》2011 年第 2 期）中指出，当前学者应当夯实国学基础，拓宽理论知识结构，并用宏观审视与微观诠释相结合的方法，去进行实证研究，进一步作好《文心》的校、注、译工作，才能将陷入瓶颈期的龙学推向前

---

① 何懿：《王元化〈文心雕龙〉研究专著全版本对校报告——以 1979 年版与 1982 年版对校为纲》，李建中、高文强主编：《百年龙学的会通与适变》，哈尔滨：黑龙江人民出版社，2011 年。

② 叶当前、李平：《论王利器〈文心雕龙校证〉文献学价值》，李建中、高文强主编：《百年龙学的会通与适变》。

③ 廖宏昌：《那一年我们在高雄西子湾举办〈文心雕龙〉国际学术研讨会——王更生先生与台湾龙学侧记》，李建中、高文强主编：《百年龙学的会通与适变》。

④ 李建中、高文强主编：《百年龙学的会通与适变》。

⑤ 以上三篇均收入李建中、高文强主编：《百年龙学的会通与适变》。

进。此外,董玲在述评中也对刘勰与当代学者的知识结构进行了比较和反思,为当前批评主体如何深入龙学研究指明了方向,提出了建议。①

3. 对当前学术生态的反思与启迪

新世纪初,学者们处在古今中外的坐标轴上如何治学? 面对多元文化冲突如何应对? 在中国文学普遍西化的当下,如何重构我们自己的学术话语? 这是摆在众多学者面前的棘手话题。李建中在《论〈文心雕龙〉青春版之创造》中,依次从"青春徘徊"、"为文用心"和"雕龙有术"三个层面重新解读刘勰及其文论,以求激活《文心雕龙》的当代之用:其一,青年刘勰内化外来佛学以建构本土文论之体系,他在儒、道、释、玄多元文化冲突和徘徊中,以追随儒家圣人、弘扬儒家文化为人生理想和现实追求,并将佛学的思维方式和分析方法化入其《文心雕龙》的撰写中。这都为身陷尴尬处境的中国文论提供了镜鉴。其二,他在面临佛化冲突和古今冲突的夹缝中寻求突围,归本、体要其为文用心,以救治当世文坛风末气衰之时弊;其三,《文心雕龙》用骈体论文,用比兴释名,用秀句宏义,美文与青春共在,理思与诗性同体,这对当今突破单一论文体,以哲理思辨言说取代文学性言说,有着极为重要的启迪作用。作者认为,当今创造《文心雕龙》之青春版能以其旺盛的生命力和鲜活的话语方式,给当代中国文论带来"泰山遍雨,河润千里"的催生动力,从而有力改善当前"数字化+格式化+工具化"的学术生态。

4. 龙学大众化与通俗化的传播反思

《文心雕龙》因通篇采用骈文语体,加之年代久远,长期以来主要在高等院校和科研机构等精英阶层传播和接受。近年来,部分学者开始采用通俗化策略使之尽可能呈现出亲切、平和的一面而走向大众和平民。向大众普及是近年来龙学研究的又一特色。

广西师大出版社曾邀请国内知名博导策划出版过"大学课堂实录"。李建中的《文心雕龙讲演录》为其丛书之一种,提供了一种全新的解读经典的方式:既考镜源流、辨析义理,又赏析俪辞、品藻佳构;既有关于刘勰其人其书的叙事,又有关于《文心》新义的妙评,力图以"春台之熙众人,乐饵之止过客"的轻松方式带给读者阅读的快乐。此书在叙事中明理、抒情中展义,把经典的诗性、理思与解读的谐趣、雅致融为一体,使读者在一种欣赏文学作品似的惬意中领悟《文心雕龙》的奥义和真谛。这种讲述方式可以激起当代大学生以及广大读者对《文心雕龙》的阅读和研究兴趣,使得 1 500 多年前的刘勰和他的《文心雕龙》走进 21 世纪,走近大众,从而促进《文心雕龙》在新世纪的传播。这既是对 21 世纪中国大学教育之平民化的回应,又是对全球化时代《文心雕龙》传播之大众化的推动。

此外,关于《文心雕龙》的今译、漫画和 DVD 制作也是近年来此著日趋大众化的表现形式。相信随着科技水平的提高,龙学的普及将日益深入。

5.《文心雕龙》与当代文学史的书写

曹慧敏在《浅论刘勰的文学史观及其现代启示》(《河南广播电视大学学报》2008 年第

---

① 董玲:《也谈百年"龙学"急需反思》,《湖北第二师范学院学报》2012 年第 6 期。

3 期）中，通过对《文心雕龙》关于文学史实的现象描述和文学史发展的规律探求予以挖掘，指出刘勰文学史观对现代的启示：文学史家既要尊重文学现象本身，又要从特定的文学史观来把握文学现象；描述文学现象要做到真实客观，而探求文学现象背后的发展规律，不仅要理据充分，而且要有时代性。

此外，李逸津教授在《〈文心雕龙〉美育思想探论》（《青年文学家》2009 年第 18 期）中提出《文心雕龙》的文学观中蕴含"美育思想"，并进行了较为充分的阐释。美国林中明先生的《〈文心雕龙〉文体构思与〈建筑十书〉建材设计》①一文，在更为开阔的领域试图开启《文心雕龙》的社会实用功能。这些零散的角度有助于激活《文心雕龙》资源，展现经典的魅力，也具有启发价值。

八、龙学当代视角研究存在的问题与不足

由上可见，从"当下视角"观照《文心雕龙》，可以说取得了一定成就，学者们从不同角度进行挖掘，使龙学在新时期再放光辉。但整体而言，还存在着一些缺憾，值得学界思索：

其一，部分论著总体上意识或提及《文心雕龙》中蕴藏着对中国当下社会极富价值的资源，但并未展开细致分析，或者说停留于口头而并未付诸行动和实践，或者虽有一定分析但限于"问脉"而并未开出"药方"。如《论〈文心雕龙〉的诗性言说》（《理论月刊》2009 年第 3 期）一文，从体制结构、语言表达和艺术风貌等方面论及此著的唯美言说，并指出"其诗性言说方式在当今仍然是文论书写的最好借鉴与参照"，但并未就当下文论书写存在的问题以及如何"借鉴"展开分析。这在当前龙学研究中具有普遍性。可见，以当代视角观照、探究《文心雕龙》，不仅要对这部理论巨著极为熟悉，更要对当下所研究领域（如批评学、文学理论、学术界、写作界等）存在的普遍问题了如指掌，这样才能增强问题意识，架起传统与当代的桥梁，实现对话与互动，而非泛泛而论，或单纯"问脉"而不开"药方"。

其二，《文心雕龙》对当代文学理论如何影响，其从哪些层面对当前文艺学学科的建设起到重要作用，这些都还需"务实"研究，不能只是"蹈虚"而不作为。从现有成果来看，认为《文心雕龙》创建了一套完整而富有民族特色的文艺学学科范式，以及其理论话语对当代文艺学具有参考价值，几乎成为学界共识。而在古代文论的现代转化浪潮下，《文心雕龙》中哪些范畴、术语、命题甚至理论资源可融入当前文艺学中去，需采取怎样的方法和思路等，目前除杨星映先生抛砖引玉外，学界揭示得还很不够。

其三，龙学跨学科研究较欠缺，视野还不够开阔，深广度有待加强。从党圣元、师雅慧《新世纪〈文心雕龙〉研究综述》（《丽水学院学报》2007 年第 6 期、2008 年第 1 期）的爬梳和总结看，当前龙学研究主要从思想文化、文体理论、学术史等层面展开，对此巨制与当今语言学、翻译学、传播学、批评学以及现当代文学等诸多领域的关联与影响尚未涉猎，即跨

---

① 中国《文心雕龙》学会编：《〈文心雕龙〉与 21 世纪文论研究国际学术研讨会论文集》。

学科研究进行得还很不够。龙学作为显学,在新世纪随着科技水平的提高和普及力度的增强,已在精英阶层广泛传播,从其源头、过程到影响诸多环节,莫不与传播学、翻译学、语言学、写作学、阅读学等领域或学科发生关联。在学界呼吁各领域展开跨学科研究的今天,《文心雕龙》与其余学科、领域之间的研究,必将成为今后很长时期较为前沿的研究课题。①

其四,当前龙学主要在高校和科研院所等精英阶层展开,就《文心雕龙》对大学师生与课堂的影响,少有研究。虽有李建中对 20 世纪高校讲坛上的龙学传播阶段及特点的揭示,有袁济喜将龙学作为人大国学院的重要课程,但当前并没有龙学在高校和科研机构的反馈报告,其在大学硕士和博士阶段的接受效果和传播情况,至今没有相关调研和分析问世。

其五,当前研究思路和模式限于当下文论和批评存在哪些弊端和不足,就从《文心雕龙》中寻求借鉴,开出药方,而并未就其积极影响与正向价值进行阐发。如《文心雕龙》在思维方式、语体风貌等方面对中国当代学者的影响(主要为正面)目前尚未见有研究。有些龙学家毕生研究《文心雕龙》,长期浸淫和熏染,在思维方式、学术语言、治学志向等方面,不可能不受到其影响,而据笔者所见目前这方面的研究尚未起步。

其六,当前关于龙学的大众化传播,除李建中有所尝试外,目前还不见有深入研究。在新世纪初,采取哪些可以操作的方式,选取哪些手段推动龙学由精英阶层向大众传播,各级编辑、作家和文化部门工作者等是如何接受《文心雕龙》的? 其传播成效如何,改进处又何在? 等等,这些问题都还值得进一步探索。

其七,当前对龙学家个案已有一定研究,但无论是范围还是力度,都可进一步深化与扩展。笔者认为,当前对龙学家的研究尚处于起步阶段,关于杨明照、童庆炳等学者的分析还可继续深入进行。

以"当代视角"观照龙学,是近年来龙学研究的一大热点与趋势,目前虽取得了一定成就,但惟有在反思中总结,在回顾中展望,才能不断调整研究方向,扩大研究范围,以期在新世纪涌现出更多的优秀成果。

---

① 从近五年国家社科和教育部人文社科项目发布的"课题指南"及最后中标情况来看,跨学科研究已成为当今之热点,今后之趋势。

三十年磨一剑
——叶桂桐《唐前歌舞》评介

徐传武[*]

叶桂桐先生的《唐前歌舞》，已于 2013 年 9 月由台湾文津出版社出版。平装，25 开本，全书 412 页，30 万字。该著作第一阶段的工作是《乐府解疑》，是 20 世纪末山东省教委资助的社科项目；第二阶段的工作是把歌舞研究拓展为唐前歌舞与戏剧史研究相结合，是山东省文化厅 2001 年立项的重点项目。

该书第三编第六章《文艺的商品化对文艺发展的巨大影响——试论宋代"瓦肆文艺"在中国文艺发展史上的地位》1980 年脱稿。全书完稿于 2013 年，前后历时三十余年，是"三十年磨一剑"。

一

《唐前歌舞》是一部专门研究唐代之前中国歌舞特点、歌舞关系以及歌舞与戏剧关系的专著，它不仅是一部研究唐前歌舞的著作，也是一部独具特色的中国唐前戏剧史专著。

《唐前歌舞》的时间跨度是从远古洪荒直到唐代之前，其研究的主要内容是从远古洪荒直到唐代之前这一漫长的历史时间内中国歌舞以及戏剧的演进历程。

《唐前歌舞》在内容上最突出的特点是试图解决唐前中国歌舞演进历程中的重大疑难问题，探讨中国戏剧发展演进的历史，以及若干重大的戏剧理论问题。

在唐前歌舞研究方面，该书的主要贡献如下：

中国唐前歌舞的最突出特点是诗、乐、舞三者一体，沈约《宋书·乐志》记录的以《公莫

---

* 作者简介：徐传武，山东大学儒学高等研究院教授。

舞》为代表的汉魏六朝"声辞杂写"古乐府,是目前所知仅存的诗乐舞合写的文献资料。正因为"声辞杂写"(音乐、舞蹈、歌词三者混为一体),到沈约记录时已经不可复解,是为"千古之谜"。在《唐前歌舞》中,这一"千古之谜",已经基本上被"破解"了。

唐前中国歌舞演进历程中的其他问题,诸如:《〈诗经〉及其之前的诗乐舞关系》、《论六诗之次第、演变及其美学特征》、《论四言诗与周乐之关系》、《汉魏六朝记谱方法("声曲折")考》、《六朝道曲遗曲研究》、《汉魏六朝的声辞系统与唱法》、《汉魏六朝的珍贵语音资料》等,也都是文学史、音乐史、舞蹈史、语音史、文化史方面的重要疑难课题。这些课题大多数无人敢于问津,但在本书中都有所突破或推进。这些成果明显地填补了学术空白。

在戏剧史以及戏剧理论研究方面,该书的主要贡献如下:

关于唐前中国戏剧史,作者也是选择了一些关键性的节点,比如《诗经》中歌与舞之关系、《公莫舞》、汉乐府、《孔雀东南飞》(我认为它是文人赋)、中国长篇叙事诗歌形成较晚的原因、中国戏剧成熟较晚的原因、唐代戏剧在中国戏剧史上的地位、王国维与任半塘先生的戏剧理论等等,进行深入的研究开掘;与此同时,又对先秦、两汉、魏晋南北朝的歌舞进行梳理。这两方面合在一起,就是一部独具特色的中国唐前戏剧史。而宋代之后的中国戏剧史,作者又在《中国小说戏曲诗歌的互动——北宋末到清中叶 600 年中国文学主潮》(北京:线装书局,2011 年 12 月版)一书中,进行了独辟蹊径的研究。《唐前歌舞》与《中国小说戏曲诗歌的互动》二书连在一起,作者的中国戏剧史就已经形成了,而且颇有自己的特色。

相对而言,《唐前歌舞》比《中国古代小说戏剧诗歌的互动》学术性或许更强,这其实主要是由于研究的课题难度更大,参与研究的人及其成果相对而言也更少一些。

二

平心而论,《唐前歌舞》几乎每一章都有看点,都有创新,让人读后觉得有所收获。

第一编共有六章。

第一章《先秦歌舞总说》,第二章《〈诗经〉中歌与舞之关系》。

以往谈到先秦歌舞,特别是《诗经》,我们很少有人从演唱方式的角度对其进行考察,谈到其文体特征,我们一般都是笼统地说《诗经》是"诗乐舞"三位一体,并不清楚《诗经》及其之前"诗乐舞"之间的合而分、分而合的演进;我们也并不清楚《诗经》中的歌与舞之间的关系是非常复杂的,"风、雅、颂"三种体裁的"诗乐舞"关系是不同的;即以"诗乐舞"关系最为密切的"颂"而言,我们总以为其在演唱时舞蹈演员也歌唱,所谓"载歌载舞",其实不是的。叶桂桐先生的考证结果是:《诗经》中的"颂",在实际演出时,有专门的"歌者"唱诗,舞蹈演员并不歌唱;而且"歌者"在堂上,是坐着唱的,舞蹈演员在堂下舞蹈。

第三章《凤鸣朝阳——〈诗·大雅·卷阿〉新解》,可谓对经典的经典性解读。

诗人创造了一种"丫叉句法",打乱了正常的叙事顺序,导致了三千年来人们对于该诗的章句、主题等等的误读。钱钟书先生指出了这一特殊句式的部分特点,但没有深究,影响不大;彭占清先生对这一句式进行了比较系统的理论探讨,但"人微言轻",也没有引起学界的足够注意。叶桂桐先生揭示了奥秘,廓清了迷雾,还了经典以本来面目:凤凰是《诗·大雅·卷阿》的主体、灵魂。

第五章《论六诗之次第、演变及其美学特征》。

《诗经》中的赋比兴有三个层次:诗体(同"风雅颂"一样),表现手法,修辞格。学术界对于这三个层次的认识大体上经历了三个阶段:从《诗序》到郑玄为诗体与表现手法互相牵混的阶段,但"赋比兴"作为表现手法却正始于此;从郑玄到孔颖达为第二个阶段,即只将"赋比兴"认定为是表现手法;从孔颖达到朱熹为第三个阶段,朱熹不仅认为"赋比兴"是表现手法,并进而认为是修辞格。《周礼》中对于"六诗"的排列顺序"风赋比兴雅颂"以及郑玄对"六诗"的解释并不是逻辑混乱,而是有其内在的时空关系的。"赋比兴"在发展过程中经历了比较曲折而复杂的过程,作为修辞格与表现手法虽然起源早于诗体,但它们在各自的诗体中淬了火,增加了新的美学特点:"赋"由原来简约朴素又增加了铺张扬厉的特点;"比"是惩恶,美学特征是凄怨深情,一唱三叹;"兴"是扬善,其美学特征是委婉含蓄,余味深长。

第六章《论四言诗与周乐之关系》。文章对四言诗的起源、成因及演进大势进行了史的叙述,其中最可注意的是四言诗与周乐音阶之关系的论述:

> 今人对出土的周代之大批编钟的审音结果表明,周之音阶为"宫——角——徵——羽"(无商音)。……
>
> 编钟是周代雅乐的最主要乐器,表明其音阶结构为四声音阶。虽然这并不排斥编钟与其合奏的其他乐器乐声存在五声或七声,但其音阶则为四声音阶结构。
>
> 联系到上边所说的字律关系,我推论:周之雅乐,虽未必一定一字一律,但其当为编钟之一律一字。
>
> 要之,周之四言诗当与其四声音阶有着内在的关系。

该书第二编中,最令人关注的是作者关于《公莫舞》的研究。

众所共知,《公莫舞》是汉代歌舞演出的实录,是演出艺人指导实际演出的脚本,是迄今为止仅存的汉代诗乐舞三位一体的珍贵文献资料,它不仅对汉代歌舞、文学史、音乐史、戏剧史等方面的研究具有重要价值,而且对于文化史、语音史、文献校勘等很多领域的研究,也具有重要意义。20 世纪中后期,特别是八九十年代,《公莫舞》研究曾经出现过一个高潮,在整个中国大陆学术界产生过"轰动"效应,是中国大陆学术的重要个案,不仅有助于人们对中国大陆学术的深入了解,而且对推动中国大陆学术的进一步深入发展,具有特殊的意义。

叶桂桐先生不仅对《公莫舞》的研究历史与现状进行了系统的梳理,而且对《公莫舞》

的演出时间、地点,《公莫舞》中人物、主题、体制进行了全面深入的研究。他在《公莫舞》研究历史上第一个考证出《公莫舞》中的"相"和"哺"是两种节乐器,这就为《公莫舞》的歌词研究与断句,提供了最为可靠的依据。

叶桂桐先生对《公莫舞》的研究在学术界影响比较大,读者也比较熟悉,在网上也很容易搜到,这里不再赘言。

《唐前歌舞》第三编最突出的看点至少有如下三点:

第一,《〈孔雀东南飞〉的演唱方式:论〈孔雀东南飞〉为文人赋》。

这一编至少有如下三个看点:

1. 叶桂桐先生把《孔雀东南飞》不放在两汉时期叙述,而放在第三编《魏晋南北朝歌舞》中进行叙述,这本身就很值得注意。

2. 这一编的题目就很惹人注意:前半部分《〈孔雀东南飞〉的演唱方式》,学术界很少有人从演唱方式的角度来研究《孔雀东南飞》。

3. 《论〈孔雀东南飞〉为文人赋》。这是一个非常重大的学术问题,它直接关系到我们对于这首中国文学史上的经典作品的认识。如果人们对叶桂桐先生的结论予以认可,那么,中国文学史、中国文体史的有关章节,必将予以修改。

第二,《汉魏六朝的声辞系统与唱法》。

这不仅与汉魏六朝音乐史有关,而且直接牵扯到后世中国音乐史上的一个重要问题,就是"仄"声字的唱法问题。

第三,《汉魏六朝的珍贵语音资料》。

被沈约收入《宋书》乐志中的汉魏六朝"声辞合写"的乐府古诗,沈约时代就已经不能解读,其中重要原因之一,就是乐工在记录这些乐府古辞时使用了"别"字,即用同音或音近的字代替正字,这无意之中为我们提供了这一时期第一手的语音资料,这是非常珍贵可靠的材料。

这里值得补充说明的是,早在20世纪八十年代,叶桂桐先生就写过《从古乐拟测古汉语调值》一文(原载《山东师范大学学报》1987年第2期,收入《中国诗律学》,台湾文津出版社,1998年1月),不仅提出了从古乐拟测古汉语调值的主张,而且考证出六朝及唐代江左以及关中,平声的调值应该是低调(《四声何以分平仄》,见《中国诗律学》)。

第四编《唐前歌舞研究小结》。

这一编至少有如下三个突出的看点:

第一,中国古代戏剧标准问题;第二,如何评价唐代戏剧在中国戏剧史上的地位;第三,关于钟敬文先生的走向民间的教导。

1. 中国古代戏剧标准问题。

二十世纪的中国戏剧断代史研究有两座丰碑:一是王国维先生的《宋元戏曲史》,一是任半塘先生的《唐戏弄》,两书的出版相差了四十年。但正如王悠然先生在《唐戏弄》一书的《序》中所说的那样:"两部书,对唐五代戏的意见不同是突出的,对汉晋南北朝一段的意见不同是显然的,对于宋戏的意见不同是颇有的。"[1]

叶桂桐先生认为:任半塘先生与王国维先生关于戏剧史的分歧当然是戏剧标准问题,但却不是一个标准,而是两个标准问题:第一个是如何区别"戏"与"非戏"的标准问题;第二个是如何区别"真戏"(纯戏、成熟的戏剧)与不成熟的戏剧的标准问题。

对于如何区分"戏"与"非戏",王国维先生确定了如下三个标准:表演故事、代言体、科白。只有用第一人称代言体、表演故事,不仅有歌舞,而且必须具备科白,才算得上戏。

在此基础上,叶桂桐先生提出了区分成熟的戏剧与不成熟的戏剧的新的标准应该是:第一,代言体;第二,有科白或是科白歌舞相融合;第三,表现人物(塑造刻画人物)。前两条标准用于区分"戏"与"非戏",最后一条标准则不同于区分"戏"与"非戏"的标准,这种不同就在于前者的标准是"表演故事",后者的标准是"表现人物"(塑造刻画人物),换句话就是不成熟的戏剧是表演故事,而成熟的戏剧是表现人物(塑造刻画人物)。前者的主要功能是在叙事,通过叙事暗寓教训,后者的主要目的在写人,通过表现人生来表现社会。

2. 如何评价唐代戏剧在中国戏剧史上的地位。

如何认识评价唐代的戏剧? 这实在是中国戏曲史上的一个非常重大的问题。

叶桂桐先生认为:唐人的戏剧较之南北朝时期的戏剧,在技艺方面,比如音乐、歌唱、舞蹈、说白、表演、化装、设备、服饰、道具等方面,都有了明显的进步。但我们也不难看出,唐人之最有代表性的戏剧歌舞·滑稽戏剧在体制上,较之南北朝时期,却并没有更大的突破。另一方面,如果说在文学上最能代表唐人成就的是唐诗,而在歌舞音乐艺术方面,则代表唐人最高水平的不是歌舞·滑稽戏剧,而是歌舞,是大曲。

正是由于上述两方面的原因,叶先生认为唐人之戏剧如果从戏剧发展史的角度加以考察,那么它表现为如下两种趋向:由于歌舞的特别发达与繁荣,一方面使得最能代表中国戏剧发展方向的歌舞·滑稽剧在体制上并没有更大的突破,甚至可以说使得中国戏剧的发展速度缓慢了;另一方面则在歌舞与科白剧两方面,特别是在歌舞方面的发达与繁荣又夯实并拓宽了中国戏剧发展的基础,为其将来之发展奠定了厚实的基础。

3. "礼失而求诸野"——关于钟敬文先生走向民间的教导。

二十世纪八十年代初,叶桂桐先生就写过一篇约近两万字的论文,题目叫做《诗六义探源》,考证《诗经》中各种体裁的演唱方式以及乐器的使用。文章写完之后,就曾经专门回母校向钟敬文先生请教。钟敬文先生看过他的论文之后,说:"你的论文题目很重,但是现在不仅我不能给你指导,在国内也好,海外也好,没有人能真正给你指导,你可以深入到民歌中去进行探讨。"他当时就回答说:"我明白先生的意思了,先生的意思是'礼失而求诸野'。"先生点着头说:"是的,是的!"

1987 年,叶桂桐在要做词的起源与词乐复原的研究,即恢复词的音乐的研究时,向钟敬文先生请教,钟敬文先生仍然要他深入到民歌和民间文化中去探求。叶桂桐先生在这

---

[1]　王悠然:《唐戏弄·序》,任半塘:《唐戏弄》,上海:上海古籍出版社,1984 年,序,第 8 页。

里传达出的国学大师钟敬文先生的"礼失而求诸野"这一教导,对于我们的古代文学若干问题的研究具有非常重要的指导意义。

综上所述,《唐前歌舞》在内容上给人的感觉是厚重的。

三

《唐前歌舞》在结构上也试图有所突破与创新,这就是本书在整体结构上采用了一种"坎儿井"业的结构方式,而这与作者所采用的治学方法、方式又有着内在的关系。

作者在研治中国文学艺术史时所师承的是恩师李长之先生的传统。长之先生早年治中国文学史,采用的是专题研究的方式,即选出文学史中的一些个关键性节点,进行深入研究开掘,治史而采取"选点打井"的做法。这种方式的最突出优点就是可以深入挖掘。一眼一眼"井"打好了,也就完成了一篇一篇论文。为了弥补各个点之间的空白,则再加以具体的史的总括叙述,这就形成了"坎儿井"。由李长之先生的"选点打井",到叶桂桐先生的"坎儿井",这也是一种发展吧。

当然这与叶桂桐先生做学问一直坚持"汉""宋"并举的治学方法有着直接的关系。"文化大革命"前的北京师范大学中文系学风是以"汉学"为主要特色的,当时人们称北京师大中文系的学者为"京派"。耳濡目染,叶桂桐先生自然也会把"汉学"作为最重要最基本的治学方法,但后来则进而主张"汉宋并举"。这我们从《唐前歌舞》一书就不难发现。《唐前歌舞》不仅是考证,而且有理论的深入探讨,比如如上所述的关于"赋比兴"的美学特征问题、中国戏剧的标准问题等等。

作为山东省文化厅的重点项目《唐前歌舞》的阶段性成果,即《唐前歌舞》中的若干篇章,在发表前后就已经获得了好评:

《文艺的商品化对文艺发展的巨大影响——试论宋代"瓦肆文艺"在中国文艺发展史上的地位》未发表时,国学大师赵景深先生就给予了很高的评价;关于以《公莫舞》为代表的汉魏六朝"声辞合写"乐府古诗的破译发表后,不仅得到了山东学者庄维石先生、刘乃昌先生等的好评,而且得到了国学大师钟敬文先生、吴小如先生的好评。其中《论〈公莫舞〉非歌舞剧演出脚本》(载《文艺研究》1999 年第 6 期)荣获 2000 年山东省优秀社科论文一等奖。

诗情画意的文化守望

——读张长青《中国古典诗词名篇文化鉴赏》

戚良德　赵亦雅[*]

中国古典诗词的鉴赏类读物一直是出版界的热门之选，各种赏析、鉴赏之作可谓层出不穷，亦各有其特点，但一些大部头的著作往往都是由众多作者执笔，鉴赏水平亦自然参差不齐，一般更难有统一的鉴赏视点和文化追求了。新近出版的张长青先生的大作《中国古典诗词名篇文化鉴赏》[①]一书，却可以说在众多鉴赏类著作中独树一帜：不仅这部超过百万字的著作由张先生一人独立完成，而且其独标"文化鉴赏"的大旗，从而在众多赏析类作品中特立独行，坚守着自己对中国古典诗词的用心领悟，也开辟出一方诗情画意的文化田园，令人流连忘返。这部独特的鉴赏之书是张长青教授的心血之作，凝聚了其一生的古典文学研究功力，是他倾心于中国文化的见证。

一

中国是诗歌的国度，中华民族从《诗经》的四言古调中开启了漫漫咏诗之路。闻一多先生说："《三百篇》的时代，确乎是一个伟大的时代，我们的文化大体上是从这一刚开端的时期就定型了。文化定型了，文学也定型了，从此以后二千年间，诗——抒情诗，始终是我们文学的正统的类型，甚至除散文外，它是惟一的类型，赋、词、曲，是诗的支流。"[②]因此，阅读这部《中国古典诗词名篇文化鉴赏》的过程，也就是一个徜徉漫长的中国诗歌史的过程。

该书共收录先秦至近代古诗词曲 340 首（篇），以时代相次分别是：远古歌谣和古诗 42 首、唐宋诗 191 首、唐宋词 70 首、元明清诗词曲 37 篇，又以"介绍"、"原文"、"注释"、"今译"、"鉴赏"分列的形式展现在读者眼前。

在所选作品的出处及作者介绍上，该书主要采用了知人论世的方法，在背景介绍中突

---

* 作者简介：赵亦雅，女，山东大学儒学高等研究院文艺学研究生。

① 张长青：《中国古典诗词名篇文化鉴赏》，北京：北京大学出版社，2014 年。

② 闻一多：《文学的历史动向》，《大家国学·闻一多卷》，天津：天津人民出版社，2008 年，第 319 页。

出那些对诗人有重要影响的背景信息和体现诗人独特气质的事迹,使读者从历史的角度更好地体会诗人和诗作。比如书中花了很大篇幅介绍屈原所在的楚国的时代背景和他的仕途经历,使读者更好地领会其"耿介之意既伤,壹郁之怀靡愬"①的思想感情;介绍嵇康时提到给山涛写绝交书和冷落钟会的事迹,以凸显其"刚正耿直的性格和绝意仕途的政治态度"②;详细说明陶渊明五次出仕的时间和官职,与其自然平淡纯净的诗歌互映;通过详述白居易仕途历程来谈其诗歌创作的种类和特点;在介绍虞世南时引用了《旧唐书》中他对太宗抵制宫体诗的典故,体现其刚直之性格;等等。

张先生充分发挥自己熟悉古典文论的专长,"介绍"中多引用古人有关评价,以加深对作品的准确理解。如举苏轼《书黄子思诗集后》评韦应物"韦应物、柳宗元发纤浓于简洁,寄至味于淡泊"③,引王国维《人间词话》评姜夔"古今词人格调之高,无如白石,惜不于意境上用力,故觉无言外之味,弦外之响"④,谈吴文英的艺术特色引用张炎"吴梦窗词如七宝楼台,眩人眼目,拆碎下来,不成片段",这显然更有利于我们深入理解相关作品。正是在此基础上,作者对诗人诗作的艺术特色作出精炼而富有特色的概括,并对其在诗歌史上的地位做出准确的文化评价。如《古诗十九首》,作者指出"它在诗学史上的意义是,标志着经学时代向玄学时代的转轨,表达的是一种不同于儒家群体观的新的自然主义的社会理想,并落实到个人对人生当下意义的自觉思考上"⑤;又如谓谢灵运"以大量的山水诗打破了东晋以来玄言诗的局面,扩大了诗歌的表现领域,在中国山水诗的形成上具有重要地位"⑥;再如谓杜牧"在元白和韩孟、李贺这两大派之间选择一条中间的道路,追求一种情致高远、笔力挺拔的诗风"⑦,等等,均体现了张先生对诗人诗作的全面把握和文化概括能力。

作为一部鉴赏之作,该书注释简明晓畅,不过多地涉及文献,而以读者尽快读懂全篇、了解诗意为目的。对古典诗词的翻译是件费力不讨好的事情,张先生以多年研究文艺学和古典文论,特别是研究、阐释和翻译《文心雕龙》的功力,译文追求诗意的自然畅达、准确生动,同时注意兼顾诗歌的体裁特点,从而把每一首(篇)作品的翻译当成自己的二度创作,给人一种既在原作之中又在原作之外的审美体验。如李白《独坐敬亭山》一诗,译文为:

> 群鸟消失在云端,孤云悠悠自往还。
> 彼此相看两不厌,看来只有敬亭山。

---

① 〔梁〕萧统:《文选序》,〔梁〕萧统编、〔唐〕李善注:《文选》(一),上海:上海古籍出版社,1986年,第1页。
② 张长青:《中国古典诗词名篇文化鉴赏》,第138页。
③ 张长青:《中国古典诗词名篇文化鉴赏》,第434页。
④ 张长青:《中国古典诗词名篇文化鉴赏》,第939页。
⑤ 张长青:《中国古典诗词名篇文化鉴赏》,第99页。
⑥ 张长青:《中国古典诗词名篇文化鉴赏》,第161页。
⑦ 张长青:《中国古典诗词名篇文化鉴赏》,第355页。

这首诗的原文并不难,因而对它的翻译无需着力于帮助读者理解原作,而是应该体现翻译者自己的领悟和语言表达能力,类似于在规定情境中另写一首新诗,因而是有着相当难度的。张先生在追求准确性、诗意性基础上,还照顾到了诗歌对仗的体裁特点,可谓十分用心。

对于词的翻译,作者更注意体现其"长短句"的特点,如晏殊《蝶恋花》(槛菊愁烟兰泣露)一词,其下阕译文为:

> 昨夜里,
>
> 西风中绿树的叶子凋残。
>
> 清晨,我独上高楼,
>
> 空旷高远,一直望尽天际的路。
>
> 想寄新题的诗笺和诉说衷肠的尺素,
>
> 可眼前,
>
> 山高水阔伊人不知在何处?

这首词的原文也不难,因而其译文的价值仍然在二度创作上,不离原作而又富有新意,才能给人以新的启发和想象。同时,这里的译文不再像翻译诗作时注重对仗,而是突出了词作的体裁特点,在句式上参差不齐,铺排则错落有致,从而让人感受到词的独特性。

"介绍"、"注释"、"翻译"之外,"鉴赏"是作者主要用力之处。该书的"鉴赏"一般包含三个部分:一是结合时代背景和诗人生平,逐句仔细分析诗歌内容,"理解它的思想感情的独特性"①;二是概括作品的艺术手法,提炼其艺术特色;三是征引各家评论,阐述作品的历史影响,使读者全面深入地理解作品。如《关雎》一诗的赏析,作者首先分为五章三段细细分析诗歌内容,从而力证这首诗不是"一首贵族青年男女的恋歌",而是一首民间歌谣②;其次,分析诗歌所运用的赋、比、兴的表现手法,以及语言上所用双声叠韵的联绵字和偶句入韵特色;最后引用孔子"乐而不淫,哀而不伤"的评价,认为其反映了中国传统的"中和"的美学思想。如此一来,我们对《关雎》这首名作,不仅对其诗意有了具体的认识和理解,而且有了文化意义上的完整把握。

二

《中国古典诗词名篇文化鉴赏》既是一部古典诗词鉴赏之书,更是一部有着独特文艺美学和文化追求的专著,这主要体现在其独特的鉴赏和审美理论视角上。

---

① 张长青:《中国古典诗词名篇文化鉴赏》,第 575 页。
② 张长青:《中国古典诗词名篇文化鉴赏》,第 9 页。

　　张先生长期研究文艺美学和中国古典文论,把古文论的研究成果运用于对古典诗词的审美文化鉴赏,自然就有了不同的效果。尤其是作者对意境这一美学范畴的重视和研究,并有意识地运用于自己的鉴赏实践,使得该书成为一部有着自己独特的鉴赏理论追求和特点的著作。张先生认为,"意境"是"诗性生命体验经自我超越后所达至的审美境界","实质上是一种空灵而自由的人生、人格审美境界或艺术的形象体系",情景交融、虚实相生、含蓄空灵是意境的三个特征①。可以说,《中国古典诗词名篇文化鉴赏》一书的审美视角正是意境,意境论乃是该书所运用的基本的审美鉴赏理论。

　　这一理论首先体现在选诗上。虽然选录的均是名篇,但是大多以内容和艺术均胜,且多为情景交融、意境浑融的作品。以收录最多的唐诗部分为例,陈子昂只收《登幽州台歌》一篇,其他如《感遇》等名作均未录。杜甫曾说陈子昂"公生扬马后,名与日月悬。……终古立忠义,《感遇》有遗篇"②,但或许是这些具有现实意义、追寻汉魏风骨的诗歌在"艺术创造方面有所不及"③,所以并未收录。在选杜甫诗上,"三吏"、"三别"只选了一首,未收录《自京赴奉先县咏怀五百字》、《秦州杂诗》、《秋兴》等具有史诗气质或重议论感兴的诗。其他如李白《古风》、《梁甫吟》这类重议论的诗也未收,对于李商隐和杜牧的政治诗、怀古诗收录也不多。这样的选择,可以说体现了该书重视意象与意境的创造、重视作品之艺术性的审美倾向。

　　其次更体现在诗歌分析鉴赏中对意境的重视和强调。比如谓《蒹葭》"是产生于两千多年前一首最富意境美的古老民歌"④,这一说法是富有新意的;又如认为曹丕《燕歌行》(其一)"情景交融,虚实结合,比兴手法等运用都达到了比较熟练的程度"⑤,这一评价角度也是新颖的;在鉴赏阮籍《咏怀》(其一)一诗时,认为要体会其诗言有尽而意无穷的特点,"这正是中国诗歌意境说的民族特色和精髓"⑥,可谓非常准确;评柳宗元《登柳州城楼寄漳汀封连四州刺史》,谓其将"情意和谐自然地融汇于一个辽阔而深沉的意境之中,激发人的深沉的人生感和历史感"⑦,则更是较为深入之论了。

　　张先生认为,中国传统的意境论是客体的真和主体的善融合为审美意象(意境)的美,是真善美的合一,故而他经常在赏析中强调诗歌对于达到真善美统一境界的追求,将诗歌评价最终落到人生境界上。如评价陈子昂《登幽州台歌》谓:"这首诗是将宇宙生命、人类生命和艺术生命融合为一体,把宇宙意识之真和人生历史意识之善寓于壮美的意境美之中,达到了真、善、美三者的统一。这就是这首诗具有无穷的艺术魅力、千古传诵的原因之

---

① 张长青:《中国古典诗词名篇文化鉴赏》,第1066—1114页。
② [唐]杜甫:《过陈拾遗故宅》,张忠纲、孙微编选:《杜甫集》,南京:凤凰出版社,2006年,第197页。
③ 中国社会科学院文学研究所选注:《唐诗选》,北京:人民文学出版社,2003年,第23页。
④ 张长青:《中国古典诗词名篇文化鉴赏》,第15页。
⑤ 张长青:《中国古典诗词名篇文化鉴赏》,第116页。
⑥ 张长青:《中国古典诗词名篇文化鉴赏》,第137页。
⑦ 张长青:《中国古典诗词名篇文化鉴赏》,第527页。

所在。"①又如，由苏轼《水调歌头》"由天上转向人间，由自然妙悟人生，展开了词人追寻人生价值与真情的心路历程"，继而评价苏轼"独立思考，以主体精神的自觉，怀疑和解构了儒、释、道等一切传统思想，但由于时代还没出现人生新的价值观念，他只好又回归到我国民族传统文化性格——'天行健，君子自强不息'的人生态度，把封建社会士人两种处世态度——'仕'与'隐'，用同一种价值尺度进行整合。他的可贵之处在于能处事不惊，进退自如，豁达大度，胸襟开阔"②，这些认识显然是较为深入而到位的。再如评价秦观《鹊桥仙》说："世人咏七夕往往以聚少离多为憾恨，而此词赞颂天长地久真挚不渝的爱情，追求一种超越世俗的高洁纯真永恒的爱情境界……此词之所以超出同类词作，传诵不绝，正在于命意的高绝。"③称赞李清照《永遇乐》(落日熔金)末两句谓："写出的孤独感，是一种倔强的孤独，正是作者从少女时代就有的宁死不屈的个性的表现，也是中华民族自强不息的民族精神的反映，这就是这首词之所以具有如此感人的思想和艺术魅力的原因吧。"④这样的评论显然不是泛泛之议，而是显示出作者独特的审美鉴赏追求了。

　　张先生的意境论强调诗与人性、人生境界的沟通，正符合《文心雕龙》对诗歌本质的认识："人禀七情，应物斯感，感物吟志，莫非自然。"⑤诗歌自古以来就是人们表达意志、吟咏情性的一种方式，这源于人类的天性，是人类的本能。所以，赏析这些古诗，就是在领略人性之美和人生境界的广阔。我们可以从其对天地万物和世间人事的感受中识别诗人之真，也可以从其对苦难的呐喊和悲悯中感受人性之善，更可以从其对困境的超越和美好的向往中领会人性之美。正如有的论者所说："作诗最本质的意义是一种对人自身的建造。在揭示人的真实生存的同时创想人的理想境界，由此实现人的完善。正由于人的'情志'最为隐蔽，所以后世过于关注诗在言志抒情方面的功能，这也情有可原，但不能永远将诗局限于抒情言志。因为我们如果继续追问抒情言志的目的，还是须归结于对人的塑造。"⑥中国文化因为存在于这些诗篇中的人性之光，为中华民族的性格塑造增添了多少真、善、美的成分，实在是不可胜计。

三

　　《中国古典诗词名篇文化鉴赏》一书不是一般单纯意义上的诗歌赏析之作，不仅表现在它有着自己独特的审美鉴赏理论，而且表现在该书由诗歌审美鉴赏出发，对中国古典诗词进行文化鉴赏和考察。由上面所引诗词的赏评已经可以看出，作者显然跳出了单纯的诗句鉴赏，而增添了文化的深度，这正是该书与一般鉴赏著作的不同，也是作者下大气力

① 张长青：《中国古典诗词名篇文化鉴赏》，第228页。
② 张长青：《中国古典诗词名篇文化鉴赏》，第799页。
③ 张长青：《中国古典诗词名篇文化鉴赏》，第838—839页。
④ 张长青：《中国古典诗词名篇文化鉴赏》，第882页。
⑤ 戚良德：《文心雕龙校注通译》，上海：上海古籍出版社，2008年，第55页。
⑥ 沈金耀：《文化诗学之道》，《漳州师范学院学报》2010年第3期。

之所在。

比如,从狩猎文化和农耕文化分析《弹歌》、《蜡辞》在文化史上的意义,可谓别开生面。又如,从历史文化的角度分析《卫风·氓》所在的西周时期的宗法制度,认为以农耕社会为基础,以血缘关系为中心,导致了男尊女卑、夫权为重,正是这首诗的社会根源。作者进而指出,在几千年来的中国农业文化中,这种男尊女卑与血缘关系一直没有打破,而这正是"《诗经》以后的弃妇诗不断产生,爱情悲剧也不断重演"①的原因。这种分析显然是较为深入的。再如,作者认为如果从文化上来解读,《离骚》乃是中国传统史官文化和巫官文化的结合,这样的认识显然也有助于我们多角度地理解伟大的文学经典。其他如汉乐府诗《江南》后四句"鱼戏莲叶东,鱼戏莲叶南,鱼戏莲叶西,鱼戏莲叶北",作者认为这样的句式来源于卜辞:"癸卯卜,今日雨。其自西来雨?其自东来雨?其自北来雨?其自南来雨?"②从而体现出一种原始思维方式。诸如此类的解读,确如该书书名所示,乃是一种地地道道的"文化鉴赏",给我们指示了进入中国古典诗词幽深之处的一条特别通道,在某种程度上,也可以说乃是一条必由之路。

对古典诗词进行文化分析,这是由中国古典文学的属性所决定的。我们自古就有"文史哲不分"的传统,诗歌作为文学的主要载体更是在中华文明史上发挥着举足轻重的作用。正如闻一多先生所说:"诗似乎也没有在第二个国度里,像它在这里发挥过的那样大的社会功能。在我们这里,一出世,它就是宗教,是政治,是教育,是社交,它是全面的生活。维系封建精神的是礼乐,阐发礼乐意义的是诗,所以诗支持了那整个封建时代的文化。……诗,它一面对主流尽着传统的呵护的职责,一方面仍给那些新花样忠心的服务。最显著的例是唐朝。那是一个诗最发达的时期,也是诗与生活拉拢得最紧的一个时期。"③中国诗歌以包罗万象的姿态全方位地凝聚着中华文化的符号印记,所以钱穆先生认为讲中国文化、思想和哲学,有时不如讲文学更好。"在中国文学中也已包括了儒道佛诸派思想,而且连作家的全人格都在里边了。"④

正是因为中国的文化和诗歌密不可分,所以,杨义先生认为中国诗学是一种文化诗学,"诗学既然在深厚的文化传统中生成,也只能是在很深厚的文化结构中进行认证,它必须也必然是一种文化诗学"⑤。所谓文化诗学,即立足于文化的视角,"在宏观文化语境与微观文本细读的双向拓展中对具有文学性的文本进行批评,它既立足于当代本土现实,又积极从传统诗学和西方话语中汲取营养,在化合中西后形成新的话语体系,是一种沟通古今连接中西又关注当下的批评方法"⑥。文化诗学强调文化与诗学的双向建构,通过重建历史文化语境,从而在文本与历史之间游刃有余地穿梭。

---

① 张长青:《中国古典诗词名篇文化鉴赏》,第 22 页。
② 张长青:《中国古典诗词名篇文化鉴赏》,第 72 页。
③ 闻一多:《文学的历史动向》,《大家国学·闻一多卷》,第 319 页。
④ 钱穆:《谈诗》,罗联添编:《国学论文选集》,台湾:学生书局,1985 年,第 594 页。
⑤ 杨义:《认识诗学》,《读书的启示:杨义学术演讲录》,北京:三联书店,2007 年,第 309 页。
⑥ 李圣传:《文化与诗学的互构——"文化诗学"与"文化研究"之辨》,《浙江师范大学学报》2012 年第 2 期。

　　文艺理论界的"文化诗学"议题,源出于20世纪80年代的美国,近几十年来中国学者对文化诗学的关注和研究层出不穷,大力倡导的有童庆炳、刘庆璋等学者,甚至有的学者将它视为"'五四''中西融合'之路实现的最终模式和理论归宿,即文学理论的未来形态"①。之所以给出这样高的评价,除了文化诗学是一种视野较为开阔的诗学研究方法外,更在于它为当代全球化背景下的中国文化自主提供了一条道路。面对交流日益密切的中西学术,反观自身却发现"我们现代文学理论的'失语'——失去了我们自己的语言"②,在西方文艺理论的强势话语下,我们丧失了本民族的文化专利,这是很可悲的一件事。"我们只有拥有自己独特的理论话语,才能谈得上与西方以及国际学术同行进行平等的交流和对话。否则,我们充其量只能扮演某种西方理论话语在中国的阐释者和实践者的角色。"③

　　杨义先生指出:"只有从文化特质上去认识诗学本身的智慧形式,才能够认识到我们中国诗学的根本。"④从这个意义上说,张先生对中国古典诗词的"文化鉴赏"不仅是必要的,富有自己特点的,而且是必需的,是中国文学所要求的。或者说,只有从文化的角度,才能对中国古典诗词乃至中国文学做出有深度的鉴赏、分析和评判。而在文化的语境下赏析诗歌,也为在中国古典诗词研究的过程中进行文化还原,发现中国诗人的原创性⑤,进而发现中国文学和中国文化的原创性,从而建立起中国的理论话语权提供了探索的可能性,也为当下的诗学研究和文学研究提供了借鉴意义。

　　童庆炳先生认为,"在优秀的文学作品中,诗情画意与文化含蕴是融为一体的,不能分离的","中国的文化研究应该而且可以放开视野,从文学的诗情画意和文化含蓄的结合部来开拓文学理论的园地",应该做一个"文学艺术的诗情画意的守望者"。⑥ 可以说,张长青先生从文化视角对中国古典诗歌的分析,在审美鉴赏中实践着文化与诗学的对话和升华,正堪称中国古典文学的诗情画意的文化守望者。

---

　　① 顾祖钊:《论中国文论的三部曲——兼及中国文化诗学的建构》,《陕西师范大学学报》2012年第1期。
　　② 戚良德:《中国文论话语的还原——以〈文心雕龙〉之"文"为中心》,《山东大学学报》2010年第4期。
　　③ 王宁:《"全球本土化"语境下的后现代、后殖民与新儒学建构》,《南京大学学报》2008年第1期。
　　④ 杨义:《认识诗学》,《读书的启示:杨义学术演讲录》,第299页。
　　⑤ 杨义:《中国诗学的文化特质和基本形态》,《东南学术》2003年第1期。
　　⑥ 童庆炳:《新理性精神与文化诗学》,《东南学术》2002年第2期。

编　后　记

　　读者诸君可能很难想到，创办《中国文论》（丛刊）的动议以及《中国文论》的刊名均出自山东大学儒学高等研究院常务副院长、《文史哲》主编王学典先生。作为研究院的领导，想创办一份刊物是可以理解的，但作为一位著名的历史学家和史学理论家，作为一个海内外著名期刊的掌门人，却要创办一份研究古代文论的刊物，就有点匪夷所思了。也正是为了这份带有堂吉诃德精神的匪夷所思，笔者愉快而勉为其难地接受了编务工作。所以愉快者，盖此刊此名皆正中下怀，求之不得也；勉为其难者，盖以此时此事可能有点费力不讨好也。试想，在当今讲究刊物级别的时代，在一个不管文章本身质量如何、只看其发表在什么刊物上的时代，这份以书代刊的《中国文论》靠什么生存，又能够存活多久呢？

　　值得庆幸的是，《中国文论》第二辑将要出版了，而且本辑稿件的质量仍属上乘，甚至一些文章在笔者看来堪称佳作，即总体上较之第一辑亦可谓更上层楼。本辑仍然按照《文心雕龙》的理论框架设置七个栏目，共收录 17 篇文章；每一篇文章均经过笔者精心编辑，既是为了各位作者的信任，也是为了遵循刘勰所谓为文"用心"的嘱托。

　　在"文心雕龙"的栏目下，我们首先刊登了刘文忠先生《"温柔敦厚"与中国诗学》一文，这是刘先生两年前完成的专著《温柔敦厚与中国诗学》一书的"前言"。在中国诗学史和文论史上，"温柔敦厚"的诗教很有名，但却一直没有得到很好的研究。一是对其评价不高，甚至经常受到批判；二是研究专著付之阙如，与其重大影响相比很不相称。刘先生指出："从'温柔敦厚'美学内涵看，它所代表的是和谐文化，由于诗教在吟咏情性方面要'发乎情，止乎礼义'，要'以礼节情'，中国是礼仪之邦，以礼节情是文明古国的表现，所以诗教也是东方文明的象征。"因而，对"温柔敦厚"的诗教进行彻底清理，并在充分掌握资料的基础上，对其进行深度理论研究，可以说正当其时。这一历史重任就落在了刘文忠先生的肩上，正如刘先生所说："《温柔敦厚与中国诗学》是我积多年之功，阅读了数以千万字的文论资料，历时多年而完成的一部学术研究专著。"该书"通过对诗教察其源流、明其演变的论述，勾勒出诗教在历代的发展与演变的轨迹，使读者能够清楚地看到诗教的盛衰与时代、政治的关系，与诗歌理论发展的关系，与各种思潮的关系。同时初步总结出若干规律。"作为该书的"前言"，刘先生不仅在其中概述了"温柔敦厚"这一重要的中国诗学范畴的发展历程，而且阐述了自己这部专著的用心之处、得意之点。刘先生说："本书最突出的创新之处就是不把'温柔敦厚'视为诗教的全部,而是把诗教视为一个系列工程,我把这个系列工程比作'多媒体',着眼于诗教与《诗大序》的融合。"为什么要着眼"诗教与《诗大序》的融合"呢? 刘先生指出:"'温柔敦厚'的诗教与《诗大序》的融合过程,正是诗教的发展、演变的过程,这个过程不是一次性完成的,而是逐渐完成的。历代的诗论家可以说为诗教不断地注入了新的血液,我把这种注入物比作'添加剂',这样做就可以清楚地看到每个诗论家在诗教论上为诗教添加了什么,通过共时性与历时性的对比,比较准确地对每家的诗教论做出客观的评价。"正如刘先生所说,这样做的结果就是"大大地丰富了诗教的内涵,从而建构了自己的体系"。因而《温柔敦厚与中国诗学》确是我国第一部系统而全面、有开拓与创新的研究诗教的专著。令人倍感欣慰的是,刘先生的这部专著几经辗转,终于列为"山东大学文史哲研究专刊"而即将出版了。

其次是王毓红教授《刘勰与歌德互文性思想与实践的跨文化考察》一文,这也是笔者所谓"堪称佳作"的一篇文章。王教授指出:"互文性理论及实践实际上是一个增强我们辨识力的参照系:它使我们在避免损害二者的前提下,把刘勰和歌德放在一个对话平台上讨论,考察中西文化圈内具有代表性的作家、文学理论家或批评家之间的共同点和差异性,反思文学的本质。"所谓"互文性",按照王教授的解释,"总括起来无非狭义的文本内互文性和广义的文本外互文性两种。前者指文本言语结构内部,由引用、抄袭等导致的两篇或两篇以上文本共存现象;后者指文本言语结构之外,其他人、文本、文化等因素对其作者的影响。刘勰和歌德对两者均有大量的论述。他们的关键性分歧在于:刘勰对文本内互文性问题论述得更全面、深入,歌德则更多、更深入地探讨了文本外互文性问题。"而所谓"文本内互文性问题就是中国传统文学、文论里所说的'事类'",《文心雕龙》"正是遵循一系列原则、运用多种手法,或原封不动引用,或提炼整合,或改动表述等,刘勰将自己文章之外众多形形色色的其他文本巧妙地纳入自己文本中,使多种文本、多种话语,诸如政治、社会、历史和文学的,以及经书、史书和神话传说中的等共存于《文心雕龙》文本中。"因此,正如王教授所说:"当我们穿越时空隧道,跨越文化界域,把刘勰与歌德文本放在一起观看时,我们的惊讶不是来自陌生而是相似:这些文本都是作者'用各种不同性质的表述,犹如他人的表述来创造的。甚至连作者的直接引语,也充满为人意识到的他人话语'。"同时,王教授又指出:"与此同时,我们也清醒地认识到:刘勰和歌德远非'根'或'源'。诚如歌德所说:'凡是值得思考的事情,没有不是被人思考过的;我们必须做的只是试图重新加以思考而已。'"应该说,当我看到王教授的这些论述时,颇有豁然开朗之感,也真的感受到中外文论话语比较的可能性和必要性。

第三是吴建民教授《"命题"与〈文心雕龙〉之理论建构》一文。什么是"命题"呢? 吴教授说:"古代文论中那些体现着文学的某方面规律、具有应用价值的判断性、陈述性句子、短语,即为古代文论之'命题'。按照古代文论命题的这种特点,《文心雕龙》一书提出的命题多达二百余个,这些命题是《文心雕龙》理论建构的最重要因素,也凝聚着全书的思想精华。"据吴教授统计,"《文心雕龙》提出命题的篇目约有四十五篇,占全书的百分之九十。

书中凡具有重要理论价值的篇目,一般也都提出了数量较多、质量较高、影响较大的命题。"如此而言,从"命题"的角度研究《文心雕龙》确是一个值得注意的方向。因而,吴教授认为:"转变《文心雕龙》研究的传统思路,对书中命题给予更多地关注,并展开切实的研究和探索,从而开辟新的研究路径,开拓新的研究局面,实为当下'龙学'研究的当务之急。"

在"文之枢纽"的栏目下,我们也刊出了三篇文章。首先是祁志祥教授《叶燮的文艺美学观:"物我相合而为诗"》。叶燮是中国文论史和美学史上的大家,祁志祥教授则是中国文论史和美学史研究的大家,大家写大家,自然会产生心有灵犀的交流,从而得出令人心悦诚服的结论。如谓"物之美虽然是客观的、自然而生的,但对物之美的认识却因主体不同而并不一致,这就叫'境一而触境之人之心不一'"。又说:"审美认识是客观的'美'与主体的'人'和'心'相互结合的产物。审美认识缘生于客观之美与主体心灵的作用与结合,作为审美认识物化形态的'文章'亦源于物我相合。"从而,"由'物'之'理'、'事'、'情'与'我'之'识'、'胆'、'才'、'力'合而为'不可名言之理,不可施见之事,不可径达之情'的'理至'、'事至'、'情至'之语",这便是诗歌的美学原理。应该说,这种对叶燮文艺美学观的概括是明确而恰当的。同时,祁教授指出:"叶燮的诗论立足于对审美发生的主客体二元性的基本认识,分析了'在物之三'与'在我之四'的特征及其相互关系以及'物我相合'之后化生的诗学新质,以此作为评价历代诗歌演变的标准和'不主一格'风格论的内在依据,层次丰富,思理绵密,独具个性,是清代乃至中国诗学中的宝贵建树。然而我们必须指出的是,尽管他力图建立丰富严密的诗学体系,但逻辑的严密性还是不够的。"这一论断也是中肯而令人信服的。

其次是张利群教授《刘勰"论文征于圣"说理论内涵及方法论意义》一文。张教授认为:"刘勰的'征圣'说的特点在于:一是着重从文章写作、文学创作角度来讨论尊圣,其目的是为了强调'征圣',即提供文章文学可征之圣文,提供文章、文学发展的传统及其师法的偶像,以使文章文学发展有切实可行的保障和规范。二是刘勰讨论'征圣'的原因及其提供可征性的内容具体详尽,尽管有些可征性内容是些创作写作的原则,但刘勰在论证这些原则时提供了不少经典理论论据和事实论据,从而使其论点更为彰显和明确。三是刘勰的'征圣'与其'原道'、'宗经'统一为整体,是为了更好阐明刘勰的文艺观与创作观的,也是为了确立刘勰的文艺理论体系的基础和指导思想的,因而刘勰的观点和理论学说需要从圣人那儿寻找到依据,从而也就说明圣人对于刘勰本人而言也具有明显的可征性。也就是说,刘勰的观点和理论学说是符合圣人和儒家经书思想精神的。"因而张教授指出:"刘勰'征圣'的意义就大大超越了时空限制,不仅对后世文学、文论批评产生了重大影响,而且对于中国现代文学、文论批评发展也不失借鉴意义,论文必须'征圣',论文必须确立所'征'对象的可征性,这也是今天的文学、文论批评所需要认真回答的问题,从而为确立文艺发展的正确方向和途径寻找可靠依据。"应该说,这是对刘勰"论文征于圣"说的新的认识和评价。

　　第三是邹瑶的《刘勰构筑道圣文统一体的方法论》一文。文章提出：《文心雕龙》为什么能够建立一个体系严整、完美瑰丽的文学殿堂呢？究其根本是由于刘勰采用了以佛道儒玄综合意识为基础的思想方法，此方法的核心成果就是"道—圣—文"统一体。作者认为："刘勰在《文心雕龙》中开篇论述道、圣、经（圣人之文），建立了'道—圣—文'统一体，成为全书的理论基础。作为《文心雕龙》全书的总纲，'道—圣—文'统一体集中体现了刘勰的思想方法，既保证了文学的独立地位，又注重文学的社会作用，文学多方面的关系得到较合理的统一。"文章特别指出："儒家思想的首要功能是维护封建社会秩序稳定，要求文学为封建统治服务，以张扬封建伦理道德为己任。文学的创造是情的表现，并且最重要以表现个体情感形式出现，以自由创作的形式出现，这是文学的基本特点之一。儒家思想的首要功能与文学创作基本特点之间存有难以调和的矛盾。个体情感自由无羁，表情当淋漓尽致任情感四溢。儒家思想却要求文学创作'发乎情，止乎礼义'，以封建伦理道德为限，不能越雷池一步。个体情感的喷发又是强烈的，没有激烈的感情就没有惊天地、泣鬼神的壮丽诗篇，儒家思想则要求情感表现应遵循'温柔敦厚'的准则。"因此，"若把儒家思想教条照搬过来，显然难以和这样的文学观相统一，所以，他在以儒家思想为指导思想的同时，又灵活运用儒家思想，从建立文学理论的需要着眼，对儒家思想做出新的解释。"总之，文章认为，"这是一个富于思辨的体系，又是一个有深刻内在矛盾的体系。儒家思想与文学艺术之间的矛盾显而易见，二者的统一在很多情况下要文学自身规律向儒家思想规范妥协。由于儒家思想对于文学的消极作用，使刘勰的文学思想受到很大局限从而带有保守性。"

　　在"论文叙笔"的栏目下，亦有三篇颇富特点的文章。首先是林其锬先生《刘勰子学思想与杂家精神》一文。该文立足《文心雕龙》和《刘子》二书，对刘勰的子学思想作了深入剖析，认为两书所体现的、为适应社会由分裂到统一而产生的学术思潮由"析同为异"到"合异为同"的杂家精神，对今日重构现代中华文化新体系，具有重要的借鉴价值和实际意义。林先生对当下文化思潮的关注和思考给人留下深刻印象。他说："这一次异质文化的接触、碰撞、交流、融合的规模是空前的，因此对中华文化的冲击、更新、提升也是前所未有的。经过百多年的酝酿，中华文化汲取西学特别是科学技术，实现传统的现代转轨，取得了巨大进步，但也出现宾主易位，过度依傍西方文化体系，因而逐渐失去了民族文化的话语权。随着国家的独立、经济的发展、社会的进步，又到了中国要崛起、中华民族要复兴的关头了。"当此之际，"子学是中华文化理性积淀的载体，面对经济全球化、政治多极化、文化多元化，中外文化空前规模的大交流、大碰撞、大融合的时代，如何立足中华优秀传统文化，通过研究，弄清渊源，理清发展脉络、基本走向，继承精华，实现创造性转化，创新发展，重构中华文化新体系，也需要杂家精神，即取镕诸家之长、舍弃诸家之短（这里的诸家自然也包括外来文化在内），这才能担当和完成新的历史使命，而刘勰的《文心雕龙》和《刘子》蕴藏的丰富的思想资源，正可供借鉴。"

　　其次是吴中胜教授《丧葬文化与〈文心雕龙〉之〈诔碑〉、〈哀吊〉的解读》一文。文章指出:"中国儒家文化对生养死葬的重视,生要有礼仪,死也要有尊严。在丧葬文化一系列繁缛礼仪制度背后,渗透着中国人打通生死两界、沟通人神的诗性观念,彰显出中国文化注重人文关怀和人伦温情的文化品格,同时也体现出中国人生荣死贵、生卑死贱的伦常等级观念。刘勰志在秉承儒家文化,自然认同儒家生养死葬的文化传统,《文心雕龙》通过对历代丧葬文章的评述,就体现出刘勰对丧葬礼仪制度及人文精神内涵的理解。"应该说,这样的理解和认识跳出了对《诔碑》、《哀吊》等篇的"文体"论解读模式,代表着从文化的角度诠释《文心雕龙》的一个重要方向,这是格外值得我们注意的。不同的角度就会有不同的认识和全新的理解,这是人文研究的生命力之所在。如《文心雕龙·诔碑》有"论其人也,暧乎若可觌"以及"观风似面,听辞如泣"之论,这是对诔文和碑文的写作要求。为什么会有这样的要求呢? 中胜先生指出:"中国人不忍心认定去世的亲人毫无知觉。在生者看来,逝者音容笑貌仍在,正如《礼记·祭义》:'入室,僾然必有见乎其位;周还出户,肃然必有闻乎其容声;出户而听,忾然必有闻乎其叹息之声。是故先王之孝也,色不忘乎目,声不绝乎耳,心志嗜欲不忘乎心。'写成文字也应把这种情形表现出来⋯⋯"显然这种解读既是令人耳目一新的,又是合理合情的。

第三是王慧娟《诗教与娱情的"谐讔"——〈文心雕龙·谐讔〉篇辨析》一文。该文指出,刘勰纵观时世文坛、士风与民间传统风俗,从社会背景、文体渊源、文体功能与发展路径等方面对谐讔文体进行了深刻批评。作者认为从《文心雕龙·谐讔》篇"可见魏晋时期'文学回归本体'之'娱乐'风尚的发展变迁、对文学文体的影响,以及'谐讔'文体的诗教立场与娱情功能",并说"真正能够全面深刻展示彼时文学娱情特色的还属'盛相驱扇'的谐讔文学。或者是文人士子自我解颐的文字游戏、谜语寓言,或者是具有讽谏劝导等社会功用的其他谐讔文学形式,都是文学娱情化的体现"。应该说,这一对谐讔文体的认识是颇有新意的。

在"剖情析采"的栏目下,首先值得提出的当然是张长青先生的长文《意境论的现代文化阐释》。该文的"导论"部分已在本刊第一辑发表,本期将正文部分一次推出,以飨读者。全文分为上、中、下三篇,分别探讨了"意境的起源和建构"、"意境的审美特征"和"意境论的文化渊源"。张先生认为:"'天人合一'之说,是中国文化、哲学、美学本体论的核心观念⋯⋯更是意境研究的观念和方法论。"进而指出:"中国的'天人合一'的气化宇宙观和生命精神,是把宇宙万物看成气化育而成,宇宙是一个大生命,人和万物看成小生命,故而审美的超越同时便是复归,复归于'天人合一'的生命本真状态。这是诗歌意境创造的真谛所在,也是意境作为一个生命论诗学范畴,在中国文化几千年长期积淀的结果和原因。"正是在此基础上,张先生对中国传统的意境论作了这样的概括:"'意境'作为意中之境,实在是诗性生命的体验,经过自我超越后,所达到的审美境界,它由'象内'(意象)和'象外'(意境)两部分组成,呈现为一种层深的建构,实质上是空灵而自由的人生、人格审美境界或艺术的形象体系。"并说:"生命诗学范畴——意境论,是中华文化几千年长期积淀的结果。它起源于原始人建立在生殖崇拜基础之上的'万物有灵'观念的生命意识,奠基于中华民族特有的'天人合一'的文化宇宙观,形成于生命超越的长期过程,是一个具有丰富文化内涵、民族特色和生命力的中国美学和艺术的核心范畴。"张先生通过"纵"和"横"、历时性和共时性两方面的探索,概括出了意境的美学特征:"意境以它物我两忘、情景交融的意象特征,有虚有实、虚实相生的结构特征,含蓄空灵、意蕴深邃的本质特征,气韵生动、韵味无穷的美感特征,集中体现了中华民族的审美理想,成为美学和文艺的最高境界,是中华民族美学和文艺最具民族特色和现代意义的核心范畴。"关于意境论的文化渊源,张先生认为有三个方面:"'天人合一'是意境论的文化根源,儒、释、道三结合是意境论的哲学基础,人生、人格境界论是意境论的人学实质。"谈及中西文化交融背景下的意境发展前景,张先生指出:"就中国意境的生命诗学范畴来说,由纯任自然转向自然生命与自觉生命相和谐,由偏向群体转向群体生命与个体生命相和谐,由注重直观转向感性、悟性与理性生命活动形态相和谐,由原始的'天人合一'的真、善、美统一到高级'天人合一'的真、善、美的统一。这是传统理论观念的现代化改造,也是传统的推陈出新,这是一个永无止境的文化创新过程。"

研究意境的论著不少,但张先生的长文颇有自己的特点:一是追本溯源,不仅全力寻找意境理论的源头,而且仔细爬梳其千变万化的支脉,从而让人切实看到了意境这一中国诗学范畴的丰富多彩和来龙去脉,更让人领略了其作为中国传统文化中"天人合一"思想在诗学美学领域的精彩绽放。二是把儒释道玄融会贯通,从而找出其深刻的民族思想文化根源。三是真正把中外熔于一炉,在中西比较和融会贯通中把握意境的民族特色。四是理论与实践相结合,切实揭示意境的审美特征。五是不尚空谈,对意境的把握和论述精准到位,让人真切可感,从而心悦诚服。在笔者看来,张先生此文最大的贡献在于对意境起源的梳理和文化渊源的考察,在这种精细而切实的梳理和考察中,意境论的很多幽暗不明的问题得以彰显,从而强有力地证明了意境的确是中国诗学和美学的一个核心范畴,这不啻是意境论研究的一大收获。需要说明的是,张先生大作手稿多未加详细注释,基于当下学术规范的需要,我和我的学生赵亦雅、陈家婷为之查对并添加了详细注释,同时笔者还对原文做了一些删改,其有未当,还请张先生及读者鉴谅。

"剖情析采"栏目下的另一篇文章是陈聪发教授《〈文心雕龙〉"约"范畴考论——兼谈"约"范畴从先秦到魏晋南北朝的历史发展》一文。陈先生通过对《文心雕龙》中"约"这一重要范畴的仔细梳理,认为"'约'作为范畴,它有三重审美的意涵:简省、精炼、明净","无论它是指涉体貌、辞句或风格,还是指涉事义或叙事,都表明古代文论中存在一种崇尚简约的审美趣味,它与'简'相勾连,与'精'相贯通,与明洁相一致,与'丰'相表里,更与后来为人们所喜爱的含蓄美声息相通,它表征了汉民族对于大道至简的形而上追求以及对于简约美的涵容乃至偏好。"陈先生进而指出:"就该范畴的理论价值而言,它不仅是古代文论范畴系列中一个不可轻忽的范畴,与'雅'、'壮'、'清'、'丽'等一起组成风格论范畴系列,而且'约'作为一个审美批评的范畴具有描述、评价文学现象的实践和理论价值,它意味着要坚决纠正那种以铺陈繁辞为能事的不良偏向,进而指明文学创作的正确方向,此外它还从理论上标举了'文约为美'的审美理想，超越了风格论意义上的简约，将文与道紧密地绾合起来——在大道至简的形而上层面（道）与'文约为美'的形而下层面（器）实现和谐、完满的统一。这正是中国古典美学精神的一个突出的表现。"笔者以为，陈教授的研究扎实而富有成效，论述是切中肯綮的。

在"知音君子"的栏目下，首先值得一提的是李剑锋教授《关于刘勰〈文心雕龙〉不提陶渊明的再思考》一文，这也是笔者所谓"堪称佳作"的一篇文章。在笔者看来，"《文心雕龙》为什么没有提及陶渊明"，这近乎一个无解的问题。但李教授指出："学术考察决不能满足于从多角度来正面回答这个问题，而应以此为契机从刘勰《文心雕龙》的局限、从它思考停止的地方起步，不畏艰难，去思考和探索刘勰《文心雕龙》没有来得及思考或者思考有待深入的问题。"笔者觉得这个思路是独辟蹊径的，因而是值得期待的。事实上，我们仍然不能说剑锋先生最终找到了刘勰不提陶渊明的原因，但他从自己独特的思路出发所进行的分析，却有着极大的收获。比如刘勰说"情往似赠，兴来如答"，剑锋指出："这已经不是从单方面论析物我关系，而是'随物以宛转'、'与心而徘徊'，从双方面感悟了物我融合的和谐交流状态，很类似于陶渊明'采菊东篱下，悠然见南山'时的物我交融了，至于交融之后所达到的忘物忘我的玄远境界则未予关注，刘勰物色理论止步的地方恰恰是陶诗前进的起点，也就是说，刘勰在'忘我忘物'上、在超越物我的玄远境界上与陶渊明还差一步之遥。这与刘勰忽视陶渊明创作实际，看不到玄言诗超脱物我、追求玄远的合理内核存在着深刻的关联。"正是通过这种堪称精细的分析，剑锋先生敏锐地指出："陶渊明深切感受到的一些语言特殊现象，刘勰真的忽视了。"比如，"陶渊明还经常感受到言意之间的错位和矛盾现象，深切感受到语言的局限性，此可谓言不尽意的一种特殊表现。……但是诗歌正是借助言意关系的错位与矛盾表达其背后难以言说的意趣和深味，从这个意义上来说，这些特殊的言意关系所表现的又不是表面上的言不尽意，而仍然是得意忘言。对此，刘勰关注较少……"从而，剑锋先生得出这样的结论："刘勰能深得锻炼之文的奥秘，于陶渊明从胸中流出的质朴自然之文则相对缺少体悟。"应该说，这是笔者所看到的对陶渊明和刘勰进行比较的最为周到而贴心的论述。

"知音君子"栏目下的另一篇文章是洪树华先生《明清诗话中的杜甫称谓述论》一文。这是一篇饶有趣味的文章，但作者写出此文，却一定并不轻松，一定是下了极大气力的。如洪先生说："在明、清诗话中，唐代诗人杜甫的称呼是最多的，多达 34 个。"没有翻江倒海的爬梳之功，这简单的一个结论是出不来的。这样的爬梳有什么意义呢？洪先生指出："这些称呼隐含了中国的传统文化信息。其中尤为人们注意的是杜工部、老杜、杜老、杜公、杜子、杜圣等称呼。这些称呼是后人（学者）对杜甫有礼貌地使用尊称，反映了后人对忧国忧民的杜甫的敬仰与尊重。"

在"学科纵横"的栏目下，我们也刊登了两篇文章。一篇是韩湖初教授《〈刘子〉应为刘勰撰——〈刘子〉作者争论评述》一文，就学术界对《刘子》一书作者的研究和争论进行了评述，而评述的同时，作者不仅有研究，而且有着鲜明的观点，那就是坚决支持《刘子》刘勰撰一说,而极力反对其他各种说法。另一篇是邓心强先生《反思与展望：龙学研究的"当代视角"综论》一文。该文也不仅仅是综述《文心雕龙》的研究概况,而是同样体现作者自己的研究和问题导向,其中提出的龙学研究的一些问题,笔者认为是颇有意义的。如作者指出："就《文心雕龙》对大学师生与课堂的影响,少有研究。虽有李建中对20世纪高校讲坛上的龙学传播阶段及特点的揭示,有袁济喜将龙学作为人大国学院的重要课程,但当前并没有龙学在高校和科研机构的反馈报告,其在大学硕士和博士阶段的接受效果和传播情况,至今未有相关调研和分析问世。"又说："《文心雕龙》在思维方式、语体风貌等方面对中国当代学者的影响(主要为正面)目前尚未见有研究。有些龙学家毕生研究《文心雕龙》,长期浸淫和熏染,在思维方式、学术语言、治学志向等方面,不可能不受到其影响,而据笔者所见,目前这方面的研究尚未起步。"

　　最后的"文场笔苑"栏目下,我们刊登了两篇书评类文章。一篇是徐传武教授的《三十年磨一剑——叶桂桐〈唐前歌舞〉评介》,另一篇是笔者和赵亦雅合作的《诗情画意的文化守望——读张长青〈中国古典诗词名篇文化鉴赏〉》。这两篇书评的共同特点是,所评对象均有重要的学术和文化价值,值得我们认真研读。

戚良德
记于甲午腊月

本 刊 稿 约

　　《中国文论》为山东大学儒学高等研究院主办丛刊,暂定每年出版1—2辑,欢迎各位同仁赐稿。兹就有关问题说明如下:

　　一、来稿字数不限,既欢迎短小精悍的佳作,亦不拒洋洋洒洒的长篇;然无论长短,均需作者独立创获,严禁抄袭剽窃之作,文责自负。

　　二、来稿请在文前加500字以内摘要和5个以内关键词,并欢迎提供文章的英文题目、摘要和关键词(如不能提供亦可)。

　　三、来稿请用WORD排版,简体横排,正文用五号宋体,独立分段引文用五号楷体,单倍行距。

　　四、来稿请采用脚注(即页下注),每页重新编码,用①②③……。注释的要素和格式,示例如下:

　　①［唐］姚思廉:《梁书》,北京:中华书局,1982年,第712页。(文中再次引用本书则可省略出版信息,简化为:［唐］姚思廉:《梁书》,第713页。下同。)

　　②［唐］杜甫:《偶题》,［清］仇兆鳌:《杜诗详注》,北京:中华书局,1999年,第1541页。

　　③［宋］晁公武撰、孙猛校证:《郡斋读书志校证》,上海:上海古籍出版社,1990年,第517页。

　　④［梁］刘勰:《文心雕龙·原道》,范文澜:《文心雕龙注》,北京:人民文学出版社,1958年,第1页。

　　⑤王重民:《中国目录学史论丛》,北京:中华书局,1984年,第134页。

　　⑥［美］勒内·韦勒克、奥斯汀·沃伦:《文学理论》,刘象愚等译,南京:江苏教育出版社,2005年,第158页。

　　⑦王运熙:《〈文心雕龙〉的宗旨、结构和基本思想》,《复旦学报》1981年第5期。

　　⑧庞朴:《一分为二,二合为三——浅介刘咸炘的哲学方法论》,《国学研究》第11卷,北京:北京大学出版社,2003年,第123页。

　　⑨曹顺庆:《〈价值理性与中国文论〉序》,刘文勇:《价值理性与中国文论》,成都:巴蜀书社,2006年,序,第3页。

⑩ 余秋雨：《古代至文，以汉为极》，读我网 http：//readmeok. com/2013 - 1/29_
24023. html,2013。

五、来稿请提供作者详细通讯地址、邮政编码、联系电话以及电子邮箱。

六、来稿一个月内即决定刊用与否并作出回复,除作者特别要求外,一般不退稿,请
自留底稿。

七、本刊拟用稿件,编辑有删改权,不同意删改者,请来稿时申明。

八、来稿一经采用,将奉薄酬,并寄赠样刊两册。

九、本刊联系方式：

电子邮箱：zgwlck@163. com,zgwlck@126. com

通讯地址：山东省济南市山大南路 27 号

　　　　　山东大学儒学高等研究院《中国文论》编辑部

邮　　编：250100

图书在版编目（CIP）数据

中国文论. 第 2 辑／戚良德主编. —上海：上海古
籍出版社，2015.12
ISBN 978-7-5325-7954-9

Ⅰ.①中… Ⅱ.①戚… Ⅲ.①中国文学—文学理论—
研究 Ⅳ.①I206

中国版本图书馆 CIP 数据核字（2016）第 017617 号

中国文论（第二辑）

戚良德　主编

上海世纪出版股份有限公司

上 海 古 籍 出 版 社　出版

（上海瑞金二路 272 号　邮政编码 200020）

（1）网址：www.guji.com.cn

（2）E-mail:guji1@guji.com.cn

（3）易文网网址：www.ewen.co

上海世纪出版股份有限公司发行中心发行经销

启东市人民印刷有限公司印刷

开本 787×1092　1/16　印张 16　插页 2　字数 340,000

2015 年 12 月第 1 版　2015 年 12 月第 1 次印刷

ISBN 978-7-5325-7954-9

Ⅰ·3011　定价：68.00 元

如有质量问题，请与承印厂联系